BASTEI
LÜBBE

## *Über das Buch*

Auf dem malerisch gelegenen Anwesen The Keep im südenglischen Devon führt die 63-jährige Witwe Frederica Chadwick ein beschauliches Leben. Das ändert sich schlagartig, als eines Tages ihre drei kleinen Enkel Felicia, Sam und Susanna dort eintreffen, die nach dem tragischen Tod der Eltern fortan bei ihrer Großmutter leben sollen. Bereits nach kurzer Zeit füllt sich das Haus mit Leben, und Frederica bleibt wenig Zeit, darüber nachzudenken, ob sie sich dieser Aufgabe überhaupt gewachsen fühlt. Doch glücklicherweise sind da noch Ellen und Fox, ihre langjährigen Hausangestellten, denen ebenso wie Frederica daran gelegen ist, den drei Kindern ihre Lebensfreude wiederzugeben. Und auch Fredericas Schwager Theo und die Cousins Hal und Kit sorgen dafür, dass auf The Keep schon bald nichts mehr ist wie einst ...

## *Über die Autorin*

Marcia Willett wurde 1945 als jüngste von fünf Schwestern in Somerset geboren. 1969 heiratete sie einen Marineoffizier, ein Jahr später wurde Sohn Charles geboren. Inzwischen lebt Marcia Willett mit ihrem zweiten Ehemann Rodney und einem Neufundländer in Devon, wo sie sich hauptsächlich dem Schreiben von Romanen widmet.

MARCIA WILLETT

# *Zeit der Verheißung*

ROMAN

Aus dem Englischen von
Marieke Heimburger

BASTEI LÜBBE TASCHENBUCH
Band 26313

Vollständige Taschenbuchausgabe

Bastei Lübbe Taschenbücher ist ein Imprint
der Verlagsgruppe Lübbe

Deutsche Erstveröffentlichung
Titel der englischen Originalausgabe: *Looking Forward*

Umschlaggestaltung: Andrea Barth/Hilden Design, München
Titelbild: © Ball/Mauritius, Mittenwald
Satz: hanseatenSatz-bremen, Bremen
Druck und Verarbeitung: GGP Media, Pößneck
Printed in Germany, Mai 2004
ISBN 3-404-26313-8

Sie finden uns im Internet unter
www.luebbe.de

Der Preis dieses Bandes versteht sich einschließlich
der gesetzlichen Mehrwertsteuer.

*Für John und Grace*
*und die Mitglieder*
*der Mother's Union*
*in Avonwick*

# DIE FAMILIE CHADWICK

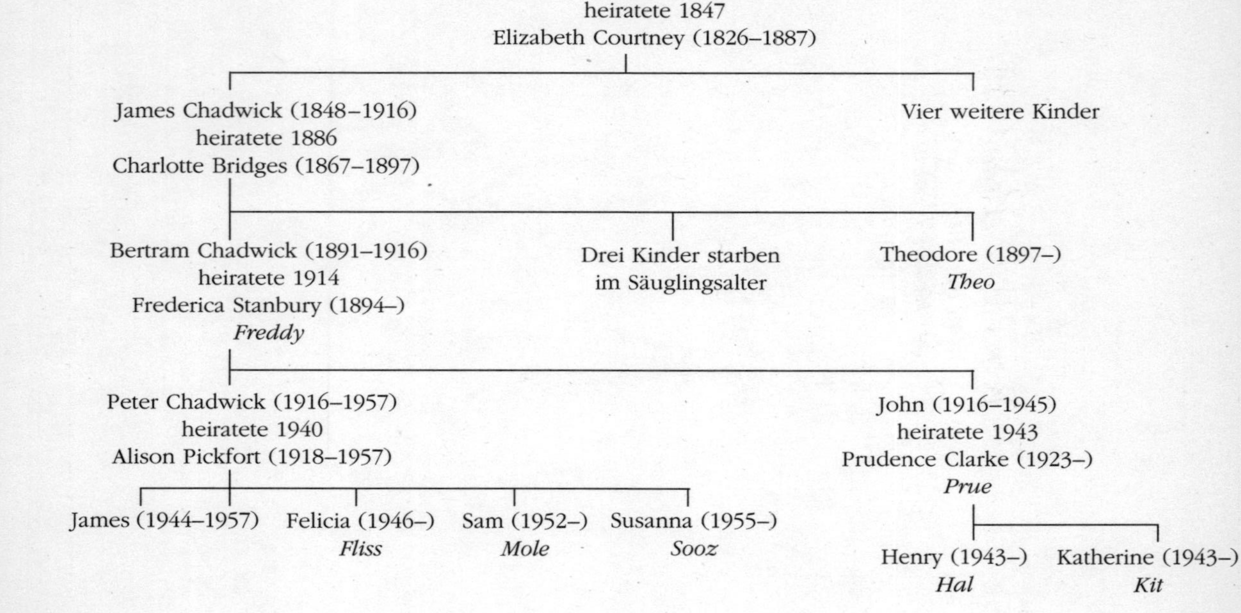

# Erstes Buch

*Sommer 1957*

# 1

Die drei Kinder standen dicht beieinander und warteten. Die anderen Reisenden waren bereits heimwärts verschwunden, sodass der winzige Bahnhof friedlich und verschlafen in der Junisonne lag. Die großen, farbenprächtigen Blüten der Stockrosen wippten immer wieder gegen den geteerten Zaun; Geißblatt und Kletterrosen rankten und dufteten neben dem Schalterhäuschen um die Wette; die Milchkannen warteten darauf, abgeholt zu werden. Der Bahnhofsvorsteher lehnte sich mit dem Telefonhörer in der Hand weit aus seiner Tür und beobachtete die kleine Gruppe. Das älteste Kind, ein etwa zehnjähriges Mädchen, war ganz offensichtlich erschöpft: Auf seinem blassen Gesicht zeichneten sich erlittene Strapazen ab. Es war mager, sein gemustertes Baumwollkleid hing zerknittert und schlaff herunter, und aus den beiden dicken, blonden Zöpfen hatten sich ein paar feuchte Strähnen gelöst. In den grauen Augen stand Verzweiflung, als das Mädchen zum Bahnhofsvorsteher aufsah, der ihm mit der freien Hand fröhlich zuwinkte. Er hatte seine Mütze so weit zurückgeschoben, dass sie jeden Moment zu Boden zu fallen drohte.

»Vor ’ner halben Stunde losgefahren«, rief er den Kindern aufmunternd zu. »Hatte bestimmt Probleme mit dem Wagen.«

Das Mädchen schluckte hörbar, zog den Jungen, der sich an seinem Rockzipfel fest hielt, enger an sich heran und nickte dem Bahnhofsvorsteher zu, der daraufhin wieder in seinem Schalterhäuschen verschwand. Man konnte trotzdem noch hören, wie er mit gedämpfter Stimme weitersprach. Der Junge sah zu seiner Schwester auf, und sie lächelte ihn an, während sie gleichzeitig die Umklammerung etwas löste.

»Großmutter wird gleich hier sein«, erklärte sie ihm. »Das hast du doch gehört, Mole, oder? Du hast doch gehört, was er gesagt hat? ›Probleme mit dem Wagen.‹ Sie wird jeden Moment hier sein.«

Der Junge fixierte den Eingang. Sein schmuddeliges Baumwollhemd war aus der kurzen, grauen Flanellhose gerutscht, und aus seinen Augen sprach Angst. Seine Gedanken erratend, neigte sich das Mädchen zu ihm hinunter.

»Einfach nur Probleme mit dem Wagen«, wiederholte es. »Nicht ... Nur Probleme. Ein platter Reifen oder so. Nichts weiter, Mole. Ganz bestimmt.«

Das kleine Mädchen, das sich die ganze Zeit an der anderen Hand festgeklammert hatte, ließ auf einmal los und machte es sich auf dem Boden bequem. Es legte sich zwischen die Gepäckstücke und summte vor sich hin, während es seine Puppe hoch über sich hielt, als wolle es sie den Schwalben schenken, die kunstvoll durch die klare Luft sausten.

»Ach, Susanna«, seufzte ihre Schwester hilflos. »Du machst dich doch dreckig.«

Sie wischte sich die freigegebene, klebrige Hand an ihrem Rock ab und sah sich um. In der Nähe des Schalterhäuschens ging der Schaffner einige Pakete durch, die auf einem Gepäckwagen gestapelt lagen. Sie beobachtete, wie er leise vor sich hin pfiff und mit seinen Wurstfingern ein Etikett nach dem anderen umdrehte. Von einem Plakat an der Wand über ihm lächelte das Ovaltine-Mädchen sein ewiges Lächeln, hielt in einem Arm die goldenen Garben und schwenkte mit der anderen Hand den Korb, in dem eine Ovaltinedose lag, auf der sich eben dieses Motiv wiederholte, sodass das Lächeln des Mädchens immer kleiner wurde ... Da näherte sich ein Auto, tuckerte über den Bahnübergang und um die Ecke, und der Bahnhofsvorsteher eilte sofort aus seinem Häuschen, um mit gerecktem Hals zu sehen, wer kam. Aus seinem Rufen klang eine solche Erleichterung, dass das Mädchen instinktiv anfing, die kleine Gruppe zusammenzutrommeln.

»Steh auf, Sooz. Steh auf! Schnell. Großmutter ist da. Komm her, Mole. Halt dich hier dran fest. Steh *auf*, Susanna!«

Der Klang der Stimme, die draußen so atemlos geplappert hatte, kam näher, und die drei aneinander geklammerten Kinder starrten die ältere Frau an, die auf den Bahnsteig eilte und mit einer unwillkürlichen Geste des Mitgefühls und der Trauer wie angewurzelt stehen blieb. Freddy Chadwick sah ihre drei Enkelkinder an und verspürte einen dicken Kloß im Hals.

»Ihr Lieben«, sagte sie. »Es tut mir Leid. Diese Frau sollte doch dafür sorgen, dass ihr in Totnes aussteigt und dort auf mich wartet! Ihr solltet nicht nach Staverton weiterfahren. Und dann bin ich zu schnell gefahren und im Graben gelandet. Alles läuft schief. Und das ausgerechnet heute. Es tut mir so Leid.«

Sie war wie besessen durch die engen Straßen gerast; das hohe Gras und die weißen Blüten der Doldengewächse hatten das Auto gestreift und Bienen durch das offene Fenster geschüttelt. Hektisch hatte Freddy sie immer wieder verscheuchen wollen. Die ganze Trauer und das Entsetzen der letzten Tage hatten sich zu diesem einen, geradezu lebenswichtigen Vorhaben verdichtet: dass sie am Bahnhof sein musste, wenn die Kinder ankamen. Die Familie war sich sofort einig gewesen, dass es das Beste wäre, die Kinder am Bahnhof abzuholen und mit ihnen auf direktem Weg nach Hause zu fahren – und dieses Zuhause hieß für sie jetzt The Keep. Sie waren davon ausgegangen, dass das erste Zusammentreffen gefühlsgeladen sein würde und es deshalb so kurz wie möglich gehalten werden sollte. Je eher sie der Öffentlichkeit entfliehen und sich alle vier in privater Umgebung entspannen konnten, desto besser. Freddy war zwar auch überzeugt, dass dies die richtige Vorgehensweise war, befürchtete aber, dass es im Grunde feige von ihr war, sich – wenn auch nur für einige Stunden – ihrer Verantwortung zu entziehen. Andererseits schreckte sie der Gedanke, mit drei unter Schock stehenden, ängstlichen Kindern eine lange Zugreise zu unternehmen. Wie konnten sie ihre gemeinsame Trauer denn nur so lange aufschieben? Andererseits: Wie konnte sie auch nur in Erwägung ziehen, die verletzten Kinderseelen den neugierigen Blicken der Mitreisenden vorzuführen? Es war alles so schnell passiert. Die Kinder – ganz benommen von ihrer jähen Entwurzelung – waren so tapfer, aber es war anzunehmen, dass sie zusammenbrechen würden, sobald sie mit ihrer Großmutter vereint waren. Ihre eigene Unentschlossenheit hatte Freddy so gequält, dass sie sich letztlich davon überzeugen ließ, dieses wichtige erste Zusammentreffen so spät wie möglich stattfinden zu lassen. Sie war jedoch fest entschlossen gewesen, die Kinder auf dem Bahnhof in Empfang zu nehmen und sie so schnell wie möglich in ihr sicheres Zuhause zu bringen. Eine weitere Verwirrung in letzter Minute in London hatte sie nicht zugelassen. Die Begleitperson der Kinder war unerwartet erkrankt, und eine gutmütige Mitreisende, die auf dem Weg nach Plymouth war, hatte sich schließlich bereit erklärt, sich der Kinder anzunehmen.

Gedankenverloren war Freddy zu schnell in die Kurve gefahren, hatte die Kontrolle über den Wagen verloren und war mit den beiden linken Reifen im Graben gelandet. Mit Tränen der Wut in den Augen, den Blick immer wieder auf die Uhr gerichtet, hatte sie versucht, das Auto wieder auf die Straße zu bekommen. Ein Bauer und seine Frau, die auf dem Weg vom Markt in Newton Abbot nach Hause waren, halfen ihr schließlich aus der Patsche, doch als sie dann in Totnes eingetroffen war, musste sie feststellen, dass man die Kinder auf der Nebenstrecke nach Staverton hatte weiterfahren lassen. Die Frau, die sich ihrer angenommen hatte, hatte sich mit dem Bahnhofsvorsteher beraten, und der war ganz sicher gewesen, dass ein Fehler vorliegen musste. Mrs. Chadwick, so erklärte er ihr, reiste immer ab und nach Staverton, sie stieg immer in Totnes um, und darum wartete sie sicher in Staverton. Die Kinder waren in aller Eile in den Zug gesetzt worden, der gerade abfahren wollte, und dem Schaffner wurde eingeschärft, sie in Staverton aussteigen zu lassen. Freddy war außer sich vor Wut und Sorge.

»Ich hätte doch nach London fahren sollen«, warf sie sich ein ums andere Mal vor, als sie nach Staverton zurückfuhr. »Ich wusste es. Ich hätte das nicht riskieren dürfen.«

Wenigstens erlöste ihre Sorge um die Kinder sie für kurze Zeit von den immer wiederkehrenden inneren Bildern von der Ermordung ihres geliebten Sohnes, seiner Frau und seines ältesten Sohnes durch die Mau Mau. Die entsetzliche Nachricht war anfangs zu grausam gewesen, um ihr Glauben zu schenken, zu grausam, um sie zu begreifen. Jetzt waren sowohl ihr Mann als auch ihre beiden Zwillingssöhne tot, und alle waren sie Gewalt zum Opfer gefallen. Ihr geliebter Bertie war nach einer kurzen Verschnaufpause zu Hause 1916 an die Front zurückgekehrt und wenige Tage später vor Jütland gefallen. Ihr Sohn – der liebe, gütige, humorvolle John – war im Zweiten Weltkrieg bei einem Torpedoangriff ums Leben gekommen. Und jetzt war Peter – der ruhelose, bezaubernde, kluge Peter – überfallen und ermordet worden. Wenn er nach dem Krieg doch nur bereit gewesen wäre, sesshaft zu werden, wenn er doch nur daran interessiert gewesen wäre, das Porzellanerdegeschäft weiterzuführen, das die Familie seit über hundert Jahren ernährte ...

Freddy stöhnte auf und dachte an die drei verwirrten Kinder, die in Staverton auf sie warteten. Die in Kenia geborene, knapp zwei Jahre alte Susanna hatte sie noch nie gesehen, und Sam – den die Familie immer nur Mole, »Maulwurf«, nannte, weil er so furchtbar gern unter Wolldecken, Stühle und Tische kroch und sich dort versteckte – war nicht einmal ein Jahr alt gewesen, als Peter und Alison ausgewandert waren. Felicia, Fliss genannt, war ein stilles, siebenjähriges Kind gewesen, das seinen großen Bruder Jamie vergötterte ...

Gewaltsam riss Freddy das Steuer herum, als direkt vor ihr ein Traktor aus einer Feldeinfahrt rumpelte. Vor Schreck leicht zitternd, hielt sie am Straßenrand an, um sich die Nase zu putzen und sich zu beruhigen. Jamie war genauso groß und blond gewesen wie Peter; aufgeschlossen, tüchtig, liebevoll. Er war in England zur Schule gegangen, auf ein Internat, und stets hatte er die Ferien bei seiner Großmutter auf The Keep verbracht – nur in diesen Ferien, ausgerechnet in diesen, hatte er seine Eltern in Kenia besucht. Eigentlich hätte er schon wieder im Internat sein sollen, aber da er mit einem an Masern erkrankten Freund Umgang gehabt hatte, musste er in Quarantäne bleiben. Der gute Jamie – er hatte ihr so glücklich davon geschrieben, dass er drei Wochen länger Ferien machen durfte. Jetzt war er tot und lag mit seinen Eltern in afrikanischer Erde ...

Freddy ließ den Kopf in die Hände fallen. Wie sollte sie denn nur mit ihrer eigenen Trauer und ihrem eigenen Verlust fertig werden und sich gleichzeitig um die Kinder kümmern? Der Gedanke an ihre Enkel ließ sie eilig weiterfahren. Sie holperte über die sich über den Fluss spannende Brücke, über den Bahnübergang, bog links ab, parkte hastig neben dem Tor und eilte auf den Bahnsteig zu.

In der grellen Sonne standen sie beieinander. Fliss hatte ihren Arm beschützend um Mole gelegt, und Susanna sah mit runden braunen Augen zu dieser großen alten Frau auf, die ihr seltsam bekannt vorkam. Nach diesen ersten Worten der Erklärung herrschte kurzes Schweigen.

Freddy dachte: Wie soll ich das schaffen? Wie soll ich mit diesen drei Kindern fertig werden? Selbstmitleid, blankes Entsetzen und Liebe tobten in ihrer Brust. Ich kann das nicht!, schrie sie innerlich auf. Ich bin zu *alt*.

Fliss dachte: Sie sieht aus wie Daddy. Ich darf nicht weinen. Wie soll ich ihr das von Mole erzählen?

Mole dachte: Sie ist *gesund*.

Susanna sah zu der großen Gestalt auf, während sie ihre Puppe fest an sich gedrückt hielt. Sie verspürte sofort ein Gefühl der Sicherheit.

»Guten Tag, Großmutter«, sagte Fliss müde, aber höflich. »Das ist Susanna. Und an Mole kannst du dich bestimmt noch erinnern.«

»Er ist ganz schön groß geworden, seit ich ihn das letzte Mal gesehen habe.« Die Courage des Kindes erweckte auch Freddys Selbstsicherheit wieder zum Leben. »Und du auch. Das ist also Susanna.«

»Sie ist sehr müde«, warnte Fliss, als Freddy Susanna auf den Arm nahm. »Das sind wir alle ...«

Ihre Stimme versagte. Sie hob eine kleine Tasche auf und reichte sie Mole. Freddy sah, dass er die Tasche zwar gehorsam entgegen nahm, dabei aber keine Sekunde den Rock seiner Schwester losließ. Wachsam und hoffnungsvoll beobachtete er Freddy ...

Freddy setzte sich die müde, aber friedliche Susanna seitlich auf die Hüfte und nahm den großen Koffer. »Kommt«, sagte sie sanft. »Wir fahren nach Hause.«

Anfang der vierziger Jahre des 19. Jahrhunderts kehrte Ernest Chadwick nach England zurück, nachdem er ein Vierteljahrhundert damit verbracht hatte, in Fernost ein beträchtliches Vermögen anzuhäufen. Innerhalb einer Woche hatte er durchschaut, dass er mit der Londoner Gesellschaft wenig gemeinsam hatte und dass jener Müßiggang ihn früh ins Grab treiben würde. Er ließ sich von seinem Bankier Hoare beraten, untersuchte daraufhin verschiedene Möglichkeiten der Geldanlage und entschloss sich dazu, Hauptteilhaber und Direktor einer Firma zu werden, die sich in der Gründung befand und plante, weite Flächen Land in Devon zu erwerben, um die dort vorhandene Porzellanerde abzubauen.

Nachdem er diesen Entschluss gefasst hatte, bestand der

nächste Schritt darin, ein Haus zu finden, das ihn angemessen repräsentierte und gleichzeitig seine romantische Ader befriedigte. Er suchte vergebens. Was er aber fand und kaufte, waren die zwischen Moor und Meer gelegenen Ruinen eines alten Hügelforts. Unter Verwendung der alten, herabgestürzten Steine hatte er sich einen burgartigen, dreistöckigen Turm gebaut, den er The Keep taufte.

Schon bald hatte er sich selbst davon überzeugt, dass er in den Gemäuern eines uralten Geschlechts lebte. Mit Hilfe seines Reichtums – und seines nicht unbedeutenden Charmes – gelang es ihm, eine Frau aus guter Familie zu heiraten, die nur halb so alt war wie er. Seine schier unerschöpfliche Energie aber investierte er erfolgreich in den Abbau von Porzellanerde, sodass sein Vermögen sich bis zu seinem Tode noch vervierfacht hatte.

Seine männlichen Nachkommen hatten zwar alle eine Laufbahn bei der Königlichen Marine eingeschlagen, sich dabei aber auch immer in die Geschicke der Firma eingemischt und außerdem The Keep weiter renoviert und modernisiert. Das Anwesen war eigenartig, aber ansprechend. Die beiden zweistöckigen, jeweils an den Seiten des ursprünglichen Gebäudes etwas versetzt angefügten Flügel waren von einer nachfolgenden Generation errichtet worden. Den von hohen Steinmauern umgebenen Hof betrat man, indem man unter einem Dach hindurch schritt, das die beiden Cottages verband, die das Pförtnerhaus bildeten. Alte Rosensorten und Glyzinien kletterten die Hofmauern und die neueren Flügel des Hauses hinauf, während der schmucklose graue Stein des Turmes selbst nackt blieb. The Keep und der Hof lagen nach Süden gewandt; zum Westen hin erstreckten sich der Zier- und dahinter der Obstgarten. Nach Norden und Osten hin fiel der Boden steil ab. Karge grasbewachsene Hänge neigten sich hinunter zum Fluss, der aus den Hochmooren talwärts toste. Das torfbraune, kalte Wasser entsprang blubbernden Quellen und raste durch enge, felsige Betten hinunter in das ruhige, fruchtbare Ackerland, wo es nach und nach langsamer floss, bis es als immer breiter werdender Fluss die Küste erreichte und sich mit dem Salzwasser vermengte.

Freddy fuhr in den Hof, wobei der Wagen über die Pflastersteine rumpelte und sorgfältig an der rechteckigen Grasfläche in der Mitte vorbei gelenkt wurde. Sie setzte den Morris Oxford rückwärts in die Garage, die sich im Pförtnerhaus befand, und stieg aus. Die drei Kinder saßen zusammen im Fond, da sie sich selbst für diese kurze Fahrt nicht voneinander hatten trennen wollen. Freddy öffnete die Tür, zog Susanna heraus und stellte sie auf ihre kurzen, dicken Beinchen. Mole krabbelte hinter ihr her und sah sich mit großen Augen um: Da waren das burgartige Gebäude auf der anderen Seite des Hofs, unglaublich hohe Mauern rundherum und die beruhigend dicken, großen Tore am Pförtnerhaus. Er betete, dass sie geschlossen würden, und als hätte sie seine Gedanken gelesen, ging Freddy hinüber und schlug die schweren eichenen Barrieren zu.

Mole atmete tief durch. Er dachte: Wir sind *drinnen*! – und sah erleichtert zu Fliss.

Diese mühte sich mit dem Handgepäck ab – die größeren Stücke würden später von Carter Paterson gebracht werden –, wobei Mole ihr sogleich helfen wollte. Er zupfte an ihrem Rock und zeigte auf die Tore. Sie wusste sofort, was in ihm vorging.

»Hier sind wir sicher, Mole«, flüsterte sie. »Hab ich dir doch gesagt, oder? Bei Großmutter auf The Keep sind wir sicher.«

Freddy lachte über Susanna, als diese über den Rasen lief, sich ins warme Gras warf und sich austobte. Nach entbehrungsreichen Tagen in Flugzeug, Zügen und Hotelzimmern genoss sie ganz offensichtlich die neu gewonnene Freiheit.

»Hier kommst du nicht mehr raus«, rief sie fröhlich. »Du bist drin! Hier kann dir nichts passieren. Du kannst nicht raus.«

»Und niemand«, sagte Fliss, »kann hier *rein.*«

Freddy sah sie an und verspürte eine intensive Spannung; als wolle Fliss ihr damit etwas sagen.

»Ganz recht«, pflichtete sie ihr bei, da ihr sofort klar wurde, wie wichtig es war, dass die Kinder sich absolut sicher fühlten, wenn sie ihren unbeschreiblichen Schock überwinden sollten. »Hier seid ihr vollkommen sicher. Nur Freunde kommen hierher. Und Ellen und Fox kümmern sich um uns. Kannst du dich noch an Ellen und Fox erinnern, Fliss?«

»Oh, ja.« Die Sorgenfalte zwischen Fliss' Augenbrauen verschwand, und sie lächelte. »Ja, natürlich. Ellen und Fox«, wiederholte sie, als wären diese Worte eine Zauberformel. »Die hätte ich ja beinahe vergessen.«

»Na, das darfst du ihnen aber nicht sagen«, mahnte Freddy, als die Kinder ihre Sachen zusammensammelten. »Sie freuen sich so darauf, dich wieder zu sehen. Kommt schon. Sie sind bestimmt in der Küche und machen Tee.«

Während sie auf die Haustür zu trotteten, überkam Fliss wieder Besorgnis. Sie musste unbedingt unter vier Augen mit ihrer Großmutter sprechen, um ihr zu erzählen, was an jenem entsetzlichen Tag passiert war, an dem sie Cookie hatte schreien hören, an dem sie in die Küche gerannt war, wo ein Polizist Cookie geschüttelt und angeschrien hatte, sie solle sich beruhigen. Dann auf einmal hatte er ihr eine schallende Ohrfeige verpasst, nach der sie keuchte und schluckte und schließlich schwieg. Erst da hatte Fliss Mole entdeckt, der aschfahl unter dem Küchentisch gekauert und die schrecklichen Schilderungen des Polizisten mit angehört hatte.

Selbst jetzt wusste Fliss immer noch nicht genau, was Mole gehört hatte. Denn seit jenem Vorfall war Mole stumm geblieben; gefangen in seinem eigenen Schweigen. Es war zu spät gewesen, sich eine gemäßigte Version der Geschehnisse auszudenken. Der Polizist nahm an, der kleine, unter dem Tisch kauernde Junge würde die grässlichen Dinge wiederholen, die er der Köchin unvorsichtigerweise erzählt hatte, als er selbst noch unter Schock stand. Er verfluchte sich und tat sein Bestes – was nicht besonders gut war –, sodass Fliss zumindest die quälenden Einzelheiten erspart blieben, deren Zeuge Mole geworden war, als er unter dem Küchentisch gehockt hatte. Seitdem hatte Mole Fliss keine Sekunde mehr aus den Augen gelassen und – soweit das möglich war – sich immer an ihr festgehalten.

Wie sollte sie bloß Gelegenheit finden, allein mit ihrer Großmutter zu sprechen, um ihr all das zu berichten? Fliss wurde fast erdrückt von der Verantwortung und der Sorge, während sie doch selbst mit Trauer und Einsamkeit zu kämpfen hatte.

»Du bist jetzt die Älteste«, hatte eine Frau gesagt, die es gut meinte. Sie war eine Freundin ihrer Mutter und hatte sich um sie gekümmert, bis sie ausreisen konnten. »Du musst deinem Bruder und deiner Schwester jetzt eine kleine Mutter sein.«

Fliss hatte sie schweigend angestarrt, während Mole sich neben ihr in den Sessel verkroch. »Aber ich *bin* keine Mutter«, hatte sie sagen wollen, »nicht mal eine kleine. Und ich kann auch gar nicht die Älteste sein. Jamie ist der Älteste. Dass er tot ist, ändert daran doch nichts. Man kann doch nicht einfach die Älteste werden, bloß weil jemand stirbt ...«

Der Gedanke an Jamie, der so verantwortungsvoll gewesen war, sie stets alle im Griff gehabt hatte, der ihr immer ein Trost und so tüchtig gewesen war, der Gedanke an ihren großen Bruder hatte Fliss' Lippen beben lassen und ihr die Tränen in die Augen getrieben. Sie hatte sich an Mole geklammert und in sein dunkles Haar geweint, als er so passiv an ihr lehnte und auf Grund des Schocks noch nicht einmal weinen konnte.

»Nun komm schon.« Die Frau war offensichtlich enttäuscht von Fliss' mangelnder Selbstbeherrschung. »Du musst den Kleinen ein gutes Vorbild sein. Hier hast du ein Taschentuch. Einmal kräftig schnäuzen. Ja, so ist's brav.«

Sie hatte sich gehorsam die Nase geputzt, Mole über die Haare gestrichen und ihn in den Arm genommen, in der Hoffnung, mütterlich zu sein. Ihre Tränen aber waren nicht versiegt, sie liefen ihr den Rachen hinunter. Jetzt, hier auf The Keep hoffte sie, dass ihre Großmutter ihr einen Teil der Last abnehmen würde; aber dazu musste sie ihr ja erst erzählen ...

Fliss seufzte schwer, hielt Moles Hand weiter ganz fest und folgte Freddy die Stufen hinauf in die Eingangshalle.

**2** The Keep war gebaut worden, um darin behaglich und sorgenfrei leben zu können, und jede Generation hatte dem vorgegebenen Thema ihre eigenen Variationen hinzugefügt. Da Freddy die Zwillinge zwischen den Kriegen allein hatte großziehen müssen, hatte sie – mehr oder weniger unfreiwillig – ein eher zurückgezogenes Leben geführt. Sie stammte aus Hampshire, und Bertie war gestorben, bevor er sie – wie das in einer so ländlichen und einigermaßen abgeschiedenen Gegend nun einmal üblich war – in die hiesige Gesellschaft hatte einführen können. Viele seiner Altersgenossen waren ebenfalls im Krieg gefallen, und nur wenige von ihnen waren verheiratet gewesen. So kam es, dass The Keep sich zu einer eigenen kleinen Welt entwickelte und dass Freddy das Haus nach und nach ihren eigenen Bedürfnissen und Ansprüchen anpasste. Sie liebte es: die hohen Zimmer und die Geräumigkeit; den abgeschirmten Hof; die unvergleichliche Aussicht; den riesigen Kamin am hinteren Ende der Eingangshalle; ihr kleines Wohnzimmer im ersten Stock, von dem aus sie den Hof überblicken konnte; das großzügige Schlafzimmer, in dem sie dank der Fenster zum Süden und Osten von der frühen Morgensonne geweckt wurde.

Freddys Beitrag zum Thema Behaglichkeit hatte darin bestanden, Berties Ankleidezimmer zu einem weiteren, eigenen Badezimmer umbauen und die Küche modernisieren zu lassen. Ihre Entschuldigung dafür, im ersten Stock ein zweites Badezimmer zu haben, lautete, dass sie das ursprünglich vorhandene nur ungern mit ihrer Schwiegertochter Prue teilte, wenn diese zu Besuch kam. Freddy konnte es nicht ausstehen, wenn Körperpuder den Linoleumboden bedeckte, Strümpfe den Wäscheständer zierten und Prues verschwenderisch benutztes Parfum in der Luft hing. Als die Jungs älter geworden waren, hatten sie weiter die den Kindern vorbehaltenen Räume im zweiten Stock benutzt, sodass Freddy sich daran gewöhnt hatte, das Badezimmer ganz für sich zu haben. Sie war selbst überrascht gewesen, wie sehr es ihr widerstrebt hatte, es mit Prue zu teilen – und in die Überraschung hatten sich Schuldgefühle gemischt, die sie schließlich dazu veranlasst hatten, ihren Schwager Theo Chadwick zu Rate zu ziehen. Theo war sechs Jahre jünger als Bertie, und er war es gewesen, der der jungen Frederica den Spitznamen »Freddy« gegeben hatte, der sie getröstet hatte, als sie im schwangeren Zustand zur Witwe, Eigentümerin von The Keep und Hauptteilhaberin einer Firma wurde, von deren Geschäften sie keine Ahnung hatte. Theo war Priester und hatte bis vor kurzem als Marinegeistlicher gewirkt.

»Wozu brauchst du denn überhaupt eine Entschuldigung, noch ein Badezimmer zu bauen?«, hatte Theo sie verwundert gefragt. Es sah Freddy gar nicht ähnlich, ihn in solchen Dingen um Rat zu fragen. »Warum solltest du denn nicht dein eigenes Badezimmer haben dürfen?«

»Mir kommt das so dekadent vor«, erklärte Freddy. »Schließlich existiert ja ein völlig funktionsfähiges Badezimmer, und so oft kommen Prue und die Zwillinge nun auch wieder nicht.«

»Vielleicht würden sie öfter kommen, wenn sie sich nicht mehr mit dir das Badezimmer teilen müssten«, merkte Theo listig an.

Freddy runzelte die Stirn, bemerkte dann aber Theos verschlagenes Grinsen und funkelte ihn an. »Du bist ein Schuft, Theo. Jetzt habe ich ein *richtig* schlechtes Gewissen.«

»Mir fällt auf, dass du nie ein schlechtes Gewissen hattest, wenn die arme alte Ellen das heiße Wasser die Treppen hoch und runter schleppen musste«, stellte Theo fest. »Ich frage mich, was der Quell dieser edlen Gefühle ist.«

»Ich weiß gar nicht, warum ich überhaupt meine Zeit damit verschwende, dir von meinen Problemen zu erzählen«, brummelte Freddy – und erinnerte sich im gleichen Augenblick an jene frühen Jahre, als sie wohl kaum etwas anderes getan hatte, als sich an seiner Schulter auszuweinen. Sie fing an zu lachen. »Ach, hör doch auf«, sagte sie. »Ich gönne mir mein Badezimmer und werde damit glücklich!«

Jetzt, als Freddy am Fenster ihres kleinen Wohnzimmers stand und auf den Hof hinunter sah, musste sie an Theo denken. Ob Theo wusste, wie man mit einem kleinen Jungen umzugehen hatte, den eine Tragödie seiner Sprache beraubt hatte? Fliss hatte Freddy von Moles Schweigen berichten können, als Ellen ihn gebadet hatte; davon, wie er sich unter dem Küchentisch befunden hatte, als der Polizist gekommen war, und seitdem kein Wort mehr gesagt hatte. Freddy war entsetzt gewesen, zumal sie sich vorstellen konnte, was der unvorsichtige Beamte der Köchin erzählt haben mochte. Dass sie sich diese Einzelheiten immer wieder ausmalte, trug schließlich erheblich zu ihrem eigenen Schmerz bei – wie sehr also musste Mole erst leiden? Freddy hatte auch Ellen gewarnt, und die beiden Frauen hatten sich verzweifelt angesehen, da sie nicht wussten, wie sie mit diesem neuen Problem umgehen sollten. Zumindest erklärte das, warum Fliss darauf bestanden hatte, dass sie und Mole gemeinsam in einem Zimmer schliefen, sodass er sie immer sehen und berühren konnte, und warum sie so erleichtert gewesen war, als sie gesehen hatte, dass das Kinderzimmer genau so eingerichtet worden war, wie sie es erhofft hatte.

Lange Schatten legten sich auf das Gras, und Freddy hörte die schrillen Rufe der Mauersegler, die hoch über ihr in der warmen Abendluft um die Wette flogen. Rosenduft drang durch das offene Fenster zu ihr, und im Obstgarten jubilierte eine Drossel. Diese ihr so vertrauten kleinen Freuden beruhigten sie ein wenig, doch nicht weit unter der Oberfläche ihrer Gedanken beherrschte sie noch immer die Angst. Die Aussichten waren auch ohne diese neue Komplikation beängstigend genug.

Freddy wandte sich vom Fenster ab und betrachtete ihr Zimmer. Dies war so etwas wie ihr privates Heiligtum; hier hatte sie alle ihre Lieblingsstücke zusammengetragen. Mitunter erlaubte sie sich den Luxus, neue Stücke zu kaufen, um ihre Sammlung zu vergrößern. Die schweren viktorianischen Möbel der früheren Chadwicks hatte sie zu Gunsten der zierlichen Stücke einer etwas eleganteren Epoche abgelehnt – aber eine Puristin war sie nicht. Sie suchte sich die Dinge aus, die ihr gefielen, und ihre Vorlieben verbanden sich zu einem wunderbaren Muster. Das Zimmer war wie aus einem Guss. Der Sekretär mit den flachen Schubladen und der geschwungenen Front; das hohe Bücherregal, hinter dessen Verglasung sich ihre Lieblingsbände aneinander reihten; ein kleiner Tisch mit Einlegearbeit, auf dem eine Vase mit Rosen stand; zwei bequeme, moderne Sessel, in denen man versinken konnte. Ein Eckregal bot einigen kostbaren Stücken Porzellan und Glas Platz; ein Radioapparat stand auf einem Hocker neben ihrem Sessel. An den blassen Wänden hingen mehrere Gemälde von Widgery – am besten gefielen Freddy seine Moormotive –, und in den schweren, moosgrünen Vorhängen wiederholte sich die Farbe, die auch in die dicken Axminster-Teppiche gewoben war.

Ihre nervöse Aufgewühltheit legte sich etwas, und sie atmete tief durch. Eigentlich hatte sie doch gerade an Theo gedacht ... Er hatte sie gebeten, ihn anzurufen, sobald die Kinder heil angekommen wären. Sofort durchzuckte sie wieder Verärgerung: Er hätte hier sein sollen, bei ihr, um sie in dieser schweren Stunde zu unterstützen! Stattdessen schloss er sich in seine paar Zimmer mit Blick auf den Kanal in der Wohnung in Southsea ein und schrieb an seinem gottverdammten Buch *Die Moral des Krieges*. Und doch musste Freddy lächeln.

»Kann der Krieg eine Moral haben?«, hatte sie ihn gefragt. »Ich finde Krieg ziemlich unmoralisch. Warum machst du nicht etwas Sinnvolles, wenn du dich zur Ruhe setzt?«

»Wie definierst du ›sinnvoll‹?«, hatte er sie höflich gefragt – und sie hatte keine Antwort gewusst. Nein, eigentlich hatte sie nur nicht gewagt, das auszusprechen, was ihr als Erstes in den Sinn gekommen war, nämlich: »Wenn du dich zur Ruhe setzt, dann komm hierher, wohne mit mir auf The Keep und sei einfach da. Sei bei mir und bring mich zum Lachen.«

Ihr war klar, wie egoistisch das klingen würde, und darum schwieg sie. Sie wusste, dass Theo ihre Privatsphäre niemals verletzen und sich in die Angelegenheiten, die The Keep betrafen, nicht einmischen würde; sie wusste, dass sie ihn in jenen Momenten unerträglicher Einsamkeit bei sich haben wollte, damit er sie aufheiterte. Über die Jahre hatten sie eine merkwürdige Beziehung gepflegt. Nachdem Bertie gestorben war, hatte Freddy immer wieder Theos Gott angegriffen und ihrem Schwager dargelegt, warum sie an diesen Gott nicht glauben konnte, und Theo hatte geduldig zugehört. In ihrem Schmerz nach Johns Tod hatte sie sich gegen Theos unerschütterlichen Glauben aufgelehnt und darauf bestanden, dass er ihn rechtfertigte. Theo hatte sich geweigert; er hatte den Kopf geschüttelt in der Gewissheit, dass dies nicht der richtige Zeitpunkt war für eine ihrer theologischen Diskussionen. Und doch empfand sie seine Anwesenheit als tröstlich. Sie brauchte Theo nur zu sehen – sein dichtes in die Stirn fallendes, dunkles Haar, seine braunen Augen –, und sie entspannte sich augenblicklich. Es war, als würde ein Teil der Last ihres Verlustes, ihres Schmerzes auf ihn übertragen.

Ein Hoffnungsschimmer erwärmte Freddy, als sie daran dachte, das neu aufgetauchte Problem mit ihm zu besprechen. Sie schloss die Wohnzimmertür hinter sich und ging nach unten in ihr Arbeitszimmer.

Die Kinder schliefen bereits. Durch die zugezogenen Vorhänge des Kinderzimmers drang das späte Licht des Mittsommerabends, und Ellen bewegte sich fast lautlos durch den Raum, um Wäsche zusammenzulegen, Handtücher aufzuheben und die Kleidungsstücke aus den Koffern zu inspizieren. Ellen: stets diskret im Hintergrund, unermüdlich im Einsatz für ihre Herrin. Ihr Stolz, als sie dazu auserwählt wurde, sich um Miss Frederica zu kümmern, sie gar zu begleiten, als sie heiratete, war eine Art Jubel gewesen, doch dieser jubelnde Stolz wurde gemäßigt durch ihren scharfen Sinn für Humor. Dieser Humor beseelte Ellens Arbeit und verlieh ihr Stärke. In jungen Jahren hatte sie über all die Qualitäten verfügt, die ein Dienstmädchen auszeichneten: Sie war farblos und unauffällig gewesen, obschon bei genauerem Hinsehen ein energischer Zug um den Mund zu erkennen war; ein durchdringender, unnachgiebiger Blick, dem keine Anmaßung standhielt; ein Entschlossenheit verratender Kiefer. Sie war immer sauber und adrett, ihr braunes Haar glatt, ihre Schürzen stets gestärkt und makellos. Sie war flink, besaß eine schnelle Auffassungsgabe, liebte Freddy – und all jene, die Freddy liebte – und schätzte sich glücklich, den Rest ihres Lebens auf The Keep verbringen zu dürfen.

In den Jahren nach dem Ersten Weltkrieg waren sie und Freddy sich sehr nahe gekommen, sie hatten sich die Erziehung der Jungs und den Haushalt geteilt, wobei Fox ihnen geholfen hatte. Fox hatte als junger Kanonier unter Bertie gedient, als dieser 1915 zum Adjutanten des Artillerieoffiziers befördert wurde. Nach dem Krieg hatte Fox sich auf den Weg nach The Keep gemacht, um Berties Familie vom Mut und der Tapferkeit des Lieutenant Chadwick in seiner letzten Schlacht zu berichten. Der junge Fox und die Offizierswitwe mit ihren Zwillingen waren sich auf Anhieb sympathisch gewesen, sodass Fox The Keep nur noch einmal und gerade so lange verließ, wie es dauerte, um seine Habseligkeiten aus einer Pension in Plymouth zu holen. Von da an hatte er sich um The Keep gekümmert.

Ellen mochte Fox. Der Krieg hatte ihn über sein Alter von 26 Jahren hinaus reifen lassen; er war zurückhaltend, aber fleißig und gewissenhaft. Eine Zeit lang hatte sie mit dem Gedanken gespielt, sich in ihn zu verlieben. Das wäre im Grunde vernünftig gewesen, ja, es hätte geradezu gepasst, aber irgendwie hatte sie doch nie ausreichend Begeisterung für ihn aufbringen können, um die letzte Hürde seiner Zurückhaltung zu überwinden. Abgesehen davon genoss sie ihre Unabhängigkeit und die Freiheit, ihm sagen zu können, was sie wollte, ohne dieses schlechtes Gewissen haben zu müssen, das man durch die Eheschließung zusammen mit all den weltlichen Gütern zu erwerben schien. Wenn er mit ihr in der Küche saß und Tee trank, beobachtete sie ihn heimlich – sein spitzes Kinn, seine starken, geschickten Finger, seine lässig ausgestreckten Beine. Sie hatte ihn sich oft in etwas intimeren Situationen mit sich selbst vorgestellt, doch obwohl diese Fantasien ihren Atem etwas zu beschleunigen vermochten und ihren Unterleib wohlig erschauern ließen, reichten sie nicht aus, um ihn ernsthaft als Lebenspartner in Betracht zu ziehen.

Sie hatte sich wieder voll und ganz der Pflege der Babys zugewandt, da sie spürte, dass darin ihre wahre Bestimmung lag. Im Laufe der Jahre hatte sie sich mehrfach gefragt, ob sie ihr eigenes Glück geopfert hatte, aber diese Gedanken vergingen so schnell, wie sie kamen. Sie und Fox waren auf diese Weise viel zufriedener miteinander, als sie es je gewesen wären, wenn sie ihrer Leidenschaft nachgegeben hätten. Sie vergötterte die Zwillinge – und ihre Strenge und eiserne Disziplin waren das Maß ihrer Liebe für sie. Diejenigen, die Ellen liebte, maßregelte und drangsalierte sie, und die Zwillinge – und gelegentlich auch Freddy – wurden ganz besonders gemaßregelt und drangsaliert. Ellen zog keinen der Jungs dem anderen vor, sodass die Zwillinge zu selbstbewussten und glücklichen Menschen heranwuchsen. Sie wurden geliebt – und doch wurden ihnen klare Grenzen gesetzt: Sie wurden umsorgt – und doch wurden sie bestraft, wenn sie gegen die Regeln verstießen, an die man sich in einer Gesellschaft – und sei es nur in der kleinen Gesellschaft zu Hause – halten musste. Früher oder später würden sie sich der großen Gesellschaft, in der sie lebten, anpassen müssen, und je eher sie sich darüber klar wurden, desto besser war es für sie, desto größer würden ihre Freiheiten in jener Gesellschaft sein.

Und jetzt waren sie tot. Johns Kinder, die Zwillinge Henry und Katharine – Hal und Kit – kamen oft nach The Keep, wo Ellen sie umhegte, ihnen ordentlich zu essen gab und sich ihre Probleme anhörte. Jedes Mal, wenn sie wieder abreisten, war Ellen traurig, obgleich sie wusste, dass sie langsam zu alt wurde, um mehr zu sein als Köchin und Haushälterin. Diese beiden Tätigkeiten hatte sie nach und nach übernommen, als es immer schwieriger geworden war, für einen so entlegenen Flecken Personal zu finden. Also hatten sie, Freddy und Fox sich ein ruhiges, häusliches Leben eingerichtet, das durch die Besuche von Prue, den Zwillingen und Theo belebt wurde.

Und dann auf einmal diese schreckliche Nachricht, die ihren wohlverdienten Frieden zerstörte, die keine Rücksicht darauf nahm, dass sie sich gerade erst mit den früheren Verlusten abgefunden hatten, und die ihr beschauliches Hinübergleiten ins Alter jäh unterbrach. Ellen hatte die weinende Freddy umarmt, während ihr selbst Tränen über die Wangen liefen, die lautlos in Freddys ergrauendem blonden Haar landeten – doch viel Zeit für Trauer war ihnen nicht geblieben. Die Kinder sollten sofort zu ihrer Großmutter nach England geschickt werden, und gemeinsam mit Ellen und Fox hatte Freddy sich in einen Wust von Vorbereitungen gestürzt. Sie hätten alles getan, um nicht an jenen grausamen Vorfall denken zu müssen.

Ellen zog die Vorhänge noch sorgfältiger zu und sah dann

nach der im großen Kinderbett schlafenden Susanna. Ihre Glieder lagen schwer und zufällig wie in Wasser gegossenes Blei – einem Seestern gleich ruhte eine Hand auf ihrer Brust, und ihre Puppe saß gegen die Gitterstäbe gelehnt. Behutsam deckte Ellen das Laken über das schlafende Kind und entfernte sich leise. An der Tür zum anderen Kinderzimmer blieb sie stehen – Stille. Und doch zog es Ellen hinein.

Fliss schlief den Schlaf der Erschöpften, runzelte aber selbst in diesem Zustand noch die Stirn. Ellen betrachtete sie nachdenklich. Sie wusste, wie sehr Fliss an ihrem großen Bruder gehangen hatte, und sie konnte sich vorstellen, wie sehr sie litt. Ratlos fragte sie sich, wie sie dem Kind nur über diesen Verlust hinweghelfen könnte ... Im Halbdunkel hinter ihr bewegte sich etwas. Ellen wollte nach Mole sehen, drehte sich zu seinem weiß gestrichenen, kleinen Eisenbett um und fuhr zusammen. Er saß kerzengerade im Bett und beobachtete sie aus großen, angstgeweiteten Augen. Ellen ging schnell zu ihm und setzte sich so auf das Bett, dass er seine Beine anziehen musste. Mole warf noch einen kurzen Blick auf Fliss und sah dann zu Ellen auf.

»Sie schläft tief und fest«, flüsterte sie. »Und das ist gut so. Weck sie nicht auf.«

Gehorsam schüttelte er den Kopf, aber er sah sehr unglücklich aus. Ellen rückte sein Kissen zurecht und strich ihm das dunkle Haar – Theos Haar – aus der weichen Kinderstirn.

Mole war schon früher erschöpft gewesen als Fliss und sofort eingeschlafen. Doch der Schlaf hatte ihm nur die inzwischen wohl bekannten Albträume beschert. Die Äußerungen des Polizisten hatten sich in Moles Kopf zu einem entsetzlichen Film zusammengefügt – Äußerungen, von herzzerreißenden Schluchzern unterbrochen, die unbarmherzig in seinen Ohren widerhallten. »... Sie hatten sich auf den Bäumen versteckt, wie dunkle Schatten haben sie bloß darauf gewartet, dass das Auto aus der Sonne in den Schatten fuhr. Oh, mein Gott! Überall war Blut. Sie hatten Macheten dabei, Beile,

Stöcke ... Sie haben die Chadwicks aus dem Auto gezerrt und auf sie eingeschlagen und sie zerstückelt. Das Hemd von dem Jungen triefte vor Blut ... Sie haben seinen Kopf fast zu Brei geprügelt, so brutal, dass er sich beinahe vom Körper löste ...« In dem Moment hatte Cookie angefangen zu schreien, und Fliss war in der Küchentür erschienen ...

Mole war aufgewacht und hatte Ellen neben dem Bett seiner Schwester stehen sehen. Einen schrecklichen Moment lang hatte er vergessen, wo er war, aber seine Angst hatte nachgelassen, als Ellen sich zu ihm setzte. Nun saß sie immer noch ganz ruhig neben ihm und grübelte nach, während er sie beobachtete. Da kam ihr eine Idee.

»Komm«, sagte sie leise, schlug seine Decke zurück und nahm seine Hand. »Komm mit, ich zeig dir was.«

Er zögerte und warf einen hoffnungsvollen Blick auf Fliss, doch Ellen schüttelte unnachgiebig den Kopf.

»Nicht aufwecken«, flüsterte sie. »Das arme Lämmchen ist völlig erschöpft. Komm mit. Bei mir bist du sicher.«

Widerwillig folgte er ihr. Solange er konnte, wandte er den Kopf nach Fliss um und wünschte sich, sie zu wecken. Kaum war er jedoch in Ellens kleiner Kammer und erblickte den Welpen, der mit seiner Mutter in einem großen Hundekorb lag, vergaß er alles andere. Mole kauerte sich neben die beiden und streckte zögernd die Hand nach dem kleinen warmen Körper aus. Die große, rostfarbene Hündin hob den Kopf und sah Mole einige Sekunden unverwandt an, bevor sie sich ächzend wieder hinlegte. Der Welpe rührte sich, gähnte mit weit aufgerissenem, rosafarbenem Mäulchen und rappelte sich mühsam auf. Er tapste mit wedelndem Schwanz aus dem Korb und kletterte auf Moles Knie.

»Ist der nicht süß?«, flüsterte Ellen. »Acht Wochen alt. Die anderen haben wir weggegeben, aber den behalten wir. Es ging ihm nicht so gut, darum habe ich ihn eine Weile hier oben gehabt und gepflegt. Jetzt ist er kerngesund. Ich mache eben etwas Milch warm für ihn. Und du bekommst auch welche.«

Völlig hingerissen spielte Mole mit dem Welpen, der gierig seine Milch trank und sich danach auf einer Zeitung neben der Tür zu schaffen machte. Er rannte zurück zu Mole, warf sich gegen ihn, biss sich in seinem Schlafanzugärmel fest, zerrte daran herum und kämpfte verspielt. Einen winzigen Augenblick lang lächelte Mole. Er sah zu Ellen auf – ein ganz normaler, glücklicher kleiner Junge –, und sie empfand grenzenlose Erleichterung, als sie sein Lächeln erwiderte.

»Er ist eine Nervensäge«, flüsterte sie – und beschloss, eine ihrer eisernen Regeln zu brechen. »Hast du Lust, ihn mit zu dir ins Bett zu nehmen?«

Mole sah sie ungläubig an, und sie bejahte seine unausgesprochene Frage mit einem Nicken.

»Warum nicht? Komm schon. Ich packe euch ins Bett.«

Sie kuschelten sich in dem engen Bett aneinander. Der Welpe freute sich über Moles Wärme.

»Und jetzt keinen Piep mehr«, warnte Ellen Mole. »Sonst kriegt er Angst. Er ist ja noch ein Baby. Du musst dich um ihn kümmern und darauf achten, dass er keine Angst hat. Meinst du, du kannst das?«

Mole nickte. Ja, das konnte er wohl. Ellen lächelte und gab ihm einen Kuss.

»Schlaf gut«, sagte sie – und ging hinaus.

Vorsichtig hob Mole den Kopf und spähte hinüber zu seiner Schwester. Er hätte ihr so gerne den Welpen gezeigt, aber er wollte auf keinen Fall Ellens Zorn erregen und schon gar nicht riskieren, dass ihm der Welpe weggenommen wurde. Der kleine Hund schlummerte friedlich, und der immer noch verwirrte, doch weniger angespannte Mole streichelte ihn zärtlich, bis auch er einschlief.

# 3

Theo Chadwick lehnte an der Brüstung und beobachtete die Fähre, die die Isle of Wight mit Portsmouth verband. Das Wasser lief sachte auf und zerstörte langsam, aber sicher dutzende von Sandburgen, die an milden Junisonntagen stets wie Pilze aus dem Boden schossen. Die Sonne war bereits untergegangen und nahm nun auch noch die letzten Strahlen mit sich, sodass die Insel sich nachtblau und scharf wie ein Scherenschnitt gegen den etwas helleren Hintergrund abhob – entlegen, aber doch für immer in den tiefen Wassern des Ärmelkanals verankert. Als schwarzviolette, goldgerahmte Gewitterwolken sich von Westen her auftürmten, war die Fähre auf ihrem Weg nach Ryde nur noch aufgrund ihrer Lichter zu erkennen. Ein schöner Anblick auf dem anschwellenden, dunklen Wasser, den Theo eine Weile genoss, bevor er sich vom Geländer löste und in die Stadt zurückkehrte. In Kürze würden unzählige Feriengäste den Ort bevölkern; würden Zug für Zug hier eintreffen, die Pensionen stürmen, die Erwachsenen, mit Decken und Badesachen und Picknickkörben beladen, zum Strand wackeln, während die Kinder Eimer, Schaufeln, bunte Windräder und Fähnchen mitschleppten, um die schönste Sandburg zu bauen. Theo hatte schon beschlossen, nach Devon zu flüchten, in die Ruhe und den Frieden von The Keep.

Diese Entscheidung hatte er gefällt, bevor die entsetzliche Nachricht aus Kenia sie erreicht hatte, aber Freddy hatte ihn inständig und verzweifelt gebeten, seine Pläne nicht zu ändern. Sie versicherte ihm, dass sie ihn mehr denn je brauche. Theo – der sich nie ganz sicher gewesen war, ob er eigentlich eine Belastung oder eine Bereicherung darstellte – hatte ihr versprochen, dass er kommen werde, sobald die Kinder sich etwas eingelebt hatten. Und dann hatte Freddy ihn angerufen und ihm erzählt, dass der kleine Sam – oder Mole, wie die Familie ihn nannte – seit jenem unglücklichen Tag kein Wort mehr gesprochen hatte. Diese furchtbare Neuigkeit hatte er aus Freddys wirrem Redefluss über Autounfälle, die unmögliche Reisebegleiterin der Kinder und andere kleine Dramen herausgehört. Theo konnte sich die Situation nur zu gut vorstellen: den vor Schock wie ein Wasserfall plappernden Polizisten, die hysterische Köchin und den unter dem Tisch versteckten Mole. Wie grauenvoll mussten die Details gewesen sein, die er unfreiwillig mit angehört hatte!

Theo stieg die schmalen Stufen zu seinen Zimmern hinauf, die im ersten Stock eines zu zwei Wohnungen umgebauten Hauses lagen. Er hatte die Räume von einem befreundeten älteren Ehepaar gemietet, einem ehemaligen Korvettenkapitän und seiner Frau. Es war eine nette Wohnung, die über einen ausreichend großen Schlafraum und ein geräumiges Wohnzimmer mit einem Gasofen und einem Erkerfenster mit Blick aufs Meer verfügte. Außerdem gab es einen Ankleideraum, von dem aus man in den Garten sehen konnte, eine sehr kleine Küche und ein angemessenes Badezimmer. Der Ankleideraum diente Theo als Arbeitszimmer – er hatte sehr schnell herausgefunden, dass eine zu interessante Aussicht zu enttäuschenden Resultaten seiner Arbeit führte.

Er ging in die Küche, machte den Gasherd an, füllte den geschwärzten Kessel mit Wasser und stellte ihn auf die Flammen. Der leichte Mäusegeruch und die untilgbaren Flecken auf der Holzarbeitsfläche kümmerten ihn nicht, und ebenso wenig kümmerte es ihn, was er aß und trank, wenn er allein war. Im Moment dachte er über Mole nach und erinnerte sich an die vielen unterschiedlichen Reaktionen auf Terror, Schreck und Gewalt, deren Zeuge er während des Krieges geworden war. Wenigstens war Mole noch sehr jung. Man konnte nur hoffen, dass sich sein Schock mit viel Liebe und Geborgenheit lindern ließ.

Theo nahm seine alte braune Teekanne zur Hand und brühte den Tee auf, während seine Gedanken nun um Freddy kreisten. Sie war so mutig und stark gewesen, hatte mit unvergleichlicher Tapferkeit die Schläge ertragen, die das Schicksal an sie ausgeteilt hatte.

»Warum ich?«, hatte sie ihn verzweifelt gefragt – und er war nicht in der Lage gewesen, ihr darauf zu antworten.

Theo sann über einen unerkennbaren, unsichtbaren, unvorstellbaren Gott nach. In Glaubenssachen hatte er sich schon längst von dem Bedürfnis nach Symbolen gelöst und sich der Kontemplation zugewandt, die ihn mit tiefer Seligkeit erfüllte. Hilflos musste er dabei zusehen, wie Freddy in Rage geriet und einem Gott zürnte, den sie klein und egoistisch, launenhaft und niederträchtig nannte. Er hatte versucht, ihr zu helfen. Im Laufe der Jahre hatte er von freiem Willen und der gestalterischen Macht der Liebe gesprochen, von der Torheit, Gott »verstehen« zu wollen. Er zitierte aus dem Buch Hiob – *»Wo warst du, als ich die Erde gründete?«* – und versuchte, ihr das Mysterium verständlich zu machen, indem er es mit festgelegten naturwissenschaftlichen Regeln verglich: unerbittlich, unveränderlich. Freddy aber betrachtete die Dinge nur von ihrem ganz persönlichen Standpunkt aus, sodass das Einzige, was er tun konnte, war, sie weiter zu lieben.

Er nahm Tasse und Untertasse mit ins Wohnzimmer und setzte sich vor das Erkerfenster. Er sah über den Kanal, dessen glatte, ölige Oberfläche von den ersten Regentropfen durchlöchert wurde. Gleich würde er seinen Fahrplan holen und sich über die Abfahrtszeiten der Züge in Richtung Westen informieren. Vielleicht würde er seine Reise in Bristol unterbrechen und Prue besuchen. Nachdenklich nippte Theo an seinem Tee. Ob Prue wohl von Mole wusste? Eher unwahrscheinlich, entschied er. Freddy hatte bestimmt nicht an Prue gedacht. Er fand es traurig, nahm aber an, dass es normal war, dass Freddy und Prue von einem Missverständnis ins nächste stolperten. Jede von ihnen glaubte, das ausschließliche Recht zur Trauer zu haben, wenn es um John ging.

»Ich war seine *Mutter*!«, hatte Freddy gerufen. »Er gehörte so lange zu mir, bevor er zu ihr gehörte.«

»Ich war seine *Frau*!«, tobte Prue. »Eine Frau bedeutet einem Mann viel mehr als seine Mutter.«

Theo hatte versucht zu vermitteln.

»Wundert mich gar nicht, dass du *ihre* Partei ergreifst«, fuhr Freddy ihn an. »Sie ist schließlich jung und hübsch. Männer sind ja so leicht zu beeindrucken. Natürlich hatte ich auf deine Loyalität gehofft, aber ...«

»Habe ich mir schon gedacht, dass du auf *ihrer* Seite sein würdest«, schniefte Prue vorwurfsvoll. »Die Chadwicks halten natürlich zusammen.«

»Du bist doch jetzt auch eine Chadwick«, hatte Theo ruhig entgegnet. »Deine Kinder sind Chadwicks.«

Prue schnaubte. »Ich weiß nicht, wie Freddy sich vorstellt, dass ich mit diesem mickrigen Unterhalt auskommen soll. Außerdem ändert sich der Betrag von Jahr zu Jahr ...«

Theo hatte zum wiederholten Male versucht, Prue das Prinzip zu erklären, nach dem ihr von den Anteilen, die John gehört hätten, wenn er noch am Leben wäre, eine Dividende ausgezahlt wurde. Freddy war es zu riskant, Prue die Anteile zu überlassen – und das hatte sie Theo gegenüber auch so gesagt –, aber der an Prue ausgezahlte Betrag war großzügig genug, wenn man bedachte, dass Freddy außerdem das Schulgeld für Hal und Kit bezahlte und auch sonst hier und da finanziell aushalf.

Theo trank den Tee aus und stellte Tasse samt Untertasse auf dem runden Eichentisch im Erker ab, an dem er – auf das Meer blickend – die meisten Mahlzeiten einnahm. Er würde nach Devon fahren und sehen, ob und wie er helfen konnte. Und jetzt würde er Prue anrufen und sich mit ihr verabreden.

Hal ging ans Telefon. »Hallo, Onkel Theo«, sagte er fröhlich. »Wie geht's dir? ... Uns geht es gut ... Nein, Mutter ist nicht da, tut mir Leid. Soll ich ihr etwas ausrichten?«

Theo erklärte ihm, dass er sich auf seinem Weg nach Westen in der kommenden Woche gerne für eine Nacht bei ihnen einnisten würde.

»Hast du es gut«, beneidete Hal ihn. »Wenn wir doch auch schon hinfahren könnten! Bis zu den Sommerferien ist es noch soooo lang.«

Theo bedauerte Hal ein wenig und erkundigte sich dann nach Kit.

»Kit geht's gut«, sagte Hal. Dann trat eine winzige Pause ein, und als Hal wieder anfing zu sprechen, war seine Stimme ganz verändert. »Wie geht es den anderen?«, fragte er unsicher. »Das ist ja so schrecklich. Großmutter hat angerufen, um Bescheid zu geben, dass sie heil angekommen sind ...« Die Stimme versagte ihm.

Theo versicherte ihm, dass die Kinder sich gut einlebten, trug ihm herzliche Grüße an Prue und Kit auf und verabschiedete sich. Er würde sich um die Zugfahrt kümmern und morgen mit Prue sprechen.

»Wer war das?«, fragte Kit, die an dem Frequenzregler des Radioapparates herumfummelte. »Das Palm-Court-Konzert ist zu Ende. Was wollen wir jetzt machen?«

»Das war Onkel Theo.« Hal guckte nachdenklich. »Er fährt nach The Keep.«

Kit warf sich auf das Sofa. »Hat der's gut! Warum können wir denn noch nicht hin ... Obwohl, mit den ganzen Kindern da wird's eh nicht mehr wie früher.«

»Ach, komm.« Hal fühlte sich nicht wohl in seiner Haut. »Ihnen ist was ziemlich Schreckliches passiert.«

»Dass Daddy im Krieg gefallen ist, war auch schrecklich«, verteidigte Kit sich. »Er wurde torpediert. Ist entweder in die Luft geflogen oder ertrunken. Schrecklicher geht es doch wohl kaum. Um uns wurde nicht so ein Theater gemacht.«

»Wir hatten ja auch noch unsere Mutter«, stellte Hal verständig fest. »Und außerdem waren wir ja noch Babys. Wir können uns doch an gar nichts erinnern. Und es ist schon *zwölf Jahre* her.«

Kit zuckte mit den Schultern. Sie sah ihre Position auf The Keep in Gefahr und befürchtete, dass Fliss und die anderen nun statt ihr und Hal im Mittelpunkt stehen würden. Insgeheim fand sie es natürlich auch schrecklich, was mit Onkel Peter, Tante Alison und Cousin Jamie passiert war. Nach jenem Telefonanruf hatten Prue und Kit gemeinsam bitterlich geweint. Im Gegensatz zu Freddy, die nach Berties Tod an traditionellen Rollenzuweisungen festgehalten hatte, hatte Prue die heranwachsenden Zwillinge mehr wie ihre Freunde denn wie ihre Kinder behandelt. Hal und Kit nahmen ebenso Anteil an den Freuden und Kümmernissen ihrer Mutter, wie diese Anteil an ihren nahm, und die drei bildeten eine glückliche, wenn auch unkonventionelle kleine Gruppe. Disziplin war nicht gerade eine von Prues Stärken – »Sie hat keine Ahnung, wie sie sich selbst disziplinieren soll, von Hal und Kit ganz zu schweigen«, hatte Freddy schon mehr als einmal geäußert –, und die Zwillinge nutzten ihre Gutmütigkeit oft aus. Aber sie liebten ihre unkomplizierte, ein bisschen verrückte Mutter über alles und waren immer auf ihrer Seite.

Kit drehte sich auf dem Sofa, sodass die Beine über die Rückenlehne hingen, und ließ den Kopf vorne vom Sitz baumeln. Ihre Haare reichten bis zum Boden, und sie schnitt ihrem Bruder eine Grimasse, indem sie schielte und ihm die Zunge herausstreckte. Hal seufzte erleichtert. Jetzt wusste er, dass Kits kurze Schmollphase vorbei und sie wieder ganz die alte, fröhliche Kit war. Diese merkwürdigen neuen Launen, die ihre sonst so ausgeglichene Beziehung störten, waren Hal ein Rätsel. Die Zwillinge waren sich nicht sehr ähnlich. Hal ähnelte seinem Vater und seiner Großmutter. Er war groß und blond, elegant und harmonisch. Seine Schwester sah aus wie eine kleinere, jüngere Ausgabe von Prue. Sie hatte seidiges, aschbraunes Haar und rauchblaue Augen. Ihre seltsamen Launen waren auch ihr ein Rätsel, und sie war sehr froh, Hal zu haben. An ihm konnte sie ihre Ideen und Meinungen erproben, bevor sie den Rest der Welt damit konfrontierte. Und abgesehen davon war es richtig nett, einen Bruder zu haben, der von all ihren Schulfreundinnen angehimmelt wurde. Ab dem kommenden Herbst würden sie beide ins Internat gehen – Hal ins Clifton College, Kit in die Badminton School. Sie waren beide aufgeregt, aber auch etwas ängstlich ...

»Weißt du was?« Unvermittelt schwang Kit herum und ließ sich vom Sofa gleiten. »Wir spielen Monopoly. Ich nehme den Stiefel, und du kannst das Auto haben. Pudge und Binker kriegen den Hut und das Bügeleisen.«

Schon vor langer Zeit hatten Hal und Kit sich diese beiden zusätzlichen Spielkameraden ausgedacht. Niemand, nicht einmal die Zwillinge selber, wusste so recht, wer oder was diese Figuren eigentlich waren – nicht einmal ihre Namen waren immer die gleichen, sie wurden ganz nach Lust und Laune der Zwillinge erweitert, abgeändert oder gekürzt; und obwohl Hal und Kit nun langsam herauswuchsen aus solchen kindlichen Fantasien, konnten sie doch noch nicht ganz von diesen imaginären Freunden lassen.

Hal folgte Kit durch den schmalen Flur ins Esszimmer. Kit öffnete die Anrichte und suchte das Monopolyspiel, während Hal die schweren Eichenstühle unter dem Tisch hervorzog. Er war in Gedanken noch immer bei seinen Cousins auf The Keep und bei Kits Reaktion von vorher. Er konnte sich ungefähr vorstellen, was sich in seiner Schwester abspielte, wusste aber nicht, wie er ihre Bedenken zerstreuen sollte. Ihr plötzlicher Vorschlag, ihr einstiges Lieblingsspiel zu spielen, war sicher Kits banger Versuch, Geborgenheit zu finden. In ihrem Leben in Bristol fehlte es an einer ganz bestimmten Art von Geborgenheit, aber Hal wusste, dass Kit eben diese auf The Keep fand und darum Angst hatte, sie zu verlieren.

Als sie das Spiel aufbaute, summte sie vor sich hin, und Hal entspannte sich. Ihre Laune war vorbei, und auch seine Stimmung besserte sich deutlich. Er war überzeugt, dass ihre Ängste sich in Luft auflösen würden, wenn sie in den Ferien zu Großmutter fuhren, und seufzte erleichtert. Kit lächelte ihn an – sie hatte seine Besorgnis gespürt – und fühlte sich ungleich besser.

»Wer die höchste Zahl hat, fängt an«, sagte sie. »Ich werfe für Pudgie.« Und damit streckte sie die Hand nach dem Würfel aus.

»Ich muss gehen, Liebling«, sagte Prue. Sie zog eine große, eckige Krokodilledertasche auf ihren Schoß und suchte nach Puder und Lippenstift. Der Mann ihr gegenüber beobachtete sie nachsichtig, während sie sich in dem kleinen Spiegel betrachtete, konzentriert Lippenstift nachzog, kritisch ihr Gesicht prüfte und an einer Locke zog. Sie lächelte ihn kurz an, als sie die Puderdose zuklappte, die sie sodann zusammen mit dem Lippenstift in die geräumige Handtasche fallen ließ. Er lehnte sich nach vorne und legte seine Hand auf ihre.

»Musst du wirklich?«

Die Absicht hinter dieser gehauchten Frage war eindeutig, doch Prue schüttelte den Kopf. »Ich habe dir gesagt, dass ich heute nur Zeit für einen Drink habe. Die Kinder sind allein.«

»Aber sie sind doch keine Babys mehr«, sagte er. Seine Stimme klang immer noch zärtlich, allerdings zog er jetzt seine Hand zurück und richtete sich etwas auf.

»Das weiß ich.« Prue guckte besorgt. »Sei nicht böse, Tony. Aber wir haben uns diese Woche schon so viel gesehen, und wir waren uns doch einig, dass wir die Sache langsam angehen wollten, oder etwa nicht? Schon vergessen?«

»Ich muss verrückt gewesen sein.« Er trank seinen Whisky aus und war anscheinend wieder besserer Laune. »Also, wann kann ich dich sehen?«

»Ruf mich an.« Prue stand auf, und er wusste, dass er für heute verloren hatte; dass sie jetzt nur noch an die Kinder dachte. »Es ist halb elf«, sagte sie nach einem Blick auf die winzig kleine Goldarmbanduhr und wand sich den langen Chiffonschal um den Hals. »Ich habe gesagt, spätestens zehn. Du hattest versprochen, dass du mit auf die Zeit achtest ...«

»Nun sei mal nicht so hartherzig, Liebes.« Er lachte sie an, als er sein Zigarettenetui öffnete. »Du kannst doch wohl nicht von mir verlangen, dass ich derjenige bin, der unser Rendezvous abbricht! Ich sehe dich ja ohnehin schon so selten.«

»Du hattest es versprochen«, hob sie gereizt an – doch dann fiel sie in sein Lachen ein. »Du bist unmöglich!«

»Du aber auch«, murmelte er, berührte sie am Arm und bedachte sie mit einem so verschwörerischen Blick, dass sie an ungleich intimere Momente denken musste. »Gott sei Dank!«

Prue errötete und presste die Lippen aufeinander, um ihre Freude und ihre Gefühle für ihn zu verbergen. Ihr Herz hämmerte wild, als sie sich umdrehte und ihre Jacke nahm, und sie hatte Mühe, die Fassung zu bewahren. Lächelnd zündete er sich eine Zigarette an, winkte kurz dem Barkeeper und folgte ihr zwischen den Tischen hindurch zur Tür. Das Trio auf dem Podium ganz hinten in dem verrauchten Raum fing leise an, *My Funny Valentine* zu spielen, eines von Prues derzeitigen Lieblingsstücken ... Sehnsuchtsvoll drehte sie sich noch einmal um.

Auf dem Gehsteig zitterte sie, zog die dünne Jacke etwas enger um die Schultern und hoffte, dass er sie küssen würde, bevor er sie nach Hause fuhr. Tony legte den Arm um sie und drückte sie seitlich an sich, während sie langsam zu seinem Wagen schlenderten. Er wollte sie heiraten – aus allen möglichen Gründen –, und ihre vorsichtige Zurückhaltung fing an, ihn zu ärgern. Er konzentrierte sich auf die wesentlichen Punkte, jene kleinen, aber ausgesprochen interessanten Informationen, die sie immer wieder lieferte, wenn sie zum Beispiel ein florierendes Familienunternehmen erwähnte, das Anwesen in Devon beschrieb oder von Dividenden sprach, die ihr dieses angenehme Leben ermöglichten ... Er zog sie fester an sich, und sie sah mit einem Blick zu ihm auf, den nur wenige Männer missverstehen würden.

Sie zitterte vor Schwäche und Begierde, als er sie küsste. Johnny war seit zwölf Jahren tot, und obwohl sie seitdem ein, zwei kleine Affären – und auch einige Flirts – gehabt hatte, war das mit Tony etwas anderes. Die Erfahrung hatte sie gelehrt, mit ihrer Gunst nicht zu freigebig zu sein. Das Problem war, dass Männer davon ausgingen, eine Witwe sei in diesen Dingen erfahren und ein wenig Spaß nicht abgeneigt, und dass sie mit jungfräulichem Geziere keine Geduld hatten. Die Tatsache, dass sie Mutter von Zwillingen war, hatte Prue – die von Natur aus großzügig Liebe und Zuneigung an andere Menschen weitergab und der es schwer fiel, ihre Natur zu zügeln – schon vor so mancher Unbedachtsamkeit bewahrt. Und doch zögerte sie seltsamerweise, was die Heirat mit Tony betraf. Irgendein winziger Rest des Wunsches nach Selbsterhaltung hielt sie davon ab, sich endgültig zu binden. Oder lag es vielleicht daran, dass sie Angst vor Freddys Reaktion hatte, wenn sie ihr Tony vorstellte? Prue sah Freddys geschürzte Lippen schon vor sich, ahnte, dass sie Tony mit Johnny vergleichen und Fragen stellen würde und dass sie selbst sich ihres Verlangens nach diesem Mann schämen würde.

Sie löste sich ein wenig aus seiner Umarmung, und er gab sie widerwillig frei. Schweigend, rauchend und nachdenklich fuhren sie zu ihr, und der Kuss, den sie ihm gab, als sie vor dem zu einem bezaubernden Wohnhaus umgebauten Stallgebäude aus viktorianischer Zeit ankamen, war eher flüchtig und nichts sagend. Er lehnte sich zu ihr herüber, als sie durch das Beifahrerfenster zu ihm hereinsah.

»Ich rufe dich an«, sagte er. Er wusste, dass er jetzt keinen Einfluss mehr auf sie hatte.

»Tu das.« Sie sprach ganz leise und sah dabei zu den Fenstern im ersten Stock auf. »Gute Nacht, Tony.«

»Gute Nacht, geliebte Prue«, sagte er mit zärtlicher Stimme und warf ihre eine Kusshand zu. »Es war ein wunderschöner Abend.«

Sie nickte, erwiderte schüchtern seine Geste und eilte dann, in der Tasche nach dem Schlüssel suchend, die Stufen zur Haustür hinauf.

Kit hörte sie hereinkommen. Sie hatte aufbleiben wollen, bis ihre Mutter nach Hause kam, aber Hal hatte ihr dermaßen in den Ohren gelegen, sie solle ins Bett gehen, dass sie schließlich unter der Bedingung, dass sie noch so lange, wie sie die Augen aufhalten konnte, lesen durfte, nachgegeben hatte. Sie hatte *Veronica at The Wells* fertig gelesen und danach noch eine ganze Weile wach gelegen und sich vorgestellt, dass sie selbst die Sadler's-Well-Ballettschule besuchte, auf der Bühne am Covent Garden die Odette-Odile tanzte und unter hörbarem Staunen und donnerndem Applaus die zweiunddreißig *Fouettés* vollführte. Vor ein paar Wochen hatte sie die fünfte Ballettprüfung der Royal Academy of Dance mit Bravour bestanden, und jetzt schwelgte sie in einer ihrer »Ich-werde-mal-eine-berühmte-Tänzerin«-Phasen. Sie kramte alle ihre Lorna-Hill-Bücher wieder hervor, und nachdem sie diese zum zweiten Mal gelesen hatte, lieh sie sich in der Bücherei alles aus, was sich um ein junges Mädchen drehte, das über Nacht den Durchbruch als Tänzerin schaffte. Ihre Familie hatte gelernt, sie während solcher Phasen nicht zu ernst zu nehmen. Morgen würde sie vielleicht eines ihrer Noel-Streatfields-Bücher wieder entdecken und das unstillbare Verlangen verspüren, eine gefeierte Eiskunstläuferin oder ein Tennisstar zu werden. Sie könnte sich aber auch genau so gut von Arthur Ransomes Abenteuergeschichten betören lassen und Segelunterricht sowie Urlaub im Lake District oder an den Norfolk Broads verlangen. Sogar Kit selbst begegnete ihren urplötzlichen Leidenschaften nach und nach mit immer mehr Vorsicht.

Sie rollte sich auf die Seite und dachte über ihre Cousins auf The Keep nach. An Mole – ihr gefiel es, dass er Mole genannt wurde – konnte sie sich nicht erinnern, und das Baby, Susanna, hatte sie nie gesehen, aber sie konnte sich noch gut daran erinnern, wie sie mit Fliss und Jamie gespielt hatte. Fliss war ein stilles, ziemlich schüchternes kleines Mädchen, während Jamie Hal sehr ähnlich war – so ähnlich, dass sie fast Zwillinge hätten sein können –, und zwischen den beiden Jungs hatte immer eine gewisse Befangenheit geherrscht. Sie wollte nicht an Jamie denken und lenkte sich darum mit der Frage ab, was Mrs. Pooter wohl von den dreien hielt und ob die drei – wie sie selbst – in den riesigen Hundekorb krabbelten, der einst dem großen Mastiff ihres Großvaters gehört hatte. Kit lag gern bei Mrs. Pooter im Hundekorb, sie genoss ihr warmes Fell und den herrlichen Hundegeruch ... und jetzt hatte sie Junge!

Kit seufzte schläfrig und glücklich, als sie von einem vor dem Haus haltenden Auto wieder hellwach wurde. Sie lauschte, bis sie hörte, wie ihre Mutter den Schlüssel in das Schloss steckte und die Tür leise hinter sich zuzog. Kit wusste, dass sie sich jetzt eine Tasse Kaffee machen und ein wenig in der Küche herumkramen würde, und überlegte, ob sie hinuntergehen und sich mit ihr unterhalten sollte. Das machte immer so einen Spaß, am Kaffee ihrer Mutter zu nippen und nur zu flüstern. Kit gähnte und beschloss, dass es im Bett viel gemütlicher war. Sie befasste sich stattdessen damit, sich den Welpen vorzustellen, der auf The Keep geblieben war, und sich einen Namen für ihn auszudenken. Welpen waren so süß ... Als Prue die Treppe hinaufschlich, schlief Kit tief und fest.

# 4

Die Kinder waren erst eine Woche bei ihnen, und doch hatte sich das Leben auf The Keep bereits völlig verändert. Die arme Ellen musste ein Dutzend Mal am Tag die Treppen zwischen Küche und Kinderzimmern hoch- und runterlaufen, und die Zeit, die Freddy bisher so friedlich mit Lesen, Gärtnern und Klavier spielen verbracht hatte, wurde nicht nur rigoros beschnitten, sondern zusätzlich regelmäßig gestört.

»Das kommt alles mit der Routine«, behauptete Ellen und ließ entsetzt das zu schälende Gemüse fallen, um den Reisauflauf im Ofen zu retten.

»Wir müssen uns nur besser organisieren«, brummte Freddy zerstreut, als sie loslief, um Susanna zu trösten, die in die Rabatte gefallen war, während der Welpe sich fröhlich mit Moles Teddy aus dem Staub machte.

»Man kann schließlich nicht an alles auf einmal denken«, versuchte Fox zu trösten, als er die zermürbte Ellen an der Mangel im Waschhaus ablöste. »Der Bäcker ist da, er will wissen, ob du noch etwas extra brauchst.«

»Wir sind zu alt für all das, Ellen«, seufzte Freddy, die mit einem ganzen Arm voll Bettwäsche und Kinderkleidern beladen die Treppe erklomm und Ellen begegnete, die mit einem vollen Tablett auf dem Weg nach unten war. »Vielleicht sollten wir uns nach jemandem umsehen, der uns hilft.«

»Es ist zwanzig Jahre her, seit wir zuletzt Kinder im Haus hatten«, sagte Ellen, die nicht im Geringsten daran interessiert war, Fremde in ihren Wirkungsbereich eindringen zu lassen. »Das ist doch ganz natürlich, dass wir etwas Zeit brauchen, um uns wieder daran zu gewöhnen.«

»Und dass Mole nicht spricht, hilft uns auch nicht gerade weiter.« Freddy sah Ellen hoffnungsvoll an. »Keine Anzeichen heute Nachmittag?«

Ellen schüttelte den Kopf. »Es ist noch zu früh, Madam. Er ist so angespannt. Seine Fantasie geht mit ihm durch. Das wird seine Zeit dauern.«

»Der Welpe hilft.« Freddy packte ihre Ladung wieder etwas fester. »Na, gut, Ellen. Dann machen wir mal weiter. Aber ich glaube trotzdem, dass wir ein Einsehen haben und uns helfen lassen sollten. Vergiss nicht, dass Mrs. Blakiston auf einen Drink kommt.«

Ellen ging in die Küche und stellte das Tablett auf dem langen Refektoriumstisch ab, um den sich ein Sammelsurium von Küchenstühlen gruppierte. Der Welpe, der inzwischen als vollwertiges Familienmitglied galt, hatte sich auf dem Teppich neben dem großen Herd zusammengerollt, während seine Mutter in dem Hundekorb schnarchte. Fox saß an einer Ecke des Tisches und trank Tee. Neben ihm auf dem Tisch stand ein Korb mit Gemüse, das er vorher unter dem Wasserhahn in der Spülküche gewaschen hatte. Ellens Gehirn lief auf Hochtouren, als sie Fox nachdenklich betrachtete und ihm ansah, dass er mit sich und der Welt zufrieden war. Er hatte Peters Drachen wieder hervorgekramt und dem schweigenden Mole auf den Hängen hinter The Keep gezeigt, wie man ihn steigen ließ. Fliss war natürlich auch mitgekommen. Sie musste weiterhin stets in Moles Nähe sein – er *musste* sie sehen und anfassen können –, doch als der Drachen sich in den blauen Himmel erhob und über ihren Köpfen tanzte, vergaß er einen magischen Moment lang sogar seine Schwester. Fox hatte ihn die Schnur halten lassen und ihm gezeigt, wie man den Drachen lenkte. Der Wind blies kräftig aus Südwest, und der völlig verzauberte Mole hatte jene Ängste, die seine zarte Seele seit so langer

Zeit überschatteten, einfach vergessen. Er hatte sich gegen den Wind gestemmt, die Schnur ganz fest in der Hand gehalten und unverwandt zu dem Drachen mit dem flatternden Schwanz hinaufgeblickt.

Fox hatte ihn beobachtet und war innerlich überwältigt vor Freude. Das Kind erinnerte ihn so sehr an Bertie – es hatte die gleichen dunklen Haare und Augen, den gleichen angestrengten Gesichtsausdruck und den gleichen sensiblen Mund. Berties Söhne waren das Abbild ihrer von Fox verehrten Mutter gewesen, aber mit Mole wohnte nun wieder ein Chadwick auf The Keep – und Fox wollte sich der Herausforderung stellen, aus ihm wieder ein glückliches, sorgloses Kind zu machen. Während er Mole so mit dem Drachen beobachtete, erkannte Fox, dass dies die Art und Weise war, auf die Moles verletzte Seele zu heilen war – und nicht, indem man grübelte und brütete und einen Arzt nach dem anderen konsultierte.

Ellen hatte ihm zugestimmt, und jetzt, als sie die benutzten Teller in die tiefe Porzellanspüle stellte, dachte sie darüber nach, wie Fox am besten eingesetzt werden könnte.

»Madam macht sich Sorgen«, sagte sie ungezwungen mit ihm zugewandtem Rücken, als sie Wasser in das Spülbecken laufen ließ. »Sie meint, wir sind langsam zu alt, um das alles zu schaffen.«

Fox betrachtete Ellen von hinten. Die einst schmale Taille war breiter geworden, und das glatte braune Haar durchzogen jetzt viele graue Strähnen, aber ihre Fesseln waren nach wie vor schlank und hübsch, und Ellen war noch immer überraschend flink und leichtfüßig.

»Vielleicht hat sie da Recht«, versuchte er sie zu provozieren. Er zankte sich ab und zu ganz gerne mal mit Ellen. »Wir sind schließlich nicht mehr die Jüngsten.«

»Also, darauf kann ja wohl jeder Blödmann kommen«, entgegnete sie brüsk. »Und außerdem musst du nicht von dir auf andere schließen. Ich habe schon bemerkt, dass du fürs

Rasen mähen länger brauchst als früher, wenn wir schon dabei sind.«

Hinter ihrem Rücken bedachte er sie mit einem verständnisvollen Lächeln. Sie hatte Recht. Ellen entging aber auch gar nichts. Er seufzte schwer.

»Euch junge Hüpfer betrifft das natürlich noch nicht so«, sagte er. »Sie sind ja rank und schlank wie immer, junge Frau. Kein Wunder, wenn man ständig die Treppen hoch- und runterrennt ...«

»Von rennen kann keine Rede mehr sein«, wehrte sie ab. Sein Kompliment hatte sie besänftigt, obwohl sie kein Wort davon glaubte. »Wohl eher kriechen. Madam denkt darüber nach, jemanden zu suchen, der uns hilft.«

Die drei Kinder und alles, was damit zusammenhing, bedeutete vor allem mehr Arbeit für Ellen, das wusste Fox, darum zögerte er kurz, bevor er sprach.

»Und was meinst du dazu?«

»Wir wollen hier doch keine Fremden haben, oder?«

Sie hob nicht einmal den Kopf, als sie das sagte, sondern wusch weiter das Geschirr ab. Fox schob seinen Stuhl etwas zurück, legte den Fuß aufs Knie und suchte in der Westentasche nach der zerknautschten Packung Woodbines.

»Denkt sie an jemand Bestimmtes?« Dass er einfach nur »sie« sagte, war kein Zeichen mangelnden Respekts. Freddy war der Motor ihres Lebens, ihre Wünsche hatten höchste Priorität, und Ellen und Fox liebten sie viel zu sehr, als dass sie einander neideten, in ihrem Dienst zu stehen.

»Glaube ich nicht. Dürfte sowieso schwierig sein, jemanden zu finden, der regelmäßig hier raus kommen will. Es müsste jemand sein, der hier wohnt.«

Als sie nach dem Geschirrtuch griff, drehte sie sich um und sah ihn an, um sicherzugehen, dass er sich der Tragweite ihrer Worte bewusst war. Mit seinen schwieligen Fingern rieb Fox sich nachdenklich das Kinn.

»Und das würden wir nicht wollen, oder?« Er drückte sich

vorsichtig aus, da er immer noch nicht durchschaut hatte, wie sie darüber dachte. »Aber das wäre ziemlich hart für dich.«

»Susanna ist doch ganz schön anstrengend.« Sie lehnte sich gegen den cremefarbenen Herd und war auf einmal sehr ernst. »Und es ist nicht so leicht, so ein großes altes Haus sauber zu halten ...«

»Ich helfe dir gerne«, bot er sich an. »Du musst nur Bescheid sagen.«

»Dann wissen wir beide ja, wo wir stehen.« Sie nickte ihm zu. »Vielleicht komme ich drauf zurück. Brauchst du aber nicht Madam zu sagen.«

Sie hörten Schritte auf der Treppe im Flur, und kurz darauf betrat Fliss – dicht gefolgt von Mole – die Küche.

»Es fängt an zu stürmen«, sagte Fliss und blieb dicht bei der Tür stehen. »Der Wind heult und pfeift so laut. Ich habe Mole gesagt, dass das nur der Wind ist.«

Hilfe suchend sah sie zu Fox, der sich sofort der Lage gewachsen zeigte.

»Ganz genau«, sagte er. »Es pfeift immer ganz schön ums Gemäuer hier, aber es ist ein wunderschönes Geräusch, wenn man sich erst mal dran gewöhnt hat und weiß, dass man hier drinnen sicher ist und nichts und niemand einem etwas anhaben kann.«

»Susanna ist doch hoffentlich nicht aufgewacht«, sagte Ellen, legte das Kissen vom Schaukelstuhl auf den großen Windsorstuhl neben Fox am Ende des Tisches und setzte Mole darauf. »Die scheint ja so schnell nichts aufwecken zu können.«

»Nein, sie schläft ganz fest«, versicherte Fliss ihr und machte es sich auf einem anderen Stuhl bequem. »Großmutter hat uns Gute Nacht gesagt und uns zu euch runtergeschickt. Mrs. Blakiston ist eben gekommen, hat sie gesagt.«

»Kommt, wir spielen noch etwas, bevor ihr ins Bett geht«, sagte Fox und wuschelte Mole durch das Haar. »Wie wär's mit einer Runde Domino, Ellen?«

Ihre Blicke begegneten sich über Moles Kopf, und sie nickte. Dann mussten die tausend Kleinigkeiten, die sie eigentlich noch zu erledigen hatte, eben warten. Ellen ging zum Einbaugeschirrschrank, in dem sich die kostbaren Überbleibsel längst vergessener Tafelservice verbargen, und Fliss seufzte erleichtert auf. In solchen Momenten ging es ihr immer viel besser – wenn sie sich entspannen konnte, weil sie die Verantwortung mit jemandem teilte. Fliss sah sich in der Küche um: Da waren die schlafenden Hunde, die Geranien auf der breiten Fensterbank, das rot und blau und gold schimmernde Porzellan im Geschirrschrank. Die Patchworkvorhänge passten zu den Kissen auf der Sitzbank am Fenster und auf dem Schaukelstuhl; die Flickenteppiche auf dem Schieferboden waren verblasst, aber immer noch dick. Jenseits der beiden Fenster fiel der Hang so steil ab, dass man meinen konnte, die Küche hinge in der Luft. Eines Abends hatte Fliss auf der Bank am Fenster gekniet, die Vögel beobachtet, die unter ihr über die weite Fläche vielfarbiger Felder sausten, und die sanft gerundeten Hügel bestaunt, die ineinander übergingen, bis sie sich in der Ferne in eine dunstig-blaue Unendlichkeit verloren, der die untergehende Sonne einen goldenen Zauber verlieh.

»Ich bin gerne hier«, sagte sie jetzt zufrieden, als sie Ellen dabei zusah, wie sie den Dominokasten öffnete. »Hier ist es immer so schön warm.«

Den englischen Juni empfanden die an Kenia gewöhnten Kinder als kalt. Selbst der heißeste Tag war höchstens lauwarm, und die drei zitterten, wenn die kalten Nebel sich auf The Keep legten oder der Westwind vom Moor her blies und etwas vor sich her über die Hügel trieb, das wie undurchdringliche Regenvorhänge aussah. Sobald die großen Koffer eingetroffen waren, hatte Ellen die Kinder in ihre Wintersachen gesteckt – Sommer hin oder her. Und jetzt, da sie Fliss' Gesicht beobachtete, kam ihr eine neue Idee.

»Meine alten Knochen könnten natürlich etwas geschont

werden, wenn wir öfter mal hier unten in der Küche essen würden«, sagte sie, als sie die Dominosteine auf den Tisch kippte. »Und außerdem hätten wir es hier wärmer. Spricht doch nichts dagegen, oder?«

»Nicht, dass ich wüsste.« Vorsichtig drehte Fox die elfenbeinernen Rechtecke um. Er lächelte Mole zu. »Das würdest du doch gerne, oder? Du würdest gern hier unten bei dem alten Welpen essen, was?«

Mole nickte, ließ den Blick aber nicht von Fox' Fingern, die die Dominosteine umdrehten. Ihm fehlten die Wärme seiner Mutter und die Stärke seines Vaters, ihm fehlte sein großer, mutiger, strahlender Bruder. Mole war es immer so vorgekommen, als würde Jamie strahlen – seine Haut war strahlend braun, sein blondes Haar leuchtete wie Sonnenschein, sein Gesicht glühte vor Leben und Gesundheit. Vor nichts hatte er Angst; nicht vor den Tieren, die nachts um das Lager herumstrichen; nicht vor den Schlangen im hohen, trockenen Gras; nicht vor den schwarzen Gesichtern oder dem unheilvollen Rhythmus der Trommeln. Er war unbesiegbar, unsterblich – und doch war er gestorben. Unwillkürlich spielte sich in Moles Kopf wieder jene Szene ab, hallten jene Worte wider – »das Hemd von dem Jungen triefte vor Blut. Sie haben seinen Kopf fast zu Brei geprügelt ...« Sofort hatte Mole das Gefühl, das Blut sei in seinem Kopf ... sein Hals verschloss sich krampfartig, damit er nicht daran erstickte. Jetzt war das Bild in sein Gedächtnis gebrannt – Jamie, über und über mit Blut bedeckt ...

Mole keuchte ganz leise und vergrub das Gesicht in seinen verschränkten Armen. Fox' Finger verharrten, Ellen streckte die Hand nach dem Jungen aus – doch Fliss war in Windeseile vom Stuhl gesprungen und kniete neben dem Welpen.

»Guckt mal«, rief sie, »er wacht auf.« Sie zerrte ihn sich auf den Arm. »Guck mal, Mole. Er sucht dich.« Sie ließ ihn auf Moles Schoß plumpsen. »Wir müssen uns einen Namen für ihn ausdenken. Großmutter hat mir gesagt, dass wir bestimmen dürfen. Was meinst du, wie sollen wir ihn nennen, Mole?« Ihr Geplauder bewirkte genau das, was sie damit beabsichtigt hatte – es lenkte Mole ab. Fliss wandte sich an Ellen, während Mole mit dem schlaftrunkenen Welpen zurechtkommen musste. »Warum heißt Mrs. Pooter Mrs. Pooter?« Sie kauerte sich neben die Hündin, die zwar ein Auge aufmachte, sich ansonsten aber nicht rührte.

»Eure Cousine Kit hat sie so getauft, als sie noch genau so klein war wie er hier«, erklärte Ellen, die die Augen nicht von Mole ließ. Er sah jetzt wieder ruhiger aus. Der Welpe leckte ihm begeistert das Gesicht ab. »Das hatte sie aus einem Buch, hat sie gesagt. Mr. Pooter hieß da einer, hat sie gesagt, und sie fand, das hörte sich schön an. Kit ist unschlagbar, was Namen angeht. Deswegen heißt sie Mrs. Pooter. Meine Güte, was hat die uns auf Trab gehalten.«

»Allerdings«, pflichtete Fox ihr bei und mischte nebenbei die Dominosteine. »Hat sogar mal einen von meinen Gummistiefeln gefressen damals. Man konnte sie nicht eine Minute aus den Augen lassen. Kommt jetzt, es kann losgehen.«

»Aber jemand muss Mole helfen«, warnte Fliss vor, als sie auf ihren Stuhl zurückkletterte. »Er kann noch nicht richtig zählen. Wir haben gerade –«

Sie biss sich auf die Lippe, drehte ihre Dominosteine um und stellte sie im Halbkreis vor sich auf, damit niemand sie sehen konnte. Sie hatte sagen wollen »Wir haben gerade erst angefangen, es ihm beizubringen«, als ihr einfiel, dass es sie alle nicht mehr gab – Mummy und Daddy und Jamie. Hin und wieder kam es ihr vor, als hätte sie all das nur geträumt, und als wären das hier ganz normale Ferien. Als würde gleich die Tür aufgehen, und die drei würden hereinplatzen ... Sie schluckte gegen den Kloß im Hals an und versuchte, ihre Steine klar zu sehen.

»Ich fange an«, verkündete Fox fröhlich. »Hier, ein schöner Dreierpasch. Na, wer hat eine Drei und kann weitermachen?

Lass mal sehen, Mole. Hey, ich glaube, der kleine Welpe hier will auch mitspielen ...«

Die Anspannung war überstanden, und Ellen wurde bewusst, dass sie die Luft angehalten hatte, als sie die Verzweiflung in Fliss' Gesicht gesehen hatte. Die beiden mussten trauern, dessen war sie sich ganz sicher. Trauer war ein ganz natürlicher, heilsamer Vorgang, der den beiden bisher verwehrt geblieben war. Plötzlich merkte sie, dass sie das Spiel aufhielt, und legte schnell einen Stein an.

»So«, sagte sie. »Jetzt mal sehen, wer den Zweierpasch hat. Wer will sich mit einem Sharps Toffee stärken?«

»Also, Freddy – wie kommst du zurecht?« Julie Blakiston nippte zufrieden an ihrem Pink Gin und sah zu Freddy auf, die immer noch an der Hausbar beschäftigt war.

»Ich bin mir nicht sicher, ob ich überhaupt zurechtkomme«, gestand Freddy unverblümt.

Sie setzte sich neben Julia auf das Sofa und prostete der kleinen, untersetzten Frau mit dem struppigen Haar, die sich unermüdlich für die Kranken und Bedürftigen einsetzte, mit einem liebevollen Lächeln zu. Seit dreißig Jahren waren sie nun schon befreundet, seit sie sich bei einer Wohltätigkeitsveranstaltung kennen gelernt und sich sofort zueinander hingezogen gefühlt hatten. Auch Julia hatte ihren Mann im Ersten Weltkrieg verloren, allerdings hatte sie, da sie nur wenige Wochen verheiratet gewesen waren, keine Kinder. Sie war ihrer Trauer und dem Gefühl der Einsamkeit dadurch begegnet, dass sie die Liebe, die sie ihrem Mann nun nicht mehr geben konnte, in den Dienst der Wohltätigkeit gestellt hatte. Beide waren sie unabhängige, intelligente Frauen, die fest entschlossen waren, das Beste aus dem zu machen, was ihnen geblieben war. Eine jede respektierte die Fähigkeiten der anderen und akzeptierte die Unterschiede zwischen ihnen.

»Ich hatte völlig vergessen, wie anstrengend kleine Kinder sind«, sagte Freddy und zog ein Bein aufs Sofa. »Dabei habe *ich* doch immerhin Ellen und Fox. Ich weiß wirklich nicht, wie diese jungen Mütter mit einem halben Dutzend Kinder das schaffen.«

»Ich glaube, es erschwert die Sache ungemein«, gab Julia zu bedenken, »wenn man selbst zur gleichen Zeit trauert. Jeden Morgen scheint die Last aufs Neue unerträglich zu sein. Das Herz ist einem so elendig schwer, und man hat das Gefühl, überhaupt keine Energie mehr zu haben. Im Grunde ist es nur gut, wenn man etwas zu tun hat. Das lenkt ab und hält auf Trab, aber« – sie schüttelte den Kopf – »herrje, es ist so anstrengend. Niemandem wird je mit auf den Weg gegeben, dass Trauer so unglaublich anstrengend ist.«

Freddy sah sie dankbar an. »Da hast du Recht«, räumte sie ein. »Ich muss jeden Morgen erst einmal meine Trauer unter Kontrolle bekommen, bevor ich irgendetwas anderes machen kann. Was für ein entsetzlicher Tod! Was für eine sinnlose Gewalt! Ich kann es kaum ertragen, daran zu denken. Und doch denke ich immer wieder daran. Ich kann einfach nicht anders. Wie wenn man mit der Zunge immer wieder an einem wehen Zahn herumbohrt. Ich stelle mir ihre Todesangst vor. Ich stelle mir vor, wie sie im Auto sitzen und singen – sie haben so oft gesungen im Auto – und dann in den Hinterhalt geraten. Der Tod hat sie aus heiterem Himmel überrascht. Was ging in ihren Köpfen vor? Mussten sie sehr leiden, bevor sie endlich starben?«

Julia sah ihrer Freundin die Seelenqualen an. »Wir können nur hoffen, dass es schnell ging. Aber ist das wirklich ein Trost? Manchmal gibt es einfach keine Antworten. Manchmal ist da nichts als Schmerz. Das wissen wir beide sehr gut, Freddy. Wir müssen das Beste aus diesem Schmerz machen. Du kennst das doch.«

»Oh, ja«, sagte Freddy. »Ich kenne das. Und du auch. Aber hilft das den Toten?«

»Den Toten können wir nicht helfen. Wir müssen uns auf das Leben konzentrieren ... Wann kommt Theo?«

»Bald. Ja, Theo wird mir ein Trost sein – obwohl ich nie so recht weiß, warum eigentlich.«

Julia lachte leise. »Theo *ist* einfach«, sagte sie. »Er ist einer von den seltenen Zeitgenossen, deren bloße Anwesenheit im gleichen Raum einen tröstet. Er hat irgendetwas Stabiles, Unveränderliches an sich.«

»Eigentlich merkwürdig, wenn man bedenkt, dass er völlig unpraktisch veranlagt ist. Zu nichts zu gebrauchen, wenn es um wirklich wichtige Dinge geht.«

Julia war erleichtert, als sie die leichte Verärgerung aus Freddys Äußerung heraushörte. Sie wusste, wie sehr Freddy sich dagegen sträubte, zuzugeben, dass Theo ihr eine seelische Stütze war, und sie wusste, dass sein unerschütterlicher Glaube an etwas, das ihr für immer fremd blieb, sie ärgerte. Die leichte Irritation war ein Zeichen dafür, dass Freddy sich wieder unter Kontrolle hatte, dass das kurze Zwischenspiel ohnmächtigen, verzweifelten Schmerzes vorbei war – vorläufig.

»Also, wann kommst du mal wieder zum Mittagessen zu mir? Oder komm doch zum Tee und bring die Kinder mit. Dann machen wir ein Picknick in dem Häuschen am See. Was sagst du?«

»Gerne«, antwortete Freddy. »Was für eine gute Idee, Julia! Dann kämen wir endlich mal auf andere Gedanken. Ich hole meinen Kalender.«

Prue schlenderte die Park Street hinunter und dachte über Tony nach. Sie wusste, dass sie eine Entscheidung treffen musste, was ihn und ihre gemeinsame Zukunft anging, aber sie scheute sich immer noch. Sie konnte einfach nicht einschätzen, wie die Zwillinge darauf reagieren würden, wenn ein Mann bei ihnen einzog. Sie waren zwar an gelegentlichen Herrenbesuch gewöhnt, aber das hier war doch etwas anderes.

Aber ich bin doch erst vierunddreißig, rebellierte Prue innerlich. Ich bin noch nicht so alt. Warum sollte ich nicht wieder heiraten?

Sie wusste selbst, dass die Antwort auf diese Frage in einem Wort zusammengefasst werden konnte: Freddy. Wenn Prue sich nun mit dem Gedanken trüge, einen ehrbaren Mann zu heiraten, der etwas vorweisen konnte, der verlässlich war und hart arbeitete – dann hätte Freddy nichts dagegen einzuwenden. Das Problem war aber, dass Tony über keine dieser Eigenschaften verfügte. Er verhielt sich stets ausweichend, wenn es darum ging, was er während des Krieges getan hatte – seine Äußerungen hierzu variierten von Mal zu Mal –, und gegenwärtig hatte er gar keine Arbeit. Er hatte auch keine eigene Bleibe. Er wohnte zur Miete in einer winzig kleinen Wohnung in der Park Row und hatte nie ausreichend Bargeld. Diese Umstände erklärte er aber ausgesprochen plausibel. Seine Eltern lebten nicht mehr, und sein Haus in London war bei einem Luftangriff zerstört worden, während er selbst unterwegs war. Er hatte alles verloren. Was seine Tätigkeit während des Krieges anging, so hatte sie ihn wegen seiner ständig wechselnden Geschichten einmal zur Rede gestellt und zur Antwort bekommen, dass er beim Geheimdienst tätig gewesen sei und über seine Einsätze Stillschweigen bewahren müsse.

Prue fand, das klang alles recht vernünftig – und sehr romantisch –, aber irgendetwas in ihr warnte sie bereits davor, dass Freddy sich mit diesen Erklärungen nicht so leicht zufrieden geben würde. Schließlich war der Krieg schon mehr als zehn Jahre her, Tony hatte also Zeit genug gehabt, Fuß zu fassen und eine Arbeit zu finden. Er hatte angedeutet, dass er noch immer auf der Gehaltsliste seiner ehemaligen Auftraggeber stand, aber wenn dem so war, warum war er dann immer so knapp bei Kasse?

Prue blieb stehen und betrachtete die Schuhe im Schaufenster bei Meek's. Sie fand es sehr schwierig, Tony noch weiter auszufragen. Sie machte dann einen so materialistischen Eindruck, obwohl sie doch – wie Tony einmal hatte einfließen lassen – genug hatte, um im Notfall sie beide durchzubringen, bis er wieder Geld verdiente. Er ging natürlich davon aus, dass das kleine viktorianische Hinterhaus in Old Clifton ihr gehörte – und das tat es auch. Freddy hatte es gekauft, als Hal das Stipendium für das Clifton College bekam, und hatte es Prue und den Kindern geschenkt. Prue betrachtete es aber lediglich als Leihgabe, was sie Tony bisher noch nicht erklärt hatte. Was würde Freddy dazu sagen, wenn Tony in das Haus einzog?

Sie wandte den Schuhen den Rücken zu und überquerte die Straße. Sie schlenderte über die Rasenfläche vor dem College, setzte sich auf die nächste freie Bank, betrachtete die Kathedrale und dachte wieder an Tony. Ihr Magen schlug Purzelbäume, wenn sie daran dachte, wie er sie küsste, sie berührte ... Sie kramte eine Zigarette aus der Handtasche hervor und rauchte sie in tiefen Zügen, während sie sich die Sonne auf das Gesicht scheinen ließ und in die Bäume sah. Sie wusste, dass es um alles oder nichts ging – entweder gab sie nach, oder sie verlor ihn ganz. Aber was, wenn Freddy ihnen das Haus wegnahm oder die finanzielle Unterstützung strich? Sie würde doch sicher erwarten, dass Tony sich und seine Frau ernähren konnte? Um die Zwillinge würde sie sich wahrscheinlich weiter kümmern, indem sie ihre Anteile treuhänderisch verwalten ließ, aber trotzdem ...

Prue drückte die Zigarette aus und sah auf die Uhr. Sie hatte sich mit einer Freundin zum Mittagessen im Hotel Royal verabredet. Sie hatte noch genug Zeit, kurz in der Boutique gegenüber zu stöbern und eine Runde zu plaudern.

5

Theo lehnte aus dem Fenster des Zuges, als dieser in den Bahnhof Temple Meads einfuhr, und sah Prue viel eher als sie ihn. Er lächelte beim Anblick der schlanken, lebhaften kleinen Gestalt, die das falsche Ende des Zuges nach ihm absuchte. Sie war wie üblich geschmackvoll und modern gekleidet, alles war sorgfältig aufeinander abgestimmt. Das hübsche Oberteil ihres blauen Sommerkleides wurde in der Taille von einem breiten Gürtel eng zusammengeschnürt; auf den fast knöchellangen, gerafften Rock waren zwei Taschen aufgenäht. Sie trug weiße, hochhackige Sandalen, hatte eine kleine weiße Tasche unter den Arm geklemmt und sich blau-weißen Federschmuck in die frische Dauerwelle gesteckt. Theo betrachtete sie und fragte sich, warum sie dem schönen aschblonden Haar unnatürliche Locken aufzwang – früher hatte sie es zusätzlich auch noch gefärbt – und warum sie ihren schönen breiten Mund unter glänzendem roten Lippenstift verbarg. Der Zug kam zum Stillstand und schnaufte und dampfte neben dem Gleis, während die Schaffner die Türen öffneten und die Wartenden weiter nach vorn drängten. Theo stieg aus, wich einem eiligen Schaffner aus, der ihm mit einem Gepäckwagen entgegenkam, und machte Prue durch Rufen auf sich aufmerksam.

Sie hörte seine Stimme aus all dem Getrappel und dem pfeifenden Dampf heraus, drehte sich freudestrahlend um und lächelte erleichtert.

»Ich dachte schon, du wärst gar nicht drin«, sagte sie, als sie sich auf die Zehenspitzen stellte, um seine magere Gestalt zu umarmen. »Wie geht es dir? Du bist wie immer zu dünn. Na ja, Ellen wird dich schon aufpäppeln.«

Sie hakte sich bei ihm unter und plapperte fröhlich weiter, bis sie den Taxistand vor dem Bahnhof erreicht hatten. Er nickte, beobachtete sie aufmerksam und hörte ihr zu, bis sie sich in den Autositz sinken ließ und ihn dann ihrerseits aufmerksam ansah.

Er lächelte sie an. »Gut ... Kit hat also ihre Tanzprüfung mit Bravour bestanden, und Hal spielt im Kricketteam seiner Schule, und beide freuen sie sich auf die Ferien. Und wie geht es dir, Prue?«

Sie zuckte kurz mit den Schultern und wühlte in ihrer Tasche. Theo lehnte sich – wie immer an dieser Stelle – nach vorne, um den eleganten Turm der St.-Mary-Redcliff-Kirche zu bewundern, und drehte sich danach um, als das Taxi weiterrollte. Dann wandte er sich wieder Prue zu, berührte sacht ihren Arm und hob in Erwartung einer Antwort die Augenbrauen.

»Ach, wie soll's schon gehen. Wie immer.« Sie drehte den Kopf zur Seite, um den Rauch in eine andere Richtung zu blasen, behielt ihren Begleiter aber so gut sie konnte im Auge.

Theo dachte: Sie kann sich noch nicht recht entschließen, ob sie mir etwas anvertrauen soll.

»Ich habe mir gedacht, im August vielleicht mal eine Woche wegzufahren«, sagte Prue, als das Taxi in die Park Street einbog. »In der Zeit, wenn die Kinder auf The Keep sind. Ich könnte dann ja später dazukommen. Da kann Freddy doch nichts dagegen haben, oder? Was meinst du?«

Theo konnte sich denken, dass dies nur ein kleiner Teil einer Angelegenheit war, die ihr sehr wichtig war, und vermutete, dass sie die Einzelheiten nicht im Taxi besprechen wollte.

»Ich wüsste nicht, warum du das nicht tun solltest«, sagte er. »Hat dich jemand eingeladen, oder brauchst du einfach nur ein bisschen Zeit für dich?«

Prue legte ihre Hand auf seine. »Lieber, guter Theo«, sagte

sie voller Wärme. »Du bist einer der wenigen Menschen, die ich kenne, die es vollkommen verstehen können, wenn jemand einmal allein sein will.«

Sie lehnte sich nach vorne, um den Fahrer in die Waterloo Street zu dirigieren. Theo kümmerte sich um die Bezahlung und seinen kleinen Koffer, während Prue vorausging und die Tür aufschloss. Sie hatte den Hut schon abgelegt und wartete im Flur auf ihn.

»Du schläfst in Hals Zimmer, wie immer«, sagte sie. »Er schläft auf dem Feldbett bei Kit. So alt sind sie noch nicht, dass sie sich nicht ein Zimmer teilen könnten! Das Mittagessen ist fertig, wenn du runterkommst.«

Es gab Weißfisch – morgens ganz frisch bei Macfisheries gekauft – in einer Sahnesoße mit winzigen Kartoffeln und süßen Erbsen. Theo aß mit ungewöhnlichem Appetit und war wie üblich überrascht, dass er wieder einmal vergessen hatte, was für eine gute Köchin Prue war. Das lag wahrscheinlich daran, dass sie so gut aussah, vermutete er, und daran, dass man mit ihr so viel Spaß haben konnte – einer solchen Frau traute man einfach nicht zu, auch praktisch veranlagt zu sein. Sie lächelte ihn breit an, als sie frische Erdbeeren, selbst gebackenes Shortbread und Schlagsahne vor ihm auf den Tisch stellte.

»Jetzt beschwer dich nicht, dass es keine *Clotted Cream* ist«, warnte sie ihn. »Du bist noch nicht in Devon.«

»Ich würde nicht im Traum darauf kommen, mich über etwas so Köstliches zu beschweren«, erklärte er – und dann sah er, dass sie sich während des Essens etwas entspannt hatte, und bereitete sich innerlich darauf vor, sich ihr neuestes Problem anzuhören. Von Anfang an war er eine Art Puffer zwischen Prue und Freddy gewesen, und damals wie heute wünschte er sich, dass die beiden endlich ihre Verschiedenheit akzeptierten und Freundinnen wurden. Manchmal kam ihm der Gedanke, dass dies möglicherweise nur der Wunsch eines naiven, alten Junggesellen war und dass es unter Umständen realistischer war, sich damit abzufinden, dass Freddy und Prue sich ebenso wenig verbinden ließen wie Öl und Wasser – aber er gab die Hoffnung nicht auf. Er schenkte sich eine Tasse Kaffee ein, lehnte sich zurück und wartete.

Prue saß ihm gegenüber, goss sich etwas von der Sahne in den Kaffee und beobachtete, wie sie sich wolkengleich in der schwarzen Flüssigkeit verteilte. Wo sollte sie anfangen? Sie blickte auf und sah, dass er sie beobachtete. Mit einem Mal empfand sie innige Liebe für ihn. Der gute Theo! Wie oft hatte er hier mit ihr gesessen, einfach so, hatte sie beobachtet und mit einem Ausdruck zärtlicher Geduld gewartet.

»Ich liebe dich, Theo«, sagte sie – und errötete bis an die Haarwurzeln.

»Ich liebe dich auch, Prue«, sagte er ruhig. »Also – was hast du mir zu erzählen?«

Prue seufzte, schüttelte über ihre eigene Dummheit den Kopf und entspannte sich. Sie hatte doch die ganze Zeit gewusst, dass sie sich Theo anvertrauen würde, wozu also dieses Theater?

»Ich bin verliebt«, sagte sie schlicht.

Theo nippte nachdenklich an seinem Kaffee. Wenn das alles war, dürfte es kein Problem geben. Prue war schon ein Dutzend Mal verliebt gewesen, seit der geliebte Johnny gestorben war. Theos Ansicht war, dass sie unbewusst nach einem Ersatz suchte; Freddys Ansicht war weniger schmeichelhaft.

»Es ist nicht so, wie du denkst«, sagte Prue spitz. Sie wusste, was in Theos Kopf vor sich ging, und interpretierte sein Schweigen ganz richtig. »Dieses Mal ist es etwas anderes. Ich liebe ihn, Theo.«

»Liebt er dich auch?«, fragte Theo.

»Er möchte mich heiraten«, entgegnete Prue fast schon trotzig. Sie stürzte den Kaffee herunter, stellte die winzige Tasse ab und griff nach ihren Zigaretten.

»Das war keine Antwort auf meine Frage«, beharrte Theo.

Prue legte die Stirn in Falten. »Er würde mich wohl kaum heiraten wollen, wenn nicht, oder?«, fragte sie empört. »Natürlich liebt er mich!«

»Na, hervorragend«, sagte Theo völlig gelassen und schenkte erst Prue und dann sich selbst Kaffee nach. »Wo liegt dann das Problem?«

Die Empörung wich aus Prues Gesicht, und sie klopfte nervös die Asche ihrer Zigarette ab. »Bei Freddy«, sagte sie geheimnisvoll.

Theo seufzte innerlich. Ihm war sofort klar, dass der zur Debatte stehende Kandidat nicht das war, was Freddy »geeignet« nenne würde, und ihn beschlichen die schlimmsten Befürchtungen.

»Warum sollte Freddy etwas dagegen haben?«, fragte er. »Wenn ihr euch liebt ...?«

Die Frage blieb in der Luft hängen, und Prue hob das Kinn und sah ihn offen an.

»Tony hat keine Arbeit«, sagte sie, »und sein ganzer Hintergrund ist etwas unklar. Mir macht das überhaupt nichts aus, aber Freddy wird das nicht gutheißen.«

»Wenn er keine Arbeit hat, wovon lebt er dann?«, fragte Theo, schon halbwegs entmutigt. »Hat er Einkünfte aus Privatvermögen?«

»Nein«, schmollte Prue. »Sein Haus ist bei einem Luftangriff zerbombt worden, er hat alles verloren. Seine Eltern leben nicht mehr. Er sagt, er hat im Krieg für den Geheimdienst gearbeitet und kann deshalb nicht darüber reden, was er getan hat. Vielleicht ist es deshalb so schwierig für ihn, Arbeit zu finden.«

»Aber wovon lebt er denn?«, fragte Theo erneut. Es interessierte ihn wirklich, und das merkte Prue ihm an. Sie gab ihre Verteidigungshaltung auf, stützte die Ellbogen auf den Tisch und zog kräftig an ihrer Zigarette.

»Ich weiß es nicht«, sagte sie, als sie wieder einmal den Kopf abwendete, um den Rauch zur Seite zu blasen. »Manchmal hat er plötzlich Geld und ist dann auch sehr großzügig, aber ich weiß nicht, wo das Geld herkommt. Ich möchte ihn das nicht fragen.«

»Das solltest du aber vielleicht tun«, schlug Theo vorsichtig vor. »Ich kann schon verstehen, dass Freddy nicht besonders glücklich darüber wäre, wenn sie davon ausgehen muss, dass er sich von dir aushalten lassen will.«

»Und wenn schon!«, rief Prue und drückte ungeduldig die nur halb gerauchte Zigarette aus. »Wenn es anders herum wäre, würde sich kein Mensch aufregen. Es wäre völlig in Ordnung, wenn ich mich von Tony aushalten ließe.«

»Da hast du wohl Recht«, pflichtete Theo ihr bei. »Aber leider ist unsere Gesellschaft noch nicht so weit, dass es sich für einen gesunden jungen Mann schicken würde, sich von seiner Frau aushalten zu lassen.«

»›Es schickt sich nicht‹«, spottete Prue. »Also wirklich, Theo, du hörst dich ja schon an wie Freddy!«

»Kann schon sein«, gestand Theo, »aber du weißt, dass sie genau das sagen wird, Prue, und zu deinem Pech ist Freddy diejenige, die finanziell das Sagen hat. Wenn es *dein* Geld wäre, wenn *du* es verdient oder geerbt hättest, wäre das etwas ganz anderes. Aber so, wie die Dinge liegen, ist es Freddys gutes Recht, ein paar Fragen zu stellen.«

Prue starrte ihn an. »Das ist unfair, findest du nicht? Kein Mensch würde über das Geld reden, wenn Johnny noch leben würde.«

»Wenn Johnny noch leben würde«, stellte er fest, »würde dieses Gespräch gar nicht stattfinden.«

»Ach, Theo.« Prue ließ sich auf ihre verschränkten Arme sinken. »Das ist nicht fair. Ich liebe ihn. Dieses Mal ist es wirklich richtig ernst. Was soll ich denn bloß tun?«

»Ich würde ihn gerne kennen lernen, wenn du nichts dagegen hast. Dann kann ich mir mein eigenes Urteil über ihn bilden. Wenn du meinen Rat willst, sollte ich ihn doch wenigstens einmal getroffen haben.«

»Gerne«, sagte Prue sofort. »Ich weiß genau, dass ihr euch verstehen werdet. Er ist so nett, Theo.«

»Na, dann.« Er lächelte sie an. »Verschieben wir dieses Thema doch, bis Tony und ich uns kennen gelernt haben. Kann ich noch ein Tässchen von deinem köstlichen Kaffee haben?«

»Ich mache frischen.«

Ihre Absätze klapperten über den Parkettboden, ihr Rock schwang um ihre Beine, und Theo schloss einen Moment die Augen. Da er die meiste Zeit allein lebte, brauchte er immer ein wenig Zeit, um sich wieder auf seine Familie einzustellen; und dieses Mal – dessen war er sich sicher – würde es zu ungewohnten Turbulenzen kommen. Er dachte an Freddy und die Kinder auf The Keep, stellte sich vor, wie seine Schwägerin reagieren würde, wenn Prue die Bombe platzen ließ.

»Und dieser Tony ist es, mit dem du im August verreisen möchtest?«, fragte er, als Prue wiederkam.

»Nein«, war die überraschende Antwort. »Ich verreise ohne Tony. Deine Vermutung im Taxi war richtig. Ich brauche Zeit zum Nachdenken. Ich sehe Tony zurzeit ziemlich viel, vor allem tagsüber, und ich möchte gern etwas allein sein. Mir Gedanken machen. Verstehst du?«

»Aber natürlich verstehe ich das.« Theo sah den Kaffee wie schwarze Tinte in die zarte weiße Tasse fließen. »Ich finde, das ist eine ausgezeichnete Idee.«

»Das freut mich.« Sie lächelte ihn an. »Das heißt, du gibst mir Rückendeckung bei Freddy?«

»Ich werde sie gerne davon überzeugen, dass du ein paar Tage Ruhe brauchst«, versprach er ihr vorsichtig.

»Das ist für den Anfang doch schon mal ganz gut.« Sie schenkte sich selbst Kaffee ein. »Tony wird dir bestimmt gefallen, Theo, da bin ich mir ganz sicher. Er hat viel durchgemacht.«

»Das hast du auch«, sagte Theo liebevoll. »Und du bist auf

bewundernswerte Weise mit allem fertig geworden. Da sind wir uns alle einig.«

Prue wusste nicht, was sie sagen sollte. Es geschah ausgesprochen selten, dass die Familie anerkannte, dass sie es schwer gehabt hatte. Prue war so daran gewöhnt, ihre Position zu verteidigen, dass es ihr jetzt schwer fiel, ein Lob zu akzeptieren. Theo prostete ihr zu, als wolle er sagen »Auf dich!«, und wechselte dann unmissverständlich das Thema. Fürs Erste hatte er genug gesagt, und er wollte nicht weiter in die Problematik hineingezogen werden, solange er diesen Tony nicht kannte.

Freddy stand im Gartenzimmer und arrangierte einen Strauß Rosen in einer Kristallvase. Sie hatte das Erdgeschoss des Westflügels in ein Gartenzimmer umgewandelt, in dem sie ihre Gartenhandschuhe und -geräte verwahrte und in dem sie sich ihren Blumen widmete. An der Westseite führte eine doppelflügelige Terrassentür direkt in den Garten, und Freddy verbrachte einen guten Teil ihrer Zeit hier. Heute arbeitete sie an einem großen Kiefernholztisch; sie schnippelte und zupfte an den gelben Blumen herum, während die Kinder um sie herum wuselten. Fox hatte einen Anschluss für kaltes Wasser und ein kleines Waschbecken installiert und Regale eingebaut, auf denen Vasen und Schalen und alles, was Freddy sonst noch so für ihre Gärtnerleidenschaft brauchte, verwahrt wurden. Aus Nachschlagewerken lugten von Büroklammern zusammengehaltene, vergilbende Zeitungsausschnitte; Bindfaden lag rollenweise neben halb leeren Samentüten, die sorgfältig zugefaltet waren, damit nicht ein einziges der kostbaren Samenkörner verloren ging. Vorratsgläser mit handgeschriebenen Etiketten und mehrere Kästen mit Sämlingen standen auf der nach Süden gewandten Fensterbank in der Sonne.

Das Umtopfen größerer Pflanzen besorgte Fox in dem großen Gewächshaus im Küchengarten, aber auch hier im Gartenzimmer herrschte ein angenehm warmer, erdiger Geruch, den Freddy geradezu liebte. An der gekalkten Wand hingen diverse alte Mäntel an hölzernen Haken, und darunter reihten sich Gummistiefel und Überschuhe aneinander. Das ausgeblichene Kissen auf dem Weidensessel zierte ein alter Strohhut, und in dem flachen Blumenkorb lagen schmutzige Handschuhe, eine Rosenschere, ein Schäufelchen und eine kleine Harke. Vor der Tür zum Hof summte eine Biene träge zwischen den ausladenden Blüten der Geranien. Der Welpe beobachtete sie neugierig, zog sich aber ganz schnell zurück, als sie schwer beladen auf ihn zu trudelte. Er tanzte wie wild herum, knurrte sie an, schlug mit der Pfote nach ihr und tat, als würde er mit ihr spielen. Doch als sie dann direkt auf ihn zu geflogen kam, rettete er sich in den Garten.

Fliss, die es sich auf einem der Sessel gemütlich gemacht hatte, lachte über die Kaspereien des jungen Hundes – und hielt dann abrupt inne.

Sie dachte: Ich *lache*. Mummy und Daddy und Jamie sind *tot,* und ich lache. Wie kann ich nur lachen, wo sie doch tot sind? Was für ein schlechter Mensch ich bin!

Das war ihr nun schon öfter passiert. Susanna lachte natürlich viel, aber das tat sie nur, weil sie keine Vorstellung davon hatte, was in Kenia passiert war. Und schon innerhalb weniger Wochen hatte sie anscheinend völlig vergessen, dass sie je Eltern und noch einen Bruder gehabt hatte, so bereitwillig und zufrieden hatte sie sich mit Großmutter, Ellen und Fox arrangiert. Man konnte Susanna das nicht zum Vorwurf machen, sie war einfach noch zu jung, um das Geschehene zu begreifen.

Fliss sah zu Mole hinüber, der unter Freddys Tisch saß. Er hatte ein paar Blütenblätter gefangen, die vom Tisch gefallen waren, und spielte mit ihnen. Er strich sie glatt und roch an ihnen und war ruhig und zufrieden. Der Welpe hatte ihn unter dem Tisch gefunden, balgte mit ihm und leckte ihm das Gesicht ab. Fliss beobachtete ihren Bruder. Mole war nie so vernehmlich fröhlich gewesen wie Susanna, auch nicht positiv und aufgeschlossen wie Jamie – er war schon immer eher ruhig und zurückhaltend gewesen, allerdings nicht ängstlich und übersensibel wie sie selbst.

Jetzt war alles anders. Früher waren Jamie und Fliss »die Großen« gewesen und Mole und Susanne »die Kleinen«. Jetzt waren sie drei einfach »die Kinder«, und Fliss' einstiger Status gehörte genau so der Vergangenheit an wie Jamies Kameradschaft. Jamie hatte Fliss immer in seine Pläne mit einbezogen, und sie war ihm ein exzellenter Oberleutnant gewesen: gehorsam, wachsam, vorbereitet, bewundernd. Er hatte ihre Sorgen beschwichtigt, ihre Ängste mit einem Lachen ausgeschaltet, Entscheidungen getroffen. Jetzt trug sie die Verantwortung für ihre Geschwister und konnte nicht auf Jamies gesunden Menschenverstand und seine Bereitschaft, die Führung zu übernehmen, zurückgreifen. Auf diese Verantwortung war sie nicht vorbereitet gewesen, sie eignete sich auch gar nicht dafür, weil unter dieser Last ihre ängstliche Natur wieder zum Vorschein kam.

Wenn Mole doch nur sprechen würde! Ein paar Mal schon hatte sie den Eindruck gehabt, dass er kurz davor war, etwas zu sagen, und sie hatte ihn so gut sie konnte ermutigt – aber er hatte jedes Mal mit Tränen in den Augen den Kopf geschüttelt, und sie brachte es nicht über sich, wütend auf ihn zu sein. Es war, als wäre seine Kehle versiegelt – aber das ging doch gar nicht! Er konnte ja essen und trinken, also musste sein Rachen offen sein. Mit gerunzelter Stirn dachte Fliss darüber nach. Es war, als würden die Worte ihn würgen ... Susanna, die auf dem Boden neben Mrs. Pooter gesessen und diese mit Gänseblümchen geschmückt hatte, schrie laut auf, als die Hündin plötzlich aufstand und sich schüttelte. Die Blumen flogen durch das Zimmer, und Susanna quietschte angesichts der Zerstörung ihres kreativen Werkes. Doch eine Sekunde später lachte sie schon wieder vor Entzücken, als die Gänseblümchen in ihren Haaren und auf ihrem Schoß landeten. Fliss seufzte neidisch. Es war so typisch für Susanna, dass aus ihren Tragödien im Handumdrehen erfreuliche Erlebnisse wurden.

Freddy sah zu ihr hinüber und wischte sich die Hände an ihrer grünen Leinenschürze ab. Sie war erschöpft; nicht nur wegen der ständigen körperlichen Anstrengung, die die Gegenwart von drei kleinen Kindern mit sich brachte, sondern auch auf Grund ihrer Unfähigkeit, ihnen *wirklich* zu helfen. Es war so frustrierend, Moles Stummheit täglich mitzuerleben und Fliss' hilflose Angst zu spüren. Susanna war die Einzige, die noch ein Maß an Unbekümmerheit besaß. Freddy war von Natur aus autokratisch, sie fühlte sich am wohlsten, wenn sie die Kontrolle über alles hatte. Sie hatte ihre beiden Söhne trotz ihrer Einsamkeit und Jugend mit fester Hand aufgezogen und sich daran gewöhnt, das letzte Wort zu haben und die Verantwortung für ihre Entscheidungen zu tragen. Sie selbst war es gewesen, die darauf bestanden hatte, dass Fox ihr nach dem Ersten Weltkrieg das Autofahren beibrachte. Er hätte so gern weiter ihren Chauffeur gespielt und war nachgerade schockiert von ihrem Drang nach Unabhängigkeit. Sie erwies sich aber als durchaus begabt und flitzte schon bald in dem kleinen Coupé durch die schmalen Straßen – anfangs zusammen mit den Jungs auf dem Weg zu einem Picknick, später, als sie das Internat besuchten, zum Bahnhof in Staverton. Ohne diese seinerzeit ungewöhnliche Freiheit wäre es ihr praktisch unmöglich gewesen, sich mit Julia, die am Rand des Moors hinter Ashburton lebte und ebenfalls ein Auto hatte, so eng anzufreunden. Sie konnten sich beide glücklich schätzen – und sie wussten das. Im ländlichen Devon waren Autos damals an sich schon eine Seltenheit gewesen, und Frauen hinter dem Steuer kannte man fast gar nicht. Doch auch jetzt, zwölf Jahre nach Ende des Zweiten Weltkrieges, waren Autos noch immer ein Luxus, und die meisten Ehefrauen und Mütter waren in ihren Aktivitäten ausschließlich auf öffentliche Transportmittel angewiesen.

Freddy genoss ihre Unabhängigkeit und wurde mit den Jahren eine immer stärkere Frau. Sie zauderte nie und reagierte nie panisch – zumindest nicht nach außen. Sie besprach jede Art von Problemen mit Julia und hörte zu, was diese zu sagen hatte, ließ sich aber selten beeinflussen, wenn sie sich erst einmal ihre Meinung gebildet hatte. Als der Krieg erklärt wurde, hatte sie die Zwillinge immer noch unter ihrer Kontrolle, obwohl die Marine den mütterlichen Einfluss bereits schwächte. Nachdem der Krieg ausgebrochen war, hatte Freddy Schwierigkeiten gehabt, sich in der so rasant sich ändernden Welt zurechtzufinden. Die ruhige, praktisch veranlagte Alison hatte ihr ausnehmend gut gefallen; sie schien ihr die perfekte Frau für Peter zu sein, die angemessene Ergänzung für seinen scharfen Verstand und seinen Charme. Prudence war eine ganz andere Angelegenheit gewesen. Misstrauisch hatte Freddy die glänzenden Locken und den roten – viel zu roten – Mund beäugt; die modische Kleidung und ihre lockere Art. Aber John liebte sie, er liebte sie wahnsinnig, und Freddy verbat sich selbst, ihre Ablehnung zu zeigen. Sie hatte erkannt, dass die Zeit reif war, ihre Jungen loszulassen. Selbst diese Entscheidung hatte sie ganz bewusst getroffen, und nachdem sie sie getroffen hatte, hielt sie sich mit beeindruckender Konsequenz daran. Sie hatte ja nicht geahnt, dass ihr nur eine Schwiegertochter übrig bleiben und sie die volle Verantwortung für drei ihrer fünf Enkelkinder tragen würde ...

Sie bemerkte Fliss' nachdenkliche Unruhe, hörte ihren Seufzer und raffte sich auf.

»Wollen wir in den Garten gehen?«, fragte sie, knüpfte die Schleife auf und zog sich die Schürze über den Kopf. »Wer will eine Runde schaukeln? Komm, Mrs. Pooter. Raus mit dir!«

Sie half Susanna auf die Füße und zog Mole unter dem Tisch hervor. Susanna rannte ihnen voraus über den Rasen, gefolgt von dem Welpen, dessen Ohren bei jedem Haken, den er schlug, lustig flatterten. Schließlich stolperten sie übereinander und rollten gemeinsam über die Wiese, wobei sich Susannas vergnügtes Quietschen mit dem hohen Staccatobellen des Welpen verquickte. Fliss sah zu Freddy, sie hatte Angst, dass Susanna sich wehtun könnte, aber Freddy betrachtete das Spiel sichtlich amüsiert. Fliss beruhigte sich und sah zu Mole. Es war ein unbeschreiblicher Schock für sie zu sehen, dass Mole lachte. Er bebte vor Lachen – und gab keinen Laut von sich. Hätte er geweint, wäre das kein geringerer Schock gewesen. Fliss war völlig durcheinander.

Sie dachte: Mole *lacht*. Er weiß, dass sie alle tot sind, aber er *lacht*. Heißt das, lachen ist erlaubt?

Freddy war nun doch auf die Wiese geeilt, um einzugreifen, und Mole rannte hinter ihr her, schnappte sich den Welpen, warf sich mit ihm zu Boden und rollte nun auch mit ihm übers Gras. Fliss hatte das Gefühl, eine tonnenschwere Last würde langsam von ihr genommen. Wenn Mole lachen konnte, dann konnte er doch bestimmt auch sprechen! Wenn er doch endlich wieder mit ihr reden würde, damit sie gewisse Dinge mit ihm teilen, sich mit ihm gemeinsam erinnern konnte und sich weniger einsam fühlte! Großmutter, Ellen und Fox waren so gut und so geduldig – aber auch so *alt*. Sie sehnte sich nach der früheren Vertrautheit und fürchtete, dass diese für immer verloren war.

Mole war jetzt an der Schaukel, die am untersten Ast der riesigen Eiche hing, und kletterte darauf, wobei er sich an den Seilen festhielt. Er strahlte immer noch über das ganze Gesicht, als er seiner großen Schwester zuwinkte, und sie rannte über den Rasen auf ihn zu. Dann *war* es wohl erlaubt, hin und wieder zu lachen und sogar glücklich zu sein. Sie stellte sich hinter die Schaukel und schubste Mole an, höher und immer höher, während Freddy dastand und lachte, Susanna in die Hände klatschte und Mole im scheckigen Schatten der Eiche auf und ab schwang.

6 Fox trat aus dem Pförtnercottage, blieb stehen und zündete sich eine Zigarette an. Er blickte die Schotterauffahrt hinunter, die links und rechts von Feldern gesäumt war und erst nach etwa achthundert Metern auf die Straße traf. Dann wandte er sich nach links und folgte dem Pfad entlang der hohen Steinmauer, bis er die grüne Tür erreichte, die in den Hof hinter der Küche führte, wo – durch hohe Rhododendren von der Wiese abgeschirmt – die Wäscheleine gespannt war. Fox legte die Hand auf die Klinke und drehte sich um zum steil abfallenden Hügel. Mrs. Pooter gönnte sich einen Morgenspaziergang, stellte Kaninchen nach, erschreckte die grasenden Schafe und war ganz in ihrem Element. Mrs. Pooters Herkunft war ungewiss: vermutlich schottischer Collie, von der großen, sehr langhaarigen Sorte, gekreuzt mit Retriever oder vielleicht Spaniel. Keiner wusste es so genau. Fox hatte sie als flauschigen Welpen nach The Keep gebracht, nachdem er sie davor gerettet hatte, zusammen mit dem ganzen Wurf von einem der Bauern in der Nachbarschaft ertränkt zu werden.

Freddys geliebter Cairn Terrier, Kips, war damals gerade gestorben, und Fox hatte gehofft, der Welpe möge ihr ein bisschen über ihre Trauer hinweghelfen. Er hatte gesagt, das Hündchen sei für Ellen, es solle ihr Gesellschaft leisten, und Freddy hatte so getan, als würde sie die Geschichte glauben. Der Welpe war bei Ellen und Fox geblieben und hatte sich nur selten in den vorderen Teil des Hauses verirrt. Freddy ließ sich nicht davon abbringen, dass kein Hund der Welt ihren Kips ersetzen könnte – und trotzdem beobachtete sie gern das Herumtollen der jungen Hündin und ging, als sie älter wurde, oft mit ihr spazieren, sodass der Welpe schließlich einfach Mrs. Pooter war und ihnen allen gehörte. Sie wuchs heran zu einer großen, rostfarbenen Hündin mit Schlappohren, dunkelbraunen Augen und einem verschlagenen Blick. Sie war gefräßig, raffiniert und undankbar, und es war bis heute keinem so recht klar, wie sie trächtig geworden war. Jahrelang war sie nicht gestreunt, und dann plötzlich war sie verschwunden und erst nach vielen Stunden mit einem seltsam zufriedenen Ausdruck auf ihrem behaarten Gesicht zurückgekehrt. Später hatte Freddy, die bereits das Schlimmste befürchtete, den Tierarzt konsultiert, der Mrs. Pooter untersuchte und Freddys Vermutung bestätigte. Als er gegangen war, hatten Freddy, Ellen und Fox im Kreis gestanden und auf die reuelose Mrs. Pooter hinuntergesehen.

»Ich will doch hoffen«, hatte Freddy besorgt geäußert, »dass sie nicht da war, wo sie herkam. Das wäre doch Inzest, oder?«

»Doch nicht bei Hunden, Madam«, hatte Fox sofort erklärt. »Das ist etwas ganz anderes. Bei denen läuft das alles etwas anders.«

Freddy hatte die selbstzufriedene Mrs. Pooter angesehen, die wunschlos glücklich und faul in ihrem Korb neben dem Herd lag.

»Da wäre ich mir nicht so sicher«, bemerkte sie trocken.

Fox hatte für die zwei weiblichen Welpen – die verdächtig schwarzweiß waren – ein gutes Zuhause gefunden. Was den rostfarbenen männlichen Welpen anging, so waren sie sich einig gewesen, dass sie ihn behalten wollten. Und jetzt hatte er immer noch keinen Namen. Sie alle hofften, dass dies der Stimulus war, der Mole wieder sprechen lassen würde. Ständig redeten sie über mögliche Namen, schlugen vor, lehnten ab, kamen mit neuen Vorschlägen – und hofften und beteten die ganze Zeit, Mole möge sich einmischen und selbst einen Namen nennen. Doch bisher hatte er auf die häufige Frage, ob er diesen oder jenen Namen mochte, immer nur mit dem Kopf geschüttelt. Aber sie gaben die Hoffnung nicht auf.

An diesem Morgen waren Mrs. Pooter und der Welpe schon draußen im Hof. Der Welpe war noch viel zu jung für größere Spaziergänge; im Hof und im Garten zu spielen bot genug körperliche Ertüchtigung für ihn. Mrs. Pooter dagegen verlangte es nach einem Ausflug; sie freute sich darauf, beim herumstreifenden Vieh für ein bisschen Chaos zu sorgen, und hoffte auf eine Gelegenheit, die Kaninchen zu terrorisieren. Von den lästigen Muttergefühlen, die sie völlig überrascht hatten, hatte sie sich wieder ganz erholt. Die Episode »Mutterschaft« lag jetzt hinter ihr, und sie konnte sich endlich wieder ihren vertrauten und weniger einengenden Gewohnheiten widmen.

Fox packte den Welpen fest, aber liebevoll, öffnete die Hintertür und setzte ihn wieder ins Haus. Er klemmte sich seinen Stock unter den Arm und entschwand zusammen mit Mrs. Pooter durch die grüne Tür auf den Hang. Es war ein ruhiger, grauer Morgen, an dem die weiter entfernten Hügel sich auf geheimnisvolle Weise über den lautlos durch das Tal wabernden Nebel erhoben. Es war, als würde Fox über das Meer schauen, aus dem unwirkliche, abgelegene Inseln herausragten. Die allumfassende Stille wurde nur von dem heiseren Krächzen einer Krähe und dem traurigen Blöken eines Schafes gestört.

Fox wanderte auf den ausgetretenen Schafpfaden, die kreuz und quer über die Hänge verliefen, und hielt nach ihm wohl bekannten Besonderheiten im Gelände Ausschau: Da war die Granitplatte, auf der er oft saß und rauchte; die Stelle, wo der Ginster in den Pfad hing; der große Weißdorn. Mrs. Pooter rannte mit der Schnauze am Boden voraus. Von hinten sah sie ausgesprochen emsig und wachsam aus, sodass es Fox wenig überraschte, als wie aus dem Nichts ein Kaninchen auftauchte und Mrs. Pooter losstürmte, um es zu jagen. In dem Wissen, dass sie den Kaninchen nie etwas zu

Leide tat und bald wieder zurückkommen würde, schlenderte Fox gemächlich weiter.

Die Ereignisse der letzten Tage ließen ihm keine Ruhe. Fox schätzte seine Unabhängigkeit sehr und war froh, dass er selbst nicht im Haupthaus von The Keep wohnte. So begeistert er auch von Freddy war, und so gern er Ellen hatte – er brauchte seinen eigenen Bereich, in den er sich verabschieden konnte. Ganz am Anfang war seine Verehrung für Freddy die treibende Kraft in seinem Leben gewesen. Es hatte sich um die Verehrung eines Bediensteten für seine Herrin gehandelt, und sie war ihm immer so unerreichbar, so entrückt vorgekommen wie ein Engel. Diese Leidenschaft hatte ihm Auftrieb gegeben, doch als die Monate zu Jahren wurden, verlangte ihn nach etwas, das ihn auch körperlich befriedigen würde. Er konnte sich vorstellen, was in Ellens Kopf vor sich ging, und erkannte sehr wohl, wie angemessen und passend eine solche Lösung wäre, aber er wusste auch, dass es nicht funktionieren würde. Ihre gegenseitige Zuneigung war zu schwach für eine Ehe, und ihm lag viel zu viel an beiden Frauen, als dass er eine Störung des harmonischen Zusammenlebens auf The Keep riskieren wollte. Er war überzeugt, dass ihre kleine Gemeinschaft am besten funktionierte, wenn sie einander ausschließlich in selbstloser, platonischer Liebe verbunden waren, die jeglicher Probleme und Vertracktheiten körperlicher Leidenschaften entbehrte.

The Keep war so abgelegen – und Fox musste die drei bis vier Kilometer zu den nächsten Dörfern zu Fuß bewältigen –, dass sich kaum Gelegenheit bot, einen Freundeskreis aufzubauen. Und doch hatte Fox eines Abends im *The Sea Trout* in Staverton eine junge Frau kennen gelernt, die der Krieg zur Witwe gemacht hatte und die gerade so über die Runden kam. Sie hatte ein winziges Cottage im Dorf gemietet, und noch bevor sie richtige Freunde wurden, waren sie auch schon ein Liebespaar. Sie war die Tochter eines Bauern, und als sie kurze Zeit später zu ihrer Familie und deren Hof nach

Norddevon zurückkehrte, war der junge Fox wieder allein – allerdings nicht lange. Die nächste Frau war älter als er und mit einem Mistkerl verheiratet, der sie schlug und vergewaltigte, wenn er betrunken war. Fox begegnete ihr mit einer Zärtlichkeit und Güte, die sie schon gar nicht mehr kannte, und es gelang ihm, ihr einen Teil ihrer Selbstachtung wiederzugeben. Die Beziehung hielt einige Jahre, und Fox war sehr traurig, als seine Geliebte unerwartet starb. Die Schwermut begleitete ihn eine Weile, bis er eine Witwe kennen lernte, die in Totnes eine Frühstückspension betrieb. Inzwischen war Fox stolzer Besitzer eines Fahrrades, hatte so seinen Horizont erweitern können und mit der Witwe eine angenehme Beziehung geführt, die mit der Zeit zu einer lockeren, unkomplizierten Freundschaft geworden war.

Jetzt war er allerdings viel zu sehr mit den drei Kindern beschäftigt, als dass er Zeit für seine eigenen Angelegenheiten gehabt hätte. Er wanderte über die Hügel und war in Gedanken bei dem stummen Mole. Er drehte und wendete das Problem im Geiste und bemühte sich, eine Lösung zu finden. Vielleicht hatte Theo ja eine Idee ... Irgendwo aus dem kleinen Buchen- und Eichenwäldchen hörte er Mrs. Pooter aufgeregt bellen, und als er einen Blick auf die Uhr warf, war er überrascht, wie lange er all diesen Gedanken nachgehangen hatte.

Im Osten erhob sich nun ein rötlicher Schimmer, ein weiches, diffuses Licht, das das kalte Grau der dunstigen Schwaden mit Wärme durchdrang. Eine sanfte Brise zerriss den Nebel, der sich lichtete und neu formierte und für kurze Zeit den Blick auf die vertraute Landschaft freigab. Plötzlich tauchte Mrs. Pooter schwanzwedelnd neben Fox auf, und er strich ihr über das feuchte Fell.

»Na, altes Haus«, begrüßte er sie liebevoll. »Und jetzt nach Hause? Frühstücken?«

Sie schien ihn zu verstehen, da sie sich sofort in die Richtung in Bewegung setzte, aus der sie gekommen waren. Er blieb stehen, um sich im Schutz beider Hände eine Zigarette anzuzünden, und folgte ihr dann den Hügel hinauf zu The Keep.

»Das nächste Drama steht auch schon vor der Tür«, sagte Freddy zu Ellen, als diese ihr die erste Tasse Tee neben das Bett stellte. »Theo hat mir erzählt, dass Prue wieder heiraten möchte.«

Es war schon eine ganze Weile her, seit Freddy sich von der förmlichen Steifheit der ersten Jahre verabschiedet hatte. Sie wusste, dass sie sich in Ellens Gegenwart entspannen konnte, dass sie offen mit ihr reden und sogar mit ihr tratschen konnte, ohne dass Ellen dies jemals ausnutzen würde. Ellen und Fox waren Dienstboten der alten Schule – in der Öffentlichkeit und ihr selbst gegenüber bezeichneten sie Prue noch immer als »Mrs. John«; unter sich waren sie aber weniger förmlich. Sie schätzten Freddys Zwanglosigkeit und hätten niemals irgendetwas getan, das dazu geführt hätte, dass Freddy diese Formlosigkeit bereuen könnte. Doch auch sie selbst schätzte sich glücklich. Ohne Ellens und Fox' Unterstützung und Liebe wäre sie sehr einsam gewesen, und für sie persönlich waren die beiden unersetzlich. Sie empfand es als Luxus, ihre Sorgen mit Ellen teilen und auf familiäre, ungezwungene Art mit Fox plaudern zu können.

»Na, so was«, sagte Ellen ganz unverbindlich. Sie richtete sich auf und wartete auf weitere Informationen, die ihr einen Hinweis darauf geben würden, wie sie reagieren sollte.

Freddy setzte sich auf, lehnte sich gegen die Kissen und griff nach der Tasse. »Theo versucht, die Sache ganz vernünftig zu betrachten«, sagte sie gereizt. »Er hat wieder einmal diesen unmöglichen, besänftigenden ›Sei-doch-vernünftig‹-Ton angeschlagen, dessen er sich immer befleißigt, wenn er mich von seinen Ansichten überzeugen will. Prue hat ihm diesen Tony anscheinend schon vorgestellt.«

»Wirklich?« Das überraschte Ellen. Wenn es schon so weit

gekommen war, musste es Prue tatsächlich ernst sein damit. »Und was war Mr. Theos Eindruck von ihm?«

»Theo sagt, er sei sehr charmant.« Freddy fing an zu lachen. »Warum sind die Leute immer überrascht, wenn Hochstapler und Lebemänner charmant sind? Das gehört bei denen doch zum Job!«

»Ist er das denn?«, fragte Ellen entsetzt. »Das kann doch nicht sein.«

»Theo bemühte sich, taktvoll und vorsichtig zu sein.« Dankbar nippte Freddy an ihrem Tee. »Aber ich durchschaue ihn. Der junge Mann hat keine Arbeit und, soweit wir das beurteilen können, überhaupt keine Perspektive. Aber er ist wohlerzogen, gebildet, charmant und sieht sehr gut aus. Damit ist doch alles klar.«

»Aber was stellt Mrs. John sich denn vor?«, fragte Ellen. »Wie soll er sie denn ernähren?«

»Genau das frage ich mich auch. Es sieht ganz so aus, als wolle Prue *ihn* ernähren.«

Ellen machte ein abschätziges Geräusch mit der Zunge und schüttelte langsam den Kopf. Freddy seufzte.

»Eben. Aber Prue ist offensichtlich in ihn verliebt. Und er in sie.«

»Nun ja ...« Ellen zögerte. »Ist Mr. Theo denn dafür?«

»Nicht so ganz. Aber er sympathisiert mit Prue, weil deren Gefühle für diesen Mann laut Theo tief und echt sind. Er ist sehr darauf bedacht, nichts zu tun, was bei ihr zu Trotz und unüberlegten Handlungen führen könnte.«

»Vielleicht ist er ja viel mehr in ihr Geld verliebt«, mutmaßte Ellen frei heraus.

»Daran habe ich auch schon gedacht«, sagte Freddy. »Aber es kann auch sein, dass er sie wirklich aufrichtig liebt.«

»Aber woher sollen wir das wissen?« Ellen klang ausgesprochen besorgt. Sie mochte Prue sehr gern und fand eigentlich, dass Freddy oft zu hart mit ihr umging. »Wir wollen doch nicht, dass man ihr wehtut.«

Freddy seufzte. »Natürlich wollen wir das nicht«, sagte sie ungeduldig. »Aber wieso konnte sie sich nicht einen vernünftigen Mann aussuchen? Ist das denn so viel verlangt? Na ja, wir werden ja sehen, was passiert, wenn er erfährt, dass Prues Unterhalt gekürzt wird, wenn sie wieder heiratet.«

»Das klingt aber hart, Madam.« Ellen runzelte die Stirn. »Wie soll sie denn dann zurechtkommen? Und was ist mit den Zwillingen?«

»Den Zwillingen wird es an nichts fehlen«, sagte Freddy mit fester Stimme. »Aber ich sehe nicht ein, wieso wir einen gesunden jungen Mann aushalten sollen, der genau so gut selbst arbeiten könnte. Prue wird nicht verhungern, keine Sorge, aber eine solche Maßnahme könnte ihn dazu bringen sein wahres Gesicht zu zeigen.«

»Na, dann können wir uns ja auf etwas gefasst machen«, bemerkte Ellen düster.

»Das fürchte ich auch«, entgegnete Freddy. »Als ob wir zurzeit nicht schon genug um die Ohren hätten. In ein paar Wochen kommt sie mit den Zwillingen her, dann können wir in aller Ruhe darüber reden. Theo bleibt etwas länger zur Unterstützung.«

»Dem Herrn sei Dank«, sagte Ellen ehrlich – und vergaß darüber den Takt.

Freddy grinste. »Meinst du etwa, mir mangelt es an Feingefühl, Ellen?«, fragte sie schelmisch. »Du glaubst doch nicht, dass ich so taktlos sein und die zärtlichen Gefühle unserer armen Prue in Aufruhr bringen werde?«

Ellen atmete tief durch die Nase ein, als sie Freddys Tasse samt Untertasse zur Hand nahm. »Mr. Theo sorgt immer dafür, dass wir hübsch auf dem Pfad der Tugend bleiben«, sagte sie leise. »Und ich muss mich jetzt um das Frühstück für die Kinder kümmern.«

Freddy sah ihr mit einem Lächeln nach. Sie war ganz sicher, dass Prues Auserwählter einen Rückzieher machen würde, sobald ihm klar wurde, dass er nicht den Rest seines Lebens versorgt sein würde. Nach allem, was Theo ihr erzählt hatte, vermutete sie, dass seine angebliche Liebe zu Prue zu einem Großteil der pure Eigennutz war. Was Prue anging, war sie sich da nicht so sicher. Freddys Lächeln erstarb. Tief in ihrem Inneren mochte sie Prue wirklich gern, obwohl sie sich oft über sie ärgerte, aber sie wollte bestimmt nicht, dass man ihr wehtat. Vielleicht war das Ganze ja auch bloß eine vorübergehende Laune. Vielleicht würden ein paar Wochen auf The Keep ihrem seelischen Gleichgewicht gut tun.

Freddy schlug die Decke zurück, setzte sich auf die Bettkante und grübelte weiter. Das Vernünftigste war, die Sache ganz in Ruhe mit Theo zu besprechen. Schließlich war das Letzte, was sie alle wollten, ein unglückseliges Liebespaar ... Freddy stöhnte. Sie hatte gestern Abend schon mit Theo gesprochen, war erst spät ins Bett gegangen und nun dementsprechend müde. Außerdem machte sie sich Sorgen um Mole, dachte wieder daran, dass ihr Leben völlig durcheinander geraten war – und jetzt auch noch Prue mit ihren Problemen. Freddy war das Herz so schwer, dass sie nicht glaubte, ausreichend Energie zu haben, um mit all dem fertig zu werden. Sie dachte an ihr Gespräch mit Julia, als sie gesagt hatte, sie habe ganz vergessen, wie anstrengend kleine Kinder seien, und erinnerte sich an Julias Äußerung über das Trauern.

Sie dachte: Ich bin zweiundsechzig. Ellen ist sechzig. Fox ist fünfundsechzig. Wir sind doch viel zu *alt* für so kleine Kinder.

Sie saß weiter auf der Bettkante und grübelte. Sie hatte eine Idee, gegen die Ellen sich mit aller Macht wehren würde, aber sie wollte dennoch mit Theo darüber sprechen. Ihre Gedanken drehten sich im Kreis – Fliss musste bald zur Schule, Mole blieb weiter stumm, Susanna, Prue ... Freddy war schon ganz durcheinander und der Verzweiflung nahe. Das Leben wurde ihr einfach zu kompliziert. Sie atmete tief durch, streckte sich, griff nach ihrem Morgenmantel und verschwand im Bad.

Die Kinder frühstückten in der Küche. Fox und Ellen nahmen ihr Frühstück in aller Frühe zu sich, wenn die anderen alle noch schliefen, aber Fox tauchte für gewöhnlich noch einmal in der Küche auf, während die Kinder versorgt wurden, und trank eine Tasse Tee. Für Susanna hatten sie einen Hochstuhl besorgt, und Mole saß auf einem Extrakissen, damit er sein Ei ohne Schwierigkeiten erreichte. Mrs. Pooter beobachtete aufmerksam, ob nicht versehentlich etwas vom Tisch fiel, während ihr Sohn völlig erschöpft von seinen frühmorgendlichen Eskapaden im Garten neben dem Herd schlummerte. »Und *rein* damit«, sagte Ellen und steckte Susanna einen mit Ei beschmierten Finger in den Mund. »*Braves* Mädchen. So, und jetzt noch einen für Ellen.«

Susanna krähte und schlug mit der Faust auf den kleinen Tisch vor ihr. Dann lehnte sie sich zur Seite, um nach Mrs. Pooter zu sehen, die in der Hoffnung auf ein unbeobachtetes Stück Brot oder einen mit Porridge bedeckten Löffel etwas näher gekommen war. Fliss aß langsam, wischte umsichtig das an der Schale heruntergelaufene Eigelb ab und tunkte ihre Toaststreifen sanft in das Ei. Hin und wieder sah sie zu Mole hinüber, weil sie Angst hatte, dass er nicht zurechtkam, aber er kam sehr gut zurecht mit seinem Frühstück, sodass sie ihres schließlich auch genießen konnte. Richtig entspannen konnte sie sich nur, wenn Ellen und Fox da waren, und am liebsten in der Küche, die schnell der Ort geworden war, an dem sie sich am sichersten und geborgensten fühlte.

Das kalte, feuchte Wetter, das seit kurz nach ihrer Ankunft geherrscht hatte, wurde nun von sonnigeren, wärmeren Tagen abgelöst. Der frühmorgendliche Nebel hatte sich gelichtet und die Sonne durchgelassen. Während Fliss ihre Milch trank, verspürte sie eine Aufregung, die sie seit vielen Wochen nicht erlebt hatte. Sie hatte so ein freudiges Flattern im Bauch, das es ihr schwer machte, das Frühstück herunterzuschlucken. Heute würden Mole und sie ihre neuen Fahrräder ausprobieren. Natürlich waren sie nicht wirklich neu: Fliss' Fahrrad hatte einmal Kit gehört, als sie jünger war – noch jünger als Fliss jetzt, denn Fliss war sehr klein für ihr Alter. Inzwischen war Kit zu groß für das Fahrrad. Moles Dreirad hatte einst seinem Vater gehört. Zwischen den Hinterrädern hatte es einen kleinen »Kofferraum« mit Deckel, wo Mole seine Schätze verstauen konnte.

Fox hatte die beiden Räder aus dem Schuppen neben dem rechten Pförtnerhaus geholt und versprochen, sie für heute sauber zu machen und zu ölen. Fliss begrüßte ihn mit einem hoffnungsvollen Blick, als er in der Küchentür erschien. Er zwinkerte ihr zu, bevor er zum Herd hinüber ging und nach der Teekanne griff, die Ellen immer zum Warmhalten für ihn dort abstellte. Fliss setzte ihren Becher ab und sah zu Mole. Fox hatte ihm erlaubt, mit dem Dreirad über den gepflasterten Weg im Hof zu fahren, und Mole hatte fleißig in die Pedale getreten und sich über die Lenkstange gebeugt. Fliss und Fox hatten gelacht, und Mole hatte gar nicht mehr absteigen wollen. Fox hatte ihm den Rost gezeigt und ihm erklärt, dass die Pedale sich noch schneller drehen würden, wenn sie geölt waren, und dann hatte Fliss eine wackelige Proberunde auf Kits kleinem Raleigh gedreht ...

Mole spülte den letzten Bissen Toast mit einem Schluck Milch herunter und sah Fox unverwandt an. Vor seinem inneren Auge sah er bereits das funkelnde, blaue Dreirad mit der kleinen Klappe hinten. Er wollte etwas sagen, er wollte fragen, ob es fertig war, ob es im Hof stand, aber sein Schweigen war ihm so zur Gewohnheit geworden, dass es ihm fast unmöglich schien, Wörter zu bilden – und je mehr er darüber nachdachte, desto schwieriger wurde es. Er schluckte und schluckte, doch sein Hals wurde nur immer trockener, und Mole verkrampfte sich immer mehr. Fliss beobachtete ihn und bekam Angst.

Sie dachte: Er versucht zu sprechen, aber er kann nicht.

Irgendetwas hindert ihn daran. Und wenn er nun nie wieder spricht?

»Mole«, sagte sie verzweifelt. »Mole, hör auf!«

Ellen war vollauf damit beschäftigt gewesen, Susanna aus dem Becher zu trinken zu geben, doch als sie die Angst in Fliss' Stimme hörte, sah sie sich nach ihr und Mole um. »Was ist los?«, fragte sie streng.

»Mole«, rief Fliss den Tränen nahe. »Er versucht zu sprechen. Ich *weiß*, dass er es versucht. Aber er kann nicht. *Warum* kann er denn bloß nicht?«

Jetzt sahen alle zu Mole, dessen Sprechapparat in Bewegung war und der sie mit angstgeweiteten Augen anstarrte. Mit wenigen Schritten war Fox bei ihm, hob ihn von seinem Stuhl und nahm ihn fest in den Arm.

»'türlich kann er sprechen«, sagte er verächtlich. »'türlich kann er. Ist nur ein bisschen eingerostet, das ist alles. Ist doch kein Wunder. Wie die alten Räder. Haben lange rumgestanden, darum mussten sie geölt werden, richtig? Ist genau das Gleiche mit unserem kleinen Mole. Mach mal auf. Lass mal sehen.«

Mole machte gehorsam den Mund auf, und Fox sah hinein.

»Da ist alles in Ordnung«, sagte er fröhlich. »Überhaupt kein Problem. Das wird schon wieder, nur Geduld.«

Er hielt Moles Zunge fest und bewegte sie kichernd hin und her, und sowohl Mole als auch Fliss spürten, wie sie sich wieder entspannten. Wenn Fox darüber lachen konnte, dann musste es stimmen. Bald würde Mole wieder sprechen. Er musste nur ein bisschen geölt werden.

»Ganz recht«, sagte Ellen und wischte Susannas Gesicht und Hände ab. »Kann nicht sprechen, also wirklich! Wo gibt's denn so was? Das Schlimmste, was man machen kann, ist, sich hineinzusteigern. Streng dich nicht so fürchterlich an, dann geht das eines Tages ganz von selbst.«

Fliss war so erleichtert, dass sie dachte, sie würde zusammenbrechen. Sie faltete die zitternden Hände und versuchte zu lächeln. Es war so schrecklich gewesen, zu sehen, wie Mole immer wieder schluckte; sein verzerrtes Gesicht ...

»Also, wer wollte heute Rad fahren?«, fragte Fox und setzte Mole vorsichtig ab. »Stehen draußen im Hof und warten. Irgendwer interessiert?«

Mit einem Schlag war es wieder da, das aufgeregte Flattern, und Fliss sprang vom Stuhl und rannte mit Mole zur Tür hinaus. Ellen und Fox warfen sich einen viel sagenden Blick zu, bevor Fox den beiden Kindern folgte und Ellen mit Susanna, den Hunden, dem Aufräumen der Küche und der Hausfrauensendung im Radio allein ließ.

7 Theo war stets im obersten Stockwerk des Ostflügels untergebracht. Er fand es schön, etwas abseits zu sein und ins Tal und über die sich vor ihm ausbreitende Landschaft blicken zu können. Die Aussicht lenkte ihn ab vom Alltagstrott, sie zog ihn immer wieder an die Fenster seines Schlaf- oder Arbeitszimmers: gewaltige Wolkenmassen, die die Stürme aus West über die unendlichen Weiten des Himmels trieben; die rotgoldenen Streifen am Horizont, bevor sich an einem strahlenden Morgen starker Wind aus Ost erhebt; die feine Mondsichel am lindgrünen Abendhimmel. Das Bild, das sich ihm vor den Fenstern bot, war jedes Mal ein anderes, und dieser ständige Wechsel verzauberte ihn, zog ihn magnetisch immer wieder an und hielt ihn von der Arbeit ab. Früher war das nicht so schlimm gewesen, da hatte er keine so ernsthafte Arbeit gehabt, von der er sich hätte abhalten lassen können. Doch jetzt lag das vierte Kapitel von *Die Moral des Krieges* mit der Überschrift *Mit aller Gewalt?* vernachlässigt auf seinem Schreibtisch, während er tatenlos am Fenster saß.

Seine Räume waren nicht besonders weitläufig: Er verfügte über zwei große Zimmer und ein Bad. Das größere der beiden Zimmer – mit Fenstern nach Norden und Osten – war sein Schlafzimmer, wo er stets das Wichtigste an Kleidung in Reserve hatte, damit er mit möglichst wenig Gepäck reisen konnte. Gleich daneben lag das Arbeitszimmer, das ein Fenster nach Osten hatte und ein weiteres mit Blick in den Hof. Beide Räume waren geradezu asketisch möbliert. Theo empfand zu viele Habseligkeiten als eine Belastung, die ihn wie unnötiger Ballast an die Erde band. Was er aber liebte, waren Bücher. Bücher und Kricket. Die Kommode im Schlafzimmer zierten weder Figürchen noch Fotografien, die cremefarbenen Wände waren kahl. Sein Arbeitszimmer war immer aufgeräumt: Sämtliche Papiere lagen auf einem ordentlichen Stapel, Bleistifte und Federhalter steckten in einem tönernen Becher auf der alten, abgenutzten Lederoberfläche des Schreibtisches.

Theo riss sich los von der Aussicht und ging zurück an den Schreibtisch. Er stand eine Weile da und starrte auf seine kleine, disziplinierte Schrift – ohne sie wirklich zu sehen. Er dachte an sein Gespräch mit Freddy über Prue vor ein paar Tagen. Freddy war bemerkenswert beherrscht gewesen. Abgesehen von der Feststellung, dass Prudence – »Vernunft« – ganz offensichtlich der falsche Name für ihre Schwiegertochter war, hatte sie Theo ruhig zugehört und mit ihm übereingestimmt, dass sie unbedingt vermeiden sollten, defensiven Zorn in Prue zu wecken, wenn sie mit den Zwillingen auf The Keep eintraf. Er hatte ihr erzählt, dass Prue eine Woche allein wegfahren wollte – worauf Freddy zynisch die Augenbrauen hochgezogen hatte –, und hatte betont, dass Prue *tatsächlich* allein sein würde, dass sie nämlich Zeit zum *Nachdenken* brauchte. Was Freddy von diesem ungewöhnlichen Plan hielt, trug sie zunächst recht deutlich nach außen, doch als Theo ihr einen scharfen Blick zuwarf, riss sie sich wieder zusammen und gab Ruhe. Theo war ausgesprochen dankbar – wenn auch überrascht. Es sah Freddy gar nicht ähnlich, ein Blatt vor den Mund zu nehmen und ihre Gefühle zu verbergen. Er fragte sich, ob sich die Gegenwart der Kinder mildernd auf sie auswirkte. Oder war sie einfach nur so erschöpft, dass sie keine Kraft zum Streiten mehr übrig hatte? Was auch immer der Grund war, Theo war viel zu erleichtert, um weiter darüber nachdenken zu wollen.

Durch das offene Fenster zum Hof drangen Stimmen zu

ihm hinauf, und Theo schritt nahezu lautlos über die chinesischen Teppiche, die Freddy auf die eichegebeizten Bodenbretter gelegt hatte – ihm wäre es gar nicht weiter aufgefallen, wenn auch der Fußboden kahl geblieben wäre. Er sah aus dem Fenster und erblickte Susanna, die in einem klatschmohnroten Sommerkleidchen und mit einem Leinenschlapphut auf dem Kopf auf Fliss' Fahrrad herumgefahren wurde. Freddy hielt den kleinen, zappelnden Körper auf dem Sattel fest, während Fliss sie langsam über die Wiese schob. Mole führte die Prozession auf seinem Dreirad an und sah sich regelmäßig um, um sicherzugehen, dass die anderen nachkamen. Susannas fröhliches kleines Gesicht war Freddy zugewandt, die sich über sie beugte und ihr gut zuredete, während Fliss die Griffe fest umklammerte und mit aller Kraft schob.

Die Sonne hatte den ganzen Tag nur sporadisch geschienen, aber es war dennoch sehr warm; es war stickig und schwül, typische Gewitterluft, die kaum Luft zum Atmen ließ. Fliss und Mole trugen graue Shorts, butterblumengelbe Baumwollhemden und Strandschuhe an den nackten Füßen. Mole und Susanna waren schon richtig dunkelbraun; die Haut der blonden Fliss dagegen hatte es nur bis zu einer honiggoldenen Tönung gebracht. Freddy, in Tweedrock und Bluse, war ganz die gute, alte, wettergegerbte Freddy. Durch die vielen Stunden im Garten und die langen Spaziergänge mit Mrs. Pooter war sie permanent Wind und Wetter ausgesetzt, sodass ihre aus der kurzärmeligen Bluse herausragenden Arme so braun waren wie Moles, obwohl auch sie eher der helle Typ war.

Theo entsann sich der jungen Freddy, die als Braut auf The Keep aufgetaucht war. Sie hatte fantastisch ausgesehen: lange Beine, anmutig, das blonde Haar auf dem kleinen, wohl geformten Kopf aufgetürmt, ungetrübte graue Augen. Bertie war zum Platzen stolz gewesen. Er hatte kaum den Blick von ihr abwenden können, von dieser Tochter seines

Vorgesetzten, die er auf einem Ball kennen gelernt hatte. Er hatte keine Mutter, die sie hätte begrüßen können. Ihre Mutter war bei Theos Geburt gestorben, nachdem sie eine lange Reihe von Fehl- und Totgeburten gehabt hatte. Dann hatte sie Theo ausgetragen und war während der Geburt gestorben. Theo hatte sich nie recht verzeihen können, dass er schuld war an ihrem Tod. Ihr Vater war fast genauso verliebt in Freddy wie Bertie, aber er war wenige Monate nach der Hochzeit gestorben, und ein Jahr später war Bertie gefallen. Es war kaum zu glauben, dass all das nun schon über vierzig Jahre zurücklag.

Theo sah hinunter in den Hof und erinnerte sich daran, wie er und Bertie dort gespielt hatten und wie später die Zwillinge, Peter und John, dort genauso herumgefahren waren, wie Peters Kinder jetzt dort herumfuhren. Er dachte an Prue und John, die seinen Fronturlaub auf The Keep verbrachten und Hal und Kit auf dem Arm hielten, damit Freddy Fotos machen konnte. Und Peter und Alison mit ihrer Rasselbande, die voller Begeisterung The Keep in Richtung Kenia verließen ...

Der betörende Duft der Kletterrose, die die Außenmauer unter seinem Fenster bedeckte, strömte ins Zimmer, und Theo lehnte sich hinaus, drehte eine der Blüten zu sich um und sog den zarten Wohlgeruch ein. Durch diese Bewegung hatte er Moles Aufmerksamkeit auf sich gezogen – er hörte auf zu strampeln und sah zu ihm hinauf. Auch die anderen drehten sich um, und Freddy winkte.

»Teestunde!«, rief sie. »Komm runter, Theo. Ich brauche Verstärkung. Ellen und Fox sind immer noch in Totnes, und wir verdursten.«

Susanna krähte ihm auch etwas zu und winkte mit ihren dicken Fäustchen, als Freddy sie vom Sattel hob. Fliss lächelte. Sie mochte Theo. Er war ganz anders als alle anderen Erwachsenen, die sie kannte, und es gefiel ihr, dass er sie wie eine Erwachsene behandelte.

»Komm runter«, rief sie plötzlich ganz entgegen ihrer üblichen Zurückhaltung. »Komm und trink Tee mit uns. Bitte.«

Er verneigte sich vor ihr und verschwand dann vom Fenster. Die anderen blieben stehen und warteten, bis er im Hof wieder auftauchte. Er ging direkt auf Fliss zu. Sie sah, dass er eine dunkelrosafarbene Knospe gepflückt hatte, die er mit ernster Miene in das oberste Knopfloch ihres Hemdes steckte, damit sie daran riechen konnte, wenn sie den Kopf nur ein wenig neigte. Die anderen sahen dabei zu, wie sie ihn anlächelte und seine Hand nahm – und dann gingen sie alle zusammen ins Haus.

»Du bist doch mit mir einer Meinung, oder?«, fragte Freddy Theo einige Tage später. »Jetzt hast du doch Gelegenheit gehabt, dir ein Urteil zu bilden. Wir brauchen jemanden, der sich um Susanna kümmert. Es ist einfach zu viel für Ellen.«

»Das sieht Ellen aber nicht so«, entgegnete Theo nachdenklich.

Sie saßen im Frühstückszimmer, wo sie gerade zu Abend gegessen hatten und Theo sich einen Brandy gönnte. Freddy wusste, dass sie vorläufig nicht gestört würden und daher ernste Gespräche führen konnten. Das Frühstückszimmer war ein hoher, quadratischer Raum, dessen eines Fenster nach Osten gerichtet war, weshalb dieses Zimmer morgens am schönsten war. Das Speisezimmer hatte Freddy nie besonders gemocht, und als die Zwillinge dann aufs Internat gingen, war sie dazu übergegangen, alle ihre Mahlzeiten im Frühstückszimmer zu sich zu nehmen – alle außer der Teestunde. Den Tee nahm sie traditionell in der Eingangshalle ein. Den ganzen Winter hindurch brannte ein knisterndes Feuer in dem riesigen Kamin, und im Sommer standen die große, in den Hof führende Haustür und die Fenster zu beiden Seiten offen.

Freddy und Theo saßen an einem ovalen Eichentisch mit herunterklappbaren Seitenteilen in der Nähe des Fensters.

Sie hatte die schweren Mahagonimöbel aus dem Speisezimmer nicht hier haben wollen – sie erschienen ihr zu wuchtig für eine allein stehende Frau – und diesen etwas kleineren, gemütlicheren Raum mit kleineren Stücken möbliert. Die Anrichte war eigentlich die untere Hälfte eines Geschirrschranks aus Eiche, und die Bezüge der Stühle mit ihren hübsch geschwungenen Rückenlehnen waren von der ersten Mrs. Chadwick auf The Keep kunstvoll bestickt worden. An den Wänden hingen mehrere wunderbare Aquarelle von einem Chadwick, der in Südafrika gedient hatte. Diese zarten Malereien von den Bergen und der See um das Kap herum verliehen diesem ruhigen und sehr englischen Zimmer eine exotische Note.

Freddy schob ihren Stuhl zurück, um ihre langen Beine auszustrecken. Sie war sich sehr wohl im Klaren über Ellens Widerstand, hoffte aber, Theo auf ihrer Seite zu haben.

»Es geht doch nicht nur um die Arbeit«, sagte sie. »Wir sind doch ein viel zu alter Haushalt für drei kleine Kinder. Susanna ist noch nicht einmal zwei. Ich weiß, sie hat Mole und Fliss, aber trotzdem fehlt eine ganze Generation. Verstehst du, was ich meine? Die Altersgruppe ihrer Eltern existiert hier gar nicht. Ich kann mir nicht vorstellen, dass das gut für sie ist. Es herrscht kein Gleichgewicht.«

Theo hatte sich durch das Kricketländerspiel im Lord's-Stadion von den derzeitigen Problemen auf The Keep vorübergehend ablenken lassen. Fox und er wurden mit schöner Regelmäßigkeit von Ellens Radioapparat in der Küche geradezu magisch angezogen. Sie setzten sich Schulter an Schulter davor und kommentierten die Berichterstattung mal mit Stöhnen, mal mit pubertärem Jubel, bis Ellen die Geduld verloren und die beiden vor die Küchentür gesetzt hatte. Fox hatte die alten Torstäbe, Kricketschläger und einen antiquarischen Tennisball von den Zwillingen ausgegraben, während Theo Mole holte. Die drei hatten sich auf der kleine Wiese getroffen und sich einem spontanen, äußerst lautstarken Spiel hingegeben, das Fliss fasziniert beobachtet hatte.

Theo dachte daran, wie Mole gelacht hatte – jenes seltsame, lautlose Lachen –, als Fox wie ein Verrückter hin- und hergelaufen war, während der Ball im hohen Bogen über die Rhododendren flog. Fliss hatte sich von der Begeisterung anstecken lassen und war zusammen mit Mole dem Ball hinterher gerannt. Später hatten sie ihr erlaubt, zu schlagen ...

»Ich glaube, du hast Recht«, sagte er. »Sie brauchen jemanden, der ihnen Spiele beibringt und ihnen zeigt, wie man spielt.«

»Ganz genau«, rief Freddy erleichtert. »Du verstehst also, was ich meine? Fox und Ellen sind bezaubernd, aber sie haben einfach nicht die Energie. Und das ist auch noch nicht alles. Wir sind altmodisch. Dessen bin ich mir sehr bewusst. Wir leben ein reichlich zurückgezogenes Leben hier. Ich finde es wichtig, dass die Kinder den Anschluss nicht verlieren.«

»Das *gesamte* Gleichgewicht ist wichtig«, sagte Theo langsam. »Auch die Älteren haben ihren Platz in einer Familie. Traditionen, Erfahrung –«

»Selbstverständlich«, sagte Freddy ungeduldig. Es fiel ihr schwer, Theo auch nur einen Satz aussprechen zu lassen, so sehr drängte es sie, schnell weiterzusprechen und auf den Punkt zu kommen. »Das weiß ich doch. Aber ältere Menschen haben sie doch mehr als genug hier. Vier Stück. Was fehlt, ist die Generation dazwischen.«

»Hmmm.« Theo nickte, da stimmte er ihr zu. »Obwohl da ja auch noch Prue wäre ...«

»Prue!«, rief Freddy abschätzig. »Und abgesehen davon ist sie nicht hier, oder etwa doch? Sie ist nicht annähernd oft genug hier, um uns eine Hilfe zu sein.«

Da hatte Freddy natürlich Recht, und Theo wollte nicht weiter in dieser Richtung bohren. Er sah hinaus in den hellen Sommerabend und dachte an Moles lobenswerte Leistung mit dem Kricketschläger. Peter oder Jamie hatten ihm bestimmt schon die einfachsten Grundregeln beigebracht. Vielleicht würde er ja einmal ein richtiger Kricketspieler werden ...

»Ist sie nicht«, verteidigte Freddy sich, da sie Theos Schweigen fälschlicherweise für Kritik gehalten hatte. »Wir brauchen jemanden, der immer hier ist.«

»Da hast du sicher Recht.«

Theo lächelte sie an, und erst da sah Freddy ihn sich seit seiner Ankunft zum ersten Mal richtig an. Sie war so beschäftigt gewesen mit allem Möglichen, dass sie noch gar nicht bemerkt hatte, dass er noch mehr graue Haare bekommen hatte, dass er älter aussah ... In ihrem Brustkorb regte sich Panik, ihr Herz zog sich vor Angst zusammen. Theo durfte nicht alt werden! Er war immer Berties kleiner Bruder gewesen, den sie hatte aufziehen und bemuttern können. Theo als alter Mann – das war schlicht unvorstellbar! Oder gar ein Leben ohne ihn. Julia hatte ganz Recht: Seine bloße Anwesenheit milderte ihre Ängste.

Sie dachte: Er ist neunundfünfzig. Das ist nicht alt. Wie würde ich ohne Theo je zurecht kommen?

»Geh nicht weg«, bat sie ihn. »Fahr nicht zurück nach Southsea. Bleib hier, bei uns. Ich *brauche* dich, Theo.«

»Nicht annähernd so sehr, wie du dir einbildest, liebe Freddy.« Er lachte über ihre bange Besorgtheit. »Ich glaube, ich bin noch nicht so weit, mich für immer auf The Keep niederzulassen.«

»Du bist so unglaublich egoistisch«, brummte sie. »Du redest von Gott und Religion, aber denken tust du nur an dich selbst.«

»Ich spreche nur selten von Gott und Religion«, protestierte er ruhig und lachte noch immer. »Und ich finde deine Idee, ein junges Kindermädchen für Susanna und zur allgemeinen Unterstützung zu suchen viel besser als deine Idee, hier noch einen alten Knochen unterzubringen.«

»Wir *sind* keine alten Knochen, zumindest ...« Freddy erkannte den logischen Bruch in ihrer Argumentation und fing an zu lachen. »Aber du reist doch nicht jetzt schon ab, oder?«

»Nein, nicht jetzt«, beruhigte er sie. »Ich bleibe auf jeden Fall noch, bis Prue und die Zwillinge kommen.«

»Ja, natürlich.« Freddy seufzte und schüttelte den Kopf. »Da wird das Haus ja ganz schön voll. Arme Ellen.«

»Die Zwillinge werden schon mit anpacken«, tröstete Theo sie. »Das werden wir alle. Und den Kleinen wird es gut tun, ihre Cousins zu sehen.«

»Wenn Mole doch nur endlich wieder sprechen würde«, sagte Freddy wohl zum tausendsten Mal. »Manchmal habe ich den Eindruck, dass er ganz kurz davor ist, aber dann schafft er es doch nicht.«

»Das kommt schon. Da bin ich mir ganz sicher. Eines Tages wird irgendetwas Einschneidendes passieren, und er wird sich so sehr vergessen, dass seine Zunge sich wieder löst.«

Neugierig sah Freddy ihn an. »Du meinst, irgendetwas Schlimmes?«

»Ich ... glaube schon«, sagte Theo langsam. »Ich glaube, er *muss* einen neuen Schock erleben, um den alten zu überwinden. Früher oder später.«

Freddy schwieg, sie dachte an ihren eigenen Verlust, ihre eigene Trauer. Sie hatte nicht viel Zeit, wirklich darüber nachzudenken, aber irgendwie war es doch ständig präsent. Theo beobachtete sie und wusste bereits, was jetzt kommen würde.

»Wie kannst du an Gott glauben?«, brach es aus ihr hervor. »Wie *kannst* du das, wenn so schreckliche Dinge passieren?«

»Diese Tat wurde von Menschen begangen, Freddy, nicht von Gott. Gott versucht, uns durch Liebe zu sich zu führen. Wir sind diejenigen, die sich Ihm verweigern, die Hass, Gier und Gewalt vorziehen. Es steht uns frei, uns zu entscheiden.«

Sie schüttelte den Kopf und unterdrückte ihre Tränen. »Ellen serviert den Kaffee im Salon. Lass uns noch ein paar Schritte gehen, bevor es dunkel wird. Der Ziertabak duftet abends immer so schön. Komm schon, Theo.«

Er erhob sich und folgte ihr. Es bekümmerte ihn, dass er sie nicht wirklich trösten konnte, und er war traurig über seine Unzulänglichkeit. Sie gingen durch die schattige Eingangshalle in den Salon und von dort auf die Terrasse. Eine frische Brise ließ Freddy frösteln. Sie hakte sich bei Theo unter und empfand die Wärme seines Pullovers als tröstlich. Sie konnte nicht über ihre Liebe sprechen, wie Prue es getan hatte, aber sie drückte Theos Arm noch fester, und er erwiderte den Druck, um sie zu beruhigen, und so schlenderten sie durch den Garten, wie sie es seit fast vierzig Jahren taten.

Unterdessen dachte Theo wieder über Tony nach. Ihm war klar, warum er auf Frauen und Männer gleichermaßen attraktiv wirkte: Er sah gut aus – aber nicht *zu* gut – und war sowohl ein ungezwungener Kumpel als auch ein vollendeter Kavalier. Für Männer war er ein »anständiger Kerl«, für Frauen amüsant. Er schmeichelte ihnen, ohne ihnen gefährlich zu werden. Theo fragte sich, wie aufrichtig Tonys Gefühle für Prue wohl waren. Prue zu lieben fiel niemandem schwer – aber würde diese Art von Liebe ausreichen? Prue brauchte jemanden, der sie von ganzem Herzen liebte, so, wie John sie geliebt hatte: fürsorglich und beschützerisch, jedoch ohne sie zu unterdrücken oder ihre Fähigkeit zu lieben zu unterschätzen. Es lag auf der Hand, dass Prue einsam war und dass sie die Zwillinge furchtbar vermissen würde, wenn diese im Herbst in ihre Internate verschwanden. Es würde schwierig werden, ihr klar zu machen, dass es besser war, allein zu leben als mit dem falschen Partner. An jenem Abend zu dritt hatte Theo die beiden aufmerksam beobachtet und festgestellt, dass Prue Tony wirklich liebte. Er war lieb und nett zu ihr gewesen, und abgesehen von der Tatsache, dass er sie nicht ernähren konnte, hatte er einen ebenso ansprechenden und freundlichen Eindruck gemacht wie wohl jeder andere Mann unter ähnlichen Umständen.

Später hatte Prue Theo das Versprechen abgenommen, bei Freddy ein gutes Wort für sie einzulegen, und Theo hatte sich einverstanden erklärt, die Situation unparteiisch zu schildern. Hatte er das getan? Er wusste es nicht.

»Der Kaffee wird kalt«, sagte Freddy, als sie wieder auf das Haus zugingen. »Wir haben zu viele Sorgen, das ist das Problem. Erst die Kinder, insbesondere Mole, und jetzt Prue ...«

»Spiel für uns«, schlug er vor, als sie die Terrasse überquerten und in den Salon traten. »Dabei kommst du auf andere Gedanken, und ich bin auch immer viel ruhiger, wenn ich dir zuhöre.«

Sie ging sofort zu ihrem Bechstein hinüber, während Theo Kaffee einschenkte.

»Hast du einen bestimmten Wunsch?«, fragte sie, als er die Kaffeetasse neben sie stellte.

»Nichts Melancholisches, nichts Kompliziertes«, antwortete er, als er sich mit seiner Tasse setzte – und lächelte zufrieden, als die ersten Klänge von Griegs Holberg-Suite den ruhigen Salon erfüllten.

# 8

Als die Dampflok den Zug aus dem Bahnhof Temple Meads herauszog, machte Prue es sich auf ihrem Sitz bequem und entspannte sich zum ersten Mal seit Tagen. Es war ziemlich anstrengend gewesen, den einmonatigen Aufenthalt der Zwillinge bei ihrer Großmutter vorzubereiten, und Tony hatte es ihr auch nicht gerade leichter gemacht. Auf Prues Wunsch, eine Woche allein zu sein, hatte er wenig verständnisvoll reagiert. Sicher hatte er Angst, dass er sie verlieren könnte, dass Prue zu dem Schluss kommen könnte, dass sie lieber frei bleiben wollte, und seine mangelnde Selbstsicherheit rührte sie. Üblicherweise war sie es nämlich, die unsicher war, weil sie immer wieder erlebt hatte, dass die Männer davor zurückschraken, sich an eine Witwe mit zwei Kindern zu binden. Es war ihr niemals der Gedanke gekommen, dass Tony an ihren irdischen Gütern interessiert sein könnte – Prue ging davon aus, dass diese nicht besonders eindrucksvoll waren. Tony hatte immer viele gute Ideen, wie er wieder an Arbeit kommen könnte, und deutete hin und wieder an, er habe selbst einiges zu erwarten. Es kam ihr so ungehobelt und knauserig vor, ihn weiter auszufragen, wo er sie doch niemals darum bat, etwas zu bezahlen, und so lieb zu ihr war.

Tony schien Liebe ungleich wichtiger zu sein als Wohlstand und Ansehen. Er schien daran zu glauben, dass sie gemeinsam durchkommen würden. Prue wusste, dass sie Tonys Antrag wahrscheinlich schon längst akzeptiert hätte, wenn ihr nicht noch auch Freddy ständig im Kopf herumgeistern würde. Und sie vermutete, dass ihre Befürchtung, die Zwillinge könnten Tony als Stiefvater ablehnen, im Grunde nur eine Entschuldigung war, mit der sie sich vor dem Eingeständnis drückte, dass sie Angst vor Freddy hatte. Prue versuchte, die Angst zu analysieren. Freddy war immer gut zu ihr gewesen und ausgesprochen großzügig. Seit Johnnys Tod hatte sie für Prue und die Kinder gesorgt, da sie es für wichtig hielt, dass die Zwillinge sich sicher und geborgen fühlten und dass Prue nicht aus dem Haus musste, um Geld zu verdienen. Prue, die gern darauf verzichtete, zu arbeiten, war für diese Regelung dankbar – bezahlte dafür aber den Preis, ständig beobachtet zu werden.

Um so gerecht wie möglich zu sein, hatte Freddy dafür gesorgt, dass die Dividenden von Johnnys Anteilen direkt an Prues Bank gezahlt wurden, und sie hatte Prue das Haus geschenkt. Und obwohl Prue Freddy niemals um Geld bitten musste, war ihr bewusst, dass sie von ihr abhing, und von Zeit zu Zeit frustrierte sie das. Natürlich hätte sie das Geld ablehnen und es aus eigener Kraft versuchen können – aber sie wusste, dass sie über keinerlei Fähigkeiten verfügte, mit denen sie genug Geld verdienen könnte, um sich selbst und den Zwillingen weiterhin denselben Lebensstandard bieten zu können. Und warum sollten die Kinder darunter leiden? Abgesehen davon war das Leben so viel angenehmer – die Zwillinge genossen eine gute Schulbildung, das Haus war bezaubernd –, und das Gefühl, Freddy stets dankbar sein zu müssen, war ein gerechter Preis für all diese Annehmlichkeiten.

Es war nur leider nicht so einfach, Tony in die bestehende Situation zu integrieren. Prue war sich im Klaren darüber, dass sie Tony nicht einfach so heiraten und bei sich einziehen lassen konnte, ohne mit Freddy darüber zu sprechen. Theo hatte diese Sicht der Dinge bestätigt. Seine Worte klangen Prue noch immer im Ohr: »*Es schickt sich nicht für einen gesunden jungen Mann, sich von seiner Frau aushalten zu lassen ... Es ist Freddys gutes Recht, ein paar Fragen zu stellen.*«

Prue fand, dass Tony vor Theo einen guten Eindruck gemacht hatte. Er hatte sich so ernsthaft und nachdenklich gegeben, wie Prue ihn selten erlebte, und er hatte Theo intelligente Fragen zu seinen Kriegserlebnissen gestellt und sich erkundigt, wie es als Geistlicher auf einem der Königlichen Kriegsschiffe gewesen sei. Theo hatte ein paar amüsante Anekdoten erzählt, mit denen er die schrecklichen Zeiten verharmloste, und sich dann nach Tonys Erfahrungen erkundigt. Tony hatte sofort erklärt, dass seine Tätigkeit in die Kategorie »Streng geheim« gehört hatte, dann aber trotz seiner sonst üblichen Verschwiegenheit doch ein, zwei durchaus glaubhaft klingende Geschichten zum Besten gegeben. Auf Theos Frage, was er denn seit dem Krieg getan hatte, erging Tony sich in Andeutungen, dass er von Zeit zu Zeit in der gleichen Eigenschaft wie damals beschäftigt würde.

Prue hatte Theo inständig gebeten, sich nicht so aufzuführen, als wäre er ihr Vater und Tony ein Kandidat, der um ihre Hand anhielt. Aus diesem Grund war es Theo unmöglich gewesen, Tony in Bezug auf sein Einkommen und seine Möglichkeiten, Prue zu ernähren, eingehender zu befragen. Doch wie dem auch sei – sie hatten einen angenehmen Abend miteinander verbracht, und Tony hatte einen guten Eindruck hinterlassen. Prue hatte ihn noch nie so sehr geliebt wie in den Stunden, da sie ihn im Gespräch mit Theo beobachtete. Als sie über den Krieg sprachen, bemerkte Prue eine männliche Härte an ihm, die ihr vorher noch nie aufgefallen war und die sie schwach werden ließ vor Liebe zu ihm. Er sah so gut aus, war so umgänglich, so charmant. Warum sollte er wie ein kleiner Junge behandelt werden, der um Gefälligkeiten bettelte? Dass sie und Tony einander liebten, war eine Tatsache – und zwar eine, die im Grunde niemanden sonst etwas anging.

Genau das war auch Tonys Meinung. Die Zuneigung, die sie ihm entgegengebracht hatte, nachdem Theo abgereist war, hatte ihn befriedigt und ihm Mut gemacht, und er war ausgesprochen überrascht gewesen, als Prue weiterhin an ihrem Plan festgehalten hatte, sich eine Woche zurückzuziehen, um »über alles nachzudenken«. Zuerst hatte er leicht amüsiert reagiert und versucht, ihr diesen Plan auszureden. Als das nicht funktionierte, hatte er sich verletzt und sehr ruhig gegeben. Prue tat nach außen ganz ungerührt – obwohl innerlich Schuldgefühle und ein schlechtes Gewissen an ihr nagten –, sodass er ihr schließlich vorgeworfen hatte, ihn nicht zu lieben und ihn an der Nase herumzuführen. Prue war darüber empört gewesen – und er hatte ihr zu verstehen gegeben, dass er ihr nur dann glauben würde, dass sie ihn liebte, wenn sie zusammen ins Bett gingen. Voller Schuldgefühle und der Angst, ihn zu verlieren, einerseits, ganz schwach vor Leidenschaft und der Sehnsucht nach Liebe andererseits gab sie nach.

Selbst jetzt noch, mehrere Tage später, erfüllte Prue die Erinnerung an jenen Nachmittag in seiner Wohnung mit einem wohligen Gefühl, das ihren gesamten Körper erfasste und ihr ein selbstbewusstes Lächeln auf die Lippen zauberte. Sie seufzte innerlich. Warum fuhr sie denn jetzt *trotzdem* noch weg? Jetzt, da die Zwillinge einen Monat auf The Keep verbrachten, war die Gelegenheit doch günstig, mit Tony allein zu sein. Und obwohl sie natürlich auch eine nicht zu kurze Zeit mit der Familie verbringen sollte, wäre es im Grunde kein Problem gewesen, so zu tun, als würde sie sich zwei Wochen bei einer Freundin erholen. Schließlich hatte die Familie auch akzeptiert, dass sie eine Woche lang allein in einem Cottage in Cornwall wohnte, das eine Freundin ihr zur Verfügung gestellt hatte. Warum hatte sie also angesichts Tonys Widerstands an ihrem Plan festgehalten? War es wegen Freddy? Oder war es ein Instinkt, der sie vor jenem bedeutenden Schritt warnte?

Prue dachte: Ich brauche Zeit. Ich muss mich ausruhen, nachdenken und allein sein. Nicht nur wegen Tony. Ich brauche einfach eine Pause. Von allem. So einfach ist das.

Tony, den der Liebesakt wieder beruhigt hatte, war hinterher weniger mürrisch gewesen, hatte Prue aber genötigt, ihm zu verraten, wo in etwa das Cottage ihrer Freundin lag, und ihm zu versprechen, ihn anzurufen. Erst dann hatte er sich zufrieden gegeben, und Prue hatte sich endlich den Vorbereitungen der Reise ihrer Kinder widmen können: Sie sortierte Shorts und Hemden und versuchte all jene Gegenstände in die Koffer zu quetschen, ohne die die beiden angeblich unmöglich vier ganze Wochen auskommen konnten. Kaum im Zug, hatten sie auch schon die Fensterplätze okkupiert, wo sie sich gegenüber saßen, sich ab und zu gegenseitig versehentlich-absichtlich traten und sich freuten, nach Westen zu fahren. Prue sah, wie die beiden sich angrinsten, und ihr ging das Herz über vor Liebe für ihre Kinder, die sie unbeschreiblich vermissen würde, wenn sie erst einmal ins Internat gingen. Prue bekam es wieder mit der Angst. Würde ihre glückliche kleine Familie durch die Aufnahme eines vierten Mitglieds Schaden nehmen?

Kit lehnte sich zu ihrer Mutter hinüber und legte ihr die Hand aufs Knie. »Dürfen wir jetzt unsere Sandwiches essen?«, flüsterte sie. Sie warf einen schüchternen Blick auf die Mitreisenden, die Löcher in die Luft starrten und so taten, als würden sie sie nicht hören, während Prue die vorbeiziehende Landschaft betrachtete und versuchte, sich in ihrem Leben zurechtzufinden.

»Als nächstes halten wir in Taunton«, sagte Hal. Er sah auf seine Armbanduhr – ein Weihnachtsgeschenk von Freddy – und verzog das Gesicht. »Noch nicht mal zwölf Uhr. Ist wohl noch zu früh.«

»Na ja ...« Prue blickte in ihre hoffnungsvollen Gesichter und ließ sich erweichen. Schließlich waren sie alle früh aufgestanden, und das Frühstück war schon lange her. »Wir können ja jetzt die Sandwiches essen und uns die Äpfel und die Schokolade für später aufheben.«

Hal sprang auf, um die kleine Tasche mit dem Proviant

aus dem Gepäcknetz zu nehmen, während Prue die Mitreisenden entschuldigend ansah. Mit Kindern zu reisen konnte ziemlich anstrengend sein, und sie wollte die anderen Leute nicht verärgern. Sie rutschte auf ihrem Sitz ganz nach vorn, um sich und die Kinder ein wenig gegen die neugierigen Blicke abzuschirmen. Sie unterhielten sich leise, aßen ihre Eiersandwiches und überlegten, was sie tun würden, sobald sie ankamen. Prue ließ die Kinder schnattern und fragte sich unterdessen, was Theo Freddy wohl über Tony erzählt hatte und ob sie das Thema anschneiden würde ... Prue reichte Hal die Feldflasche mit der Limonade und faltete das Butterbrotpapier wieder zusammen. Wenigstens war Theo da, wenn sie kam, und konnte sie unterstützen. Theo war sicher auf ihrer Seite.

Es war sehr heiß. The Keep lag so zeit- und atemlos da, als würde die Hitze es mit aller Kraft niederdrücken. Selbst die Vögel schwiegen. Mole hatte schon vor längerem sein Dreirad im Hof liegen lassen und sich in die Eingangshalle geflüchtet. Er mochte die Eingangshalle. Auf beiden Seiten des Kamins – mit einem niedrigen, langen Tisch zwischen sich – standen zwei Sofas mit hohen Rückenlehnen, auf deren ausgeblichenen Chintzbezügen sich Kissen türmten. Ein gemütlicher Sessel stand am Ende des Tisches und sorgte zusammen mit den anderen Sitzgelegenheiten dafür, dass diese Eingangshalle ein Flair von Wohnraum bekam. Weil es hier oft zog, lag auf dem Sessel ein Tartan, und Mole liebte es, sich diese Decke zu schnappen, sich unter den Kissen auf dem Sofa zu vergraben, die Decke darüber zu legen und so vollkommen unsichtbar zu sein.

Heute war es allerdings zu heiß, um sich unter dem Tartan zu verstecken, weshalb Mole auf eines der Sofas kletterte und sich zwischen die Kissen legte. Matt und träge lag er da, lauschte der Stille und sog die Gerüche nach altem Stein, muffigem Stoff, Bienenwachs und Hund ein. In der

Eingangshalle war es angenehm kühl, und Mole döste ein wenig. Die Hitze erinnerte ihn an Afrika, und er träumte, er läge auf dem Korbsessel in dem flachen Farmhaus; die Sonne schiene durch die Schlitze der Fensterläden und male goldene Muster auf die Matten auf dem Boden. Nur undeutlich hörte er Fliss' Stimme aus dem hinteren Teil des Hauses, und irgendjemand – Cookie? – sang Susanna etwas vor. *»Ich hab 'ne Katz, die mag ich sehr, die läuft mir dauernd hinterher. Die Katze singt Fideleihe, Fideleihe.«* Mole schmiegte die Wange an das Kissen, entspannte sich immer mehr und konnte die Augen kaum mehr aufhalten. Jetzt versuchte auch Susanna zu singen. *»Die Kuh macht Muh, Muh ...«* Sie lachte über sich selbst, und Mole lächelte im Schlaf. Sie konnte sich nie die richtige Reihenfolge der Tiere merken, und Fliss auch nicht. Jamie war der Einzige, der das Lied richtig hingekriegt hatte. Und Mummy. Mole bewegte sich ein wenig. Irgendetwas stimmte nicht mit Mummy, aber er wusste nicht mehr genau, was ... Er versuchte, sich daran zu erinnern, aber die Hitze und der Schlaf hielten ihn umfangen, seine Lider hörten auf zu flattern und fielen wieder ganz zu. Dann drangen andere Geräusche zu ihm durch: Schritte. Das Schließen einer Tür. Ein sich näherndes Auto. Stimmen ganz in seiner Nähe. Mole richtete sich etwas auf. Irgendwo sang immer noch jemand. *»Ich hab 'ne Frau, die mag ich sehr, die läuft mir dauernd hinterher ...«* Und dann gellte auf einmal Fliss' Schrei durch die Stille und erreichte Mole in seinen Träumen. »Sie sind da! Sie sind da!«

Mole wachte auf und sah sich um. Die Eingangshalle verwirrte ihn, doch die Aufregung, die Dringlichkeit von Fliss' Schrei trieb ihn vom Sofa und zur Tür. Benommen und noch nicht ganz wach blickte er hinaus in den Hof. Seine Gedanken und Träume waren völlig durcheinander, als das Auto hielt und die Tür aufging. Er wusste, dass er geträumt hatte, dass er sich Sorgen um Mummy gemacht hatte, um Mummy und Jamie, aber da waren sie ja, sie waren gesund und munter.

»Sie sind da!«, rief Fliss noch einmal, und Mole wachte endlich richtig auf. Er war nicht in Kenia, sondern hier, in England, bei seiner Großmutter auf The Keep, und Jamie, Mummy und Daddy waren tot. Aber Jamie stieg gerade aus dem Auto aus, seine blonden Haare glänzten in der Sonne, er lachte und streckte sich und sah sich glücklich um. Moles Herz schlug so wild, dass er die Luft anhalten musste; seine Kehle war wie ausgedörrt. Jemand hatte sich geirrt, irgendjemand hatte einen schrecklichen, einen albtraumhaften Fehler gemacht. Jamie *lebte*. Er war hier, im Hof, und Mummy und Daddy waren bestimmt bei ihm. Jetzt stieg eine Frau aus; Mole sah, wie der Baumwollrock aus der offenen Wagentür hing, wie sie ihr nacktes Bein ausstreckte ...

Mole schnappte nach Luft, schluckte – und fand seine Stimme wieder. »Mummy!«, schrie er. »Mummy! Jamie!« Er rannte die Treppe hinunter und über den Rasen, wo der Junge und die Frau wie zu Salzsäulen erstarrt stehen geblieben waren. »Jamie!«, schrie er, warf die Arme um Hals Taille und sah zu Prue ...

Er schrie noch einmal, dieses Mal aber verwirrt und verzweifelt, und innerhalb einer Sekunde war eine kalkweiße, tränenüberströmte Fliss bei ihm. »Ich hatte es dir doch erzählt, Mole«, schluchzte sie, »ich hatte dir erzählt, dass Hal und Kit und Tante Prue kommen. Dass Fox sie vom Bahnhof abholt. Ooooh ...«

Sie brach weinend zusammen, während Mole unter Schock stehend weiter ungläubig Hal anstarrte, bis Prue sich zu ihm hinunterbeugte, ihn auf den Arm nahm und ins Haus trug.

Freddy saß in Theos Arbeitszimmer auf der Bank am Fenster und umschlang ihre Knie. Theo sah ihr abgehärmtes Gesicht und berührte im Vorbeigehen kurz ihre Schulter. Dann setzte er sich an den Schreibtisch.

»Na, das war dann ja wohl das einschneidende Erlebnis, und es sieht ganz so aus, als hättest du Recht gehabt. Aber findest du das nicht furchtbar?«, fragte sie schließlich. Es folgte langes Schweigen.

»Er hat seine Stimme wiedergefunden«, sagte Theo.

Freddy nickte. »Wie du es vorausgesagt hattest. Der Schock hat seine Zunge gelöst. Fliss ist völlig zusammengebrochen. Ich glaube, sie hat die ganze Zeit alles in sich hineingefressen, und das war der Tropfen, der das Fass zum Überlaufen brachte. Sie hat sich solche Vorwürfe gemacht.«

»Aber warum denn nur? Wie hätte man denn ahnen sollen, dass Mole Hal für Jamie halten würde?«

»Ich hätte darauf kommen können«, sagte Freddy und legte die Stirn auf die Knie. »Ich weiß doch, wie ähnlich sie sich sehen. Schließlich waren ihre Väter Zwillinge, und die beiden Jungs haben sich schon immer ähnlich gesehen. Der Gedanke ist mir nur nicht gekommen.« Sie hob den Kopf und sah zu Theo. »Das werde ich mir nie verzeihen. Niemals. Der arme Mole.«

»Aber jetzt kann er wieder sprechen«, widersprach Theo. »Wenn das die Folge davon ist, hat es sich doch gelohnt. Und Fliss kann endlich trauern. Es ist gefährlich, seelische Schmerzen so in sich hineinzufressen. Von nun an wird es ihr viel leichter fallen, ihre Trauer herauszulassen. Und Mole auch. Er hat mit Fliss geweint. Sie haben gemeinsam getrauert ... Und er spricht immer noch.«

»Es lag an Prue.« Freddy klang verwundert. »Sie haben sich an ihr festgeklammert. Sie hat sie im Arm gehalten, als sie geweint haben.«

Theo beobachtete sie und fragte sich, ob Freddy wohl eifersüchtig war. Sie klang aber einfach nur überrascht.

»Vielleicht«, mutmaßte er, »liegt das daran, dass sie ... mütterlich ist. Ihre Kinder sind noch jung, sie ist an plötzliche Gefühlsausbrüche und mittlere Katastrophen gewöhnt. Vielleicht hat sie sie an Alison erinnert.«

Freddy schüttelte verblüfft den Kopf. »Ganz gleich, was es war – es hat funktioniert. Und es bestätigt mich in meiner Ansicht, dass die Kinder einen jungen Menschen brauchen. Ich bin mir ziemlich sicher, dass ich Recht habe.«

»Ich habe dir darin nie widersprochen«, erklärte Theo. »Ellen ist diejenige, die du überzeugen musst. Wo sind die Kinder jetzt?«

»Mit Prue und den Zwillingen oben, Koffer auspacken. Ich glaube, du hast Recht, Theo. Vielleicht war dieser Schock tatsächlich ein Segen. Wir werden sehen, wie es ihnen geht, wenn wir Tee trinken. Im Moment überlasse ich sie ganz Prue.«

Sie ließ die Knie sinken, stand auf und zögerte. Er lächelte ihr aufmunternd zu.

»Einen Drink?«, schlug er vor. »Was meinst du? Ich glaube, nach dem Drama können wir beide eine kleine Stärkung vertragen.«

Dankbar sah sie ihn an. »Ausgezeichnete Idee.« Das kam von Herzen. »Was hast du hier?«

Er schob den Stuhl zurück und ging zum Wandschrank. »Gin«, bot er ihr an, als er in den Schrank sah. »Scotch. Sherry. Das ist alles.«

»Das reicht doch für den Anfang.« Freddy klang jetzt wieder fast normal. »Einen Scotch bitte. Aber nicht zu wässrig.«

Er ging ins Badezimmer, um Wasser zu holen, und Freddy schlenderte zum Fenster und sah in den Hof hinunter. Moles Dreirad stand verlassen am Fuß der Treppe. Sie betrachtete es und dachte daran zurück, wie Peter damit herumgefahren war, wie er seinen Lieblingsteddy hinter den Sattel geklemmt hatte. Der kluge, charmante Peter. Der gutmütige, liebevolle John. Ihre lieben, geliebten Jungen. Wie sie rannten und riefen. Wie sie auf dem Rasen Kricket spielten. Wie sie abwechselnd auf der Schaukel saßen. Wie sie eingeschult wurden. Wie sie in den Krieg zogen ... Die Tränen liefen ihr über die Wangen, und sie krümmte sich vor Schmerz.

Sie machte ihrem Kummer Luft, indem sie die Namen derer, die sie verloren hatte, laut aus sich herausschrie; tränenblind streckte sie die Arme nach ihnen aus, bis Theo bei ihr war, sie in den Arm nahm und tröstete.

# 9

Kurz vor dem Abendessen spazierte Prue die Straße hinter dem Cottage entlang. Sie ging ganz langsam, betrachtete eingehend Blätter und Blüten und blieb hin und wieder stehen, um dem unbekannten Gesang eines Vogels zu lauschen. Auch jetzt noch, Wochen nach ihrer folgenschweren Ankunft auf The Keep, verspürte sie eine Mischung aus Verblüffung, Stolz und Jubel. Nach jenem schrecklichen, anfänglichen Missverständnis hatte sie anscheinend überhaupt nichts falsch machen können. Mole und Fliss hatten sich an sie geklammert, mit ihr geweint und sich dann nach und nach beruhigt. Sie war die Einzige gewesen, die mit der Trauer der Kinder hatte umgehen können; die ihnen bei der Erholung von dem Schrecken helfen und ihnen Halt hatte geben können.

Prue dachte: *Nicht* Freddy. *Nicht* Ellen oder Fox. *Ich*.

Sie machte einen kleinen Hopser, genoss die Freiheit, in legeren Hosen und flachen Schuhen herumzulaufen, und war sich des natürlichen Gefühls auf ihrem ungeschminkten, gebräunten Gesicht und der Schlichtheit ihres lediglich mit einem Schal zurückgebundenen Haares bewusst. Sie war glücklich; ihr war leicht ums Herz, nichts bedrückte sie. Im Laufe der Tage hatten die Zwillinge ihr einen Teil der Verantwortung für Mole und Fliss abgenommen. Hal war in ihren Augen ganz klar eine Art Held. Sie beobachteten ihn ehrfürchtig und fasziniert, ja, beinahe sehnsüchtig, und diese Sehnsucht zerriss Prue fast das Herz. Unter vier Augen hatte sie dem noch immer unter Schock stehenden Hal erklärt, dass er seine Cousine und seinen Cousin an Jamie erinnerte und dass er damit rechnen musste, dass die beiden ihn mit der Liebe für ihren toten Bruder überschütten würden. Es war eine völlig natürliche Reaktion, ihn als Ersatz für Jamie anzunehmen. Hal hatte die Stirn gerunzelt, da er befürchtete, diese Last nicht tragen zu können, aber er hatte getan, was er konnte, um Fliss und Mole zu helfen. Sie hatten darauf sofort mit einer pathetischen Dankbarkeit reagiert, die ihn so gerührt hatte, dass sie ihn zu weiteren Anstrengungen anspornte. Kit hatte sich ihm angeschlossen. Jene Szene im Hof hatte sie entsetzt und ihr Angst gemacht. Zeugin solch tiefer Trauer zu werden hatte jeglichen Anflug von Eifersucht aus ihrem Herzen vertrieben und sie dazu veranlasst, ihr Möglichstes zu tun, um die Kinder bei der Überwindung der schrecklichen Ereignisse zu unterstützen.

Als die Wogen sich etwas geglättet hatten, hatte Prue – völlig unabsichtlich – ihre neu gewonnene Popularität auf The Keep weiter gesteigert, indem sie ganz nebenbei die Schwester einer Freundin erwähnte, die eine Anstellung als Kindermädchen suchte. Ihr letzter Schützling gehe jetzt in die Schule, ihre Arbeit sei damit abgeschlossen, und sie wisse noch nicht, wohin sie jetzt gehen solle. Freddys Aufschrei ließ Prue stutzen und den Faden verlieren, aber Freddy war auch gar nicht mehr an Prues eigentlicher Geschichte interessiert. Das Einzige, was sie jetzt noch interessierte, war dieses Kindermädchen, diese Freundin von Prue, die Arbeit suchte. Wie war sie? War sie verlässlich? Wie alt war sie? Da Prue mit Carolines großer Schwester zur Schule gegangen war – sie war auch diejenige, die Prue das Cottage zur Verfügung stellte –, hatte sie Freddys Fragen souverän beantworten können. Damit war sie im Ansehen noch weiter gestiegen, und als sie dann abreiste zu dem Cottage an der Grenze zwischen Devon und Cornwall, hatte sie in der Familie die Position einer geliebten und geschätzten Tochter inne. Sie war noch nie so beliebt gewesen. Tony war nicht mehr erwähnt worden, aber sie war sicher, dass man ihr in dieser Sache nun keine Steine mehr in den Weg legen würde.

Prue freute sich unbändig, atmete tief ein und kehrte dann um. Es war ein warmer Abend, erfüllt von den Düften des Spätsommers. Wie lange Finger fielen die Sonnenstrahlen durch die Bäume; dunkle Schatten legten sich quer über die staubige Straße. Leuchtend blauviolette Wicken krochen in Büscheln über die pudrigen weißen Blüten der Hundspetersilie und hoben sich farbenfroh gegen die blassen Gräser ab. Die dunkelroten Blätter des Ruprechtskrauts glommen inmitten eines Gewirrs aus Nesseln, und im Schutz eines Großen Ampfers kauerte eine Wühlmaus. Ein winziger Zaunkönig machte sich an der Trockenmauer zu schaffen und flatterte verärgert mit den Flügeln, weil Prue ihm zu nahe kam, als sie sich einen Zweig von der Heckenkirsche abbrach. Sie schreckte einen kleinen Schwarm Schwanzmeisen auf, der über die Hecke flitzte und dann im dahinter liegenden Wald verschwand.

Prue spielte mit dem Heckenkirschenzweig in ihrer Hand, als sie in den Weg einbog, der zum Cottage führte. Es handelte sich um ein schlichtes, aber ausreichend ausgestattetes Wohnhaus aus Stein und Schiefer mit vier Zimmern, von dem aus das Dorf gut zu Fuß zu erreichen war. Sie öffnete die Hintertür und betrat die Küche. Ihr Abendessen war schon fertig: ein einfaches Mahl aus in Honig gebratenem Schinken, Salat und dunklem Brot. Der Gemüsehändler hatte Kirschen im Angebot gehabt, und Prue hatte welche gekauft und sie in eine blauweiße Schale gelegt. Sie nahm sich eine und schwelgte in dem süßen Geschmack nach Spätsommer, als sie die Küche durchquerte und in die Speisekammer ging, wo die Lebensmittel stets kühl und trocken lagerten. Sie holte Butter, wendete den Salat und legte das Brot auf das Holzbrett. Sie hatte ein Stück guten Cheddarkäse, und ihre Freundin hatte ihr ein paar Flaschen Wein dagelassen, die auf dem kalten Schieferboden unter der Spüle stets die richtige Temperatur hielten.

Es war ein Fest: Der Schinken war dick und saftig, der Salat frisch und knackig, das Brot weich ... Prue seufzte zufrieden, schenkte sich ein zweites Glas kalten Weißwein ein, gönnte sich eine weitere Kirsche und spielte mit dem Zweig in der winzigen Vase. Das Klicken des Schnappriegels an der Tür ließ sie zusammenfahren, und sie war bereits aufgesprungen, als Tony in der Tür erschien. Sie starrte ihn ungläubig an, und er lachte – wenn auch sein Lachen eine Spur von Unsicherheit verriet. Wut stieg in Prue auf – sie hatte sich gerade so wohl gefühlt, den Frieden und die Abgeschiedenheit so genossen –, doch der Wein hatte sie entspannt und milderte ihre Wut, und ehe sie es sich versah, verwandelte sich ihre stille Freude von vorhin in ein sehnsüchtiges Verlangen nach ... nach was? Im gleichen Moment wusste sie, dass er es gewesen war, der ihr noch gefehlt hatte, dass Tony ihre Zufriedenheit perfekt machte.

»Ach, Liebling«, protestierte sie. »Was hatte ich dir gesagt? Ich hätte wissen sollen, dass ich dir nicht trauen kann ...«

»Geliebte Prue.« Er riss sie an sich, fest entschlossen, jeglichen Vorwurf im Keim zu ersticken und ihre Unsicherheit auf der Stelle auszunutzen ... Er sah die Weinflasche und war froh und dankbar, dass Prue bereits unter dem besänftigenden Einfluss des Alkohols stand. »Liebling«, sagte er. »Du hättest doch wissen müssen, dass ich es nicht aushalten würde ohne dich. Gott, wie ich dich vermisst habe ...«

»Also, wirklich«, wollte sie dagegen halten, doch sie lachte bereits unter seinen Küssen, die sie sich gerne gefallen ließ. »Wie hast du mich denn bloß gefunden?«

Er kam mit den üblichen schmeichlerischen Antworten, aber sie war schon viel zu benommen vor Leidenschaft, als dass sie die Klischees und abgedroschenen Phrasen hinterfragt hätte. Sie gab ihm zu essen, sie leerten gemeinsam die

Flasche und öffneten eine zweite – und dann gingen sie gemeinsam die schmale Steintreppe zum Schlafzimmer hinauf.

Theo nahm die Brille ab, rieb sich den Nasenrücken und ließ das Buch auf seinen Schoß sinken. Freddy saß am Bechstein und hatte eine ganze Weile leise gespielt, von Rameau über Scarlatti bis hin zu Couperin. Sie spürte, dass die Atmosphäre sich verändert hatte, zögerte, spielte noch ein paar Takte und hielt dann inne. Sie beobachtete Theo, versuchte seine Stimmung einzuschätzen. Einerseits wollte sie ihn in seinen Gedanken nicht stören, aber andererseits sehnte sie sich nach einer etwas greifbareren Verbindung zu ihm. Sie konnte sich vorstellen, dass er oft nur aus einem gewissen ... *Pflichtgefühl* hier mit ihr saß. Ihr wurde schwer ums Herz. Pflicht war ein so kaltes Wort. Freundschaft klang schöner und passte vielleicht auch besser. Sie wusste, dass er sich oft danach sehnte, allein zu sein, um in Ruhe arbeiten oder nachdenken zu können, aber heute Abend hatte er gespürt, dass sie Gesellschaft brauchte und war nach dem Abendessen mit ihr in den Salon gekommen. »Spiel mir etwas vor«, hatte er sie gebeten – und sie hatte sich bereitwillig an das Klavier gesetzt ...

Gleichmäßig trommelte der Regen auf die Terrasse, es war so düster, dass sie innen Licht gemacht hatten. Der Schein der Lampen glänzte auf poliertem Mahagoni, dunkler Holztäfelung und dem Kamingitter aus Messing. Unter den Blicken längst verstorbener, an den Wänden verewigter Chadwicks räumte Freddy die Notenblätter weg und sah immer wieder kurz zu dem reglosen Theo hinüber. Er starrte geradeaus, die Hände lose gefaltet in seinem Schoß, und es war, als sei er ganz weit weg von ihr, unerreichbar. Das hatte er schon immer gekonnt: sich innerlich völlig zurückziehen, sich in eine Welt begeben, in die sie ihm nicht folgen konnte. Sie respektierte dieses Bedürfnis – und doch fiel es ihr unendlich schwer, ihn nicht anzusprechen, seine Aufmerksamkeit nicht wieder auf sich zu lenken, wenn er so lieb und vertraut da saß.

»Weißt du noch, wie wir Strom bekommen haben?« Sie konnte sich nicht zurückhalten. »Arme Ellen. Sie hat sich so dagegen gewehrt.«

»Aber nur am Anfang.« Theo legte das Buch zur Seite und bedeutete damit, dass er einem Gespräch nicht abgeneigt war. »Als ihr erst mal klar wurde, dass sie keine Öllampen mehr auffüllen und sauber machen musste, war sie ganz Feuer und Flamme.«

»Eine hundertprozentige Bekehrung.« Freddy setzte sich auf eines der Sofas, zog die langen Beine unter sich und lächelte versonnen. »Dann war sie es nämlich, die auf dem Staubsauger bestanden hat, wenn du dich noch erinnern kannst. Meine Güte, sie muss wirklich hart gearbeitet haben in den ersten Jahren! Gut, sie hatte die Mädchen, die haben ihr geholfen ... Wie lang ist das jetzt schon her.«

»Die beiden Kriege waren wie Wendepunkte. Hinterher war alles anders. Fast wie die industrielle Revolution. Die Menschen haben neue Erwartungen, gehen die Dinge anders an.«

»Und jetzt reden sie so viel über Atomwaffen.« Sie schauderte. »Was hat die nächste Generation zu erwarten, Theo?«

Er wusste, dass sie an Hal und Mole dachte. Würden auch sie fallen, würden auch sie Opfer eines weiteres Krieges werden? Er wollte sie von diesen finsteren Gedanken ablenken und stürzte sich auf das eine Thema, von dem er sicher war, dass es sie aufheitern würde.

»Du hast mir noch gar nicht richtig erzählt, was die Kinder eigentlich von Caroline halten«, sagte er. »Ich weiß zwar, wie euer Gespräch verlaufen ist, aber sonst nichts. Ich fand sie sehr sympathisch. Was für ein Glück, dass Prue sie erwähnt hat.«

»Sie ist mit ihrer Schwester zur Schule gegangen. Die Kinder mochten sie gleich. Sie ist ein wirklich lebhaftes, aufgewecktes Mädchen. Meinst du nicht auch? Genau das, was die Kinder brauchen. Und wie souverän sie mit Moles Stottern umgegangen ist ... Glaubst du, dass er jetzt für immer stottern wird, Theo?«

Theo schüttelte den Kopf. »Nein. Wieso sollte er denn? Das Stottern ist bloß ein Ergebnis seiner Erfahrungen. Ein Überbleibsel seiner Stummheit. Ich wüsste nicht, warum sich das nicht früher oder später geben sollte.«

»Du bist immer so ein Trost.« Sie lächelte ihn an. »Es hat natürlich geholfen, dass die Zwillinge Caroline schon kannten. Hals Meinung ist das Einzige, das bei den Kindern zählt. Caroline war schon gut eingeführt, bevor sie überhaupt auftauchte.«

»Der arme Hal. Was für eine Verantwortung.«

Sie blickte besorgt. »Meinst du, es ist zu viel für ihn?«

Theo dachte nach. »Ich glaube, es ist ganz gut, dass er nicht hier wohnt«, sagte er schließlich. »Er ist nicht Jamie. Er ist Hal. Das dürfen wir nie vergessen. Keiner von uns. Am wenigsten Hal selbst. Es ist so leicht – und so verlockend –, in irgendwelche Rollen zu schlüpfen, vor allem wenn die Rolle Macht und Schmeichelei bedeutet.«

»Herrje! Meinst du nicht, das geht etwas weit? Sie sind schließlich noch Kinder!«

»Meine liebe Freddy, genau das ist das Gefährliche daran. Wenn Macht alte und erfahrene Menschen korrumpieren kann – dann stell dir doch mal vor, was für einen Effekt sie auf einen Jungen wie Hal haben mag.«

»Du machst mir Angst. So ein bisschen Heldenverehrung kann Hal doch wohl nicht schaden? Er ist so ein vernünftiger Junge.«

»Da hast du natürlich Recht.« Er nickte, da er sie nicht zu sehr beunruhigen wollte. Der Machtgedanke ängstigte auch Theo; er hatte die heimtückischen Folgen missbrauchter Macht gesehen. »Aber es könnte ihm zu Kopf steigen, wenn er immer hier wäre. Die Kinder mochten Caroline also. Und Ellen?«

»Ellen ist ...« Freddy zögerte. Sie musste sich erst selbst über Ellens Haltung klar werden, bevor sie sie beschreiben konnte. »Ellen wird nicht so einfach nachgeben, aber Caroline hat sie schon für sich gewonnen. Das weiß ich. Das Beste wäre, wenn wir sie dazu überreden könnten, in das leer stehende Schlafzimmer neben dem Zimmer der Zwillinge im Westflügel zu ziehen. Da hat sie ein Badezimmer direkt nebenan. Das ist doch viel vernünftiger, als wenn sie immer drei Treppen hoch und runter laufen müsste. Dann kann Caroline sich voll und ganz den Kindern widmen, und Ellen macht wieder das, was sie getan hat, bevor die Kinder kamen. Das ist an sich ja schon mehr als genug.«

»Aber wird sie sich denn damit abfinden, die Kinder an Caroline abzutreten?«

»Ach, ich glaube schon. Jetzt, wo es Mole besser geht und sie sich alle etwas eingelebt haben, glaube ich, dass sie sogar erleichtert sein wird, dass Caroline sie übernimmt. Susanna ist ja doch in einem ziemlich anstrengenden Alter. Der Punkt ist nur, dass Ellen nicht in aller Öffentlichkeit kapitulieren will. Sie hat auch ihren Stolz. Gott sei Dank ist Caroline so eine Liebe. Sie war so taktvoll und sensibel, hat alle diese ganz feinen Probleme sofort erkannt. Und dass sie nicht *zu* hübsch ist, ist auch ein Vorteil.«

»Kann eine Frau denn zu hübsch sein?«, wunderte Theo sich laut.

»Das Letzte, was ich will, ist eine Horde junger Männer, die uns die Bude einrennt«, sagte Freddy entschlossen. »Caroline macht nicht den Eindruck, eine von denen zu sein, die ständig tanzen oder ins Kino gehen wollen. Sie stammt aus einer Familie mit militärischer Tradition, also gehe ich davon aus, dass sie von klein auf gelernt hat, sich anzupassen. Außerdem hat sie mir gesagt, dass sie das Landleben liebt.« Freddy schüttelte den Kopf – sie konnte ihr Glück noch gar nicht fassen. »Ich kann kaum glauben, dass wir so ein Glück gehabt haben.«

»Und Prues Belohnung besteht darin, dass um Tony kein Aufhebens mehr gemacht wird?«

Freddy warf ihm einen scharfen Blick zu und fing dann an zu lachen. »Du bist vielleicht gerissen. Aber *ganz* so vorsätzlich gehe ich dann doch nicht vor. Im Moment ist es mir nur schlicht unmöglich, ihr böse zu sein. Ich *will* ja gar nicht unfreundlich zu ihr sein, Theo. Ich will, dass Prue glücklich wird. Aber nach allem, was du mir erzählt hast, habe ich nicht den Eindruck, dass Tony dafür sorgen wird.«

»Ich fürchte, dass du da Recht hast. Aber es wird uns wohl nichts anderes übrig bleiben, als Prue das selbst herausfinden zu lassen.«

»Warum sind Kinder denn bloß so entsetzlich anstrengend?« Freddy zog die Beine unter sich hervor und streckte sie. »Wir sind viel zu alt für all diese Aufregungen. Ich will nicht die Verantwortung für eine Familie tragen, die sich im Alter zwischen zwei und vierunddreißig Jahren bewegt.«

»Hm«, machte Theo nach einer Pause. »Da muss ich wohl dankbar sein, dass du mich nicht einschließt.«

»Ach, daran bin ich doch gewöhnt, mir Sorgen um dich zu machen«, scherzte Freddy. »Jahr um Jahr habe ich wie eine Besessene meinen Bekanntenkreis erweitert, nur um eine nette junge Frau für dich zu finden. Julia und ich haben einen Plan nach dem anderen ausgeheckt, aber nie ist was daraus geworden. Und dann habe ich mir den Mund fusselig geredet, um dich davon zu überzeugen, wieder nach Hause zu kommen. Aber macht nichts. Verzweifeln werde ich deshalb nicht.«

Theo setzte jenes unergründliche Lächeln auf, das hauptsächlich von seinen Augen ausging und seinen Mund kaum berührte. »Gut«, sagte er. »Mir würde es nämlich gar nicht gefallen, wenn jemand wegen mir verzweifelte.«

Freddy schwieg. Sie spielte mit dem üppigen Haarknoten

in ihrem Nacken und saß eine Weile einfach nur so da. Sie wusste, dass Theo nun bald nach Southsea zurückkehren würde, und bemühte sich, das zu akzeptieren. Je älter sie wurde, desto einsamer fühlte sie sich. Das mochte sich töricht anhören, zumal sie doch Menschen um sich herum hatte, aber sie brauchte jemanden ihres Alters, der ähnlich dachte und einen ähnlichen Hintergrund hatte. Es würde ihr auch dieses Mal wieder schwer fallen, Theo ohne Vorwürfe und flehentliches Bitten gehen zu lassen – aber sie würde sich schämen, so deutlich zu zeigen, wie sehr sie ihn brauchte. Sie würde schon zurechtkommen, sie war schließlich all die Jahre zurechtgekommen ... Sie hob den Kopf und lächelte ihn an.

Theo wusste ganz genau, was Freddy dachte, und pries innerlich ihre Courage. Sein Instinkt sagte ihm, dass die Zeit noch nicht reif war, um nach The Keep zurückzukehren; dass seine Rückkehr zu diesem Zeitpunkt Freddys Stärke schwächen würde. Sie musste das Gefühl haben, alles unter Kontrolle zu haben, obgleich irgendetwas in ihr sich Theo gern fügte und das auch schon immer getan hatte. Ihre Beziehung funktionierte so, auf Distanz, sehr gut, aber er wusste, dass es zu früh war, um mit ihr gemeinsam auf The Keep zu leben; dass ihr unterbewusstes Verlangen, sich ihm zu unterwerfen, sie ungenießbar machen würde. Von Anfang an war ihr abverlangt worden, stark zu sein – sie hatte den Zwillingen Mutter und Vater sein müssen, war die alleinige Herrin auf The Keep –, sodass alle tiefer liegenden weiblichen Instinkte und weicheren Züge verdrängt worden waren. Theo war der Einzige, in dessen Macht es je stand, ihr Selbstvertrauen zu erschüttern, sie dazu zu bringen, ihre Entscheidungen anzuzweifeln, ihre Ansichten zu wichtigen Themen zu überdenken. Er hatte nie den Wunsch verspürt, diese Macht über sie zu haben; er war nur einfach zufällig da gewesen: Berties kleiner Bruder, der den Gefallenen gerne ersetzte, wo er konnte. Ganz am Anfang hatte er sich so danach gesehnt, seinen Bruder wirklich in *jeder* Hinsicht zu ersetzen. Aber sie hatte ihn nur herumkommandiert und aufgezogen – und sich völlig auf ihn verlassen ...

Er erwiderte ihr Lächeln. »Zum Geburtstag bin ich wieder hier«, versprach er. »Das wird ja richtig aufregend dieses Jahr. Hat Mole nicht auch Ende Oktober Geburtstag, genau wie du und die Zwillinge? Na, das gibt ja ein Fest!«

Freddy nahm den Trost an, den er ihr anbot. Zwei Monate. Zwei Monate würde sie es wohl aushalten. »Was für ein Glück, dass alle Geburtstage in die Herbstferien fallen. Die Zwillinge freuen sich schon so darauf. Dann wird das Haus ja wieder richtig voll! Tony werde ich selbstverständlich auch einladen. Ja, dann ...« Sie sah auf die Uhr. »Ist es schon Zeit, schlafen zu gehen? Einen Schlummertrunk noch, oder? Das Übliche? Nein, nein, bleib du hier. Ich mache das.«

Er beobachtete ihre anmutige, schlanke Gestalt an der Hausbar und verspürte den ihm schon so lange vertrauten Schmerz.

Er dachte: Ich liebe dich, Freddy. Ich habe dich immer geliebt, vom ersten Augenblick an. Aber wie hätte ich dir das jemals sagen sollen, ohne dein Vertrauen zu mir aufs Spiel zu setzen? Nichts wäre mehr so gewesen wie vorher. Ich war immer nur Berties kleiner Bruder, obwohl du mich auch liebst, auf deine Weise. Und dafür bin ich dankbar ...

Freddy dachte: Was würde er denken, wenn er es wüsste? Wenn ich ihm sagen würde, dass ich mich damals vom ersten Augenblick an in ihn verliebt hatte? Dass Bertie neben ihm immer nur noch zweite Wahl war? Es wäre so beschämend. Es wäre so unfair Bertie gegenüber. Und außerdem war er ja so viel jünger als ich – oder zumindest kam mir das damals so vor. Nach einer Weile ist es mir gar nicht mehr aufgefallen. Verdammt. Nicht schon wieder. Jetzt ist es zu spät ...

Mit den Gläsern in der Hand drehte sie sich um. Sie reichte ihm seinen Whisky.

»Auf uns!«, prostete sie ihm fröhlich zu – und trank die klare, goldene Flüssigkeit.

»Ja«, sagte er nach einer kurzen Pause – und in dem Schweigen, das nun folgte, bemerkte er, dass es aufgehört hatte zu regnen und dass der Mond vom wolkenlosen, klaren Abendhimmel strahlte.

# Zweites Buch

*Herbst 1961*

## 10

Wie immer, wenn sie auf The Keep war, wachte Kit schon früh auf – und dachte sofort an Graham. Die Ferien waren fast vorbei, und morgen würde sie nach Bristol zurückfahren; zurück zur Schule, zu ihrem letzten Schuljahr, und zurück zu Graham. Sie vermisste ihn schrecklich und hatte furchtbare Angst, dass er während ihrer Abwesenheit mit anderen Mädchen ausging. Er war drei Jahre älter als sie und viel weltgewandter und erfahrener – er war zwanzig und studierte Kunst. Sie hatte ihn in den Osterferien auf einer Studentenparty kennen gelernt und war sofort völlig begeistert gewesen von seiner Art und seinem Stil: Er trug Schwarz. Das war sein Markenzeichen. Schwarze Rollkragenpullover oder Hemden zu engen, schwarzen Jeans. Dadurch kamen sein blondes Haar und seine Größe besonders gut zur Geltung, und als Kit die kleine Studentenwohnung in der Nähe der Universität betrat, war er bereits von Mädchen umringt, die kicherten und um seine Aufmerksamkeit buhlten. Kits Instinkt sagte ihr, dass man ihn so ganz sicher nicht auf sich aufmerksam machte. Sie hatte ihn links liegen lassen und sich mit einer Studentin unterhalten, die sie während ihres letzten Ferienjobs im Old Vic kennen gelernt hatte. Sie hatte liebend gern an dem Theater in der King Street gearbeitet – hatte Botengänge erledigt, Kaffee gekocht, aufgeräumt –, nur um den Mitgliedern der kleinen Repertoirebühne und Val May nahe sein zu können.

Eigentlich war sie ja schon in Richard Paso und Michael Jayston verliebt gewesen – zwei der für diese Shakespeare-Saison engagierten Schauspieler –, aber eine Verbindung zu

Graham Fielding, diesem hoch gewachsenen, eleganten Studenten, lag doch viel eher im Bereich des Möglichen. Er beobachtete sie, während sie über Pascos schauspielerische Leistung als Heinrich der Fünfte diskutierte, und sie bemühte sich, nicht zu übertrieben zu sprechen und zu gestikulieren, als sie seinen Blick auf sich spürte. Er war mit einem Mädchen da, einer Wendy Soundso, die an ihm klebte wie eine Klette und ständig an seinem Arm zerrte. Sie hatte zu viel getrunken und war aus irgendeinem Grund den Tränen nahe.

Kit wandte sich ab – das Mädchen tat ihr Leid, aber gleichzeitig fühlte sie sich ihm ein winziges bisschen überlegen. Sie glaubte doch wohl nicht im Ernst, dass sie mit diesem Benehmen einen Mann halten konnte? Kit unterhielt sich weiter mit ihren eigenen Freunden, nahm sich eine Portion Curry, setzte sich mit dem Teller zu ihnen auf den Boden – und hielt sich hübsch fern von Graham Fielding. Irgendjemand erwähnte seinen Namen, flüsterte, dass er clever war, dass ihm die Mädchen scharenweise hinterherliefen und dass Wendy ihm auf die Nerven ging. Kit aß ihr Curry und trank ihren Wein und gab vor, wenig bis gar nicht interessiert zu sein. Sie beschloss, früh nach Hause zu gehen. Die Partygäste fanden sich nach und nach zu Pärchen zusammen, und sie hatte keine Lust, nachher allein übrig zu bleiben. Die meisten hatten schon zu viel getrunken, und irgendjemand hatte Schmusemusik von Peggy Lee aufgelegt.

Kit summte die Melodie vor sich hin, als sie ihren Mantel holen wollte, ein ziemlich modisches Kleidungsstück aus dunkelblaugrauem Samt, das ihr bis zu den Fußgelenken reichte und eine weite Kapuze hatte. Kit liebte diesen Mantel und hatte ihn nur äußerst ungern auf den Haufen schäbiger Jacken auf dem schmuddeligen, ungemachten Bett gelegt. Als sie die Schlafzimmertür öffnete, sah sie, dass jemand auf dem Bett saß. Es war Wendy. Ihr Gesicht war tränenüberströmt, und sie sah ziemlich schlecht aus. Graham stand neben ihr und wirkte sehr groß und bedrohlich. Kit erkannte sofort, dass er sauer war. Peinlich berührt, lächelte Kit flüchtig und flüsterte »'tschuldigung«, wobei sie versuchte, die beiden nicht anzusehen.

»Sie hat sich übergeben.« Graham redete über Wendy, als wäre sie entweder taub oder bewusstlos. »Ich fürchte, sie hat zu viel getrunken.« Er zuckte mit den Schultern und sah Kit interessiert an.

»Oh weh«, sagte Kit, die nicht wusste, was sie sonst sagen sollte. Sie wollte nur wissen, ob ihr Mantel Wendys Exzessen zum Opfer gefallen war, fand es aber doch etwas herzlos, in diesem Moment offen danach zu suchen. »Geht es dir jetzt besser?«, fragte sie sie, wobei sie sich ihr näherte und die Augen offen hielt. Sie erspähte ihren Mantel, der unter einer Tweedjacke lag, nahm ihn dankbar an sich und strich ihn glatt. »Möchtest du etwas Wasser?«

Wendy fing wieder an zu weinen und kauerte wie ein kleines Kind auf der Bettkante. Kit sah zu Graham. Er lächelte sie an, und ihr Magen schlug seltsame Purzelbäume.

»Ich glaube, ich werde Liz fragen, ob Wendy hier übernachten kann«, vertraute er sich Kit an, als wäre sie seine Verbündete und die jämmerliche Wendy eine lästige Fremde. »Es geht ihr wirklich gar nicht gut. Was meinst du?«

»Ich weiß es nicht«, sagte Kit hilflos. »Ist sie eine Freundin von Liz?«

Wendy stöhnte und fing an zu würgen, und Kit sprang zur Seite, als sie aufstand und zur Tür torkelte. Kaum war sie im Badezimmer, übergab sie sich unter erneutem Stöhnen, und Kit runzelte unfreiwillig die Stirn, obwohl sie sich andererseits Mühe gab, Mitleid mit Wendy zu haben.

»Komm.« Graham nahm Kit beim Arm und führte sie den Flur hinunter. »Warte draußen auf mich. Bin gleich bei dir.«

Also hatte sie klopfenden Herzens unter der Laterne auf ihn gewartet und sich gefragt, ob das möglicherweise billig war. Dann kam er die Treppe heruntergerannt.

»Alles geklärt«, sagte er fröhlich. »Die Arme. Ich schau morgen Vormittag vorbei, um zu sehen, wie es ihr geht. Soll ich dich nach Hause begleiten?«

Kit zögerte. »Ich wollte eigentlich den Bus nehmen«, sagte sie unsicher, da sie nicht wusste, wie sie mit der Situation umgehen sollte. »Er hält vor Maples und fährt fast bis zu meiner Haustür.«

»Wo wohnst du denn?«, fragte er und ging nun im Gleichschritt neben ihr her.

Als sie ihm antwortete, lächelte er sie an. »Gehst du nachts nicht gern zu Fuß? Die Stadt ist doch im Dunklen viel schöner, findest du nicht? Geheimnisvoller und aufregender.«

Er schlug einen sehr vertrauten, gleichzeitig aber neckenden Ton an, und Kit schwankte auf hoffnungslose, köstliche Art der Boden unter den Füßen. Sie murmelte etwas, das er nicht verstand, und er legte brüderlich den Arm um ihre Schulter. Fast wie Hal, dachte sie, wusste aber, dass das hier nicht im Entferntesten so war wie bei Hal. Graham plauderte ungezwungen, lenkte ihre Schritte und umging die Bushaltestelle. Man hätte meinen können, er habe Kit bereits mit seinem Charme betört und voll in seinen Bann gezogen. Als er im Halbschatten zwischen zwei Straßenlaternen stehen blieb, war sie auf seinen Kuss vorbereitet – unerträglich nervös einerseits, sehnsüchtig danach verlangend andererseits. Sie war sich ihrer mangelnden Erfahrung durchaus bewusst, aber er verfügte über genügend für sie beide, und sie lernte schnell. Hinterher hielt er sie fest an sich gedrückt, und sie war hin- und hergerissen zwischen Seligkeit und Entsetzen. Sie hatte ihren ersten Kuss hinter sich gebracht, ohne sich zu blamieren, aber sie fragte sich, ob er sie durchschaut hatte und nun fallen lassen würde. Es sah nicht danach aus.

»Ich werde dich jetzt nie mehr aus den Augen lassen«, murmelte er. »Darüber bist du dir doch wohl hoffentlich im Klaren?«

Kit dachte, sie würde ohnmächtig, mit solcher Macht stieg

ihr berauschende Freude zu Kopf. Dieser von allen Frauen begehrte Mann wollte mit ihr ... aber was war mit Wendy?

»Ich dachte ... Ist Wendy nicht ...?«, murmelte sie. Es war ihr etwas peinlich, aber sie wollte klare Verhältnisse.

»Das ist schon seit Wochen vorbei«, versicherte er ihr. »Vergiss Wendy. Ich möchte viel lieber über dich reden.«

Das war vor fast sechs Monaten gewesen. Kit stopfte sich die Kissen in den Rücken und empfand die übliche Mischung aus Glückseligkeit und Sorge. Verliebt zu sein war nicht ganz so einfach, wie sie sich das immer vorgestellt hatte. Sie war im Grunde nur deshalb nach The Keep gekommen, weil Graham einen Ferienjob als Kellner in einem Hotel in Hampshire angenommen hatte. Er war also den Großteil des Sommers gar nicht da – was für eine Verschwendung, wo sie die Zeit doch gemeinsam hätten verbringen können! Außerhalb der Ferien war es so schwierig, mal etwas Zeit für sich zu haben.

»Das wird bestimmt ein Riesenspaß«, hörte sie ihn zu einem Freund sagen. »Das Hotel liegt direkt am Strand. Und dann die vielen appetitlichen Zimmermädchen ...«

Sie hatte mit den anderen mitgelacht, da ihr Stolz es ihr verbot, Angst zu zeigen; doch ihr Magen drehte sich fast um beim Gedanken an ihn unter so vielen Mädchen. Er hatte ihr regelmäßig geschrieben und ihr en detail von ihnen berichtet, dabei aber immer wieder betont, dass keine von ihnen Kit das Wasser reichen konnte – und mit sehr lieben, intimen Äußerungen versicherte er sie seiner Liebe. Er hatte ihr geschrieben, dass er sie vermisste, und angedeutet, dass sie, wenn er wiederkam, vielleicht etwas weiter gehen würden, über das übliche Petting hinaus, dass, wenn sie ihn wirklich liebte, sie es ihm beweisen würde ...

Sie kletterte aus dem Bett und ging zum Fenster hinüber, von dem aus man nach Westen über den Garten blickte. Das Gras war silbergrau und triefte vor schwerem Tau. Der gesamte Garten glich einer blassen, monochromen Fotografie.

Nur die Wipfel der drei großen Tannen am Ende des Obstgartens wurden bereits von der Sonne angestrahlt und glühten golden inmitten dieses stillen Bildes. Sie lehnte die Stirn an das kühle Glas, hatte Angst, Graham zu verlieren, und hatte Angst, »zu weit« zu gehen. Was war, wenn sie schwanger wurde? Graham hatte über diese kindische Angst gelacht. Er wusste Bescheid, er wusste genau, was zu tun war. Sie musste ihm nur vertrauen.

Kit dachte: ihm vertrauen oder ihn verlieren. Ach, was soll ich denn bloß tun?

Die Liebe und Sehnsucht quälten sie, und die Angst ließ sie nicht wieder zur Ruhe kommen. Kit zog sich an und ging in den Garten.

Susanna thronte auf dem Fenstersitz ihres hoch oben gelegenen kleinen Kinderzimmers und beobachtete ihre große Cousine bei deren Spaziergang durch den Morgentau. Der Blick aus diesem nach Westen liegenden Fenster war untrennbar mit Susannas frühesten Erinnerungen an The Keep verbunden. Der Garten lag ihr zu Füßen: die weite Rasenfläche, deren Farben und Form sich in der Nähe der hohen Mauer änderten; der Obstgarten am Ende des Rasens mit seinen alten, flechtenbedeckten Bäumen, die jeden Frühling unter einer herrlichen Blütenpracht zusammenzubrechen schienen; die hohen Rhododendronwälle zur Rechten, die den Küchengarten verdeckten – und jenseits des Obstgartens die drei hohen Tannen.

Solange sie sich erinnern konnte, waren diese Bäume ihr immer wie alte Freunde vorgekommen, wie Wächter über den Garten und The Keep. Obwohl sie so dicht beieinander standen, konnte Susanna ganz deutlich ihre Gesichter erkennen, und jedes Mal, wenn die Äste sich bewegten und etwas Himmel durchscheinen ließen, sah sie darin zwinkernde Augen und blitzende Zähne. Der größte der Bäume blickte nach Norden. Seine Nase und sein Kinn ragten markant hervor, und wenn der Wind wehte, winkte er mit seinen struppigen Armen und zwinkerte Susanna aus seinem himmelblauen Auge zu. Der zweite Baum wandte dem Sonnenuntergang den Rücken zu und sah zu Susanna. Er lächelte stets und zeigte dabei seine Zähne, er sah aus, als würde er die ganze Zeit kichern, selbst wenn die Stürme an seinem zottigen Schopf zerrten. Der dritte Baum blickte nach Süden. Auf seinem Profil lag immer eine gütige Schüchternheit, und er breitete die Arme aus, um die Vögel, die Eichhörnchen und die Sonne zu begrüßen. Susanna war sich ganz sicher, dass diese drei Bäume ihr Fenster bewachten, dass jeder von ihnen eine andere Richtung im Auge behielt und dass sie ihr winkten und sich vor ihr verneigten, wenn sie morgens auf den Fenstersitz kletterte, ihre Arme auf die Fensterbank legte und in den Garten hinaussah, um sicherzustellen, dass sie noch da waren.

Jetzt beobachtete sie Kit. Sie fand, dass Kit sich verändert hatte, seit sie sich das letzte Mal gesehen hatten. Irgendetwas an ihr war anders; wenn sie sprach, wirkte sie zersteut, und in ihrem Blick lag eine gewisse Geistesabwesenheit. Wenn Susanna ihre Aufmerksamkeit forderte, weil sie eine von ihren Geschichten über Pudgie und Binker hören oder mit ihrer Hilfe auf Fliss' altem Fahrrad fahren wollte, dann war es, als müsse Kit von irgendwo ganz weit weg in die Gegenwart zurückgeholt werden. Aber dann spielte sie genauso hingebungsvoll, wild und wundervoll mit ihrer kleinen Cousine wie immer. Susanna liebte Kit heiß und innig.

Sie reckte sich, um besser zu sehen, wie Kit zwischen den Obstbäumen verschwand. Sie wäre so gerne zur ihr hinuntergegangen, aber irgendein Instinkt sagte ihr, dass sie das besser nicht tun sollte. Es war der gleiche Instinkt, der sie leitete, wenn Mole einen seiner dunklen Momente hatte. Sie nannte das für sich selbst so, weil es in solchen Momenten so aussah, als würde jegliches Licht, jegliches Strahlen aus seinem Gesicht verschwinden und einer seltsamen Dunkelheit Platz machen. Sie war dann viel vorsichtiger mit ihm, weil sie wusste, dass das nicht die richtigen Momente waren, um ihn zu etwas zu drängen oder ihn zu überreden, mit ihr zu spielen. Sie ließ ihn dann ganz in Ruhe, blieb aber bei ihm, da sie spürte, dass er sie brauchte, und spielte weiter vor sich hin und sprach mit sich selbst. Wenn die Dunkelheit sich wieder verzog, konnte sie problemlos dort weitermachen, wo sie stehen geblieben waren. Das war Mole, das waren seine dunklen Momente – so war er nun mal.

Kit war anders. Die Dunkelheit, die sie umgab, war eine andere, neue, und Susanna mochte sie gar nicht. Sie verstand diesen Zustand nicht, und sie machte sich Sorgen, dass Kit womöglich unglücklich war – obwohl sie nun nicht gerade unglücklich *aussah* ... Kit war jetzt ganz im Obstgarten verschwunden, und Susanna langweilte sich mit einem Mal und wurde unruhig. Sie seufzte schwer und schnitt eine Grimasse, bei der sie ausprobierte, ob sie mit den Lippen ihre Nase berühren konnte; dann ließ sie sich von dem Fenstersitz rollen und machte einen Kopfstand. Sie ging davon aus, dass es noch zu früh war, als dass die anderen Kinder oder Caroline bereits aufgestanden waren, aber sie vermutete, dass Fox und Ellen bereits in der Küche saßen und eine Tasse Tee tranken. Sie beschloss, das zu überprüfen.

Sie zog sich ihren Morgenmantel über – ein alter, der einmal Fliss gehört hatte –, öffnete leise die Tür, schlich sich auf Zehenspitzen an Carolines Tür vorbei und kroch die Treppe zur Küche hinunter. Zu ihrer Freude war Ellen tatsächlich schon da, fegte die Asche aus dem Herd und machte Tee.

»Was machst du denn so früh schon auf den Beinen – und dann auch noch ohne Hausschuhe?«, schalt sie die Kleine leicht zerstreut. »Setz dich sofort auf den Stuhl da. Fox ist mit den Hunden unterwegs, aber wir können ja schon mal eine Tasse Tee zusammen trinken, ja?«

Susanna machte den Mund auf, um zu sagen, dass sie

eigentlich gar keinen Tee trinken durfte – aber dann überlegte sie es sich anders und schloss ihn wieder. Hinter ihr ging die Tür noch einmal auf, und Fliss erschien. Sie gähnte und sah ziemlich blass und müde aus in ihrem Morgenmantel; das dicke Haar hing ihr in einem langen Zopf den Rücken hinunter. Ellen schnalzte missbilligend.

»Was ist denn bloß mit euch allen los?«, fragte sie unbestimmt in die Runde. »Fox hat gesagt, Kit schleicht im Obstgarten herum, und jetzt sitzt ihr zwei auch schon hier ...«

»Weil Hal und Kit morgen abreisen«, antwortete Fliss traurig. »Wir wollen so viel wie möglich von ihrem letzten Tag haben.«

Ellen warf ihr einen scharfen Blick zu. »Hal wird so bald nicht auf sein«, sagte sie. »Vor neun Uhr habe ich den noch nie hier unten gesehen. War jeden Tag zu spät zum Frühstück.«

Fliss und Susanna lächelten sich an, sie genossen die Geborgenheit der warmen Küche und Ellens vertrautes Brummeln. Die Küchentür ging auf, und Kit kam herein. Der Spaziergang durch den Garten hatte ihr gut getan, sie war jetzt wieder viel optimistischer. In Kürze würde sie Graham wieder sehen, das war das Einzige, das zählte. Alles würde gut, wenn sie erst wieder zusammen waren. Sie grinste ihre Cousinen an, als sie sich an den Tisch setzte.

»Guten Morgen, ihr Lieben«, sagte sie mit theatralischer Übertriebenheit, als sei sie einer der Stars am Old Vic. »Wie geht es uns denn heute?«

Susanna strahlte sie an. »Ich hab dich im Garten gesehen«, verriet sie.

»Hatte den Moralischen«, war Kits knappe Antwort, und dabei sah sie zu Fliss und konnte sich vorstellen, wie es ihr wohl ging bei dem Gedanken daran, dass Hal morgen abreiste. Sie empfand eine Woge des Mitleids und der Verbundenheit mit ihr und stieß sie unter dem Tisch leicht mit dem Fuß an. »Du auch?«, fragte sie.

Fliss wusste, dass sie rot wurde, konnte aber nichts dagegen machen. »Wie werden euch vermissen«, sagte sie.

»Dann kommt doch mal zu uns zu Besuch«, schlug Kit vor und war sofort begeistert von diesem Gedanken. »Macht mal Ferien in Bristol. Wir müssen nur sicher gehen, dass wir dann alle frei haben. Ach, wäre das nicht toll? Hal würde sich riesig freuen.«

Den letzten Satz fügte sie großzügig an, um Fliss eine Freude zu machen, aber deren Reaktion ging unter in Susannas Gequengele. »Ich will auch mit!«, rief sie. »Bitte, Kit. Kann ich auch mit?«

»Darf ich?«, korrigierte Ellen automatisch, während sie den Porridge umrührte. »*Darf* ich auch mit?«

»Natürlich darfst du, Ellen«, sagte Kit und grinste schelmisch. »Wir würden uns freuen, wenn du mitkommst.«

»Das reicht jetzt, Miss Oberfrech!«, schoss Ellen zurück. »Nimm bitte die Ellbogen vom Tisch, Susanna. Nur die Queen und Onkels und Tanten dürfen ihre Ellbogen auf den Tisch legen, das weißt du ganz genau, und wenn irgendjemand von euch inzwischen Onkel oder Tante geworden ist, höre ich das jetzt zum ersten Mal. Barmherziger Himmel! Ein Ausflug nach Bristol ...!«

»Du tust ja so, als wäre es der Nordpol«, protestierte Kit. »Aber macht nichts, Susanna. Sollen wir heute alle zusammen ein Picknick machen? Am Strand? Wer dafür ist, hebt die rechte Hand. Einstimmig angenommen. Dann trinkt aus, damit wir Hal und Mole wecken können und so früh wie möglich weg kommen.«

»Und wer soll die ganzen Sandwiches machen?«, erkundigte Ellen sich spitz – doch sie wussten, dass sie die Idee unterstützte.

»Ich helfe dir«, meldete Fliss sich freiwillig und sah schon wieder viel glücklicher aus. »Susanna kümmert sich um die Decken, und Mole um den Korb.«

»Erst mal wird ordentlich gefrühstückt«, bestimmte Ellen,

als sie Fox zurückkommen hörte. Er trat sich die Füße ab und sprach mit den Hunden. »Los jetzt, holt eure Brüder, und wenn wir fertig sind mit frühstücken und alles aufgeräumt ist, können wir uns über ein Picknick Gedanken machen. Immer hübsch eins nach dem anderen.«

Einige Stunden später fuhr Hal – mit Caroline an seiner Seite – sie alle nach Bigbury. Kurz nach seiner Rückkehr nach Bristol würde er sich der Führerscheinprüfung unterziehen, und er bestand darauf, dass er noch ein paar Übungsstunden brauchte. Susanna thronte auf Carolines Knien, Mrs. Pooter lag zu ihren Füßen, und die anderen drei saßen zusammen mit Mugwump, wie der Welpe, der inzwischen so groß war wie seine Mutter, getauft worden war, wie die Ölsardinen auf der Rückbank. Im Kofferraum befanden sich der Picknickkorb, Badeanzüge, Handtücher und Decken, Eimer und Schaufeln. Hal fuhr vorsichtig – er war sich Carolines kritischen Blicks sehr wohl bewusst –, beging keinen Fehler und parkte schließlich auf dem Kliff über der Bucht. Die Sonne strahlte, aber es wehte ein kräftiger, kalter Wind aus West, der weiße Schaumkronen auf das Wasser peitschte. Einen Moment lang standen sie alle nur da und versuchten, sich an die kühle, salzige Luft zu gewöhnen.

Der Abstieg zum Strand war steil und mit Vorsicht zu genießen. Mole und Susanna rutschten und schlitterten vorneweg, während die anderen langsam Proviant und Ausrüstung heruntertrugen. Die Ebbe hatte eingesetzt, und sie fanden eine geschützte Stelle hinter ein paar Felsen, wo sich in einem natürlichen Becken Wasser hielt, das von der Sonne aufgewärmt wurde und tief genug war, um Susanna ihre Schwimmübungen machen zu lassen. Caroline gestattete niemandem von ihnen – nicht einmal Hal –, im Meer zu schwimmen, das sich in riesigen Wellen brach, während es sich über den abfallenden Sand zurückzog. Außerhalb des

Schutzes der Felsen war es aber ohnehin so kalt, dass Hal gern verzichtete und stattdessen lieber Susanna das Brustschwimmen beibrachte. Kit und Fliss unternahmen mit den Hunden einen Spaziergang am Strand entlang.

Dank Caroline konnte Mole inzwischen auch schon recht gut schwimmen und plantschte mit hochgerecktem Kopf und entschlossen zusammengekniffenen Augen hinter Susanna her. Hal hielt die Hand unter Susannas Kinn und feuerte sie an: »Gut gemacht, Sooz. Und jetzt schön gleichmäßig. Nicht so zappeln. Immer langsam.« Und Mole schwamm in ihrem spritzenden Kielwasser.

Caroline saß im Schutz der Felsen und beobachtete den Schwimmunterricht. Selbst jetzt, nach vier Jahren, wurde sie mitunter noch von einer grenzenlosen Dankbarkeit dafür ergriffen, dass sie vorbehaltlos wie ein neues Familienmitglied aufgenommen worden war. Sie hatte schnell erkannt, dass sie weder schön noch kokett genug war, um mit jungen Männern anzubandeln, und hatte sich nach und nach mit der Liebe von und zu kleinen Kindern zufrieden gegeben. Sie nahm rückhaltlos Anteil an ihrem Leben und ging mit ihnen durch dick und dünn, wobei sich ihr Blick aber nie verklärte, sodass ihre Ansichten und Entscheidungen bezüglich des Wohlergehens der Kinder stets vernünftig und solide waren. Bisher hatte sie mit allen »ihren« Kindern Glück gehabt, jedoch war sie noch nie so glücklich gewesen wie hier in Devon. Sie kauerte sich hinter den Felsen, der Wind zerzauste ihre kurzen braunen Locken, und sie war sich ganz sicher, dass sie auf The Keep dort war, wo sie hingehörte, und dass sie den drei jüngeren Chadwicks ganz besonders wichtig war. Soweit das möglich war, hatte sie eine Lücke im Leben der Kinder gefüllt und ihnen das Gefühl von Kontinuität gegeben. Sie war die Verbindung zwischen den beiden Generationen, und sie tat ihr Bestes, um den Kindern ihren Verlust erträglich zu machen ...

Sie sprang auf, als Mole und Susanna aus dem Wasser gekrochen kamen, wickelte sie in raue, warme Handtücher und gab ihnen heißen Tee in Plastikbechern.

»Ich hab s-sechs Z-Züge ganz allein gemacht, Caroline«, sagte Susanna mit klappernden Zähnen. »Hast du mich gesehen, Fliss? Und du, Kit?«

»Aber natürlich haben wir dich gesehen«, sagte Kit gutmütig, während sie den Picknickkorb auspackte.

»Du warst klasse, Sooz«, sagte Fliss. »Hier, ich hab dir dein Ei gepellt. Und da sind Brot und Butter. Irgendwo haben wir auch Salz.«

Nach dem Picknick rammte Caroline einen Krickettorstab als Wendemarke in den Sand und veranstaltete ein Wettrennen. Alle machten mit bei dem Dreibeinlauf: Caroline tat sich mit Kit zusammen, Fliss mit Hal, Mole mit Susanna. Hal und Fliss gewannen, wobei Hal Fliss mehr getragen hatte, als dass er mit ihr gemeinsam gerannt war, und schließlich ließen sie sich alle erschöpft und außer Puste auf die beiden Wolldecken fallen, lachten und verlangten nach Limonade ...

»Warum müssen wir denn schon wieder nach Hause?«, maulte Susanna später, als sie auf einem Felsen saß und ihr Bein ausstreckte, damit Caroline den Sand abklopfen und ihr die Schuhe anziehen konnte.

»Eure Großmutter möchte euch alle zum Tee beieinander haben heute«, erklärte Caroline. »Es ist doch Hals und Kits letzter Tag. Ihr wollt sie doch nicht enttäuschen, oder?«

»Ist doch nicht so sch-schlimm«, sagte Mole, der seine feuchten, sandbedeckten Füße in die Strandschuhe zwängte. »Oder, Sooz? Wir kommen bald mal wieder hierher.« Ihn fröstelte in seinem dunkelblauen Pullover, und um sich warm zu halten, fing er an, herumzuhüpfen, und genoss dabei das raue Gefühl seiner Füße in den Leinenschuhen.

»Nächstes Mal fahren wir mit der Duck rüber nach Burgh Island«, versprach Caroline.

Das war etwas, worauf sie sich freuen konnten. Die Duck war ein ganz spezielles Fahrzeug mit riesigen Rädern und einer hohen Plattform, mit dem Reisende über den Damm zwischen Burgh Island und dem Festland hin und her befördert wurden. Die Kinder waren ganz wild darauf, damit zu fahren, vor allem, wenn Flut war und die Räder fast vollständig im Wasser verschwanden. Sie jubelten und machten sich daran, ihre Siebensachen zusammenzusammeln und halfen Fliss, den Sand von den Decken zu schütteln, während Kit den Picknickkorb packte. Sie kämpften sich den Hang hinauf zum Auto und wollten eigentlich doch noch nicht nach Hause, trösteten sich aber mit dem Gedanken an die Teestunde in der Eingangshalle mit Ellens selbst gebackenen Scones, der hausgemachten Marmelade und köstlicher *Clotted Cream*.

Fliss blieb stehen, warf einen Blick zurück auf das stampfende, tosende Meer und wünschte, dieser Tag, diese Ferien würden niemals enden. Sie seufzte, drehte sich wieder um und folgte den anderen den Pfad hinauf. Ihr war das Herz schwer von dem Wissen darum, dass dieser wundervolle letzte Tag fast vorbei war – doch freute sie sich schon jetzt auf das nächste Mal, wenn sie alle zusammen waren.

# 11

Eine bis zwei Wochen später stand Fox auf dem Hügel unterhalb von The Keep und betrachtete eingehend den Gürtel aus Bäumen am Fuße des Hanges. Es war ein milder später Septembernachmittag, die entfernteren Hügel waren nur als dunstiges Blau auszumachen, und über der gesamten Landschaft lag eine schwere Schläfrigkeit. Ein Bussard hing einen Moment lang bewegungslos am klaren Himmel, bevor er sich in einem Aufwind nach oben schwang und sein Schatten lautlos über die Erde glitt.

Fox sah die Hunde, die mit fliegenden Ohren zwei Kindern vorausrannten, und lachte laut auf vor Freude. Auf diese Entfernung und aus dieser Perspektive war es schwer, Mole und Susanna auseinander zu halten. Susanna trug das Haar fast genau so kurz wie Mole, und es war genau so dunkel, und sie hatten die gleichen Shorts und Baumwollhemden an. Mit ihrer dunklen Haut, den dunklen Augen und den kräftigen Gliedern waren die beiden Ebenbilder ihres Großvaters.

Fox dachte: Das sind Chadwicks Kinder. Echte Chadwicks. Und was Mugwump betrifft ... Was für ein Name für einen Hund! Typisch Kit ...

Er erinnerte sich daran, dass es vier Jahre her war, seit Kit dem Welpen einen Namen gegeben hatte und seit sie alle Mole zum ersten Mal laut hatten lachen hören – ein etwas eingerostetes Lachen, aber nichtsdestoweniger ansteckender als so manches andere.

»M-mugwump?«, hatte er ungläubig wiederholt – und sich

dann geschüttelt vor Lachen. Kit hatte ihn vom Küchenboden aus angegrinst, wo sie gesessen und mit dem Welpen gespielt hatte.

»Passt doch perfekt zu ihm, oder?«, hatte sie gefragt. »Tut es doch, oder etwa nicht?« Und Mole hatte genickt, ohne aufzuhören zu lachen, während die anderen etwas hilflos herumstanden, blöd grinsten und vor lauter Glück kein Wort herausgebracht hätten. Fliss hatten Tränen in den Augen gestanden ...

Mugwump war jetzt bei Fox angelangt, dicht gefolgt von Mrs. Pooter und den Kindern. Fox bückte sich, um Mugwumps Ohren zu streicheln.

»Verrückter Trottel«, murmelte er. »Und du, du alte Schachtel ...«

Mrs. Pooter drängte sich an ihm vorbei, sie war an Fox' Äußerungen, ob Beleidigung oder Lob, überhaupt nicht interessiert. Das Einzige, was sie interessierte, war ihr Abendessen. Sie fühlte sich langsam zu alt für diese Art von Ausflügen, darum schlug sie den direkten Weg nach Hause ein. Susanna warf sich Fox an den Hals.

»Wie schnell waren wir?«, fragte sie ganz außer Atem. »Schneller als gestern?«

Fox sah auf die Uhr. »Vier Sekunden besser als letztes Mal.« Dann sah er zu Mole. »Seid ihr ganz herum gerannt?«

Mole nickte. »G-ganz herum«, sagte er, »stimmt's nicht, Sooz? Wir konnten dich gar nicht sehen.«

»Gut gemacht.« Er lächelte Susanna an. »Du wirst immer besser, junges Fräulein. Tun dir die Beine weh? Huckepack?«

Sie nickte so eifrig, dass ihr dichter Pony wippte, und Fox bückte sich, damit sie auf seinen Rücken klettern konnte. Dann wanderte er los über den schmalen Schafpfad, Mugwump voraus, Mole hinterher. Susanna klammerte sich mit ihren kleinen braunen Händen an Fox' Hals fest und fing atemlos an zu singen:

»Hopp, hopp, hopp, Pferdchen, lauf Galopp!
Über Stock und über Steine,
aber brich dir nicht die Beine, hopp, hopp, hopp!«

Auch Mole ging fast die Puste aus. Er blieb kurz stehen und drehte sich um, um zu sehen, welche Strecke sie bereits zurückgelegt hatten. Von so weit unten waren sie gekommen! Er konnte sich immer noch nicht daran gewöhnen, wie sich die Landschaft hier ständig zu verändern schien. Von seinem Zimmerfenster aus wirkte der gegenüberliegende Hügel überhaupt nicht besonders hoch. Wenn er aber unten im Tal stand, verwandelte der Hügel sich in einen riesigen Berg, und die sattgrünen Felder sahen so steil aus, dass Mole sich fragte, warum die Schafe nicht herunterfielen. Er sah hinunter zu den Bäumen und runzelte die Stirn. Er hasste den Moment, wenn er den Punkt erreichte, von dem aus er The Keep und Fox auf dem Hügel nicht mehr sehen konnte. Für ihn war dieses Rennen seine ganz persönliche Mutprobe, eine Mutprobe, die er noch nicht bestanden hatte, weil Susanna bisher stets bei ihm gewesen war. Er wusste – und Fox wusste es auch –, dass er es noch nicht ganz über sich brachte, die Runde um das Wäldchen allein zu bewältigen. Das lag nicht im Geringsten daran, dass der Pfad gefährlich gewesen wäre; es lag vielmehr an jener tief in Mole verwurzelten Angst, die ihn davon abhielt, sich außer Sichtweite dessen zu begeben, was für ihn der Inbegriff der Sicherheit und Geborgenheit war. Wenn nun irgendetwas Schreckliches in den dunklen Schatten der Bäume auf ihn wartete? Der Tod konnte plötzlich und unerwartet zuschlagen, selbst an einem strahlend schönen Sommertag. Mole schauderte und verschloss sich ganz bewusst den Bildern von dem blutigen Hinterhalt. Es war die gleiche Angst, die es erforderlich machte, dass irgendein Mitglied seiner kleinen Familie stets in seiner Nähe war. Immer wieder bezog er Posten an einem Fenster, um Freddy sofort zu sehen, wenn sie vom Einkaufen in Totnes wiederkam, oder Fliss, die von der Klavierstunde zurückkehrte. Es war eine solche Erleichterung gewesen, dass er zusammen mit seiner großen Schwester zur Schule gehen konnte, obgleich er sich selbst dort an der Tür zum Klassenzimmer nur sehr ungern von ihr getrennt hatte.

Als Fliss dann vor zwei Jahren dreizehn geworden war, war sie auf ein Internat gegangen, und Mole hatte sie schrecklich vermisst – nicht nur zu Hause, sondern fast noch mehr in der Schule. Vor einem Jahr war Susanna dann alt genug gewesen, um mit ihm in die Vorschule in Dartington zu gehen, und es hatte ihn mit Stolz und Selbstvertrauen erfüllt, sie in alles dort einzuweihen. Jetzt war Susanna sechs und er, Mole, würde Ende Oktober neun – alt genug, um ebenfalls auf ein Internat zu gehen. Es war darüber geredet worden, dass er diesen Herbst auf eine private Jungenschule geschickt werden sollte, aber daraus war bisher nichts geworden. Vielleicht nächstes Jahr ... Da packte ihn wieder die Angst, und er rannte los, um so schnell wie möglich Fox und Susanna einzuholen.

Die Küche war wie immer warm und einladend. Ellen hatte einen Biskuitkuchen gebacken und ein Glas ihres neuen Brombeergelees auf den Tisch gestellt. Mugwump tat sich bereits ausgiebig an der Schale mit kaltem Wasser in der Ecke gütlich, während Mrs. Pooter sich an der Tür positioniert hatte, um Susanna zur Teestunde in die Eingangshalle zu folgen. Abgesehen davon, dass Susanna beim Essen immer noch die meisten Krümel fallen ließ, war sie auch die Einzige, die Mrs. Pooters gierige Lefzen verbotenerweise mit Leckerbissen versorgte. Sie waren ein gutes Team, da sie zwar beide nicht besonders durchtrieben waren, dafür aber über einen ausgeprägten Selbsterhaltungstrieb verfügten. Sie verstanden und respektierten einander und hatten darum eine sehr gute Beziehung zueinander.

»Ist gut gelaufen heute«, erzählte Fox Ellen, als er nach der

Teekanne griff. »Vier Sekunden schneller als letztes Mal. Wie findest du das?«

Sie sah mit hochgezogenen Augenbrauen zu ihm, doch er verneinte ihre unausgesprochene Frage mit einem Kopfschütteln. Sie beide wussten, dass das Stoppen der Zeit bei diesem Rennen sekundär war; eine Laune, die der Sporttag in der Schule letzten Sommer mit sich gebracht hatte. Auf einmal hatte alles gestoppt werden müssen – aber das Rennen um das Wäldchen hatte eine viel größere Bedeutung erlangt.

»Vier Sekunden«, schwärmte Ellen. »Na. Dann habt ihr ja sicher richtigen Appetit mitgebracht, was? Dann mal ab ans Waschbecken und Hände gewaschen, ihr beiden. Eure Großmutter wartet sicher schon auf euch.«

»Er wird's schon schaffen«, sagte Fox in das winzige Schweigen hinein, das die Kinder hinterließen. »Eines Tages schafft er es.«

»'türlich«, sagte Ellen, schenkte Milch in die beiden Becher und stellte sie auf das fast voll beladene Tablett. »Früher oder später, wenn er so weit ist. Eines Tages wird er uns alle mächtig überraschen.«

»Er ist noch nicht so weit«, hatte Caroline vor über einem Jahr gesagt und Freddy dabei fest in die Augen geblickt. »Er darf noch nicht ins Internat. Das wäre ein Fehler.«

Theo, der gebeten worden war, an diesem wichtigen Gespräch teilzunehmen, hatte sie für ihre offenen Worte insgeheim bewundert.

»Das ist genau das, worüber wir reden müssen.« Freddy klang ein bisschen so, als wolle sie Caroline zügeln. »Darum ist Theo ja hier. Wir wollen darüber reden, und selbstverständlich brauchen wir Ihre ... Meinung, Caroline.«

Theo war es schwer gefallen, nicht zu grinsen. Es war unmöglich, Caroline zu zügeln, wenn es um eine wichtige, die Kinder betreffende Entscheidung ging und sie ihren Standpunkt dazu hatte – nicht einmal Freddy würde das gelingen. Es sprudelte dann nur so aus ihr heraus, und man konnte genauso gut versuchen, einen Deckel auf einen Geysir zu halten.

»Da haben Sie sie«, sagte Caroline energisch. »Er ist noch nicht so weit, um diesen Herbst auf ein Internat geschickt zu werden.«

»Danke, Caroline.« Freddys Blick hätte jedes geringere Wesen zur Unterwerfung bewegt. »Ich glaube, Ihr Standpunkt ist deutlich geworden.«

»Es könnte natürlich von Interesse sein«, wandte Theo sich freundlich an Freddy, »zu hören, *warum* Caroline dieser Meinung ist.« Er lächelte Caroline an. »So, wie Sie sich äußern, hört es sich fast so an, als gäbe es keinerlei Spielraum für Diskussionen.«

»Mir geht dieses Thema sehr nahe.« Caroline äußerte nicht nur Worte, sie sprach mit ihrem ganzen Körper – mit Händen, Schultern, Stirn, selbst mit ihren Augenbrauen. Ihre braunen Locken hüpften, und ihre haselnussfarbenen Augen funkelten. Sie sah Theo an, ballte die Hände zu Fäusten und legte das Gesicht in verzweifelte Falten, als sie versuchte, ihren Standpunkt zu erklären. »Es geht nicht nur um sein Stottern – obwohl die anderen Jungs ihn wahrscheinlich grausam damit aufziehen würden –, es ist ... er ist noch nicht *stark* genug.«

»Noch nicht stark genug?«, wiederholte Freddy scharf. »Er ist doch kerngesund. Ist schnell wie der Wind und klettert wie ein Affe.«

»Ich spreche nicht von seinem körperlichen Wohlbefinden«, erwiderte Caroline ungeduldig. »Natürlich ist er gesund, da sind wir uns einig. Ich spreche von seinem emotionalen Wohlbefinden. Er ist sehr unsicher. Ich glaube nicht, dass er sich von jener schrecklichen Geschichte in Kenia vollständig erholt hat.«

Freddy schloss die Augen und atmete tief ein. Caroline

warf Theo einen besorgten Blick zu. Er nickte und legte dann die Hand auf Freddys Arm.

»Wir müssen uns damit abfinden«, sagte er. »Es kann gut sein, dass er noch nicht so weit ist. Ist das so schlimm? Ist es denn so wichtig, dass er schon in diesem Herbst allein weggeht?«

Freddy lehnte sich zurück. Irgendetwas – irgendeine Tugend, eine Kraft – hatte sie verlassen, und sie sah müde und alt aus. »Es wird nicht leichter für ihn, wenn er später als die anderen in einer solchen Schule anfängt«, sagte sie. »Das müsstest du doch wissen, Theo. Es ist viel schwieriger, alles aufzuholen und Freunde zu finden. Es ist schrecklich, ein Außenseiter zu sein, und Mole ist nun einmal von Natur aus schon nicht gesellig. Es wäre sehr zu seinem Nachteil. Ich will doch nur das Beste für ihn.«

»Aber er hat Angst.« Caroline sprach nun, da sie ihren Standpunkt deutlich gemacht hatte, etwas ruhiger. »Er hat Angst, Menschen zu verlieren. Menschen, die er liebt. Er hat eine solche Angst, dass diese Menschen nicht zurückkommen.«

Freddy runzelte die Stirn. »Ich hatte gehofft, dass das mehr oder weniger ausgestanden wäre«, gab sie zu. »Ich dachte, es ginge ihm viel besser, was das anbetrifft.«

Caroline schüttelte den Kopf. »Er kann es nur besser verbergen. Je älter er wird, desto besser lernt er, den starken Mann zu markieren. Aber hinter dieser Maske ist er noch immer der Alte. Ich glaube, es wäre tödlich für ihn, von uns allen getrennt zu werden.«

Freddys Haltung verriet, dass sie diese Äußerung völlig übertrieben fand, doch Caroline nickte nachdrücklich.

»Wirklich.« Sie sah zu Theo. »Ich weiß, dass es sich albern anhört, aber ich meine es ernst. Irgendetwas in ihm *würde* sterben.«

»Wir wissen beide, was Sie damit sagen wollen«, erwiderte Theo sanft. »Sie haben von uns am meisten mit ihm zu tun, und ich weiß, dass Ihnen sehr viel an Mole liegt. Ich beuge mich gern Ihrem Urteil.«

Keiner von ihnen sah zu Freddy, die sich auf ihrem Stuhl rührte. »Sehr schön«, sagte sie. »Wir werden ja sehen, was passiert. Vielleicht ist ein weiteres Jahr gar nicht so kritisch. Lasst uns hoffen, dass er in der Zeit etwas selbstsicherer wird. Danke, Caroline. Sie waren sehr ... hilfreich.«

Caroline verließ das Zimmer, und Theo legte wieder die Hand auf Freddys Arm. Sie nickte, was hieß, dass sie seinen Trost gern annahm. »Das war also das«, sagte sie. »Komm, lass uns ein wenig durch den Garten gehen. Ich brauche frische Luft, und außerdem will ich mit dir über Mole reden.«

Bei diesem Gespräch hatten sie die Idee mit den kleinen Mutproben entwickelt: Für sich betrachtet, handelte es sich im Grunde um Kleinigkeiten, aber doch war jede für sich eine winzige Prüfung, die Moles Selbstvertrauen stärken sollte. So nahm Freddy ihn beispielsweise mit nach Totnes und überlegte, wie sie ihm dabei helfen könnte, seine Angst zu überwinden und mehr Mut zu fassen. Und als sie dann zum Beispiel im *Quaker House* vor einer Tasse Kaffee saß, tat sie, als hätte sie ganz vergessen, die Zeitung zu kaufen.

»Die Frage ist«, sagte sie nachdenklich, »ob du wohl meine alten Knochen schonen könntest? Was meinst du? Du weißt doch, wo der Zeitungsladen ist, oder? Nur zwei Geschäfte weiter?«

Und Mole nickte, während er neben ihr stand, die Augen ängstlich aufriss, aber gleichzeitig stolz die Brust schwellte. Sie gab ihm Kleingeld und hasste sich dafür, betete, dass alles gut gehen würde ... Nur wenige Augenblicke später platzte er mit der Zeitung wieder in das Café, war ganz berauscht von seinem Erfolg, und schwelgte aufgeregt in diesem Triumph. Dann stießen sie mit Limonade oder Eis auf seine große Tat an, und Freddy machte sich daran, sich die nächste Aufgabe auszudenken. Ein anderes Mal hatte sie ihn gebeten, mit einem großen, schweren Paket vor dem Haushaltswarengeschäft auf sie zu warten, während sie den Wagen holte. Das dauerte länger, als sie geplant hatte, und als der alte Morris Oxford endlich neben Mole hielt, war sie entsetzt über den Ausdruck panischer Angst in seinem kalkweißen Gesicht und seine völlig verkrampfte Haltung.

»Ich d-dachte, du w-wärst w-weg«, hatte er mit bebenden Lippen gesagt, und sie hatte ihn ganz fest in den Arm genommen und sich für ihre Grausamkeit verflucht.

Würde er je darüber hinwegkommen? Diese Frage stellten sie sich alle. Fliss schien sich gut auf The Keep eingelebt zu haben und zufrieden zu sein. Sie hatte die Zeit der Trauer überstanden und die Bewunderung für ihren Bruder Jamie auf Hal übertragen. Die anderen waren jetzt ihre Familie, und obwohl sie recht ruhig und zurückhaltend war, war sie doch glücklich. Susanna konnte sich an nichts anderes als diese Welt auf The Keep erinnern. Man hatte sich darauf geeinigt, dass ihr die tragischen Details, die zum Tod ihrer Eltern und ihres Bruders geführt hatten, erspart bleiben sollten, sodass ihr lediglich erzählt wurde, sie seien bei einem Verkehrsunfall ums Leben gekommen. Sie gab sich mit dieser Geschichte zufrieden – schließlich konnte sie sich ohnehin nicht an jenen Teil ihrer Familie erinnern – und wuchs weiter zu dem fröhlichen Kind heran, das sie im Grunde immer gewesen war. Nur Mole war über sein Trauma noch nicht hinweggekommen. Doch die Erwachsenen in seiner kleinen Welt hofften weiter darauf, dass auch seine Wunden mit der Zeit heilen würden.

Es wurde also beschlossen, dass er auf The Keep bleiben und weiter mit Susanna in Dartington zur Schule gehen sollte, damit er selbstsicherer wurde. Das Wäldchen war zu einer Art Symbol geworden. Eines Tages würde Mole allein um das Wäldchen rennen, und an diesem Tag konnten sie sicher sein, dass er jene tief in ihm verwurzelte Angst überwunden hatte und sich neuen Herausforderungen stellen konnte.

Prue wachte auf, rollte sich auf den Rücken und gähnte. Sie hatte einen merkwürdigen Traum gehabt, in dem sie verzweifelt versucht hatte, zum Schulkonzert zu kommen. Der Bus war voll gewesen, und sie hatte Hals Cello tragen müssen, was sie dazu zwang, sich links und rechts zu entschuldigen, zu erklären – bis sie vor Niedergeschlagenheit geweint hatte ... Prue gähnte noch einmal. Was man doch manchmal für einen Blödsinn träumte! Es war Jahre her, seit Hal zuletzt Cello gespielt hatte. Sie setzte sich auf, suchte mit den Füßen nach ihren Hausschuhen, ließ sich vom Bett gleiten und griff nach ihrem Morgenmantel. Sie band das Negligee zu und ging ins Badezimmer.

Bis sie endlich nach unten in die Küche kam, war es schon fast zehn Uhr. Sie war ganz allein. Prue streckte sich genüsslich und freute sich über diesen seltenen Zustand. Die Zwillinge waren ins Internat zurückgekehrt, und Tony besuchte wieder einmal seinen Bruder im Norden. Prue hatte den Bruder nur ein einziges Mal gesehen, nämlich vor vier Jahren auf dem Standesamt, und konnte sich daher kaum an ihn erinnern.

»Wir verstehen uns nicht besonders gut«, hatte Tony geantwortet, als sie ihn hinterher befragt hatte. »Haben wir noch nie. Ich fühle mich nur irgendwie verantwortlich für ihn, das ist alles. Er hat viel mitgemacht. Komm, Liebling, vergessen wir ihn!«

Und doch besuchte Tony ihn drei bis vier Mal im Jahr und schickte ihm sogar Geld. Prue regte sich nicht weiter darüber auf und stellte auch keine Fragen. Ihr Vater – ein chronisch arbeitsloser Schauspieler – war Alkoholiker gewesen, und ihre Mutter hatte ihr ganzes Leben damit zugebracht, ihn abzuschirmen und zu beschützen. Als Prue zwölf war, waren sie zu ihrer Großtante nach Edinburgh gezogen, einer wohlhabenden, freundlichen alten Dame, die für Prues Schulgeld aufkam und sie alle ernährte. Prue war erleichtert gewesen, als der Krieg ausbrach und sie endlich entfliehen konnte. Und noch erleichterter war sie, als ihr Vater starb und sie ihn daher Johnny – oder gar Freddy – nicht mehr vorstellen musste. Ihre Mutter und ihre Tante waren nur kurz bei der Hochzeit erschienen, und irgendwann war ihre Mutter an Krebs gestorben. Die inzwischen sehr alte Großtante lebte jedoch noch. Prue schrieb ihr regelmäßig, schickte ihr Fotos von den Zwillingen und besuchte sie hin und wieder. Prue hatte ein schlechtes Gewissen, dass der Tod ihrer Eltern sie so wenig berührt hatte. Sie hatte sich wirklich bemüht, sie zu lieben, aber vor allem anfangs, als Prue noch klein war, waren sie auf so dramatische Weise mit sich selbst beschäftigt gewesen; und später, als sie älter wurden, hatten sie nur noch rührseliges Zeug gefaselt und über die Ungerechtigkeit des Lebens gejammert. Prue hatte ihre Schwägerin Alison fast beneidet, deren Eltern gestorben waren, als sie noch ein Kind war, und die aus diesem Grund so praktisch veranlagt und so selbstsicher war. Wie lang war das jetzt schon her, dass sie und Johnny und Alison und Peter gemeinsam jung gewesen waren.

Prue machte sich Kaffee und starrte aus dem Fenster auf die Mauer des Nachbarhauses. Johnny zu heiraten war wahrscheinlich das einzig wirklich Vernünftige gewesen, was sie je in ihrem Leben getan hatte. Und das Beste, was sie hatte tun können. Es überraschte sie noch immer, dass der gut aussehende, talentierte, wundervolle Johnny Chadwick sich ausgerechnet für sie entschieden hatte. Sie hatten so viel Spaß zusammen gehabt – und sie hatte ihn so furchtbar vermisst. Tony hatte ihm nie das Wasser reichen können, aber er war ihr trotz seiner Launen ein guter Kamerad gewesen. Tonys Launen waren so unberechenbar, dass Prue geradezu erleichtert war, als Kit darum bat, in der Badminton

School wohnen zu dürfen. So wurden die Zwillinge nur selten Zeugen der gelegentlichen Auseinandersetzungen. Darüber hinaus kamen Tony und Prue so in den Genuss einer gewissen Privatsphäre, die sie dringend benötigten. Tony konnte sehr temperamentvoll sein, war leicht verletzt und beleidigt, und der beste Ort für die Lösung dieser Probleme war und blieb das Bett.

Prue beschlich eine schon bekannte, ängstliche Besorgtheit, als sie sich auf die Tischkante setzte und die Post durchsah, die sie an der Haustür aufgesammelt hatte. Einer der Briefe trug das Wappen ihrer Bank, das sie nun nervös beäugte. Vor einigen Monaten hatte sie eine Mitteilung mit dem Hinweis erhalten, ihr Konto sei überzogen. Prue war überrascht gewesen, wie sehr es überzogen war, sah aber mit Erleichterung der bevorstehenden Ausschüttung ihrer jährlichen Dividende entgegen und lieh sich noch etwas von Theo. Es war nicht das erste Mal in den letzten vier Jahren gewesen, dass sie sich Geld von ihm geliehen hatte, und sie fühlte sich gar nicht gut dabei und versprach immer wieder, ihm das Geld zurückzuzahlen. Theo hatte ihr geschrieben, einen großzügig bemessenen Scheck beigelegt und ihr berichtet, dass irgendwo in der Nähe von Teignmouth ein großes Porzellanerdevorkommen entdeckt worden sei, dass sie also noch nicht völlig verarmt seien ...

Sie drehte und wendete den Umschlag, während sie sich fragte, wie sie jemals ohne Theo zurechtgekommen wäre. Nicht nur, weil er ihr immer wieder aus dem finanziellen Schlamassel half, sondern auch und insbesondere, weil er ihr das Gefühl gab, dass er sie schätzte und mochte und dass sie ihm wichtig war.

Prue dachte: Ich hätte Theo heiraten sollen. Warum habe ich das bloß nicht getan?

Sie lachte ein wenig bei dem Gedanken, riss den Umschlag auf und zog den Brief heraus. Ungläubig las sie, was da stand, und das Lächeln auf ihrem Gesicht erstarb, als sie die Worte wieder und wieder überflog. Der Bankdirektor schrieb höflich, aber bestimmt. Ihr Konto sei mehr als üblich überzogen, sodass die Bank sich gezwungen gesehen habe, diverse Schecks nicht einzulösen. Sie sei nicht befugt, ihr Konto zu beanspruchen, bis der Kontostand ausgeglichen sei ... Prue zündete sich eine Zigarette an und warf dann noch einen Blick auf den beigelegten Kontoauszug. Das war doch nicht möglich! Der gesamte Betrag, die *vollständige* jährliche Unterstützungssumme war in vier einzelnen Beträgen abgehoben worden! Prue schüttelte den Kopf. Das war unmöglich. Da musste ein Fehler vorliegen. Sie nippte an ihrem Kaffee, überflog noch einmal den Auszug und verzog angesichts jener schrecklichen roten Zahlen das Gesicht. Dann stellte sie nachdenklich die Tasse ab und ging die einzelnen Posten etwas gründlicher durch. Abgesehen von jenen vier großen Beträgen waren da auch noch andere Belastungen, auf die sie sich keinen Reim machen konnte. Einige waren klar: drei Pfund Haushaltsgeld pro Woche; zwei Pfund zehn für ein Paar Schuhe; ein Pfund, neunzehn Pence und elf Schillinge für einen Mantel für Kit. Daran konnte sie sich erinnern – aber was war das hier: fünfzehn Pfund? Oder hier: hundertfünfzig? *Einhundertfünfzig?* Prue saß regungslos da. Neben den Beträgen waren die Schecknummern aufgelistet. Prue griff nach ihrer Tasche und kramte ihr Scheckheft hervor. Sie blätterte durch die verbliebenen Kontrollabschnitte und ärgerte sich maßlos, dass sie sie so nachlässig ausfüllte. Sie konnte nur einen oder zwei Schecks überprüfen, und doch fehlten so viele. Sie konnte sich nicht erinnern, all diese Schecks ausgestellt zu haben; sie war sich sogar sicher, diese Schecks *nicht* ausgestellt zu haben; aber sie *musste* sie ausgestellt haben, weil die Schecks nun einmal fehlten.

Nachdenklich zog Prue an der Zigarette. Vielleicht gab es jemanden, der ein Scheckheft mit genau den gleichen Schecknummern hatte? Ob der Bank wohl ein solcher Fehler unterlaufen konnte? Wenn dem so war, dann wurden die Schecks, die jemand anders ausstellte, ihrem Konto belastet. Das war die einzig mögliche Erklärung. Wenn sie doch nur gewissenhafter wäre mit dem Ausfüllen der Kupons! Sie wünschte, Tony wäre bei ihr. Ihm fiel immer irgendeine plausible Erklärung ein, mit der er ihre Sorgen beschwichtigen konnte; er konnte sie zum Lachen bringen, aufheitern. Sicher, er konnte ziemlich extravagant sein, aber dafür war er auch großzügiger als jeder andere, wenn er genügend Geld hatte. Sie sah auf die Uhr. Er wollte am späten Sonntagnachmittag wiederkommen. Es hatte keinen Sinn, sich jetzt aufzuregen. Sie würde das alles mit Tony besprechen und dann am Montagvormittag die Bank anrufen. Es lag auf der Hand, dass irgendwo ein Fehler passiert war und dass dieser Fehler korrigiert werden musste.

Prue drückte die Zigarette aus und ging nach oben, um zu baden.

## 12

Kalte, feuchte Fetzen dichten Küstennebels begleiteten Theo die schmalen Stufen zu seinen Zimmern hinauf. Der feine Dunst wurde den ganzen Tag schon vom Wasser her in die Stadt geweht und hinterließ auf allem, was er berührte, einen feuchten Film. Allein die Macht der Gewohnheit hatte Theo, kurz bevor auch das letzte düstere Tageslicht erloschen war, zu seinem üblichen Abendspaziergang aus dem Haus getrieben. Jetzt war er froh, wieder in seiner warmen Wohnung zu sein und seinen feuchten Ulster abzulegen. Einen Moment lang stand er niedergeschlagen in seinem winzigen Flur. Ihm fehlte sein Buch. Nach so vielen Jahren der Arbeit daran hatte ein kleiner, aber angesehener Verlag es angenommen und veröffentlicht, und es war sowohl von einem achtbaren Kritiker als auch von einem hohen Kirchenmann überaus wohlwollend besprochen worden. Ersterer hatte es »... dieses ausgesprochen bedeutsame Werk ...« genannt, Letzterer war der Ansicht, mit diesem Buch sei »... ein schwieriges und kontroverses Thema faszinierend aufbereitet worden«, es rege »zum Nachdenken an«. Theo hatte dieses Lob gleichermaßen überrascht und erfreut, und er verspürte Stolz darüber, etwas erreicht zu haben. Als die Aufregung dann aber nachgelassen hatte, stellte er fest, dass ihm die Arbeit fehlte. Sie war etwas gewesen, womit er sich beschäftigen konnte, sie hatte seinem Tag eine Struktur gegeben. Zwar gab ihm seine regelmäßige Kontemplation Kraft, doch er verspürte das Bedürfnis, auch etwas Praktisches zu tun.

Während er darüber nachdachte, ob es vielleicht ein anderes Thema gäbe, zu dem er etwas Intelligentes zu sagen zu haben glaubte, bat ihn ein alter Freund, als Pfarrer in seiner Gemeinde in den Midlands einzuspringen, da er sich einer Operation unterziehen musste. Theo sagte gern zu, war aber nicht traurig darum, als sein Einsatz wieder vorbei war. Er spürte langsam, dass er älter wurde. Nachdem das Kriegsschiff, auf dem er gedient hatte, torpediert worden war, hatte er lange Zeit im Wasser verbracht, was zunächst zu Unterkühlung und später zu allgemeiner körperlicher Schwäche und Anfälligkeit für Bronchitis geführt hatte. Er hatte sich nie besonders um sich selbst gekümmert, und diese Gleichgültigkeit seinem Körper gegenüber rächte sich nun.

Theo rubbelte sich durch das dicke, feuchte Haar – er hatte vergessen, einen Hut aufzusetzen – und ging dann in die Küche. Angewidert betrachtete er sein Abendessen – vier schlaffe, bleiche Würstchen und ein Kanten Weißbrot – und wurde noch niedergeschlagener. Er verspürte ein heimtückisches Verlangen nach einem von Ellens Eintöpfen mit köstlichen Mehlklößen und dicker Soße und gestattete sich den Luxus, sich die gute Seele bei ihrer Arbeit auf The Keep vorzustellen. Ihm lief das Wasser im Mund zusammen, als er den Geschmack der von ihr zubereiteten *Steak-and-Kidney-Pie* heraufbeschwor, dem möglicherweise ein Pflaumenkuchen mit Sahne folgte. Er stöhnte. Warum litt er in ein paar kalten Zimmern in Southsea Hunger, wenn er es in seinem Zuhause in Devon doch viel gemütlicher und schöner haben könnte? Aber er kannte ja die Antwort auf diese Frage. Solange er nicht sicher war, dass er und Freddy friedvoll und ohne Reue zusammenleben konnten, hatte er kein Recht, ihre wohlverdiente Ruhe zu stören.

Er hatte sich gerade dazu aufgerafft, die Bratpfanne aus dem Schrank zu holen, als das Telefon klingelte. Er war geradezu erleichtert, die Küche verlassen zu müssen, um abzunehmen, obwohl er inzwischen doch sehr hungrig war. Er schnappte sich im Vorbeigehen das einzige Stück Obst, das die Schale zu einer Obstschale machte, und biss in den schrumpeligen Apfel, als er den Hörer zur Hand nahm.

»Theo?« Misstrauen überlagerte irgendein anderes Gefühl in der Stimme am anderen Ende der Leitung. »Was machst du?«

Theo schluckte das Stück Apfel, bekam ein Stück Schale in den falschen Hals und fing fürchterlich an zu husten.

»Tut mir Leid«, keuchte er. »Tut mir Leid. Habe mich verschluckt. Tut mir Leid.« Er schnaufte noch eine Weile wie eine Dampflok, bis er sich schließlich erholt hatte. »Tut mir wirklich Leid. Jetzt geht es wieder. Bist du das, Prue?«

»Ja, ich bin's. Geht es dir gut, Theo? War das einer von deinen Bronchitisanfällen?«

»Nein, nein. Wirklich nicht. Habe mich an einem Stück Apfel verschluckt. Wie geht es dir, Prue? Schön, dass du anrufst. Geht es den Zwillingen gut?«

»Ach, Theo.« Ihre Stimme schwankte, er konnte hören, dass sie mit den Tränen kämpfte. »Mir ist da etwas ziemlich Schreckliches passiert.«

Theo machte bemitleidende Geräusche, während er sich fieberhaft fragte, ob sein Konto noch mehr von Prues »ziemlich schrecklichen« Erlebnissen verkraften konnte. Er zog ein Taschentuch aus der Hosentasche und putzte sich die Nase, als Prue ihm eröffnete, dass Tony sie verlassen hatte.

»Dich *verlassen*?« Das war das Letzte gewesen, womit er gerechnet hatte. Er wusste sehr wohl, dass trotz der Gelegenheitsjobs, die Tony in den letzten vier Jahren hier und da ergattert – und wieder verloren – hatte, Prue diejenige gewesen war, die die Beziehung mit ihrem Unterhalt von Freddy und nicht unbedeutender finanzieller Hilfe von Theo finanziert hatte. Es war daher mehr als merkwürdig, dass Tony diese Geldquelle und das damit verbundene bequeme Leben verließ. Theo runzelte die Stirn und versuchte, klar zu denken. »Bist du dir da ganz sicher, Prue? Warum sollte er dich denn verlassen wollen?«

»Ach, Theo.« Wieder hatte er das Gefühl, dass sie um Fassung rang. »Ich bin mir ganz sicher. Er ist zu seinem Bruder gefahren und wollte letzten Sonntag zurück sein. Jetzt ist Donnerstag, und ich habe noch nichts von ihm gehört. Kein Anruf, nichts.«

»Hat er vielleicht einen Unfall gehabt?«, fragte Theo besorgt. »Hast du seinen Bruder angerufen?«

»Er hat kein Telefon. Er wohnt sehr abgelegen, ganz oben an der Grenze. Ich weiß, dass er weg ist, Theo. Er hat ... Oh Gott, Theo, er hat Schecks gefälscht.«

Theo schwieg. Zu seinem eigenen Entsetzen wurde ihm bewusst, dass seine erste Reaktion nicht darin bestand, eine solche Unterstellung zurückzuweisen, sondern darin, sich zu fragen, wie groß der Schaden wohl war, den Tony angerichtet hatte.

»Theo?« Sie klang so elend und so verzweifelt, dass er ahnte, dass sie schon seit längerem mit diesem Verdacht lebte; dass sie den Betrug nicht gerade erst entdeckt hatte, sondern schon einige Zeit versuchte, mit der Situation klar zu kommen. »Theo, er hat mein Konto geplündert. Gerade erst ist mein Unterhalt eingezahlt worden, und das Geld ist weg. Ich habe mich mit dem Bankdirektor getroffen. Die Schecks waren auf eine Frau ausgestellt, die sie an verschiedenen Orten eingelöst hat. Und er hat noch mehr Schecks über kleinere Beträge ausgestellt, um für alles zu bezahlen. Ich habe keinen Penny mehr und stehe mit vierhundertsechsundzwanzig Pfund und ein paar Pennys in der Kreide.«

Theo schloss die Augen. Er tastete nach dem Stuhl neben sich und ließ sich schwer atmend darauf nieder.

»Mein armes Mädchen«, sagte er schließlich. »Meine arme Prue. Das ist ja schrecklich. Hast du das schon irgendjemand anderem erzählt?«

»Nein«, sagte sie schnell. »Niemandem. Oh Gott, Theo. Was wird Freddy wohl sagen?«

Aus ihren Worten sprach eine solche Angst, dass Theos Herz sich vor Mitgefühl zusammenkrampfte.

»Vergiss Freddy doch jetzt erst mal«, sagte er. »Ich komme zu dir, ja? Soll ich morgen kommen, damit wir über alles reden können? Vielleicht könnte ich mich auch noch mit dem Bankdirektor treffen, ihn ein bisschen beruhigen und dir erst mal aushelfen. Was meinst du?«

Prue weinte jetzt, sie schluchzte leise vor Erleichterung und Dankbarkeit. »Ja, bitte«, sagte sie schließlich. »Aber ich kann das nicht annehmen, Theo. Du hast mir schon so oft geholfen. Ich kann mir nicht noch mehr Geld von dir leihen. Ich weiß doch gar nicht, wie ich das jemals zurückzahlen soll. Ach, warum mache ich denn bloß alles falsch?«

»Sch-sch«, machte er. »Sch, Prue. Ich fühle mich geehrt, dass du mir vertraust. Wir sind doch Freunde, Prue, oder nicht? Natürlich sind wir das. Und genau dazu sind Freunde da. Ich komme morgen. Mit dem üblichen Zug. Du brauchst mich nicht abzuholen. Ich nehme mir ein Taxi und bin gegen Mittag bei dir. Und jetzt hör auf zu weinen, ja? Nimm ein heißes Bad, trink was Ordentliches und versuche zu schlafen ... Ja, ja, weiß ich doch. Ich liebe dich auch. Bis morgen dann.«

Er legte auf und saß einen Moment einfach nur da, um zu begreifen, was sie da alles gesagt hatte. Schließlich erhob er sich seufzend und ging in die Küche zurück. Die Würstchen sahen jetzt noch schlaffer und bleicher aus und das Brot noch älter. Auf einmal sehnte Theo sich nach einem guten, starken Whisky und einem saftigen Steak. In ihm regte sich ununterdrückbarer, rücksichtsloser Hedonismus.

»Euch esse ich ganz bestimmt nicht«, brummte er und warf die Würstchen wieder in den Kühlschrank und das Brot in den Brotkasten. »Ganz bestimmt nicht.«

Er ging in den Flur, zog sich den Mantel über, dachte dieses Mal auch an den Hut, eilte die Treppe hinunter, erreichte die Straße und freute sich schon auf die Wärme und die Geselligkeit im *Keppel's Head*.

Nach dem sonntäglichen Kirchgang spielten Mole und Susanna in ihrer Lieblingsecke ganz hinten im Obstgarten. Dort hatte einst ein kleines Haus aus Stein gestanden, und inmitten seiner bröckeligen Überreste hinter einem Baum hatten die beiden sich ihr eigenes Häuschen gebaut. Alte Kisten dienten ihnen als Stühle und Tisch, und sie kamen oft zum Spielen hierher, nachdem sie von Ellen etwas zu essen erbettelt hatten. Hier konnten sie sein, wer sie wollten, und wer sie sein wollten, hing meist von ihrem aktuellen Lieblingsbuch ab. Bis vor kurzem waren sie die Kinder des New Forest gewesen, die von Rundköpfen verfolgt wurden, und davor waren sie Peter Pan und Wendy, die sich gegen Captain Hook zur Wehr setzten. Manchmal dachten sie sich auch eigene Spiele aus, aber heute Vormittag waren sie damit beschäftigt, ihr Haus mit einem uralten Besen und einem Lumpen sauber zu machen. Ellen hatte ihnen ihre Schokoladenration mitgegeben, zwei Riegel Cadbury-Schokolade für jeden, und eben diese lagen, ihrer blau-silbernen Folie entledigt, auf zwei gesprungenen Untertassen, die den Kindern als Teller dienten. Daneben stand eine Flasche Orangensaft, deren Inhalt in zwei henkellose Tassen geschenkt würde. Das war ihr zweites Frühstück. Aber zuerst mussten sie die Hausarbeit erledigen.

Die Spinnen rannten um ihr Leben, als Susanna eher erfolglos mit dem Lumpen wütete, aber der Erdboden wurde einigermaßen sauber gefegt und die Überhänge draußen ausgeschüttelt. Diese Überhänge – alte, ausgeblichene Vorhänge, die sie über die drei Holzkisten legten – verliehen dem Raum eine heimelige, freundliche Atmosphäre. Die Tür – ein hoch betagtes, rostiges Stück Wellblech – lehnte gegen den Baum, sodass Licht und Luft herein konnten; ein weiteres Stück Wellblech balancierte recht bedenklich auf den Resten der alten Mauern und bildete so das flache Dach.

»Denn der Mann soll sich plagen und das Weib Schmerz ertragen«, zitierte Susanna Ellen und drapierte schwer seufzend den Lumpen auf dem Schubkarren, in dem sie ein paar Schätze aufbewahrten – eine rostige Keksdose mit ziemlich aufgeweichtem Shortbread darin und ein paar vergilbte Landkarten in einer Holzkiste. »Hier versteckt sich ja in jedem Spalt eine ganze Spinnenkolonie. Barmherziger Himmel!«

Mole stellte den Besen neben der offen stehenden Tür ab und musste die Augen zusammenkneifen, so hell war es draußen. Der Staub tanzte im Sonnenlicht, und plötzlich musste er niesen.

»Zweites Frühstück«, verkündete er. »Mein Rachen ist wie ausgedörrt.« Das sagte Fox immer. Mole nieste noch einmal und setzte sich auf eine der Kisten.

»Hat ›Rachen‹ eigentlich irgendetwas mit ›Drachen‹ zu tun?«, fragte Susanna, die es ihm bereitwillig gleichtat.

Mole schenkte penibel gerecht den Saft aus und neigte den Kopf. »Könnte schon sein ...«, mutmaßte er.

»So ein Drachen speit doch ständig Feuer«, überlegte Susanna und biss ein Stückchen Schokolade ab. »Und davon wird sein Rachen so trocken ... Was spielen wir jetzt?«

»Wir spielen ...«, fing Mole langsam an, »wir spielen, dass im Garten ein Schatz vergraben ist.« Caroline las ihnen derzeit eine kindgerecht gekürzte Fassung von *Die Schatzinsel* vor. »Und dass wir ihn finden müssen. Aber außer uns ist noch eine andere Bande hinter ihm her.«

»Was für ein Schatz?«, fragte Susanna aufgeregt. »Silbermünzen?«

»Wenn du magst«, entgegnete Mole. »Wir könnten ein paar Pennys so in das Schokoladenpapier wickeln, dass die silberne Seite außen ist, und dann könnte Caroline sie für uns verstecken. Wir bräuchten dann natürlich eine Karte. Caroline könnte uns ja auch eine Karte machen. Die wäre dann st-streng geheim, und die andere Bande wäre hinter ihr her.«

Allein der Gedanke an die andere Bande ließ ihm einen Schauer den Rücken herunterlaufen, aber Susanna war schon aufgesprungen, um die Kiste zu holen. Mole öffnete sie, nahm eine Karte vom Moor hinter Ashburton heraus und breitete sie – nachdem sie ihre Safttassen abgeräumt hatten – auf dem Tisch aus. Dann brüteten sie gemeinsam darüber. Die Karte wies schon einige Bleistiftspuren auf, aber das machte die Sache nur noch echter und spannender.

»Das hier ist der Obstgarten«, sagte Mole. »Siehst du? Und das ist der Hof. Bei X liegt der Schatz. Also los. Wo ist der Bleistift ...?«

Gar nicht so weit entfernt, hinter der Fuchsienhecke, gärtnerte Freddy in der Rabatte, die unterhalb der hohen Steinmauer die Wiese säumte. Sie band die Herbstastern und die hohen japanischen Anemonen zurück. Ein Südweststurm hatte in der vergangenen Nacht selbst in dieser geschützten Ecke einige Verwüstung angerichtet, und sie bemühte sich, zu retten, was zu retten war. Gegen Morgen hatte der Sturm sich dann gelegt und klare, frische Luft hinterlassen. Hoch oben sahen die merkwürdig zerfaserten weißen Zirruswolken am intensiven Blau des Himmels wie festgeleimt aus, während weiter unten größere Fetzen grauer Wolken von den letzten Böen des Sturmes gejagt wurden. Ein auf der Mauer sitzendes Rotkehlchen zwitscherte, und ein zäher, ziegelroter Admiral breitete auf den goldenen Früchten der Japanischen Quitte die Flügel aus.

Während der Gartenarbeit war auch Freddys Geist auf verschiedenen Ebenen beschäftigt. Wie üblich dachte sie an die Kinder: Fliss, die geschrieben hatte, um zu fragen, ob sie an einem zusätzlichen Schulausflug nach Stratford teilnehmen durfte. Susanna, die einen neuen Wintermantel brauchte. Mole, der sich nicht entscheiden konnte, ob er die Einladung zu einem Fest mit großem Feuer in der *Guy-Fawkes-Nacht* annehmen sollte. Und dann war da Fox, den ein Ischiasanfall völlig außer Gefecht gesetzt hatte, ganz zu schweigen von Caroline, die alle seine Arbeiten übernommen hatte und außerdem weiterhin ihren eigenen Pflichten gewissenhaft nachkam.

Freddy dachte: Was würden wir nur ohne Caroline machen? Was für ein Segen, dass wir sie haben.

Sie ging zurück auf den Rasen, kratzte den Matsch von ihren dicken Gartenschuhen und bückte sich, um noch mehr von dem Bindfaden aufzuheben. Mugwump lag nicht allzu weit von ihr entfernt und kaute leicht mit dem Schwanz wedelnd auf einem Ast herum, den der Sturm von einem Baum gerissen hatte. Er behielt Freddy im Auge für den Fall, dass sie auf die Idee kommen könnte, seinen Ast zu entfernen, aber sie schnitt sich nur ein Stück Bindfaden ab und band dann in der Rabatte die Chrysanthemen hoch. Freddy lächelte bei Mugwumps Anblick, wie er so ausgestreckt auf dem Rasen lag, und dachte an die Zeiten zurück, als sie in seiner Reichweite nichts hatte liegen lassen dürfen, weil es sonst im Nu von ihm fortgeschleppt oder zerkaut worden wäre. Sie hatte so viel Zeit damit verbracht, ihm hinterherzurennen, um ihre Handschuhe oder eine kleine Schaufel oder eine Rolle Bindfaden wiederzubekommen. Er war immer für eine Runde Tauziehen zu haben gewesen, aber in der Regel nahm er die Konfiszierung seiner Spielsachen nicht übel. Inzwischen war er weniger zerstörerisch, und seine frühere Frechheit fehlte ihr ein wenig.

»Wir werden alle älter«, klärte sie ihn auf, als sie sich wieder der Arbeit zuwandte.

Mugwump witterte einen Anflug von Traurigkeit in ihrer Stimme und fragte sich, ob sie wohl Lust auf ein Spiel hatte. Er stand auf, zog den Ast über den Rasen bis zu ihr hin und bellte sie dann aufmunternd an. Es freute ihn, dass sie ihn verstand: Sie nahm das eine Ende des Astes und schüttelte ihn. Mugwump schnappte sofort das andere Ende, zog und zog und knurrte aufgeregt. Er war ziemlich enttäuscht, als sie losließ.

»Behalt ihn, du blödes Vieh«, lachte sie. »Du bist mir zu stark. Ich will deinen ollen Ast doch gar nicht.«

Er schüttelte ihn erneut, versuchte sie noch einmal zu locken, doch sie war schon wieder mit den Blumen beschäftigt, sodass er schließlich aufgab, sich wieder hinlegte und weiter auf dem Ast herumkaute. Freddy war in Gedanken inzwischen bei Theo. Sie war sehr versucht gewesen, ihn mit Fox' Ausfall unter Druck zu setzen und dazu zu überreden eine Weile nach The Keep zu kommen. Das Problem war nur, dass er ihrem Wunsch wahrscheinlich entsprechen und sich dann verpflichtet fühlen würde, all die körperliche Arbeit zu übernehmen, die Caroline zurzeit ausführte. Freddy wusste, dass es Theo unmöglich sein würde, dabei zuzusehen, wie Caroline Holz hackte und Kohlen schleppte, Rasen mähte und den Gemüsegarten pflegte. Selbstverständlich halfen sie und Ellen Caroline soweit sie konnten – selbst Mole und Susanna hatten Aufgaben zugeteilt bekommen, die ihren Fähigkeiten entsprachen –, aber die Situation führte ihnen sehr deutlich vor Augen, welcher Berg von Problemen sie erwartete, wenn sie alle älter und schwächer wurden. Natürlich wäre auch Theo eine Hilfe gewesen, aber seine Bronchitisanfälle wurden immer häufiger in letzter Zeit, und Freddy machte sich Sorgen um ihn. Sie sehnte sich so danach, dass er endlich nach Hause kam – nicht zuletzt, weil man sich hier angemessen um ihn kümmern würde –, aber sie hatte Angst, dass er sich überanstrengen könnte. Vielleicht sollte sie darüber nachdenken, einen jungen Mann in Teilzeitbeschäftigung anzustellen ... Das Problem war nur, dass Fox sich mit aller Macht dagegen sträuben würde – oder etwa nicht? Sie konnte sich noch sehr gut daran erinnern, wie innerlich zerrissen Ellen seinerzeit gewesen war, als die Kinder ganz neu auf The Keep waren und darüber gesprochen wurde, ein Kindermädchen einzustellen. Jetzt waren Ellen und Caroline die besten Freundinnen.

Freddy band die letzte Blume hoch und sah auf die Uhr: Schon fast Zeit fürs Mittagessen, das hieß, dass Julia jeden Moment kommen würde. Die Mahlzeiten waren eine andere Sorge. Als Peter und John mit acht Jahren die private Jungenschule besuchten, hatte Freddy beschlossen, dass die Zeit reif war, sie mit sich im Speisezimmer zu Mittag essen zu lassen, wenn sie in den Ferien nach Hause kamen. Mit dreizehn durften sie auch das Abendessen dort mit ihr einnehmen. Inzwischen war es Jahre her, seit sie das Speisezimmer zuletzt benutzt hatte, wenn man von größeren Familienfesten oder eher formellen Anlässen absah. Sie wusste aber, dass sie wieder darüber nachdenken sollte. Als Caroline auf The Keep eingezogen war, hatte Freddy lange überlegt, wie und wo sie essen sollte. Peter und John hatten in den Jahren, bevor sie ins Internat gingen, eine Gouvernante gehabt, die ihre Mahlzeiten jedoch auf einem Tablett in ihrem Zimmer zu sich genommen hatte. Doch selbst Freddy hatte erkannt, dass diese Zeiten vorbei waren und dass die Familie, aus der Caroline stammte, genauso angesehen war wie die Chadwicks. Glücklicherweise hatte Caroline das Problem ganz allein gelöst. Sie hatte sich völlig selbstverständlich zu den Kindern in die Küche gesellt, gelegentlich allerdings mit Freddy – auf deren Einladung hin – im Frühstückszimmer zu Abend gegessen. Prue und die Zwillinge aßen nun immer mit ihr zu Abend – die Zwillinge waren schließlich inzwischen siebzehn Jahre alt –, und Fliss hatte sich darüber gefreut, als während ihrer letzten Ferien vorgeschlagen worden war, dass auch sie in Zukunft mit von der Partie sein sollte. Freddy hatte den Eindruck, dass Fliss ihre Sache sehr gut machte, und dass sie das Gefühl genoss, wie eine Erwachsene behandelt zu werden.

Es würde nicht mehr lange dauern, dann waren auch Mole und Susanna alt genug, und dann würde das Speisezimmer wieder als solches benutzt werden müssen. Freddy wurde ein wenig bang bei dem Gedanken daran, dass auch die Kinder älter wurden, die Schule verließen, einen Beruf erlernten, heirateten ...

Sie dachte: Himmel noch mal! Susanna ist doch erst sechs.

Dann beschlich sie eine andere Angst. Würde sie noch leben, wenn Susanna alt genug war, um sich nach einem Ehemann umzusehen? Doch bevor sie diesen beunruhigenden Gedankengang weiter verfolgen konnte, sah sie Caroline über den Rasen auf sie zukommen.

»Da sind Sie!«, rief sie. »Meine Güte! Sie sind ja ein gutes Stück vorangekommen! Die Schäden sind vielleicht gar nicht so groß? Gut. Mrs. Blakiston ist gerade angekommen, und Theo hat angerufen. Er kommt morgen her. Ist rechtzeitig zum Tee hier. Kommt um Viertel vor vier an.«

»Wieso das denn so unerwartet?« Freddy zerrte sich die Handschuhe von den Händen. »Bis zum Geburtstag sind es doch noch zehn Tage. Geht es ihm gut?«

»Ausgezeichnet«, versicherte Caroline ihr. »Er hat etwas von einem unstillbaren Verlangen nach Ellens Eintopf mit Klößen gesagt.«

Sie lachte, und Freddy lächelte und schüttelte den Kopf über Theos seltsames Verhalten. Mugwump freute sich, dass die beiden so fröhlich waren, näherte sich mit seinem Ast und ließ ihn herausfordernd zu Carolines Füßen liegen. Auf Caroline war Verlass, wenn es um eine ordentliche Balgerei ging. Sie schnappte sich den Ast und zog ihn hinter sich her, während sie über den Rasen rannte und Mugwump mit Rufen anfeuerte. Er raste hinter ihr her, versuchte, den wie wild sich drehenden Ast zu fangen, und scheiterte kläglich. Freddy lachte laut auf, als sie den beiden zusah. Sie war erleichtert, dass Theo bald bei ihnen sein würde, und beschloss, ihn selbst abzuholen. Dann fiel ihr ein, dass die Passagierzüge nicht mehr über die Nebenstrecke nach Staverton fuhren, und sie ärgerte sich, dass sie bis nach Totnes fahren musste. Aber auch an diese kleine Lästigkeit würden sie sich gewöhnen, und außerdem war die Hauptsache, dass Theo überhaupt kam. Mit ihm konnte sie über ihre Pläne reden, einen Teilzeitgärtner einzustellen, wobei sie immer davon ausging, sich das auch leisten zu können ... Freddys Lächeln ließ nach. Die Firma musste jetzt so viele ernähren – obwohl Peter sehr gut versichert gewesen war und Alison über ein eigenes Guthaben verfügt hatte, das jetzt für Fliss, Mole und Susanna angelegt war. Dennoch stand zu hoffen, dass einige der Kinder sich bald selbst ernähren konnten. Hal würde in Kürze an den Einstellungstests des Marineministeriums teilnehmen. Kit war unbeständig wie ein Wetterhahn und konnte sich für keine der vermeintlichen Karrieren entscheiden, mit denen sie liebäugelte. Und Fliss zeigte noch keine Neigung in irgendeine berufliche Richtung.

Freddy verlor keine Zeit, als sie ihre Gartenschere und den Bindfaden im Gartenzimmer verstaute und schnell andere Schuhe anzog. Julia war schon im Hof, als Freddy herauskam, und gemeinsam gingen sie die Stufen zur Haustür hinauf.

»Der Sommer ist vorbei«, bemerkte Freddy. »Es wird Zeit, den Kamin in der Eingangshalle wieder anzuzünden und alles für den Winter vorzubereiten.«

»Ich habe den Eindruck, dass ich nach dieser Äußerung bedrückt sein sollte«, sagte Julia, als sie ihrer Freundin in den Salon folgte. »Ich finde aber, dass jede Jahreszeit ihren Reiz hat.«

»Das kommt daher, dass du das Glück hast, unabhängig zu sein«, sagte Freddy und ging zur Hausbar. »Dein Umgang mit anderen Menschen hört nicht gezwungenermaßen mit Einsetzen des Winters auf. Das würde meiner auch nicht – wenn ich welchen hätte. Wir flitzen in unseren kleinen Autos herum, unbehelligt vom Wetter, und müssen uns nicht über die öffentlichen Verkehrsmittel ärgern. Ich sehe oft genug die frierenden jungen Frauen an den Bushaltestellen, die mit schweren Einkaufstaschen, Babys und Kinderwagen gleichzeitig zu kämpfen haben.« Sie schüttelte den Kopf. »Im

Sommer ist das schon schlimm genug, aber im Winter ist es wahrscheinlich nicht auszuhalten.«

»Inzwischen haben viele Familien ein Auto«, protestierte Julia. »Ich weiß, dass die Männer es in der Regel unter der Woche benutzen, aber am Wochenende ist dann ja genug Zeit für den gemeinsamen Einkauf.«

»Vielleicht«, sagte Freddy. »Heutzutage ist wohl einiges einfacher als früher, da gebe ich dir ja Recht, aber ich finde, dass wir beide unserer Zeit ganz schön voraus waren, Julia. Ich frage mich, ob wir jemals so gute Freundinnen geworden wären, wenn wir nicht die Möglichkeit gehabt hätten, uns jederzeit zu sehen.«

»Da hast du sicher Recht.« Julia nahm ihr Glas. »In der Hinsicht haben wir wirklich Glück gehabt. Wir waren so unabhängig wie kaum eine andere Frau. Das war eine kleine Entschädigung für das, was wir verloren haben.«

Noch bevor Freddy antworten konnte, steckte Caroline den Kopf zur Tür herein.

»Guten Tag, Mrs. Blakiston«, sagte sie. »Das Mittagessen ist fertig, Mrs. Chadwick.«

Freddy nickte. »Danke, Caroline. Sagen Sie Ellen, dass wir direkt hinübergehen.«

»Auch eine kleine Entschädigung, finde ich«, murmelte Julia, als Caroline wieder verschwunden war.

»Unbedingt«, stimmte Freddy ihr zu. »Und gar nicht so eine kleine. Ich kann mir überhaupt nicht vorstellen, wie wir jemals ohne Caroline zurechtgekommen wären. Nimm dein Glas mit, Julia. Eine sehr wichtige Regel, die ich im Leben gelernt habe, lautet: Verärgere niemals den Koch. Komm mit. Ich will hören, was es bei dir Neues gibt.«

## 13

Caroline war diejenige, die zum ersten Mal in diesem Winter wieder Feuer im Kamin in der Eingangshalle machte. Auf Grund des milden Spätsommers hatte die Notwendigkeit bisher noch nicht bestanden, aber der Sturm hatte die Luft doch deutlich abgekühlt, und Caroline fand, dass ein knisterndes Feuer ein angemessener Empfang für Theo wäre. Die tiefe Nische, in der der Kamin sich befand, bot genügend Platz für einen riesigen Korb, der zu Carolines Glück mit großen, trockenen Scheiten gefüllt war. Sie legte sie auf die breite Feuerstelle, die am Ende der Kaminsaison immer gesäubert wurde, die aber selten angerührt wurde, wenn das Feuer erst einmal brannte. Jeden Winter türmte sich Schicht um Schicht ein heißer Ascheberg auf, von dem Fox nur gelegentlich vorsichtig ein paar Schaufeln entfernte, ohne dass das Feuer erlosch. Jetzt, ganz am Anfang der Saison, musste Caroline Zeitungsfetzen und trockene Zweige zu Hilfe nehmen, um das Feuer anzuzünden, aber es dauerte nicht lange, und vor ihr loderten lustige Flammen. Dann setzte sie sich auf den Hocker gegenüber des Korbes in der Kaminecke, auf dem Susanna sich an dunklen Winternachmittagen so gern die Wangen von der Hitze des Feuers röten ließ. Caroline faltete die Hände, umfasste so ihre Knie, blickte in die Flammen und dachte über die Vergangenheit nach.

1939 war ihre Mutter schon einige Jahre tot gewesen, und ihr Vater – der als Offizier bei den Landstreitkräften diente – hatte Caroline in die Obhut ihrer älteren Schwester und ihrer Tante gegeben. Er war in Nordafrika gestorben. Caroline war untröstlich über diesen Verlust, aber sie war die Tochter eines Soldaten und hatte als solche gelernt, dass der Tod Teil des Berufes war. Sie war ein vernünftiges, begabtes Kind, aber sie hatte sich immer danach gesehnt, zu einer richtigen Familie zu gehören. Als ihre eigene Familie sich immer mehr reduzierte, beschloss sie, dass sie gern als Kindermädchen arbeiten und so Teil der Familie anderer Menschen werden würde.

Jetzt dachte sie: Was für ein Glück ich hatte, hierher zu kommen. Die gute alte Prue. Das war das Beste, was je ein Mensch für mich getan hat. Hoffentlich werfen sie mich nicht raus, wenn Susanna alt genug ist, auf ein Internat zu gehen. Wo sollte ich denn dann hin? Das hier ist jetzt mein Zuhause. Das Gute ist, dass Mrs. Chadwick mich braucht, nicht nur für die Kinder, sondern für alles Mögliche. Oh, bitte, lieber Gott, mach, dass sie mich noch lange brauchen werden.

Obwohl es nun schon vier Jahre her war, seit sie ihn zuletzt gesehen hatte, dachte sie auf einmal an Jeremy. Jeremy: ihr letzter Arbeitgeber, für dessen Kinder sie gesorgt und in den sie sich unsterblich verliebt hatte. Seine Frau war an irgendeiner seltenen Krankheit gestorben, und Caroline war überzeugt gewesen, dass Jeremy früher oder später den Wunsch verspüren und äußern würde, dass Caroline ihm mehr als nur gute Kameradin und unentbehrliche Hilfe nach dem Tod seiner Frau sein möge. Es war ein erniedrigender Schock für sie gewesen, als er von einer mehrtägigen Feier im Landhaus von Freunden wiederkehrte und verkündete, dass er sich verliebt habe. Er hatte von ihr erwartet, dass sie sich mit ihm freute, dass sie ihm gratulierte, und sie hatte ihr Bestes getan. Da auch das jüngste Kind mittlerweile in einem Internat untergebracht war, ergriff Caroline die Gelegenheit, um zu kündigen – und fühlte sich umso mehr erniedrigt, als er ihre Kündigung ohne Einwände annahm. Sie wusste, dass es ihm schwer gefallen wäre, ihr nach all den Jahren, in denen sie ihn unterstützt hatte, seinerseits zu kündigen. So, wie die Dinge nun lagen, ließ er sie ohne Gewissensbisse gehen, und während Caroline bei ihrer Schwester Zuflucht suchte, kam Prue, um über das Cottage zu reden. Außer ihrer Schwester wusste nur Prue über die Geschichte Bescheid. Nun ja, Jeremy hatte ihr nie Hoffnungen gemacht, dass er sie lieben könnte. Und doch konnte sie ihn nicht ganz vergessen ...

Sie hörte die Tür, die die Eingangshalle mit der Küche verband, zuschlagen und sprang auf. Ellen näherte sich mit einem Tablett für die Teestunde.

»Alle kommen sie auf einmal an«, sagte sie besorgt. »Mr. Theo und Madam vom Bahnhof und die Kinder von der Schule. Hätten wir doch nur früher daran gedacht, dann hätten sie sie auf dem Weg abholen können.«

»Das macht doch nichts, Ellen.« Caroline half ihr, das Tablett zu entladen. »So haben Mrs. Chadwick und Mr. Theo ein wenig Zeit für sich. Ich werde die Kinder vom Bus abholen und ihnen ein bisschen Beine machen.«

»Dieser Mole«, sagte Ellen, während sie die Teller zählte. »Sammelt bestimmt wieder Kastanien von dem großen Baum an der Ecke auf. Nicht, dass er noch mehr bräuchte. Ich habe schon ein ganzes Blech voll davon ganz unten im Ofen, damit sie schön hart werden.«

»Er tauscht sie mit seinen Freunden«, erzählte Caroline ihr. »Er ist dabei, sich eine ansehnliche Sammlung aufzubauen.«

Ellen stellte Tassen auf die Untertassen und legte Löffel dazu. »Wenigstens kann er jetzt problemlos nach Hause laufen, ohne dass ihn jemand abholt«, stellte sie fest. »Susanna ist zwar immer noch bei ihm, aber es ist trotzdem ein weiterer Schritt in die richtige Richtung.«

»Ganz bestimmt.« Caroline betrachtete den Tisch und nickte. »Alles da und alles perfekt. Der Kuchen sieht köstlich aus, Ellen. Wie geht es Fox?«

Ellen schnalzte verdrießlich mit der Zunge. »Hat sich aus dem Bett gequält, der Teufel. Ist jetzt in der Küche. Die Gemeindeschwester kommt nachher vorbei. Sie wird ihm schon sagen, wo es lang geht.«

Caroline lachte. »Der arme Fox. Er sagt, sie hat Hände aus Stahl, und er hat überall blaue Flecken.«

»Sie wird ihn schon ordentlich durchkneten«, gab Ellen mit einer gewissen Befriedigung zu. »Hinterher braucht er sicher wieder ein paar eingewickelte Wärmflaschen. So. Sieht sehr schön aus, wenn ich das selbst sagen darf.«

»Ich hoffe doch, dass du für uns auch etwas beiseite gestellt hast«, sagte Caroline, als sie gemeinsam in die Küche gingen. »Ich trinke meinen Tee heute mit dir und Fox. Kann ich noch irgendetwas tun, bevor ich die Kinder abhole?«

»Du hast schon mehr als genug getan, Caroline.« Ellen tätschelte Caroline liebevoll die Hand. »Geh schon los und hol die Kinder. Und lass dir Zeit, der Spaziergang wird dir gut tun.«

Caroline war überrascht und gerührt von dieser Geste. Ellen zeigte sonst nicht so leicht ihre Gefühle. Als sie durch das Tor hinausschritt, besserte sich ihre Laune. Links neben der Auffahrt grasten Schafe, und vom Moor blies ein kräftiger, klarer Wind. Sie liebte die Kraft der Elemente: Brausende, tobende Winde, denen sich selbst die stärksten Bäume beugten; das aufgepeitschte Meer, das sich in riesigen Wellen an der Küste brach; prasselnder Regen, der die Erde überschwemmte und reinigte. Es gefiel ihr, dass, wie sehr der Mensch sich auch anstrengte, diese Naturgewalten zu bändigen, sie sich niemals bändigen lassen würden und unbesiegbar blieben. Sie waren nicht grausam, sondern gleichgültig.

Sie hielt das Gesicht in den Wind, stemmte sich dagegen und spürte seine Kraft. Zwischen den hohen Böschungen links und rechts des Weges war sie geschützt, und sie fuhr sich durch die kurzen Locken und fühlte sich bedeutend besser; als habe der Wind ihre schmerzhaften Erinnerungen fortgeblasen. Zwei kleine Gestalten tauchten in der Kurve auf: Susanna und Mole, die gegen den Wind ankämpften. Carolines Herz machte bei ihrem Anblick vor Liebe einen kleinen Sprung. Dann hob sie die Hand, winkte ihnen und lief auf sie zu.

Das Arbeitszimmer befand sich direkt hinter dem Salon und lag nach Norden. Hier wurden alle Bücher des Hauses – außer den Kinderbüchern und Freddys ganz persönlichen Bänden – in Regalen gesammelt, die sämtliche Wände bedeckten. In diesem ruhigen Zimmer herrschte eine etwas düstere Atmosphäre, obgleich Freddy ihr Bestes getan hatte, um durch helle, golddurchwirkte Teppiche und Vorhänge für etwas Aufmunterung zu sorgen. Zwischen den beiden Fenstern stand ein Tisch aus Walnussholz, um den sich diverse Stühle gruppierten, und links und rechts vom Kamin standen sich zwei kleine, mit cremefarbenem Brokat bezogene Sofas gegenüber, auf denen sich scharlachrote Kissen türmten.

Hier stöberte Freddy Theo am Morgen nach seiner Ankunft auf. Etwa eine Stunde zuvor hatten sie gemeinsam gefrühstückt, aber Freddy war durch verschiedene Pflichten im Haushalt in Anspruch genommen worden und hatte Theo daher sich selbst überlassen. Er war viel zu rastlos gewesen, als dass er sich in seine Zimmer hätte zurückziehen wollen, und war deswegen in das Arbeitszimmer gegangen, um sich ein Buch zu suchen, das ihn ablenken könnte. Er zermarterte sich nach wie vor das Hirn, wie er Freddy beibringen sollte, was Prue widerfahren war. Er hatte Prue davon überzeugt, dass es das Vernünftigste wäre, *ihn* Freddy die ganze Geschichte erzählen zu lassen, denn obwohl Prue wusste, dass sie sich feige verhielt, konnte Theo doch sehen, dass sie panische Angst davor hatte, ihrer Schwiegermutter unter die Augen zu treten. Theo fand, dass es besser war, wenn Freddy Prue für einen Feigling hielt, als wenn es zwischen ihnen endgültig zum Bruch kommen würde. Prue war viel zu erschüttert, viel zu nervös, als dass sie die ganze Geschichte strukturiert und verständlich erzählen könnte, und Theo wusste, dass Freddy die Geduld verlieren und ihr ins Wort fallen würde, bevor Prue auch nur annähernd die Hälfte geschildert hatte.

Prue hatte Theos Vorschlag nur zu gern angenommen, und Theo hatte sich auf den Weg nach Westen gemacht und war im Geiste die Geschichte immer wieder durchgegangen, um eine Möglichkeit zu finden, Prue so gut wie möglich dabei wegkommen zu lassen. Sie hatte ihn überrascht. Trotz ihrer Erschütterung und der Schande, die sie empfinden musste, hatte sie sich bereits über zwei Möglichkeiten Gedanken gemacht, mit denen sie den entstandenen finanziellen Schaden wieder gutmachen konnte. Theo hatte überwältigende Zuneigung für sie empfunden, als sie sie ihm erklärt hatte ...

Die Tür ging auf, und Freddy steckte den Kopf herein.

»Ich habe mich schon gewundert, wo du abgeblieben bist«, sagte sie. »Suchst du etwas zu lesen, oder bist du nur auf der Flucht vor Ellen und dem Staubsauger?«

»Ich habe auf dich gewartet. Ich muss mit dir reden, Freddy.« Er klang sehr ernst, als er seine Schwägerin in das Zimmer zog und die Tür hinter ihr schloss. »Hast du Zeit?«

»Natürlich.« Sein Ton beunruhigte sie. Sie beobachtete ihn mit erhobenem Kinn und machte sich auf eine Hiobsbotschaft gefasst. »Worum geht es? Meinst du nicht, dass wir es uns im Salon etwas gemütlicher machen könnten?«

»Wahrscheinlich.« Theo zuckte mit den Schultern. »Aber dort werden wir sicher auch viel eher gestört. Komm her, setz dich.«

Sie machte es sich auf einem der Sofas bequem, während Theo mit den Händen in den Taschen stehen blieb. Zunächst herrschte eine Weile Schweigen, die Freddy nutzte, um sich Theo genau anzusehen. Er trug einen alten Aranpullover, den Ellen ihm vor vielen Jahren gestrickt hatte, und die üblichen grauen Flanellhosen. Sein dickes Haar war in Unordnung, und er sah insgesamt sehr salopp und attraktiv aus und wirkte irgendwie viel jünger als in den letzten Monaten. Freddy packte die entsetzliche Angst, dass er ihr offenbaren würde, er habe eine Frau kennen gelernt, sich in sie verliebt und werde sie heiraten.

»Worum geht es, Theo?«, fragte sie scharf. »Bitte komm zur Sache.«

Die in ihrer Stimme mitschwingende Angst ließ ihn schnell zu ihr sehen. Sie erwiderte seinen Blick mit versteinerter Miene, und er befürchtete das Schlimmste.

»Ich muss dir etwas sagen«, erklärte er. »Ich weiß aber überhaupt nicht, wo ich anfangen soll.«

Jetzt war sie sich so sicher, dass ihre Angst begründet war, dass Eifersucht und Zorn ihr die Kehle zuschnürten und sie schweigen ließen. Später war sie unendlich erleichtert, dass dieser Umstand sie davor bewahrt hatte, sich völlig zu blamieren. Sie wachte in Erinnerung daran sogar des Öfteren nachts schweißgebadet auf.

»Es geht um Prue«, sagte er – und sie dachte, sie würde ohnmächtig vor Erleichterung. »Tony hat sie verlassen. Das heißt, er ist seit zwei Wochen nicht zu Hause gewesen und hat sich ebenso lange nicht gemeldet, und Prue hat herausgefunden, dass er ihre Schecks entwendet und ihre Unterschrift gefälscht hat.«

Freddy begriff nicht ganz, was er sagte. Ihre extreme Reaktion auf ihre erste Befürchtung hatte sie selbst so erschreckt, dass es ihr jetzt schwer fiel, zu erfassen, was er ihr eigentlich genau sagen wollte. Sie schüttelte den Kopf, als wolle sie die Verwirrung abschütteln, und er setzte sich neben sie.

»Sie wollte es dir selbst sagen« – das wollte er deutlich gemacht haben – »aber ich habe darauf bestanden, dass ich es dir erkläre. Sie ist völlig durcheinander.«

»Das kann ich mir vorstellen.« Freddys Stimme schwankte

etwas, dann räusperte sie sich. Er legte seine Hand auf ihre, und sie drehte ihre um, damit sie seine fest drücken konnte. Es wäre unerträglich, Theo zu verlieren – vor allem an eine andere Frau. Er sah sie befremdet an, und sie riss sich zusammen und bemühte sich um einen vertrauteren Gesichtsausdruck. »Erzähl es mir. Ganz von vorn. Tut mir Leid. Was für ein Schock.«

Er sah sie so liebevoll-besorgt an, dass sie fast wieder die Nerven verlor, aber dann durchschaute sie, dass er nicht ahnte, was in ihr vorgegangen war, und dankte Gott. Dann fing er an zu reden, erzählte von Tonys Reisen, die jetzt natürlich in einem ganz anderen, schlechten Licht erschienen; von den Briefen der Bank, in denen man Prue mitteilte, dass ihr Konto überzogen war, und Prue sich nicht erklären konnte, wie sie so viel Geld hatte ausgeben können; und von jener letzten Ungeheuerlichkeit, bei der Tony nicht nur Prues gesamten Unterhalt vom Konto abgehoben, sondern auch Schecks gefälscht hatte, um für dies und jenes zu bezahlen. Freddy hörte schweigend zu. Ihre erste fehlgeleitete Reaktion ebbte immer mehr ab, als sie Stück für Stück das Ausmaß von Tonys Betrügereien durchschaute.

»Ich bitte dich, Theo«, sagte sie, als er fertig war. »Ich kann nicht glauben, dass Prue so naiv sein konnte! Oder vielmehr so dumm. Überprüft sie denn nie ihren Kontostand? Ihr gesamter Jahresunterhalt! Das darf doch nicht wahr sein!«

»Du kannst dir sicher sein, dass es keine Beschimpfung gibt, von der Prue glaubt, dass sie sie *nicht* verdient hätte«, sagte Theo nach einer Weile. »Sie ist am Boden zerstört. Diese Erniedrigung. Im Grunde eine doppelte Erniedrigung. Einerseits die, völlig mittellos dazustehen, und andererseits, vom Ehemann wegen einer anderen Frau verlassen zu werden. Er hat sie benutzt und auf gemeine Weise hinters Licht geführt. Abgesehen davon, dass sie zu nachlässig mit ihren Finanzen umgeht, ist das Einzige, was man Prue vorwerfen kann, dass sie sich in den falschen Mann verliebt hat. Und das könnte wohl jedem von uns passieren, schätze ich.« Freddy sah kurz zu ihm auf, wandte den Blick dann aber gleich wieder ab. »Oder meinst du nicht?«, fragte er nachsichtig, fast traurig. »Ist Prue dafür zu verurteilen, dass sie jemanden viel zu großherzig und rückhaltlos geliebt hat?«

Freddy brannten vernichtende Worte auf der Zunge, die sie zornig herunterschluckte. Sie wollte so gerne gegen Prues Charakterschwäche wettern, aber Theo hatte ihr, ohne es zu wissen, einen Strich durch die Rechnung gemacht.

»Was schlägst du also vor?«, fragte sie schließlich säuerlich. »Sollen wir ihn davonkommen lassen? Ihm alles Gute für seinen weiteren Lebensweg wünschen? Ich fürchte, meine Großherzigkeit reicht nicht so weit wie Prues.«

Sie hielt inne und hasste sich selbst für ihre Worte, doch Theo lächelte sie voller Zuneigung an. Ihre Augen funkelten.

»Wir haben die Polizei informiert«, berichtete er. »Selbstverständlich soll er festgenommen werden, wenn möglich, aber dass wir das Geld wieder sehen, ist wohl eher unwahrscheinlich.«

»Und wovon gedenkt Prue zu leben?«, fragte Freddy unbarmherzig weiter. »Wie soll das Konto ausgeglichen werden? Sie muss ja etwa eintausend Pfund im Minus sein, wenn ich das richtig sehe. Und schließlich geht es nicht nur um Prue. Was ist mit den Zwillingen?«

»Prue hat bereits sorgfältig darüber nachgedacht. Sie weiß, dass sie die Familie bereits Unsummen gekostet hat, und ihr Vorschlag ist, dass du ihr Haus verkaufst, damit das ausgeglichen wird.«

Freddy starrte ihn an. »Ich soll ihr *Haus* verkaufen?«

Er nickte. »Sie hat mir gesagt, dass sie nie wirklich das Gefühl hatte, dass es ihr Haus sei, obwohl du es ihr seinerzeit großzügigerweise geschenkt hattest. Sie meint, es wäre das Beste, wenn es verkauft würde, um mit dem Erlös ihre Schulden zu tilgen.«

Prues argloser Kommentar traf Freddy bis ins Innerste. Sie war maßlos verletzt. Sie konnte sich noch sehr gut daran erinnern, wie stolz sie gewesen war auf ihre großzügige Geste und wie souverän sie mit Prues überraschtem, dankbaren Gestammel umgegangen war. Freddy wand sich vor Schmerz.

»Und wo wollen sie dann wohnen?«, fragte sie verächtlich. »Und wovon wollen sie leben?«

»Prue hat Arbeit gefunden«, sagte Theo. Sein Stolz auf Prue war so offenkundig, dass Freddy innerlich vor ihm zurückwich. Es lag auf der Hand, dass er von Freddy erwartete, ebenso stolz auf Prue zu sein wie er, aber sie schämte sich nur und fühlte sich ganz klein.

»Als was?«

»Sie fängt nächste Woche in einem der großen Warenhäuser in der Queen's Road an, als Verkäuferin in deren Damenoberbekleidungsabteilung. Sie hofft, eine kleine Wohnung für sich mieten zu können.«

»Und sie glaubt im Ernst, dass sie von dem Gehalt eines Ladenmädchens leben kann?« Sie hasste sich selbst für ihre Worte. »Das ist doch lächerlich. Und völlig unnötig.« Sie klang verärgert. »Sieht sie mich als eine Art böse Stiefmutter, die nur auf eine Gelegenheit wartet, sie im hohen Bogen hinauswerfen zu können? Was mich betrifft, so ist sie immer noch meine Schwiegertochter, und ich werde entsprechend für sie sorgen. Warum sollten die Zwillinge denn in eine winzige Wohnung gepfercht werden, nur weil Prue über eine derart erbärmliche Menschenkenntnis verfügt?«

»So erbärmlich nun auch wieder nicht«, korrigierte Theo sie liebevoll. »Ihre erste Wahl war schließlich John.«

Freddys Lippen bebten, bis sie sie fest zusammenpresste. Sie wollte nicht, dass er sah, wie sehr es sie verletzte, dass Prue das Haus, das sie ihr geschenkt hatte, ablehnte, und dass er so eindeutig Prues Partei ergriff und sie, Freddy, dadurch in einem schlechten Licht dastehen ließ. Theo sah nur, dass Freddy sich aufregte, ging davon aus, dass dies mit der

Erinnerung an ihren geliebten Sohn zusammenhing, und legte die Arme um sie.

»Verzeih mir«, sagte er.

Freddy nahm ein Stück seines Pullovers zwischen die Finger und rieb über den Stoff. »Was soll ich tun?«, fragte sie.

Er schwieg einen Moment, während er sie weiter im Arm hielt und erleichtert war, dass sie die Sache so gefasst aufnahm.

»Ich finde, wir sollten einen Kompromiss finden«, sagte er schließlich. »Ich finde, Prue sollte das Haus behalten, aber meiner Ansicht nach würde es ihr nicht schaden, arbeiten zu gehen. Das würde ihre Selbstachtung aufbauen und ihr das Gefühl geben, etwas Sinnvolles zu tun. Sie wird sehr sparsam leben und ausgesprochen vernünftig sein müssen, und ich glaube, dass sie sich große Mühe geben wird. Die Zwillinge werden unter der Situation nicht leiden, dafür sorgen wir.«

»Und ihre Schulden bei der Bank?« Sie hielt sich immer noch an seinem Pullover fest, hatte den Kopf gesenkt und die Augen geschlossen.

»Kann die Familie es sich leisten, Prues Konto auszugleichen?«

»Ich denke schon. Aber wir können die Firma und unser Vermögen nicht weiter als einen Goldesel betrachten, Theo. Wir haben so viele Ausgaben zurzeit. Darüber möchte ich später auch noch mit dir reden.«

»Gut. Aber ich denke, wenn wir es uns leisten können, Prues Schulden zu begleichen, dann sollten wir das tun. Ich habe auch noch etwas von dem übrig, was meine Tante mir hinterlassen hat –«

»Nein, nein«, unterbrach sie ihn ungeduldig. »Ich bin sicher, Prue hat dich schon genug gekostet in den letzten Jahren.« Sie sah zu ihm auf. »Oder etwa nicht?«

Ihr scharfsinniger Blick provozierte ihn, doch lächelte er sie nur zärtlich an.

»Frauen sind ein kostspieliges Vergnügen«, philosophierte er. »Soviel weiß selbst ich. Bist du denn gar nicht neugierig, was ich dir zum Geburtstag gekauft habe? Und Susanna will unbedingt ein neues Fahrrad haben ...«

»Fliss' altes Fahrrad tut es noch sehr gut«, stellte Freddy knapp fest. »Und was Geschenke angeht ...« Sie zögerte. Theo machte immer außergewöhnliche Geschenke, die er mit Sorgfalt und Liebe auswählte. »Also, was hast du mir gekauft?«, fragte sie schließlich.

Er fing an zu lachen, küsste sie flüchtig und zog sie vom Sofa hoch. Er hatte zwei hübsche Kerzenständer aus dem blauen Bristol-Glas gefunden, das sie so gern mochte. Sie würden sich in ihrem kleinen Eckschrank zwischen den übrigen Schätzen sehr gut machen.

»Ein klein wenig Geduld«, sagte er. »Erst möchte ich, dass du mir einen Gefallen tust. Ich möchte, dass du Prue anrufst. Sei freundlich zu ihr. Sie wird so erleichtert sein. Tust du das für mich?« Er wusste, dass sie nicht gern telefonierte und viel lieber Briefe schrieb.

»Na, gut«, seufzte sie und war schon wieder leicht verärgert, dass sie sich – wenn auch nur für kurze Zeit – von ihm trennen sollte. »Aber dann müssen wir uns unterhalten, Theo. Über Fox und ... ach, alles Mögliche.«

»Ich stehe ganz zu deiner Verfügung«, sagte er. »Und jetzt sprich mit Prue. Sag ihr, dass du stolz auf sie bist, weil sie Arbeit gefunden hat. Liebste Freddy. Ich warte im Salon auf dich.«

**14** Wie in Trance legte Prue den Hörer auf die Gabel und stand regungslos da. Als sie Freddys Stimme am anderen Ende der Leitung gehört hatte, waren ihr vor Angst – und Überraschung, denn sie hatte mit einem Brief gerechnet – die Knie ganz weich geworden, und sie hatte sich instinktiv auf das Schlimmste gefasst gemacht. Freddy konnte sehr kühl sein und beißende Worte finden, die Prue das Gefühl gaben, sich überhaupt nicht ausdrücken zu können und auch sonst ein recht wertloses Wesen zu sein. Seit Prue wusste, dass Theo auf The Keep angekommen sein musste, hatte sie darauf gewartet, dass ihre Schwiegermutter Kontakt zu ihr aufnahm. Eigentlich seltsam, dass sie Freddy immer noch als solche ansah. Prue fragte sich, was Freddy denn nun eigentlich für sie war, nachdem sie wieder geheiratet hatte – aber das war im Grunde unwichtig. Freddy würde immer ihre Schwiegermutter bleiben, schließlich war sie Johns Mutter, die Großmutter der Zwillinge, sie ernährte und unterstützte sie ... Prue schenkte sich einen Drink ein. Es war zwar erst halb zwölf, aber sie brauchte jetzt einfach etwas Starkes.

Während sie den Gin Tonic in sich hineinkippte, dachte Prue über das Telefongespräch nach. Zugegeben, Freddys Mitleid mit ihr und ihrer misslichen Lage hätte ein wenig herzlicher ausfallen können; ihre beruhigenden Worte bezüglich der Schulden bei der Bank klangen ein kleines bisschen verhalten; und in ihren Glückwünschen zu Prues neuer Unabhängigkeit schwangen leicht bissige Töne mit. Man hätte meinen können, Freddy habe während des gesamten

Gespräches an einer Zitrone herumgelutscht ... Plötzlich fing Prue vor Dankbarkeit und Erleichterung – und wohl auch vor lauter Gin – an zu kichern und ließ sich auf einen Stuhl fallen. Alles würde gut werden. In diesem Moment war Prue so überwältigt von Freddys Großzügigkeit und Nachsicht, dass Tonys Betrug sie gar nicht mehr interessierte. Jetzt zählte nur, dass die Bank beruhigt wurde und die Zwillinge nicht in eine hässliche kleine Wohnung umziehen mussten. Sie war sich vollständig im Klaren darüber, dass sie sich lediglich eine der billigsten, spartanischsten Unterkünfte hätte leisten können, und obwohl sie sich bereits damit abgefunden hatte, das Haus zu verlieren, war sie die Schuldgefühle den Zwillingen gegenüber doch nicht losgeworden. Sie war froh, dass diese nicht ihr Zuhause verloren.

Schweigend erhob sie das Glas auf Theo. Sie wusste sehr wohl, dass sie ihr Überleben nur ihm zu verdanken hatte. Zwar hätte Freddy ihr wahrscheinlich auch ohne ihn aus dem Schlamassel geholfen – schon allein der Zwillinge wegen –, aber sicher nicht so großzügig. Prue hatte erwartet, dass Freddy sagen würde, die ganze Familie solle nach Devon ziehen. Theo hatte sie in dieser Richtung vorgewarnt. Schließlich war diese Lösung nahe liegend. Die Zwillinge gingen beide aufs Internat und würden in Kürze ganz von zu Hause ausziehen. Auf The Keep war genug Platz für Prue. Ihr war beim Gedanken daran, ständig mit Freddy unter einem – wenn auch sehr großen – Dach zu wohnen, angst und bange geworden; sie hatte aber versucht, diese Gefühle vor Theo zu verbergen. Prue trank noch etwas Gin und lächelte in sich hinein. Sie vermutete, dass es Freddy genauso ging wie ihr selbst, und dass sie dadurch, dass Prue das kleine Haus behalten durfte, vor allem auch ihre eigene Privatsphäre schützen wollte. Aber was auch immer die Gründe waren – Prue war ganz schwach vor Dankbarkeit. Es machte ihr überhaupt nichts aus, zu arbeiten, um ihr Konto wieder auszugleichen – das war nur recht und billig –, aber sie war sehr erleichtert, dass den Zwillingen jegliche Einschränkung, die auf die Dummheit ihrer Mutter zurückzuführen gewesen wäre, erspart blieb.

Dann beschlich sie wieder eine inzwischen vertraute, depressive Stimmung. Sie fragte sich, wo Tony wohl war, und wand sich vor Schmerz und Scham darüber, so kaltblütig hintergangen worden zu sein. Jetzt war ihr klar, dass er beschlossen hatte, sich abzusetzen, sobald er durchschaut hatte, dass sie keine große Erbschaft zu erwarten hatte und auch keine Erbstücke zu Bargeld machen konnte. Im Rückblick erkannte sie das Muster sehr deutlich. Ihr wurde bewusst, dass seine Reisen in den Norden immer häufiger stattgefunden hatten – er hatte ihr erklärt, sein Bruder sei krank –, und wie er hier und da bereits das Fälschen von Schecks geübt hatte. Natürlich hatte sie sich mit allen ihren Sorgen immer an ihn gewandt, und er hatte immer alles ganz schnell und plausibel erklären können, über ihre Einfältigkeit gelacht und sie mit seiner vermeintlichen Liebe auf andere Gedanken gebracht.

Prue dachte: Gott, bin ich dumm gewesen. Dass ich mich so habe blenden lassen. Ich habe ihm vertraut, habe mit ihm geschlafen – und er hat sich die ganze Zeit schon mit *ihr* getroffen.

Sie biss die Zähne zusammen, Scham und Zorn ließen sie heiß werden – doch sie wusste jetzt, dass sie ihn nie wirklich geliebt hatte; dass die Scham und der Zorn eher auf verletzten Stolz zurückzuführen waren als auf zurückgewiesene, wahre Leidenschaft. Sie konnte sich noch gut daran erinnern, wie sie Johnny geliebt hatte. Wenn Johnny sie betrogen hätte, hätte sie ... Prue schloss die Augen. Für sie wäre eine Welt zusammengebrochen. Selbst jetzt, achtzehn Jahre später, war der Gedanke an Johnny in den Armen einer anderen Frau noch unerträglich und schmerzhaft. Nein, sie hatte Tony nicht wirklich geliebt. Das Gefühl war ein schaler Abklatsch gewesen, hervorgebracht von Einsamkeit und körperlichen Bedürfnissen. Und doch war auch dieser Schmerz, den Tonys Betrug und sein Verschwinden mit sich gebracht hatte, schon schlimm genug. Wenn sie doch nur vorsichtiger gewesen wäre ...

Es war vorbei. Prue trank das Glas aus und hievte sich vom Stuhl. Aus und vorbei. Sie musste das alles jetzt hinter sich lassen. Man gab ihr noch eine Chance, und sie hatte fest vor, sie zu nutzen und Freddy zu zeigen, dass sie es wert war, weiter unterstützt zu werden. Prue ging in die Küche und stellte das Glas neben die Spüle. Montag würde sie mit ihrer Arbeit beginnen, und vorher musste sie noch Kleidung dafür einkaufen. Grauer Rock und weiße Bluse war die gewünschte Arbeitsuniform. Dank Theo hatte sie genügend Bargeld, um sich entsprechend auszustatten, und sie war fest entschlossen, ihm das Geld von ihrem ersten Lohn zurückzuzahlen. Sie beschloss, einkaufen zu gehen, wollte aber erst einen Brief an Freddy schreiben, in dem sie sich ordentlich bei ihr bedankte. Am Telefon war sie dazu viel zu überrumpelt gewesen, und es war ihr sehr wichtig, dass Freddy wusste, wie dankbar sie ihr war. Deutlich beschwingter als in den letzten Monaten ging Prue in das kleine Wohnzimmer und setzte sich an ihren Sekretär.

»Tony hat Prue verlassen«, erzählte Ellen Fox bei ihrer gemeinsamen Tasse Tee am Vormittag. »Ist ohne ein Wort verschwunden und hat ihr ganzes Geld mitgenommen.«

Ungläubig starrte Fox sie an. Ellen nickte bedeutungsvoll, als wolle sie sagen: »Hab ich's nicht gleich gesagt?«. Sein Kommentar war ein langes, dunkles Pfeifen.

»Die arme Prue«, sagte er. »Das arme Mädchen. Und jetzt?«

Ellen zuckte mit den Schultern. »Mr. Theo und Madam versuchen, eine Lösung zu finden«, berichtete sie. »Prue hat sich eine Arbeit gesucht, um ihr Scherflein beizutragen. Als Verkäuferin für Damenbekleidung.«

Sie sahen einander an und drückten schweigend ihre

Missbilligung darüber aus, dass ein Mitglied dieser Familie gezwungen war, zu solchen Maßnahmen zu greifen.

»Eine andere Frau im Spiel?«, fragte Fox vorsichtig an.

»Das ist ja mal wieder typisch Mann!«, rief Ellen entrüstet. »Hinter allem und jedem vermuten sie eine Frau. Warum sollte eine andere Frau im Spiel sein?«

Fox trank seinen Tee aus und stellte die leere Tasse neben der Spüle ab. »Hat gar nichts mit *vermuten* zu tun«, provozierte er sie. »Sind ja ganz von selbst überall. Wirst schon sehen. Ich wette, dass eine Frau hinter dem ganzen Theater steckt.«

Ellen zögerte. Sie war hin- und hergerissen zwischen der erleichternden Möglichkeit, einem unbekannten Flittchen die Schuld an allem zu geben, und der ehrlichen Erkenntnis, dass Prue sich mit Tony ganz einfach den Falschen ausgesucht hatte. Fox erkannte ihr Dilemma und grinste.

»Wo sind denn bloß die Hunde?«, fragte er. »Wehe, die sind schon ohne mich losgezogen! Bis später, holde Maid!«

»Und wer hat dir gesagt, dass du schon wieder spazieren gehen darfst?«, fragte sie gebieterisch. Sein schamloser Ungehorsam lenkte sie kurzzeitig ab. »Du sollst dich ausruhen, soweit ich weiß!«

»Es wird mir wohl kaum schaden, wenn ich mir mal ein bisschen die Füße vertrete«, hielt er verächtlich dagegen. »Ich gehe auch ganz langsam. So ein bisschen Bewegung hat noch niemandem geschadet ...«

Er verschwand und ließ eine aufgebrachte Ellen zurück.

»Männer«, brummte sie und knallte den Porridgetopf auf den Herd. *»Männer ...«*

Freddy saß auf der Kirchenbank, die schon lange den Chadwicks vorbehalten war und die direkt hinter der Bank des Pfarrers lag. Sie versuchte, sich auf die Predigt zu konzentrieren. Trotz ihres langen, unermüdlichen Kampfes mit der Religion empfand sie hier, in dieser vertrauten Ecke der kleinen Dorfkirche, doch immer wieder einen stillen Trost. Das gedrungene graue Steingebäude mit seinem eckigen normannischen Turm sah aus, als sei es geradewegs dort aus der Erde gewachsen, schlicht und schmucklos inmitten des ruhigen Friedhofes, ohne jegliche Schnörkel und Protzerei. So stand es bereits seit neunhundert Jahren da, und es war doch nur zu erwarten, dass man an einem Ort, an dem schon so viel gebetet und gehuldigt worden war, inneren Frieden verspürte. Freddy redete sich ein, dass sie diesen Frieden deshalb verspürte, weil sie Pause machte vom Alltagsleben, weil sie gezwungen wurde, zu verschnaufen, und man in dieser Zeit nichts von ihr verlangen konnte, außer dass sie im richtigen Augenblick stand, saß oder kniete – doch je älter sie wurde, desto mehr genoss sie die Zeit, die sie hier verbrachte.

Sie ließ den Blick über ihre Familie schweifen, von der heute Vormittag nur fünf Mitglieder hier versammelt waren. Ellen ging immer zur Abendandacht, damit sie in Ruhe das Mittagessen vorbereiten konnte, und Fox begleitete sie manchmal. Im Moment erholte er sich aber noch von seinem Ischiasanfall und war ganz sicher nicht in der körperlichen Verfassung, zur Kirche zu gehen. Also saß am anderen Ende der Bank Caroline, dann folgten Mole und Susanna mit Theo zwischen sich. Mole war mucksmäuschenstill und wandte den Blick nicht eine Sekunde von dem Pfarrer ab, mit dem ihn eine ungewöhnliche Freundschaft verband. Der Pfarrer sammelte Briefmarken – ein Hobby, das Mole faszinierte, weil er die Sammlungen von seinem Vater und seinem Onkel geerbt hatte. Als der Pfarrer einmal auf The Keep zu Besuch gewesen und zum Tee geblieben war, hatte er mit Mole über dieses Hobby gesprochen, und ein paar Wochen später war Mole in das Pfarrhaus eingeladen worden, um sich die umfangreiche Sammlung des Pfarrers anzusehen. Caroline war mit ihm mit dem Fahrrad dorthin gefahren und solange geblieben. Sie hatte sich angeregt mit der Frau des

Pfarrers unterhalten, einer entzückenden, kleinen, runden Person, die ausgezeichnetes Shortbread backen konnte. Aus diesem Besuch hatte sich eine schöne Gewohnheit entwickelt, die Mole und Caroline an jedem ersten Samstag im Monat zum Tee ins Pfarrhaus führte. An diesem Sonntagvormittag war Freddy erfreut zu sehen, dass die nähere Bekanntschaft mit dem Pfarrer Mole offenbar dazu veranlasste, der Predigt aufmerksam zuzuhören.

Susanna lehnte sich gegen Caroline, lutschte am Daumen und ließ die Beine baumeln. Freddy runzelte die Stirn. Man sollte ihr sagen, dass sie gerade sitzen soll und zu alt ist, um noch am Daumen zu nuckeln. Caroline war wunderbar, daran bestand gar kein Zweifel, aber sie war bisweilen doch allzu nachsichtig mit den Kindern ...

Freddy dachte: Ich werde älter. Wenn man anfängt, die nächste Generation zu kritisieren, ist das ein sicheres Zeichen.

Sie dachte daran zurück, wie sie mit den Zwillingen und deren Gouvernante hier gesessen hatte. Miss Smollett hätte niemals zugelassen, dass sie herumlümmelten oder den Daumen in den Mund nahmen – Peter und John wären noch vor der Predigt aus der Kirche geführt worden, damit ihre Mutter in aller Seelenruhe den Worten des Pfarrers lauschen konnte. Beide hatten sie hier geheiratet, beide während des Krieges und daher mit gewissen Einschränkungen, aber Freddy hatte getan, was sie konnte, und gemeinsam mit Ellen war es ihr gelungen, den beiden trotz aller Widrigkeiten jeweils ein angemessenes Fest auszurichten. Hal und Kit waren in dieser kleinen grauen Kirche getauft worden, ebenso wie Fliss und Mole. Kein Wunder, dass Freddy diesen Ort mochte – das hatte gar nichts mit Glauben oder Gott zu tun, sondern ganz einfach mit dem Gefühl der Kontinuität und mit Familiensinn.

Theo warf ihr einen Seitenblick zu, und sie lächelte ihn an, um auf ihre Erheiterung ob Moles Konzentration hinzuweisen. Sie dachte an andere Gelegenheiten in den vergangenen achtzehn Jahren, zu denen ihre Enkelkinder mit ihr in dieser Bank gesessen hatten. Als die Zwillinge noch klein waren, benahmen sie sich immer viel besser, als Freddy erwartet hätte – schließlich ging Prue fast nie mit ihnen in die Kirche. Sie sagten das Vaterunser laut und deutlich auf und fielen mit Begeisterung in das Singen der Kirchenlieder ein. Als die drei Kleineren dann dazukamen, war der arme Hal ihnen als leuchtendes Beispiel vorgeführt worden. Er hatte sich stets mustergültig benehmen müssen, während Kit im Laufe der Predigt die Psalmen las und Mole dabei half, sich im Gebetbuch zurechtzufinden. Freddy dachte an die zweijährige Susanna, die auf Carolines Schoß schlief, an Mole, der ganz still neben ihr saß, und an Fliss, die die Stirn runzelte, als sie vom Bruder des verlorenen Sohns hörte, weil sie fand, dass er ungerecht behandelt worden war. Sie nahm die Bibel sehr ernst, und die Worte des armen, treuen Bruders waren ihr sehr nahe gegangen: »*... und du hast mir nie einen Bock gegeben, dass ich mit meinen Freunden fröhlich gewesen wäre.*« Das hatte die zarte Kinderseele so berührt und Fliss' Gerechtigkeitssinn auf den Plan gerufen, sodass sie nach dem Gottesdienst bei Freddy Rat gesucht hatte. »Aber warum, Großmutter?«, hatte sie gefragt. »Er ist zu Hause geblieben und hat die ganze Arbeit gemacht und hat sich um das Land gekümmert. Warum durfte er kein Fest mit seinen Freunden feiern?« Freddy hatte süß gelächelt und sie – nicht ohne eine gewisse Häme – an Theo verwiesen. »Da musst du deinen Onkel fragen, Liebes«, hatte sie übertrieben fröhlich geantwortet. »Er kann dir das viel besser erklären als ich.«

Freddy lächelte in sich hinein, als sie sich an Theos Blick damals erinnerte. Von da an hatte Fliss ihn immer wieder gelöchert. Am nächsten Sonntag ging es um den Lahmen, der geheilt wurde. Sie wollte wissen, was mit dem Dach passiert war, nachdem der Mann durch selbiges zu Jesus ins Haus hinuntergelassen wurde. Was – wollte Fliss wissen – hatte denn der Hauseigentümer dazu gesagt? Hatte der Freund des Lahmen das Dach hinterher repariert?

»In Fliss fließt Grundbesitzerblut«, hatte Theo später zu Freddy gesagt. »Erst der verlorene Sohn, der sein gesamtes Erbe durchbringt, und jetzt ein Hausbesitzer in Palästina, dem vor zweitausend Jahren das Dach beschädigt wurde. Ich hoffe nur, dass uns 1. Könige, 21 erspart bleibt, bevor ich wieder nach Southsea fahre.«

Später hatte Freddy nachgeschlagen und an der angegebenen Stelle die Geschichte von Nabots Weinberg gefunden ... Der gute Theo. Sie sah noch einmal zu ihm. Er saß nach vorne gebeugt, mit geneigtem Kopf, die Hände lose zwischen den Knien gefaltet, und hörte konzentriert zu. Wieder einmal empfand sie diese Mischung aus Liebe und Traurigkeit. Wie erbittert sie immer wieder gegen Gott angekämpft hatte – oder war es gar nicht gegen Gott gewesen? Kämpfte sie vielleicht vielmehr gegen sich selbst an, gegen ihre Liebe zu ihm, gegen das unerbittliche Schicksal, das zugelassen hatte, dass sie sich in einen Mann verliebte, kurz nachdem sie sich mit dessen Bruder verlobt hatte? Gott war ihr als Sündenbock sehr gelegen gekommen, er hatte einen guten Rohrstock abgegeben, mit dem sie Theo hatte schlagen können. Merkwürdig, dass sie ihn – obwohl sie ihn doch liebte – schlagen und verletzen wollte, als wolle sie ihn dafür bestrafen, dass er zur falschen Zeit am falschen Ort war, dass er ihre Liebe nicht erwidert hatte; als wolle sie ihn zu irgendeiner Reaktion zwingen. Es hatte ihr eine gewisse innere Befriedigung verschafft, seinen Glauben abzulehnen und sich über ihn lustig zu machen – Theo dagegen hatte ihr nur zu wenig Befriedigung verholfen.

»Ich glaube, dir ist es ganz egal, ob meine Seele gerettet wird oder nicht«, hatte sie einmal zu ihm gesagt.

»Deine Seele ist einzig und allein Gottes Angelegenheit, nicht meine«, hatte er geantwortet. »Wir liegen nicht im Wettstreit, Freddy. Die Entscheidung liegt bei dir.«

Sie fühlte sich vor den Kopf gestoßen, da sie nämlich davon ausging, dass ihre Seele etwas ganz Besonderes war, auf das Gott mit freudiger Spannung wartete, weil er damit seine Herrlichkeit noch mehr ausschmücken konnte.

»Ich dachte, es sei die Aufgabe eines Priesters, sündige Menschen zu erretten.« Hinter ihrem respektlosen Ton versteckte sie das Gefühl, sich furchtbar lächerlich zu machen.

»Mag sein«, hatte er gesagt. »Ich arbeite aber nicht so. Ich bin kein Missionar. Gott berührt die Menschen auf Seine Weise. Wenn Gott das Herz eines Menschen berührt hat, hat dieser keine Fragen mehr.«

Sie hatte sich abgewiesen gefühlt, und das verletzte sie. »Aber woher weiß man denn«, hatte sie unsicher gemurmelt, »ob Er ... das Herz eines Menschen berührt?«

»Das weiß man einfach.«

»Wenn du also keine Seelen rettest«, hatte sie gefragt, »was tust du denn dann?«

»Ich befasse mich mit Ihm«, hatte Theo geantwortet. »Ich huldige Ihm. Und ich bete.«

»Gebete sind keine Antworten«, sagte sie zornig. »Das weiß ich ganz genau.«

»Ich glaube, du verwechselst ein Gebet mit der Liste von Forderungen, mit der du Ihn bombardierst«, merkte er an. »Die Menschen missverstehen die Religion als eine Art Basar, auf dem man feilschen kann. Wenn Du das machst, mache ich das. Wenn Du machst, dass das passiert, tue ich das und das nie wieder. Das ist kein Gebet.«

»Und was ist dann ein Gebet?«, hatte sie gefragt.

»Ein Gebet bedeutet, in Liebe und Sehnsucht zu warten«, hatte er gesagt. »Schweigend auf Gott zu warten. Warten ist das Einzige, was man tun kann. Den Rest macht Gott. Es ist anstrengend und ermüdend und oft undankbar, aber hin und wieder erwischt es uns. Das hängt ganz von Gott ab. Und diese Vorstellung ist auch gar nicht neu. In den Psalmen steht: ›*Ich harrte des Herrn, und er ... hörte mein Schreien.*‹

Jesaja schreibt: ›*Aber die auf den Herrn harren, kriegen neue Kraft, dass sie auffahren mit Flügeln wie Adler ...*‹ – es steht alles in der Bibel ...«

Die Erinnerung daran löste ein seltsames Gefühl in Freddy aus, eine Art innere Überzeugung, dass ihr Leben ganz genauso verlaufen war, wie es hatte verlaufen sollen, dass sie gegen etwas angekämpft hatte, das gar nicht existierte. Sie wäre todunglücklich gewesen, wenn sie Bertie mit Theo betrogen hätte. Es wäre schrecklich gewesen, die Zwillinge, Berties Söhne, nicht gehabt zu haben. Und hätten Theos Stärke und seine bloße Gegenwart ihr wohl genauso geholfen, wenn Schuldgefühle und Sex mit im Spiel gewesen wären? Es war furchtbar gewesen, den Ehemann und beide Söhne zu verlieren – doch waren ihr diese lieben Kinder, Peters Kinder, geblieben, die unter ihrer Obhut heranwuchsen. Einen winzigen, atemlosen Augenblick lang erkannte Freddy in aller Deutlichkeit, dass der Tod unwichtig war. Sie hatte eine kurze Vision von einer Unendlichkeit, in deren Zentrum sich eine Kraft befand, auf die die gesamte Menschheit unbewusst zustrebte, verwirrt und verloren in dem Geschrei, in der Angst ums Überleben – und doch von einer inneren Sehnsucht getrieben, von dem unbewussten Bedürfnis, mit Gott eins zu sein und zum Ursprung zurückzukehren ...

Der Pfarrer stimmte »*Gott des Himmels und der Erden, Vater, Sohn und Heilger Geist*« an, und die Gemeinde wachte auf, griff nach den Gesangbüchern und kramte die Kollekte zusammen. Freddy kehrte schlagartig auf die Erde zurück, ihr Herz raste vor Jubel, der sich jedoch rasch legte. Etwas verwirrt ließ sie den Blick die Kirchenbank entlang schweifen: Caroline gab Susanna ihr Dreipencestück, Mole wühlte in den Taschen seiner Shorts nach seinem Sechspencestück, und Theo tastete völlig geistesabwesend seine eigenen Taschen ab. Er war noch immer in Gedanken. Freddy nahm ihren Zehn-Schilling-Schein zur Hand und schlug das Gesangbuch auf, als der Organist die Anfangsakkorde von »*Lobe den Herren, den mächtigen König der Ehren*« erklingen ließ. Die Frau des Pfarrers wandte sich um und lächelte ihr zu, und Freddy – die ein ungewöhnliches Gefühl der Wärme, der Zugehörigkeit, ja, sogar der Freude empfand – erwiderte ihr Lächeln.

**15** Am darauf folgenden Wochenende versammelte sich die ganze Familie auf The Keep, um Geburtstag zu feiern. Die Sache mit dem Geburtstag hatte – wie wohl jede Familientradition – ganz simpel angefangen. Freddy hatte Ende Oktober Geburtstag, und als die Jungs noch klein waren, war ihr Ehrentag immer mit einer kleinen Zeremonie begangen worden. Zur Teestunde hatten die Zwillinge ihrer Mutter Geschenke und Glückwunschkarten überreicht, die sie anfangs unter Ellens wachsamem Blick, später unter Anleitung von Miss Smollet selbst gebastelt hatten: Die Geschenke waren liebevoll eingepackt, die Karten mit großer Sorgfalt ausgemalt. Der Tee wurde wie üblich in der Eingangshalle eingenommen, allerdings wurden an diesem Tag all die köstlichen Dinge serviert, die Freddy und die Jungs am liebsten mochten. Während ihrer gesamten Schulzeit war Freddys Geburtstag in die Herbstferien gefallen, sodass die kleine Feier im Laufe der Jahre zu einer Institution geworden war. Als Hal und Kit nur einen Tag später geboren wurden, war dies natürlich ein zusätzlicher Anlass zum Feiern; und als dann auch noch Mole einen Tag vor Freddys Geburtstag zur Welt kam, gab es kein Halten mehr. Jetzt feierten die vier alle zusammen ein großes Fest, das zur Teestunde mit der Übergabe der Geschenke in der Eingangshalle begann und sich bis in den Abend hineinzog, als Hal und Kit erst mal alt genug waren, um bis zum Abendessen aufzubleiben. Dieses Jahr wurde Freddy siebenundsechzig, die Zwillinge achtzehn und Mole neun.

Während Fliss sich für die Teestunde zurechtmachte,

empfand sie tiefe Freude darüber, wieder zu Hause zu sein. Ganz anders als vor über einem Jahr, als sie The Keep verließ, um ein Internat zu besuchen und so furchtbar ängstlich gewesen war. Sie hatte sich solche Sorgen um Mole und Susanna gemacht, hatte befürchtet, man würde sich nicht ausreichend um sie kümmern, wenn sie nicht mehr da war. Sie hatten ihr versprochen, ihr regelmäßig zu schreiben, und Fliss hatte Caroline eingeschärft, was die beiden Kleinen durften und was nicht. Sie hatte sie schrecklich vermisst, die ersten Wochen des Schuljahres waren erfüllt gewesen von dem Gefühl der Einsamkeit und der Sehnsucht. Sie behandelte die kleinen Geschenke von ihren Geschwistern, die diese mit Hilfe von Freddy ausgesucht hatten, wie Kleinodien: eine wunderschöne, in dunkelblaues Leder gebundene Schreibmappe von Mole und ein dazu passendes Adressbuch von Susanna. Anfangs hatte es schon ausgereicht, diese kostbaren Andenken nur anzusehen, und Fliss waren Tränen in die Augen gestiegen vor Heimweh nach The Keep und ihren Geschwistern. Nach und nach hatte sie sich aber eingelebt und Freundinnen gefunden.

Jetzt betrachtete sie sich in dem Spiegel auf der alten Waschkommode, die gleichzeitig als Frisier- und Schreibtisch diente, und beäugte besorgt einen Pickel an ihrem Kinn. Sie war im September fünfzehn geworden, und Freddy hatte ihr ein hübsches, ärmelloses Partykleid aus dünnem Seidenkrepp in verschiedenen Rosatönen geschenkt. Das Kleid hatte einen runden, aber nicht zu großzügigen Ausschnitt und einen glockig fallenden Rock. In Fliss' Augen war es ein richtiges Erwachsenenkleid, dessen zarte Farben zu ihrem hellen Typ passten und dessen Schnitt ihre schlanke Figur unterstrich. Sie wollte es zum Abendessen tragen, sie wollte so gern, dass Hal sie darin sah, dass er erkannte, wie reif sie mit dem hochgesteckten Haar aussah – und jetzt hatte sie diesen scheußlichen Pickel! Fliss zog die Puderdose, die Prue ihr zum Geburtstag geschenkt hatte, aus der flachen Schublade, und tupfte etwas Puder auf die Stelle. Sie vermutete, dass ihre Großmutter nicht ganz einverstanden gewesen war mit dieser Art von Geschenk, da sie Fliss noch für zu jung hielt, um Make-up zu tragen, aber sie hatte nichts gesagt, und Fliss hatte es vor Dankbarkeit Prue gegenüber fast die Sprache verschlagen. Es war sehr schwer, die Familie davon zu überzeugen, dass sie so gut wie erwachsen war, obwohl Caroline für gewöhnlich auf ihrer Seite war. Das Problem mit Caroline war nur, dass sie nicht besonders viel übrig hatte für Kleidung und Make-up und dass sie überhaupt keine Ahnung hatte, welche Lippenstiftfarbe gerade aktuell war. Fliss *hatte* etwas dafür übrig, ziemlich viel sogar – und auch für fast alles, was mit Mode zu tun hatte. Sie verließ sich in diesen Angelegenheiten ganz auf ihre Cousine Kit. Prue erwartete nämlich förmlich von ihrer Tochter, dass sie Lippenstift benutzte und verschiedene Frisuren ausprobierte, und Kit gab nicht nur gute Ratschläge an Fliss weiter, sondern auch diverse Artikel, die sich für sie selbst als Fehlkäufe entpuppten.

Es war auch Kit gewesen, die Fliss dazu ermuntert hatte, das Thema Büstenhalter anzuschneiden. Eines Morgens, als Ellen und Caroline dabei waren, die Betten abzuziehen, hatte sie sich ein Herz gefasst und dabei fast genauso schlimm gestottert wie Mole.

»Büstenhalter?« Ellen klang nachgerade beleidigt, als sie die Laken von Moles Bett zog. »Und was willst du da rein tun?«

Der Gedanke an diese Frage ließ Fliss wieder die Schamesröte ins Gesicht steigen. Caroline hatte viel mehr Verständnis für ihr Anliegen aufgebracht.

»Tragen die anderen Mädchen denn Büstenhalter?«, hatte sie gefragt.

Fliss hatte genickt – sie kam sich so töricht vor, ärgerte sich aber gleichzeitig über dieses Verhör. Nur, weil sie klein war, hieß das noch lange nicht, dass sie immer noch ein Kind war!

»Alle Mädchen in meiner Klasse tragen Büstenhalter«, hatte sie sich murmelnd verteidigt. »Alle außer mir. Sie ärgern mich deswegen.«

»Barmherziger Himmel!«, hatte Ellen vor sich hin gebrummelt. »Büstenhalter, also wirklich.«

Sie hatte Moles Kissen mit besonderer Inbrunst aufgeschüttelt, doch Caroline hatte Fliss zugezwinkert.

»Wir sehen uns bei Spooner's um, wenn wir das nächste Mal in Plymouth sind«, hatte sie gesagt. »Mach dir mal keine Sorgen. Wir finden schon was für dich.«

Sie hatte ihr Wort gehalten, und so wurde Fliss stolze Besitzerin von zwei Büstenhaltern. Kaum war sie wieder allein in ihrem Zimmer, hatte sie den einen anprobiert und sich seitlich vor den Spiegel gestellt, um die winzigen Hügel zu sehen. Selbstverständlich war sie keine Jayne Mansfield, aber wie die Verkäuferin in der Miederwarenabteilung so tröstlich gesagt hatte: »Sie werden schon noch wachsen, Miss. Keine Sorge.« Die kleinen Körbchen waren mit weicher Baumwolle ausgepolstert, um sie etwas voller wirken zu lassen, und als Fliss Kit ihren Büstenhalter später vorführte, empfahl diese ihr außerdem, ruhig noch etwas Watte dazuzustopfen, wenn die Formen ihr so noch nicht ausreichten. Sie hatten gemeinsam gekichert, und Fliss hatte sich richtig erwachsen gefühlt: endlich war sie eine Frau, stark und geheimnisvoll. Unter dem marineblauen Pullover konnte man ihre wunderschönen neuen Brüste natürlich kaum ausmachen, aber der zarte, schmeichelnde Georgette ihres Partykleides war sicher etwas ganz anderes.

Fliss legte die Puderdose zurück in die Schublade und sah auf die Uhr. Gleich war es so weit. Glücklich sah sie sich in ihrem Zimmer um und freute sich, wieder zu Hause zu sein. Nachdem Mole sich von dem Schock über den Tod seiner Eltern und seines Bruders einigermaßen erholt hatte und in der Lage gewesen war, allein zu schlafen, war Fliss in dieses kleine Zimmer gezogen, das Jahre zuvor Miss Smollets Stube gewesen war. Fliss hatte es übernehmen dürfen, weil Caroline das Zimmer unten neben der Küche, das eine Art Gemeinschaftsstube für Ellen und Fox war, mitbenutzte und das kleine Zimmer daher nicht brauchte. Fliss liebte es. Das Fenster bot einen Ausblick nach Norden über die hügelige Weite der Landschaft, und obwohl das Zimmer so klein und eher kalt war, war es doch ihres. Hier hatte sie alle ihre Schätze zusammengetragen.

Die Wände waren weiß gestrichen, und gegenüber dem Fenster stand das schmale Bett mit dem eisernen Gestell, das vom ersten Tag auf The Keep an, als sie und Mole sich noch ein Zimmer teilten, ihres gewesen war. Einige hübsche Blumendrucke zierten die Wände, und auf der gestrichenen Kommode am Fußende des Bettes hatte Fliss ihre kostbarsten Andenken platziert: Zum einen eine Porzellandose mit Blumenmuster, in der Alison kleinere Schmucksachen aufbewahrt hatte. Fliss lüftete den zierlichen Deckel und sah hinein. Sie selbst hob in dieser Dose die beiden Schmuckstücke auf, die sie heute Abend tragen wollte: ihre Staubperlenkette und ihr goldenes Amulettarmband. Zum anderen das kleine Alabasterkästchen von ihrem Vater, das einst seine Manschettenknöpfe beherbergt hatte und nun ein paar kostbare Muscheln und anderen Kleinkram enthielt. Und schließlich lagen die Schildpatthaarbürsten ihrer Mutter neben einem in Silber gerahmten Foto der kleinen Familie.

Fliss' Blick blieb daran hängen. Peter stand hinter Alison und legte ihr die Hand auf die Schulter. Neben ihm stand stolz Jamie. Fliss saß neben ihrer Mutter und hatte den Arm um Mole gelegt, der sich gegen ihr Knie lehnte. Die kleine Susanna lag friedlich in Alisons Armen.

Fliss dachte: Eine richtige Familie. Eine glückliche, ganz normale Familie. Wer hätte je gedacht, dass uns so etwas passieren würde?

Sie hatte inzwischen gelernt, über die Tragödie, die ihre

Kindheit überschattet hatte, nicht ins Grübeln zu geraten, ihre Gedanken ganz bewusst in andere Bahnen zu lenken, wenn diese sie in tiefe Trauer zu stürzen drohten – und doch vermisste sie Jamie noch immer. In dem Mahagonirahmen des Spiegels auf der Waschkommode steckte ein alter, sich bereits aufrollender Schnappschuss von ihm, auf dem er die Hände in den Taschen hatte und sie anlächelte. Fliss neigte sich ihm zu, um ihn besser sehen zu können – allein sein Anblick machte ihr jedes Mal neuen Mut – und lächelte zurück. Unter diesem Schnappschuss hing noch ein anderer, von Alison und Peter beim sonntäglichen Pferderennen auf der Rennbahn in Nairobi. Der Blick ihres großen, selbstbewussten, attraktiven Vaters war der Kamera abgewandt. Ihre Mutter trug den alten Strohhut und sah etwas verdutzt drein, fast schon kritisch, als unterstelle sie der Person am Auslöser eine gewisse Unfähigkeit. Fliss konnte sich noch gut an diesen Blick erinnern. Er hatte dafür gesorgt, dass sie sich stets bemühte, den an sie gestellten Erwartungen zu entsprechen, auf Draht zu sein, wachsam und auf alles gefasst. Ihre Mutter hatte an sie alle hohe Ansprüche gestellt, und es war immer etwas anstrengend gewesen, mit ihr zusammen zu sein und ihre Erwartungen zu erfüllen. Ihr Vater war deutlich lockerer gewesen, er hatte sie sich einfach auf die Schultern gesetzt, wenn ihre kurzen Beinchen mit seinen langen Schritten nicht mehr mithalten konnten, hatte ihr Gutenachtgeschichten vorgelesen, während sie sich an ihn kuschelte ...

Fliss wandte sich ab und öffnete die Tür des in die Wand eingebauten Kleiderschranks. Sie nahm das schöne Kleid heraus, strich über den weichen Stoff und erfreute sich an den Farben, bis das Gefühl, das ihr die Kehle zuzuschnüren drohte, vorbei war und sie ihr Zimmer nicht mehr verschwommen sah. Das nüchterne Weiß der Wände wurde durch einige fröhliche Farbkleckse aufgeheitert: kleine Teppiche in warmen Farben auf dem dunklen, abgenutzten Fußboden und dicke, scharlachrote Chenillevorhänge vor dem Fenster. Die Farben wiederholten sich in der Patchworkdecke, die Ellen an langen Winterabenden genäht hatte und von der Fliss nicht genug bekommen konnte. Immer wieder hatte sie Ellen in den letzten Jahren darum gebeten, ihr zu erzählen, woher die einzelnen Flicken stammten.

»Also, der blaue Samt hier ist vom Abendkleid deiner Großmutter«, sagte sie dann, strich mit den Fingern über den entsprechenden Stoff und sah ihn sich ganz genau an. »Und das Stückchen Gingan hier ist von einem von Kits Kleidchen, als Kit ungefähr so alt war wie Susanna. Aber siehst du das Baumwollquadrat da? Das war mal eins von Fox' Hemden. Meine Herren! Der hat vielleicht ein Theater gemacht, als er dahinter kam, dass ich es zerschnitten hatte! Dabei hing es dem guten Mann ohnehin schon fast in Fetzen am Leib. Die Flicken mit den Blumen sind von einem Sommerkleid von deiner Tante Prue, ach, das war noch lange vorm Krieg ...«

Für Fliss war die Patchworkdecke wie die Geschichte ihrer Familie, und wenn sie des Nachts darunter lag, fühlte sie sich allen sonderbar verbunden. Sie schloss den Kleiderschrank und betrachtete so viel von sich selbst im Spiegel, wie eben möglich war, indem sie ihn kippte und davor Verrenkungen machte. Sie trug ihren Schottenrock und einen Shetlandpullover, da sie wusste, dass dieser Aufzug ihrer Großmutter gefallen würde – aber sie freute sich schon auf den Augenblick, da sie ihr hübsches Kleid anziehen, den dicken Zopf lösen und ihr Haar hochstecken würde. Sie hielt inne und betrachtete die anderen Fotografien, die zwischen Rahmen und Spiegel klemmten. Eine davon zeigte die vor Stolz strahlende Susanna auf Fliss' altem Fahrrad; eine andere Mole, wie er argwöhnisch in die Kamera blinzelte, mit Fox verschwommen im Hintergrund; wieder eine andere Kit, die neben Mrs. Pooter kniete und die Arme um sie schlang. Fliss sah noch einmal auf die Uhr – es war Zeit, hinunterzugehen. Sie nahm die Geschenke an sich, verließ ihr Zimmer und eilte die Treppe hinunter in die Eingangshalle.

Während Fliss in ihrem Zimmer vor sich hin pusselte, befand Kit sich an einem ihrer liebsten Orte: Sie hatte sich zusammengerollt und lag mit Mrs. Pooter in deren Korb. Für Kit hatten das Gefühl von warmem Fell auf ihrer Haut, der vertraute Hundegeruch und die alte, kratzige Decke etwas unendlich Tröstliches. Schon als kleines Kind hatte sie diese Marotte entwickelt, sich an die Hunde zu kuscheln. Mrs. Pooter fand Kits Verhalten anstrengend und unnötig und brummelte innerlich eine Weile vor sich hin, bis sie sich schließlich so gut es ging ausstreckte und den Kopf auf Kits Oberschenkel legte. Kit schloss die Augen, genoss den Geruch von Mrs. Pooters Fell und streichelte ihr die Ohren. Etwa eineinhalb Meter über ihnen vermischte sich Ellens Stimme mit weiteren geliebten, vertrauten Düften nach frisch gebackenem Brot, Scones und Biskuitkuchen.

»... und wenn deine Großmutter dich in dem Hundekorb sehen würde – nicht auszudenken, was sie sagen würde. Du bist kein Baby mehr, mein Fräulein. Du wirst morgen achtzehn! Da kannst du doch nicht mehr in Hundekörben sitzen. Barmherziger Himmel! Ich will doch nicht hoffen, dass du vorhast, in den alten Hosen zum Tee zu erscheinen. Deine Großmutter sieht dich so gern in Röcken, das weißt du doch. Warum du es schön findest, dich wie ein Knecht anzuziehen, verstehe ich wirklich nicht. Guck doch mal, wie hübsch Fliss in ihrem Schottenrock aussieht. Nun geh schon nach oben, zieh dich um und wasch dir die Hände ...«

Die Stimme, die Kits Gefühl der Geborgenheit und Zufriedenheit nur noch unterstrich, verstummte, als Fox in die Küche kam. Direkt hinter ihm folgte Mugwump, der schnurstracks auf den Korb zuhielt, neugierig schnupperte und Kit das Gesicht ableckte. Sie lachte und gab ein leises Kreischen von sich, als er Anstalten machte, sich zu ihnen in den Korb zu legen. Mrs. Pooter brachte ihren Unwillen durch ein unmissverständliches Knurren zum Ausdruck, das Mugwump leicht zurückweichen ließ. Ellen schenkte ihre ganze Aufmerksamkeit Fox, und Kit schloss die Augen und hing ihren eigenen Gedanken nach. Das war das erste Mal, dass sie und Hal ohne Prue nach Devon gefahren waren, um Geburtstag zu feiern. Zwar fiel die Feier dieses Mal auf einen Samstag, doch musste Prue den ganzen Tag arbeiten. Freddy hatte vorgeschlagen, die Feier auf den Sonntag zu verschieben, aber Prue hatte dankend abgelehnt – es war einfach zu anstrengend, spät am Samstagabend anzureisen, um am Sonntag schon wieder abzufahren, damit sie Montagmorgen arbeiten konnte. Beide Frauen hatten eine gewisse Erleichterung empfunden, als die Entscheidung gefallen war. Die jüngsten Probleme lagen einfach noch nicht weit genug zurück, als dass sie sich in der Gesellschaft der jeweils anderen hätten entspannen können. Freddy plagte aber dennoch ein schlechtes Gewissen, weil sie Prue der Gesellschaft der Zwillinge an deren Geburtstag beraubte. Sie hatte ihr eben dies geschrieben, aber Prue hatte sie sofort angerufen, um sie zu beruhigen.

»Ich freue mich wirklich für sie, dass sie zu dir fahren«, hatte sie gesagt. »Von mir haben sie ja ohnehin nicht viel, wenn ich an ihrem Geburtstag und die ganzen Herbstferien arbeiten muss. Wir haben beschlossen, hier ein bisschen zu feiern, bevor sie zu dir fahren und wenn sie wiederkommen. Wirklich. Mir geht es viel besser, wenn die beiden mit euch allen zusammen auf The Keep sind. Ihr könnt ja auf mich anstoßen, ja?«

Freddy hatte ihr versprochen, dass sie das tun würden, aber die Zwillinge fühlten sich trotzdem nicht gut dabei, ihre Mutter allein zurückzulassen, als es erst einmal so weit war. Sie hatten sie am Bahnhof zum Abschied besonders fest in den Arm genommen, hatten ihr wie verrückt gewinkt, bis sie den Bahnsteig nicht mehr sehen konnten, und die Reise in einem der neuen Dieselzüge dann jeweils in Gedanken versunken verbracht. Kit war hin- und hergerissen. Einerseits hasste sie sich dafür, Prue ganz allein zu lassen – andererseits sehnte sie sich nach The Keep. Sie und Hal hatten es kaum fassen können, als sie von Tonys Betrug hörten – dass er verschwunden war, bedauerten sie allerdings nicht sehr. Zwar hatte er darauf geachtet, ihnen Zeit mit ihrer Mutter zuzugestehen, doch die Zwillinge hatten das Gefühl, dass er ihre kleine Familie eher störte, als dass er sich in sie integriert hätte. Er konnte so launisch und scharfzüngig sein, und obwohl sie ihre Mutter natürlich glücklich sehen wollten, war ihnen schon bald klar gewesen, dass diese Ehe es nicht war. Die Zwillinge waren alt genug, um einzusehen, dass dies wahrscheinlich normal war, und konzentrierten sich auf ihr eigenes Leben. Da sie aufs Internat gingen, sahen sie Tony ohnehin selten. Er hatte seine Reisen in den Norden immer für die Zeit arrangiert, in der die beiden Ferien hatten, damit sie ihre Mutter für sich hatten, und daher überraschte es niemanden, dass sie ihn nicht vermissten.

Kit hatte sich sofort auf Prues Seite gestellt. Ihre eigenen Gefühle für Graham ermöglichten es ihr, sich vorzustellen, wie es ihrer Mutter gehen mochte, aber diese schien die Angelegenheit erstaunlich ruhig anzugehen. Kit vermutete, dass sie ihnen gegenüber nur Theater spielte. Andererseits ließen ihre Arbeit und der Wust zu lösender Probleme, den Tony hinterlassen hatte, Prue fast keine Zeit für Selbstmitleid.

»Eigentlich ist es fast eine Erleichterung, Liebes«, hatte sie ihrer Tochter traurig gestanden. »Vielleicht war ich einfach schon zu lange allein, um wieder zu heiraten. Es war dumm von mir, zu glauben, dass irgendjemand deinem Vater das Wasser reichen könnte.«

Kit hatte sie in den Arm genommen, ihr eine Tasse Tee gemacht und versucht, eine gute Tochter zu sein. Sie gelangte zunehmend zu der Einsicht, dass Erwachsensein gar nicht so einfach war, dass alle möglichen Regeln gelernt und beachtet werden mussten. Zwar wäre sie einerseits so gerne sechsunddreißig und würde schwarze Futteralkleider und Perlen tragen – aber andererseits war sie doch froh, dass sie noch zur Schule ging. Sie war wild entschlossen, den Sprung in die Universität zu schaffen, um Englisch oder Geschichte zu studieren, und hatte daher nur wenig Freizeit. Das bedeutete, dass sie Grahams wachsende Forderungen unter Kontrolle halten musste, während sie selbst versuchte, sich über so einiges klar zu werden. Sie liebte ihn – dessen war sie sich ganz sicher –, aber sie hatte furchtbare Angst, »zu weit« zu gehen. Was für schreckliche Worte. Einige der Mädchen in der Schule lachten sie schon aus, behaupteten, dass sie selbst »es« schon getan hätten und dass gar nichts dabei sei. Kit hatte allerdings bemerkt, dass diese Mädchen nicht gerne en détail über »es« redeten, und daher vermutete sie, dass sie genauso wenig wussten und genauso viel Angst hatten wie sie selbst. Sie hatte es nicht über sich gebracht, mit Prue darüber zu sprechen, die ohnehin genug andere Sorgen hatte, und darum hatte sie mit Hal darüber geredet. Er bestätigte ihre Vermutung, dass Mädchen, die sich ganz hingaben, in den Augen der Männer Flittchen waren – und trug damit nur zu Kits Verzweiflung bei.

»Wenn er dich liebt«, hatte Hal ziemlich streng gesagt, »sollte er um deine Hand anhalten. Nicht, dass du jetzt schon heiraten könntest, dafür bist du ja noch zu jung, aber ihr könntet euch zumindest verloben.«

Doch kein Antrag dieser Art kam über Grahams Lippen, und Kit wurde immer unruhiger. Er hatte bereits angedeutet, dass es eine Menge Mädchen gab, die nicht nur erfahrener und intellektueller waren, sondern auch ungleich weniger prüde ... Kit war hin- und hergerissen, sie wusste nicht, ob sie das als Bluff abtun oder endlich nachgeben sollte. Manchmal wünschte sie sich selbst, alle ihre Hemmungen vergessen zu können, sich entspannen und seine Körperlichkeit genießen zu können – aber sie hatte Angst. Sie durchschaute langsam, dass sie ihn zwar liebte, aber nicht wirklich alles an ihm mochte, und das verwirrte und beunruhigte sie. Kürzlich waren sie zusammen auf einer Party gewesen, wo er ein anderes Mädchen mit seiner Aufmerksamkeit überschüttet hatte, um Kit eifersüchtig zu machen und zu demütigen. Kit hatte an die arme Wendy denken müssen und sich – obgleich es wehtat – zusammengerissen. Sie hatte schließlich auch noch ihren Stolz. Kurz darauf hatte sie sich geweigert, auf die geplante Woche auf The Keep zu verzichten, um mit ihm zusammen sein zu können. Sie wusste, dass er sie die ganze Zeit belagern würde, und sie war nicht sicher, ob sie dann nicht doch nachgeben und mit ihm schlafen würde.

Es war eine solche Erleichterung, auf The Keep zu sein, wieder Kind zu sein und sich Ellens Nörgeleien anzuhören, während sie selbst im Hundekorb lag. Hier herrschten keine Spannungen, kein Druck, hier konnte sie ganz sie selbst sein ... Sie kitzelte Mugwump mit einer Feder an der Nase, woraufhin er nieste und Ellens Aufmerksamkeit auf sich zog.

»Nun komm endlich aus dem Korb da und geh nach oben und zieh dich um!«, befahl sie ärgerlich. »Sieh dich doch mal an! Hundehaare überall! Nun geh schon nach oben!«

Fox half ihr auf, und Kit bürstete sich ab und grinste die beiden an.

»Keine Panik auf der Titanic«, sagte sie und gab Ellen ein Küsschen. »Bin ja schon unterwegs.«

Sie wirbelte summend aus der Küche, und Ellen schüttelte den Kopf, schürzte die Lippen und ignorierte Fox' Lächeln. »Dieses Mädchen ...«, sagte sie.

Theo wartete schon in der Eingangshalle auf sie, als Freddy die Treppe herunterkam. Er küsste sie auf beide Wangen und überreichte ihr, als die Kinder alle versammelt waren, eine Schachtel. Sie war nicht als Geschenk eingepackt – Theo war nicht besonders geschickt in solchen Dingen –, und sie nahm sachte den Deckel ab und schob das Seidenpapier beiseite. Zum Vorschein kamen zwei Kerzenhalter aus blauem Bristol-Glas; alt, zierlich und wunderschön. Sie berührte sie vorsichtig, lächelte und sah zu ihm hinüber. Er prostete ihr mit der Teetasse zu – und dann waren die Kinder dran. Unter lautem Jubel rissen sie ihre Geschenke auf. Caroline schenkte Tee aus und genoss den Trubel. Im Gegensatz zu Theo war sie sehr geschickt und fingerfertig und hatte Mole und Hal jeweils einen Aranpullover gestrickt, der für Mole war cremefarben, der für Hal marineblau. Sie nahmen sie in den Arm, hielten sich voller Bewunderung die Pullover an und beteuerten, dass sie grossartig seien. Kit posierte bereits professionell mit ihrer gestrickten Baskenmütze und dem dazu passenden Schal aus scharlachroter Wolle. Caroline grinste sie an, sie war erleichtert, anscheinend wirklich den Geschmack der Kinder getroffen zu haben, und hoffte nun, dass Freddy sich über das Buch freuen würde: eine Grieg-Biografie. Fliss reichte Scones herum und strahlte überrascht, als Freddy ihr einen federleichten Seidenschal um die Schulter legte. Zum Dank hauchte sie ihrer Großmutter einen Kuss zu. Kit bekam eine Halskette aus Silber und Granat, die einst Freddys Mutter gehört hatte, und Hal ein Paar goldene Manschettenknöpfe von Bertie. Fliss, Mole und Susanna hatten Kit mit Freddys finanzieller Unterstützung einen hübschen silbernen Rahmen für Fotos geschenkt und Hal ein Paar Kragenknöpfe aus schwarzem Onyx.

Im gleichen Maß, in dem der Berg von Geschenken und Karten auf dem Tisch anwuchs, schwoll auch der Geräuschpegel der kleinen Party an. Moles Haufen Spielzeug und Bücher musste auf den Sessel ausweichen, und als Ellen mit dem von unzähligen Kerzen erleuchteten Geburtstagskuchen erschien, wurde sie heftigst umjubelt. Fox tauchte ebenfalls hinter ihr auf, um zu gratulieren, sodass der gesamte Haushalt versammelt war und Theos kleine Ansprache hören und sich seinen besten Wünschen für das neue Lebensjahr anschließen konnte. Als er fertig war und in die versammelte Runde lächelte, wussten alle ganz genau, was er jetzt sagen würde – und so sprachen sie im Chor:

»Gott sei mit uns allen.«

## 16

Am Donnerstag nach der Geburtstagsfeier, einem herrlichen, sonnig warmen Herbsttag, wurde über ein Picknick in Dartmoor beratschlagt. Die Apfelernte – ein weiteres alljährliches Familienereignis – war abgeschlossen, und Ellen und Caroline waren nun dabei, Apfelgelee zu kochen, während Fox den Rest der Äpfel für den Winter einlagerte. Caroline schlug vor, dass Hal fahren sollte, damit die Erwachsenen zu Hause bleiben und weiterarbeiten konnten und die Kinder dadurch mehr Platz im Wagen hatten. Je größer die Kinder wurden, desto schwieriger wurde es nämlich, sie zusammen mit einem Fahrer und einem oder gar beiden Hunden ins Auto zu quetschen, und von daher war Carolines Vorschlag nur vernünftig. Freddy war aber nicht so leicht zu überzeugen, sie hatte Angst, dass etwas passieren könnte. Hal hatte zwar kürzlich die Führerscheinprüfung bestanden, war aber natürlich noch kein besonders routinierter Fahrer. Caroline erinnerte Freddy daran, dass Fox ihn oft mit seinem alten Morris Oxford hatte fahren lassen und dass Hal daher mit den schmalen Straßen um und durch das Moor vertraut war. Freddy wusste, dass Hal vorsichtig fuhr – sie hatte ihm einmal gestattet, sie nach Totnes zu fahren, und war beeindruckt gewesen von seinem Können –, aber ihr wurde dennoch ganz anders bei dem Gedanken daran, dass sich alle ihre geliebten Kinder unter seiner Obhut befanden. Schließlich versammelten sich alle im Hof, halfen den Kindern, das Auto mit dem Picknickkorb, Wolldecken, einem Schläger für Schlagball, Tennisbällen, Susannas Schmetterlingsnetz und all den anderen Sachen, die bei einem echten englischen Picknick nicht fehlen durften, zu beladen. Freddy sorgte dafür, dass die vernünftige Fliss auf dem Beifahrersitz saß, auf dass sie wachsam sei und helfe, drohendes Unheil abzuwenden – schließlich sahen vier Augen mehr als zwei. Mrs. Pooter machte es sich zu ihren Füßen bequem, und Susanna und Mole quetschten sich mit Kit und Mugwump auf die Rückbank. Als alle Passagiere an Bord waren, wollte Hal sich ans Steuer setzen.

»Fahr vorsichtig, Hal«, ermahnte Freddy ihn. »Du hast wertvolle Fracht.«

Er strahlte sie fröhlich an. »Keine Angst, Großmutter«, sagte er. Er war wie elektrisiert, weil er die Verantwortung für diesen Ausflug trug und ihm Freddys Wagen anvertraut wurde. »Ich bringe sie dir alle heil wieder.«

Freddy durchzuckte angesichts seiner Sorglosigkeit eine solch abergläubische Angst, dass sie das unerwartete und atavistische Bedürfnis verspürte, all jene eifersüchtigen oder launischen Götter zu besänftigen, die möglicherweise Zeuge der jugendlichen Prahlerei geworden waren. War sie denn völlig verrückt, zu glauben – und wenn auch nur jene eine Sekunde lang in der Kirche –, dass der Tod nicht wichtig war? Vielleicht sollte sie jetzt auf die Probe gestellt werden. Besorgt sah sie zu Theo hinüber, der sie mit amüsiert zusammengekniffenen Augen beobachtete und genau wusste, was in ihrem Kopf vorging. »Tu doch etwas«, sagte sie trotzig, doch er fing nur an zu grinsen, streckte den Arm zum Auto hin aus und zeichnete ein großes Kreuz in die Luft. Sie starrte ihn an und sah dann das Auto zwischen den Pförtnerhäuschen vom Hof rumpeln. Moles Gesicht war an der kleinen Heckscheibe zu sehen, und Susannas Hand hing seitlich aus dem offenen Fenster. Fox, Ellen und Caroline verschwanden und wandten sich wieder ihren jeweiligen Aufgaben zu. Freddy und Theo blieben allein zurück.

Freddy rührte sich nicht, sie hatte die Arme fest unter der Brust verschränkt, als wolle sie sich selbst zusammenhalten, und Theo beobachtete sie. Ihre Miene war ernst, fast schon grimmig, und sie sah ebenso elegant wie eindrucksvoll aus in ihren alten, rauchfarbenen Tweedsachen. Theos Herz ging über vor Liebe zu ihr, und dann wandte sie sich ihm zu und sah ihn an.

»Ich glaube, ich weiß jetzt ganz genau, was in Mole vorgeht«, sagte sie. »Diese schreckliche Angst, dass all diejenigen, die man am meisten liebt, einem auf einen Schlag genommen werden. Man denkt immer, dass das nur den anderen passiert. Dabei ist genau das Mole passiert, und darum wird er sich nie mehr hundertprozentig sicher und geborgen fühlen können.«

»Aber das ist dir doch auch passiert«, merkte Theo an. »Warum redest du jetzt plötzlich davon, dass du Mole verstehen kannst? Du bist die Einzige, die überhaupt je gewusst haben kann, wie er sich fühlt.«

»Nicht ganz«, widersprach Freddy. »Ich war nämlich schon erwachsen, als mir das passiert ist. Ich war schon verheiratet und schwanger, als Bertie fiel. Ich mag noch nicht sehr erfahren gewesen sein, aber ich war immerhin erwachsen. Mole war erst vier, als er seinen Vater, seine Mutter und seinen großen Bruder verlor. Eben noch da, und im nächsten Moment weg. Vier Jahre, Theo. Kein Wunder, dass er nicht allein um das Wäldchen laufen will. Er hat panische Angst, dass wir dann auch alle weg sind.«

»Und Fliss?«

Freddy seufzte. »Fliss«, wiederholte sie. »Sie war erst zehn, das arme Ding, aber ich glaube, dass sie schon anfing, erwachsen zu werden. Alison war sicher eine sehr anspruchsvolle Mutter, und ich glaube, sie hat viel von Jamie und Fliss erwartet. Natürlich hat auch Fliss schrecklich gelitten, aber sie musste sofort Verantwortung übernehmen und hatte daher keine Zeit, zu viel zu grübeln. Sie vermisst Jamie und Peter immer noch, das weiß ich. Alison vielleicht nicht so sehr. Fliss macht sich immer viel zu viele Sorgen, genau wie Alison, verfügt aber über eine unglaubliche Selbstbeherrschung.«

»Und sie hat nicht die Einzelheiten gehört«, fügte Theo hinzu. »Mole musste auch damit fertig werden.«

»Sie vergöttern Hal.« Freddy wandte sich dem Haus zu und hakte sich bei Theo unter. »Ich kann mich erinnern, dass du dir deswegen Sorgen gemacht hast.«

»Ich glaube, Hal ist sich seiner Verantwortung sehr bewusst.« Theo klang nachdenklich. »Und er ist stark. Er ähnelt seinem Vater sehr.«

Ihre Finger gruben sich in seinen Arm. »Ach, Theo.« Ihre Stimme war belegt. »Als er das eben gesagt hat, dass sie heil nach Hause kommen würden, da sah er genauso aus wie John, als er in den Krieg zog. Ich weiß, warum ich eben so eine Angst bekam. John hat fast genau das Gleiche gesagt. ›Keine Sorge‹, hat er gesagt, ›ich komme wieder.‹ Aber er kam nicht wieder.«

»Wir müssen sie loslassen. Das weißt du doch.« Theo sprach sanft auf sie ein. »Wenn wir sie loslassen und ihnen vertrauen, werden sie immer zu uns zurückkommen, es sei denn ...«

»Sag es nicht«, unterbrach sie grob. »Lass uns von etwas anderem reden.«

»Ich muss zurück nach Southsea«, sagte er, da er wusste, dass sie das ablenken würde. »Erst Prue, dann der Geburtstag – ich bin schon viel zu lange weg.«

»Warum?«, fragte sie unwillig. »Was hält dich denn in Southsea? Warum kommst du nicht dahin zurück, wo du hingehörst?«

Sie standen auf der obersten Stufe im Schatten des Portals und starrten einander an.

Freddy dachte: Sag einfach »Ja«, Theo. Bitte komm nach Hause. Wenn du nur bei mir bist, kann ich alles ertragen. Ich brauche dich hier, um gemeinsam mit dir alt zu werden, um meine Ängste zu besänftigen, weil wir Freunde sind.

Ganz steif stand sie vor ihm, hob das Kinn, streckte die Schultern – und Theo plagten die üblichen Ungewissheiten: die Angst, sich auf einen Menschen einzulassen; die Angst, dass es für Freddy nicht das Richtige wäre; die Befürchtung, dass eine engere Verbindung ihrer beider Stärke untergraben könnte.

Er dachte: Ist die Zeit jetzt gekommen? Wäre es jetzt endlich das Richtige für uns beide?

Er tat das Einzige, das ihm jemals half, wenn er eine schwierige Entscheidung treffen musste: Er betete still um Hilfe. Sie kam sofort. Er erkannte, dass es nicht nur zu früh sein konnte, sondern auch – und das war mindestens genauso schlimm – zu spät; dass das ständige Warten auf den rechten Augenblick die zwischen ihnen vorhandene Liebe stören, ja sogar abtöten könnte. Einen kurzen Moment war er sich ganz sicher, aber da wandte Freddy sich schon von ihm ab.

»Ich komme«, sagte er – und sie drehte sich wieder zu ihm um und strahlte vor Freude und Überraschung. »Ich komme, sobald ich in Southsea alles abgewickelt habe.«

»Bald?«, fragte sie sofort. »Du meinst also bald? Und du überlegst es dir nicht noch einmal anders?«

»Nein«, sagte er. »Ich überlege es mir nicht noch einmal anders. Bis Weihnachten bin ich wieder zu Hause. Versprochen.«

Die Kinder kamen heil an ihrem Picknickplatz nahe den Haytor-Felsen an, nachdem sie die Fahrt mit nur einem kleineren Zwischenfall hinter sich gebracht hatten. Ein entgegenkommendes, zu schnell fahrendes Auto hatte Hal so erschreckt, dass er das Steuer herumriss und leise fluchte.

»*Verdammter* Blödmann!«, brummte er – und sah beschämt zu Fliss, die über seine Flucherei genauso entsetzt war wie über den Beinahe-Zusammenstoß.

Sie erwiderte sein Lächeln und verbarg ihr Entsetzen, da sie nicht den Eindruck erwecken wollte, ängstlich zu sein. »Der ist viel zu schnell gefahren«, versicherte sie ihm für den Fall, dass er an sich selbst zweifelte. »Du hast ganz schön fix reagiert.«

Die drei auf der Rückbank setzten sich wieder zurecht, und Mugwump steckte den Kopf zum Fenster hinaus.

»Sachte«, flötete Kit. »Die arme kleine Sooz ist vom Sitz gerutscht.«

Fliss sah besorgt nach hinten, aber Susanna war schon wieder auf die Bank geklettert und stellte ihre übliche Frage: »Sind wir bald da?«

»Sehr bald«, sagte Fliss, als sie über ein Viehgitter schaukelten. »Dauert nicht mehr lang. Halt dich fest.«

Entzückt sah Kit über Moles Kopf hinweg aus dem Fenster, als sie endlich das offene Moor erreichten. Die einsame Straße wand sich zwischen den farnbedeckten Hängen des Moores dahin, die in der kräftigen Nachmittagssonne glühten und sich bis zu den Füßen der hohen Felsformationen erstreckten. Der Stechginster stand in strahlend gelber Blüte und erfüllte die warme Luft mit einem angenehm süßlichen, nussigen Duft. Windgebeugte Dornbüsche trugen korallenrote Winterbeeren und boten den grasenden Ponys Halbschatten, die aufgescheucht wurden und von dannen zogen, als sich das Auto näherte. Ein Schaf schlenderte gemächlich und ohne sich umzusehen über die Straße und zwang Hal, den Fuß auf die Bremse zu stellen. Als der Motor langsamer und leiser lief, konnte Kit hoch über ihnen eine Lerche singen hören.

»Karnickel!«, flüsterte sie Mugwump ins Ohr – und er winselte und wäre am liebsten aus dem Fenster gesprungen.

Hal parkte den Wagen in der Nähe der Haytor-Felsen, und sogleich machten sie sich daran, die Decken auf dem weichen, von Schafen abgeknabberten Gras auszubreiten und den Picknickkorb auszupacken. Sie sahen sich um, lachten und streckten sich und fanden es etwas seltsam, so ganz ohne ein älteres Mitglied der Familie unterwegs zu sein.

»Erst Tee trinken?«, fragte Fliss, die das Gefühl hatte, dass sich jemand um das leibliche Wohl kümmern sollte. »Oder erst klettern? Was meint ihr?«

»Klettern«, sagte Kit sofort. »Nach dem Tee sind wir doch viel zu voll, als dass wir noch irgendwo hochklettern wollen.«

Sie blickten an den grauen, zerfurchten Felsen hinauf, die zu seltsamen Formen aufgetürmt waren und ihre steinigen Fäuste und Finger in den blassblauen Himmel reckten – Granitinseln in einem Meer brennenden Farns.

»Kommt schon«, riefen Susanna und Mole. »Jetzt kommt schon, los.«

Sie hüpften zwischen dem Farn herum, sprangen von einem kleinen herumliegenden Felsen zum nächsten und riefen die Hunde, die schwanzwedelnd die Schnauzen am Boden hielten und aufgeregt hin und her liefen.

»Vielleicht sollte ich besser hier beim Korb bleiben«, schlug Fliss etwas unsicher vor, da sie wusste, dass Caroline das immer tat, um neugierige Ponys abzuwehren. »Was meint ihr?«

»Nicht nötig«, meinte Hal ungeduldig. »Passiert schon nichts. Sind doch gar keine Ponys in der Nähe. Wir können die Decken ja zusammenrollen, wenn es dich beruhigt. Los, kommt schon.«

»Ich bleibe hier«, sagte Kit auf einmal. »Nein, wirklich. Ich tu das gerne. Ich bin ziemlich geschafft, ehrlich gesagt, und die arme alte Mrs. Ooter-Pooter schafft es doch nie bis ganz oben. Sie bleibt hier bei mir, einverstanden, alte Lady? Braves Mädchen. Im Ernst, Fliss. Nun guck doch nicht so besorgt. Ich strecke mich hier schön in der Sonne aus. Na, los. Ich wette, ihr schafft es nicht in zehn Minuten bis ganz oben. Ich gucke auf die Uhr.«

Das ließen sie sich nicht zweimal sagen, und schon liefen

die beiden Kleinen vor ihnen her und Mugwump folgte ihnen bei Fuß. Kit sah ihnen eine Weile nach, dann legte sie sich hin, genoss die Wärme der Sonne auf den geschlossenen Augenlidern, lauschte den Feldlerchen und spielte mit Mrs. Pooters Ohr. Sie dachte an Graham, vergaß völlig, auf die Uhr zu sehen, und schlief ein.

Hal stürmte los, er war erfüllt von einem herrlichen Wohlbehagen und dem Gefühl, etwas geleistet zu haben, und blähte seine Lungen mit der frischen, klaren Luft auf. Es hatte wirklich fast gekracht, so ein Idiot von einem Fahrer, der sie in die Hecke abgedrängt hatte – aber Hal fand, dass er sehr gut reagiert hatte. Er sonnte sich in seiner Zufriedenheit mit seinen Fahrkünsten und sah dann zu Fliss hinunter, die fast rennen musste, um mit seinen langen, schnellen Schritten mitzuhalten. Er empfand ein sehr zärtliches Gefühl für sie. Er hatte seine kleinen Cousins und Cousinen von jeher gemocht, aber Fliss war immer so treu gewesen in ihrer Hingabe und ihrer Bewunderung für ihn, dass sie in seinem Herzen einen besonderen Platz eingenommen hatte. Letzten Samstag, als sie in ihrem neuen Kleid zum Abendessen im Salon erschienen und gleichzeitig schüchtern und aufgeregt gewesen war, hatte seine Zuneigung zu ihr beinahe wehgetan. Sie hatte so lieblich ausgesehen, so verletzlich – und so anders. Sie hatte das Haar irgendwie auf ihrem Kopf gestapelt, was ihren schlanken Hals betonte, und man hatte einen ersten Brustansatz erkennen können ...

Er runzelte die Stirn, als der Anstieg steiler wurde und lose Steine unter seinen Füßen wegrutschten. Das war doch nicht möglich, dass die kleine Fliss eine Frau wurde! Sie war so klein und schlank, so lieb und vertraut. Und doch, an jenem Abend war sie ihm so fremd gewesen, als würde in ihr irgendein Geheimnis brennen, das nur sie kannte, ein Geheimnis, das sie verwandelte. Er war merkwürdig schüchtern und ungeschickt gewesen und froh darüber, dass er Kit vom Kind zur Frau hatte werden sehen und daher schon ein wenig Erfahrung mit dieser plötzlichen Verwandlung hatte. Kit schien ganz einfach zwischen diesen beiden Sphären des Kind- und des Frauseins hin und her pendeln zu können, sodass er mitunter einigermaßen verwirrt war. Aber Fliss' Anblick weckte einen gewissen Beschützerinstinkt in ihm – und noch irgendwelche anderen Instinkte. Er war nicht sicher, ob es richtig war, beim Anblick seiner Cousine körperliche Erregung zu verspüren, und dieses unkontrollierbare Verlangen hatte ihn gleichermaßen beschämt und verwirrt – denn er hatte den Eindruck, dass Fliss genau das beabsichtigt hatte. Aber konnte sie das denn wirklich? Sie war doch noch so jung, so unschuldig – und seine Cousine.

»Hi!«, rief Mole von irgendwo über ihm, und Hal sah hinauf zu den Felsen, wo Mole und Susanna herumtanzten und winkten. Fliss näherte sich ihm keuchend von hinten, und Hal reichte ihr die Hand, um ihr auf den Felsabsatz neben sich zu helfen. Sie lachte, und einige glänzende Strähnen ihres strohblonden Haares wehten ihr lose über das erhitzte Gesicht. Sie trug ein altes Baumwollhemd, das sie von Kit geerbt hatte und dessen verblichenes Blau exakt ihrer Augenfarbe entsprach und die warme Tönung ihrer Haut zauberhaft unterstrich. Hal empfand wieder dieses seltsame Zusammenkrampfen in der Magengegend, als er zu ihr hinuntersah und sich die Brüste vorstellte, die sich unter dem Hemd verbargen. Er sah, wie ihr Gesichtsausdruck sich änderte, obwohl sie sich noch immer an ihm festhielt, und auf einmal wollte er sie küssen und wusste, dass auch sie wollte, dass er sie küsste, und er zog sie näher an sich heran, während sein Herz wie verrückt hämmerte und ihm das Blut in den Ohren rauschte ...

Doch auf einmal stand Susanna neben ihnen, die auf einer Ladung loser Steine sitzend zu ihnen geschlittert war und vor Vergnügen und Ungeduld quietschte.

»Kommt jetzt. Ach, nun *kommt* schon«, rief sie. »Kit stoppt die Zeit, schon vergessen? Mole ist schon oben.«

Sie sahen einander noch einen atemlosen Moment länger tief in die Augen, dann folgten sie Susanna auf dem letzten steilen Stück Weg. Ganz oben, eingetaucht in die goldene Herbstsonne, wartete Mole schon auf sie.

»Seht mal«, rief er. »Wie weit man hier gucken kann! Wie damals, als der T-Teufel Jesus in der Wüste in Versuchung führte und ihm alle Königreiche der Welt versprach, wenn er ihn anbeten würde. Das muss doch so ausgesehen haben, meint ihr nicht?«

»Ja«, sagte Hal nach einer Weile. »So ungefähr.«

Er schien Atemprobleme zu haben, aber das war nach dem schnellen Aufstieg nicht verwunderlich, und er vermied es, Fliss anzusehen, die ihrerseits schwieg.

»Kit schläft«, sagte Susanna traurig. »Ich hab gewinkt wie verrückt. Dann hat sie uns bestimmt nicht gestoppt.«

»Macht doch nichts«, tröstete Hal sie. »Wir machen das bald noch mal.«

»Nachdem wir Tee getrunken haben?«, fragte Mole hoffnungsvoll.

»Vielleicht nicht ganz so bald«, versuchte Hal sich aus der Affäre zu ziehen. Wenn Fliss doch nur etwas sagen würde! Sie stand so steif und still da und starrte über das neblig-blaue Moor in Richtung Teignmouth, wo man das Meer glitzern und funkeln sehen konnte. »Obwohl, du und Sooz, ihr könntet ja noch mal raufklettern, wenn ihr wollt, und dann stoppe ich euch. Ich kann euch ja die ganze Zeit sehen.«

Sie jubelten, so laut sie konnten, und machten sich vorsichtig an den Abstieg, wobei sie immer wieder ein wenig rutschten und einander zuriefen. Mugwump schoss aus dem Farn hervor, wo er interessante Fährten aufgenommen und verfolgt hatte. Hal räusperte sich.

»Sie haben einen richtigen Tick damit, bei allem gestoppt zu werden«, sagte er etwas unsicher. »Alles muss seit Neuestem gestoppt werden, ist dir das auch schon aufgefallen? Fox hat damit angefangen, mit dem Lauf um das Wäldchen, aber mir scheint, inzwischen bleibt gar nichts mehr davon verschont.«

Fliss nickte. Sie hatte den Blick noch immer von ihm abgewandt, und er fragte sich, ob er ihre Signale vielleicht missverstanden hatte und sie schockiert war. Vielleicht hatte er ihr Angst gemacht.

»Fliss«, sagte er in flehentlichem Ton. »Fliss ...«

Sie wandte sich ihm zu und sah ihn an. In ihrem Blick lag so viel Liebe, dass er völlig überrascht war. Also hatte er sich doch nicht getäuscht ... Also war sie ... War was?

»Fliss«, hob er erneut an – doch sie schüttelte den Kopf.

»Komm«, sagte sie – und klang dabei so unbekümmert und lebhaft, so sprudelig wie die Quelle eines Gebirgsbachs. »Guck mal. Kit ist aufgewacht. Sie packt schon den Korb aus. Mole und Susanna sind fast unten. Mal sehen, wer von uns schneller ist.«

Und damit war sie weg, sprang über die Felsen, kletterte den Hang hinunter, drehte sich um und lachte ihm zu. Er folgte ihr reichlich verwirrt, so als hätte er die Kontrolle über die Situation verloren und Fliss sie erlangt. Irgendetwas war passiert, aber er wusste einfach nicht, was, und das ärgerte ihn. Er sah die Szene am Fuß des Felsens: Seine Schwester kniete auf der Decke, die beiden kleineren Kinder rannten auf sie zu, die Hunde tollten wie üblich herum, und im Hintergrund stand der Wagen. Sein Anblick gab Hal sein Selbstvertrauen zurück, weckte in ihm erneut das Gefühl der Überlegenheit und Dominanz in dieser kleinen Gruppe. Er war der Älteste und trug die Verantwortung für sie alle.

Mit den Händen in den Taschen schlenderte er auf die anderen zu und wünschte sich, er hätte eine Zigarette, um seine zur Schau gestellte Reife zu unterstreichen. Er lächelte sie väterlich an und vermied es, Fliss in die Augen zu sehen.

»Alles fertig zum Teetrinken?«, fragte er. »Und was machen wir danach? Schlagball spielen? Oder wollt ihr beiden noch mal den Everest erklimmen?«

Er streckte sich auf der Decke aus und verschränkte ganz locker die Arme hinter dem Kopf, während die Mädchen alles fürs Teetrinken vorbereiteten. Susanna ließ sich auf seinen Rumpf plumpsen, schmiegte den Kopf an seine Brust und sang vor sich hin. Er kitzelte sie ein wenig, schob sie dann aber von sich, als Kit ihm ein Sandwich anbot. Er rollte sich auf die Seite und stützte sich auf dem Ellbogen ab. Fliss kniete nicht weit von ihm entfernt und legte die Stirn in Falten, während sie den Tee aus der Thermoskanne ausschenkte. Auf einmal freute Hal sich darüber, jung und stark zu sein und am Anfang des Lebens zu stehen. Wie schrecklich es sein musste, richtig alt zu sein, wie Freddy und Theo, für die alles schon vorbei war, in denen keine Leidenschaft mehr brannte. Den Satz hatte er einmal irgendwo gehört, und seine Traurigkeit hatte ihn gerührt. Wie schrecklich das sein musste, keine Leidenschaft mehr empfinden zu können, weder für hübsche Mädchen noch fürs Autofahren, fürs Segeln, für Wettrennen, fürs Tanzen ...

Fliss reichte ihm eine Tasse Tee, und er grinste sie an und zog sie durch ein verschwörerisches Zwinkern in ihre ganz eigene, geheime Welt. Er war entzückt, als ihre helle Haut sich rötete und sie die Lippen aufeinander presste, als würde in ihr die gleiche unbändige Freude brodeln wie in ihm.

»Also«, sagte er, als er wieder im Vollbesitz seiner alten Selbstsicherheit war, »dann würde ich sagen, erst spielen wir eine Runde Schlagball, und dann könnt ihr zwei noch einmal da hoch klettern, wenn wir noch Zeit haben. Okay? Gut. Und jetzt her mit den Sandwiches.«

## 17

Den ganzen Tag hatte es geregnet. Schwere, bleigraue Wolken jagten von Westen herbei, wälzten sich über die Hügel und ließen die Landschaft in dichtem Nebel verschwinden. Um vier Uhr nachmittags war es bereits dunkel. Caroline war mit dem Wagen bis an die Straße hinunter gefahren, um die Kinder vom Schulbus abzuholen, und jetzt, nachdem sie gemeinsam Tee getrunken hatten, hatten sie es sich in der Küche gemütlich gemacht und hörten das Kinderprogramm im Radio. Freddy hatte sich in den Salon zurückgezogen, dort Licht gemacht und das im Kamin aufgeschichtete Holz angezündet. Sie zog die Vorhänge zu, um den düsteren Novemberabend auszusperren, und setzte sich ans Klavier.

Caroline stand in der Eingangshalle und hörte zu. Sie kannte sich mit Musik überhaupt nicht aus, aber sie hörte gern zu, wenn Freddy spielte. Was sie jetzt spielte, war eins ihrer Lieblingsstücke, dessen Klang ihr Herz etwas schneller schlagen und sie eine Mischung aus Melancholie und Hochstimmung empfinden ließ. In die Stille hinein, die dem Stück folgte, klopfte sie eilig an und öffnete die Tür. Freddy saß ganz still da. Die eben gespielte Sonate – Chopins Dritte in b-Moll – rief immer ganz besondere Erinnerungen in ihr wach. Sie hatte sie hier, in diesem Salon, an ihrem ersten Abend auf The Keep Bertie, seinem Bruder und dem Admiral Chadwick vorgespielt – allerdings auf einem anderen Klavier. Das damalige Instrument war von mittelmäßiger Qualität gewesen – keiner der Chadwicks konnte Klavier spielen –, und sie hatte bei der Heirat darauf bestanden, es gegen ihr eigenes auszutauschen. Damals hatte tiefes Schweigen geherrscht, als der letzte Akkord verstummt war, und als sie aufgesehen hatte, sah sie, wie Theo sie vom anderen Ende des Raumes aus beobachtete. Damals zogen die Chadwicks sich noch zum Abendessen um, und sie konnte sich sehr genau an ihn erinnern: das strahlende Weiß seines Hemdes gegen das tiefe Schwarz seines Jacketts, seine braunen, fest und nachdenklich auf sie gerichteten Augen ...

»Mrs. Chadwick?«

Überrascht wandte sie den Kopf und sah Caroline in der Tür stehen. »Was gibt es?« Freddys Stimme klang schroffer, als sie beabsichtigt hatte, da sie sich bemühte, ihre Gefühle zu verbergen.

»Es tut mir ausgesprochen Leid, Sie zu stören.« Caroline näherte sich ihr vorsichtig. »Es ist ... sehr wichtig.«

»Dessen bin ich mir sicher.« Freddy drehte sich nun ganz um und lächelte Caroline an. »Keine Sorge. Ich bin nur ein wenig melancholisch, das ist alles. Was Kit ›den Moralischen‹ nennt. Macht wahrscheinlich das Wetter. Worum geht es denn? Haben Sie Schwierigkeiten, sich nach Ihrem Urlaub wieder hier einzufinden?«

»Oh nein, überhaupt nicht.« Caroline schüttelte den Kopf, zögerte – und lachte dann. »Um ehrlich zu sein, will ich Ihnen das hier gar nicht sagen. Es liegt nämlich überhaupt nicht in meinem Interesse, wissen Sie. Aber mich plagt das schlechte Gewissen.«

Freddy stand auf und ging auf sie zu. »Wovon reden Sie denn bloß, Caroline?«, fragte sie mit gerunzelter Stirn. »Gütiger Himmel, setzen Sie sich doch mit mir auf das Sofa. Also, dann mal los.«

Caroline seufzte. »Wie Sie ja wissen, war ich bei meiner Schwester«, erzählte sie. »Und während ich dort war, kam auch eine Freundin von ihr zu Besuch. Eigentlich ist sie auch meine Freundin, aber sie ist etwas älter, so alt wie meine Schwester. Nun, also, geht es darum, dass ihre Kinder eine Schule in New Forest besuchen und dass sie uns ausführlich davon erzählt hat. Es ist nämlich eine koedukative Schule –« Sie hielt inne. »Das heißt, dass dort Jungen und Mädchen unterrichtet werden.«

»Ich weiß, was koedukativ bedeutet, danke, Caroline«, sagte Freddy ungeduldig. »Und worauf wollen Sie hinaus?«

»Was ich daran so interessant finde, ist, dass die Schule Mädchen von acht bis achtzehn aufnimmt und Jungen von acht bis vierzehn. Und dass es ein erstklassiges Internat zu sein scheint. Pauline ist absolut begeistert. Sie hat drei Kinder dort, zwei Mädchen und einen Jungen. Der Junge wird nun bald auf ein privates Jungeninternat wechseln, aber die Mädchen bleiben weiter dort. Na ja, und da musste ich natürlich sofort an Mole und Susanna denken.«

»In welcher Hinsicht?«, fragte Freddy kühl, da der Beschützerinstinkt in ihr geweckt wurde. Sie zog es vor, dass alle neuen Ideen, die ihre Enkelkinder betrafen, von ihr selbst stammten.

Caroline wusste das sehr wohl und beobachtete sie vorsichtig. »Der Punkt ist, dass es sich nach einer Schule anhört, wo die Kinder richtig glücklich sind. Sie liegt an einem See, auf dem die Kinder Boot fahren können. Und sie können so viele andere spannende Sachen machen, zum Beispiel im Wald zelten, Tanzstunden nehmen, Theater spielen ...«

»Bleibt bei all dem denn auch noch Zeit für Bildung und Erziehung?«, fragte Freddy amüsiert.

Caroline gelang ein jämmerliches Lachen. »Ich preise wohl die falschen Dinge an, wie?«, fragte sie. »Es ist nur, dass es sich so anhörte, als wäre es genau das Richtige für Mole und Susanna. Sie könnten gemeinsam dort anfangen, wenn Susanna acht ist und Mole elf. Ich habe Pauline schon gefragt, sie hat gesagt, die Schule nimmt gerne Jungs in dem Alter auf. Durch die Mädchen herrscht in der Schule eine ganz andere Atmosphäre, alles ist viel entspannter, wenn Sie verstehen, was ich meine, und die beiden könnten weiter zusammen sein.« Sie ballte die Hände zu Fäusten, als wolle sie der reaktionslosen Freddy so zu Einsicht verhelfen. »Es hörte sich so an, als wenn es das Richtige für Mole wäre. Es wäre ein Ort, wo er weiter daran arbeiten kann, sein Selbstvertrauen aufzubauen, und wo er dennoch darauf vorbereitet wird, irgendwann allein in ein Jungeninternat zu gehen.«

»Ich habe nicht die Absicht, Susanna schon mit acht in ein Internat zu stecken«, war Freddys abschmetternder Kommentar.

»Das weiß ich ja«, rief Caroline frustriert. »Das ist ja genau das, was ich meinte, als ich sagte, dass es nicht in meinem Interesse liegt. Ich hatte gehofft, dass Sie mich solange hier behalten würden, bis Susanna mit dreizehn auf ein Internat geht, genau wie Fliss. Glauben Sie nicht, dass *ich* möchte, dass sie schon mit acht weggeht. Es wäre ganz einfach nur eine Möglichkeit, Moles Problem zu lösen. Und wenn Sie gestatten, dass ich meine Meinung sage, ich glaube, dass Susanna begeistert wäre. Sie ist ein so fröhliches, unkompliziertes, ausgeglichenes Kind – aber sie würde Mole wahrscheinlich schrecklich vermissen, wenn er fortginge, und es wäre ziemlich trübselig für sie hier mit ...«

»Mit einem Haufen schrulliger alter Leute?«, vervollkommnete Freddy den Satz, als Caroline zögerte.

»Nun, offen gestanden – ja«, antwortete sie rundheraus. »Zumindest müssen wir auf sie wohl so wirken.« Sie zuckte mit den Schultern. »Ich möchte nur ihr Bestes.«

»Verzeihen Sie.« Freddy legte die Hand auf Carolines krampfhaft gefaltete Hände. »Das wollen wir alle. Glauben Sie wirklich, dass Susanna das schaffen würde?«

»Warum nicht? Sehen Sie mal.« Ihr ganzer Körper stand unter Anspannung, als sie sich bemühte, Freddy ihre Sicht der Dinge näher zu bringen. »Glauben Sie nicht, dass ich Susanna opfern möchte, um Mole zu beschützen. Das würde ich nie tun. Ich bin mir nur absolut sicher, dass sie mit ihm kommen wollen wird, wenn er geht, und dass sie mindestens genauso gut – wenn nicht besser – damit umgehen können wird, von zu Hause weg zu sein. Es sind ja noch zwei Jahre Zeit, vergessen Sie das nicht. Das Problem ist nur, dass es sich um eine ausgesprochen populäre Schule handelt und dass man seine Kinder frühzeitig anmelden muss, wenn man sicher sein will, dass sie unterkommen. Das lässt aber auch immer noch die Möglichkeit offen, es sich wieder anders zu überlegen, falls sich zeigen sollte, dass die beiden dann noch nicht so weit sind.«

»Ich werde die Schulleitung bitten, mir einen Prospekt zu schicken«, sagte Freddy. »Wie heißt die Schule?«

»Herongate House School. Neben dem See gibt es einen Reiherstand.« Caroline sah plötzlich müde aus. »Ja, dann ...«

»Vielen Dank, dass Sie das Interesse der Kinder vor Ihr eigenes stellen«, sagte Freddy sanft. »Ich finde, das hört sich wirklich gut an, aber ich hoffe nicht, dass das unbedingt bedeutet, dass wir auf Sie verzichten müssen.«

Caroline blickte sie überrascht an. »Aber was soll ich denn tun, wenn die Kinder nicht mehr hier sind?«, fragte sie.

»Sie vergessen die Ferien«, bemerkte Freddy. »Sommerferien, Herbstferien, Koffer packen, Brote schmieren, hinbringen, abholen, einkleiden ... Alles kein Pappenstiel, fragen Sie Ellen. Nein, ich glaube nicht, dass wir auf Sie verzichten möchten. Es sei denn, es würde Ihnen schwer fallen, so viel Zeit mit einem solchen – wie war das doch gleich? – Haufen schrulliger alter Leute zu verbringen.«

»Das haben *Sie* gesagt.« Es gelang Caroline nicht, ihre Freude zu verbergen. »Sie wissen, wie gern ich hier bin. Sie alle hier sind meine Familie. The Keep ist mein Zuhause. Es würde mir das Herz brechen, das alles hier zu verlassen.«

Freddy schwieg einen Moment. »Ich dachte, diese Art von Eigenschaften seien im Krieg vernichtet worden«, sagte sie schließlich. »Danke, Caroline. Sie sind ein Teil meiner Familie, und ich hoffe, dass wir uns niemals von Ihnen trennen müssen.«

Mit Tränen in den Augen stand Caroline auf. »Danke, Mrs. Chadwick.« Ihr war anzusehen, dass ihr nicht die passenden Worte einfallen würden, um ihre Gefühle angemessen auszudrücken. »Ich gehe dann wohl besser und helfe Ellen mit dem Abendessen für die Kinder. Entschuldigen Sie, dass ich Ihr Klavierspiel gestört habe.«

Sie schlüpfte hinaus und schloss leise die Tür hinter sich. Freddy blieb sitzen und starrte ins Feuer. Womit hatte sie bloß eine solche Loyalität verdient? All die Jahre hatten die gute, alte Ellen und Fox sich um sie gekümmert, und jetzt wollte Caroline diese Tradition fortsetzen. Was für ein unglaubliches, unfassbares Glück sie doch hatte. Dann dachte sie in etwas praktischeren Bahnen: Zwei Jahre, in denen die Kinder auf die Schule vorbereitet werden konnten. In der Zeit würde Mole doch sicher endlich seine tief sitzenden Ängste überwinden? Er machte schließlich laufend Fortschritte – oder wusste er sich nur immer besser zu verstellen, wie Caroline einmal angedeutet hatte?

Freddy dachte: Theo kommt nach Hause! *Er* wird Mole helfen. Er wird seine Wunden schließen, seine Seele heilen und aus ihm einen gesunden, starken Menschen machen.

Sie war so glücklich, so schwach vor Erleichterung, dass sie weiter einfach sitzen blieb und lächelnd ins Feuer sah, bis das Bedürfnis, die Finger über die Tasten gleiten zu lassen, so stark wurde, dass sie aufstand und sich ans Klavier setzte.

Der Bus schaukelte langsam vor sich hin, seine Reifen zischten auf der nassen Straße, während der Regen an den beschlagenen Scheiben hinunterlief. Die Bürgersteige schimmerten nass unter den Straßenlaternen, und die Menschen, die von der Arbeit nach Hause gingen, hasteten mit geneigten Köpfen durch den strömenden Regen. Die Passagiere im Bus machten niedergeschlagene Gesichter und schaukelten auf ihren Sitzen hin und her, während der Bus im Feierabendverkehr langsam von Haltestelle zu Haltestelle ruckelte. Kaum hatte er sich vom Bordstein entfernt und einen Platz in der sich schleichend vorwärts bewegenden Autoschlange ergattert, musste er schon wieder halten, um eine neue Ladung klatschnasser Passagiere an Bord zu nehmen. Diejenigen, die stehen mussten, hielten sich an den Sitzen und Stangen fest, als der Bus in die Princess Victoria Street abbog. Bebend kam er zum Stillstand, als der Schaffner die Glocke läutete und die Menschen nach hinten drängelten, um auszusteigen.

Prue sprang hinaus und eilte über den nassen Bürgersteig. Ihre Füße waren längst durchweicht, als sie die Waterloo Street erreichte. Sie betrat den Flur, knipste das Licht an und entledigte sich ihres tropfenden Regenmantels. Sie hängte ihn an die Garderobe, befreite ihre Füße von den hübschen, triefenden Schuhen und schlüpfte in ihre alten, bequemen Latschen. Das Haus war kalt und nicht besonders einladend an diesem nasskalten Novemberabend, und wie üblich sank ihre Stimmung. Sie ging ins Esszimmer, schenkte sich einen Sherry ein und ging dann mit ihrem Glas ins Wohnzimmer. Sie machte Licht, schaltete die elektrische Heizung an und zog die Vorhänge zu, bevor sie sich in einen Sessel fallen ließ, die Schuhe wegkickte und die Füße unter sich schob. Sie lehnte den Kopf zurück und schloss die Augen. Es machte ihr nichts aus, zu arbeiten – zumindest nicht allzu viel. Die Kolleginnen waren freundlich, und Prue liebte die Kleider. Aber es wäre so schön, nach Hause zu kommen in ein geheiztes Heim, und ein warmes Abendessen und einen Drink serviert zu bekommen. Was für ein Glück hatten doch verheiratete Männer, die sich am Ende eines langen Arbeitstages einfach hinsetzen und die Füße hoch legen konnten. Sie mussten kein Essen machen, nicht waschen, nicht bügeln, keine Hausarbeit erledigen. Obwohl sie sie vermisste, war Prue fast froh, dass die Zwillinge nicht zu Hause waren und sie sich nicht auch noch um sie kümmern musste.

Sie schämte sich, wenn sie an einige ihrer Kolleginnen dachte, die sich neben der Arbeit auch noch um einen Ehemann, Kinder, Haushalt, ja sogar um Hunde und Katzen kümmern mussten. Vielleicht war ihr Problem, dass sie erst so spät angefangen hatte, zu arbeiten – oder dass sie von Natur aus faul war. Sie verzog das Gesicht und nippte an ihrem Sherry. Gut, dass Weihnachten näher rückte. In allen Abteilungen wurde entsprechende Dekoration aufgehängt, und überall herrschte eine festliche, beschwingte Atmosphäre – doch ihr wurde mitunter etwas schwer ums Herz bei der Frage, ob das nun für den Rest ihres Lebens ihr Los war.

Wenigstens hatte sie das von Tony abgelenkt. Sie hatte immer noch nicht wieder von ihm gehört, aber der Schmerz ließ nach – wahrscheinlich, weil sie schlicht zu müde war, um irgendetwas anderes zu empfinden als ein intensives Schlafbedürfnis. Sehnsüchtig freute sie sich auf ihren Weihnachtsurlaub auf The Keep. Zwischenzeitlich hatte es so ausgesehen, als würde sie nur die Feiertage selbst frei bekommen. In ihrer Verzweiflung war sie zum Personalchef gegangen und hatte ihm erklärt, dass sie den Weihnachtsurlaub schon lange gebucht hätte – noch bevor sie die Stelle angetreten habe – und dass sie und ihre Kinder die eine Woche zwischen Weihnachten und Neujahr unbedingt brauchten. Er war nicht sehr glücklich gewesen darüber. Schließlich müsse in eben der Woche der im Januar stattfindende Ausverkauf organisiert werden, erklärte er ihr, und es würde eine Extrabelastung für ihre Kolleginnen bedeuten, wenn sie fehlte. Doch glücklicherweise hatten eben diese Kolleginnen Prue gut zugeredet, um den Urlaub zu bitten, sodass sie nicht gleich klein beigeben musste. Sie hatte ihnen versprochen, ihnen zum Ausgleich hier und da eine Samstagsschicht abzunehmen, und bot an, in der letzten Zeit vor Weihnachten immer bis spät dazubleiben, um so viel Trubel wie möglich aufzufangen. Nur ungern gab der Personalchef schließlich sein Einverständnis – Prue war eine gute Verkäuferin, und er wollte sie nicht verlieren –, aber er wies sie darauf hin, dass diese Woche von den zwei Wochen Urlaub, die ihr für das kommende Jahr zustanden, abgezogen würde. Prue war alles egal, sie ließ sich darauf ein. Ein Spatz in der Hand war immer noch besser als die Taube auf dem Dach. Bis zum Sommer war es noch so lange hin, Weihnachten dagegen war in drei Wochen. Sie war in ihre Abteilung zurückgeeilt, um dort die freudige Nachricht zu verkünden.

Prue war beliebt, und ihre Kolleginnen bemitleideten sie, die sie von ihrem Mann verlassen worden war und jetzt mit allem allein fertig werden musste. Sie war natürlich und aufgeschlossen, sie brachte sie zum Lachen – und sie war »parteilos«, obwohl sie ganz offensichtlich einem ganz anderen Hintergrund entstammte. Viele der Kundinnen mit einem Kreditkonto im Hause waren Freundinnen von ihr, mit denen sie herumalberte und die sie immer wieder überzeugte, etwas zu kaufen, um ihre Kommission zu erhöhen. Sie schickte sie sogar in die anderen Abteilungen, um dort Accessoires wie Schals, Handtaschen, Schuhe und Hüte zu kaufen. Ihr machte die Arbeit Spaß, zumal sie wusste, dass es sie bedeutend schlimmer hätte treffen können. Aber trotzdem dachte sie oft wehmütig an die unbekümmerten Zeiten vor Tonys Erscheinen auf der Bildfläche zurück. Wie viel sie seinerzeit für selbstverständlich genommen hatte! Und wie wenig sie sich um die Sorgen und Ängste anderer Menschen gekümmert hatte ...

Sie hatte ein solches Glück, dass sie Freddy hatte, die sie unterstützte und voll für die Kinder aufkam. Wenn Prue hörte, womit einige ihrer Kolleginnen zu kämpfen hatten, wurde ihr ganz übel vor Scham darüber, wie verwöhnt sie noch immer war. Sie musste sich nicht darum sorgen, eine Wohnung mieten oder eine Hypothek auf ein Haus aufnehmen zu können, und ihre Kinder genossen exzellente Schulbildung. Die Arbeit war also eine Erfahrung, die ihr für vieles die Augen öffnete – und sie war dankbar dafür. Aber wie wundervoll es doch für sie wäre, wenn auf magische Art und Weise ihr altes Leben wiederhergestellt werden könnte! Sie war müde und einsam, sie musste sich erst an die anstrengende tägliche Routine gewöhnen. Niemand wusste, wie sehr sie es bedauert hatte, der Geburtstagsfeier fern bleiben zu müssen, obgleich auch ihr bewusst war, dass die Begegnung zwischen ihr und Freddy sicher sehr steif ausgefallen wäre. Trotzdem war sie überrascht gewesen, wie gern sie eigentlich gefahren wäre, wie gern sie sie alle gesehen hätte, Fox und Ellen und die Kinder, die liebe, fröhliche Caroline – und den guten, alten Theo ...

Sie rappelte sich auf und zwang sich dazu, über ihr Abendessen nachzudenken, als das Telefon klingelte.

»Theo.« Ihre Stimme überschlug sich fast vor Freude. »Ich habe gerade an dich gedacht. Wie schön, von dir zu hören.«

»Wie geht es dir, Prue?«, fragte er. »... Und den Zwillingen? Gut. Ich dachte, vielleicht hast du noch nichts von meinen neuesten Plänen gehört, und darum wollte ich dich anrufen, damit mir niemand zuvorkommt.«

»Nein, ich weiß von nichts.« Sie stand auf einem Bein, um den anderen Fuß an ihrer Wade zu wärmen. Es war kalt und zugig im Flur. »Was ist passiert?«

»Ich ziehe nach Devon«, erzählte er ihr. »Ich werde auf The Keep bleiben. Ist doch Blödsinn, hier allein vor mich hin zu wursteln. Was meinst du?«

»Ich halte das für eine ausgezeichnete Idee«, versicherte sie ihm. »Ich weiß zwar, dass es nicht schaden kann, unabhängig zu sein, aber ich bin mir sicher, dass du das Richtige tust. Dort kümmert man sich wenigstens richtig um dich.«

»Ich weiß wirklich nicht, warum alle immer denken, ich könnte mich nicht um mich selbst kümmern.« Sie konnte hören, dass er lächelte. »Ich mache seit über fünfzig Jahren nichts anderes.«

»Aber Ellen und Caroline werden das besser machen«, sagte sie lachend. »Ach, das freut mich. Warum, um Himmels willen, solltest du dich denn weiter ganz allein durchs Leben schlagen, wenn du nicht musst? Obwohl ich weiß, dass du gern allein bist, Theo. Ich weiß, dass du das brauchst. Wie willst du das denn bloß aushalten mit all den Frauen um dich herum?«

»Gute Frage. Nächste Frage? – Wie sieht's in Bristol aus?«

»Kalt und ungemütlich«, antwortete sie. »Heute ist ein ekliger Tag, und ich finde es so schrecklich trist, nach Hause zu kommen, und niemand ist da. Aber gut. Es gibt Schlimmeres. Wann ziehst du nach Devon?«

»In ein bis zwei Wochen. Zu Weihnachten bin ich auf jeden Fall da. Du doch auch, hoffe ich?«

»Ganz bestimmt. Eine ganze Woche. Ist das nicht toll? Ich schicke die Kinder voraus, weil ich bis zum 23. arbeiten muss. Gut, dass Heiligabend dieses Jahr ein Sonntag ist, sonst müsste ich da auch noch bis abends arbeiten. Ein Teil der Belegschaft muss aber auch an Heiligabend morgens anrücken, und ich habe versprochen, dass ich ihnen ein paar Stunden helfen werde. Ich komme dann aber so schnell wie möglich. Mit ein bisschen Glück bin ich zum Abendessen da.«

»Sehr schön. Und sonst alles in Ordnung, ja? Geld und so? Du schwindelst mich doch nicht an, oder?«

»Wozu sollte ich denn? Das würdest du doch ohnehin sofort merken. Mir geht es gut. Wirklich.«

»Na, dann pass auf dich auf. Gott segne dich. Lass von dir hören.«

Sie verabschiedete sich, und als sie auflegte, war ihr direkt zum Weinen zu Mute. Theo war immer so gut und nachsichtig, wie ein Fels in der unberechenbaren Brandung des Lebens.

Sie dachte: Ohne Theo würde ich überhaupt nicht zurechtkommen. Gott sei Dank wird man sich jetzt ordentlich um ihn kümmern. Endlich wird er da sein, wo er hingehört – und das bedeutet auch, dass ich ihn öfter sehen werde.

Auf einmal schien Weihnachten noch Lichtjahre entfernt zu sein, und sie fragte sich, wie sie die Zeit bloß überstehen sollte, bis auch sie endlich nach Devon fahren konnte.

## 18

Theo war das erste Familienmitglied, das vor Weihnachten zu Hause eintraf. Er kam am frühen Nachmittag eines frostig kalten Tages. Freddy wartete auf dem Bahnsteig in Totnes auf ihn, die Hände tief in den Jackentaschen vergraben und die Füße eingepackt in dicke, fellgefütterte Stiefel. Sie lächelten einander an, wobei sich beide bemühten, nicht zu viel Gefühl zu zeigen und den Augenblick unter Kontrolle zu halten.

»Ich hasse diese scheußlichen neuen Züge«, sagte Freddy, als sie Theo kurz umarmte. »Sie haben überhaupt keine Seele mehr.«

»Und sie verteilen keinen Ruß und Qualm mehr.« Er reichte ihr eine seiner Taschen. »Schaffst du die? Das ist die leichteste. Danke.«

»Ist das alles, was du an weltlichen Gütern besitzt?«, fragte sie. »Zwei Koffer und eine Tasche? Meine Güte. So viel bringt Prue mit, wenn sie für ein Wochenende herkommt.«

Er lachte. »Sie freut sich wahnsinnig auf Weihnachten. Die Zwillinge werden wohl schon vor ihr herkommen.«

Freddy kramte in der Jackentasche nach den Autoschlüsseln, als sie den Bahnhof verließen. »Die arme Prue arbeitet von früh bis spät, um diese eine Woche frei zu bekommen. Und sie meint, dass es für Hal und Kit besser wäre, wenn sie bei uns sind. Aber sie hat sie ja trotz allem eine Woche für sich, bevor sie hierher kommen. Dass die Kinder schon so früh frei bekommen heutzutage. Ich bin mir sicher, dass wir früher nicht so viele Ferien hatten.«

»Und ich bin sicher, dass unsere Eltern genau das Gleiche

dachten«, bemerkte Theo trocken, als er die Koffer einlud. »Ist alles eine Sache des Standpunkts.«

Der Morris tuckerte über die Brücke in Richtung Dartington und The Keep. Freddy war eine gute Fahrerin, sie steuerte den Wagen ruhig und sicher, sodass Theo sich auf dem Beifahrersitz entspannen und die vertraute Landschaft genießen konnte. Es war ein strahlend schöner Tag, an dem der blaue Himmel und der herrliche Sonnenschein einen die Minusgrade vergessen ließen. Theo merkte, wie seine Anspannung nachließ. Er war auf dem Weg nach Hause – endlich.

»Wie kommt es eigentlich, dass du viel besser Auto fahren kannst als ich?«, beklagte er sich. »Eigentlich müsste es doch genau umgekehrt sein, oder?«

»Nur, weil du ein Mann bist?«, fragte Freddy erstaunt. »So ein Quatsch. Jeder Mensch hat seine Stärken und Schwächen. Das hat doch mit dem Geschlecht nichts zu tun. Sieh dir doch nur die Kinder an.«

»Was meinst du?«

»Caroline hat schon Recht, wenn sie sagt, dass Susanna sich schon viel früher in einem Internat zurechtfinden würde als Mole oder sogar Fliss. Sie ist viel geselliger, macht sich nicht so viele Sorgen und findet schneller Freunde. Ihr ist auf jeden Fall viel mehr zuzutrauen in ihrem Alter als Mole.«

»Aber ist das denn ein gutes Beispiel? Wir wissen doch nicht, wie sie jetzt wären, wenn diese Tragödie sich nicht ereignet hätte. Fliss und Mole hat das zweifellos stark beeinflusst.«

Freddy warf ihm einen scharfen Blick zu, als sie die Shinner's Bridge erreichten. »Ich will doch nicht hoffen, dass du nur nach Hause gekommen bist, um dich mit mir zu streiten?«

Theo hob die Hände. »Gott bewahre!«, wehrte er ab. »Du weißt doch, was für ein Feigling ich bin. Aber jetzt erzähl mir doch mal von dieser Schule, die Caroline ausfindig gemacht hat. Das hört sich ja wirklich so an, als wenn das die Lösung wäre.«

»Das glaube ich auch langsam«, stimmte Freddy zu, während sie den Wagen durch die schmalen Straßen lenkte. »Der Prospekt ist schon angekommen. Ich zeige ihn dir, wenn wir zu Hause sind.«

Zu Hause: Diese beiden Wörtchen übten eine gewaltige Wirkung auf Freddy und Theo aus. Es folgte ein emotionsgeladenes Schweigen, während dessen Freddy die Hand ausstreckte und auf die Theos legte. Er drückte sie kurz ganz fest und ließ sie dann wieder los.

»Danke«, sagte er. »Danke, dass du mir das Gefühl gibst, dass The Keep auch mein Zuhause ist. Es gibt nicht viele Menschen, die so großzügig sind.«

»Red doch keinen Blödsinn«, fuhr sie ihn an. Sie sah seinen verwunderten Blick von der Seite, schluckte und versuchte, zu lächeln. »Tut mir Leid. Es ist nur – also, was mich angeht, ist es immer auch dein Zuhause gewesen. Ich dachte, du wüsstest das.«

»Wusste ich wohl auch«, sagte er nach einer Weile. »Natürlich wusste ich das. War ich denn nicht oft genug da ...?«

»Nein«, sagte sie schnell. »Nicht oft genug. Du kannst dir gar nicht vorstellen, wie sehr sich alle freuen, dass du endlich nach Hause kommst ... Und da sind wir auch schon.«

Sie fuhr zwischen den Pförtnerhäusern hindurch und hielt an. Theo blickte unverwandt auf das Haus: grau, imposant, schön, voller Erinnerungen. Sie beobachtete ihn, und er schüttelte wortlos den Kopf. Sie nickte, als würde sie ihm zustimmen, als würde sie ihn verstehen, und küsste ihn leicht auf die Wange.

»Willkommen zu Hause, Theo.«

Die Sonne stand schon sehr tief, als die Kinder aus der Schule kamen. Die Pfützen auf der Straße waren zu Eis gefroren, die schlammigen Wagenspuren zu knöchelgefährdenden

Furchen erstarrt; Reif bedeckte die Zweige und die letzten Blätter, die braun und zerbrechlich noch in den Hecken hingen. Mole blieb an dem Tor zum Bauernhof stehen und blickte über das winterliche Stoppelfeld, das von den letzten Strahlen der hinter den westlichen Hügeln versinkenden Sonne in glänzendes Kupfer verwandelt wurde. Die Bäume standen steif und schwarz und warfen lange, dünne Schatten in die stille Frostlandschaft. Ein Stück hinter ihm sprang Susanna vor sich hin singend von Pfütze zu Pfütze und versuchte, das Eis zu brechen, das unter ihrem Gewicht zwar splitterte und krachte, aber nicht wirklich nachgab. Er sah über die Schulter zu ihr zurück, dann blickte er zu der Stechpalme neben dem Tor. Die dornig gezähnten, glänzenden Blätter strahlten – allerdings strahlten sie nicht so sehr wie die Beeren, die korallenrot im letzten Licht der Nachmittagssonne glühten.

Der Gedanke an Blut drängte sich ihm auf und wurde sofort verbannt. Das konnte Mole jetzt: ganz bewusst jegliche Gedanken abwehren, die möglicherweise die Vergangenheit wiederaufleben ließen. Ganz langsam hatte er gelernt, dass das die einzige Chance war, mit dem Entsetzen umzugehen, es zu unterdrücken, es zu versiegeln. Es funktionierte, es befreite ihn von seiner Angst und half ihm, sich unter Kontrolle zu behalten – allerdings plagten ihn dafür Albträume. Aber auch damit lernte er umzugehen. Die Träume fingen immer gleich an – ihn packte das Gefühl lähmender Angst, das dem Erkennen der drohenden, dunklen Gestalt vorausging –, nahmen aber nicht immer den gleichen Verlauf. Was gleich blieb, war die Hilflosigkeit, die Unfähigkeit zu entkommen, oder dass er blind oder taub war. Immer häufiger gelang es ihm, sich selbst zu wecken, bevor irgendetwas passierte – und dann lag er schweißgebadet und zitternd da. Manchmal – aber nicht mehr so oft – wachte er schreiend oder weinend auf. Wenn er Glück hatte, hörte ihn niemand. Normalerweise kam dann aber Caroline zu ihm ins Zimmer, tröstete ihn und sprach mit ihm, bis sein Zittern nachließ. Er musste einfach lernen sich zu beherrschen, bevor er ins Internat kam. Der Gedanke daran, dass ihm so etwas in einem Schlafsaal mit anderen Jungen passieren könnte, reichte schon aus, um ihn in Albträume zu stürzen. Jetzt sah es ganz so aus, als hätte Caroline ihm zu weiteren zwei Jahren Aufschub verholfen. Zwei Jahre – und dann würde Susanna mit ihm gehen.

Er drehte sich noch einmal nach ihr um. Er war grenzenlos erleichtert und ließ das Tor los, während er sie beobachtete. Völlig selbstversunken tanzte sie singend die Straße entlang: Mit hochgezogenen Knien und ausgestreckten Armen übte sie den kleinen Tanz, den man ihnen für das Jahresabschlusskonzert beigebracht hatte. Er liebte sie so sehr. Sie war das einzige Familienmitglied, das unbefleckt geblieben war von dem Blut. Alle anderen wussten, was passiert war, und erinnerten sich immer wieder daran – die schreckliche Vergangenheit war Teil ihres Lebens. Er konnte es manchmal in Fliss' Blick sehen, und er wusste auch, woran seine Großmutter dachte, wenn sie Klavier spielte, ihr Tränen über die Wangen rannen und sie sich allein wähnte. Er tendierte immer noch dazu, sich zu verstecken, sich unter Decken und Kissen zu vergraben, obwohl er langsam zu groß wurde, um sich vollständig zu verbergen – und außerdem wusste er, dass das gefährlich sein konnte. Man sah und hörte unter Umständen Dinge, die man nicht verstehen wollte ... Einzig Susanna war unbelastet von dem grässlichen Wissen; unschuldig und unbefangen stellte sie sich der Welt. Er würde niemals unbefangen sein können – Jamies Blut saß ihm auf ewig in den Knochen –, aber er konnte das Grauen bezwingen. Er hatte noch zwei Jahre. In zwei Jahren konnte so viel passieren.

Mole atmete tief durch und ging wieder zurück auf die Straße. Susanna hatte ihn überholt, und als er zu ihr und dann an ihr vorbeisah, blieb ihm fast das Herz stehen. Er bekam keine Luft mehr vor Angst. Eine Gestalt kam auf sie zu, groß und düster. Sie warf einen langen, schwarzen Schatten und näherte sich unausweichlich. Das war sein Wirklichkeit gewordener Traum: kein Versteck, kein Ausweg – und der Tod kommt direkt auf ihn zu. Er wusste, das Gesicht würde mit geschlossenen Lippen und toten Augen lächeln, wenn er hinsah. Grausam, triumphierend und Furcht einflößend. Mole gab einen merkwürdigen Laut von sich, mit dem er Susannas Aufmerksamkeit erregte. Sie knickste vor ihrem imaginären Publikum und folgte dann Moles Blick die Straße hinunter. Ihr schriller Schrei ging ihm durch Mark und Bein, er schloss eine Sekunde die Augen, und schon war sie weg und lief rufend die Straße entlang.

»Onkel Theo! Er ist rechtzeitig da, um uns abzuholen!« Ihre Worte hallten in Moles Ohren wider, und er traute seinen Augen kaum, als die Gestalt die Arme ausbreitete, das kleine Mädchen auffing und es herumwirbelte. Das Herz schlug Mole bis zum Hals, und er weinte fast vor Erleichterung, als auch er mit zitternden Beinen anfing zu rennen. Als er Theo erreichte, setzte dieser Susanna ab, und Mole warf sich ihm in die Arme, ließ sich fest an Theos Brust drücken und fühlte sich sicher und geborgen.

Fliss war schon fast eine ganze Woche zu Hause, als die Zwillinge kamen. Sie sah sofort, dass mit Kit irgendetwas passiert sein musste; sie war verkrampft und aufgedreht gleichzeitig, ihre Gefühle lagen nur knapp unter der Oberfläche. Fliss beobachtete sie besorgt, bis ihr bewusst wurde, dass sie sich in Hals Gegenwart ganz ähnlich aufführte. Sobald er in ihrer Nähe war, fing auch sie an, ganz anders zu sprechen und sich anders als sonst zu geben. Sie fühlte sich dann ganz leicht, atemlos, aufgeregt. In dem allgemeinen Trubel wurde das von den anderen wohl kaum bemerkt, und wenn doch, dann wurde es sicher dem sich nähernden Fest und der Freude darauf zugeschrieben. Hal bemerkte es sehr wohl, ging aber sehr erwachsen damit um – zumindest vorläufig.

Am Samstagnachmittag, dem Tag vor Heiligabend, als Theo und Hal die Kinder mit nach draußen nahmen, um Stechpalmenzweige zu schneiden, Caroline und Ellen in Totnes die letzten Einkäufe erledigten und Freddy sich mit Julia Blakiston zum Tee traf, überraschte Fliss Kit in ihrem Zimmer, wo sie herzzerreißend weinte.

»Was ist denn mit dir?« Fliss schloss die Tür hinter sich, blieb aber vor Schock wie angewurzelt stehen. In den letzten vier Jahren hatte sie Kit niemals weinen sehen. »Kit? Bist du krank?«

Kit hob den Kopf vom Kissen und sah zu Fliss auf. Diese wunderte sich darüber, dass Kit zwar weinte, aber dennoch überglücklich zu sein schien.

»Was ist denn bloß los?«, flüsterte sie und näherte sich nun doch. »Bitte, Kit. Ist alles in Ordnung?«

Kit streckte die Arme nach ihr aus und zog sie zu sich aufs Bett. »Ach, ich kann dir gar nicht sagen, wie erleichtert ich bin«, sagte sie. »Ich habe meine Tage. Oh, Gott, ich glaube, ich sterbe vor Freude!«

Fliss runzelte reichlich verwirrt die Stirn, und Kit fing an zu lachen und drückte sie an sich. »Gute alte Flissy«, sagte sie und ließ wieder die Schauspielerin in sich durchscheinen. »Denk doch mal nach. Graham und ich haben es zusammen gemacht.«

»Oh.« Fliss zog die Knie aufs Bett und sah Kit voller Bewunderung und Sorge an.

»Und weißt du was? So toll ist es gar nicht.« Sie setzte ein ernsteres Gesicht auf. »Mann, hat das wehgetan. Und dann literweise Blut. Gott, war das unangenehm. Aber er hat einfach ein Handtuch aufs Bett gelegt ...«

»Wessen Bett?«, fragte Fliss, als sie ihre Stimme wiederfand.

»Seins. Wir waren auf einer Party, und ich hatte etwas zu viel getrunken. Nun guck doch nicht so, Süße. So was passiert nun mal. Wie dem auch sei, ich bin dann also mit ihm auf sein Zimmer gegangen. Und er war perfekt vorbereitet ...« Sie schauderte. »Dadurch kam mir das Ganze eigentlich etwas schmutzig vor, aber na ja, ich war halt ziemlich glücklich und ...« – sie zuckte mit den Schultern – »da ist es halt passiert. Ich fand es nicht so toll, aber ich kann mir schon vorstellen, dass es netter ist, wenn man sich erst mal daran gewöhnt hat.«

»Ach, Kit. Hat er dich gefragt, ob du ihn heiraten möchtest?«

»Nein, liebes Cousinchen, hat er nicht. Und außerdem würde ich ihn sowieso nicht wollen. Hinterher ging mir auf, dass ich ihn vielleicht doch gar nicht richtig liebe, und dann habe ich Panik bekommen, weil ich dachte, ich wäre schwanger.«

»Mannomann!«

»Er hatte was übergezogen«, deutete Kit an. »Und er hat versprochen, dass nichts passierten würde, aber ich habe mir dann doch Sorgen gemacht, weißt du.«

Fliss nickte. Sie wusste gar nichts, aber sie konnte es sich vorstellen. »Stell dir vor, du müsstest das Großmutter sagen.«

Kit schauderte. »Pscht. Ist ja überstanden. Stell dir vor, ich müsste ihn heiraten. Das wäre wirklich schlimm.«

Fliss glotzte sie an und war fest entschlossen, dass sie niemals ein solches Risiko eingehen würde, nicht einmal für Hal ... Sie verstand ansatzweise, wie Kit sich gefühlt haben mochte – aber trotzdem ...

»Ach, so ein Glück, dass alles in Ordnung ist, Kit!«, sagte sie. »Das wäre ja ein schreckliches Weihnachten geworden. Und die arme Tante Prue hätte sich solche Sorgen gemacht.«

»Ich weiß.« Kit schnitt eine Grimasse. »Ich habe geschworen, dass ich den Rest meines Lebens ein Engel sein würde, wenn ich nur nicht schwanger bin.« Sie lachte hilflos. »In meinem ganzen Leben bin ich nicht so oft auf der Toilette gewesen. Alle zehn Minuten, in der Hoffnung – du weißt schon.«

Jetzt lachte auch Fliss. »Du bist unmöglich«, sagte sie liebevoll.

»Ich weiß«, sagte Kit stolz. Sie stand auf und streckte sich, wirbelte herum und lachte noch immer. »Komm. Fox und Hal haben den Baum schon in die Eingangshalle geschafft, und wir beiden sollen den Schmuck für morgen zusammensuchen. Ach, Fliss, ich bin so *glücklich*!«

Am Nachmittag des Heiligen Abends stand Ellen in der Küche und machte kleine Fleischpasteten, während Caroline den Weihnachtskuchen mit Puderzucker bestäubte. Ellens Radioapparat war eingeschaltet und unterhielt die beiden Frauen mit der Übertragung des traditionellen Weihnachtsgottesdienstes in Cambridge.

»Da könnte ich immer heulen«, gestand Ellen und schnitt routiniert den Teig zurecht.

»Ich auch«, sagte Caroline glücklich.

Dann herrschte kurzes Schweigen.

»Wo sind die Mädchen denn bloß?«, wunderte Ellen sich. »Die führen sich ja reichlich merkwürdig auf die letzten Tage. Vor allem Kit.«

»Das ist halt gerade das Alter, meinst du nicht?«, sagte Caroline. »Da spielen die Hormone nun mal verrückt. Fliss steht genau das Gleiche bevor.«

»Hormone«, schnaubte Ellen verächtlich, ohne vom Hackfleisch zu lassen. »Als ich ein Mädchen war, hatte ich keine Hormone. Hormone! Barmherziger Himmel! Ah, da kommt Fox mit den Hunden. Setz doch mal bitte eben den Kessel auf. Danke, Liebes. Ich bin ja voller Mehl.«

Nachdem Caroline ihr glaubhaft versichert hatte, dass der Weihnachtsmann ihn dort finden würde, hatte Susanna einen von Ellens ausrangierten Florstrümpfen an den Haken an der Innenseite ihrer Zimmertür gehängt.

»Ich habe keinen Knauf am Bett, so wie du«, erklärte sie

Mole, der sie interessiert und leicht besorgt beobachtete. »Letztes Jahr haben wir ihn über den Stuhl gehängt, aber dieses Jahr will ich ihn prall gefüllt da hängen sehen, wenn ich aufwache. Caroline hat gesagt, der Weihnachtsmann wird schon wissen, wo er hängt.«

»Ich schätze, er ist daran ge-gewöhnt, sich umzuschauen«, sagte Mole. Er schauderte. Allein der Gedanke an den lieben guten Weihnachtsmann in seinem Zimmer machte ihn nervös. Wenn der weiße Bart nun geschlossene, lächelnde Lippen verbarg? Die strahlenden Augen könnten plötzlich erlöschen und starr und gnadenlos dreinschauen. Letztes Jahr hatte er überhaupt nicht schlafen können und sich in Carolines Zimmer verkrochen, bis die Luft rein war. »Ich frage mich, was er m-machen würde, wenn wir aufwachen und ihn s-sehen.«

Er bemühte sich, ganz locker zu klingen, aber Susanna spürte seine Anspannung. Sie runzelte die Stirn, als sie sich daran erinnerte, dass Mole immer wieder Albträume hatte, und nahm den schlaffen Strumpf vom Haken.

»Eigentlich will ich ihn doch nicht hier haben«, verkündete sie. »Großmutter hat gesagt, wir können die Strümpfe auch neben den Kamin in der Eingangshalle hängen. Da kommt er ja schließlich auch rein. Wollen wir das machen? Fliss kann ihren auch da aufhängen. Und Caroline. Wir alle. Dann muss er gar nicht nach oben kommen.«

»A-aber«, protestierte Mole, der gern selbstlos sein wollte, »dann kannst du den vollen Strumpf nicht sehen, wenn du aufwachst.«

Susanna zuckte mit den Schultern und wickelte sich den Strumpf um den Arm. »So wichtig ist es auch wieder nicht. Ich wecke dich, und dann gehen wir zusammen runter. Ist doch viel lustiger, alle Strümpfe nebeneinander in einer Reihe hängen zu sehen, oder nicht?«

»Ich hole eben m-meinen Strumpf«, sagte Mole, der vor Erleichterung ganz rosige Wangen hatte. »Komm, wir gehen runter und schauen, wo wir sie hinhängen können. Komm schon, Sooz.« Er zögerte. Er wollte sich so gern erkenntlich zeigen, ihr auch eine Freude machen – aber er wusste nicht, wie. »Hoffentlich bekommst du deinen Roller, Sooz.«

»Das hoffe ich auch«, sagte sie fröhlich. »Komm jetzt. Wir gehen runter und fragen Caroline, wo wir sie hinhängen können, und dann ist bestimmt auch schon Zeit für Tee. Mit Pasteten. Hm, lecker, lecker.«

Als Prue etwas später am Heiligen Abend ankam, war bereits alles fertig. Fox hatte sie vom Bahnhof abgeholt, und als sie in die Eingangshalle trat, waren alle da und warteten auf sie. Der Baum reichte bis zur Decke und war über und über mit brennenden Kerzen geschmückt und neben dem flackernden Feuer im Kamin die einzige Lichtquelle. Das Lametta und die Christbaumkugeln glänzten und glitzerten, und an den kräftigeren Zweigen hingen liebevoll eingepackte, winzige Päckchen. Mit rotem Stoffband zusammengebundene Stechpalmen- und Mistelzweige schmückten die Eingangshalle; Hackfleischpastetchen und Sherry standen auf dem Tisch vor dem Kamin bereit. Sie blieb gerührt stehen, kaum dass sie die Schwelle übertreten hatte, und die Familie lächelte angesichts ihrer unverkennbaren Freude.

»Wunderschön«, sagte sie schließlich. Und als hätte sie die anderen damit von einem Fluch befreit, kamen nun alle auf sie zu, um sie in den Arm zu nehmen, zu küssen und sie angemessen willkommen zu heißen.

Sie versammelten sich um das Feuer, während Susanna und Mole unter dem Baum herumkrabbelten und die darunter gestapelten Geschenke befühlten und Hal Fliss im Schutz der allgemeinen Aufregung unter dem Mistelzweig küsste. Kit beobachtete sie und grinste Fliss an, die sich fragte, ob wohl irgendwann schon mal jemand an Glückseligkeit gestorben war.

Die beiden Mädchen, Prue, Caroline, Hal und Theo gingen zur Mitternachtsmesse. Sehr zu Hals Missfallen setzte Caroline sich ans Steuer – aber so konnte er mit Fliss auf dem Schoß hinten neben Prue und Kit sitzen. Die alte graue Kirche erstrahlte im Licht zahlloser Kerzen, und als sie wieder herauskamen, stand ein weißer Mond am sternenklaren Himmel. Ihr Atem hing wie Rauch in der kalten Luft, und unter ihren Füßen knirschte der gefrorene Boden.

Sobald das Auto in den Hof fuhr, wurde die Haustür geöffnet, und das Licht aus der Eingangshalle ergoss sich über die glitzernden Stufen und das silbrige Gras. Freddy – groß und schlank in ihrer hochgeschlossenen Bluse und dem langen Samtrock – stand mit einer Stola um die Schultern in der Tür und erwartete sie.

»Die Kinder sind endlich im Bett«, sagte sie, »und die Strümpfe warten auf den Weihnachtsmann. Fox hat noch ein paar Scheite aufs Feuer gelegt, und Ellen hat gerade frischen Kaffee gemacht. Kommt rein und wärmt euch auf. Frohe Weihnachten uns allen.«

Sie blieben einen Moment stehen und lauschten den Kirchenglocken, die über die stille Landschaft klangen. Sie lächelten sich an, und dann gingen alle hinein und schlossen die Tür hinter sich.

# DRITTES BUCH

*Winter 1965*

## 19

Theo saß in seinem Arbeitszimmer und war so vertieft in ein fast neunzig Jahre altes, vergilbtes und mehrfach gefaltetes Dokument, dass er das Heulen des Windes um The Keep gar nicht wahrnahm. Er stellte eine Familiengeschichte der Chadwicks zusammen. Fliss mit ihrem stark ausgeprägten Familiensinn hatte ihn darum gebeten. Sie war die alten Fotografien und Briefe immer wieder durchgegangen, hatte Fragen gestellt und Erklärungen verlangt, bis Theo nachgegeben und sich bereit erklärt hatte, die Familiengeschichte aufzuzeichnen. Es machte ihm Spaß. Es gab genug zu tun auf The Keep – insbesondere wurde ihnen allen genug körperliche Arbeit abverlangt, um das Anwesen in Stand zu halten –, aber es war schön, sich bei jeder Gelegenheit, die sich bot, nach oben ins Arbeitszimmer zurückzuziehen und an dem Projekt weiterzuarbeiten.

Er nahm die Brille ab, rieb sich die Augen und streckte sich auf dem Stuhl. Er bemerkte, dass es allmählich ziemlich kühl wurde in dem Zimmer. Der kurze Januartag war so gut wie vorüber, und der Raum lag bis auf den Lichtkegel, den die Schreibtischlampe aussandte, im Dunklen. Freddy hatte darauf bestanden, dass er diese Lampe bekam, da sie fürchtete, er werde sich die Augen verderben, wenn er verblichene oder unleserliche Handschriften zu entziffern versuchte. Als er sich strikt geweigert hatte, dass Kohle hinaufgetragen wurde, um oben heizen zu können, hatte sie ihm eine elektrische Heizung ins Zimmer gestellt, die er natürlich stets vergaß, einzuschalten, bis seine kalten, steifen Finger ihn – wie jetzt – daran erinnerten. Er erhob sich und ging zum Fenster hinüber, um die Vorhänge zuzuziehen. Er blieb kurz stehen und sah in den Hof, wo der Wind Regen vor sich her peitschte, an den Fenstern rüttelte und die Kletterpflanzen an der Hausmauer beutelte. In Fox' kleinem Cottage brannte Licht, das sich auf den nassen Pflastersteinen spiegelte, und Theo sah, dass in dem Häuschen jemand hin und her ging.

Wahrscheinlich zog Fox sich etwas Trockenes an und würde dann zum Tee herüberkommen. Theo zog den Vorhang zu und vergrub die kalten Hände in den Taschen seiner Strickjacke. Obwohl er unter der Jacke einen dicken Wollpullover trug, fror er. Für den Fall, dass Freddy ihn hier aufsuchte, schaltete er die Heizung ein, damit sie nicht mit ihm schimpfen konnte, weil er sich selbst so vernachlässigte.

Aber für gewöhnlich störte ihn niemand bei der Arbeit – es sei denn, er erschien nicht pünktlich zu einer Mahlzeit.

Freddy hatte lange genug allein gelebt, hatte sich selbst genügt und nie Schwierigkeiten gehabt, ihre Zeit sinnvoll zu nutzen. Sie brauchte nicht ständig seine Gesellschaft. Sie war taktvoll, ermahnte sich selbst, nicht zu viele Ansprüche an ihn zu stellen, und sorgte dafür, dass er während der Zeiten morgens und abends, da er sich ins Gebet vertiefte, nie gestört wurde. Sie wusste, dass diese Zeiten der Kontemplation ein Teil seines Wesens waren, und respektierte sein Bedürfnis, absolut allein zu sein. Er vermutete, dass sie nach all den Jahren des Alleinlebens ein ähnliches Bedürfnis hatte. Selbst nach drei Jahren unter einem Dach empfanden sie die Gesellschaft des jeweils anderen als so kostbar, dass sie sie auf keinen Fall überbeanspruchen wollten. Sie hatten beide Angst davor, ihr harmonisches Zusammenleben zu gefährden, und gestanden dem anderen daher lieber zu viel Eigenständigkeit und Zeit für sich allein zu als zu wenig. Beiden reichte es zu wissen, dass der andere da war.

Theo dachte: Es war weder zu früh noch zu spät für uns. Wie durch ein Wunder hat es einfach geklappt.

Er war noch nie so zufrieden gewesen. Die Freude über den Wechsel der Jahreszeiten war besonders süß, wenn man ihn mit jemandem erleben durfte, den man liebte, den man schon so lange liebte; und die Tatsache, dass Theo sich diese Freude so lange versagt hatte, ließ ihn sie jetzt doppelt und dreifach empfinden. Theo war immer noch überzeugt, dass die Beziehung zu Freddy an seinen Sehnsüchten und Freddys Stolz zu Grunde gegangen wäre, wenn er schon früher nach The Keep zurückgekehrt wäre. Er bereute nichts.

Er sah auf die Uhr und stellte fest, dass es Zeit für den Tee war. Freddy war sicher schon in der Eingangshalle. Der Gedanke an ein loderndes Kaminfeuer und heißen Tee trieb ihn aus seinem Zimmer und die Treppe hinunter. Freddy saß auf einem der Sofas und war in die Seite mit den Todesanzeigen in der *Times* vertieft. Mit düsterem Blick sah sie zu ihm auf, und er konnte sich denken, dass sie über Winston Churchill gelesen hatte. Theos Projekt hatte ihn den Tod des großen Staatsmannes vorübergehend vergessen lassen, aber heute waren die Zeitungen sicher voll davon. Wie Freddy betrachtete auch Theo Churchills Tod als das Ende einer Ära, und gemeinsam hatten sie seiner gedacht, hatten sich an den Krieg erinnert und daran, wie seine glänzende Rede sowohl denjenigen, die zu Hause bange warteten, als auch denjenigen, die an der Front kämpften, Mut gemacht hatte. Es war, als würde mit ihm eine ganze Lebensart zu Ende gehen. Andererseits war er schon zu alt gewesen, als dass sein Tod die Nation wirklich schockiert hätte.

Das wilde, fast unheilvolle Dröhnen der Musik der Beatles schien genau den passenden Hintergrund zu bieten für die neuen, Furcht erregenden Entwicklungen auf dem Gebiet der strategischen Waffen und die Besorgnis erregenden Ausbrüche von Gewalt und kriminellen Energien: der Überfall auf den Postzug; die Profumo-Affäre; die Ermordung John F. Kennedys; der Vietnamkrieg. Freddy fand, dass Churchills

Tod den Verlust einer letzten großen Bastion zivilisierten Verhaltens symbolisierte. Die Welt bewegte sich auf einen Abgrund zu. Dies hatte sie Theo gegenüber geäußert.

»Blödsinn«, hatte er sofort widersprochen. »Die letzten beiden Kriege waren ja wohl auch keine Musterbeispiele zivilisierten Verhaltens. Das Leben ist immer schon grausam und voller Gewalt gewesen. Die Geschichte ist ein endloser Kreislauf. Friedliche, glückliche Zeiten wechseln sich ab mit Zeiten des Krieges und der Gewalt. Es ist reine Glückssache, wann man geboren wird. Wenn schlimme Zeiten bevorstehen, ist das nicht das erste Mal und man wird sie überleben. Die Menschheit ist erstaunlich zäh und erfinderisch.«

»Ich weiß nicht recht«, hatte sie geantwortet, »ob ich das nun tröstlich finden soll oder nicht. Ich meine immer noch, dass sich ein ganz schreckliches Gewitter zusammenbraut.«

»Es hat schon andere Gewitter gegeben, und nie haben sie das Armageddon bedeutet, obwohl wir das des Öfteren geglaubt haben«, entgegnete er. »Der Erste Weltkrieg. Die Kubakrise. Wir beide haben schon zwei Weltkriege und die Depression mitgemacht, Freddy. Ich denke, wir werden auch noch ein kleines Gewitter überleben.«

»Und was ist mit dem Donner über Hiroshima?« Sie hatte nicht locker gelassen. Sie wollte gar nicht getröstet werden – sie wollte, dass er ebenso deprimiert war wie sie. Sie war ungewöhnlich melancholisch und fühlte sich alt, müde und nutzlos. Sein besonnener Realismus ärgerte sie. »Einen Atomkrieg würden wir nicht überleben.«

»Ich glaube auch nicht, dass wir das wollen würden«, hatte er unbeschwert geantwortet und gehofft, dass er ihr etwas mehr Optimismus aufzwingen können würde, ohne zu grob zu sein. »Du weißt doch, Hal sagt, Atomwaffen sind das ultimative Abschreckungsmittel. Die Menschen haben alle viel zu viel Angst vor den vernichtenden Folgen, als dass sie eine Konfrontation riskieren würden.«

»Ach, und Hal weiß Bescheid, ja?«, hatte sie verärgert gefragt. »Er ist ja noch nicht mal Leutnant zur See. Und damit wohl kaum ein Experte, was den Weltfrieden angeht.«

»Richtig.« Theo musste angesichts ihrer gewollt gedrückten Stimmung lächeln. Hal – der sich im letzten Jahr seiner Marineoffiziersausbildung auf der Königlichen Marineschule in Dartmouth befand – wurde normalerweise als *die* führende Kapazität in Sachen Kriegführung zitiert. »Wie schrecklich das Leben doch ist. Sollen wir Ellen bitten, uns nach dem Abendessen im Arbeitszimmer Arsen für zwei zu servieren? Dann hätten wir es endlich hinter uns ...«

Da hatte sie dann doch lachen müssen, und damit war es ihm wie üblich gelungen, sie aufzuheitern.

»Komm und wärm dich auf«, sagte sie jetzt und legte die *Times* zur Seite. »Wie kommst du voran?«

»Nicht gerade zügig«, antwortete er. »Im Moment versuche ich immer noch, mir einen Durchblick zu verschaffen, was einige Dokumente bezüglich eines Gerichtsverfahrens im Jahre 1850 angeht. Mein Großvater war wirklich ein ausgesprochen entschlossener und verschlagener Mensch.«

Er setzte sich an den Kamin und streckte die kalten Hände zum Feuer, während Freddy ihm Tee einschenkte. Im gleichen Moment öffnete sich die Haustür, und Caroline trat aus der nassen, kalten Dunkelheit in das warme Haus. Ihr Haar verschwand unter einer Regenhaube, und sie hatte einige Pakete dabei.

»Wie gemütlich das hier aussieht«, sagte sie, schloss die Tür und zog sich die Haube vom Kopf. »Draußen ist es scheußlich.«

»Dann stellen Sie doch Ihre Sachen ab und trinken Sie eine Tasse Tee mit uns«, lud Freddy sie ein. »Sie sehen aus, als könnten Sie etwas Warmes vertragen. Und dann können Sie uns auch erzählen, was Fliss macht und wie es Ihnen beiden in Exeter ergangen ist.«

Theo hob erstaunt die Augenbrauen, als Caroline kurz verschwand, um abzulegen. Freddy runzelte die Stirn und schüttelte den Kopf, als wolle sie sagen, sie müssten warten, bis Caroline wiederkam. Er nahm seine Teetasse, zermarterte sich das Hirn, ob dieser Ausflug nach Exeter schon einmal besonders erwähnt worden war, und fragte sich, ob er von wesentlicher Bedeutung gewesen war. Da es den ganzen Tag geregnet hatte, hatte Theo seit dem Frühstück in seinem Arbeitszimmer gesessen, und da Julia Blakiston zum Mittagessen gekommen war, hatte er allein oben gegessen, damit Freddy die Gesellschaft ihrer Freundin ungestört genießen konnte. Er war sicher, dass Freddy diesen Ausflug beim Frühstück nicht erwähnt hatte – es sei denn, er war doch schon weitaus vergesslicher, als er immer annahm. Wenige Augenblicke später war Caroline wieder da; ihre kurzen Locken waren ganz platt gedrückt von der Haube, ihre braunen Halbschuhe waren feucht, und ihre Wangen glühten.

»Also, wie geht es Fliss?« Freddy schenkte ihr eine frische Tasse Tee ein. »Haben Sie passenden Stoff gefunden?«

»Wir haben wirklich einen schönen Tag gehabt, obwohl das Wetter so furchtbar ist.« Caroline strahlte die beiden an. »Fliss wollte ja unbedingt Brokat haben. Sie meinte, das sei jetzt ›in‹.« Sie verzog das Gesicht und zuckte ratlos mit den Schultern. »Aber als sie letzte Woche bei Bobby's war, haben die ihr gesagt, dass sie das in Gold nicht auf Lager haben, darum musste sie es bestellen. Sie wissen ja, dass ich von Mode keine Ahnung habe, aber ich muss sagen, es sieht toll aus.« Sie hielt inne. »Ich habe mir ein Kleid für das Abendessen mit Miles gekauft.«

»Soso.« Freddy warf Theo einen viel sagenden Blick zu, als der Name eines Mannes fiel. Caroline nippte dankbar an ihrem Tee. »Ja, wollen Sie es uns denn nicht zeigen?«

»Oh.« Caroline war gleichzeitig überrascht und dankbar. »Nun ja, wenn Sie es gerne sehen würden ...«

»Aber natürlich«, sagte Freddy. »Und auch sonst alles, was Sie gekauft haben. Sie hatten doch eben noch so viele interessante Pakete auf dem Arm. Wo sind die denn abgeblieben?«

Caroline schaute leicht betreten drein. »Die habe ich in der Garderobe gelassen«, murmelte sie. »Ich dachte nicht, dass jemand daran interessiert wäre.«

»*Selbstverständlich* sind wir daran interessiert«, sagte Freddy. »Herrje! Einkaufstouren sind immer interessant. Nun holen Sie schon Ihre Errungenschaften. Na, los, schnell, sonst wird Ihr Tee kalt.«

Caroline erhob sich und zögerte. »Wenn Sie wirklich meinen ...«

»Ich glaube, sie *will* es uns gar nicht zeigen«, sagte Freddy zu Theo – und schon grinste Caroline und eilte davon.

»Sind wir tatsächlich interessiert?«, fragte Theo vorsichtig. »Ich weiß überhaupt nicht, was ich sagen soll, wenn es sich um Damenkleider handelt. Haben wir die damals nicht Gewänder genannt?«

»Geh mir nicht auf die Nerven«, ermahnte Freddy ihn. »Und sei so gut und streng dich ein kleines bisschen an. Sie ist verliebt, das arme Ding. Das sieht doch ein Blinder. Bitte, *versuch* wenigstens, einen interessierten Eindruck zu machen.«

Theo war immer noch damit beschäftigt, diese erstaunliche Information zu verdauen, als Caroline mit ihren Paketen zurückkehrte.

Freddy schob das Geschirr beiseite, damit Caroline das Kleid auf dem Tischchen ausbreiten konnte.

»Wunderschön.« Freddy strich behutsam über den dünnen, weichen, grau-grünen Jersey. Das Oberteil des Kleides war über Kreuz verschlungen, der Rock leicht ausgestellt. »Wirklich hübsch. Meinst du nicht auch, Theo?«

Sie warf ihm einen warnenden Blick zu, der Caroline völlig entging, da sie ihr neues Kleid bewunderte.

»Die Farbe steht Ihnen ausgezeichnet«, überraschte Theo sie beide. »Unterstreicht das Grün in Ihren Augen.«

Die beiden Frauen starrten ihn mit offenem Mund an. Caroline fasste sich als Erste wieder. »In meinen *Augen*?«, fragte sie ungläubig.

»Natürlich«, sagte Theo unbekümmert. »Ist mir schon oft aufgefallen. Wie eine echte Haselnuss. Sehr ungewöhnlich. Und wunderschön.«

Caroline verstummte nach diesem außergewöhnlichen und unerwarteten Kompliment. Freddy starrte Theo aus nachdenklich zusammengekniffenen Augen und mit geschürzten Lippen an. Er schenkte ihr ein zuckersüßes Lächeln. Sie atmete langsam und vorsichtig durch die Nase ein, als müsse sie innere Eruptionen unterdrücken, und wandte sich dann wieder an Caroline.

»Und was ist in der anderen Schachtel dort?«

Caroline errötete ein wenig, als sie das Kleid wieder vorsichtig zusammenlegte und mit dem Seidenpapier bedeckte. »Ich habe ein bisschen über die Stränge geschlagen heute«, gestand sie schuldbewusst. »Aber er war runtergesetzt. Und Fliss ...« Sie hielt inne.

»Und Fliss hat Ihnen gut zugeredet«, sagte Fliss' Großmutter. »Glaube ich alles. Na, los. Raus damit.«

Caroline hielt einen dicken, braunen Wintermantel in die Höhe. Er war weit und eher kurz geschnitten, und sein Kragen war eigentlich ein langer Schal, der an beiden Enden schwarz eingefasst war.

»Himmel«, sagte Freddy schließlich. »Das ist bestimmt auch ›in‹.«

»Nun ja ... ja.« Caroline sah sie unsicher an. »Ich dachte, er wäre vielleicht ein wenig *zu* modisch für mich, aber Fliss war sich so sicher ...«

»Ziehen Sie ihn doch mal eben über«, bat Theo unvermittelt. »Ich würde Sie gerne darin sehen.«

Hochroten Kopfes stand Caroline auf und zog den Mantel an. Sie beobachtete die beiden einen Moment, und dann warf sie sich spontan das eine Ende des Schals über die

Schulter und wirbelte auf Zehenspitzen herum. Immer noch rot, posierte sie lachend vor ihnen und blickte sie selbstbewusst an.

»Was meinen Sie?«, fragte sie außer Atem.

Sie lächelten. Theo klatschte in die Hände und applaudierte ihr, Freddy nickte.

»Fliss hat Recht«, sagte sie. »Sie sehen bezaubernd aus.«

»Wirklich?« Sie sah so erleichtert aus, dass Theo und Freddy lachen mussten. »Herrje, ich war so verunsichert auf dem Nachhauseweg. Ich habe ihn mir immer wieder angeschaut. Ich bin das ja gar nicht gewöhnt, so viel auf einmal einzukaufen.«

»Aber Sie haben das Geld ja nicht zum Fenster rausgeschmissen«, redete Freddy ihr zu. »Das ist ein qualitativ hochwertiger Mantel, an dem Sie jahrelang Freude haben werden. Und das Kleid ...«

»Ich finde es sehr nett von ... Miles, mich zu fragen ...« Ihre Wangen waren wieder ganz rot, als sie den Mantel auf die Armlehne des Sofas legte, sich setzte und ihre Tasse zur Hand nahm. »Es ist ja nur ein Abendessen mit ein paar von seinen Freunden, während die anderen zur *Ladies' Night* gehen. Fliss freut sich wahnsinnig darauf. Wird sicher lustig.«

»*Ladies' Nights* sind immer lustig.« Freddy schenkte Theo Tee nach. »Vor allem in der Kadettenmesse. Nicht so steif wie in der Offiziersmesse. Na, dann wird das mit dem Kleid aber knapp für Fliss, wenn sie das noch nähen muss.«

»Ich weiß.« Caroline trank von ihrem Tee. »Samstag in einer Woche. Eine ihrer Mitbewohnerinnen will ihr helfen.«

»Es geht ihr also gut?« Freddy machte es sich mit ihrer Tasse bequem. »Hat sie sich wieder eingelebt?«

Theo beobachtete sie, während sie sich unterhielten, und fragte sich, wie es sein konnte, dass Freddy mit siebzig viel eleganter und schöner war als die vierunddreißigjährige Caroline. Natürlich war es ein Vorteil, dass Freddy groß, langbeinig und anmutig war, wogegen Caroline eher klein, stämmig und unauffällig war. Aber Carolines großer Pluspunkt müsste doch ihre Jugend sein. Er versuchte, sich daran zu erinnern, wer dieser Miles war …

»Hals Divisionskommandeur«, klärte Freddy ihn später auf, nachdem Caroline ihre Beute zusammengesammelt und sich zurückgezogen hatte. »Seit letztem Sommer, wie du wüsstest, wenn du uns nur einmal zwischendurch zuhören würdest. Sie kommen gemeinsam her, um die Mädchen für die *Ladies' Night* abzuholen, wir werden ihn also kennen lernen. Kit kommt extra aus London. Sie wird einen von Hals Kollegen begleiten, und sie wollen alle bei Miles in Dartmouth übernachten. Er ist Witwer und Korvettenkapitän. Korvettenkapitän Harrington.« (»Ach, *der*!«, rief Theo, als habe er die Erleuchtung.) »Die Mädchen waren schon ein paar Mal auf Partys dort. Und zum Weihnachtsball. Die arme Caroline hat es richtig erwischt …« Verzweifelt rollte sie die Augen gen Himmel. »Ich fasse es nicht, dass dir das gar nicht aufgefallen ist. Du bist unmöglich. Hal redet so oft von Miles, und Caroline kriegt dann immer ganz glänzende Augen.«

»Ich finde, ich habe das mit dem Kleid ganz gut hingekriegt«, verteidigte Theo sich und konnte einen gewissen Stolz nicht verbergen.

»Wie eine echte Haselnuss!« Freddy schnaubte spöttisch. »Hoffentlich ist Miles genau so einfallsreich. Übrigens habe ich heute einen Brief von Mole bekommen. Nimm dir doch ein Stück Kuchen, dann lese ich ihn dir in Ruhe vor …«

Kit verließ die Souterrainwohnung des kleinen Reihenhauses in Scarsdale Villas, rannte die Stufen hinauf und eilte durch die Earls Court Road. Ihr aschbraunes, feines Haar fiel ihr bis über die Schultern des immer noch heiß geliebten, inzwischen sichtbar viel getragenen Capes. Die kniehohen Stiefel waren allerdings neu; so neu, dass Kit immer wieder bewundernd auf sie hinuntersah und sich dann darüber freute, wie ihre langen Beine unter dem Mantelsaum hervorblitzten. Sie jobbte samstags in einer kleinen Galerie in der Kensington Church Street, und die Arbeit machte ihr so viel Spaß, dass sie hoffte, man werde ihr eine ganze Stelle anbieten, wenn sie im Sommer mit dem Studium fertig war. Als sie in die Kensington Church Street einbog, zog sie den Mantel etwas fester um sich. Der Wind war unangenehm kalt, aber immerhin hatte es aufgehört zu regnen. Kit summte leise vor sich hin. Die Souterrainwohnung war bisher die beste, in der sie gewohnt hatte, und die anderen Mädchen – Kommilitoninnen vom King's College – waren in Ordnung. Natürlich bedauerte sie manchmal, dass sie samstags vormittags nun nicht mehr auf der Portobello Road herumstöbern oder sich in der King's Road mit Freunden zum Kaffee treffen konnte, aber sie verdiente recht gut in der Galerie. Außerdem waren dort immer viele interessante Leute anzutreffen, und sie fand es spannend, die Künstler kennen zu lernen. Es wurde eine große Bandbreite von Kunstwerken ausgestellt: Gemälde, Keramik, Skulpturen, Fotografien. Für gewöhnlich wechselten die Ausstellungen alle vierzehn Tage, sodass es Fliss nie langweilig wurde. Diese Woche hatten sie Metallskulpturen, merkwürdig in die Länge gezogene Formen, die Kit faszinierten. Vor allem die eine hatte es ihr angetan – Metallschlaufen, die einen Frauenkörper bildeten –, und sie hätte sie zu gern gekauft und sich in ihr Zimmer in der Souterrainwohnung gestellt. Der Preis war allerdings astronomisch – und doch verkauften sich die Dinge. In der Mitte des Studios, unter dem Kerzenleuchter, standen Rücken an Rücken zwei Reihen à sechs Stühlen, und die Leute setzten sich dort hin und betrachteten die Gemälde oder die Fotografien, die an den schlichten weißen Wänden hingen, oder die Keramiken und Skulpturen, die auf spartanischen weißen Quadern arrangiert waren.

Kit stand am Straßenrand, beobachtete den Verkehr und wartete darauf, die Straße überqueren zu können. Plötzlich fiel ihr auf, dass sie in Gedanken in Devon und auf The

Keep war. Sie war zu Weihnachten dort gewesen, aber ansonsten war sie in den letzten zwölf Monaten immer seltener nach Bristol und Devon gefahren. Kit verzog schuldbewusst das Gesicht und beeilte sich dann, Ausreden zu finden. Mit einem Samstagsjob war es einfach schwierig, mal ein Wochenende wegzufahren. Und außerdem hatte sie dieses Ding laufen mit einem der beiden jungen Männer, die sich oben im Haus eine Wohnung teilten. Jacques Villon – Kit nannte ihn *Jake the Rake* – sah gut aus und war groß, amüsant und mindestens fünfundzwanzig. Er mochte klassischen Jazz ... Auf einmal dachte sie – ein wenig peinlich berührt – an ihre große Liebe am Ende ihres ersten Studienjahres zurück. Er war im zweiten Jahr am Imperial College, und es war so herrlich romantisch. Sie hatten sich gegenseitig ewige Liebe geschworen, und sie hatte ihn mit nach Hause genommen und Prue vorgestellt. Paul war zwanzig, arm wie eine Kirchenmaus und hatte nur eine ausgesprochen vage Vorstellung von seiner Zukunft. Er war ein attraktiver, ernsthafter Schotte und hatte Kit ganz offensichtlich vergöttert, doch zu Kits Enttäuschung war Prue sehr zurückhaltend gewesen. Sie hatte ihn freundlich aufgenommen und war sehr nett zu ihm gewesen, doch insbesondere als sie von Heirat sprachen, hatte betretenes Schweigen geherrscht.

Eine Woche später hörte sie, dass The Keep ein Edikt erlassen hatte: Solange die Kinder von der Familie unterstützt wurden und sich in der Berufsausbildung befanden – ganz gleich, in welcher –, durften sie sich weder verloben noch heiraten. Wenn sie jedoch ohne die finanzielle Unterstützung zurechtkommen wollten und auf die größere Summe, die ihnen an ihrem einundzwanzigsten Geburtstag ausgezahlt würde, verzichten wollten, so stand ihnen dies frei. Kit hatte diese Herzlosigkeit so schockiert, dass sie die Familie am Telefon Prue gegenüber als grausam und böse und Prue selbst als Verräterin beschimpft hatte. Eine bis zwei Wochen lang betrachteten sie und Paul sich als eine moderne Ausgabe von Romeo und Julia, und sie schlug Paul vor, dass sie gemeinsam nach Devon fahren und sich ihrer Großmutter stellen sollten. Aus irgendeinem unerfindlichen Grund war Paul von dieser Idee aber nicht sehr begeistert gewesen, und seine Leidenschaft kühlte spürbar ab. Auch standen sie nicht mehr lange als unglückselige Liebende im Rampenlicht – ihre Freunde langweilte die Geschichte bald, und Kits Großmutter antwortete freundlich, aber unnachgiebig auf ihre leidenschaftlichen Briefe. Die Protagonisten spielten also ohne Publikum. Dann kamen die langen Ferien, und Paul fuhr nach Schottland. Kit fuhr nach Bristol und besuchte Prue und Hal, der auf Drängen seiner Mutter und Großmutter mehrere nette Ausflüge mit seinen Kollegen von der Marineschule organisiert hatte. Als Kit und Paul sich dann im Herbst in London wiedersahen, war die Romanze vorbei.

Kit stand in ihr Cape gehüllt auf dem Bordstein und staunte darüber, dass Liebe so einfach vergehen konnte. Sie dachte daran, wie sie engumschlungen am Fluss spazieren gegangen waren, an heimliche Küsse auf dunklen Fluren, an heiße Nachmittage im hohen Gras im Park. Sie schüttelte den Kopf und kam sich sehr weltklug und erfahren vor. Die Beziehung hätte den Winter niemals überlebt – wo hätten sie denn hingehen sollen, außer vielleicht in die hinterste Reihe im Kino ...? Wie lange das jetzt schon her war und wie naiv und unbedarft sie gewesen war, dass sie sich in einen so unreifen und unerfahrenen Jüngling verliebt und geglaubt hatte, sie würde ihn ewig lieben! Es war so schön, selbstbewusst zu sein und sein eigenes Leben zu leben, mit interessanten jungen Männern in Jazzklubs zu gehen, die wahre Flirtexperten waren und sich zu amüsieren wussten.

Kit flitzte zwischen zwei Bussen hindurch auf die andere Straßenseite und war glücklich. Nächste Woche würde sie nach Westen fahren, um dort mit der Bande zu einer *Ladies' Night* in Dartmouth zu gehen. Hätte sie doch nur daran gedacht, Jake zu fragen, ob er mitkommen wollte. Hals Kollegen waren im Vergleich zu ihm nämlich richtige Milchbubis, auch wenn sie vielleicht reifer waren als die meisten ihrer Altersgenossen. Dann war da natürlich noch Miles Harrington ... aber das ginge wohl zu weit. Der war mindestens fünfunddreißig. Als Kit sah, dass der Galerist ihr vom anderen Ende der Straße entgegenkam, wusste sie, dass sie zu früh war. Aber das war auch ihre Absicht gewesen. Sie musste einen guten, interessierten Eindruck machen, wenn sie darauf spekulierte, fest angestellt zu werden. Kit löste sich gedanklich von der *Ladies' Night* und den interessanten jungen Männern und konzentrierte sich auf ihre Arbeit.

## 20

Fliss fuhr am frühen Freitagabend nach Hause. Sie hatte im vergangenen Herbst mit der Lehrerausbildung am Rolle College in Exmouth begonnen und fühlte sich sehr wohl dabei. Das Wohnheim war in einem alten viktorianischen Haus untergebracht, das nur zehn Minuten zu Fuß vom College entfernt war und wo sie sich im Erdgeschoss ein großes Zimmer mit zwei anderen Mädchen teilte. Der Raum bot genug Platz, dass jedes der Mädchen ein Bett, einen Schreibtisch und einen Kleiderschrank unterbringen konnte. Im oberen Stockwerk hatten die Mädchen aus dem dritten Ausbildungsjahr ihre eigenen kombinierten Arbeits- und Schlafzimmer. Dort herrschte ein ständiges Kommen und Gehen, und es kam immer wieder zu spontanen kleinen Zusammenkünften. Doch trotz dieser neuen Unabhängigkeit drehte sich Fliss' Leben immer noch in der Hauptsache um The Keep und ihre Familie. Auch an diesem Abend, als sie mit der Fähre über die Flussmündung nach Starcross übersetzte, waren ihre Gedanken ihr schon um Stunden voraus. Sie nahm die tief liegenden Nebelschwaden kaum wahr, die milchig über das dunkle Wasser krochen und die Rümpfe der vor Anker liegenden Boote verhüllten. Exmouths Lichter wurden immer kleiner und undeutlicher, je weiter die Fähre über das breite Wasser auf die Wälder und den Wildpark rund um Schloss Powderham zu tuckerte. Weder die Wälder noch der Park waren an diesem frühen Februarabend zu erkennen; lediglich eine tiefere, dichtere Dunkelheit ließ vermuten, dass sie sich dem anderen Ufer näherten. Dann durchdrang ein diffuses Licht den Nebel, das immer heller wurde, bis das Licht sich schließlich als einzelner Scheinwerfer entpuppte, der ihnen den Weg zu dem kleinen Bahnhof in Starcross ausleuchtete.

Als sie über den Pier zum Bahnsteig lief, dachte Fliss, wie schön es war, nur eine halbe Stunde von Zuhause entfernt zu sein. Der Zug aus Exeter war pünktlich. Sie stieg ein und suchte sich einen Platz. Da es ohnehin zu dunkel war, um die Sanddünen bei Dawlish Warren zu sehen, ließ Fliss ihren Gedanken und ihrer Fantasie freien Lauf. Während Hals erstem Jahr in Dartmouth war sie noch im Norden zur Schule gegangen, und in seinem zweiten Jahr, als Fähnrich zur See, war er auf einen Kreuzer nach Fernost abkommandiert worden. So hatten sie einzig in den Sommerferien die Gelegenheit gehabt, einander zu sehen, und selbst da war sie noch zu jung gewesen, um richtig ernst genommen zu werden. Jetzt, endlich, war er wieder in Dartmouth, wo er sein drittes Ausbildungsjahr absolvierte, und sie ging nicht mehr zur Schule und war alt genug, um auf Partys und zu *Ladies' Nights* zu gehen.

Fliss seufzte vor Freude und Sehnsucht. Sie liebte ihn so sehr. Er erinnerte sie immer noch ein wenig an Jamie: das Fürsorgliche, Beschützerische, das er oft mit männlicher Gleichgültigkeit zu verbergen versuchte; das Gefühl absoluter Geborgenheit, wenn sie in seiner Nähe war. Sie wurde richtiggehend schwach, wenn sie ihn in seiner Uniform sah – groß, blond, selbstbewusst. Ihr war dann, als würde ihr Herz aus ihrem Körper in seinen hinüberwandern. Wenn sie durch eine Menschenmenge voneinander getrennt wurden oder mit anderen Partnern tanzten, waren seine Augen immer auf der Suche nach ihr, und wenn ihre Blicke sich trafen, zwinkerte er ihr fast unmerklich zu und gab ihr das Gefühl, in den Arm genommen zu werden. Sie wusste, dass Freunde und Familie immer noch davon ausgingen, dass sie wie Geschwister waren, aber sie bewahrte sich einen geheimen Schatz intimer Erinnerungen an flüchtige Küsse und aufregende Momente, in denen sich zwischen ihnen eine so unerträgliche Spannung aufgebaut hatte, dass sie glaubte, sterben zu müssen.

Sie blickte hinaus in die Dunkelheit und fragte sich, wie die Familie wohl reagieren würde, wenn sie ihre Liebe publik machten. Natürlich gab es da dieses Ammenmärchen, dass Cousins und Cousinen zusammen behinderte Kinder bekamen, und es war einzusehen, dass Inzucht gefährlich war, aber bei den Chadwicks hatte es so etwas ja nie gegeben. Sie und Hal würden die Ersten sein, die innerhalb der Familie heirateten, und für Fliss lag auf der Hand, dass sie ihrer Mutter viel mehr ähnelte als ihrem Vater. Sie war klein und zierlich, und das dicke blonde Haar war der einzige Hinweis darauf, dass sie Freddys Enkelin war. Hal dagegen war das Abbild seines Vaters und sah Freddy sehr ähnlich. Der Gedanke an ihre Großmutter ließ Besorgnis in Fliss aufsteigen. Würde sie die Verbindung gutheißen? Sie konnte sich daran erinnern, wie unnachgiebig sie seinerzeit mit Kits Romanze umgegangen war – und jetzt betraf das Edikt sie selbst und Hal. Aber Großmutter liebte sie doch alle so sehr, dass sie ganz bestimmt nur ihr Bestes wollte? Diese Heirat würde die Familie doch nur noch enger zusammenschweißen. Sie war sicher, dass Kit sich für sie freuen würde – und Mole und Susanna waren noch zu jung, als dass sie sich über Dinge wie Inzucht Gedanken machen würden.

Die Falte zwischen ihren hellen, zarten Augenbrauen grub sich tiefer. Die Schule im New Forest hatte sich als absoluter Glücksgriff erwiesen. Susanna und Mole hatten sich schnell eingelebt, und Mole war so glücklich, wie er nur eben sein konnte solange er von seiner Familie getrennt war. Sein Stottern hatte sich zunächst verschlimmert, aber dann hatte er sich an seine neue Umgebung gewöhnt und konnte sich entspannen – und jetzt sprach er fast fehlerfrei. Die Familie war begeistert von seinen Fortschritten, doch Fliss machte sich noch immer Sorgen. In den Weihnachtsferien hatte sie ihn mehrmals nachts schreien hören, und einmal hatte sie ihn auf ihrem Weg zur Toilette im Flur vor seiner Zimmertür entdeckt, wo er mit weit aufgerissenen Augen ganz still dastand und Löcher in die Luft starrte. Ihr war fast das Herz stehen geblieben vor Angst, aber dann hatte sie schnell gemerkt, dass er schlief, und hatte ihn zurück ins Bett gebracht und sich neben ihn gesetzt, bis er wieder richtig eingeschlafen war und tief und gleichmäßig atmete.

Am nächsten Morgen hatte sie mit Caroline darüber gesprochen. Diese machte ein so ernstes Gesicht, dass Fliss ihre Befürchtungen bestätigt sah.

»Ich glaube, er versteckt seine Gefühle«, sagte sie schließlich. »Ich möchte Mrs. Chadwick deswegen nicht beunruhigen, aber ich behalte ihn im Auge. Seit Theo hier ist, geht es etwas besser. Es scheint Mole gut zu tun, ein männliches Familienmitglied in der Nähe zu haben.«

»Aber ich dachte, es geht ihm viel besser«, sagte Fliss traurig.

»Tut es ja auch. Wirklich.« Caroline wollte sie gerne trösten, ihr die Angst nehmen. »Aber es ist ganz natürlich, dass er gute und schlechte Tage hat.«

»Aber *warum?*«, rief Fliss. »Natürlich werden wir niemals vergessen, dass ... was damals passierte. Wie sollten wir? Aber warum ist es für den armen Mole so viel schlimmer? Warum leidet er so furchtbar?«

Caroline hatte einen Moment geschwiegen. Obwohl Fliss wusste, dass Mole die schreckliche Nachricht vom Tod seiner Eltern und seines Bruders auf besonders grausame Art und Weise erfahren hatte, hatte sie nach wie vor keine Ahnung von den entsetzlichen Einzelheiten, die er hatte mit anhören müssen. Ihr war erzählt worden, das Auto sei in einen Hinterhalt geraten, es sei auf ihre Eltern und Jamie geschossen worden und sie seien sofort tot gewesen. Auf The Keep hatten alle darauf gewartet, dass Mole erzählen würde, was er gehört hatte, und als es so aussah, als würde er die schrecklichen Einzelheiten für sich behalten, hatten sie gebetet, dass Fliss und Susanna nie die ganze Wahrheit erfahren würden. Für Fliss war das, was man ihr erzählt hatte, schon grausam genug gewesen. Sie hatte einfach keine Vorstellung, *wie sehr* Mole gelitten hatte.

»Wahrscheinlich lag es an seinem Alter«, hatte Caroline schließlich gesagt. »Du warst gerade alt genug, um damit umgehen zu können, Susanna war zu klein, um zu verstehen, was passiert war. Mole lag genau zwischen euch, und darum hat es so viel länger gedauert, bis er damit fertig wurde.«

Fliss dachte: Ich *musste* damit fertig werden. Ich hatte gar keine andere Wahl. Ich war die Älteste und hatte niemanden, bei dem ich mich ausheulen konnte – bis ich nach The Keep kam.

Auch heute noch fühlte sie sich verantwortlich für ihre Geschwister, und genau deswegen war es so himmlisch, mit Hal zusammen zu sein. Er war größer, älter, hatte alles im Griff – er war genau so wie Jamie, nur dass in Hals Fall noch eine große Portion Magie dazukam. Natürlich waren da auch noch Großmutter, Onkel Theo und Tante Prue – von Ellen, Fox und Caroline ganz zu schweigen –, die ihr alle etwas von der Last, den Sorgen um ihre Geschwister abnahmen, aber frei davon war sie dennoch nicht. Die älteren Familienmitglieder schienen sich überhaupt nicht zu verändern – und doch lebte Fliss in der ständigen Angst, dass diese geliebten Menschen sterben und sie allein zurücklassen würden. Es war so seltsam, dass sie überhaupt nicht zu altern schienen, dass sie heute noch genau so waren wie vor acht Jahren. Mit Caroline war das etwas anderes. Sie veränderte sich zwar auch nicht – aber Fliss schien sich ihr auf unerklärliche Weise zu nähern. Die Lücke zwischen ihnen wurde immer kleiner, und es kam sogar vor – zum Beispiel, als sie das Kleid und den Mantel kauften –, dass die Rollen vertauscht waren und Fliss die Ältere zu sein schien. Sie wollte so gerne mit Caroline über ihre Gefühle für Hal sprechen, aber irgendetwas hielt sie zurück.

Fliss rutschte unruhig auf dem Sitz herum und sah aus dem Fenster, als der Zug in Newton Abbot einfuhr. Wahrscheinlich wartete sie auf irgendein Zeichen von Hal selbst, auf etwas Eindeutigeres als jene schnellen, nur unter vier Augen gewährten Zärtlichkeiten, die von einer nicht nur brüderlichen Liebe zeugten; auf etwas, das ihr unmissverständlich zeigen würde, dass es ihm genauso ernst war wie ihr; auf irgendeinen Beweis ... Sie schauderte bei der süßen Vorstellung seines Liebesgeständnisses. Hal würde die Wünsche seiner Großmutter niemals missachten, dessen war Fliss sich ganz sicher, und das bedeutete, dass sie weitere achtzehn Monate warten mussten, bis sie am College fertig war und Hal sein viertes Ausbildungsjahr abgeschlossen hatte. Es war immerhin möglich, dass er es für falsch hielt, sich fest aneinander zu binden, solange diese Verbindung nicht öffentlich gemacht werden konnte. Das war ohne Zweifel eine ehrenhafte Haltung – aber sie sehnte sich trotzdem nach einer wie auch immer gearteten Bestätigung. Sie ließ ihrer Fantasie freien Lauf und malte sich unzählige Szenen aus, in denen Hal ihr endlich seine Liebe gestand ...

Caroline holte Fliss vom Bahnhof ab. Sie übernahm inzwischen einen Großteil der Fahrerei, obgleich Freddy immer noch selbst nach Totnes und zu ihrer Freundin Julia in Ashburton fuhr. Die beiden nahmen sich auf dem Bahnsteig in den Arm und waren gleichermaßen aufgeregt wegen des bevorstehenden Wochenendes. Dann gingen sie durch den feinen Sprühregen zum Auto.

»Wann kommt Kit?«, fragte Fliss, als sie ihre Tasche auf die Rückbank des Ford Anglia Kombi warf, der vor kurzem den alten Morris Oxford ersetzt hatte. »Ich kann es kaum abwarten, sie zu sehen!«

»Ziemlich spät«, warnte Caroline sie. »Sie hat noch ein Tutorium oder eine Vorlesung oder so. Jedenfalls muss sie da anwesend sein. Wir können sie ja zusammen abholen, wenn du willst.«

»Au, ja! Da freut sie sich. Schade, dass Mole und Susanna nicht kommen können. Es wäre so schön gewesen, alle gleichzeitig zu Hause zu haben.«

»Mole und Susanna kommen in zwei Wochen.« Caroline fuhr vom Bahnhofsparkplatz auf die Straße nach Dartington. »Und ich fürchte, Kit wird so schnell keinen Samstag mehr frei bekommen.«

Fliss verzog das Gesicht. »Wie schade. Aber ihr scheint die Arbeit in der Galerie ja richtig Spaß zu machen. Und, wie sieht das Kleid aus?«

»Es ist wunderschön.« Caroline schüttelte den Kopf. Sie konnte ihren eigenen Anblick in dem grau-grünen Kleid immer noch nicht fassen. »Du hattest Recht mit der Farbe.«

»Ich wusste es einfach«, sagte Fliss zufrieden. »Ich habe es gesehen und wusste sofort, dass es genau das Richtige für dich ist. Meins ist auch fertig, aber auch nur gerade eben so. Ich finde es schön, dass Miles und Hal uns abholen. Du nicht?«

»Doch. Das ist sehr nett.« Caroline bemühte sich, gefasst zu klingen. Niemand durfte Verdacht schöpfen. »Ich bin froh, dass wir nicht in den Abendkleidern nach Dartmouth fahren müssen. Miles hat gesagt, wir können uns bei ihm umziehen. Sehr praktisch. Sie wollen zum Tee bei uns sein. Mir würde es ja gar nichts ausmachen, selbst zu fahren, aber es ist mal etwas anderes, chauffiert zu werden.«

»Arme Caroline.« Fliss sah sie in der Dunkelheit an. »Es geht dir bestimmt ganz schön auf die Nerven, uns ständig herumzukutschieren.«

»Quatsch. Das mache ich doch gerne. Aber zu besonderen Anlässen ist es nett, nicht selbst fahren zu müssen.«

»Da ist meine gute alte Schule«, sagte Fliss, als sie in Dartington aus dem nassen Fenster sah. Sie lachte. »Schon komisch, dass Mole und ich da mal jeden Tag hingegangen sind. Kommt mir vor, als wäre es schon Ewigkeiten her.«

»Acht Jahre«, sagte Caroline. »Und nur zwei Jahre lang.«

»Alter ist eine komische Sache, findest du nicht?« Fliss kam zurück auf ihren Gedankengang von vorher. »Ich meine, es ist doch seltsam, dass Mole und Susanna immer noch Kinder sind, und ich bin schon erwachsen. Und du veränderst dich überhaupt nicht. Ich fühle mich dir altersmäßig näher als Mole und Susanna. Ist doch merkwürdig.«

»Ich weiß, was du meinst.« Caroline schaltete herunter und bog in die schmale Straße ein, die zu The Keep führte. »Man entwickelt sich schubweise weiter. Man erreicht ein bestimmtes Alter und verändert sich jahrelang nicht, und dann auf einmal macht man wieder einen Sprung.«

»Genau«, sagte Fliss langsam. »Großmutter und Onkel Theo haben sich in den letzten acht Jahren überhaupt nicht verändert. Sie sind noch genau so wie früher. Und du auch. Aber Kit und Hal und ich ...«

»Ihr wart Kinder, und ihr seid erwachsen geworden. Das ist ein riesiger Sprung. Aber zwischen dreißig und fünfundvierzig zum Beispiel ist nicht viel Unterschied. Oder zwischen sechzig und fünfundsiebzig. Und innen drin verändern wir uns, glaube ich, gar nicht.«

»Das muss ja schrecklich sein«, sinnierte Fliss. »Innen drin noch ganz jung zu sein und nach außen alt und grau und faltig.«

»Schrecklich«, pflichtete Caroline ihr bei. »Aber darüber musst du dir im Moment ja noch keine Sorgen machen.«

Sie verfielen in angenehmes Schweigen und schwelgten jede für sich in der Vorfreude auf das bevorstehende Wochenende, bis der Wagen zwischen den Pförtnerhäuschen hindurchfuhr und vor der Garage zum Stehen kam.

Fliss seufzte tief und glücklich auf, als sie die Lichter über den Hof scheinen sah. »Zu Hause«, sagte sie. »Danke, Caroline.« Sie nahm ihre Tasche vom Rücksitz und stieg aus. »Komm. Ich brauche unbedingt eine Tasse Tee, und dann will ich dir mein Kleid zeigen.«

Die Atmosphäre im Auto auf dem Weg von The Keep nach Dartmouth war so geladen vor aufgeregter Spannung, dass es eigentlich ein Wunder war, dass der Wagen nicht explodierte. Fliss konnte es förmlich riechen, so dicht war die Luft. Sie war auf dem Rücksitz zwischen Kit und Hal eingezwängt und kämpfte mit nervöser Übelkeit. Einzig Kit schien unberührt zu sein von der allgemeinen Erregung – aber Kit war ja schon immer in der Lage gewesen, sich ihre ganz eigene Aufregung zu schaffen; sie hatte von jeher die Macht besessen, bestimmte Dinge einfach geschehen zu lassen. Alle plapperten und lachten gleichzeitig durcheinander – alle außer Caroline. Caroline schwieg, sie brachte vor Glück keinen Ton heraus. Sie hatte nicht damit gerechnet, dass Hal ihr den Platz auf dem Beifahrersitz überlassen würde, als sei sie der Ehrengast des Abends. Die Chadwicks behandelten sie zwar stets wie eine der ihren, aber sie war sich ihrer eigentlichen Stellung doch immer bewusst. Sie war dankbar, dass die Familie so großzügig war, und achtete peinlichst darauf, diese Großzügigkeit nicht auszunutzen. Es war niemals nötig, Caroline an ihren Status zu erinnern, da sie ihn selbst so gut wie nie vergaß. Dass sie vorne neben Lieutenant-Commander Miles Harrington sitzen durfte, war eine Ehre, mit der sie nicht gerechnet hatte. Aus dem Augenwinkel betrachtete sie ihn. Die beiden Männer trugen graue Flanellhosen und Tweedjacketts. Ihr gesunder Menschenverstand sagte ihr, dass sie sich Miles nicht an die Seite stellen konnte, dass er mit seinem Aussehen und seinem Charme jede Frau haben konnte, die er wollte – und doch machte ihr die Tatsache, dass er ungebunden war, etwas Hoffnung. Sie betrachtete seine langen Finger am Lenkrad und ließ den Blick auf seinem Ehering ruhen ...

Miles ertappte sie und lächelte sie an. Er bemerkte, wie ihr die Röte ins Gesicht stieg. Er schätzte sich sagenhaft glücklich, Zugang zu dieser Familie gefunden zu haben. Seine Frau war langsam und qualvoll an Leukämie gestorben, und er fühlte sich wie neugeboren, seit er mit diesen unbeschwerten jungen Leuten zu tun hatte. Er hatte sehr jung geheiratet – er war damals noch jünger gewesen als Hal jetzt und befand sich mitten in der Ausbildung. Belinda war ein ruhiges, sanftes Mädchen gewesen, das zu einer kränklichen, nervösen Ehefrau geworden war, und er hatte sein Bestes getan, um sich um sie zu kümmern und sie glücklich zu machen. Jetzt, fünf Jahre nach ihrem Tod, war es ihm, als gäbe das Schicksal ihm eine zweite Chance. Er hatte Hal von Anfang an sehr gern gemocht. Natürlich war der Name Chadwick bei der Marine wohl bekannt. Hals Vater und Großvater waren im Dienst gefallen, und unter den Porträts diverser Admiräle in der Offiziersmesse fand sich auch ein Chadwick. Es freute Miles, dass er sein hohes, schmales Haus in Dartmouth dieser Familie zur Verfügung stellen konnte und an ihrem unbekümmerten, jugendlichen Spaß teilhaben durfte. Dann war auch Caroline überredet worden, zu der einen oder anderen Party mitzukommen, und Hal hatte die Idee gehabt, dass Miles mit ihr zum Weihnachtsball gehen sollte. Es war ein so wunderschöner Abend gewesen, dass Miles sie alle zu seiner Silvesterparty eingeladen hatte.

Als Miles hörte, dass Hal vorhatte, Fliss und Kit zu der *Ladies' Night* mitzubringen, dachte er sehr sorgfältig nach. Hier bot sich erneut eine Gelegenheit für ein geselliges Beisammensein, obgleich er als ausbildender Offizier nicht zu der *Ladies' Night* in der Kadettenmesse eingeladen werden würde. Aber schließlich fand er eine Lösung, die es ihm erlaubte, seine Gastfreundschaft anzubieten und wieder am Vergnügen der jungen Leute teilzunehmen. Er lud sie ein, das Wochenende bei ihm zu verbringen, und da Hals Kollegen viel zu jung waren für Caroline, hatte er beschlossen, sie und ein paar Freunde auswärts zum Abendessen einzuladen, während die Jugend zur *Ladies' Night* ging. Er hatte vor, am Sonntagmittag dann mit ihnen allen essen zu gehen.

Später, nachdem sie sich umgezogen hatten und er alle mit Drinks versorgt hatte, hielt er sich etwas abseits und freute sich darüber, diese faszinierenden Menschen bei sich zu haben. Die drei Frauen hätten unterschiedlicher kaum sein können. Caroline mit ihren braunen Augen und braunen Haaren sah gut aus in ihrem Kleid und war sehr unkompliziert und direkt. Natürlich verlieh ihr ihr Alter eine Selbstsicherheit, die man von den beiden jüngeren nicht erwarten konnte, und doch war sie in mancher Hinsicht geradezu rührend naiv. Sie war altmodisch – aber auf ganz aparte Weise. Kit dagegen war ein richtiges Püppchen. Das lange, schwarze, ärmellose Kleid lag eng an und war über und über mit dem Schriftzug »London« bedruckt. Ihr Make-up war raffiniert und dramatisch: leicht verschmierter Kohlkajal betonte ihre blaugrauen Augen, und ihren hübschen breiten Mund zierte blasser Lippenstift. Sie sah modern aus, herausfordernd, aufregend, während sie mit einem Glas in der Hand ihrem Begleiter zuhörte und ihr ein schmaler schwarzer Träger von der Schulter rutschte. Miles musste sich ein wenig bewegen, um Fliss sehen zu können. Sie stand ganz still mit verschränkten Händen da und beobachtete Hal, wie er mit Kits Begleiter diskutierte. Ihr kleines Gesicht war angespannt – ihre blasse, reine Haut, ihre großen grauen Augen, ihr spitzes Kinn. Das zu einem üppigen Knoten verschlungene strohblonde Haar sah viel zu schwer aus für ihren schmalen Hals, und es umgab sie eine Aura wie aus einer früheren Zeit, die ihr gleichzeitig schmeichelte und sie verletzlich erscheinen ließ. Hal wandte sich ihr zu und sprach sie an, und über ihr Gesicht ging ein Strahlen, als sie sich zu ihm neigte ...

Miles sah, dass Caroline ihn beobachtete, und fragte sich,

ob sie wohl seine Gedanken gelesen hatte. Er prostete ihr zu und lachte leicht schuldbewusst. Sie strahlte und prostete ihm ebenfalls zu. So stießen sie quasi miteinander an, zwei Erwachsene inmitten einer Schar großer Kinder, und er sah wieder zu Kit und Fliss und fragte sich immer noch, ob man ihm seine Freude hatte ansehen können, ob er zu wenig aufgepasst hatte ... Hal sah sich um, bezog Miles in die Unterhaltung mit ein, bat ihn um Unterstützung – und der heikle Moment war überstanden.

Hal war unglaublich stolz, als er mit seinen beiden Damen die Kadettenmesse betrat, wo einige seiner Kollegen mit ihren Gästen bereits versammelt waren. Der lange Mahagonitisch funkelte nur so vor Glas und Silber, und die smarten Stewards standen schon bereit und warteten nur darauf, die Gesellschaft zuvorkommend bedienen zu dürfen. Eine ganze Reihe von Porträts ehemaliger Admiräle hing an der Wand, und es schien, als würden die ehrwürdigen Herren die attraktiven jungen Männer in ihren Uniformen und die jungen Mädchen in ihren hübschen Kleidern neugierig beäugen. Hal hatte das Gefühl, eine bedeutende Familientradition fortzuführen. Er lächelte Fliss an und freute sich darauf, nach dem Essen mit ihr zu tanzen. Er fühlte sich stark und war glücklich, ihm war fast, als würde er überschäumen vor Energie und Selbstvertrauen, so sehr freute er sich über die von ihm eingeschlagene Laufbahn. Der Geräuschpegel der Gespräche schwoll an und ebbte wieder ab, ganz im Rhythmus der servierten Gänge. Die aufmerksamen Stewards schenkten formvollendet Wein aus – »Roten oder weißen, Madam? Roten oder weißen, Sir?«. Ein Toast wurde ausgebracht – »Auf die Queen, Gott segne sie« –, für den sich die Gesellschaft traditionell nicht erheben musste. Portwein wurde ausgeschenkt.

Als sie sich anschickten, nebenan in die Diskothek zu gehen, lächelte Hal Fliss wieder an.

»Glücklich?«, fragte er.

Sie schüttelte den Kopf, da sie nicht in der Lage war, eine angemessen begeisterte Antwort zu formulieren, und er lachte vor Freude über ihre Reaktion. Kit beobachtete sie und dachte dabei, wie gut die beiden doch zusammen aussahen, so ganz anders als im grauen Alltag. Heute Abend umgab die beiden ein Zauber, der ihnen ein strahlendes Glühen verlieh – Kit erkannte sie kaum wieder. Als sie ihnen aus der Kadettenmesse hinaus folgte, sah sie, dass sie Händchen hielten.

**21** Eine Woche später sorgte schwerer Schneefall dafür, dass die Straßen unpassierbar waren und The Keep vorübergehend von der Außenwelt abgeschnitten war. Fox und Caroline sprachen immer wieder vom Winter 1963 und schaufelten Wege zum Holzschuppen und über den Hof zum Pförtnerhäuschen frei. Sie streuten für die Rotkehlchen Brotkrumen aus und hängten für den Specht Fettknödel in die Rhododendren. Mrs. Pooter, die mit ihren inzwischen dreizehn Jahren ziemlich alt und reizbar war, weigerte sich standhaft, auch nur einen Schritt über den Hof hinter der Küche hinauszugehen, aber Mugwump war noch jung genug und brauchte seinen Auslauf. Er und Fox trieben sich – entgegen Ellens ausdrücklichem Wunsch – draußen auf den Hügeln herum, wo der Schnee sich zu hohen Wehen aufgetürmt und die Landschaft bis zur Unkenntlichkeit verändert hatte: Jegliche Merkmale der Umgebung waren entweder ganz unter Schnee begraben oder zumindest bizarr verkleidet; die Welt rekelte sich weiß und lautlos unter einem bleifarbenen Wolkenbaldachin. Es wehte ein schneidend kalter Wind, und Vögel und andere Tiere machten sich äußerst rar bei dieser ungastlichen Witterung. Die eiskalte Luft kratzte in Fox' Lungen und trieb ihm Tränen in die Augen. Am liebsten wäre er sofort wieder umgekehrt, aber nach Ellens spitzem Kommentar »Alter schützt vor Torheit nicht« wollte er natürlich einen gewissen Stolz bewahren. Und so marschierte er weiter den schmalen Pfad entlang, bis Mugwump sich sorglos auf einen großen Schneehaufen stürzte und vollständig darin verschwand. Hilflos versank er immer tiefer in der kalten, weißen Masse und bellte in seiner Aufregung kurz und abgehackt, bis Fox sein Halsband zu fassen bekam und ihn herauszog, wobei er allerdings ausrutschte und sich den Knöchel verdrehte. Humpelnd, völlig durchnässt und reumütig erschienen die beiden wieder in der Küche.

»Was habe ich gesagt?«, fragte Ellen wutentbrannt, drückte Fox auf den Stuhl neben dem Herd und packte seinen Gummistiefel, während Caroline Mugwump mit einem Handtuch klumpenweise Schnee und Eis aus den Ohren rubbelte. »Nichts als Ärger hat man mit den Männern. Wenn auch auf nichts anderes mehr Verlass ist – darauf ist Verlass! Mr. Theo plagt sich mit Husten und kann keine Medizin bekommen. Mrs. Chadwick macht sich Sorgen, ob die Kinder nächstes Wochenende nach Hause kommen können. Es muss Holz hereingeholt und Schnee geschippt werden, und du hast nichts Besseres zu tun als wie im Hochsommer über die Hügel zu wandern. Barmherziger Himmel! Knöchel verstaucht und – da bin ich mir *ganz* sicher – der nächste Ischiasanfall steht auch schon vor der Tür. Also, von mir brauchst du überhaupt kein Mitleid zu erwarten. Setz Wasser auf, Caroline. Eine ordentliche Tasse Tee ist im Moment das Einzige, das hilft. Und was den Hund angeht, der hier alles volltropft ...«

Caroline grinste Fox mitleidig an, als sie den Kessel auf die Herdplatte stellte, und Fox zwinkerte ihr unbekümmert, wenn auch etwas verschämt zu.

»Es ist bitterkalt da draußen«, versuchte er, ein klein wenig Mitleid zu erheischen.

»Was du nicht sagst!«, erwiderte Ellen sarkastisch, als sie seinen Fuß auf einen Schemel legte. »Wer hätte das gedacht! Bei dem bisschen Schnee und Eis und der lauen Brise aus Nord. Wirklich, so eine Überraschung. Und ich hatte gedacht, du würdest mir einen hübschen Strauß Frühlingsblumen mitbringen! Sorg dafür, dass der Hund sich auf seinen

Platz legt, Caroline. Seine Mutter ist zum Glück deutlich vernünftiger. Wir sollten dankbar sein dafür.«

Mit einem kunstvollen Stöhnen fasste Fox sich ans Kreuz, und Ellen war wie der geölte Blitz bei ihm. »Keine Sorge«, sagte er tapfer. »Ist nicht schlimm. Nur so ein Ziehen in den alten Knochen.«

Sie schnaubte so inbrünstig, dass einige der zarten Tassen im Geschirrschrank vibrierten. »Was heißt hier ›nur‹?«, fuhr sie ihn an. »Na, da kann man nichts machen. Dann werde ich dich wohl höchstpersönlich mit der Arnikasalbe einreiben. Die Gemeindeschwester wird wohl kaum hier heraus kommen.«

Caroline musste lachen, als sie Fox' Gesicht sah. »Aber erst trinken wir Tee«, schlug sie diplomatisch vor. »Und Fox bekommt zwei Aspirin dazu. Würde mich nicht wundern, wenn das schon hilft.«

»Gute Idee!«, stimmte Fox begeistert zu. »Paar von den Tabletten und 'ne Tasse Tee. Genau das Richtige!«

»Das werden wir ja sehen«, warnte Ellen. »Ich werde dich hübsch im Auge behalten, junger Mann. Ach, du meine Güte. Seht mal, wie spät es schon ist! Mrs. Chadwick wartet bestimmt schon auf ihren Tee ...«

»Das mit der Arnikasalbe hast du verdient«, raunte Caroline Fox ernsthaft zu, als Ellen das Tablett mit dem Tee in die Eingangshalle trug. »Ehrlich.«

»Ich weiß«, stöhnte er schuldbewusst. »Aber weißt du, sie hat gesagt, ich wäre zu alt. Und ein bisschen Stolz habe ich auch noch.«

»Geht's jetzt besser?«

Er nickte. »Die Tabletten wirken gut. Gott sei Dank haben wir das Holz schon reingeholt, sonst müsste ich mir die Leier ja ewig anhören. Vielen Dank, Caroline. Du bist wirklich eine große Hilfe.«

Caroline kicherte. »Ihr seid vielleicht welche. Führt euch schlimmer auf als ein altes Ehepaar.«

»Geh mir los mit Priestern und Ringen!«, wehrte Fox fröhlich ab. »Die Frau, die mich halten könnte, ist nie geboren worden. Abwechslung ist die Würze des Lebens, sage ich ...«

»Und wenn Mr. Rudolph Valentino damit fertig ist, uns an seinem Erfahrungsschatz teilhaben zu lassen«, sagte Ellen, die unbemerkt wieder in der Küche aufgetaucht war, »würdest du uns vielleicht etwas Butter aus dem Kühlschrank holen, Caroline. Das heißt, natürlich nur, wenn du dich losreißen kannst ...«

Der Schnee verschwand genau so schnell, wie er gekommen war. Der Wind drehte auf West, und es fing an, in Strömen zu regnen. Bis Mole und Susanna am nächsten Wochenende nach Hause kamen, hatte der Wind sich zu einem Sturm ausgewachsen, der um das Haus tobte, an den Fenstern rüttelte und in den Schornsteinen heulte. In ihrem ersten Jahr auf der neuen Schule hatten Caroline oder Freddy die Kinder stets mit dem Auto abgeholt und wieder zurückgebracht, doch im Laufe der Zeit hatte Freddy beschlossen, dass es sinnvoll wäre, sie ein paar Mal mit Caroline mit dem Zug fahren zu lassen, und als Mole dann zwölf war, konnten sie ganz allein reisen.

»Wir müssen mit einer Fahrt nach Hause anfangen«, hatte Freddy seinerzeit gesagt. »Es wäre zu trostlos, wenn die erste Fahrt, die sie allein unternehmen, die zurück zur Schule wäre. Es wäre so schön, wenn Mole das alles ohne größere Komplikationen schaffen könnte.«

Gemeinsam hatten sie und Caroline die Fahrpläne studiert. Es gab anscheinend keine durchgehende Verbindung zwischen Totnes und Southhampton. Und selbst wenn sie die Kinder in Exeter abholten, würden sie entweder in Salisbury oder in Westbury umsteigen müssen.

»Westbury ist ein ganz kleiner Bahnhof«, hatte Caroline nachdenklich gesagt. »Da müssen sie nicht den Bahnsteig wechseln. Meinen Sie, das könnten die beiden schaffen?«

Freddy hatte mit Mole und Susanna darüber gesprochen. Mole hatte geschwiegen, aber Susanna war ganz begeistert gewesen.

»Au ja, das machen wir!«, rief sie. »Das wird bestimmt lustig. Von den anderen Kindern fahren auch viele allein mit dem Zug, und wir sind die Strecke doch schon mit Caroline gefahren.«

Freddy hatte Mole angesehen. Er hatte gelächelt, doch sein Blick war ausdruckslos gewesen, geradezu leer. »Warum nicht?«, hatte er mit der Unbekümmertheit eines Erwachsenen gesagt. »Das schaffen wir schon, meinst du nicht, Sooz?«

»Ich meine ganz bestimmt, dass wir das schaffen«, hatte sie ernst erwidert. »Es wird schon jemand dafür sorgen, dass wir in den richtigen Zug einsteigen. Das wird ein richtiges Abenteuer!«

»Wir holen euch dann in Exeter ab«, hatte Freddy gesagt. »Da wäre das Umsteigen viel komplizierter und mit längeren Wartezeiten. Bis der Anschlusszug fährt, sind wir schon mit euch zu Hause.«

Dann hatte sie wieder zu Mole gesehen, der die Augenbrauen hochgezogen hatte und mit den Schultern zuckte. »Ja, dann ...«, hatte er gesagt.

Freddy stand an jenem Nachmittag Todesängste aus. Theo hatte versucht, ihr zu helfen.

»Sie haben versprochen, in Westbury jemanden zu fragen und sich mehrfach zu vergewissern, dass sie wirklich in den richtigen Zug steigen«, hatte er gesagt. »Die beiden sind doch so vernünftig.«

Freddy hatte genickt. Sie hatte das Gefühl, dass sie schreien würde, wenn sie den Mund nur aufmachte, so blank lagen ihre Nerven. Sie wusste, dass all die Fortschritte, die Mole in den vergangenen Jahren errungen hatte, zunichte gemacht würden, wenn an diesem Nachmittag irgendetwas schief lief. Ihn umgab zwar eine fast schon beunruhigend reife Aura der Selbstbeherrschung und Ausgeglichenheit, aber Freddy war sich im Klaren darüber, dass Mole unter der Oberfläche noch immer sehr unsicher war. Sie hatte mit Theo darüber gesprochen.

»Wir können nicht alles haben«, hatte er gesagt. »Er muss lernen, mit seiner Angst umzugehen und stärker zu sein als sie – sonst wird er untergehen. Wir werden ja schließlich auch nicht ewig für ihn da sein. Wenn wir ständig versuchen, ihn vor allem und jedem zu beschützen, dann wird er eines Tages wirklich ganz allein dastehen. Und das ist das, wovor er am meisten Angst hat.«

»Aber ich komme mir so gemein vor dabei«, hatte Freddy verzweifelt geantwortet. »Er strahlt eine solche Härte aus, dass ich mir wirklich Sorgen mache. Ich wollte so gern, dass er davon geheilt wird, Theo. Nicht, dass es unbedingt begraben werden muss. Oder ist das gefährlich?«

»Kommt ganz darauf an.« Theo hatte sehr nachdenklich ausgesehen. »Er ist noch sehr jung. Er hat hart an sich arbeiten müssen, um seine Angst zu überwinden. Ich sehe ihn ziemlich oft ganz normal spielen und reden, und ich hatte gehofft, dass er das immer mehr tun würde und dass er seine Selbstbeherrschung zwar nicht aufgeben, aber doch immer seltener benötigen würde.«

Freddy hatte das nicht überzeugt. Sie war weiterhin besorgt gewesen und hatte das nächste Mal, als sie die Kinder von der Schule abholte, ausführlich mit den Lehrern gesprochen. Das einhellige Urteil lautete, dass Mole sich gut machte und viele – wenn auch nicht besonders enge – Freunde hatte. Damit musste Freddy sich zufrieden geben.

Am Nachmittag der denkwürdigen Reise war sie eine Stunde früher als nötig nach Exeter aufgebrochen; und obwohl Caroline auch mitkam, bestand Freddy darauf, selbst zu fahren. Sie musste sich irgendwie ablenken.

Als die Kinder aus dem Zug stiegen, war Mole bleich und ganz still vor Erleichterung, während die rotwangige Susanna vor Aufregung plapperte wie ein Wasserfall. Sie berichtete ausführlich von ihrem Abenteuer, und es dauerte nicht lange, da taute auch Mole auf und plapperte mit. Caroline fragte immer wieder nach und tat ganz begeistert, während Freddy schweigend fuhr – ihr war ganz wackelig in den Knien nach der ganzen Anspannung. Auf The Keep wurden die kleinen Helden mit reichlich Tee und Kuchen in Empfang genommen und genötigt, die ganze Geschichte noch zwei Mal zu erzählen – ein Mal von Theo und einmal von Ellen und Fox. Die Geschichte drohte gar ein Epos zu werden – vergleichbar etwa mit Hannibals Überquerung der Alpen oder Napoleons Rückzug aus Moskau –, und als die Kinder schließlich ins Bett gingen, waren sie zwar erschöpft, aber gleichzeitig aufgedreht ob ihrer mutigen Heldentat.

Am nächsten Morgen war Mole noch vor dem Frühstück allein um das Wäldchen gelaufen.

Er stand auf dem Hügel, wo der Südweststurm über ihm tobte und die Wolkentürme nur so dahinrasten. Die Sonne warf transparente Säulen goldenen Lichts durch die grauen Massen und erhellte für kurze Zeit ein Stück satter, roter Erde oder eine Gruppe schwarzer, kahler Bäume. Mole stemmte sich gegen den Wind und dachte daran zurück, wie er mit Fox an seiner Seite den Drachen seines Vaters hatte steigen lassen und Angst gehabt hatte, der Wind würde ihm die Leine aus der Hand reißen. Er dachte daran, wie er auf Hals Schultern die schmalen Schafpfade entlanggejoggt war, an warmen Sommertagen bis hinunter zum Fluss, wo sie am sandigen, flachen Ufer geplantscht hatten oder von Fels zu Fels gesprungen waren. Einmal hatten sie einen Staudamm gebaut ... Er dachte an frühmorgendliche Spaziergänge mit den Hunden, als Mrs. Pooter Kaninchen gejagt hatte und die Schafherden vor ihr auseinander stoben; und an die Wettrennen gegen Susanna, bei denen Fox mit der Stoppuhr oben auf dem Hügel auf sie gewartet hatte. Und dann sah er zum Wäldchen ...

Er erinnerte sich noch ganz genau an jenen Morgen. Er war aufgewacht und immer noch genau so aufgeregt gewesen über das, was er am Tag zuvor geleistet hatte. Er war aus dem Bett gesprungen und hatte sich ganz schnell angezogen, damit ihn nur ja der Mut nicht wieder verließ, wie schon so oft zuvor. Er war in die Küche hinuntergegangen, wo Fox und Ellen bereits ihre erste Tasse Tee miteinander tranken.

»Heute sch schaff ich's«, hatte er gesagt mehr nicht , und die beiden hatten ihn entgeistert angestarrt.

Er hatte Fox als Zeugen gebraucht, aber nicht auf ihn gewartet. Er hatte die Hintertür aufgerissen und war in die kühle Morgenluft hinausgelaufen, er hatte die Hunde im Hof ignoriert und das Anwesen durch das grüne Tor verlassen. Er war den Hügel hinuntergerannt, war gehüpft und gesprungen und hatte es nicht gewagt, auch nur einen Blick zurück zu wagen, während seine Turnschuhe sich in die trockene Erde gruben und kleine Staubwolken aufwirbelten. Erst ganz am Schluss hatte er sich umgesehen: Dort, wo das Wäldchen anfing, den Hügel und die grauen Mauern von The Keep zu verdecken, hatte er einen letzten Blick nach oben gewagt. Und dort stand Fox, ebenso fest und unverrückbar wie das Haus, und hob einen Arm. Mit hämmerndem Herzen und trockener Kehle war Mole so schnell gerannt wie noch nie zuvor, ohne den Blick von dem Punkt jenseits des Wäldchens zu lassen, an dem er all das, was er am meisten liebte, gleich wieder sehen würde ... Er schaffte es. Völlig erschöpft von der Anstrengung und Erleichterung und nach Atem ringend, hatte er sich an den Aufstieg gemacht. Dann war auf einmal Fox neben ihm gewesen, hatte ihn unter den Armen gepackt, ihn hoch in die Luft geworfen und gejubelt. Mole war erst viel später aufgefallen, dass sie beide weinten ...

Eine Stimme hinter ihm ließ ihn herumfahren – Fliss kam auf ihn zu. Er lächelte, hob die Hand zum Gruß, blieb aber zurückhaltend und bereitete sich auf all ihre Fragen vor: Ob bei ihm alles in Ordnung sei, ob er irgendwelche Probleme habe, ob in der Schule alles liefe ... Ihre Fürsorge, die ihm einst eine solche Sicherheit gegeben hatte, wurde ihm jetzt immer mehr zur Last. Er fragte sich, warum das so war, warum Fliss' Sorge um ihn schlechter zu ertragen war als Susannas offensichtliche Gleichgültigkeit seinem Problem gegenüber. Lag es daran, dass Fliss stets *fürchtete,* er könne etwas nicht schaffen, und dass er darum in ihrer Gegenwart weniger Stärke verspürte? Susanna fand offensichtlich, dass er sich benahm wie andere Leute auch. Und sie verstand ihn; sie wusste genau, wann ihn der Katzenjammer packte und er in Ruhe gelassen werden wollte. Vielleicht lag es einfach daran, dass Susanna ihn normal sein ließ und auch seinen Katzenjammer als etwas Normales akzeptierte. Andere Jungs hatten Wutausbrüche, fühlten sich unsicher, hatten mal Angst und waren deprimiert – warum sollten seine Anfälle also abnormal sein? Susanna mit ihrer unbeschwerten Natur ließ immer wieder durchblicken, dass sie Moles Anfälle gar nicht so ernst nahm und dass Mole ein ganz normaler Junge war. Fliss dagegen vermittelte mit ihren vorsichtigen Sondierungen und ihren sorgfältig formulierten Fragen, dass sie da anderer Meinung war.

»Wir haben uns gewundert, wo du bist«, sagte sie, als sie sich ihm näherte. »Mittagessen ist gleich fertig.«

»Ich sterbe vor Hunger«, sagte er, als sie nebeneinander her gingen. »Der Wind hat mir richtig Appetit gemacht. Ganz schön heftig, was?«

»Allerdings.« Sie ließ den Blick über die Landschaft schweifen. »Ich glaube, es gibt Regen. Und, wie läuft's so?«

»Prima. Richtig gut. Und bei dir? Danke für deinen Brief. *Ladies' Night* hörte sich ja gut an.«

»War auch gut.«

»Und Hal? Bei dem alles in Ordnung?« Er sah das leichte Lächeln und wusste, dass er jetzt erst einmal vor ihren Fragen sicher war. Er hatte schon früh gelernt, wie er andere von sich selbst ablenken konnte. Bei Fliss war Hal so ziemlich das einzige Thema, das diesen Zweck erfüllte.

»Vielleicht kommt er später auch noch vorbei«, verkündete sie glücklich. »Er hat gesagt, dass Miles ihn vielleicht rausfährt. Ich fände es schön, wenn du Miles kennen lernen würdest, er ist wirklich nett ...«

Er beobachtete sie und fand, dass er undankbar war. Er brauchte sie so sehr und konnte sich immer auf sie verlassen – es war hässlich von ihm, ihre Liebe zu ihm als lästig zu empfinden. Aber wirklich *lästig* war sie ihm ja gar nicht ... Er lächelte Fliss an, bemerkte, dass er inzwischen fast genauso groß war wie sie, und erkannte leicht befremdet, dass er sie genauso brauchte wie Susanna. Sie hatten lediglich eine andere Beziehung zueinander, das war alles. Sie war fast wie eine Mutter für ihn, jemand, an den er sich immer wenden konnte, auf den er sich immer verlassen konnte, der ihn von ganzem Herzen liebte – dessen Fürsorge aber *mitunter* anstrengend sein konnte. Außerdem war sie sechs Jahre älter. Sie konnte er nicht so herumkommandieren und schelten wie Susanna ...

»... und da hatten wir uns gedacht, wir machen uns einen netten Abend zu viert und gehen im *Church House* abendessen. Schade, dass du noch zu jung bist, um mitzukommen.«

Er tat, als sei auch er enttäuscht. Jetzt, da Fox, Ellen und Caroline sich zusammengetan hatten, um einen Fernseher zu mieten, waren die Ferien auf The Keep um eine Facette reicher geworden. Der Fernseher stand in dem gemeinsamen Wohnzimmer der drei neben der Küche, und in den Wintermonaten konnte man Mole und Susanna abends meistens hier finden, wenn sie zu Hause waren. Die neue Technik war noch immer spannend, und Mole freute sich darauf, eine Stunde fernzusehen, bevor er ins Bett ging. Wenn er ganz großes Glück hatte, lief seine Lieblingsserie *Task Force Police*. Manchmal war Ellen zwar dagegen, dass sie sich das ansahen, aber wenn Mole und Susanna nur genügend bettelten, ließ sie sich für gewöhnlich erweichen.

»Mach dir nichts draus«, sagte Fliss. »Bald bist du auch alt genug, um alles Mögliche zu machen.«

»Worauf ich mich wirklich freue, ist Hals Abschiedsparade«, sagte er. »Gott sei Dank haben wir da schon Ferien.«

»Großmutter hätte schon einen Sonderurlaub für euch herausgeschlagen«, lachte Fliss. »Sie will unbedingt, dass die ganze Familie da ist. Es wird toll. Und hinterher findet ein Ball statt.«

»Warte nur, bis ich so weit bin«, blähte er sich auf – und fragte sich gleichzeitig, ob er überhaupt die Eignungsprüfung bestehen würde. »Hal ist bestimmt schon Admiral, bis ich in Dartmouth anfange.«

»Ach, Mole«, sagte sie und fasste ihn am Arm. »Ich freue mich, dass du immer noch zur Marine möchtest.«

»Natürlich will ich das«, sagte er locker und folgte ihr durch das grüne Tor. »Ist doch schließlich Tradition. Und ich bin und bleibe nun mal ein Chadwick.«

Nach dem Mittagessen schlenderten er und Susanna in den Hof hinaus. Sie standen unentschlossen herum, waren sich aber einig, dass sie nicht in ihr Häuschen im Obstgarten gehen wollten. Die Decken waren für den Winter weggepackt worden, ihre Schätze wurden derzeit in Moles Zimmer verwahrt, und das Haus war sicher feucht und ungemütlich.

»Komm, wir holen die Räder«, schlug Susanna vor. »Wir fahren nach Dartington und kaufen Schokolade. Ich hab noch etwas Taschengeld übrig. Wir spielen, dass wir die Drei Fragezeichen in *Die Spur des Raben* sind. Du bist Justus, und ich bin Peter. Ach, wenn ich doch nur Petronella heißen würde. Oder Georgina. Aus Susanna kann man gar keinen Jungennamen machen. Also, was ist?«

»Ja, gut.« Es fiel Mole immer schwerer, sich auf Susannas kindliche Fantasiewelt einzulassen, aber wenn er sich dann erst mal entspannt hatte und nicht mehr fürchtete, sich lächerlich zu machen, machte es ihm immer noch richtigen Spaß. »Wir können etwas Proviant in die Satteltaschen packen.«

»Ich hole eine Karte«, sagte Susanna begeistert. »Wir könnten den anderen Weg zurückfahren. Der ist länger, und wir kennen ihn nicht so gut. Das wäre doch ein kleines Abenteuer. Los, du fragst Ellen, ob wir etwas Grog und ein paar Kekse haben dürfen. Und wenn du auch noch Geld hast, bring das auch mit. Na, los. Wer zuletzt wieder hier ist, hat verloren ...«

## 22

An Prues zweiundvierzigstem Geburtstag schwänzte Kit ihre Vorlesungen und fuhr nach Bristol, um mit ihrer Mutter zu feiern.

»Da gibt es nicht viel zu feiern«, sagte Prue und verzog das Gesicht. »Ach, Kit. Ich werde alt.«

»Nun lass dich mal nicht so hängen, Ma.« Kit lehnte am Türpfosten und sah ihrer Mutter dabei zu, wie sie diverse Kleidungsstücke auf dem Bett durchging. »Du siehst keinen Tag älter aus als fünfunddreißig, jetzt, wo ich dich unter meinen Fittichen habe. Wie wär's mit einem Drink? Wir haben noch massenweise Zeit. Ich habe einen Tisch für halb neun bestellt.«

»Sehr gute Idee.« Prues Miene heiterte sich etwas auf. »Ich glaube, ich habe zugenommen. Mir passt gar nichts mehr. Und schon gar nichts von den Ausgehsachen.« Sie betrachtete Kits arg kurzen Rock. »Aber nach dir wird man sich umdrehen. Der Minirock hat es noch nicht ganz bis ins provinzielle, alte Bristol geschafft. Hier ist der Saum jetzt knapp über dem Knie, Tendenz steigend, aber dein Rock sieht ja aus wie ein Stück Querbehang.«

Kit grinste. »Der gute alte Hal ist ganz schön spießig, was das angeht«, verriet sie. »Aber seinen Freunden gefällt's.«

»Das kann ich mir vorstellen.« Prue gab auf und setzte sich aufs Bett. »Es hat keinen Zweck, Liebes. Du musst was für mich aussuchen. Mir gefällt plötzlich gar nichts mehr von meinen Sachen.«

»Ich hole uns was zu trinken«, sagte Kit, »und dann machen wir eine kleine Modenschau. Rühr dich nicht vom Fleck.«

Prue blieb ganz still sitzen und wartete. Sie liebte es, wenn Kit nach Hause kam und mit ihrer Musik und ihrer Unordnung das ganze Haus auf den Kopf stellte. Sie schleppte Prue mit in Jazzkeller und Kneipen auf der King Street oder in die Trattoria in der Queen's Road, nörgelte an ihren langweiligen Klamotten herum und ging mit ihr zu Anne Scarlett's am oberen Ende der Park Street, um ihr die Haare schneiden zu lassen.

»Also, gut, Mark«, sagte sie dann zu dem gut aussehenden, jungen Chef des Salons, »diese fürchterliche Dauerwelle wird rausgeschnitten und der Rest durchgestuft. Schön weich und locker. Keine Panik, Ma. Wir wissen, was wir tun ...« Und dann setzte sie sich auf einen Stuhl neben sie, ließ die langen Beine baumeln und plauderte, was das Zeug hielt. Hinterher tranken sie dann für gewöhnlich bei *Fortes* einen Kaffee, um sich für den folgenden Einkaufsbummel zu stärken: Schuhe, Kleidung, Make-up.

»*Nicht* diese hochhackigen Dinger«, sagte Kit jedes Mal, wenn Prue auf die Stöckelschuhe und Pumps zusteuerte. »*Die* hier sind cool ...« »Die« waren flache Sling-Sandaletten aus kastanienbraunem Leder. »Na, los, anprobieren. Die sehen super aus. Siehst du ...«

Ein blaues Leinenkostüm mit dem Rocksaum auf Kniehöhe – »Das kann ich nicht tragen«, protestierte Prue, »ich bin zu alt für so was« – und eine kurze Jacke mit einem schmalen Gürtel standen als Nächstes auf Kits Liste. »Sieht super aus«, befand Kit. »Vor allem mit den Schuhen. Zu kurzen Röcken muss man flache Absätze oder hohe Stiefel tragen. Und jetzt brauchen wir noch das i-Tüpfelchen ...«

Dieses war eine weiße Baumwollbluse mit breitem Spitzenbesatz statt Kragen und Manschetten. »Guck mal, wie hübsch das unter der Jacke aussieht«, sagte Kit. »Wirklich cool. Okay, was ist mit neuem Lippenstift? Die dunklen Farben machen dich viel zu alt ...«

»Dir ist aber schon klar«, sagte Prue, als sie während ihrer

Einkäufe im *Berkeley* eine Tasse Kaffee tranken, um sich zu erholen, »dass ich es niemals wagen werde, das alles zu tragen?«

»Natürlich wirst du das«, widersprach Kit. »Besuch mich doch mal in London, da wirst du schon lernen, etwas mehr aus dir rauszugehen. Du musst mit der Zeit gehen, Ma.«

Und zu ihrer eigenen Überraschung hatte sie die Sachen tatsächlich getragen – und sich sehr wohl gefühlt darin. Sie weidete sich an den neidischen Blicken ihrer Freundinnen. Die waren alle viel zu verknöchert, als dass sie eine solche Veränderung an sich selbst zulassen würden, und deren Kinder behandelten sie natürlich auch nicht so, wie Kit Prue behandelte. Ihre ganz besondere Art von Freundschaft, die ihre Wurzeln in den ersten einsamen Jahren ohne Johnny hatte, hatte sich zu einer unschätzbaren Kostbarkeit entwickelt, und Prue war mehr als glücklich darüber. Mit Hal war es nicht ganz das Gleiche. Kaum dass er mit der Schule fertig gewesen war, hatte sie ihn kaum noch gesehen, da er den größten Teil des Jahres auf See und mitunter sogar im Fernen Osten war. Jetzt absolvierte er sein letztes Jahr in Dartmouth – das sogenannte akademische Jahr, in dem er sich auf Mathematik und Sprachen konzentrieren musste – und verbrachte wieder mehr Wochenenden zu Hause in Bristol. Ab und zu musste er zwar Dienst tun oder jüngere Auszubildende beaufsichtigen, aber ansonsten hatte er die Wochenenden in der Regel frei.

Natürlich betrachtete er auch The Keep als sein Zuhause. Wenn er jemanden fand, der ihn mitnahm, konnte er in einer halben Stunde da sein. Das nahm Prue ihm auch gar nicht übel – aber in den Ferien ärgerte sie sich doch oft über die vielen Stunden, die sie arbeiten musste und die ihnen von ihrer gemeinsamen Zeit abgingen. Sie liebte Hal über alles; er war Johnny so ähnlich, dass sie immer wieder staunte, wenn sie ihn sah. Er brachte die Vergangenheit zurück, weckte Erinnerungen in ihr und verursachte ihr bittersüßen Schmerz. Genau wie Kit ging er ganz locker und freundschaftlich mit ihr um und gab ihr somit das Gefühl, etwas jünger zu sein, als sie war. Aber er konnte auch kritisch sein, wenn er beispielsweise die Kleidungsstücke und Frisuren, die Kit seiner Mutter mit Begeisterung verordnet hatte, eher zurückhaltend lobte. Ihm wäre es lieber gewesen, wenn Prue mehr wie eine Mutter denn wie eine Schwester ausgesehen hätte, obwohl er dennoch stolz auf sie war und sich freute, wenn seine Freunde ihn zu seiner großartigen Mutter beglückwünschten. Prue liebte es, wenn er eine ganze Bande von jungen Offiziersanwärtern mit nach Bristol brachte, wenn das Haus mit Leben erfüllt wurde, sie für alle kochen konnte und die endlosen Geschichten über die Ungerechtigkeiten auf der Marineschule hörte ... »Und dann hat er gesagt: ›Tut das weh, mein Sohn?‹, und ich habe gesagt: Nein, Sir, und er hat gesagt: ›Das sollte es aber, mein Sohn. Ich stehe nämlich auf Ihren Haaren. *Lassen Sie sie sich schneiden ...*‹« Sie verwöhnte die jungen Männer, bemutterte sie und flirtete mit ihnen, alles gleichzeitig – und sie vermisste sie schrecklich, wenn sie abreisten und sie wieder allein war.

Es war eine grenzenlose Erleichterung gewesen, dass sie nach dem Debakel mit Tony weiterhin Geld von der Familie bekommen hatte. Tony war nie aufgefunden worden, und inzwischen war Prue das auch egal. Früher oder später würde sie sich scheiden lassen können, weil er sie verlassen hatte, und sie hatte beschlossen, sich schon jetzt wieder Chadwick zu nennen. Sie hatte das Gefühl, dass das richtig war: Es war Johnnys Name und der ihrer Kinder. Sie fühlte sich sofort besser. Etwas schwerer fiel es ihr allerdings, ihre Arbeit wieder aufzugeben. Jetzt, da sie ein Zeichen der Unabhängigkeit gesetzt hatte, hätte sie es peinlich gefunden, wieder aufzuhören zu arbeiten, und fürchtete, dass dies so aussehen würde, als wäre sie nur zu bereit, wieder ganz auf

Kosten der Familie zu leben. Die Arbeit machte ihr Spaß, Prue war gern mit den anderen Frauen zusammen – doch das viele Herumstehen strengte sie so sehr an, dass sie abends immer völlig erschöpft war. Ein noch größerer Minuspunkt war aber, dass sie kaum Zeit für die Zwillinge hatte, wenn diese die Ferien bei ihr in Bristol verbrachten. Schließlich entschied sie sich für einen Kompromiss: Sie wollte zwei Tage pro Woche und einen Samstag im Monat arbeiten.

Sie hatte das Thema bei einem ihrer Besuche auf The Keep in Angriff genommen und wollte erst einmal hören, was Theo dazu meinte.

»Meinst du, ich sollte weiter Vollzeit arbeiten, obwohl es finanziell nicht nötig ist?«, hatte sie ihn gefragt.

Theo hatte sorgfältig nachgedacht und überlegt, was wohl hinter dieser Frage steckte. »Arbeit ist ein hervorragendes Mittel gegen Langeweile«, hatte er schließlich geantwortet. »Außerdem kann Arbeit einem zu mehr Selbstachtung verhelfen, kann geistige Horizonte erweitern oder uns körperlich fit halten, je nachdem, um was für eine Art von Arbeit es sich handelt. Aber für die meisten Menschen ist Arbeit nur etwas, das ihnen das Überleben sichert, und nur sehr wenige können von sich sagen, dass sie ihre Arbeit lieben. Diese wenigen haben richtiges Glück. Wenn dir die Arbeit keinen Spaß macht, Prue, sehe ich keinen moralischen Grund, weshalb du dich weiter damit quälen solltest.«

»Na ja, gelangweilt habe ich mich schon öfter«, gestand sie, »als die Kinder im Internat waren und ich nur noch wenig zu tun hatte. Wahrscheinlich habe ich deswegen auch Tony geheiratet. Ich war einsam. Die Arbeit strengt mich ziemlich an, aber für mich ist der eigentliche Knackpunkt, dass ich in den Ferien keine Zeit für die Zwillinge habe. Darum hatte ich gedacht, dass ich vielleicht Teilzeit arbeiten könnte. Das wäre ein guter Kompromiss, ich müsste aber natürlich auch erst sehen, ob das funktioniert. Was sagst du dazu?«

»Ich halte das für eine hervorragende Idee«, hatte er ihr versichert. »Kit und Hal haben so lange Ferien, und es ist so schade, dass ihr fast nichts voneinander habt. Vielleicht würde das ja auch heißen, dass du öfter hierher zu Besuch kommen kannst? Wir sehen dich nämlich auch viel zu selten.«

»Guter alter Theo.« Sie nahm ihn fest in den Arm. »Was, glaubst du, wird Freddy dazu sagen?«

»Ich glaube nicht, dass sie etwas dagegen hat. Aber abgesehen davon brauchst du weder ihre noch meine Erlaubnis. Das weißt du doch.«

»Ja, ich weiß.« Prue hatte die Stirn gerunzelt. »Der Punkt ist nur, dass ich Angst habe, dass Freddy mich für einen Drückeberger hält, wenn ich mich wieder ganz auf das Familienunternehmen verlasse.«

»Wenn John noch leben würde, würde er das Geld bekommen«, hatte Theo gesagt. »Er hätte dich damit ernährt, und du hättest ein bequemes Leben geführt und dich um seine Kinder gekümmert. Er hätte nicht gewollt, dass du arbeitest – es sei denn, es wäre dein Wunsch gewesen. Dessen bin ich mir ganz sicher. Du hast getan, was du konntest, um den angerichteten Schaden zu begrenzen. Jetzt genieße doch wieder das Leben.«

»Danke, Theo«, hatte sie gerührt hervorgebracht. »Genau das werde ich tun.«

Jetzt, da sie auf ihrem Bett saß und darauf wartete, dass Kit mit den Drinks wiederkam, wurde ihr bewusst, dass sie tatsächlich genau das getan hatte. In den letzten achtzehn Monaten war sie so glücklich gewesen wie seit Jahren nicht. Ihr Leben war ausgeglichen: Arbeit, Vergnügen und Frieden hielten sich die Waage.

Kit kam mit zwei Gläsern in der Hand und einem Päckchen unter dem Arm wieder. »Ich glaube, du packst das besser jetzt schon aus«, sagte sie. »Du hast zwar erst morgen Geburtstag, aber ich sehe schon, dass du es heute Abend gebrauchen kannst.« Sie reichte Prue ein Glas und das Päckchen und prostete ihr dann zu. »Alles Gute zum Geburtstag.«

Sie stellte das Glas auf Prues Frisierkommode ab und ging leise vor sich hin summend den Kleiderschrank ihrer Mutter durch.

»Oh, Kit …«, hauchte Prue. Sie hielt eine reich befranste Seidenstola in die Höhe und bewunderte die in verschiedenen Edelsteinfarben leuchtenden, aufgestickten Blumen: smaragdgrün, saphirblau, rubinrot. »Wunderschön. Wo hast du die denn bloß aufgetrieben? Die hat bestimmt ein Vermögen gekostet. Ach, Kit …«

»Nein, hat sie nicht. Keine Panik, Ma. Hab sie auf der Portobello Road bei einem fliegenden Händler gefunden.« Kit zog einen langen Rock aus mitternachtsblauem Knittersamt hervor. »Aha! Das ist es! Wo ist das Seidentop? Das sieht bestimmt cool aus.« Sie hielt die beiden Kleidungsstücke aneinander und nahm Prue – die nur ungern losließ – die Stola ab. »Und *so* trägst du dann die Stola dazu. Siehst du? Du wirst toll aussehen.«

»Danke, mein Liebling.« Prue stand auf und gab ihrer Tochter einen Kuss. »Danke für das Geschenk und dafür, dass du extra hergekommen bist. Das ist das schönste Geschenk.«

»Wir machen uns einen richtig schönen Abend, wirst schon sehen«, versprach Kit. »Und wo ist jetzt deine silberne Kette …?«

Freddy war bei Julia zu Besuch, die während der kalten, schneereichen Tage auf Eis ausgerutscht war und sich den Knöchel gebrochen hatte. Da sie in ihrer Bewegungsfreiheit so eingeschränkt war, war Julia leicht reizbar und ruhelos. Sie wollte alles selbst machen, mühte sich mit den Krücken ab und wollte sich von Freddy partout nicht mit dem Mittagessen helfen lassen. Erst als sie im Salon Kaffee tranken, konnten sie sich beide entspannen.

»Was bist du doch für eine sture alte Frau«, bemerkte Freddy liebevoll. »Gibst du denn niemals nach? Nicht einmal mit einem gebrochenen Knöchel?«

»Ich halte nichts vom Nachgeben«, sagte Julia finster. »Das ist der erste Schritt auf dem Weg in die dunkle Kiste.«

»Aber in unserem Alter –«, hob Freddy an, um sie umzustimmen.

»*Erst recht* in unserem Alter«, unterbrach Julia sie. »Wir müssen unermüdlich weitermachen, sonst wird ganz schnell gesagt, dass wir nicht mehr allein zurechtkommen, und dann nimmt uns irgendein neunmalkluges junges Ding alles ab, schreibt uns vor, was wir essen und wie viel Gartenarbeit wir uns zumuten dürfen. Nein, nein. Das Alter ist kein Zuckerschlecken, Freddy, das wissen wir beide, aber auf eine Aufpasserin kann ich verzichten. Mrs. Pearse reicht völlig. Die schaut ab und zu nach mir.«

»Und das ist auch gut so.« Freddy musste lächeln. »Du hast natürlich Recht, aber du beschämst mich, wenn ich da an mein ganzes Heer von Helfern denke – Ellen, Fox, Caroline.«

»Das ist etwas ganz anderes«, behauptete Julia. »Du hast schließlich eine Familie und ein großes Haus. Ellen und Fox sind schon seit Ewigkeiten bei dir. Aber mich in meinem Alter an jemand Neues zu gewöhnen, fände ich gänzlich unerträglich.«

»Dann wollen wir mal hoffen, dass Mrs. Pearse der Belastung weiter standhält«, sagte Freddy halb im Scherz. »Sie ist ja auch nicht mehr die Jüngste, oder?«

»Wir kennen uns seit vierzig Jahren«, erzählte Julia stolz. »Seit sie neunzehn und frisch verheiratet war, kommt sie dreimal die Woche her. Wir kommen sehr gut miteinander aus. Sie kennt mich.«

»Wir haben beide Glück gehabt«, sinnierte Freddy, »obwohl Ellen und Fox auch nicht jünger werden. Ich weiß einfach nicht, wie wir ohne Caroline zurechtgekommen wären.«

»Ich beneide dich um Caroline«, gestand Julia. »Wenn ich sicher sein könnte, dass ich für mich eine zweite Caroline finde, würde ich meine Meinung wegen der Aufpasserin vielleicht sogar noch mal ändern. Aber gut. Schenk uns doch noch etwas Kaffee nach und erzähl mir von Mole und Susanna.«

Caroline räumte die letzten Teller weg und hängte das Geschirrtuch auf die Trockenstange am Herd. In der Küche war es ruhig und warm, die Vorhänge waren zugezogen, um die kalte Februarnacht auszusperren, und die Hunde schliefen tief und fest in ihren Körben. Ellen hatten den ganzen Tag schon Kopfschmerzen geplagt, sodass die anderen sie am Nachmittag mit einer Tasse Tee und etwas Aspirin ins Bett geschickt hatten und alles andere Caroline überlassen blieb. Es machte ihr nichts aus. Während sie die Arbeitsfläche und den Tisch abwischte, freute sie sich sogar richtig darüber, einmal allein zu sein. Im Grunde war sie aber ein Mensch, der gern in Gesellschaft war, der gern andere Menschen um sich hatte und Geschäftigkeit und Unruhe mochte. Genau deswegen war The Keep das perfekte Zuhause für sie: Es war immer jemand da, mit dem man reden konnte, es war immer etwas los, es herrschte ein ständiges Kommen und Gehen. Je mehr zu tun war, desto wohler fühlte sie sich. Sie war stark und aktiv und konnte es nicht leiden, herumzusitzen und nichts zu tun. Selbst die Aufregung um den neuen Fernseher hatte bei ihr schon nach wenigen Wochen nachgelassen, sie war unruhig geworden und langweilte sich vor der Flimmerkiste. Die einzige Abwechslung waren Fox' und Ellens Kommentare zum laufenden Programm und ihre daraus entstehenden Zankereien gewesen. Auch jetzt saß Fox wieder in dem kleinen Wohnzimmer und sah Nachrichten.

Sie hatte ihm eine Tasse Tee gebracht und war einen Moment da geblieben, während Richard Baker von den amerikanischen Flugzeugen berichtete, die den Vietcong in Südvietnam bombardierten.

»Na, wunderbar«, hatte Fox gebrummt, als würden seine schlimmsten Befürchtungen sich bestätigen. Caroline war gleich wieder in die Küche gegangen, sie hatte nicht mehr davon hören wollen, sondern lieber noch ein paar Minuten allein in der Küche genießen wollen, ein paar Minuten, in denen sie an Miles denken konnte. Seit sie ihn kannte, war sie sich der Bedrohung durch einen Krieg viel bewusster als vorher. Ihre alten Ängste waren wieder da, die Ängste, die eine Frau ausstand, wenn sie einen Soldaten liebte. Sie war acht Jahre alt gewesen, als der letzte Krieg ausbrach, und als er vorbei war, alt genug, um sich an die schreckens- und entbehrungsreiche Zeit erinnern zu können, und alt genug auch, um zu wissen, was ein solcher Verlust bedeutete.

Während sie das Tablett mit dem Kaffee für Freddy und Theo vorbereitete, ging ihr noch ein ganz anderes Problem durch den Kopf: Wenn Miles um ihre Hand anhalten sollte – wie zum Himmel würde man ohne sie zurechtkommen auf The Keep? Ein Teil von ihr empfand scheue Angst vor einem solchen Antrag – vielleicht bildete sie sich ja nur etwas ein und erwartete viel zu viel. Schließlich war Miles ein ausgesprochen attraktiver und beliebter Mann, dem schon die nächste Beförderung bevorstand, und sie wusste sehr wohl, dass sie selbst alles andere als eine schillernde Persönlichkeit war. Aber ein anderer, realistischer Teil von ihr sagte ihr, dass Miles kein kleiner Junge mehr war und auch keiner von den Männern, die mit jeder Frau flirteten und hinter jedem Rockzipfel her waren. Sie war ganz sicher, dass er viel zu gut und viel zu bodenständig war, als dass er sie täuschen würde – aber bestand denn Grund zur Annahme, dass er sie getäuscht haben könnte? Während sie darauf wartete, dass das

Wasser kochte, ging sie im Geiste den Schatz ihrer ganz besonderen Erinnerungen durch. Doch selbst sie musste zugeben, dass dieser alles andere als reich war. Umarmungen oder zärtliche Worte hatte es nie gegeben; ihre Erinnerungen bestanden aus anderen Dingen, die eher Vermutungen als Tatsachen waren: So fand sie, dass sie und Miles ähnliche Vorstellungen vom Leben hatten und ähnliche Erwartungen daran stellten; dass sie häufig ähnlich dachten und reagierten; dass sie ähnliche Rollen spielten. Ihre liebste Erinnerung war diejenige an den Abend, als er sie mit zum Abendessen mit seinen Freunden eingeladen hatte, während die anderen zur *Ladies' Night* gingen. Er hatte sich tadellos aufgeführt und war ihr gegenüber höflich und aufmerksam gewesen. Sie hatte das Gefühl, dass dieser Abend ein wichtiger Schritt gewesen war. Ihr kam es oft so vor, als stünden Miles und sie etwas abseits der Gruppe von jungen Leuten. Sie trugen beide Verantwortung, und so war es nur natürlich, dass sie häufiger als die anderen beieinander standen. Wenn er die Jüngeren dabei beobachtete, wie sie sich amüsierten, fand Caroline seinen Blick oft so ... Caroline zögerte. Sie konnte diesen Blick nicht wirklich definieren. Er enthielt Traurigkeit, aber auch Zuneigung ... und noch etwas, das sie nicht ganz einordnen konnte. Wenn er sie dabei ertappte, dass sie ihn beobachtete, setzte er schnell ein Lächeln auf und richtete sich etwas auf, als wolle er etwas abschütteln, das ihm Sorge bereitete. Die ausgelassene Stimmung der jungen Leute erinnerte ihn vielleicht ganz einfach nur an seine eigene Jugend. Vielleicht – und das fand sie wahrscheinlicher – wurde ihm bei ihren Faxen bewusst, was ihm entgangen war. Sie wusste, dass er sehr jung geheiratet hatte und auf tragische Weise verwitwet war. Kein Wunder, dass er manchmal traurig aussah.

Caroline brühte Kaffee auf und stellte die Kanne auf das Tablett. Eigentlich gab es nur sehr wenig, auf das sie ihre Hoffnung auf einen Heiratsantrag gründen konnte. Ihre Erfahrung mit Jeremy hatte sie gelehrt, dass es nicht ausreichte, jemanden zu lieben – dieser Jemand musste die Liebe auch erwidern. Aber Miles suchte doch immer wieder ihre Gesellschaft, er freute sich, wenn sie seine Partnerin war und sie Zeit miteinander verbrachten. Sie sagte sich, dass eine Eheschließung ein sehr großer Schritt war und dass Miles sich möglicherweise so sehr an seine Freiheit gewöhnt hatte, dass es ihm schwer fiel, sie so einfach aufzugeben. Er brauchte Zeit, um sich an die Vorstellung zu gewöhnen. Und Zeit hatten sie ja genug ... Aber wie würde man hier bloß ohne sie zurechtkommen? Und würde sie es jemals über sich bringen, The Keep und seine Bewohner zu verlassen?

Mit dem Tablett in der Hand öffnete sie vorsichtig die Tür zur Eingangshalle – und zögerte. Die Tür zum Salon stand ein wenig offen, und Freddy spielte Klavier. Caroline blieb ganz still stehen und lauschte. Es war genau das Stück, das sie so gern mochte, das in ihr alle möglichen namenlosen Sehnsüchte wachrief, das ihr Tränen in die Augen trieb. Freddy hatte ihr gesagt, dass es ein Stück von Chopin war – aber welches? Erst überlegte sie fieberhaft, dann zuckte sie mit den Schultern. Dies war auch etwas, das sie und Miles gemeinsam hatten: Sie verstanden beide überhaupt nichts von Musik. Caroline lächelte in sich hinein, ging mit dem Tablett weiter quer durch die Eingangshalle und drückte mit der Schulter die Tür zum Salon auf.

Theo lächelte sie an und bedankte sich unhörbar, als Caroline das Tablett abstellte. Geräuschlos verteilte sie die Tassen und Untertassen, peinlichst darauf bedacht, das Klavierspiel nicht zu stören, und genoss den Frieden und die Wärme in diesem schönen Zimmer und die vertraute Atmosphäre zwischen den beiden älteren Chadwicks. Sie ging hinaus, und Theo schloss die Tür hinter ihr. Dann blieb sie wieder stehen und lauschte der Musik, bis Freddy aufhörte zu spielen und sie nach einer kurzen Stille gedämpfte Stimmen und das Klirren von Porzellan vernehmen konnte.

Caroline dachte: Wenn Miles und ich doch genau so gemeinsam alt werden könnten ...

# 23

Winterferien. Mole und Susanna reisten wieder ganz allein vom New Forest nach Devon. Mole hielt sich ein Buch vor das Gesicht und hörte zu, wie Susanna mit einem Mitreisenden plauderte. Mit Susanna zu reisen grenzte für ihn an eine nervliche Zerreißprobe. Sie war so freundlich, offen und vertrauensselig, und die Erwachsenen reagierten für gewöhnlich ebenso freundlich auf sie, beantworteten bereitwillig ihre Fragen und boten ihr Süßigkeiten an.

»Du darfst von Fremden keine Süßigkeiten annehmen«, ermahnte er sie, nachdem die große, redselige alte Dame in Honiton ausgestiegen war. »Das habe ich dir schon so oft gesagt.« Aber Susanna stopfte sich das Bonbon trotzdem in den Mund. Mit ausgebeulter Backe grinste sie ihn an.

»Aaaah!« Sie fasste sich an den Hals. »Das Gift! Jetzt bin ich beim Gift angekommen!« Sie verdrehte die Augen und keuchte formvollendet. Er musste grinsen und schob sie von sich, als sie sich gegen ihn sacken ließ.

»Halt die Klappe, du Quatschkopf. Du weißt genau, dass du das nicht darfst. Hat Caroline uns gesagt.«

»Ich weiß.« Susanna setzte sich auf. »Aber es kommt doch ganz drauf an, mit wem man es zu tun hat. Die alte Dame war nett.«

Mole seufzte. Zu Susanna war einfach *jeder* nett. Als würde sie genau das in jedem Menschen hervorrufen. Ihr Glaube daran, dass jeder, den sie kennen lernte, ganz bestimmt ein richtig guter Freund werden würde, war also irgendwie gerechtfertigt. Mole dagegen traute niemandem. Wenn sie unbekümmert zur Toilette ging, stieg Panik in ihm auf, weil er fürchtete, jemand könnte ihr auflauern und sie mit Süßigkeiten, Spielzeug oder einem Hundebaby zum Mitgehen verlocken. Er hatte solche Geschichten in der Zeitung gelesen und Caroline darum gebeten, Susanna zu verbieten, sich mit Fremden zu unterhalten. Caroline hatte versucht, ihm zu erklären, dass sie Susannas Vertrauen in andere Menschen nicht untergraben wollte. Natürlich sollte sie vorsichtig und vernünftig sein, aber solange Mole bei ihr war, konnte ihr schließlich nichts passieren.

»Aber ich bin ja eben *nicht* immer bei ihr«, hatte er widersprochen. »Ich kann sie nicht die ganze Zeit im Auge behalten ...«

Dann war ihm Carolines mitleidiger Blick aufgefallen. Er kannte diesen Blick und wusste, was sie alle dachten.

Mole dachte: Aber ich *habe* mich doch schon gebessert. Ich denke längst nicht mehr so oft daran wie früher, aber die Welt ist nun mal *gefährlich ...*

Der Gedanke daran, dass Susanna etwas passieren könnte, ließ ihm vor Angst den Atem stocken, und Caroline hatte ihm versprechen müssen, dass Susanna nicht allein reisen durfte, wenn er nicht mehr auf die gleiche Schule ging. Im Herbst sollte er nämlich auf die Blundell School wechseln, wo schon mehrere Generationen von Chadwicks vor ihm erzogen worden waren – und Susanna würde im New Forest bleiben. Sie sah diesem Zeitpunkt anscheinend gelassen entgegen, das Einzige, was sie äußerte, war, dass es ohne ihn nicht mehr das Gleiche sein würde. Dennoch machte Mole sich Sorgen um sie. Er hatte sich an Onkel Theo gewandt.

»Liebe ist etwas ganz Schreckliches«, hatte dieser ihm ernst zugestimmt. »Aber auch etwas Wundervolles. Selbst auf unserem pathetischen menschlichen Niveau hat sie die Kraft, zu verwandeln. Sie kann heilen und lindern, aber sie kann auch zerstören. Machst du dir um Susannas wegen Sorgen oder deinetwegen?«

»Meinetwegen?«

»Es ist etwas schwierig«, hatte Onkel Theo nachdenklich gesagt. »Normalerweise ist das natürlich nicht so einfach abzugrenzen. Die Liebe ist ein ganz schönes Kuddelmuddel. Machst du dir Sorgen, weil Susanna unter deinem Fortgang leiden könnte oder weil du dich nicht an den Gedanken gewöhnen kannst, ohne sie zu sein?«

Mole erinnerte sich noch daran, wie er stocksteif und kerzengerade dagestanden und sich hundeelend gefühlt hatte. »B-beides«, hatte er schließlich gesagt. »Ich will nicht, dass ihr so was passiert, wie immer in den Z-Zeitungen steht. Aber ich ... ich *brauche* sie.«

Diese letzten Worte, dass er sie brauchte, hatte er fast im Zorn gesagt, da er diesen Umstand am liebsten gar nicht zugeben wollte. Er hatte sich geschämt.

»Warum auch nicht?«, hatte Onkel Theo ganz ruhig entgegnet. »Wir alle brauchen einander auf die eine oder andere Weise. Das ist doch völlig normal. Aber du kannst Susanna nicht in einen Käfig stecken und sie zur Gefangenen deiner Liebe machen. Sie braucht ihre Freiheit, genau wie du deine brauchst. Das ist das Problem mit der Liebe. Wir wollen diejenigen, die wir lieben, ganz instinktiv an uns binden und finden alle möglichen Gründe dafür – aber wir müssen dem widerstehen. Sie müssen lernen, sich selbst zu beschützen. Stell es dir wie einen Fluss vor, Mole. Wir können nicht immer nur an seinem Ufer entlangspazieren, den Fluss ängstlich betrachten und uns an jemandes Hand festhalten. Früher oder später müssen wir ins Wasser und schwimmen lernen. Auch Susanna muss das lernen. Und wir werden alle so weit es geht in ihrer Nähe sein, während sie es lernt.«

»Aber nach den Sommerferien bin ich nicht mehr bei ihr«, hatte Mole protestiert. »Genau darum geht es ja. Wer wird dann in ihrer Nähe sein?«

»Im Herbst«, hatte Onkel Theo geantwortet, »wird auch Susanna drei Jahre von zu Hause weg gewesen sein. Sie hat das Glück gehabt, sich dort eingewöhnen zu können, während du in ihrer Nähe warst. Sie hat jetzt so viele Freunde, die sich um sie kümmern werden. Du darfst dir nicht zu viele Sorgen machen, Mole. Es kann nämlich ganz schön belastend sein, zu wissen, dass sich jemand übertrieben um einen sorgt. Es erdrückt und entkräftet einen.«

Mole wusste sofort, was Onkel Theo meinte. Genau so fühlte er sich nämlich, wenn Fliss sich um *ihn* Sorgen machte.

»Weißt du noch, wie du dich gefühlt hast, nachdem du das erste Mal allein vom New Forest hierher gereist bist?«, hatte sein Onkel ihn gefragt. »Und wie du am nächsten Morgen um das Wäldchen gerannt bist?« Mole hatte genickt. »Und? Wie hast du dich gefühlt?«

Mole hatte gezögert. »Gut«, sagte er schließlich. »Irgendwie ... stark.«

»Genau.« Onkel Theo hatte genickt. »Und ist dir auch klar, wie das eine zum anderen geführt hat? Dass du die Reise allein hinter dich gebracht hast, hat dir den Mut gegeben, um das Wäldchen zu laufen. Siehst du? So geht das das ganze Leben. Wir wachsen an unseren Aufgaben. Wenn man uns lässt. Aber jetzt stell dir mal vor, Großmutter hätte dir nie erlaubt, allein mit dem Zug zu fahren, weil sie sich Sorgen um dich gemacht hat«

Mole hatte ihn angestarrt, und Onkel Theo hatte gelächelt. »Wir waren *alle* krank vor Sorge an dem Tag. Wenn euch irgendetwas passiert wäre, hätten wir uns das unseren Lebtag nicht verziehen. Aber wir mussten es zulassen. Damit du weiter wachsen konntest.«

Mole hatte geschwiegen und nachgedacht. »Liebe ist schrecklich«, hatte er schließlich hervorgestoßen. »Einfach ... sch-schrecklich.«

»Schrecklich«, hatte sein Onkel ihm beigepflichtet. »Und wundervoll. Genau wie das Leben. Ein ständiges Geben und Nehmen. Nicht wirklich grausam oder ungerecht, sondern ganz einfach das Gesetz der Natur. Ohne Gesetze würden wir in einem unbeschreiblichen Durcheinander leben.«

Jetzt sah Mole hinaus auf die breite Flussmündung. Es herrschte Ebbe, und die kleinen Dingis lagen zur Seite geneigt und zeigten ihre Kiele. Strandläufer wateten durch den glitzernden Schlamm, und ein Kormoran glitt tief und elegant in Richtung offenes Meer. Weiter draußen in der Fahrrinne lagen einige Boote friedlich vor Anker. Möwen sausten über sie hinweg und kreischten heiser. Die Sonne schien hinter Wolkenfetzen hervor und verlieh dem Wasser silbernen Glanz. Ein Reiher erhob sich mit seinem lauten Krächzen in die Luft und flog gemächlich mit hängenden Beinen landeinwärts.

»Sieh mal«, sagte Susanna und drückte ihre Nase am Fenster platt. »Das da drüben ist Fliss' College.«

Mole blickte ebenfalls zum Fenster hinaus und empfand herrlichen Frieden. Hier blieb immer alles so, wie es war, hier war es so ruhig und unveränderlich, hier war die hektische, gefährliche Welt so weit weg ... Susanna zupfte ihn am Ärmel und zeigte auf die Rehe unter den Bäumen. Einen Moment lang berührten sich ihre Hände, und sie hielten einander ganz fest. Mole verspürte einen Kloß heißer Tränen im Hals. Sie wusste einfach immer Bescheid ...

»Na, dann.« Sie saß jetzt wieder ordentlich auf ihrem Platz und ließ die Füße baumeln. »Jetzt dauert es nicht mehr lang. Gleich können wir das Meer sehen. Wo ist die Schokolade?«

Caroline wartete schon auf dem Bahnsteig auf sie und winkte wie wild, als der Zug einfuhr. Die Kinder nahmen ihre Taschen und liefen ihr entgegen, nahmen sie in den Arm und gingen dann mit ihr hinaus zum Auto. Dieses Mal durfte Mole vorne sitzen, und während Susanna sich auf dem Rücksitz um Kopf und Kragen plapperte, konnte er sich die vertraute Landschaft ansehen: das Schloss, das *Queens's Arms,* das Wasserrad neben der Shinner's Bridge, die Schule in Dartington. Als das Auto in den Hof fuhr, entspannte er sich so sehr, wie er es bisher nur auf The Keep gekonnt hatte. Alle Anspannung und Angst fiel von ihm ab, und er fragte sich, ob es wohl jemals einen anderen Ort auf dieser Welt geben würde, an dem er eine ähnliche Geborgenheit verspürte. Großmutter kam schon die Stufen vor der Haustür hinunter. Sie bewegte sich langsam, und auf einmal sah Mole, dass sie alt war ... Panik packte ihn und wollte ihn in jenen altbekannten Abgrund stürzen. Da erkannte er jene Angst einen Moment lang als das Krebsgeschwür, das sie war, als etwas, das nagt, zerfrisst, zerstört – die Schlange im Garten Eden. Ganz bewusst kämpfte er dagegen an, gewann die Oberhand und stieg dann lächelnd aus dem Wagen.

»Hallo, Großmutter«, sagte er und reckte sich ihr entgegen, damit sie ihn küssen konnte. »Da sind wir. Heil angekommen.«

Drei Tage nachdem die Kinder wieder abgereist waren, starb Mrs. Pooter. Ganz nach ihrer Fasson, so wie sie auch gelebt hatte und völlig ohne Aufhebens. Sie hatte in letzter Zeit des Öfteren auf den frühmorgendlichen Spaziergang verzichtet, aber ausgerechnet an jenem Morgen begleitete sie Fox und Mugwump. Es war ein klarer, strahlender Morgen, ein regelrechter Frühlingsvorbote, an dem die Spinnweben wie Girlanden in den Ginsterbüschen hingen und das Gras von reichlich Tau bedeckt war. Den Haselnussbaum zierten Kätzchen, und neben der Mauer blühten Schneeglöckchen. Fox hielt sich an Mrs. Pooters gemächliches Tempo, während Mugwump mit der Schnauze dicht am Boden vorausrannte. Der zart grünlich-blaue Himmel war wolkenlos, und die Luft war angenehm mild. Fox atmete tief ein und streckte sich, indem er die Schultern nach hinten zog. Man sah ihm seine dreiundsiebzig Jahre nicht an. Die harte Arbeit hatte ihn gestärkt und beweglich gehalten, und seine wettergegerbte Haut mit ihren Falten und Furchen ähnelte der Rinde eines alten Baumes.

Er sah sich nach Mrs. Pooter um, die langsam hinter ihm her trottete; dann blickte er über die vor ihm liegende Hügellandschaft, die er in all den Jahren mit ihr durchstreift hatte. Die Bäume des kleinen Wäldchens zeichneten sich schwarz gegen das sanfte Grün des sich dahinter erhebenden Hügels ab, und Fox schüttelte den Kopf und pfiff leise durch die Zähne. Schon merkwürdig, dass Mole sofort wieder um das Wäldchen gerannt war, kaum dass er für die Winterferien auf The Keep angekommen war.

Fox dachte: Er hat sich wieder auf die Probe gestellt. Kein Zweifel. Aber warum ausgerechnet *dann?* Er war kaum zur Tür hereingekommen ...

Er schüttelte den Kopf und zog die zerknitterte Zigarettenschachtel aus der Westentasche. Dem Jungen ging es besser, auch daran bestand kein Zweifel, aber sein Problem konnte schließlich jederzeit wieder auftauchen, und was dann? Die Taktik, die ganze Sache gemäß dem Grundsatz »Ein Indianer kennt keinen Schmerz« anzugehen, war ja schön und gut, aber sie konnte einen Menschen auch verhärten. Das hatte er im Krieg oft genug beobachtet. Sich selbst – und anderen – gegenüber hart und unerbittlich sein. So wurden sie zu Führungspersönlichkeiten erzogen, die mutig waren und Verantwortung trugen – und Weichlichkeit und Schwächen nicht zuließen. Er fand das irgendwie nicht richtig, fragte sich aber auch, wie es dann wohl wäre, wenn alle weich und schwach wären, wenn alle verhätschelt und versorgt werden wollten und niemand Verantwortung übernehmen wollte, nicht einmal für sich selbst? Es musste Menschen jeden Typs geben, nur dann funktionierte es.

Fox sah sich wieder nach Mrs. Pooter um. Sie stand mit gespitzten Ohren völlig gebannt da. Dann stürzte ein Kaninchen aus seinem Versteck, und sie raste hinterher, ganz wie in alten Zeiten. Er beobachtete sie und lachte, doch sie gab die Jagd ziemlich schnell auf, kam keuchend den Hang wieder hinauf und drückte sich wie immer an seiner zum Streicheln ausgestreckten Hand vorbei, um so schnell wie möglich nach Hause zu kommen.

»Du altes Biest«, sagte er liebevoll und pfiff nach Mugwump.

Als sie den Hof hinter der Küche erreichten, trank Mrs. Pooter ausgiebig aus der Schüssel mit kaltem Wasser, doch statt danach wie üblich in die Küche zu gehen, schlenderte sie hinaus in den Garten. Fox hielt sie nicht zurück. Er freute sich schon auf sein Frühstück und darauf, Ellen die Geschichte mit dem Kaninchen zu erzählen.

Er fand sie erst viel später, als er auf dem Weg zum Gewächshaus war. Sie lag im Obstgarten unter einem Apfelbaum und sah aus, als würde sie schlafen. Doch als er sich zu ihr hinunterbeugte, um sie zu streicheln, bemerkte er, dass sie ganz steif und kalt war. Er kauerte sich neben sie, ließ die Hand immer wieder über ihr Fell streichen und konnte die Tränen nicht zurückhalten.

»Du altes Biest«, murmelte er immer wieder. »Du altes Biest ...«

Caroline fand die beiden, als sie in den Küchengarten gehen wollte, um Zwiebeln zu säen. Sie stand eine Weile neben Fox, legte ihm die Hand auf die Schulter und biss sich auf die Lippe. Er sah zu ihr auf, tränenüberströmt, und schluckte. Sie half ihm auf und brachte ihn in die Küche zu Ellen.

Fliss übernahm es, an Kit zu schreiben. »Stell dir doch mal vor, wie schrecklich es wäre«, hatte sie zu Caroline gesagt, »wenn sie nach Hause käme in dem Glauben, dass Mrs. Pooter noch da ist – und dann ist sie tot. Das wäre viel schlimmer, als wenn wir es ihr jetzt brieflich mitteilen. Ich werde ihr alles ganz genau erzählen, auch das mit dem Kaninchen und so. Nein, anrufen hat keinen Zweck. Das Telefon hängt draußen auf dem Flur, wo sie jeder weinen sehen kann.«

Der Brief steckte in Kits Fach im Flur, als sie am späten Nachmittag nach Hause kam. Sie hatte den Umschlag gerade aufgeschlitzt, als Jake hinter ihr auftauchte. Sie grinste ihn an.

»Brief von meinem Cousinchen«, sagte sie. »Die gute alte Flissy. Hält mich immer auf dem Laufenden ...«

Sie zog den Brief aus dem Umschlag, und er legte ihr gleichzeitig den Arm um die Schulter und schlug vor, eine Tasse Kaffee zusammen zu trinken.

»Hmmm«, murmelte sie geistesabwesend, während ihr Blick über die Zeilen raste. »Warum nicht? *Oh!*«

Sie klang, als hätte man ihr großen Schmerz zugefügt, und er sah sie durchdringend an. »Was? Was ist los?«

»Mrs. Pooter«, flüsterte Kit. Sie verkrampfte die Hand zur Faust und zerknitterte den Brief. Tränen liefen ihr über die Wangen. »Unser Hund. Oh nein, das halt ich nicht aus. Mrs. Pooter ist tot und ich habe mich nicht von ihr verabschiedet. Oh nein ...«

Wie ein Kind stand sie mitten im Flur und weinte lautlos, den Brief noch immer in der verkrampften Hand. Hereinkommende Studenten sahen sie verwundert an, bis Jake sie mit sich in seine Wohnung zog. Sie folgte ihm widerstandslos. Er drückte sie auf einen alten, klobigen Sessel und setzte Wasser auf. Er kam zu ihr zurück, kniete sich neben sie auf den Boden, reichte ihr sein Taschentuch und hielt ihre Hand.

»Ich kenne sie schon ewig, weißt du«, brach es aus ihr hervor. »Ich kenne sie, seit sie ein Welpe war, mit riesigen Pfoten und Schlappohren. Ich habe ihr ihren Namen gegeben. Sie war einfach ... na ja ... Mrs. Pooter eben. Komisch, oder? Das man einfach genau weiß, wie ein Hundebaby heißen muss ... Der Witz ist, dass sie eigentlich eher eine Kuh war ...«

Kit vergrub das Gesicht in der Armlehne des Sessels und weinte und weinte. Jake ging in die Küche, nahm den Wasserkessel vom Herd, kehrte zurück zu Kit und nahm sie in den Arm.

Es dauerte mehrere Tage, bis Kit an Mrs. Pooter denken konnte, ohne dabei in Tränen auszubrechen. Ein bis zwei Wochen später saß sie an einem der langen Eichentische in der Bibliothek in der Gower Street und fand Fliss' zerknautschten Brief in der Jackentasche. Einen Moment lang wunderte sie sich, wie er dorthin gekommen war – doch dann hatte sie sich daran erinnert, wie sie den Brief gelesen und geweint hatte ... und wie sie getröstet worden war. Kit lächelte. Es war traurig, schön und unglaublich tröstlich gewesen. Es war angenehm, wenn sich in einer solchen Situation jemand um einen kümmerte, ungefragt entschied, was jetzt das Richtige für einen war und einem genau das gab. Sie dachte daran, wie gern sie junge, dunkelhaarige Männer mochte, dass Trost so viele verschiedene Formen annehmen konnte – und lächelte dabei. Dann bemerkte sie, dass ein paar Plätze weiter ein junger Mann saß, sie beobachtete und anlächelte.

Kit starrte zu ihm hinüber. Sie kannte ihn nicht, aber das war nicht weiter verwunderlich. Er sah lustig aus. Er hatte einen ausgeprägten Unterkiefer und dunkelrote Haare. Das Lächeln auf Kits Gesicht erstarb. Sein Haar hatte exakt die gleiche Farbe wie Mrs. Pooters Fell ... Kit runzelte die Stirn. Ihr Blick verfinsterte sich. Dann schüttelte sie unvermittelt den Kopf, als ihr wieder Tränen in die Augen stiegen. Hektisch sammelte sie ihre Bücher zusammen, stürzte davon und hinterließ einen völlig verdutzten jungen Mann mit dunkelroten Haaren.

Fliss schrieb auch an Mole, der wiederum Susanna die Nachricht überbrachte. Sie waren beide sehr traurig und durcheinander und konnten noch gar nicht recht fassen, dass sie Mrs. Pooter nie mehr wieder sehen würden.

»Hoffentlich haben sie sie würdig begraben«, brummte Susanna missmutig, als die beiden in der Pause gemeinsam am See spazieren gingen. »Mit Kreuz und so.«

»Fliss hat geschrieben, dass Fox sie direkt neben der Mauer begraben hat, draußen zum Hügel hin«, tröstete Mole sie. »Da, wo sie immer am liebsten war.« Er schluckte und zwang sich, nicht über Tod, kalte Erde und Verwesung nachzudenken. »Weißt du noch, wie sie immer Kaninchen gejagt hat?«

»Vielleicht kriegen wir ja einen neuen Hund«, wagte Susanna zu hoffen. »Es wird bestimmt merkwürdig sein ohne Mrs. Pooter. Die Küche ist doch nicht die gleiche ohne sie. Und Kit hat sonst niemanden mehr, mit dem sie sich in den Hundekorb legen kann.«

»Mugwump ist ja noch da«, sagte Mole. »Ich schätze, er wird sich jetzt den Korb unter den Nagel reißen. Mrs. Pooter hat ihn ja nie gelassen.«

»Aber wir *brauchen* zwei Hunde«, sagte Susanna. »Wir haben *immer* zwei Hunde gehabt.«

»Wir kriegen bestimmt wieder einen«, tröstete Mole sie. »Ganz bestimmt. Bin schon gespannt, was für einen.«

»Ich hätte gerne so einen wie Timmy«, sagte Susanna sofort. »Dann könnten wir endlich richtig Fünf Freunde spielen.«

»Wohl eher Zwei Freunde«, meinte Mole, erleichtert, dass sie wieder etwas fröhlicher war. »Es klingelt. Komm. Sei nicht traurig. Ich wette, wenn wir das nächste Mal nach Hause fahren, ist schon ein neuer Hund da.«

# 24

Eines kalten Nachmittags im März saß Freddy nach dem Mittagessen im Salon am Klavier. Strahlender Sonnenschein durchflutete das Zimmer, aber Freddy war dennoch dankbar für die wohlige Wärme des Kaminfeuers. Der zarte Duft einiger früher Narzissen hing in der Luft, und auf dem kleinen Mahagonitisch standen in einem irdenen Krug einige Zweige *Garrya elliptica* mit ihren seidigen, cremegelben Blütenfäden. Freddy hatte sich dazu entschlossen, Bachs Italienisches Konzert zu spielen, da dies ausgezeichnet ihrer momentanen Stimmung entsprach: Es war sowohl feierlich als auch fröhlich, sowohl ernst als auch heiter. Während sie die rasch aufeinander folgenden Anfangsakkorde des *Allegro* erklingen ließ, dachte sie darüber nach, wie gut es das Schicksal mit ihr gemeint hatte, und verspürte tiefe Dankbarkeit. Klavier spielen hatte ihr schon immer dabei geholfen, Ordnung in ihre Gedanken zu bringen und einen klaren Kopf zu bekommen. Es hatte sie beruhigt, wenn die Sorgen ihr über den Kopf zu wachsen schienen, und aufgeheitert, wenn sie melancholisch war. Im Moment befand sie sich in keiner dieser Stimmungen. Der Frühling stand vor der Tür, sie saß in diesem von ihr so geliebten Zimmer, sie roch den Duft der Narzissen – all das trug zu ihrer Zufriedenheit bei und machte sie tief seufzen vor Glück. Was die Kinder betraf, so sah deren Zukunft viel versprechend aus. Unglaublich, dass Hal nun schon fast fertig war in Dartmouth. Die Jahre waren so schnell vergangen. Seine Karriere würde dem altbekannten Muster folgen: Das vierte Jahr der Ausbildung würde er in verschiedenen Einrichtungen der Marine absolvieren, dann würde er zur See fahren und sein Brücken-Wachoffizier-Zeugnis und sein Hochseenavigationszeugnis erwerben. Diese waren die Voraussetzung dafür, um in den Rang eines Oberleutnant zur See befördert zu werden. Sobald er diese Befähigungsscheine erworben hatte, würde er zweifellos auf einen Kreuzer oder eine Fregatte kommandiert werden und längere Zeit auf See sein. Hal schlug sich wacker, und Freddy vertraute blind darauf, dass er die Tradition der Chadwicks bei der Marine fortsetzte – allerdings betete sie, dass ihm ein Krieg erspart bleiben würde.

Sie lächelte vor sich hin, während sie spielte, und dachte darüber nach, wie sehr Hal John ähnelte: groß und blond, zielstrebig und doch humorvoll. Es überraschte sie ein wenig, dass er noch nie ein Mädchen mit nach Hause gebracht hatte, obwohl sie andererseits erleichtert war, dass er offenbar noch nicht daran interessiert war, eine feste Freundin zu haben. Sie wusste ja, dass er ständig in Gruppen mit jungen Leuten zusammen war und dass er sowohl die Schwestern anderer Auszubildender traf als auch andere Mädchen – für gewöhnlich Krankenschwestern –, die zu den Partys eingeladen wurden, um den Männerüberschuss auszugleichen. Freddy zweifelte nicht daran, dass Hal hier und da flirtete, und wenn er selbst eine Begleitung brauchte, konnte er ja immer Fliss oder Kit mitnehmen. Er würde schon früh genug mit einem hübschen, reizenden Mädchen nach Hause kommen, eines, das stark und vernünftig genug war, um ihren bei der Marine dienenden Mann zu unterstützen; eines, das klug und geschickt genug war, um seine Karriere zu fördern; eines, das den Platz der Herrin auf The Keep angemessen ausfüllen würde.

Auch Kit würde dieses Jahr ihr Studium beenden und hatte schon eine Arbeit gefunden. Ihr Teilzeitjob in der Galerie sollte nach dem Sommer zu einer vollen Stelle werden, und obwohl Freddy natürlich gerne gesehen hätte, dass Kit etwas näher bei Familie wohnte, war sie selbstverständlich froh, dass ihre Enkelin gleich nach Abschluss des Studiums eine feste Arbeit hatte. Nach der Geschichte mit dem jungen Studenten während ihres ersten Jahres an der Universität hatte Freddy gefürchtet, dass Kit größere Probleme machen würde. Sie war ihrer Mutter sehr ähnlich, war liebevoll, warmherzig und ein bisschen verrückt, aber sie verfügte auch über eine gute Portion der Chadwick'schen Entschiedenheit und über ein gesundes Selbstbewusstsein. Eigentlich war ja Prue für Kit – und für Hal – verantwortlich, aber bedauerlicherweise schien Prue nicht in der Lage zu sein, entsprechend Einfluss zu üben, wenn es nötig war. Natürlich war sie sehr vernünftig gewesen, als Kit sich verloben wollte. Sie hatte angerufen und Freddy um Rat gefragt, weil sie Angst hatte, dass Kit sich blindlings in eine Beziehung ohne Zukunft stürzte. Und Freddy hatte nicht lange gefackelt. Wenn ihre Enkelkinder heiraten wollten, bevor sie eine Ausbildung abgeschlossen hatten, dann mussten sie ohne ihre finanzielle Unterstützung klarkommen. Kits Briefe waren lang und rührselig gewesen, aber Freddy hatte sich nicht beeinflussen lassen. Sie hatte die Sache ausführlich mit Theo besprochen, und er war ganz ihrer Meinung gewesen. Wenn Kits Liebe zu diesem jungen Mann echt war, würde sie auch zwei weitere Jahre überstehen. Und dann hatte sie nicht einmal die nächsten Sommerferien überstanden.

»Was für eine Erleichterung!«, hatte Prue am Telefon zu Freddy gesagt. »Er war so ein langweiliger Kerl, überhaupt nicht Kits Typ, fand ich. Also wirklich, was die Kinder sich immer so einfallen lassen.«

Freddy musste an Tony denken, sagte aber nichts, da sie viel zu erleichtert war, dass ihre eigens aufgestellte Regel das Problem gelöst und den anderen Kindern gleichzeitig als Warnschuss gedient hatte. Nicht, dass sie sich um Fliss ernsthafte Sorgen machen musste. Fliss war so solide, vernünftig und zuverlässig, und sie ließ sich gern von Hal als seine Begleitung einspannen, wenn er sie brauchte. Es war so schön für sie, dass sie unter Hals Fittichen gesellschaftliche Erfahrung sammeln konnte, denn obschon sie ein sehr hübsches Mädchen war, war sie doch ausgesprochen schüchtern und ernst und nicht der Typ, den die jungen Männer so leicht ansprachen. Freddy war sicher, dass Fliss bei all diesen Partys und *Ladies' Nights* nur lernen konnte, und auch ihr Selbstvertrauen würde dabei gestärkt werden.

Und was Mole betraf ... Freddy war nun bei dem etwas ruhiger anmutenden *Andante* angelangt und beschloss, dass sie sich auch um Mole keine Sorgen machte. Sie wusste sehr wohl, dass sie ihre Meinung jederzeit wieder ändern und in grenzenlose Sorge verfallen konnte, aber hier und heute war sie optimistisch, glücklich und voller Hoffnung. Mole bewältigte seine Ängste immer besser und lernte, mit ihnen umzugehen. Es war völlig unrealistisch gewesen, anzunehmen, dass er auf wundersame Weise über die Tragödie hinwegkommen würde, die seine frühe Kindheit überschattet hatte. Dazu hatte sie viel zu tiefe Wunden geschlagen. Und tiefe Wunden hinterließen nun einmal Narben. Aber wie dem auch sei, er war jetzt in der Lage, seine Panik unter Kontrolle zu halten, und es stand zu hoffen, dass seine Ängste mit zunehmendem Alter so weit verblassen und schwinden würden, dass er sie als etwas ganz Natürliches betrachten konnte. Sie konnte sich noch daran erinnern, wie er um das Wäldchen gerannt war und danach zusammen mit Fox ganz aufgekratzt nach Hause gekommen war. Ellen hatte Freddy die großen Neuigkeiten mit dem Frühstück serviert, und die beiden Frauen hatten sich die Hand gereicht und sie einen Moment lang ganz fest gedrückt. Mehr Gefühle hatten sie nicht gezeigt, aber diese Geste hatte alles gesagt. Mole hatte es vor Stolz die Sprache verschlagen; er war ganz weiß vor Aufregung. Freddy wusste, dass auch er gern zur Marine gehen würde, aber erst kürzlich hatte er ihr gestanden, dass er unbedingt U-Boot fahren wollte.

Theo hatte über Freddys verdutzte Reaktion gelacht. Er fand es völlig einleuchtend, dass Mole – gerade Mole! – in einem Bereich der Marine Dienst tun wollte, der geheimnisvoller kaum sein konnte. Er musste Freddy daran erinnern, dass genau das Moles Natur war. Als sie ein wenig darüber nachgedacht hatte, sah sie ein, dass Theo Recht hatte, aber ein bisschen entsetzt war sie dennoch. Sie bekam Gänsehaut beim Gedanken daran, dass Mole – eingeschlossen in einen düsteren, schwarzen Schiffskörper – still und heimlich unter Wasser die Meere durchkreuzte. Doch es war albern von ihr, sich schon so lange im Voraus Sorgen deswegen zu machen. Es dauerte noch mindestens vier Jahre, bis er an der Eignungs- und Verwendungsprüfung der Marine teilnehmen konnte, und dann – wenn er bestand – noch einmal vier, bis er sich spezialisieren konnte. Es war noch so viel Zeit ...

Freddy spielte weiter und dachte an Susanna. Von all ihren geliebten Enkelkindern war sie diejenige, um die sie sich am wenigsten Sorgen machte. Seit sie sie kannte, war Susanna ein solch glückliches und ausgeglichenes Kind gewesen. Mole würde sie vermissen, wenn er im Herbst auf die Blundell Schule wechselte. Sie war so wunderbar normal, so erfrischend direkt. So war sie es gewesen, die eines Tages beim gemeinsamen Mittagessen der ganzen Familie auf The Keep eine Bemerkung geäußert hatte, die sie alle zum Nachdenken brachte.

»Wir wissen gar nicht, wie man sein soll und was man tun muss, wenn man erst mal verheiratet ist«, hatte sie mitten in das Gespräch über das Heiraten hinein gesagt. »Wir haben ja niemanden, von dem wir uns das abgucken können.«

Dann hatte sie sich wieder ihrem Steak gewidmet und gar nicht weiter bemerkt, dass ihrer Äußerung betretenes Schweigen folgte. Freddy hatte erst zu Theo gesehen, der mit gerunzelter Stirn seinen Teller betrachtete, und dann zu Prue, die etwas unsicher sagte: »Na, die Zwillinge haben ja immerhin mich gehabt«, als erwartete sie, dass jemand einwerfen würde, sie sei kein gutes Beispiel gewesen.

»Aber du bist doch kein Ehepaar«, hatte Susanna dagegen gehalten. »Du bist doch nur eine Mutter.«

»Ich verstehe schon, was sie meint«, war Kit eingesprungen. »In der ganzen Familie gibt es kein Paar. Aber ist das denn so wichtig? Wir können doch trotzdem gute Ehen führen, auch ohne leuchtende Beispiele, oder nicht, Hal? Was meinst du, Fliss?«

Freddy spielte einige etwas ruhigere Akkorde und erinnerte sich daran, dass Fliss feuerrot geworden war. Eigentlich hätte das ja fast komisch sein können, wenn das Thema an sich nicht so bedrückend gewesen wäre. Freddy hatte gedacht: Das arme Kind ist einfach viel zu empfindlich – und dann war Ellen hereingekommen, hatte das Geschirr abgeräumt, und die merkwürdige Stimmung hatte sich in Luft aufgelöst. Später hatte Freddy dann aber doch noch einmal über all das nachgedacht.

»Meinst du, sie hat Recht?«, hatte sie Theo gefragt, als sie mit ihm allein war.

»Keine Ahnung«, gab er ehrlich zu. »Ich will es nicht hoffen.«

»Typisch Susanna«, hatte sie ärgerlich gesagt – und er hatte über sie gelacht.

»Was? Dass sie dir ein neues Thema präsentiert, über das du dir Sorgen machen kannst?«, hatte er gefragt. »John und Peter haben sich doch ganz gut geführt als Ehemänner, und die hatten auch keinen Vater als Vorbild.«

»Stimmt«, hatte sie ihm sofort zugestimmt. Ihr Gesicht hellte sich etwas auf. »Zumindest, was Peter angeht. Der arme John ist ja viel zu früh gestorben.«

»Er muss ein ziemlich guter Ehemann gewesen sein, wenn Prue so lange um ihn getrauert hat«, hatte Theo mit sanfter Stimme gesagt.

Dankbar hatte sie ihn angelächelt. »Ich glaube, Peter war

nicht nur ein guter Ehemann, sondern auch ein guter Vater«, sagte sie nachdenklich. »Jamie und Fliss haben ihn vergöttert. Aber wahrscheinlich wollen wohl alle Mütter gern glauben, dass ihre Söhne und Töchter perfekt sind.«

»Wie? So selbstlos können doch wohl nicht mal Mütter sein, oder?«, hatte er sie provoziert.

Sie hatte ihm einen finsteren Blick zugeworfen. »Wir *hoffen,* dass sie perfekt sind.«

»Wieder mal ein Fall von Sieg der Hoffnung über die Erfahrung«, hatte er gemurmelt.

Sie musste laut lachen, als sie jetzt an seine Bemerkung dachte. Sie war so glücklich, seit er wieder auf The Keep lebte. Jetzt, da er immer bei ihr war, hatte ihr Bedürfnis, ihn zu bestrafen und gegen seinen Glauben anzukämpfen, immer mehr nachgelassen, und sie wünschte, er hätte nicht so lange damit gewartet, nach Hause zurückzukehren. Sie trauerte all jenen Jahren nach, in denen er stur weiter in Southsea gelebt hatte, obwohl er doch genau so gut auf The Keep hätte sein können. Hatte es möglicherweise jemanden gegeben, der ihn dort gehalten hatte? Eine Frau? Es überraschte sie, dass sie immer noch brennende Eifersucht empfand. Sie war davon ausgegangen, dass auch diese der Vergangenheit angehörte – schließlich grenzte es doch an Peinlichkeit, so etwas zu empfinden, wenn man über siebzig war. Sie schob diese Gedanken beiseite und konzentrierte sich ganz bewusst auf eine Entscheidung, die sie in Kürze treffen musste: Wem sollte sie The Keep vermachen? Ihr Instinkt sagte ihr, sie solle es an Hal vererben. Er würde sich sicher darum bemühen, in Devonport stationiert zu werden, und seine Frau konnte sich um das Anwesen kümmern, wenn er auf See war. Er würde über die entsprechenden Mittel verfügen, um das Unternehmen weiterzuführen, das außerdem einen angemessenen Hintergrund für seine Karriere darstellen würde. Darüber hinaus war er ihr ältestes Enkelkind, ähnelte ihrem geliebten John, und war der Vernünftigste und Verantwortungsbewussteste von allen. Aber was war mit all den anderen, die auf The Keep lebten? Auch für sie musste sie Vorkehrungen treffen. Es war zwar ziemlich unwahrscheinlich, aber angenommen – nur angenommen –, Hal heiratete eine Frau, die sich weigerte, Theo bei sich zu beherbergen, oder Mole und Susanna, so lange sie noch nicht auf eigenen Füßen standen, oder die Ellen und Fox hinauswarf? Angenommen, sie würde Hal drängen, The Keep zu verkaufen?

Es war höchst unwahrscheinlich, dass Hal eine solche Frau heiraten würde, aber dennoch beschlich Freddy eine leise Angst. Fliss und Kit – und irgendwann auch Susanna – würden sicher Männer heiraten, deren Berufe es grundsätzlich ausschlossen, auf The Keep zu wohnen. Und wenn sie es allen fünfen hinterließ, bestand die Gefahr, dass sie sich darüber zerstritten. Es gab noch eine andere Lösung. Sie könnte es Theo vermachen. Ihm stand es mehr zu als allen anderen. The Keep war sein Zuhause gewesen, lange bevor die Kinder geboren waren. Er würde sich um die Kinder und Ellen und Fox kümmern. Er würde in vielerlei Hinsicht den besten Verwalter abgeben. Zum ersten Mal in ihrem Leben wünschte Freddy sich, dass Theo ein gutes Stück jünger wäre. Sie waren nur drei Jahre auseinander, und das bedeutete, dass sie im Falle ihres Todes eigentlich nur das gleiche Problem an ihn weitervererbte. Konnte sie sicher sein, dass er eine weise Lösung dafür finden würde?

Sie spielte immer weiter und ließ sich von der venezianischen Stille des *Andante* beruhigen. Es gab noch eine dritte Lösung: Dass nämlich The Keep in ein Treuhandvermögen umgewandelt wurde und Theo, Hal und Mole als Treuhänder eingesetzt wurden. So konnte für alle gesorgt werden, und alles wäre festgezurrt. The Keep war ein Familiensitz und sollte es auch bleiben. Es musste weiterhin ein Zufluchtsort sein, falls die Kinder einen solchen brauchen sollten ... Die temporeichen Töne des *Presto* sprühten wie Funken durch den Salon, und Freddy wusste, dass dies die richtige Lösung war. Sie war glücklich und zuversichtlich. In Kürze würde sie all das mit Theo besprechen und dann entsprechend handeln.

In der Küche unterhielt man sich indessen über Hunde.

»Er vermisst sie«, sagte Fox, der am Tisch saß, während Ellen und Caroline nach dem Mittagessen die Küche aufräumten: Ellen spülte, Caroline trocknete ab und stellte das Geschirr weg.

»Kann gut sein«, sagte Ellen, deren Hände in Seifenschaum verschwanden. »Das tun wir ja wohl alle.«

»Er grämt sich«, sagte Fox. »Genau das tut er. Er grämt sich.«

»Er wird sich schon dran gewöhnen«, versuchte Caroline zu trösten und stapelte die sauberen Teller auf dem Tisch. »Ist doch ganz natürlich, dass er sich jetzt erst mal merkwürdig vorkommt so allein.«

»Er lässt sich richtig hängen«, seufzte Fox. »Traurig. Wird bestimmt schneller älter jetzt.«

»Ich aber auch«, sagte Ellen scharf, »wenn du nicht bald davon aufhörst. Jetzt gibt es keine Welpen mehr. Schluss, aus, Ende.«

Traurig beobachtete Fox Mugwump, der im Hundekorb lag und ihn aus einem Auge beobachtete. »Er weiß, dass wir über ihn reden.«

»Das wundert mich gar nicht.« Ellen wischte energisch einen Kochtopf aus. »Du tust ja seit einer Woche nichts anderes.«

Caroline warf Fox einen mitleidigen Blick zu. Er zog die Augenbrauen hoch, sie schüttelte den Kopf. Er hatte sie gebeten, Ellen zu bearbeiten, was ihre kategorische Haltung zu einem neuen Welpen anging, aber offenbar ließ Ellen sich nicht erschüttern.

»Wir sind zu alt für kleine Hundebabys«, hatte sie gesagt.

»Und jetzt sag mir nicht, dass du schon eins bei dir im Pförtnerhaus hast. Die Taktik kenne ich.«

»Caroline –«, hob Fox hartnäckig an.

»Caroline hat viel zu viel zu tun, als dass sie sich um die Erziehung von Welpen kümmern könnte.« Ellen ließ ihn nicht einmal ausreden. »Wir haben doch Mugwump. Wir brauchen nicht noch mehr Hunde.«

»Es ist nur, weil sie eine Nachfahrin von Mrs. Pooter ist«, erklärte er wohl zum hundertsten Mal. »Wenn es sich um irgendein Hundebaby handeln würde, wäre ich ja ganz deiner Meinung. Aber es geht um ihre Urenkelin ... Hat haargenau das gleiche rote Fell wie sie. Sieht genau so aus wie Mrs. P., als ich sie damals mit nach Hause gebracht habe.«

»Hatte nicht irgendjemand davon gesprochen«, mahnte Ellen, »heute Nachmittag frühe Kartoffeln zu setzen? Oder hatte ich mich da verhört? Das Wetter hält sich jedenfalls nicht ewig.«

Fox stand mit einem selbstmitleidigen Seufzer auf, nahm seine Mütze und ging hinaus. Mugwump folgte ihm bei Fuß. Dann herrschte erst einmal Schweigen in der Küche, während die beiden Frauen fertig aufräumten.

»Könnten wir das wirklich nicht schaffen?«, fragte Caroline nach einer Weile. »Ich würde es auch übernehmen, sie stubenrein zu machen. Er vermisst sie doch so sehr. Und wenn dieser Welpe doch nun mal ihre ich-weiß-nicht-wie-viel-Ur-Enkelin ist ...«

Ellen schnaubte böse. »Hinterhältig ist er, jawohl. Ist dahin gegangen, wo er ihre Welpen hingebracht hat, damals, vor acht Jahren. Er ist hingegangen, um zu sehen, ob es noch mehr Nachwuchs gegeben hat. Barmherziger Himmel. Kein Wort hat er gesagt, zu niemandem. Ich finde das hinterhältig.«

»Ich glaube, er vermisst sie ganz einfach«, nahm Caroline Fox in Schutz. Sie vermutete, dass Ellen gern selbst auf die Idee gekommen wäre. Es ärgerte sie, dass Fox ihr zuvorgekommen war, und jetzt weigerte sie sich, ihn auch noch dafür zu belohnen. »Sie war doch vor allem sein Hund, oder?«

»Das erwähntest du schon einmal, ja.«

»Ich weiß, dass du dich auch um sie gekümmert hast«, bemühte Caroline sich, sie zu besänftigen. »Und ich weiß auch, wie viel Arbeit so ein Welpe für dich bedeutet. Ich würde dir natürlich helfen, so viel ich kann. Aber es ist doch schon ein kleines Wunder, dass ausgerechnet jetzt ein neuer Wurf da ist, meinst du nicht?«

»Also, was Wunder angeht«, entgegnete Ellen, »so glaube ich, dass unser Herrgott genug andere Sorgen hat, als dass er sich um Hundebabys kümmern könnte. Und ich auch.«

»Ach so. Na, da hast du wahrscheinlich Recht. Die Kinder wären zwar sicher begeistert gewesen, aber ... Stell dir doch nur mal ihre Gesichter vor, wenn sie in den Osterferien nach Hause kommen und einen neuen kleinen Hund vorfinden würden. Ich liebe die Geschichte, die du immer erzählst, von Moles erster Nacht hier auf The Keep, als du ihm erlaubt hast, Mugwump im Bett zu behalten. Ich bin sicher, dass die Hunde ihm wahnsinnig geholfen haben. Und sie scheinen wirklich sehr traurig zu sein wegen Mrs. Pooter. Fliss hat es ihnen natürlich geschrieben. Wird für sie auch ganz schön merkwürdig sein hier ohne Mrs. Pooter, was?«

Auf einmal drehte Ellen sich zu ihr um, und Caroline verstummte. »Na, gut«, sagte sie bedeutungsschwanger. »Na, gut, Caroline. Du hast deine Meinung deutlich gemacht, und ich kann mir ausrechnen, dass ich überstimmt bin. Wenn Madam einverstanden ist, werde auch ich meinen Segen geben.«

»Ach, Ellen.« Caroline schlang die Arme um Ellens festen Körper und drückte sie an sich. »Du bist wunderbar. Ich bin mir sicher, dass Mrs. Chadwick einverstanden ist, und ich verspreche dir, dass wir unser Bestes tun werden, damit das Kleine dich nicht stört.«

»Na, dann.« Ellen strich ihre Schürze glatt. »Sag ihm am

besten auch gleich Bescheid, wenn du zum Gewächshaus gehst. Dann hört er endlich auf, sich zu grämen. Aber erst musst du mit Madam reden, nicht vergessen. Also los. Ich habe genug zu tun, auch wenn ich damit die Einzige hier bin.«

## 25

Völlig in Gedanken versunken stand Miles vor dem Rest seines Biers an der Bar des *The Vic*. Das Ende des Semesters näherte sich und mit ihm der Osterball. Dass er wieder bei der kleinen Gruppe von The Keep mit von der Partie sein sollte, war bereits abgemacht, und jetzt dachte er darüber nach, ob er es bei der Gelegenheit riskieren sollte, seine Absichten etwas deutlicher zu zeigen. Er hatte auch schon darüber nachgedacht, mit Hal darüber zu sprechen, war dann aber zu der Einsicht gelangt, dass das für sie beide ziemlich peinlich werden könnte. Dann war ihm da noch ein anderer Gedanke gekommen, aber gerade, als er sich darin vertiefen wollte, ging die Tür auf und ein Schwung junger Kadetten kam herein. Sie sahen ihn sofort und begrüßten ihn im Chor mit »Guten Abend, Sir«, als sie sich um die Theke versammelten.

Miles nahm an, dass seine Gegenwart sich hemmend auf die Flirtabsichten der jungen Männer auswirken würde, trank sein Glas aus und schlenderte hinaus in die Victoria Road. Auf seinem Nachhauseweg durch die ruhigen Straßen von Dartmouth fragte er sich, ob er eigentlich verrückt war, eine erneute Heirat auch nur in Betracht zu ziehen. Er war alt und weise genug, um zu wissen, dass ihm all die Freiheiten, die er jetzt für selbstverständlich nahm, fehlen würden; dass es einiges an Kraft und Willen kostete, um eine funktionierende Beziehung aufzubauen, und dass er über diese Kraft unter Umständen nicht verfügte. Ihm blieben nur noch etwas mehr als achtzehn Monate in Dartmouth, dann würde er – mit etwas Glück – befördert werden und vielleicht sogar das Kommando auf einem Kreuzer übertragen bekommen. War es denn überhaupt fair, eine junge Frau zu heiraten und dann so lange allein zu lassen? Belinda hatte sich nicht damit abfinden können. Miles verließ fast der Mut, als er an ihre Tränen zurückdachte. Natürlich war damals keinem von beiden bewusst gewesen, dass sie bereits an jener heimtückischen Krankheit litt, und er war oft ungeduldig gewesen mit ihr. Er war schließlich Seemann, und es hatte keinen Zweck, zu heulen, wenn er zur See fuhr. Das Problem war, dass sie verliebt waren und in ihrem jugendlichen Leichtsinn geglaubt hatten, dass ihre Liebe ausreichen würde.

Heute wusste Miles, dass Liebe allein nicht ausreichte. Vor allem dann nicht, wenn der Mann einen Beruf ausübte, bei dem er viel unterwegs war, und die Frau eine Menge Verantwortung trug und sich gleichzeitig einsam fühlte. In den ersten Jahren waren sie ja noch glücklich gewesen, obwohl die Marine es nicht gerne sah, wenn junge Offiziersanwärter heirateten, solange sie noch in Dartmouth ausgebildet wurden. Belindas wohlhabender Vater – ein Witwer – hatte die beiden aber ermutigt und ihnen das kleine Haus in Dartmouth gekauft, das Belinda so liebte. Während ihres ersten Ehejahres – Miles' drittem Jahr an der Königlichen Marineschule – hatten sie immer wieder seine jungen Kollegen zu Partys und spontanen Abendessen eingeladen. Sie hatten mit Belinda geflirtet, Miles darum beneidet, dass er verheiratet war, und ihn gnadenlos aufgezogen, wenn er morgens verschlafen aussah. Während des vierten Jahres war Belinda überall mit ihm hingegangen und hatte sich ein wenig um die Freundinnen der anderen Offiziersanwärter gekümmert. Wenn Miles Urlaub hatte, waren sie in Dartmouth und luden wiederum Freunde zu sich ein. Sie hatten Riesenspaß miteinander.

Als das vierte Ausbildungsjahr dann aber vorbei war und Miles auf einer Fregatte eingesetzt wurde und dementsprechend auf See war, fingen die Probleme an. Belinda vermisste ihn fürchterlich. Im Rückblick war es klar, dass sie wahrscheinlich glücklicher gewesen wäre, wenn sie in Portsmouth in einer Familienunterkunft oder einem gemieteten Haus gewohnt hätte, wo sie auch andere junge Ehefrauen kennen gelernt hätte. Aber sie hatte darauf bestanden, nach Dartmouth zurückzugehen. Er konnte ja verstehen, dass sie sich dort bei all den glücklichen Erinnerungen wohler und sicherer fühlte, aber wirklich glücklich war sie ohnehin nur, wenn er bei ihr war, und als er erst mal weg war, fand sie keinen Sinn im Leben. Es fiel ihr schwer, Freundschaften zu schließen, die über das soziale Umfeld der Marine hinausgingen, und inzwischen kannte sie auch an der Marineschule niemanden mehr. Ein paar von den Ehefrauen des dort tätigen Personals bemühten sich zwar dann und wann, Belinda in ihre Aktivitäten mit einzubeziehen. Aber Belinda war noch zu jung gewesen, als dass sie den Wunsch verspürt hätte, in den Klubs und Vereinen mitzumischen, in denen die Matronen der Stadt Mitglied waren. Und da sie keine Kinder hatte, war sie auch automatisch ausgeschlossen von den Freundschaften, die sich rund um das Schultor spannen.

Als er dann von seinem Einsatz auf See zurückgekehrt war, hatte Miles versucht, Belinda zu überreden, nach Portsmouth zu ziehen, wo sie zumindest in Gesellschaft anderer Marinefrauen gewesen wäre, aber sie hatte sich strikt geweigert. Bis heute wusste er nicht, warum sie sich so sehr dagegen gesträubt hatte. Gut, sie hatte das kleine Haus über alles geliebt, aber zu dem Zeitpunkt musste es ihr doch schon wie ein Gefängnis vorgekommen sein. Sie hatte sich darüber beklagt, dass die Hügel so steil waren und sie die Einkäufe immer bergauf schleppen musste. Sie empfand es als ein ärgerliches Hindernis, dass sie erst über den Fluss übersetzen musste, um in Kingswear in den Zug zu steigen, wenn sie ihre Familie besuchen wollte. Ihr Vater hatte angeboten, ihnen ein Auto zu kaufen, doch Belinda hatte – sehr zu Miles'

Verdruss – abgelehnt mit der Begründung, dass sie viel zu nervös sei, um durch die schmalen Straßen in Devon zu fahren. Die Monate vergingen, und Miles wurde sich einer Sturheit in ihr bewusst, eines Eigensinns, der ihnen das gemeinsame Leben nur noch schwerer machte. Nach und nach wurde klar, dass der langsame Zerfall der Beziehung allein Miles' Schuld sein sollte. Seine Weigerung, darauf zu verzichten, zur See zu fahren, bewies schließlich, dass er die See und seinen Beruf mehr liebte als seine Frau; und seine Ungeduld im Umgang mit ihrer Nervosität war ein deutlicher Hinweis auf seine Gefühllosigkeit. Als dann ihre Krankheit diagnostiziert wurde, triumphierte sie geradezu, und er plagte sich mit Schuldgefühlen und schämte sich. Als er wieder in See stechen musste, reiste eine Cousine an, um sich um Belinda zu kümmern, und später hatte er das Glück, mit der Wiederinstandsetzung eines Schiffes in Devonport betraut zu werden. Er kaufte ein Auto und war fast jeden Abend zu Hause. Miles hatte sein Bestes getan, um sich liebevoll um Belinda zu kümmern, hatte alles in seiner Macht Stehende versucht, um sie glücklich zu machen ...

Als Miles den Schlüssel in die Haustür steckte, ließ ihn das Gefühl der Unzulänglichkeit fast verzagen. Hatte er eine reelle Chance? Sollte er es noch einmal wagen? Da brach sein eigentlicher Charakter wieder durch, der sich standhaft weigerte, aufzugeben.

Er dachte: Wenn ich es nicht wenigstens versuche, werde ich es nie herausfinden.

Er schloss die Tür hinter sich, zündete sich eine Zigarette an und setzte sich neben das Telefon.

Caroline war diejenige, die abnahm, als er anrief, und Caroline war auch diejenige, die ihm am nächsten Tag nach dem Mittagessen die Haustür öffnete.

»Das klingt ja alles ausgesprochen geheimnisvoll«, bemerkte sie so unbeschwert wie möglich, während sie sich bemühte, ihn nicht wie ein Honigkuchenpferd anzustrahlen. »Mrs. Chadwick wartet im Salon.«

Er grinste sie an. »Du hast bestimmt schon längst erraten, worum es sich dreht«, sagte er. »Ich will nur gern die Form wahren und alles ganz korrekt machen. Drück mir die Daumen.«

Sie führte ihn zum Salon, dann schnappte sie sich Mugwump und unternahm einen Spaziergang, um ihre Aufregung in den Griff zu bekommen. Sein Besuch konnte nur das eine heißen – aber er hätte sie doch direkt fragen können, statt sich erst an Mrs. Chadwick zu wenden! Schließlich war sie doch kein Kind mehr. Sie schüttelte den Kopf und schrieb sein Verhalten der Tatsache zu, dass er in ausgesprochen steifen, formellen Kreisen arbeitete, und sah sich um. Es war immer noch kalt und klar, und ein steifer Nordostwind brauste über die Hügellandschaft. Die Welt sah bleich und frostig aus; der ausklingende Winter ließ jeden Hinweis auf den nahenden Frühling gnadenlos erstarren. Über ihr wölbte sich ein strahlend blauer Himmel, und die Sonne blendete sie, während der kalte Wind auf ihren Wangen schmerzte. Sie vergrub die Hände tief in den Jackentaschen, folgte Mugwump über die schmalen Pfade und strengte sich an, nicht an jenes im Salon stattfindende Treffen zu denken.

Sie beobachtete den langsam voraustrottenden Mugwump und fragte sich, wie er wohl auf den neuen Welpen reagieren würde, der in zwei Wochen von der Mutter getrennt werden sollte. Alle – auch Ellen – freuten sich auf das neue Hundebaby, das nun gerade rechtzeitig vor den Schulferien sein neues Zuhause beziehen würde. Den Kindern hatten sie noch nichts gesagt, für den Fall, dass im letzten Moment irgendwelche Probleme auftauchen sollten, aber Caroline konnte sich gut vorstellen, wie sie vor Überraschung und Freude ganz aus dem Häuschen sein würden. Das neue Hündchen würde ihnen helfen, über Mrs. Pooters Verlust hinwegzukommen, und würde sie auf andere Gedanken bringen. Wie üblich würde ein Name gefunden werden müssen, aber Caroline zweifelte nicht daran, dass Kit die ehrenvolle Aufgabe übertragen werden würde, sich wieder etwas Ausgefallenes einfallen zu lassen.

Am Fuße des Hügels blieb sie stehen, um ein paar Kätzchenzweige aus den Haselnussbüschen zu brechen und die Enden in ihr Taschentuch zu wickeln. Ein Eichelhäher flog mit rauer Stimme schimpfend aus dem Wäldchen auf. Sie drehte sich nach ihm um und sah gerade noch, wie seine blauen Flügel und der weiße Rumpf blitzschnell hinter dem Hügel verschwanden. Dann blickte sie wieder in die andere Richtung, sah die Mauern von The Keep und konnte sich sehr gut vorstellen, wie der kleine Mole sich gefühlt haben musste – gelähmt vor Angst, all das, was er liebte, nicht mehr sehen zu können, und sei es auch nur für kurze Zeit. Carolines Herz zog sich zusammen vor Schmerz. Wie konnte sie nur ernsthaft darüber nachdenken, sie alle zu verlassen? Wie würden sie denn bloß ohne sie zurechtkommen? Selbstverständlich brauchten die Kinder kein Kindermädchen mehr, aber sie war doch ein Teil ihres Lebens – und die Kinder waren ein Teil *ihres* Lebens. Was die etwas härtere körperliche Arbeit anging, so dürfte es nicht zu schwierig sein, jemanden zu finden, der sich auf Teilzeitbasis darum kümmerte. Dennoch ...

Sie war verwirrt, als sie sich an den Aufstieg machte. Schließlich liebte sie Miles und wollte mit ihm zusammen sein – doch der Gedanke daran, die Chadwicks zu verlassen, war nahezu unerträglich. Als sie sich dem Haus näherte, kam die Aufregung von vorher wieder in ihr auf und beschleunigte ihren Schritt. Sie wollte ihn sehen und hören, was er mit Mrs. Chadwick besprochen hatte.

Miles redete zunächst nur um den heißen Brei, bis Freddy ihn schließlich freundlich, aber bestimmt nach dem Grund seines Besuches fragte. Obwohl er es bei einer Institution wie der Marine schon zu etwas gebracht hatte, ließ er sich von Freddys eindrucksvoller Person ein wenig einschüchtern. Sie saß am anderen Ende des Raumes – entspannt, doch aufrecht, mit erhobenem Kinn und wachsamem Blick.

»Die Sache ist die«, hob er ungeschickt an, nachdem er sich an kein Wort seiner einstudierten Rede mehr erinnern konnte, »die Sache ist die ...« Er zögerte, blickte sie unsicher an und biss sich auf die Lippe. »Vielleicht haben Sie ohnehin schon erraten, worüber ich mit Ihnen sprechen möchte?«, fragte er hoffnungsvoll.

Freddy amüsierte sich insgeheim über seine plötzliche Unsicherheit und lächelte ihn zuckersüß an. »Tut mir Leid, ich habe keine Ahnung«, log sie ihn ohne mit der Wimper zu zucken an.

»Mist«, sagte er und fuhr sich nervös mit der Hand durchs Haar. »Tut mir Leid. Es ist nur ... Ach, *verdammt*. Entschuldigung. Die Sache ist die ...«

»Wissen Sie, ich *glaube,* so weit waren wir schon«, klärte sie ihn gnadenlos auf. »Vielleicht wäre Ihnen mit einem anständigen Drink geholfen? Ihr Tee dürfte mittlerweile ja eiskalt sein.«

»Nein, nein«, wehrte er sofort ab, griff hastig nach der zarten Porzellantasse und stürzte den lauwarmen Tee herunter. »Es geht schon. Wirklich, danke.«

»Na, dann.« Sie nickte ihm aufmunternd zu. »Wo waren wir stehen geblieben?«

Er sah sie mit Unbehagen an, erkannte, dass sie leise schmunzelte, und musste dann selbst grinsen. »Ich führe mich auf wie ein Riesenesel«, sagte er reumütig. »Gut. Also, die Sache ist die, Mrs. Chadwick, dass ich mich in Ihre Enkelin Fliss verliebt habe und ich hiermit bei Ihnen um ihre Hand anhalten möchte. Ich weiß, dass sie noch sehr jung ist, und ich habe auch noch nicht mit ihr darüber gesprochen, aber ich verspreche Ihnen, dass ich noch nie in meinem Leben so für einen Menschen empfunden habe.«

Er hielt inne. In dem ihm entgegengebrachten Schweigen schwang etwas mit, das er nicht erwartet hatte und ihn daher von seinen weiteren Ausführungen ablenkte. Freddy starrte ihn entsetzt an. Er runzelte verwundert die Stirn, dann neigte sie sich auf ihrem Stuhl ein wenig nach vorne.

»Sie haben sich in Fliss verliebt?«, fragte sie ungläubig. »In *Fliss*?«

»Äh – ja.« Er zuckte unbeholfen mit den Schultern. Mit einer so ablehnenden Reaktion hatte er nicht gerechnet. »Ich weiß, dass ich ein gutes Stück älter bin als sie, aber ich hoffe, dass das kein Grund ist, mich abzuweisen. Ich liebe sie ehrlich und aufrichtig, Mrs. Chadwick. Es handelt sich nicht um eine vorübergehende Schwärmerei. Ich meine, ich bin wohl alt genug, um das richtig einschätzen zu können.« Er hielt inne und schüttelte halb verzagt, halb verunsichert den Kopf. »Sie hatten offensichtlich tatsächlich keine Ahnung.«

»Wenn ich überhaupt irgendwelche Gedanken in diese Richtung hatte«, wagte Freddy sich hervor, »dann ging ich davon aus, dass Caroline die Auserwählte sei.«

Miles schüttelte sofort den Kopf. »Ich habe sie schrecklich gern«, sagte er, »aber zwischen uns hat sich nie irgendetwas dieser Art entwickelt, das kann Caroline Ihnen bestätigen. Wir sind gute Freunde, und ich bin mir sicher, dass sie durchschaut hat, was ich für Fliss empfinde. Wir sind immer wieder zusammen gewesen, weil wir uns im Alter entsprachen, sicher, und ich mag sie wirklich sehr, aber ich war von Anfang an ausschließlich in Fliss verliebt.«

»Ich verstehe. Weiß Fliss von Ihren Gefühlen für sie?«

»Ich würde meinen, dass es unmöglich war, *nicht* zu sehen, was ich für sie empfinde«, gestand Miles. »Ich fühle mich wie ein zwanzigjähriger Junge. Es ist mir schon fast peinlich. Aber ich will ihr keine Angst machen oder ... Sie verstehen?« Er hoffte darauf, dass sie die Situation voll verstand. »Es ist nicht so einfach. Darum habe ich beschlossen, dass es das Beste wäre, wenn ich zuerst mit Ihnen spreche.

Sie ist doch noch so jung und unschuldig.« Er fuhr sich wieder durch das Haar und runzelte die Stirn. »Sonst hätte es vielleicht so ausgesehen, als wollte ich sie überrumpeln, wenn Sie verstehen, was ich meine. Ich bin noch nie mit ihr allein gewesen, aber ich glaube, ein Mädchen mit etwas mehr Erfahrung hätte längst durchschaut, wie ich empfinde.«

Freddy beobachtete ihn. Zwar hatte sein Antrag ihr einen regelrechten Schock versetzt und sie in tiefe Sorge um Caroline gestürzt, doch war sie gleichzeitig beeindruckt von Miles und empfand Bewunderung und Zuneigung für ihn.

»Ich will Sie nicht im Unklaren darüber lassen«, sagte sie, »dass ich nicht wünsche, dass Sie Fliss emotional oder sonst wie an sich binden, bevor sie nicht ihre Ausbildung abgeschlossen hat. Ich habe mich zu einem früheren Zeitpunkt gezwungen gesehen, diese Regel für die Kinder aufzustellen. Fliss ist noch sehr jung, und ich möchte nicht, dass sie durch solche Dinge von ihrem Lerneifer abgelenkt wird. Wenn sie dann allerdings ihre Prüfungen bestanden hat ...«

»Aber ich werde sie weiter sehen dürfen?«, beeilte er sich zu fragen. »Wenn ich verspreche, sie nicht zu bedrängen? Es kann alles so bleiben, wie es war?«

»Es kann alles so bleiben, wie es war«, beruhigte sie ihn und lächelte. »Wenn Sie bereit sind, so lange zu warten – wer weiß, was in der Zwischenzeit passiert? Und jetzt könnten wir, glaube ich, beide einen kleinen Drink vertragen. Whisky?«

»Gerne!«, sagte er inbrünstig. »Danke, dass Sie mir zugehört haben und mich nicht im hohen Bogen hinausgeworfen haben.«

»Was halten Sie denn von mir?«, murmelte Freddy, als sie ihm sein Glas reichte. »Ich respektiere Ihre Gefühle und freue mich darüber, wie Sie meine Entscheidung aufgenommen haben. Auf die Zukunft?«

Als Caroline zur Haustür hereinkam, schloss Freddy diese hinter ihr. Caroline runzelte verwundert die Stirn.

»Ist er schon wieder weg?«

Freddy blieb stehen und nickte. Dann ging sie auf Caroline zu und nahm sie beim Arm.

»Kommen Sie mit in den Salon«, sagte sie. »Ich möchte mit Ihnen reden. Kommen Sie schon. Gut. Und jetzt setzen Sie sich hier neben mich.«

Gemeinsam saßen sie auf dem Sofa, leicht einander zugewandt, damit sie sich in die Augen sehen konnten. Unbeschreibliche Angst stieg in Caroline auf, während sie Freddy ungeduldig beobachtete, darauf wartete, dass sie endlich etwas sagte, und letztlich die Kätzchenzweige auf das Polster zwischen sich und Freddy legte. Freddy hatte sich ihrerseits noch nicht von dem Schock erholt und schwieg, weil sie versuchte, ihre Gedanken zu sortieren.

»Ich weiß einfach nicht, was ich sagen soll«, brachte sie schließlich zu Carolines Überraschung hervor. »Ich glaube, ich weiß, was Sie für Miles Harrington empfinden, meine Liebe, aber ich muss Ihnen leider mitteilen, dass er heute hier war, um mich zu fragen, wie ich reagieren würde, wenn er Fliss einen Heiratsantrag machte.«

Caroline saß wie versteinert da. Sie brachte kein Wort heraus, ihr war, als hätte man ihr die Luft zum Atmen genommen. Sie schüttelte den Kopf und starrte Freddy aus leeren Augen an. Freddy neigte sich ein wenig nach vorn und nahm ihre Hand.

»Mein liebes Kind«, sprach sie voll Mitgefühl weiter. »Ich hatte genauso wenig Ahnung davon wie Sie. Ich war mir sicher, dass er sich für Sie interessierte. Aber so, wie es aussieht, geht er sogar davon aus, dass Sie wissen, wie er empfindet.«

Caroline brannte innerlich vor Demütigung; jede einzelne Faser ihres Körpers schmerzte. Genau das Gleiche wie damals mit Jeremy. Sie blickte Mrs. Chadwick in ihr mitleidiges

Gesicht, kratzte dann mühsam all ihren Stolz zusammen und legte ihn sich wie eine Rüstung an.

Sie dachte: Ich hasse Männer. Ich hasse alle verdammten Männer.

»Selbstverständlich habe ich meine Vermutung ihm gegenüber nicht geäußert«, hörte sie Freddy sagen, »aber jetzt muss ich Sie leider fragen, Caroline, ob Sie glauben, dass Fliss an Miles interessiert sein könnte. Verzeihen Sie mir, aber ich bin aus allen Wolken gefallen vor Überraschung.«

Caroline schluckte, zog ihre Hand zurück und verschränkte die Arme vor der Brust. Sie legte die Stirn in Falten, als müsse sie sich anstrengen, um Freddys Worte zu verstehen.

»Fliss hat nur Augen für Hal«, sagte sie schließlich teilnahmslos. »Sie mag Miles, aber er ist doch so viel älter ... Er ist immer sehr lieb zu ihr, und sie fühlt sich bei ihm gut aufgehoben. Mehr ist da aber nicht.«

Es folgte ein langes Schweigen. Caroline spürte, wie sich lähmende Lethargie in ihr ausbreitete, eine dumpfe Benommenheit, die es ihr unmöglich machte, aufzustehen, obgleich sie nichts lieber wollte als dieses Zimmer zu verlassen und allein zu sein. Sie wehrte sich innerlich gegen Freddys Liebe und ihr Mitgefühl. Die ihr auf diese Weise entgegengebrachte Sympathie schwächte sie nur noch mehr – bis sie schließlich nur noch hemmungslos weinen und sich der alten Dame anvertrauen wollte.

»Ich komme mir so dämlich vor«, hörte sie sich selbst sagen. »Oh Gott, was bin ich doch für ein Idiot gewesen.«

Ihre Stimme bebte, und sie schlug die Hände vors Gesicht. Sie spürte, dass Freddy aufstand. Kurz darauf wurde ihr ein kaltes Glas in die Hand gedrückt.

»Trinken Sie das«, hörte sie die Stimme über sich sagen. »Sie stehen ja unter Schock. Das wird Ihnen gut tun.«

Sie trank den Whisky in einem Zug und musste davon husten. Tränen liefen ihr über die Wangen.

»Ich weiß nicht, was ich tun soll«, jammerte sie. »Ich dachte, er mag mich.«

»Ich glaube schon, dass er Sie mag. Sehr sogar.« Freddy saß jetzt wieder neben ihr. »Der Punkt ist nur, dass er eine romantische Schwäche für Fliss entwickelt hat. Nicht, dass ich an der Aufrichtigkeit seiner Gefühle zweifle, aber ich habe ihm klar gemacht, dass er sich jede Art von Beziehung aus dem Kopf schlagen kann, solange Fliss noch in der Ausbildung ist. Sie ist noch viel zu jung, als dass sie wüsste, was sie vom Leben erwartet. Und das hat er akzeptiert.«

»Das ertrage ich nicht«, stieß Caroline zwischen bebenden Lippen hervor. »Ich ertrage es einfach nicht, wenn er weiter hierher kommt und ... und sie *anhimmelt*. Das halte ich nicht aus. Dann muss ich The Keep verlassen.«

Sie zuckte zusammen, als Freddy ihre Hand ergriff und geradezu unsanft drückte.

»Sie dürfen uns nicht verlassen. Wir brauchen Sie.«

Caroline starrte sie an. »Und was ist mit mir?«, rief sie. »Was glauben Sie denn, wie es *mir* dabei geht?«

»Ich glaube, dass Sie verletzt sind und sich töricht vorkommen«, sagte Freddy ruhig. »Falls es Sie tröstet: Er hat keine Ahnung, was Sie für ihn empfinden. Aber lieben Sie ihn denn wirklich, Caroline? Sind Sie sich da ganz sicher? Ist das wirklich Liebe – oder nur eine Art aufgeregte Schwärmerei? Kommt das Gefühl nur von den glanzvollen Partys und Bällen, oder ist es tatsächlich wahre Leidenschaft? Würden Sie uns tatsächlich verlassen – uns, die wir Sie lieben, die wir Ihre Familie sind? Würden Sie uns wegen Miles Harrington verlassen?«

»Das ist nicht fair«, protestierte Caroline. »Das ist ... das ist Erpressung.«

»Ach, liebes Kind. Ich will doch nur nicht, dass Sie irgendetwas tun, das Sie später bereuen könnten. In weniger als vier Monaten ist Hal in Dartmouth fertig, und danach besteht keine Veranlassung mehr, dass Sie Miles sehen müssen.

Wenn Fliss weiter kein Interesse an ihm zeigt, werden ihm bald die Vorwände für seine Besuche hier ausgehen. Lassen Sie sich doch von ihm nicht von dort verscheuchen, wo Sie hingehören.«

»Das sagen Sie nur, weil Sie mich brauchen«, rief Caroline verärgert. »Was würden Sie denn ohne mich machen?«

»Das weiß ich nicht«, gab Freddy offen zu. »Selbstverständlich brauchen wir Sie. Das leugne ich ja gar nicht. Aber ich glaube, dass Sie auch uns brauchen. Vielleicht mehr, als Sie im Augenblick zugeben wollen.«

»Ich will nicht weg von hier«, sagte Caroline nach einer Weile. »Warum sollte ich denn? Ich bin doch so glücklich hier. Aber ich dachte ... ich dachte, er liebt mich.«

»Wenn dem so gewesen wäre«, sprach Freddy sanft auf sie ein, »hätten wir uns alle für Sie gefreut, weil Sie ihr eigenes Zuhause gegründet hätten mit einem Mann, den Sie lieben. Niemand von uns hätte von Ihnen erwartet, dass Sie sich für uns aufopfern. Aber so, wie die Dinge liegen: Warum sollten Sie uns verlassen? Wo würden Sie hingehen? Wenn es sein muss, werde ich dafür sorgen, dass Miles nicht mehr hierher kommt. Er kann Fliss in den nächsten Monaten zu den üblichen gesellschaftlichen Anlässen sehen. Aber es ist überhaupt nicht nötig, dass er hierher kommt.«

Caroline atmete tief durch. Sie nahm die Kätzchenzweige in die Hand und dachte daran, wie sie sich draußen bei ihrem Spaziergang gefühlt hatte.

»Ich weiß nicht, was ich will«, sagte sie traurig. »Gerade, als ich dachte, ich würde The Keep möglicherweise verlassen, hatte ich das Gefühl, das niemals über mich zu bringen. Und jetzt – wie soll ich ihm denn jemals wieder unter die Augen treten? Ich kann nicht mitgehen zu dem Ball. Ich kann einfach nicht.«

»Sie müssen überhaupt nichts tun, das Sie nicht tun möchten«, versicherte Freddy ihr. »Dann geht es Ihnen eben nicht gut. Uns wird schon eine Entschuldigung einfallen. Aber bitte treffen Sie keine schwer wiegenden Entscheidungen in dieser Stimmung. Versprechen Sie mir, dass Sie sich Zeit zum Nachdenken nehmen werden – und ich verspreche Ihnen, dass Miles nicht mehr hierher eingeladen wird.«

»Gut.«

Caroline stand zögernd auf und reichte Freddy dann etwas unbeholfen die Kätzchen. Die ältere Frau nahm sie entgegen, zog Caroline ein Stück zu sich herunter und küsste sie sacht auf die Wange.

»Danke«, sagte sie. »Danke, Caroline.«

Caroline ging hinaus in die Eingangshalle und blieb vor der Küchentür stehen. Sie hörte Ellens und Fox' Stimmen anschwellen und leiser werden, hörte, wie ein Stuhl zurückgeschoben und der Wasserhahn aufgedreht wurde. Sie wandte sich ab und stieg schweren Herzens die Treppe zu ihrem Zimmer hinauf.

Freddy war sitzen geblieben und starrte blicklos auf die Kätzchen. Die Gedanken überschlugen sich in ihrem Kopf, und insbesondere ein Satz, den Caroline gesagt hatte, tauchte immer wieder auf und ließ ihr keine Ruhe. Nun wurden ihr einige Dinge etwas klarer.

Freddy dachte: Gott, was war ich doch für ein Narr ...

Sie hörte, dass in der Eingangshalle der Tee aufgetragen wurde, und sie vernahm Theos Stimme. Sie stand schnell auf, um zu ihm hinauszugehen, und schloss vorsichtig die Tür hinter sich, die Kätzchenzweige noch immer fest in der Hand.

## 26

Prue setzte sich an den Tisch in der Ecke der Kantine und kramte in ihrer Handtasche nach Zigaretten. Maureen aus der Damenunterwäscheabteilung winkte ihr fröhlich von einem anderen Tisch zu, wo sie mit Laura aus der Hutabteilung tratschte. Sie steckten die Köpfe zusammen und tauschten sensationslüstern neue Informationen über die Kolleginnen aus: More und Lore, wie sie einander nannten, konnten innerhalb von Minuten einen Ruf aufpolieren oder zerstören. Prue erwiderte ihr Lächeln und war leicht versucht, sich zu ihnen zu setzen. Die beiden brachten sie immer zum Lachen, und ihr Tratsch hielt sie stets auf dem Laufenden über die Vorgänge in dem großen Warenhaus. Obwohl Prue ihre freien Tage zu Hause genoss, freute sie sich doch immer auf ihre zwei Arbeitstage pro Woche. Jetzt räumten die Mädchen ihre Sachen von einem Stuhl auf den anderen und bedeuteten ihr, sich zu ihnen zu setzen. Prue beschloss, Freddys Brief später zu lesen, und nahm ihre Kaffeetasse und ihre Tasche.

»Setz dich und halt dich fest«, sagte Laura, während sie noch etwas zur Seite rückte, damit Prue genug Platz hatte. »Rate mal, wen June am Samstagabend im *Llandoger Trow* gesehen hat!«

»Weiß ich doch nicht«, sagte Prue und stellte die Tasche neben ihrem Stuhl ab. »Spuck's aus.«

»Nur«, fing Maureen an, die fast platzte, um den Tratsch loszuwerden, »*nur* Jenny aus der Lederwarenabteilung mit Richard dem Allmächtigen Prior. Das ist alles.« Sie zog das Kinn ein, schürzte die Lippen und hatte die Augen weit aufgerissen vor Aufregung. Prue musste lachen.

»Das glaube ich nicht«, sagte sie. »So ein Risiko würde er doch nie eingehen!« Richard Prior war der Personalchef und ein verheirateter Mann. »Und was hat June überhaupt im *Llandoger Trow* zu suchen?«

»Hochzeitstag«, antwortete Maureen lakonisch. »Ganz was Besonderes. Ihr werter Gatte ist ja normalerweise viel zu geizig, als dass er auch nur die Tropfen an seiner Nase verschenken würde, aber ihre Kinder haben zusammengelegt und dort einen Tisch reserviert. Ich wette, ihm hat das Herz geblutet, als er die Rechnung bezahlt hat. June sagt, sie hat so richtig reingehauen.«

»Und als sie sich umgesehen hat, saßen sie da«, mischte Laura sich wieder ein. »In voller Lebensgröße und in Fleisch und Blut.«

Ihre Augen funkelten vor Schadenfreude, und Prue konnte nicht umhin, ebenfalls zu grinsen. »Und haben Mr. Prior und Jenny sie gesehen?«

»Dafür hat June schon gesorgt«, verkündete Laura hochzufrieden. »Ist natürlich direkt an ihrem Tisch vorbei hinausgegangen. Musste aber auch noch extra die Handtasche fallen lassen, so beschäftigt waren die mit sich. Jenny hat vor Schreck ihr Weinglas umgeschmissen, und der alte Prior wurde totenbleich.«

»Kann ich mir vorstellen«, predigte Maureen, »schließlich ist er verheiratet und hat Kinder. Eine große Schande ist das.«

»Die arme alte Jenny«, meinte Prue. »Hat sie irgendetwas gesagt?«

»June hat ihr noch keine Gelegenheit gegeben.« Laura neigte sich etwas zu Prue hinüber. »Da drüben sitzt sie und beobachtet uns. Ich wette, sie weiß, worüber wir reden.«

Sie starrte der unglückseligen Jenny geradewegs ins Gesicht, und Prue war in dem Moment wahnsinnig erleichtert, dass diese beiden Frauen sie zu ihren Freundinnen zählten. Jennys Pech bei der ganzen Sache war, dass sie sich immer für etwas Besseres gehalten hatte als die anderen Verkäuferinnen und dies auch sehr deutlich gezeigt hatte.

»Ich habe June gesagt, sie soll dem alten Prior mal einen Besuch abstatten und um eine Gehaltserhöhung bitten«, sagte Maureen triumphierend. »Wetten, dass sie eine kriegen würde?«

»Wenn wir irgendwann mal eine wollen, sollten wir jetzt aufbrechen.« Laura sah auf die Uhr. »Andernfalls kriegen wir eher die Kündigung. Komm schon, More.«

Sie nahmen ihre Taschen, beschwerten sich wie üblich brummelnd über die Regeln, verabschiedeten sich hastig, aber freundlich von Prue und warfen der mehr als verlegenen Jenny höhnische Blicke zu. Prue machte es sich bequem, zog Freddys Brief aus der Tasche und vermied es, die sie hoffnungsvoll anlächelnde Jenny anzusehen. Sie wusste, dass Jenny der Meinung war, sie sollte auf ihrer Seite sein, weil sie beide etwas Besseres seien, aber Prue war nicht im Geringsten daran interessiert, zwischen die Fronten zu geraten. Sie hielt Jenny für einen langweiligen Snob, und um nicht auf sie reagieren zu müssen, vertiefte sie sich jetzt mit besonderer Konzentration in den Brief. Sie hatte schon etwa die Hälfte der ersten Seite gelesen, bis sie endlich begriff, wovon Freddy eigentlich redete. Prue versank völlig in die Zeilen auf dem Papier und tastete blind nach dem Aschenbecher. Sie drückte die Zigarette aus und drehte die Seite um:

*... Ich bin sicher, dass du Carolines Gefühle nachvollziehen kannst, und ich habe mich gefragt, ob du wohl ebenfalls meiner Meinung bist, dass ein vollständiger Bruch mit uns ihr nicht helfen würde. Die Osterferien werden eine schwierige Zeit werden, da Lt. Cdr. Harrington selbstverständlich ohne Vorwarnung hier auftauchen könnte. Könntest du Caroline wohl für eine oder zwei Wochen zu dir einladen? Ich weiß, dass ich sehr viel von dir verlange,*

*Prue, da du dich darauf gefreut hast, Hal und Kit wieder zu sehen, aber ich wäre dir sehr dankbar, wenn du uns in dieser schweren Zeit auf diese Weise helfen könntest.*

*Ich bin sicher, dass Caroline sich recht schnell wieder erholen wird, aber ich möchte keinesfalls riskieren, dass sie weiteren Demütigungen ausgesetzt wird. Niemand außer mir – und jetzt dir – weiß von Carolines Gefühlen für Miles Harrington (nicht einmal er selbst), und ich bin mir sicher, dass dieses Geheimnis bei dir gut aufgehoben ist. Was nun seine Gefühle für Fliss angeht, so bleibt auch das zwischen ihm und mir – und Caroline. Ich muss über diese Angelegenheit nachdenken, weiß aber, dass ich auf deine Diskretion vertrauen kann.*

*Ein anderes Thema. Ich habe beschlossen, Hal zu meinem Haupterben zu machen (obgleich ich auch ein Treuhandvermögen einzurichten gedenke, in das auch The Keep eingehen soll), und möchte in näherer Zukunft mit ihm persönlich darüber sprechen. Ich habe außerdem daran gedacht, dass er inzwischen alt genug wäre, ein eigenes Auto zu haben. (Ich weiß, dass wir uns einig waren, damit zu warten, bis er reif und vernünftig genug ist, darum möchte ich gern deine Meinung hierzu hören.) Wie du weißt, habe ich mich immer bemüht, die Zwillinge gleich zu behandeln, und deswegen wäre es vielleicht eine Idee, dass du dich, was ein Auto angeht, auch mit Kit unterhältst. Möglicherweise hätte ja sie lieber etwas anderes. Ich glaube, sie wird verstehen, warum ich Hal zu meinem Erben mache. Er ist schließlich der Älteste von all meinen Enkelkindern. Selbstverständlich wird auch für die anderen Kindern weiter gesorgt werden, und The Keep soll ein Zufluchtsort für die ganze Familie bleiben. Wir müssen uns bei Gelegenheit ernsthaft über all das unterhalten, liebe Prue, aber bis dahin hoffe ich, dass du nichts dagegen hast, dass ich so bald wie möglich mit Hal spreche …*

Prue kramte in ihrer Handtasche nach einer weiteren Zigarette. Sie hatte noch nie einen solchen Brief von Freddy bekommen – sie wurde um Hilfe gebeten, Hal sollte Haupterbe werden, Kit und Hal sollen jeweils ein Auto bekommen ... Prue atmete tief ein und starrte Löcher in die Luft.

Sie dachte: Arme, arme Caroline. Und das nach der unsäglichen Geschichte mit Jeremy. Oh Gott, muss sie verzweifelt sein. Selbstverständlich lade ich sie zu mir ein ...

Ihr war klar, dass diese Einladung absolut natürlich und ungezwungen klingen musste, und sie zermarterte sich das Hirn, wie sie das bewerkstelligen sollte, ohne dass Caroline Verdacht schöpfte. Und was Miles Harrington anging, der sich in Fliss verliebt hatte ... Prue sog nachdenklich den Rauch ein. Vielleicht wäre ein älterer Mann gar nicht so schlecht für Fliss: Sie war zwar schüchtern und unschuldig, aber andererseits auch wieder verblüffend reif. Da sie so still war, wurde sie leicht übersehen, was aber auch daher kam, dass sie eine Zwischenposition zwischen den selbstsicheren, lebhaften Zwillingen und den noch unselbstständigen beiden jüngeren Kindern einnahm. Fliss verfügte über eine charakterliche Stabilität, die ihr eine für ihre Jugend ungewöhnliche Stärke und Verlässlichkeit verlieh. Kit hatte kürzlich gesagt, Fliss sei in Hal verliebt. Die Bemerkung war mehr oder weniger nebenbei gefallen, doch Prue hatte instinktiv mit entschiedener Ablehnung darauf reagiert. Fliss und Hal waren wie Geschwister, ihre Väter waren eineiige Zwillinge gewesen, und Hal war Jamie wie aus dem Gesicht geschnitten. Fliss sah zwar eher aus wie Alison, aber Prue entdeckte auch an ihr unverkennbare Chadwick'sche Züge – Freddys Art, das Kinn zu heben, Peters eindringlichen Blick –, und sie war der unumstößlichen Meinung, dass diese Form der Zuneigung zwischen den beiden unterbunden werden musste. Sie hatte Kit sehr bestimmt darauf hingewiesen, dass Fliss Hal schon immer vergöttert habe, dass er für sie ein Ersatz für Jamie war, somit also nicht mehr als ein Bruder, und dass es sich nicht schickte, irgendetwas anderes hinter ihren Gefühlen zu vermuten. Kit hatte die heftige Reaktion ihrer Mutter überrascht. Sie quittierte sie lediglich mit einem Schulterzucken und sprach nicht weiter davon.

Prue trank den letzten Schluck ihres fast kalten Kaffees und stellte die Tasse wieder ab. Es würde sie interessieren, was Fliss von Lieutenant-Commander Harrington hielt, obwohl es ausgesprochen schmerzhaft für Caroline wäre, wenn sich da etwas ergeben würde. Dann fragte sie sich, warum Hal eigentlich noch nie ein Mädchen mit nach Hause gebracht hatte. Bisher hatte sie das immer Freddys Edikt und der Tatsache zugesprochen, dass junge Männer sich meist erst ein wenig in der Schürzenjägerei übten ... Prue legte die Stirn in Falten. Vielleicht wäre es gar keine schlechte Idee, an Ostern mit den Zwillingen und Caroline ganz woanders Urlaub zu machen. Sie sah auf die Uhr und drückte schnell die Zigarette aus. Sie faltete Freddys Brief zusammen, steckte ihn in den Umschlag, ließ diesen in ihrer Tasche verschwinden und machte sich dann auf den Weg in ihre Abteilung.

Theo klopfte an Freddys Wohnzimmertür an, wartete, bis sie ihn hereinbat, und trat dann ein. Freddy saß an ihrem Sekretär und schrieb Briefe. Sie wandte sich zu ihm um und lächelte. Es war das gleiche leicht gekünstelte Lächeln, das sie schon seit einigen Tagen aufsetzte und das dazu führte, dass seine ohnehin schon ernste Miene sich noch mehr verfinsterte.

»Hast du einen Moment Zeit?«, fragte er. »Ich möchte gerne mit dir reden.«

»Ja, natürlich.«

Sie bedeutete ihm, auf dem Sessel Platz zu nehmen, blieb selbst aber mit dem Stift in der Hand am Sekretär sitzen. Ihr Kopf war geneigt, ihr Ausdruck verriet Wachsamkeit, fast schon Ungeduld. Theo hatte das Gefühl, als würde ihm eine Audienz gewährt, und zwar – und das ärgerte ihn noch mehr – *nolens volens*. Aber Theo wusste, wie gefährlich selbst die kleinsten Missverständnisse einer Beziehung werden konnten, und darum wollte er sich nicht einschüchtern lassen. Er blieb stehen und sprach Freddy mit einer Direktheit an, zu der ihr Blick ihn sicher nicht ermunterte.

»Ich habe das Gefühl, dass in diesem Haus eine Verschwörung im Gange ist. Habe ich Recht, Freddy?«

Er sah, wie sie die Lippen zusammenpresste und das Kinn ruckartig anhob. Ihm sank das Herz. Bis vor kurzem war er davon ausgegangen, dass ihre neuerliche Zerstreutheit nichts mit ihm zu tun hatte, und obwohl ihr ungewöhnliches Verhalten ihn beunruhigt hatte, hatte er sich damit begnügt, Freddy ihren eigenen Problemen zu überlassen und ihr wie üblich helfend zur Seite zu stehen, falls sie sich an ihn wenden sollte. Jetzt beobachtete er sie, während ungewöhnlich langes Schweigen herrschte.

»Ich weiß nicht recht, was du meinst.«

Ihre kühle Stimme und das leichte, Ahnungslosigkeit vortäuschende Achselzucken ärgerten ihn. Sie log, das wusste er, und der Blick, mit dem er sie bedachte, ließ sie sich auf die Lippe beißen.

»Oh, doch. Das weißt du sogar ganz genau. Sag mir, dass ich mich um meine eigenen Angelegenheiten kümmern soll, Freddy, aber lüg mich nicht an. Ich möchte mich gar nicht einmischen, aber in den letzten Tagen herrscht hier eine Atmosphäre, die mir nicht gefällt. Kannst du mir erklären, woran das liegt?«

»Mein lieber Theo.« Sie lachte aufgesetzt und nicht sehr überzeugend. »Ich weiß, dass ich meine Sorgen meistens mit dir teile, aber es gibt tatsächlich ein paar Dinge, die ich gern für mich behalten würde.«

»Das sei dir auch zugestanden«, entgegnete er sofort. »Aber trotzdem. Seit wir hier zusammenleben, ist das das erste Mal, dass eine solche Atmosphäre herrscht. Willst du mir damit sagen, dass du dir dessen nicht bewusst bist?«

Sie wurde zornig. Wenn sie seine Beobachtung als Unsinn abtat, würde sie damit ihre Freundschaft zu Theo verleugnen und gering schätzen. Wenn sie seinen Verdacht bestätigte, würde sie ihm auch die Hintergründe erklären müssen. Er sah sie unverwandt an, und sie wich innerlich vor ihm zurück. Jetzt stand er als der Theo vor ihr, den sie am wenigsten verstand und am meisten fürchtete: Der Theo, der nicht trösten, sondern Lügen und Schwächen aufdecken wollte, an die die Menschen sich klammerten. Der Theo, dessen gute Meinung ihr am wichtigsten war, der Theo, den sie am wenigsten enttäuschen wollte. Zum ersten Mal gerieten sie frontal aneinander, und sie hatte das Gefühl, dass sie an einem Scheideweg standen. Theo wusste das bereits. Dies war genau die Situation, die er am meisten gefürchtet hatte, die der Grund dafür gewesen war, dass er solange gezögert hatte, hierher zurückzukehren. *Seine* Liebe zu ihr würde es ihr nicht gestatten, ihn zu hintergehen. *Ihr* Stolz würde ihm das unter Umständen nie verzeihen.

Sie seufzte und tat, als sei sie wahnsinnig geduldig. »Ich mache mir Sorgen um Hal«, sagte sie – und er wusste instinktiv, dass dies zumindest ein Teil der Wahrheit war. Doch sie wich seinem Blick aus. »Wir haben doch über das alles geredet, darüber, dass er alles erben soll. Ich weiß, dass es dir lieber gewesen wäre, alle Firmenanteile zusammen mit The Keep in einem Treuhandvermögen zusammenzufassen, aber letztendlich hast du mir zugestimmt, dass meine Lösung die bessere ist. Und doch ist es nicht ganz so einfach.« Sie klang gelangweilt, fast schon herablassend, als würde sie einem ganz besonders begriffsstutzigen Kind etwas erklären. »Das ist trotz allem ein ziemlich großer Schritt, und man muss sich über so einiges Gedanken machen.« In ihren Worten schwang ein Anflug von Beschuldigung mit: dass er sich nämlich keine Vorstellung davon machte, welch enorme

Verantwortung auf ihr lastete. »Ich muss auch an die anderen Kinder denken, damit ich ganz sicher sein kann, dass alles in die richtigen Bahnen gelenkt wird.«

Sie hatte sich wieder zu ihrem Schreibtisch umgedreht, die Schultern versteift, die eine Hand zur Faust geballt, die Zähne aufeinander gebissen. Er wartete und hoffte, dass sie sich ihm vollständig öffnen würde, aber sie schwieg. Er versuchte, einen klaren Kopf zu bekommen, und bat um Hilfe.

»Dann hat das alles also nichts mit deiner und Prues vermutlichen Befürchtung zu tun, dass Hal und Fliss sich lieben«, sagte er schließlich. »Und damit, dass ihr diese Liebe zerstören wollt?«

Er sah, wie sie schluckte, und wurde unendlich traurig.

Freddy dachte: Ich *wusste,* dass ich Prue nicht hätte vertrauen sollen. Warum habe ich bloß nicht daran gedacht, ihr zu sagen, dass Theo nicht Bescheid weiß? Sie hat sicher angenommen, dass ich mit ihm über alles gesprochen hatte. Verdammt. Jetzt verabscheut er mich sicher.

»Ist das der Grund dafür, dass du ihn zu deinem Erben machen möchtest, Freddy? Und dafür, dass du ihm ein neues Auto schenkst, obwohl du immer wieder betont hattest, dass du das nicht tun würdest, bevor er nicht von Dartmouth weg muss? Dafür, dass Prue und die Zwillinge über Ostern verreisen müssen?«

»Das tun sie wegen Caroline.« Jetzt blieb ihr nichts anderes mehr übrig, als sich zu verteidigen, und sie wandte sich ihm schwungvoll wieder zu. »Kannst du dir überhaupt vorstellen, wie es ihr geht?« Sie unterbrach sich selbst. »Prue hat dir das wohl alles erzählt?«, fragte sie verächtlich.

Theo seufzte. »Sie hat gedacht, ich wüsste Bescheid«, sagte er. »Sie hat gedacht, dass du mit mir darüber geredet hättest. Es tut mir Leid, dass dir das nicht möglich war.«

Freddy sah weg. Nachdem sie jene beiläufige Bemerkung gehört hatte – »Fliss hat nur Augen für Hal« – und so viele

Dinge plötzlich einen Sinn ergaben, hatte sie befürchtet, dass Theo ihr geplantes Vorgehen nicht gutheißen würde. Ihr blieb aber doch keine andere Wahl, hatte sie sich eingeredet: Sie musste die Familie schützen.

»Ich hoffe, dass wir uns einig sind«, sagte sie gereizt, »dass es für Caroline das Beste ist, wenn sie in den Osterferien nicht hier ist. Man hat sie verletzt und gedemütigt. Was Hal angeht: Er ist noch jung. Sein ganzes Leben, seine ganze Karriere liegt noch vor ihm. Wenn er Dartmouth erst mal verlässt, wird er merken, dass es bloß eine kindische Schwärmerei war. Wenn überhaupt.«

»Und deswegen«, sagte Theo ganz ruhig, »wird ihm jetzt Erwachsenenspielzeug geschenkt – ein Haus, ein Auto, ein Erbe –, um ihn abzulenken und ihn dazu zu ermuntern, sich eine passende Frau zu suchen.« Er nickte nachdenklich. »Und was ist mit Fliss?«

»Fliss?« Sie sah ihn an. Ihr Ärger machte Verwunderung Platz. »Fliss bleibt hier bei uns.«

»Bekommt Fliss gar nichts, das sie von ihrem Schmerz ablenken könnte?«

»Schmerz? Ich bitte dich, Theo, sie ist doch noch ein Kind. Und sie himmelt Hal an, seit sie klein ist. Sie hat ihn schon immer vergöttert. Und du – jawohl, *du,* Theo – hast mich seinerzeit deswegen gewarnt. Du hast gesagt, diese Vergötterung sei gefährlich. Du hast gesagt, dass zu viel Macht Hal schaden könnte. Und trotzdem haben wir nichts dagegen unternommen, richtig? Jetzt redet sie sich ein, dass sie ihn liebt – ihren eigenen Cousin! Der eigentlich eher wie ihr Bruder ist. Wir haben genauso Schuld daran wie sie selbst, aber dem muss ein Riegel vorgeschoben werden. Was hier vorgeht, ist ungesund.«

»Es mag unklug sein«, korrigierte er, »aber das heißt nicht, dass man so einfach über Fliss' Gefühle hinweggehen kann. Carolines Gefühle für Miles Harrington scheint ihr ja auch ausgesprochen ernst zu nehmen.«

»Caroline ist eine Frau«, rief Freddy. »Fliss ist ein Kind. Sie hat doch keine Ahnung, was Liebe ist.«

»Sie wird dieses Jahr zwanzig«, sagte er kühl. »Du warst zwanzig, als du Bertie geheiratet hast und hierhergezogen bist. Hattest du da auch keine Ahnung, was Liebe ist?«

Sie schnappte nach Luft, umklammerte die Armlehnen ihres Stuhls und wusste nicht, was sie ihm antworten sollte. Was konnte sie schon sagen? Sie hatte sich mit ihrer Liebe zu Bertie geirrt, und seinen Bruder Theo liebte sie schon seit fünfzig Jahren. Sie war gerade zwanzig gewesen ... Sie wurde ganz schwach. Sie wollte so gern von ihm getröstet werden, seinen Zuspruch hören ... Er sprach zwar mit ihr, aber sie begriff gar nicht recht, wovon er redete.

»Du hast schon Recht, wenn du mir die Schuld gibst«, sagte er traurig. »Auch ich erkenne erst jetzt, im Rückblick, dass Fliss' emotionale Bindung an Hal viel stärker ist, als wir gedacht haben. In unseren Augen sind sie noch Kinder – weil wir alt geworden sind. Aber wir dürfen darüber nicht vergessen, wie es war, leidenschaftlich zu lieben.«

Die überwunden geglaubte Eifersucht packte sie. »Was weißt *du* denn schon von der Liebe?«, rief sie aufgebracht und voller Angst. »Was weißt *du* denn schon davon, wie weh sie tun kann?«

Theo blieb regungslos stehen, sein Gesicht war ausdruckslos. Sie wandte sich von ihm ab, damit er ihre Tränen nicht sah. Sie stützte den Ellbogen auf den Sekretär, presste sich die Hand gegen den Mund und wartete darauf, dass er sie berührte, etwas sagte – doch das Einzige, was sie hörte, war das Klicken des Schnappriegels, als Theo leise die Tür hinter sich schloss.

# 27

»Ein Auto«, schwärmte Kit. »Ein Auto! Ist das zu glauben! Ich fasse es einfach nicht.«

Im kalten Licht des Morgens bot die Küche einen eher deprimierenden Anblick. Ein kleines grünes Transistorradio drängte sich gemeinsam mit einem Haufen gefährlich gestapelter Lehrbücher und einer vertrocknenden Topfpflanze auf der verstaubten Fensterbank. Aus dem Spülbecken quollen die Beweisstücke der gestrigen Spontanparty, und auch der Tisch und andere zum Abstellen geeignete Oberflächen waren nicht verschont geblieben. Der mit altem, rissigen Linoleum bedeckte Boden klebte ein bisschen, und unter dem Stuhl in der Ecke verkroch sich eine Ladung schmutzige Wäsche. Kit trug Jeans und einen von Hals Pullovern und lehnte sich vorsichtig gegen die Spüle, um den Brief zu lesen.

»Es ist wahr«, sagte sie. »Kein Traum. Hier steht es schwarz auf weiß. Mein eigenes Auto! Stell dir doch mal vor, was wir dann alles unternehmen können!«

Ihre Mitbewohnerin sah sie an und schützte Gleichgültigkeit vor. »Wir können mit hundert Meilen die Stunde über die Autobahn brausen«, schlug sie gelangweilt vor. »Oder wir packen Eimerchen und Schäufelchen ein und fahren sonntags ans Meer. Super.«

Kit grinste sie an. Sie ließ sich von dieser aufgesetzten Blasiertheit nicht täuschen. »Wenn du möchtest«, sagte sie. »Warum nicht? Die Welt gehört uns. Wir könnten nach Brighton fahren.«

»Mann!«, sagte ihre Mitbewohnerin übertrieben beeindruckt. »Wirklich? Nein, wie aufregend! Brighton. Ich sterbe vor Aufregung! Hör mal. Wir könnten nach Southend fahren und Aal in Aspik essen.«

»Du bist doch bloß neidisch«, sagte Kit. »Jetzt mach doch mal Kaffee oder so. Sitz nicht nur faul da rum.«

»Neidisch?«, echote ihre Mitbewohnerin. *»Neidisch? Natürlich* bin ich neidisch. Wer wäre das nicht? Ich wünschte, ich hätte eine Großmutter, die Autos wie Süßigkeiten verteilt!«

»Das ist doch nur wegen Hal«, erklärte Kit ihr. »Sie hat ihn als ihren Erben auserkoren, und ich glaube, mit dem Auto soll ich ruhig gestellt werden, verstehst du? Ich meine, wir sind schließlich immer noch Zwillinge. Warum sollte ich nicht genauso viel erben wie er? Brüderlich teilen.«

Ihre Mitbewohnerin sah sie neugierig an. »Scheint dir aber gar nicht viel auszumachen.«

»Tut's auch nicht.« Kit zuckte mit den Schultern. »Ich habe keine Lust auf ein großes altes Haus in Devon, um das man sich kümmern muss. Hal darf gern die Verantwortung dafür tragen. Ich nehme dafür das Auto.«

»Aber du liebst das Haus doch.«

»Und ich werde es auch in Zukunft lieben. Vor allem, wenn ich nicht diejenige bin, die die Rechnungen bezahlen muss. Ich kann immer noch hinfahren, wann ich will. Ma hat gesagt, das ist eine der Bedingungen. ›Die Familie soll weiterhin die Möglichkeit haben, The Keep als Zufluchtsort zu benutzen‹«, zitierte sie sie. »Großmutters Worte.«

»Schauerlich«, gähnte ihr Gegenüber. »Wie bei Jane Austen oder so. Hör mal.« Sie lehnte sich über den Tisch und warf ihr langes blondes Haar zurück. »Was würdest du davon halten, wenn Hal und ich uns zusammentäten? Er ist doch ein richtiges Sahneschnittchen. Das wäre doch cool, findest du nicht?«

Kit schaltete den Wasserkocher ein. Sie sah auf einmal sehr ernst aus, als sie das Kaffeegranulat in zwei Becher löffelte. »Das Problem ist«, sagte sie langsam, »dass da was läuft zwischen ihm und meinem Cousinchen. Nichts Richtiges, wenn du verstehst, was ich meine. Nur so ein bisschen halt. Sie ist in ihn verknallt, seit sie zwölf ist, und er hat sich daran gewöhnt. Tja, und jetzt hat die Familie Wind davon bekommen und will Schlimmeres verhindern. Meine Mutter ist total durchgedreht, sage ich dir. Weil sie doch verwandt sind und so. Also haben sie ihm eine Moralpredigt gehalten und hoffen, dass es damit getan ist.«

»Schauerlich«, wiederholte ihre Mitbewohnerin und legte den Kopf wieder auf ihre Arme auf dem Tisch. »Mittelalterlich.«

»Ich hatte mir darüber keine weiteren Gedanken gemacht«, gestand Kit. »Aber wahrscheinlich haben sie Recht. Man hört ja immer, dass dabei behinderte Kinder rauskommen und so. Aber ich mache mir Sorgen um mein Cousinchen. Sie ist so ein süßes Püppchen, und ich weiß, dass ihr das furchtbar wehtun wird. Ich habe Hal gesagt, dass er vorsichtig sein soll mit ihr.«

Die Mitbewohnerin schnaubte und verdrehte die Augen. »Ihre Geschichte hat mich zutiefst gerührt«, behauptete sie gedehnt, »und ich werde selbstverständlich für diesen guten Zweck spenden.«

»Halt die Klappe«, sagte Kit, die kurz grinsen musste, dann aber wieder ernst wurde. »Für Fliss ist das sehr ernst.«

Die Mitbewohnerin stand auf und fing an zu tanzen. Mitten in einer Drehung schnappte sie sich Kit und raunte ihr den Text von *You've Lost that Lovin' Feeling* ins Ohr.

»Blöde Kuh«, sagte Kit. »Du hast überhaupt kein Herz. Dich will ich gar nicht zur Schwägerin haben. Wir haben keine Milch mehr. Wir wär's, wenn du eben runter zum Automaten in der Earls Court Road flitzt?«

»*Du* flitzt.« Sie ließ sich auf einen Stuhl sinken. »Glaub bloß nicht, dass ich jetzt anfange zu schleimen, nur weil du demnächst ein Auto hast. Was für eins willst du denn eigentlich haben? Den Sportflitzer von Jaguar? Oder das Mini-Cooper Sondermodell?«

»Ach, hör doch auf. Großmutter ist doch nicht Rockefeller. Hal meint, dass er einen winzig kleinen Sportwagen kriegen könnte, wenn er es richtig anstellt. Ich weiß genau, was ich will. Ein Morris Minor Cabriolet. Die sind echt klasse. Nicht irgendwie überkandidelt oder so. Einfach cool.«

Ihre Mitbewohnerin seufzte. »So viel zum Thema ›Mit hundert Meilen die Stunde über die Autobahn‹«, sagte sie enttäuscht. »Wenn wir Glück haben, kommen wir damit bis zum Richmond Park. Na ja. Ist ja nur gut, das wir noch nicht gekündigt haben, was?«

»Ich gehe jetzt Milch holen«, sagte Kit. »Du könntest dich ja vielleicht dem Abwasch widmen. Die Küche sieht aus wie eine Müllkippe.«

Die spitze Entgegnung ihrer Mitbewohnerin ignorierend, schlug sie die Tür hinter sich zu und rannte die Kellertreppe hinauf in die kalte Morgenluft. Sie war so aufgeregt wegen des Autos, machte sich aber immer noch Gedanken über Fliss. Hal hatte Kit angerufen und stundenlang mit ihr geredet. Kit bog in die Earls Court Road und fragte sich, warum sie manchmal das Gefühl hatte, Jahrhunderte älter zu sein als Hal. Natürlich nahm Hal es wahnsinnig ernst, dass er Freddys Erbe sein sollte. Sie hatte ihn ziemlich beeindruckt mit ihren Reden darüber, dass er nach ihrem Tod das Familienoberhaupt würde und dass das eine große Verantwortung bedeutete.

Kit dachte: Ganz schön altmodisch, das alles. Nur gut, dass Hal bei der Marine ist. Er ist daran gewöhnt, in Kategorien wie »Pflicht« und »Dienst« und so zu denken.

Wer Hal viel mehr aus dem Konzept gebracht hatte, war Prue. Sie war unerbittlich, was eine zukünftige Beziehung zwischen ihrem Sohn und Fliss anging.

»Ehrlich gesagt«, hatte Hal am Telefon zu Kit gesagt, »war ich völlig überrascht. Ich wusste gar nicht, dass sie auch nur ansatzweise etwas vermutet hat. Sie nimmt sich die Sache sehr zu Herzen.«

»Und was sagt *dein* Herz?«, hatte Kit ihn gefragt.

»Ich weiß es nicht«, antwortete er nach einer kleinen Pause. »Ich habe Fliss furchtbar gern. Ich habe sie gerne um mich, und ... na ja ...«

»Und es schmeichelt dir«, half Kit ihm aus, »vor einem hübschen Mädchen angeben zu können, das dich anhimmelt.«

Dieses Mal schwieg er etwas länger. »Wahrscheinlich«, gab er nur zögernd zu. »Aber das ist keine Absicht, Kit. Ich wollte ihr ganz bestimmt nicht wehtun oder sie an der Nase herumführen. Es war nur ... es hat Spaß gemacht. Und es hat ein bisschen ... geprickelt. Verstehst du, was ich meine? Das hört sich jetzt so herzlos an.«

»Ich weiß, was du meinst.« Kit hatte echtes Mitgefühl empfunden. »Ihr seid da beide irgendwie reingewachsen. Es wurde zur Gewohnheit. Nichts wirklich Schlimmes, aber doch etwas, das man vor den Erwachsenen verheimlicht hat.«

»Genau.« Hal klang erleichtert. »Und im ganzen letzten Jahr ist es so einfach gewesen, gemeinsam etwas zu unternehmen.«

»Ich fürchte nur, dass Fliss die ganze Sache viel ernster nimmt«, sagte sie. »Du wirst ihr verdammt wehtun.«

»Ma meint, dass es auf keinen Fall richtig wäre, wenn ich sie heirate«, berichtete Hal. »Erstens, weil Fliss nie die Gelegenheit gehabt hat, irgendjemand anderen kennen zu lernen, den sie mit mir hätte vergleichen können, und weil sie sich, wenn sie älter wird, darüber ärgern wird, keine anderweitige Erfahrung gesammelt zu haben. Und zweitens, weil gesagt wird, Cousins ersten Grades bekommen behinderte Kinder. Und dann sind unsere Väter auch noch eineiige Zwillinge. Ma meint, dass Fliss ganz bestimmt Kinder haben will und dass es ihr das Herz brechen würde, wenn mit den Kindern etwas nicht stimmte. Sie meint, es wäre das Beste für Fliss, wenn ich jetzt einen Bruch herbeiführte. Was meinst du?«

Kit hatte instinktiv den Eindruck gehabt, dass ihre Mutter Hal manipulierte und ihn dazu bringen wollte, das zu tun, was sie wollte. Aber Kit dachte sorgfältig nach, bevor sie schließlich fürsorglich fragte: »Liebst du Fliss denn?«

»Natürlich liebe ich sie!«, rief er. »Sie ist ... sie ist Fliss. Sie ist so hübsch und liebenswert und ... Okay, ich gebe es ja zu, es ist wirklich nett, ein hübsches Mädchen zu haben, das mich anhimmelt, auch wenn sie meine Cousine ist. Aber ein gewisses ... Prickeln fehlt doch. Es macht Spaß, sie zu küssen, aber ... Wahrscheinlich kommt das daher, dass ich sie schon so lange kenne, aber bei ihr kommt nie das gleiche Knistern auf, wie wenn ich mit anderen Mädchen zusammen bin. Ach, Scheiße, Kit. Ich komme mir vor wie das letzte Arschloch.«

Wieder schloss sich ein langes Schweigen an.

»Ich glaube, Ma hat Recht«, sagte Kit schließlich. »Es ist euch beiden gegenüber nicht fair. Ihr seid beide noch zu jung, um euch dauerhaft zu binden, zumal ihr auch beide nie die Gelegenheit hattet, euch nach jemand anderem umzuschauen.«

»Ich habe vor meiner Zwischenprüfung schon ein paar Erfahrungen gesammelt«, protestierte Hal, dem es nicht passte, zum Grünschnabel abgestempelt zu werden. »Aber das letzte Jahr habe ich einfach zu viel gearbeitet, als dass ich für so etwas Zeit gehabt hätte.«

»Und dann war ja immer Fliss da und konnte einspringen«, fügte Kit hinzu. Dann seufzte sie. »Ich glaube, Ma hat Recht, Hal, aber bitte sei um Gottes willen vorsichtig, wenn du mit Fliss sprichst.«

»Ich schätze«, sagte er vorsichtig, »dass ich es ihr wohl sagen *muss*.«

»Ja, was glaubst *du* denn? Dass du darauf warten kannst, dass es ihr nach und nach von selbst dämmert? Vergiss es! Das würde sie nie begreifen. Und sag ihr bloß nicht, dass es ist, weil Ma das so will. Tu so, als hättest du selbst über das alles nachgedacht und wärst zu dem Schluss gekommen, dass du nicht von ihr verlangen kannst, sich jetzt schon fest zu binden. Und davon abgesehen darf Fliss sich schon wegen Großmutters Edikt die nächsten zwei Jahre mit niemandem einlassen. Kein Mensch kann jetzt sagen, wo du dann sein wirst, und es wäre einfach unfair, sie so lange auf ein Versprechen festzunageln. Aber es wird nicht leicht werden, Hal.«

»Was du nicht sagst«, brummte er. »Was meinst du, wo ich am besten mit ihr sprechen sollte?«

»Verabrede dich nicht extra mit ihr«, riet Kit sofort. »Sonst erwartet sie vielleicht etwas ganz anderes. Warte, bis ihr auf The Keep mal allein seid, und danach verschwinde so schnell wie möglich. Je länger du da bleibst, desto mehr wird es ihr wehtun. Sie hat dann ja Leute um sich, falls sie jemanden zum Reden braucht, und außerdem ist sie dort, wo sie sich am wohlsten fühlt.«

»Oh Gott.« Er klang, als würde er anfangen zu weinen. »Warum habe ich bloß jemals damit angefangen?«

»Du hast nicht damit angefangen«, tröstete sie ihn. »Es hat von selbst angefangen, und zwar schon vor Jahren, als Jamie gestorben ist. Sie hat sich an dich geklammert, und daraus ist das Ganze entstanden. Es ist nicht allein deine Schuld.«

»Danke.« Seine Stimme klang ziemlich belegt, und sie hätte ihn am liebsten in den Arm genommen.

»Würde es dir helfen, wenn ich auch da wäre?«, fragte sie. »Ich meine natürlich nicht beim Gespräch selbst, aber hinterher?«

»Wenn du für Fliss da sein könntest?«, bat er sie – und ihr kamen fast die Tränen.

»Natürlich«, sagte sie. »Ich werde für Fliss da sein. Du musst mir nur Bescheid geben, wann.«

»Bald. Ich will es hinter mich bringen, aber ich will auch versuchen, es so zu machen, dass wir Freunde bleiben können. Ich will sicher sein, dass sie sich auf dem Osterball amüsiert und sich dann immer noch auf die Abschiedsparade und so freut. Ich muss es so drehen, dass wir uns zwar immer noch nahe und vertraut sind, aber gleichzeitig so, dass sie nicht mehr denkt, wir würden dem Rest der Welt etwas verheimlichen. Ich werde dafür sorgen, dass wir in einer möglichst großen Gruppe zum Ball gehen. Kommst du auch?«

»Kannst ja mal versuchen, mich daran zu hindern«, sagte sie. »Und direkt danach reisen wir dann Ma und Caroline hinterher.«

»Das heißt, es muss nächstes Wochenende passieren. Oh Gott, Kit ...«

*»Courage, mon brave.«* Sie hatte sich bemüht, unbeschwert zu klingen. »Betrachte es doch einfach als eine Art Übung, die dich darauf vorbereitet, demnächst Familienoberhaupt zu spielen. Und, Hal? Ich glaube wirklich, dass das der richtige Weg ist.«

»Danke«, hatte er gesagt. »Danke, Kit. Also nächstes Wochenende. Ich hole dich ab. Sag mir Bescheid, wann du ankommst.«

»Wird gemacht.«

Dann hatte sie gezögert, weil sie sich nicht recht von ihm verabschieden wollte, aber er hatte schon aufgelegt.

Jetzt kramte sie in der Hosentasche nach einer Münze für den Automaten und dachte wieder an Fliss. Daran, mit welcher Liebe sie an The Keep und der Familie hing; daran, wie loyal und zuverlässig, wie süß und vernünftig sie immer war. War sie nicht die ideale Frau für Hal? Kit machte sich wieder auf den Nachhauseweg, den Milchkarton unter den Arm geklemmt, und überlegte, ob sie alle gerade einen riesigen Fehler machten.

Mit einem Stapel Hemden in der Hand blickte Theo auf den halb gepackten Koffer auf seinem Bett. Er hatte nicht das Gefühl, als würde er mit seiner Abreise das Richtige tun. Es war, als würde er vor etwas davon laufen. Aber dies schien ihm der einzige Ausweg aus der Sackgasse zu sein, in der er und Freddy sich zurzeit befanden. Seit ihrem Streitgespräch wenige Tage zuvor hatten sie sich beide bemüht, ihre Gefühle vor Ellen und Fox zu verbergen. Caroline war zu sehr mit ihren eigenen Problemen beschäftigt, um irgendetwas zu bemerken, aber Theo fragte sich, wie lange es wohl noch dauern würde, bis den anderen beiden etwas auffiel. Zwar war es nichts Ungewöhnliches, dass Theo, wenn er arbeitete, in seinem Arbeitszimmer zu Mittag aß, und auch Freddy war schließlich nicht das erste Mal zu Julia eingeladen worden und hatte dort einen ganzen Tag verbracht. Dennoch konnte er die gegenwärtige, angespannte Situation nicht mehr ertragen, und schon gar nicht bei der Vorstellung, dass die Kinder in Kürze nach Hause kamen, um ihre Ferien auf The Keep zu verbringen.

Er legte eine Packpause ein und ging zum Fenster seines spartanisch möblierten Schlafzimmers. Draußen breitete sich eine Winterlandschaft in gedämpften Farben aus: erdige Brauntöne, kreidiges Blau und silbrige Grüntöne. Der Himmel wölbte sich weiß und lautlos über das stille Land. Es war so leise, dass man hören konnte, wie das Wasser im Tal durch sein enges, felsiges Bett rauschte. Theo steckte die Hände in die Taschen und senkte den Kopf. Wohl zum hundertsten Mal analysierte er die Situation und versuchte, sich über seinen Standpunkt klar zu werden. Er hatte überhaupt nichts dagegen einzuwenden, dass Hal als Freddys Erbe eingesetzt werden sollte. Darüber hatten sie ausgiebigst diskutiert – Freddy hatte sogar vorgeschlagen, dass Theo erben sollte, was er aber abgelehnt hatte –, und er war mit ihr einer Meinung gewesen, dass ihre Lösung die beste war, um das Geschäftliche vernünftig zu regeln. Freddy wollte, dass Hal Familienoberhaupt wurde, und vertraute darauf, dass er in der Lage sein würde, sich um seine Cousins und Cousinen zu kümmern, wenn sie und Theo erst einmal nicht mehr waren.

Auch in diesem Punkt waren sie sich einig gewesen, da Hal seinem Vater und seinem Onkel sehr ähnelte. Er würde die Verantwortung, die ihm übertragen würde, ernst nehmen, und kümmerte sich jetzt schon nach Kräften rührend um seine Schwester, seinen Cousin und seine beiden Cousinen.

Theo seufzte tief. Und genau da gingen die Probleme los. Man hatte Hal von Anfang dazu angehalten, sich um seine kleinen, verwaisten Verwandten zu kümmern – vor allem um Fliss. Er wusste noch, wie er sich vor vielen Jahren kurzzeitig der Gefahr dieser Konstellation bewusst gewesen war, aber irgendwie hatte er es versäumt, Fliss' wachsende emotionale Bindung an Hal zu bemerken. Vielleicht lag das daran, dass er die Kinder nicht mehr mit dem objektiven Blick eines Außenstehenden beobachten konnte, nachdem er auf The Keep eingezogen und ein richtiges Familienmitglied geworden war. Vielleicht hatte das seinen Blick getrübt. Erst als Prue ihm am Telefon alles erzählt hatte, waren ihm plötzlich mehrere Lichter aufgegangen.

Fast hatte er sich darüber geärgert, dass sie wie selbstverständlich annahm, er sei in das Komplott eingeweiht und einverstanden mit dem, was sie und Freddy vorhatten. Er sah jetzt ein, dass es nicht besonders nett von ihm gewesen war, Freddy zu unterstellen, ihr Motiv für die Regelung der Erbschaft sei einzig Bestechung gewesen. Und doch hatte ihr Schweigen – bevor er mit Prue gesprochen hatte – diese bequeme Lösung in einem etwas merkwürdigen Licht dastehen lassen. Er wusste, dass Freddy seine Ablehnung hinsichtlich Prues und ihres Vorhabens, Hal abzulenken, fürchtete, und sie darum gehofft hatte, den Plan durchführen zu können, ohne Theos Aufmerksamkeit zu erregen.

Komischerweise war jedoch das Einzige, was ihn an der Sache wirklich aufregte, die arrogante Rücksichtslosigkeit, mit der bei all dem mit Fliss umgesprungen wurde. Caroline musste beschützt werden, Hal musste beschützt werden – nur Fliss konnte sehen, wie sie fertig wurde. Bei seinem Versuch, sie in Schutz zu nehmen, hatte Theo sich ungeschickterweise auf das ihm vermeintlich unbekannte Territorium der Liebe vorgewagt. Freddy konnte ja nicht wissen, dass er sie all die Jahre geliebt hatte und wie er darunter gelitten hatte, dass seine Gefühle nicht erwidert wurden. Wie sollte sie auch? Und die Aufrichtigkeit ihrer Liebe zu Bertie in Frage zu stellen – wissend, wie sehr sie seinen Bruder geliebt hatte –, war unverzeihlich gewesen. Es war ihr gutes Recht, ihm all die Fragen an den Kopf zu werfen – doch wie hätte er ihr darauf antworten sollen? Aus genau diesem Grund hatte er es so viele Jahre nicht gewagt, zurückzukehren: Er hatte befürchtet, dass ihre Freundschaft eines Tages an einem solchen verborgenen Riff zerbrechen würde. Aber er konnte Fliss doch nicht allein lassen! Er selbst hatte doch gesagt, dass man ausgesprochen vorsichtig mit ihr umgehen musste. Und darum fiel ihm seine Entscheidung auch so schwer. Er ging davon aus, dass Freddy sich seinen Auszug wünschte und dass sie nun auch verstand, warum er all die Jahre gezögert hatte, nach Hause zurückzukehren. – Aber was war mit Fliss? Brauchte sie ihn nicht? Wie schon so oft grübelte er über die Frage nach, ob er den Menschen um sich herum nun eher eine Belastung oder eine Bereicherung war. Er war sich nicht sicher.

Das Klopfen an der Tür lenkte ihn ab. Er rief »Herein!« und erwartete Ellen, die ihn zum Mittagessen rief – oder war es schon Zeit für den Tee?

Es war Freddy. Sie blieb mit wie üblich erhobenem Kinn in der Tür stehen, erfasste mit einem schnellen Blick den Koffer auf dem Bett und atmete kurz und heftig ein.

»Meine liebe Freddy«, sagte er und hoffte, sie würde ihm heute ihr kühles Lächeln ersparen. »Komm doch herein. Wie du siehst, packe ich. Ich dachte, du würdest sicher gern ein paar Tage für dich sein.«

»Warum?«, fragte sie scharf. »Warum sollte ich? Zu wem willst du?«

Das war eine so seltsame Frage, dass er sie überrascht ansah. Sie beobachtete ihn, doch er konnte ihren Gesichtsausdruck nicht recht deuten. Er lächelte in der Hoffnung, eine Spur der alten Wärme und Freundlichkeit zwischen ihnen wieder zum Leben zu erwecken. Was ihn an der gegenwärtigen Situation am meisten schmerzte, war, dass jenes Band der Liebe zwischen ihnen gerissen war. Als hätte jemand den Strom abgeschaltet.

»Ich dachte mir, ich besuche mal meine alten Freunde in Southsea«, sagte er. »Ich ... Ich möchte mich bei dir für so einiges entschuldigen, was ich gesagt habe. Ich weiß, dass das unverzeihlich war. Aber ich konnte nicht anders. Ich habe mir Sorgen um Fliss gemacht. Die mache ich mir noch immer –«

»Du hattest Recht«, unterbrach sie ihn. »Es war gut, dass du uns an Fliss' ... *Gefühle* erinnert hast. Ich schwöre dir, dass ich nicht mit Hal über dieses Thema gesprochen habe. Prue hat ihm klar gemacht, dass sie beide noch viel zu jung sind, um sich fest zu binden, vor allem, weil er ohnehin demnächst versetzt werden wird. Das ist alles, was wir getan haben.«

Er beobachtete sie besorgt. Er wusste, dass sie auf seine Zustimmung hoffte, und war verwirrt. »Du bist die Großmutter der Kinder, du bist ihr Vormund –«, hob er an.

»Nein, nein«, rief sie. »So geht das nicht. Erst behältst du dir das Recht vor, Kritik zu üben, und dann willst du dich aus der Verantwortung stehlen, wenn ich entsprechend reagiere.«

»Freddy.« Er nahm ihre Hände ganz fest in seine. »Bitte, lass uns versuchen, einander zu verstehen. Ich war – und bin es noch – äußerst in Sorge um Fliss, weil es so aussieht, als würde über ihre Gefühle hinweggegangen werden, nur weil sie jung ist. Ich habe gefürchtet, dass du Hal bestechen wolltest. Ich mag mich geirrt haben. Wie dem auch sei, ich habe auch noch ein paar andere Dinge gesagt, für die ich mich schon entschuldigen wollte, bevor du anfingst, mich zu meiden.«

»Du hast dich nur teilweise geirrt.« Sie sah ihn stolz an, ließ aber seine Hände nicht los. »Ich *wollte* ihn bestechen. Aber nicht mit dem Auto. Das Auto soll er bekommen, damit er nicht länger von Miles abhängig ist. Es ist weder für Fliss noch für Caroline besonders angenehm, wenn Miles Hal ständig fährt. Ich halte Miles für einen sehr entschlossenen und sympathischen Mann, habe aber nicht vor, ihn zum gegenwärtigen Zeitpunkt zu irgendetwas zu ermutigen. Ich hätte Hal diesen Sommer ohnehin ein Auto geschenkt. Du kannst es mir nun also glauben oder nicht, dass das der Grund dafür war, dass ich mir das mit dem Auto anders überlegt habe.«

»Ich glaube es dir«, sagte er prompt.

»*Bestechen* wollte ich ihn mit seinem Ehrgefühl. Ich wollte ihm vor Augen führen, dass er all seine Energien in seine Laufbahn bei der Marine stecken musste und dass es Fliss gegenüber nicht fair wäre, ihr ein Versprechen abzuverlangen, das in den nächsten zwei Jahren ohnehin nicht eingelöst werden kann. Ich wollte alles in meiner Macht Stehende unternehmen, um ihn von Fliss loszureißen. Das gestehe ich. Ich habe es aber nicht getan. Wir haben ausschließlich über das Erbe und seine damit zusammenhängenden Pflichten gesprochen. Ich schwöre dir, dass ich keinerlei Versuche unternommen habe, ihn zu beeinflussen –«

»Bitte.« Endlich gelang es ihm, sie zu unterbrechen. »Ich glaube dir ja, dass du mir die Wahrheit sagst, und es freut mich zu hören, dass du der Versuchung, deine Macht zu missbrauchen, widerstanden hast. Bitte glaub mir das.«

»Und warum willst du dann weg?«

Er ließ ihre Hände los und wandte sich von ihr ab. »Weil ich dachte, dass das in deinem Sinne wäre. Ich halte diese Spannung zwischen uns nicht mehr aus. So können wir doch nicht weiterleben, Freddy. Deshalb ...« Er gestikulierte mit beiden Händen in der Luft und lächelte mit einem Mal wieder, als er spürte, dass der Strom auf wundersame Weise wieder eingeschaltet war.

Sie erwiderte sein Lächeln und seufzte erleichtert. »Aber jetzt, wo wir darüber geredet haben, können wir doch wieder Freunde sein, oder, Theo? Bitte. Ich halte das so auch nicht aus.«

»Meine liebe Freddy, ich täte nichts lieber, als diesen Koffer wieder auszupacken, wenn du dir wirklich ganz sicher bist ...?«

»Natürlich bin ich mir sicher«, sagte sie ärgerlich. »Sei doch nicht albern, Theo. Ich habe mein Bestes getan, um alles wieder einzurenken. Obwohl ...« Er konnte ihren verschlagenen Blick nicht sehen, weil er sich über den Koffer beugte. »... ich natürlich nicht verantwortlich gemacht werden kann für das, was Prue tut.«

Er packte dieses und jenes weg und verstaute dann den Koffer auf dem Kleiderschrank.

»Prue?«

»Sie ist absolut dagegen, dass Cousins und Cousinen heiraten. Und Fliss' und Hals Väter waren nun mal eineiige Zwillinge. Ich weiß nicht, was *sie* Hal zu sagen hat.«

Geradezu trotzig sah sie ihn an, und er zog die Augenbrauen hoch und erahnte das Trügerische hinter dieser Aussage.

»Theo«, beeilte sie sich zu sagen. »Ich brauche dich. Lass uns gemeinsam ein Auge auf Fliss haben. Bitte bleib hier.«

»Ich bleibe«, sagte er – und seine Augen verengten sich zu Schlitzen, als er lächelte und ihr die Arme entgegenstreckte. »Ich bleibe bei dir auf The Keep, und wir werden gemeinsam ein Auge auf alle unsere Kinder haben.«

## 28

Mole stand am Ufer des Sees und beobachtete einen Reiher. Eine plötzliche Windbö kämmte die glatte, graue Wasseroberfläche, zersplitterte das darin sich spiegelnde, kalte Licht in unzählige Scherben und löste winzige Wellen aus, die das trockene Schilfgras nahe des Pfades unruhig rascheln ließen. Mole schauderte, vergrub die Hände in den Taschen seiner braunen Kordwindjacke und suchte Schutz bei den hohen Rhododendren. Seine Finger umschlossen einen Brief von Fliss, und er musste wieder an das neue Hundebaby denken. Fliss und Großmutter waren die großen Briefeschreiberinnen der Familie. Ab und zu kam zwar auch schon mal eine Karte von Kit, um ihm Glück für eine Prüfung zu wünschen – aber nur, wenn Fliss sie daran erinnert und dazu aufgefordert hatte. Auch Caroline schrieb mal ein paar Zeilen, aber von Hal und Theo hatte er – außer zum Geburtstag und zu Weihnachten – noch nie Post bekommen. Fliss' Briefe mochte er am liebsten. Großmutter schrieb immer so, als müsse sie ihm Mut machen, ihn unterstützen und bekräftigen, wogegen Fliss immer berichtete, was es Neues gab, von bestimmten Begebenheiten erzählte und sogar Witze wieder gab, die sie von Hal oder Kit gehört hatte. Wenn er Fliss' Briefe las, konnte er ihre Stimme hören, konnte vor sich sehen, wie sie gestikulierte, um Sachen zu beschreiben, und wurde regelmäßig von einem warmen Gefühl erfüllt – so als könne er ihren Arm um seine Schulter spüren.

Der Reiher stakste langsam am Ufer entlang. Fast wie in Zeitlupe hob er ein Bein nach dem anderen aus dem Wasser, während er den Kopf nachdenklich hängen ließ. Wenn es wärmer war, wagten die älteren Kinder sich in Ruderbooten auf den See, und die kleineren Kinder ließen Spielzeugboote fahren und plantschten. Mole wusste, dass er die Herongate Schule vermissen würde. Das alte georgianische Haus inmitten der Parkanlagen erinnerte ihn an The Keep. Er wusste nicht recht, warum. Die Architektur war eine ganz andere, das Grundstück war nach allen Seiten offen, und insgesamt war dieses Anwesen viel eleganter und eindrucksvoller als sein Zuhause in Devon. Und doch empfand er hier inneren Frieden und Kontinuität, ja, Zeitlosigkeit – und dieses Gefühl war es, das ihn an The Keep erinnerte.

Er holte den Brief aus der Tasche, strich den Umschlag glatt und zog die beschriebenen Blätter heraus. Er wünschte, *er* könnte sich einfach in den Zug setzen und in einer halben Stunde zu Hause sein, genau wie Fliss. Sie hatte den Welpen schon gesehen und ihn Mole beschrieben ...

*Sie ist total süß. Riesige Pfoten und lange Schlappohren, genau wie Mugwump, als er klein war. Weißt du noch, Mole? Sie ist bloß kleiner als er damals, weil sie ja ein Weibchen ist, hat aber genau die gleiche Farbe. Fox meint, sie sieht haargenau so aus wie Mrs. Pooter, als sie klein war. Ist das nicht toll, dass wir jetzt ihre Enkelin bei uns haben? Hoffentlich kriegen wir immer und immer wieder welche von Mrs. Pooters Nachfahren. Kit kommt am Wochenende her, ich schätze, sie wird der Kleinen dann einen Namen geben. Hal kommt auch am Samstag, bleibt aber nicht über Nacht ...*

Nachdenklich faltete Mole den Brief wieder zusammen. Es war ungewöhnlich, dass Fliss Situationen oder Zeiten erwähnte, an die er schmerzhafte Erinnerungen hatte. Ob Fliss nun langsam akzeptierte, dass er inzwischen deutlich an innerer Stärke gewonnen hatte? Oder war sie einfach nur zu aufgeregt gewesen und hatte darüber ihre Vorsätze vergessen? Vor seinem geistigen Auge sah er Ellen, wie sie in das Kinderzimmer kam, an Fliss' Bett stehen blieb, um nach ihr zu sehen, sich dann zu ihm umdrehte und bemerkte, dass er hellwach war und sie die ganze Zeit beobachtet hatte. Er erinnerte sich daran, wie sie sich ganz leise zu ihm aufs Bett gesetzt und ihm gedankenverloren die Haare aus der Stirn gestrichen hatte, während sie überlegte, was sie tun sollte. Er war mit ihr mitgegangen, obwohl er am liebsten Fliss geweckt hätte, und sie hatte ihn mit in das Zimmer genommen, das jetzt Carolines war – und wo seinerzeit die Hunde lagen. Er konnte jetzt noch die Wärme des an ihn gekuschelten Welpen spüren und die selige Entspannung, die sich beruhigend in ihm ausgebreitet hatte und ihn schließlich einschlafen ließ. Schreckliche Zeiten waren das gewesen. Seine Kehle war blockiert gewesen von dem Blut seiner Familie, in seinem Kopf hatten dunkle, schreckliche Bilder getobt. Wie viel er schon hinter sich gelassen hatte ... Selbst das Wäldchen machte ihm von Mal zu Mal weniger Angst.

Er hörte Rufe und Gelächter hinter sich im Gebüsch und das Trampeln von Kinderfüßen. Mole steckte den Brief wieder in die Jackentasche und machte sich auf den Weg zurück zur Schule. Er musste Susanna von dem Hundebaby erzählen, er wusste, dass Fliss das von ihm erwartete. Sie schrieb niemals beiden die gleichen Neuigkeiten, da sie wusste, dass sie sich austauschten. Stattdessen schrieb sie beiden abwechselnd. Susanna würde sich riesig freuen, wenn sie hörte, dass ein neuer Welpe auf The Keep war. Er suchte sie in dem wogenden Gedränge auf dem großen Betonplatz, der »der Spielplatz« genannt wurde, weil dort ein paar Schaukeln und Klettergerüste herumstanden. Sein Herz klopfte wild vor Aufregung, als er nach ihrem dunklen Schopf Ausschau hielt. In zwei Wochen war Ostern, und sie waren zu Hause auf The Keep!

Als Hal in seinem gebrauchten Froschaugen-Sprite von Dartmouth in Richtung The Keep fuhr, war er deutlich weniger guter Laune. Sein Stolz auf dieses neue rote Auto wurde gedämpft durch die Aussicht auf das, was vor ihm lag. In den letzten beiden Wochen hatte er sich den Kopf zerbrochen, was genau er zu Fliss sagen sollte, und ihm war einfach nicht das Richtige eingefallen. Der Gedanke daran, ihr wehzutun, entsetzte ihn – er hatte sie doch so gern! Doch auch jetzt war es ihm noch immer nicht möglich, sich darüber klar zu werden, was er nun wirklich für sie empfand. Er war so durcheinander und unglücklich, dass er sich gar nicht so richtig darüber freuen konnte, Besitzer dieses wunderbaren Autos zu sein. Er wusste, dass er sich über nichts richtig würde freuen können, ehe er nicht mit Fliss gesprochen hatte. Mit seinem jugendlichen Optimismus hoffte er darauf, dass er und Fliss weiter gute Freunde bleiben konnten, wenn er ihr erst mal erklärt hatte, wo die Schwierigkeiten lagen, und er war fest entschlossen, ihr den Osterball so schön wie irgend möglich zu machen.

Er wusste bis heute nicht, wann ihre fast schon geschwisterliche Freundschaft angefangen hatte, sich in eine aufregende, von Flirts gekennzeichnete Beziehung zu verwandeln. Zwar konnte er sich noch gut an verschiedene verwirrende Begebenheiten erinnern, als Fliss ihn dazu zu animieren schien, sie in einem anderen Licht zu betrachten, aber er wusste, dass er sich niemals darauf hätte einlassen dürfen. Er war älter als sie, er fühlte sich für sie verantwortlich, und er schämte sich, dass er jemals etwas getan hatte, das die Entstehung jener Gefühle begünstigt hatte, die bei seiner Mutter so sehr auf Ablehnung stießen. Der Wagen rollte Richtung Totnes durch Harbertonford, und Hal wurde ganz heiß vor Scham, als er an die heftige Reaktion seiner Mutter dachte. Gerade weil sie sonst immer so locker mit allem umging, hatte ihn ihre Haltung dieses Mal besonders bestürzt. Er hatte versucht, Fliss und sich zu verteidigen, obwohl bis auf ein paar Küsse noch gar nichts zwischen ihnen vorgefallen war. Das hatte er seiner Mutter gesagt, und er hatte angedeutet, dass er Fliss sehr mochte, da er zuerst in dem Glauben gewesen war, seine Mutter würde ihm Gefühlskälte vorwerfen und müsse vom Gegenteil überzeugt werden. Doch mitnichten. Er hatte seine Mutter noch nie so verzweifelt gesehen und sie noch nie so viel reden hören. Als sie mit ihrem Vortrag fertig war, war er sich wie ein verdorbener Wüstling vorgekommen und hatte ihr schließlich entgegengehalten, dass Cousins und Cousinen sehr wohl heiraten konnten und dass gar nichts so furchtbar Schlimmes dabei war. Sie hatte ihn darauf hingewiesen, dass ihre Väter eineiige Zwillinge gewesen waren und dass eine Verbindung zwischen ihm und Fliss praktisch Inzest wäre.

Das Wort Inzest hatte Hal schockiert. Er konnte nicht glauben, dass er mit seiner Mutter – ganz gleich, wie gut sie sich sonst verstanden – über solche Dinge sprach, und er hatte ihr in Aussicht gestellt, mit Fliss zu reden, nur damit dieses peinliche Gespräch ein Ende hatte und sie ihren Mund hielt. Aber sie hatte weitergeredet und ihm klar gemacht, dass es Fliss gegenüber nicht fair wäre, sie glauben zu lassen, dass sie und er eine gemeinsame Zukunft als Mann und Frau hätten. Denn selbst wenn eine Heirat grundsätzlich möglich wäre, hatte sie gesagt, wäre es völliger Wahnsinn, sich schon so jung aneinander zu binden. Er stand am Anfang seiner Laufbahn, die Welt gehörte ihm und so weiter. Sie hatte ihn daran erinnert, dass er bald auf See sein würde, wohingegen Fliss gerade erst ihre Ausbildung zur Lehrerin angefangen hatte. Daher hielt sie es für das Beste, ihr erst einmal die Freiheit zu lassen, anderweitig Erfahrungen zu sammeln, damit sie die Möglichkeit hatte, sich zu entfalten. Hal war erleichtert, dass niemand Fliss die Schuld gab. Alle gingen davon aus, dass ihre gegenseitige, einst harmlose Zuneigung ein bisschen außer Kontrolle geraten war, dass jetzt aber mit eiserner Hand eingegriffen werden musste ...

Als er das Auto Richtung Totnes lenkte und dort auf die Nebenstraße nach Dartington abbog, sagte er sich jene Sätze zum Thema »Erfahrungen sammeln« und »Persönliche Entfaltung« wohl zum fünfzigsten Mal vor und hoffte, Fliss würde verstehen, dass er nur ihr Bestes wollte, und seine Entscheidung akzeptieren. Er kam am *Cott Inn* vorbei, widerstand der Versuchung, dort ein Bier zu trinken, und fuhr weiter durch den Ort. Als er sich dann in dem Gewirr der Straßen befand, die nach The Keep führten, war er so nervös, dass seine Hände am Steuer zitterten. Er wusste, dass Kit schon da war. Sie hatte sich früher loseisen können, und Caroline hatte sie wie üblich am Bahnhof abgeholt. Einen kurzen Moment fragte Hal sich, wie die anderen auf The Keep wohl ohne Caroline zurechtkommen würden. Selbstverständlich hatte sie sich einen Urlaub verdient, es wunderte ihn nur, dass sie sich ausgerechnet in den Osterferien freinahm. Seine Mutter konnte ein paar Wochen die Wohnung einer Freundin in London haben und hatte Caroline überredet, ihr Gesellschaft zu leisten. Sie wollte gern ins Theater und in die von ihr heiß geliebten Musicals gehen und kräftig einkaufen, fand aber, dass all das allein langweilig wäre. Als Hal seine Mutter daran erinnerte, dass Kit doch in der Nähe sei, hatte sie ihm erklärt, seine Schwester habe genug damit zu tun, sich auf ihre Abschlussprüfungen vorzubereiten und in der Galerie zu arbeiten. Und abgesehen davon, hatte sie gesagt, wäre es mal ganz nett, mit einer gleichaltrigen Frau zu quatschen und einzukaufen, und Caroline würde ein Tapetenwechsel sicher auch gut tun. Caroline hatte anscheinend sofort zugesagt.

Hal wusste, dass er nur deshalb von seiner Mutter nach London eingeladen worden war, weil sie ihn während der Osterferien von The Keep fern halten wollte – und er hatte gar nichts dagegen. Ihm war klar, dass es nur vernünftig war, einige Wochen Abstand zu halten, und er war daher dankbar für diese Ausflucht ... Er ärgerte sich über sich selbst. Was für ein Feigling er doch war! Aber er wusste nicht, was er sonst tun sollte. Gott sei Dank würde Kit da sein, um Fliss zu trösten.

Hal dachte: Das Problem ist, dass ich sie eben *doch* liebe. Irgendwie habe ich das Gefühl, dass wir zueinander gehören. Was soll daran falsch sein? Ach, verdammt ...

Er fuhr zwischen den Pförtnerhäusern vorbei und hoffte selbst in dieser niedergedrückten Stimmung, dass jemand ihn in dem neuen Wagen kommen sah. Er war trotz des kalten Wetters offen gefahren und hatte jetzt eiskalte Ohren, aber es hätte schon in Strömen regnen müssen, um ihn dazu zu bewegen, das Verdeck zuzuklappen. Mit einem flauen Gefühl in der Magengrube stieg er aus und sah sich im Hof um. Die Haustür ging auf, und Kit trat auf die Stufen vor dem Haus und winkte ihm. Bangen Herzens ging er über den Rasen auf sie zu.

Es war ungewöhnlich ruhig im Haus. Freddy aß bei Julia zu Mittag, darum war Theo auf seinem Zimmer geblieben und hatte gearbeitet. Die beiden Mädchen hatten gemeinsam mit den anderen in der Küche gegessen; dann hatte jemand für Kit angerufen und Fliss war in den Salon gegangen und hatte sich ans Klavier gesetzt. Sie spielte gern, obwohl sie lange nicht an Freddys Können heranreichte, und heute suchte sie sich aus Freddys Noten eine Sonate von Beethoven aus. Dann kam Hal herein.

Sie wirbelte herum, um ihn zu begrüßen, und ihre Augen strahlten vor Freude, ihn zu sehen. Er wirkte zurückhaltend und streng, als er neben ihr stand und sich die kalten Hände rieb. Wie üblich fiel es ihr schwer, etwas zu sagen, wenn sie ganz allein waren, weshalb sie einfach dasaß und lächelnd darauf wartete, dass er das Wort ergriff. Als er dann anfing zu reden, konnte sie kaum begreifen, was er da sagte. Sie legte die Stirn in Falten, beobachtete ihn und bekam auf einmal Angst. Seine Worte klangen so gestelzt – als hätte er das Ganze vorher einstudiert –, und er wirkte weiterhin reserviert. Irgendwann streckte sie die Hand nach ihm aus, in der Hoffnung, das würde seinen Redefluss stoppen und ihn dazu veranlassen, ihr richtig in die Augen zu sehen. Er nahm ihre Hand, drückte sie fest und ließ sie sofort wieder los.

»Ich denke dabei doch nur an dich, Fliss«, sagte er. »Du bist noch so jung, du hast noch deine ganze Ausbildung vor dir ...«

Er klang ziemlich verzweifelt – und kreuzunglücklich. Sie schüttelte verwundert den Kopf und wollte ihn trösten. Zweifelte er etwa daran, dass sie auf ihn warten würde? Und jetzt redete er davon, dass sie Cousin und Cousine waren, welche Probleme das mit sich bringen könnte, Kinder ...

»Wir dürfen das einfach nicht riskieren, verstehst du? Sieh doch mal, du liebst Kinder über alles. Und jetzt stell dir mal vor, du ... wir würden ein Kind bekommen, das nicht gesund ist. Das würde dir das Herz brechen. Das ist ein viel zu großes Risiko. Wenn wir nun ganz normal Cousin und Cousine wären, aber dann sind unsere Väter auch noch eineiige Zwillinge gewesen. Wir haben uns da in etwas reingesteigert, haben uns treiben lassen ... Das war dumm. Aber wir bleiben doch weiter gute Freunde, oder?«

Schweigen. Seine Stimme verstummte. Fliss empfand das Ticken der Standuhr wie Hammerschläge. Sogar das Zusammenfallen der Asche im Kamin konnte sie hören. Hal stand noch immer neben ihr und war jetzt mucksmäuschenstill. Ihr fiel auf, dass er den alten blauen Shetlandpullover trug, der ihm eine Spur zu klein war. Dann sah sie zu ihm auf. Angst und Unbehagen standen ihm ins Gesicht geschrieben.

»Aber ich liebe dich.« Sie sagte die Worte so einfach dahin, als könnten sie Wunder vollbringen.

Sie sah, wie er die Augen schloss und sich mit den Händen über das Gesicht fuhr, wie seine Brust sich unter einem Seufzer hob. Er strich ihr mit dem Handrücken über die Wange und berührte ihr dickes blondes Haar.

»Es hat keinen Zweck, Fliss«, sagte er sanft und sehr traurig – und sah ihr endlich richtig in die Augen. »Wir müssen uns damit abfinden, dass es nicht funktionieren würde. Nichts spricht dafür. Ich liebe dich auch. Aber von heute an muss es eine andere Art von Liebe sein.«

»Aber wie denn? Wie sollen wir denn einfach so aufhören?«, fragte sie stumpf. Seine Trauer übertrug sich auf sie und wurde so übermächtig, dass sie kaum Luft bekam.

»Wir müssen.« Er kniete sich neben sie und beobachtete sie besorgt. »Nun schau doch nicht so, Fliss. Bitte. Das ertrage ich nicht. Schau mal, du hast noch nie einen Freund gehabt. Du weißt doch gar nicht, was du willst. *Bitte,* Fliss.«

Dieses letzte Flehen bewirkte, dass sie sich wieder zusammenriss. Ihr wurde bewusst, dass er ebenso litt wie sie, und sie wollte ihn instinktiv vor diesem Schmerz beschützen. Darum musste sie jetzt stark sein. Sie schluckte, nickte, verstand. Er packte sie an den Schultern – erleichtert, dankbar.

»Versuch's«, bat er sie. »Und bitte lass uns weiter gute Freunde sein. So viel muss sich doch gar nicht ändern. Bitte, lass nicht zu, dass jetzt alles kaputt ist.«

Sie schüttelte den Kopf, um ihm beizupflichten, und lächelte dabei kläglich. »Nein ... Nein, natürlich nicht.« Dann konnte sie vor Tränen nichts mehr sehen und wandte sich ab. »Geh jetzt, Hal. Lass mich einfach allein. Mir geht's gut. Aber bitte geh jetzt.«

Reichlich verlegen stand er auf, dachte an Kits Rat und hielt sich nur noch kurz damit auf, Fliss auf das blonde Haar zu küssen, bevor er aus dem Zimmer stürzte ... Sie hatte keine Ahnung, wie viel Zeit vergangen war, bis Kit hereinkam. Sie spürte den Arm ihrer Cousine auf ihren Schultern und ließ sich von ihr von dem Hocker am Klavier zum Kamin hinüberführen, wo eine Tasse heißer Tee auf sie wartete.

»Komm schon, Cousinchen«, sagte Kit. »Trink das hier. Mann, ist das Leben nicht schrecklich? Na, komm schon, heul dich mal richtig aus ...«

Später verließ sie das Anwesen durch das grüne Tor und blieb auf dem Hügel stehen. Sie war jetzt ruhiger. Kit hatte mit ihr gesprochen, hatte es ihr alles noch einmal erklärt, hatte es geschafft, Hals Ausführungen gnadenlos plausibel klingen zu lassen. Sie wusste, dass er versuchte, sie zu beschützen, dass er nur das Beste für sie wollte – aber sie wusste auch, dass sie ihn liebte und dass sie ihn immer lieben würde. Es war wärmer geworden. Sie stand an der hohen Mauer, blickte auf die Landschaft, ohne sie wirklich zu sehen, und fühlte sich doch von ihr getröstet. Es kam ihr vor, als wäre etwas Wichtiges passiert, als würde sie an der Schwelle zu einem neuen Lebensabschnitt stehen: Ihre Kindheit war zu einem abrupten Ende gelangt, und der Rest ihres Lebens lag leer und öde vor ihr. Sie schauderte und verschränkte die Arme vor der Brust. Ihre Augen brannten vom vielen Weinen.

Fliss dachte: Als Mummy und Daddy und Jamie gestorben sind, hatte ich das Gefühl, dass alles vorbei wäre. War es aber nicht. Ich habe es überstanden. Und das hier werde ich auch überstehen.

Nur langsam wurde sie sich bewusst, dass sich eine unnatürliche Stille auf die Hügel gelegt hatte, und auf einmal sah sie, dass ein von Norden heranpeitschender Schneesturm die Luft mit Abermillionen wirbelnder Flocken erfüllte, die Bäume, Felder und Sträucher gleichsam vertilgten. Fliss drängte sich schutzsuchend an die Mauer und wartete atemlos ab, konnte dem Schnee aber nicht ganz entgehen. Die Zeit schien stillzustehen in dieser lautlosen Landschaft: gefangen zwischen dieser letzten, späten Laune des Winters und dem sich unaufhaltsam nähernden, warmen Frühling; und sie war mit ihr gefangen und wartete auf ein Zeichen. Auf etwas, das ihr Hoffnung machte und an dem sie sich festhalten konnte.

Sie sah nach oben, sodass die Schneeflocken sanft auf ihrem Gesicht landeten, und durch das weiße Wirbeln hindurch hörte sie in der Ferne eine Feldlerche singen.

# VIERTES BUCH

*Frühling 1970*

## 29

Vogelgezwitscher erfüllte den Garten. Die klare, warme Luft vibrierte förmlich von den unterschiedlichsten Gesängen. Freddy wurstelte glücklich vor sich hin und genoss die Wärme der Sonne auf dem Rücken, während sie die Fuchsienhecke beschnitt, die den Obstgarten vom Rasen trennte. Immer wenn sie wieder ein paar neue Triebe entfernt hatte, gönnte sie sich einen Blick auf den bezaubernden Obstgarten. Unter den Ästen der alten Bäume breiteten sich violette, goldene und blaue Blütenteppiche aus – ein Meer aus Krokussen und Blausternen, das über das frische Grün der Wiese kroch, die knorrigen Baumstämme umspülte und gegen die hohen Grenzmauern klatschte. In dem Blumenkorb neben Freddy lag ein Strauß aus Forsythien- und Duftjohannisbeerzweigen, und von Zeit zu atmete sie den betörenden Geruch der gelben Blüten tief ein und seufzte zufrieden. Ein Rotkehlchen, das zwischen den purpurroten Blüten der Japanischen Quitte saß, leistete ihr Gesellschaft und sah mit seinen Knopfaugen dabei zu, wie Freddy die abgeschnittenen Äste direkt in die Schubkarre neben der Hecke in der Nähe von Caroline legte. Der vergangene Winter war eine harte Prüfung für die älteren Familienmitglieder gewesen. Freddy hatten Schwindel- und Ohnmachtsanfälle geplagt – »Das macht das Alter«, hatte sie ungeduldig abgewinkt. »Keine Sorge.« –, und Theos Bronchitisattacken waren ungleich heftiger ausgefallen als üblich. Im Februar hatte ein Grippevirus The Keep heimgesucht, sie alle nacheinander ins Bett verbannt und vor allem Theo und Fox deutlich geschwächt und sehr müde zurückgelassen.

Was Theo anging, so war dies zu erwarten gewesen, doch dass Fox sich nicht vollständig erholte, hatte ihnen allen große Sorge gemacht – vor allem Ellen.

»Wir dürfen nicht vergessen«, hatte Freddy so behutsam wie möglich gesagt, »dass er auf die achtzig zugeht. Er ist bloß immer so aktiv, dass uns gar nicht auffällt, wie alt er schon ist.«

»Je mehr man über das Alter nachdenkt, desto schneller wird man alt«, hatte Ellen bissig zurückgegeben – aber Freddy hatte die Tränen in ihren Augen gesehen und die Hand auf Ellens hängende Schulter gelegt. So hatten sie einen Moment dagestanden, die Stärke der jeweils anderen bewundert und sich gegenseitig Zuneigung und Respekt gezollt ...

Freddy ließ die Gartenschere in den Blumenkorb fallen und richtete sich auf. Fox war jetzt, da es wärmer wurde, wieder auf den Beinen, aber sie hatten dennoch einen Jungen finden müssen, der bei der schweren Arbeit half. Freddy lachte in sich hinein, als sie den Blumenkorb in die Schubkarre stellte und alles an den Rhododendren vorbei zur Feuerstelle schob. Der »Junge« war sechsundzwanzig, also genau so alt wie die Zwillinge, aber Freddy fand dennoch, dass er noch ein Kind war. Er kam mit dem Fahrrad von Dartington herüber, um Holz zu hacken, zu sägen und herumzuschleppen und um die schwere Erde umzugraben. Fox – dem Ellen verboten hatte, zu helfen – sah ihm dabei hilflos zu und fühlte sich gedemütigt.

»Jetzt krieg ich wohl mein Gnadenbrot«, brummte er dann, wenn er zurück in die warme Küche stapfte. »Zu nichts bin ich mehr nütze.«

Joshua, der junge Mann, war zwar höflich, verschwendete aber nicht viele Worte. Er wohnte in Staverton bei seiner verwitweten Mutter, die ihm beigebracht hatte, Menschen, die älter waren als er, zu respektieren. Freddy vermutete, dass er schlau genug war, zu durchschauen, dass seine Anstellung auf The Keep von Dauer sein würde, wenn er nur Geduld zeigte. Er ging bedachtsam zu Werke und behandelte Fox mit Respekt, obschon er selbst ganz sicher kein unbedarfter Anfänger mehr war. Er und Caroline konnten gut zusammen arbeiten, und sie sprach mit Begeisterung von seiner Kraft und seiner Arbeitsbereitschaft – allerdings nur, wenn Fox nicht dabei war.

Freddy nahm den Blumenkorb aus der Schubkarre und ging auf das Haus zu. Caroline würde sie sicher schelten, weil sie die Schubkarre ganz bis zur Feuerstelle geschoben hatte, aber Freddy wollte sich in einigen Bereichen gerne ein wenig Unabhängigkeit bewahren, und außerdem hatte Caroline auch so schon genug um die Ohren. Der Tag, an dem Caroline The Keep zum ersten Mal betreten hatte, war wirklich ein Glückstag gewesen für die Familie. Seitdem war sie zum ruhenden, starken Pol ihrer kleinen Gemeinschaft geworden – nur damals, vor fünf Jahren, als dieses furchtbare Missverständnis mit Miles Harrington passierte, hatte Freddy ernsthaft besorgt ein Auge auf sie werfen müssen. Sie pflückte ein paar Osterglocken unter den Rhododendren und runzelte die Stirn. Wie schnell diese fünf Jahre vergangen waren und wie viel in der Zeit erreicht worden war. Caroline und Fliss hatten sich langsam von ihren jeweiligen Enttäuschungen erholt ... Nun, zumindest Caroline hatte sich erholt. Freddy vermutete, dass Caroline Miles nie wirklich von ganzem Herzen geliebt hatte, dass es sich vielmehr um eine romantische Verirrung gehandelt hatte, die sie unversehrt überwunden hatte. Was allerdings Fliss betraf ...

Behutsam legte Freddy die Osterglocken in den Blumenkorb. Sie fürchtete, dass Fliss sich noch immer an ihre Liebe zu Hal klammerte. Bis jetzt war es keinem anderen jungen Mann gelungen, seinen Platz einzunehmen, obwohl Miles Harrington ihr treu folgte. Er hatte sie niemals bedrängt, doch nachdem er nach nur einem Jahr von Dartmouth weg versetzt worden war, hatte er angefangen, ihr regelmäßig zu schreiben. Sie hatte seine Einladungen gern angenommen und hatte ihn zu Bällen und Partys begleitet, ihn allerdings nicht im Unklaren darüber gelassen, dass sie ihn lediglich als guten – als sehr guten – Freund betrachtete. Freddy wusste, dass Fliss ihr Bestes getan hatte, dass es ihr aber dennoch unmöglich gewesen war, Hal gegenüber gleichgültig zu bleiben, als er noch regelmäßig auf The Keep zu Gast war. Es war daher nachgerade eine Erleichterung gewesen, als er nach seiner vierjährigen Ausbildung zum Marineoffizier auf einem Schiff nach Singapur geschickt wurde. Die folgenden beiden Jahre der Trennung hatten ihm und Fliss dann die Möglichkeit gegeben, mit ihren Gefühlen fertig zu werden. Freddy war sich ziemlich sicher, dass Hal seine romantische Jugendliebe hinter sich gelassen hatte, aber sie befürchtete, dass Fliss sich noch immer nicht ganz erholt hatte. Vielleicht würde sie das nie tun. Ihre Liebe zu Hal war auf das Engste mit der Tragödie um ihre Eltern und ihren Bruder verknüpft, und möglicherweise war es zu kompliziert, sie jemals von der ganz normalen Zuneigung zu trennen, die sie ihm als Cousin entgegenbrachte.

Freddy überquerte die Wiese und dachte darüber nach, wie sehr jene Tragödie ihrer aller Leben berührt hatte. Ein plötzlicher, gewaltsamer Tod hinterließ selbstverständlich immer seine Spuren bei den Hinterbliebenen – aber wäre es denn tatsächlich leichter gewesen, mit dem Verlust von Bertie und John fertig zu werden, wenn sie an irgendeiner Krankheit oder – in Berties Fall – an Altersschwäche gestorben wären? In Kriegszeiten hatte man wenigstens den schwachen Trost, dass man nicht die Einzige war, die litt, dass tausende anderer Menschen genau das Gleiche durchmachten. Krieg – so sinnlos er auch sein mochte – spann ein Band zwischen den Menschen, rief in ihnen ein Gefühl der Zusammengehörigkeit und der Solidarität wach. John zu verlieren war schon schlimm genug gewesen, aber Peters Tod hatte eine noch tiefere Wunde geschlagen. Lag das daran, dass er zusammen mit seiner Frau und seinem Sohn ermordet wurde, während er friedfertig seinen Geschäften nachging? Der Stamm der Kikuyu – beziehungsweise die geheime politische Organisation mit Namen Mau Mau –, die beide versuchten, europäische Siedler von ihrem Land zu vertreiben, würden zweifellos behaupten, sich im Kriegszustand befunden zu haben. Freddy fragte sich, wann ein Freiheitskämpfer eigentlich zum Terroristen wurde. Und warum war ein britischer Spion ein Held, während ein deutscher oder russischer Spion als furchtbares Monster betrachtet wurde?

Freddy dachte: Mord ist Mord. Warum also hatte Johns Tod die Zwillinge nicht so aus dem Gleichgewicht gebracht wie Peters Tod Fliss und Mole?

Sie betrat das Gartenzimmer und stellte den Blumenkorb auf den Tisch ab. Natürlich waren die Situationen nicht wirklich vergleichbar. Fliss und Mole hatten schließlich auch ihre Mutter und ihren großen Bruder verloren, und die Art und Weise, wie sie davon erfahren hatten, war unhaltbar gewesen. Sie waren alt genug gewesen, um zu verstehen, was passiert war, wogegen die Zwillinge noch Babys gewesen waren, als John fiel. Und auch Susanna hatte der Verlust ihrer Familie schließlich nur wenig berührt. Sie konnte sich kaum mehr an sie erinnern, als die Zwillinge sich an ihren Vater erinnern konnten. Freddy setzte sich auf den Korbsessel, zog sich die Überschuhe aus und musste an etwas denken, das Julia kürzlich gesagt hatte. »Wenn man ernsthaft über alles Leiden auf der ganzen Welt nachdenken würde, würde man verrückt werden. Man müsste schon annähernd ein Heiliger sein, um das ertragen zu können ...« Das deprimierte Freddy. Ihre gute Morgenlaune schwand.

Ich werde alt, das ist das Problem, dachte sie. Der Winter war so anstrengend. Ob wir wohl noch einen weiteren erleben werden ...?

Der Geruch der Duftjohannisbeere breitete sich im Gartenzimmer aus, und das Vogelgezwitscher klang durch die offene Tür. Diese deutlichen Beweise dafür, dass es endlich

Frühling war, drangen nur langsam in Freddys Bewusstsein vor. Sie betrachtete die üppigen gelben Blüten der Forsythie, die goldenen Trompeten der Osterglocken und fühlte sich wieder etwas besser. Fast unmerklich richteten sich ihre Schultern auf, als sie tief durchatmete. Noch bevor sie aufstehen konnte, erschien Theo in der Tür.

»Man schickt mich, um dich zur Räson zu bringen«, sagte er lächelnd. »Caroline hat beschlossen, dass du für heute Vormittag genug getan hast. Es ist gleich Mittag. Komm, wir genehmigen uns einen Drink.«

»Einer so freundlichen Einladung leiste ich doch gern Folge«, antwortete Freddy und gestattete ihm, ihr aus dem Sessel hoch zu helfen. »Ach, Theo, ich habe hier so ganz allein einen richtigen Trübsinnsanfall bekommen.«

»Man sollte nie allein Trübsal blasen«, riet er ihr und nahm den Blumenkorb zur Hand. »Das ist noch schlimmer, als allein zu trinken. Sollen die hier mit rein?«

»Später«, sagte sie. »Aber stell sie doch hier schon mal eben ins Wasser, ja? Im Waschbecken steht eine Vase. Danke, Theo. Ich mache sie dann nach dem Essen ordentlich zurecht.«

»Dann schieß mal los«, sagte er, öffnete die Tür und führte sie in den Salon. »Was lässt dich denn an einem so schönen Tag trübsinnig werden?«

»Ach, das Übliche. Sorgen. Mir fehlen die Kinder, seit sie alle wieder in der Schule sind. Das, was Mole Katzenjammer nennt. Generelle Weltuntergangsstimmung.« Sie zuckte mit den Schultern. »Wir werden alle älter, Theo.«

»In diesem Punkt kann ich dir leider unmöglich widersprechen«, stimmte er fröhlich zu, während er ihr eher großzügig Gin und eher geizig Tonic einschenkte. »Aber wenigstens ist das etwas, das wir gemeinsam tun.«

»Das ist ja gerade das, was mir Angst macht«, sagte sie und nahm das Glas entgegen. »Dass einer von uns den anderen allein lässt.«

»Das lässt sich kaum vermeiden«, sagte er sanft. »Das wissen wir doch alle. Aber es hat doch keinen Sinn, sich von diesem Wissen den Tag verderben zu lassen.«

Sie nickte nur zögerlich. Ihr war zum Heulen zu Mute, und sie brauchte Theos Trost.

»Ich bin eben eine rührselige alte Schachtel«, sagte sie.

»Auch darüber lässt sich nur schwerlich streiten«, stellte er fest; dann nippte er nachdenklich an seinem Drink.

Wütend blickte sie zu ihm hinüber, doch er strahlte sie nur an und prostete ihr zu, und noch bevor sie zum Gegenschlag ausholen konnte, tauchte Caroline auf, um ihnen anzukündigen, dass das Mittagessen fertig sei.

Prue, die vor nicht allzu langer Zeit ihren siebenundvierzigsten Geburtstag gefeiert hatte, blies ebenfalls Trübsal. Der Frühling war so unerträglich schön, dass es sie rührte und sie regelrecht melancholisch wurde. Jetzt, da die Abende länger hell waren, fühlte sie sich besonders unruhig und einsam, und an diesem Freitagabend war es ihr völlig unmöglich, allein zu Hause zu bleiben. Sie unternahm einen Spaziergang oberhalb der Schlucht des Avon, von wo aus sie auf den Fluss und die beeindruckende Konstruktion der großen Hängebrücke hinunterblicken konnte. Die Flut bedeckte die schlammigen Untiefen und klatschte gegen die bewaldeten Ufer bei Clifton und Leigh. Prue dachte daran, wie sie mit den Zwillingen im Nightingale Valley picknicken war. Ewigkeiten war das schon her. Ach, wie sie sich nach den Zeiten zurücksehnte, in denen Hal und Kit noch Kinder waren und sie niemals einsam war.

Prue dachte: Seit Johnny tot ist, habe ich mich immer einsam gefühlt. Ich bin nie über seinen Tod hinweggekommen. Wahrscheinlich, weil wir gar nicht genug Zeit hatten, uns jemals auf die Nerven zu gehen. Unsere Beziehung war noch so frisch und aufregend.

Sie stand neben dem Aussichtssturm, beobachtete ein kleines Küstenmotorschiff, das sich mit dem auflaufenden Wasser näherte, und fragte sich, warum sich weder Hal noch Kit jemals so richtig verliebten. Hatte denn keiner von beiden diese ausgeprägte romantische Ader geerbt, die sie und Johnny gemeinsam gehabt hatten? Sie vermutete, dass Hal ernsthafter in Fliss verliebt gewesen war, als sie oder irgendjemand anders in der Familie geahnt hatte. Ihm war die ganze Geschichte sehr nahe gegangen, und sie hatte mit ihm gelitten – aber sie bereute ihre Entscheidung nicht. Es wäre nicht richtig gewesen, wenn Hal und Fliss geheiratet hätten, daran hielt sie nach wie vor unverrückbar fest, doch sie empfand Mitgefühl für beide. Zumindest Hal genoss inzwischen wieder das Leben, das war ganz offensichtlich, aber was Fliss anging, konnte man sich nie ganz sicher sein. Sie war so still und zurückhaltend, dass man ihr niemals anmerken konnte, wie es ihr tatsächlich ging. Kit hatte ihrer Mutter erzählt, dass Fliss keine Ahnung hatte, dass andere Mitglieder der Familie in die Angelegenheit verwickelt waren. Das bedeutete, dass sie mit ihnen allen weiterhin unbeschwert umgehen konnte – und dass sie in dem schmerzhaften Glauben war, es sei allein Hal gewesen, der ihr so wehgetan hatte. Prue wusste, dass es Hal furchtbar widerstrebt hatte, in die Rolle des Vollstreckers gedrängt zu werden, obgleich er andererseits eingesehen hatte, dass dies die einzige Möglichkeit war, einen sauberen Bruch herbeizuführen. Sie hatte ihn davon überzeugt, dass eine Heirat mit Fliss absolut inakzeptabel wäre – und aus eben diesem Grund war es wichtig gewesen, dass Fliss nach diesem Schlag ins Gesicht ohne Verbitterung und Zorn Zuflucht bei der Familie suchen konnte. Kit war eine Ausnahme – aber Kit und Fliss waren so gut befreundet, dass das nichts ausmachte. Kit konnte Fliss bemitleiden, konnte sich auf ihre Seite stellen und sie trösten. Prue dachte – zu ihrer eigenen Schande – wiederholt daran, dass alles so viel einfacher für sie alle wäre, wenn Fliss endlich einen festen Freund hätte, jemand, auf den sie ihre Liebe übertragen konnte ...

Kit dagegen hatte einen Freund nach dem anderen, brachte sie alle mal mit nach Bristol und schien alle gleichermaßen zu lieben. Wenn Prue sie dann in regelmäßigen Abständen einmal fragte, wann sie denn zur Ruhe kommen und heiraten wollte, riss Kit entsetzt die Augen auf.

»Aber wie soll ich mich denn bloß für einen Einzigen entscheiden?«, fragte sie dann dramatisch. »Das wäre ja furchtbar! Liebst du die Männer denn nicht auch, Ma?«

Ein junges Pärchen ging engumschlungen vorüber, offensichtlich auf der Suche nach einem ungestörten Plätzchen im Gebüsch. Prue lächelte. Es war so schön, jung und verliebt zu sein. Selbst jetzt, dreißig Jahre später, konnte sie sich noch daran erinnern, wie sie sich in Johnnys Gegenwart gefühlt hatte: Ihr war heiß und kalt geworden vor Verlangen, sie war regelrecht schwach geworden vor Sehnsucht – und gleichzeitig hatte sie sich jung, stark und voller Zuversicht gefühlt. Niemand war je an ihn herangekommen, obwohl sie sich bemüht hatte, einen Nachfolger für ihn zu finden. Doch sie hatte sich von ihren eigenen Bedürfnissen blenden lassen, hatte anderen Männern Johnnys Eigenschaften angedichtet, und darum hatte es nie funktioniert. Sie dachte an Tony und daran, wie sehr sie in ihm nach etwas gesucht hatte, das sie an Johnny erinnerte ... Prue schüttelte den Kopf. Wie dumm sie gewesen war. Tony war Johnny überhaupt nicht ähnlich.

Auf dem Nachhauseweg stellte sie sich Johnny vor, wie er aussah, als sie ihn während des Krieges auf einer Party kennen lernte: groß, blond, lebhaft ... Prue hielt die Luft an. Da kam er über das kurz geschnittene Gras auf sie zu, mit den typischen, langen Schritten und der unverkennbaren Kopfhaltung. Seine Finger umschlossen locker die Hand eines jungen Mädchens. Mit der freien Hand winkte er ihr, er lachte und rief sie ...

»Hal«, flüsterte sie mit trockener Kehle. »Oh, Hal. Du hast mich vielleicht erschreckt.«

»Hi, Ma.« Er nahm sie in den Arm. »Was ist denn mit dir los? Du siehst aus, als wärst du einem Geist begegnet. Wusste ich's doch, dass du hier bist. Ich habe zu Maria gesagt ›Sie ist bestimmt oben und schaut auf den Fluss‹, stimmt's nicht, Schatz? Also haben wir uns auch auf den Weg gemacht ...«

*Schatz?* Prue schluckte, nickte und lächelte Maria an. Sie sah aus, als wäre sie eigens für diese modernen Zeiten erfunden worden: Langes, dunkel glänzendes Haar hing ihr über die Schultern, ihr Gesicht war klein, hübsch und makellos, und sie hatte braune Augen, die wie die eines Pandas umrahmt waren. Ihr wollenes, ärmelloses Kleidchen reichte ihr gerade so über den Hintern, und ihre wohl geformten langen Beine steckten in kniehohen Stiefeln. Hal stellte sie einander vor, und Maria schüttelte Prue die Hand. Wohlerzogen widersprach sie Hals übertriebenen Komplimenten, lachte hilflos und zuckte dauernd mit den Schultern.

»Er ist unmöglich«, sagte sie zu Prue. »Wirklich ...«

»Ich habe sie überredet, mitzukommen«, verkündete Hal stolz. »Wir haben uns zwar erst vor einer Woche kennen gelernt, aber es war Liebe auf den ersten Blick, Ma. Kann man mir wohl nicht verdenken, oder? Und jetzt halt dich fest, Ma: Wir werden heiraten. Widerspruch zwecklos.«

»Es tut mir so Leid, Mrs. Chadwick.« Maria biss sich auf die hübsche Unterlippe, tat, als wäre ihr das unangenehm, konnte ihr Lächeln aber nicht ganz verbergen. »Sie dürfen uns nicht böse sein. Wir können einfach nichts dagegen machen.«

»Mein liebes Kind, ich freue mich.«

Prue dachte: Das ist genau das, worauf ich gewartet habe, wonach ich mich gesehnt habe. Genau das Gleiche wie damals bei mir und Johnny.

Sie konnte sich noch sehr gut daran erinnern, mit welch kühlem Blick Freddy sie vor fast dreißig Jahren bedacht hatte, darum bewegte Prue sich nun auf Maria zu und küsste sie auf die Wange. »Ich freue mich wirklich«, betonte sie.

»Oh.« Das Mädchen seufzte erleichtert. »Sie können sich gar nicht vorstellen, was für eine Angst ich den ganzen Weg von Portsmouth hierher gehabt habe. Aber Hal wollte *unbedingt* herkommen ...«

»Warum habt ihr denn nicht angerufen?«, fragte Prue ihren vor Triumph strahlenden Sohn. »Ich habe ja gar nichts im Haus.«

»Wir gehen alle zusammen abendessen«, sagte er. »Kleine Feier. Ich wollte dich doch überraschen, Ma.«

»Na, das ist dir auch gelungen«, sagte sie, als sie gemeinsam den Nachhauseweg einschlugen. »*Na, dann*. Ich will natürlich alles ganz genau wissen.« Sie lachte. »Ach, Hal. Wie kannst du es wagen, so ganz ohne Vorwarnung! Das Haus sieht aus ... Und ich erst ...«

»Sie sehen wunderbar aus.« Maria drückte ihren Arm. »Genau so, wie Hal Sie mir beschrieben hat. Vielen Dank, dass Sie keine Szene gemacht haben. Aber ich *liebe* ihn nun mal.«

»Ach, meine Liebe.« Prue war entwaffnet. »Das tue ich auch.«

Sie mussten gemeinsam lachen, und Hal lächelte nachsichtig. Genau so sollte es sein, und genau so hatte er es sich auch vorgestellt. Es war herrlich, sich so zu fühlen, nachdem er doch befürchtet hatte, dass seine Liebe zu Fliss jedem zukünftigen Glück im Wege stehen würde. Und dann hatte er Maria gesehen ... und war so unglaublich erleichtert gewesen, dass er dieses neue Glück sofort mit beiden Händen an sich reißen wollte, weil ihn die merkwürdige Angst beschlich, dass er keine Zeit verlieren durfte, dass das Glück ein Ende haben würde, wenn er zu lange wartete.

Prue sah zu ihm auf und erschrak, als sie den Ausdruck auf seinem Gesicht sah. Voller Sorge griff sie nach seinem Arm. Er sah zu ihr hinunter, und ihr Griff wurde fester.

»Es ist wirklich richtig ernst«, sagte er, als müsse er sich selbst und seine Mutter erst noch davon überzeugen.

»Das sehe ich«, sagte sie glücklich. Sie wollte ihn ihrer Zustimmung versichern und war erleichtert, als er wieder lächelte. Maria lehnte sich etwas nach vorn, um ihn anzusehen, und er zwinkerte ihr zu. Prue hatte sich nun bei beiden untergehakt und zog sie näher an sich heran. »Ich habe noch einen ziemlich guten Rotwein auf Lager, wir können also zumindest gemeinsam auf euch anstoßen«, sagte sie. »Auch wenn es nicht ganz das Gleiche ist wie Champagner. Und dann reservieren wir in einem richtig schönen Restaurant einen Tisch für uns. Bleibt ihr das ganze Wochenende? Bis Sonntagvormittag? Ach, herrlich! Da sind wir. Wo ist denn nur wieder mein Schlüssel ...?«

30 »Jetzt ist es also endlich passiert.« Kit kam vom Telefon wieder und wirkte begeistert und besorgt zugleich. »Hal hat sich verlobt. Ma ist ganz aus dem Häuschen.«

»Toll«, brummte ihre Mitbewohnerin wenig enthusiastisch. Sie erledigte gerade betont genervt den Abwasch. »Klasse. Lasst hin die Freude jagen.«

Kit griff sich ein Handtuch und fing an, abzutrocknen. Im letzten Jahr hatten sich die Dinge für sie durchweg positiv entwickelt. Sie war innerhalb der Galerie befördert worden, und zusammen mit dem kleinen Zuschuss, den sie von Freddy erhielt, war es ihr finanziell möglich gewesen, in eine geräumige Wohnung im zweiten Stock eines viktorianischen Reihenhauses am Pembridge Square zu ziehen. Sie konnte das Warenhaus Whiteleys und die Queens Eisbahn bequem zu Fuß erreichen und hatte einen Schlüssel zu dem schönen kleinen Gemeinschaftsgarten, der von den vier Seiten des Häuserkomplexes eingeschlossen war. Ihre frühere Mitbewohnerin, die jetzt im British Museum arbeitete, war mit ihr hier eingezogen. Anfangs war dieses stille, zurückhaltende Mädchen unter all den anderen Studenten namenlos und anonym geblieben. Erst, als man sie dazu drängte, gab sie unwillig zu, dass sie auf den Namen Cynthia Janice getauft worden war, was Kit kommentierte mit »Ach, du Schreck! Na, da kann man wohl nichts machen.« Als man sie dann aber erst mal gefragt hatte, ob sie als vierte Person mit in die Souterrainwohnung in Scarsdale Villas ziehen wollte, vollzog sich ein wundersamer Wandel. Sie emanzipierte sich von ihrer vernunftgesteuerten, bürgerlichen Erziehung, und aus der erstickenden Enge seines Kokons befreite sich ein schillernder Schmetterling. Kit fand, dass es nur einen einzigen Namen gab, der zu ihr passte, und nachdem sie schon diverse Hunde erfolgreich mit Namen bedacht hatte, hatte sie Cynthia Janices Taufnamen kurzerhand abgekürzt: Aus Cynthia wurde »Sin« – Sünde.

»Das ist Sin«, stellte Kit sie immer vor – und Männer jeglichen Alters beäugten das Mädchen mit dem dunklen Blick und der blonden Mähne, mit der knabenhaften Figur und den endlos langen Beinen und beteten stille, dass Kit die Wahrheit sagte. Auf The Keep wurde Sin unterschiedlich aufgenommen. Kit hatte sie in ihrem Morris Cabriolet – »Eppyjay«, wie sie es wegen des Kennzeichens EPJ 43 nannte – mitgenommen und mit Interesse die Reaktionen der einzelnen Familienmitglieder beobachtet. Theo war im Hof gewesen, als der Wagen hineinfuhr, und war ihnen entgegengegangen, um sie zu begrüßen. Es war das erste Mal, dass Kit Theo als Mann wahrgenommen hatte und nicht bloß als einen Teil ihrer Familie. Die Mädchen stiegen aus, und Kit hatte ganz lässig gesagt: »Das ist Sin, Onkel Theo«, und nach einigem Zögern hatte Theo nachdenklich geantwortet »Ja, das kann ich mir sehr gut vorstellen.« Sin hatte ihm die Hand gegeben, ihre Mähne zurückgeworfen und ihm direkt ins Gesicht gesehen. Erst da war Kit aufgefallen, wie attraktiv Theo eigentlich war: groß und schlank, dichtes, ergrauendes Haar und dieses Lächeln, das unzählige Fältchen um seine Augen zauberte, seinen Mund aber kaum berührte.

»Wow!«, hatte Sin Kit zugeraunt, als sie gemeinsam den Kofferraum entluden. »Doppel-wow! Warum hast du mir nie von ihm erzählt?«

»Mir ist es selbst gerade erst aufgefallen«, gestand Kit. »Aber pass bloß mit meiner Großmutter auf.«

Freddy hatte Sin jedoch ganz natürlich und leicht amüsiert aufgenommen und sie wie alle ihre Enkelkinder behandelt.

Fox und Ellen waren diejenigen gewesen, denen Sin mit ihrer leicht aufreizenden Ausstrahlung ein Dorn im Auge war. Mole vergötterte sie, Susanna kümmerte sich nicht weiter um sie, und Fliss behandelte sie ganz normal als eine von Kits Freundinnen. Hal hatte panische Angst vor ihr.

»Komisch, oder?«, hatte Sin auf dem Weg zurück nach London gesagt. »Ältere Männer sind einfach toll. Das liegt daran, dass sie Bescheid wissen. Und man weiß, dass sie Bescheid wissen. Genau das macht sie so unglaublich sexy.«

»Aber nicht alle«, widersprach Kit.

»Nein«, hatte Sin nachdenklich geantwortet. »Nicht alle. Ist das nicht seltsam? Ach, Kit. Ich habe mich in Theo verliebt.«

»Vergiss es.« Kit war hin- und hergerissen zwischen Stolz darauf, dass sie einen so attraktiven Großonkel hatte, und Entsetzen darüber, dass man ihn als Sexualobjekt betrachtete. »Er ist Priester.«

Sin hatte in die Ferne gesehen und in der Nachmittagssonne gedöst, während Eppyjay die Autobahn entlangsauste. »Wir sind füreinander bestimmt«, hatte sie versonnen gesagt.

Auch heute noch, Jahre später, behauptete Sin steif und fest, dass sie einzig und allein Theo liebte und dass all ihre anderen Eroberungen überhaupt nicht ernst zu nehmen seien. An diesem Abend dachte Kit allerdings nicht an Theo.

»Bin gespannt, wie Fliss darauf reagieren wird«, sagte sie besorgt. »Davor habe ich am meisten Angst. Ich glaube, dass sie Hal immer noch liebt.«

»Das ist wie mit mir und Theo«, sagte Sin und seufzte. »Füreinander bestimmt, aber von der grausamen Welt zur Trennung gezwungen –«

»Halt die Klappe«, unterbrach Kit sie unwirsch. »Ich meine das ernst. Die arme alte Fliss. Ich wette, ich darf es ihr beibringen. Ma hat mich gebeten, es noch niemandem zu verraten, aber ich wette, Hal verliert die Nerven und fragt mich, ob ich es ihr nicht sagen kann.«

»Hör mal«, sagte Sin und trocknete sich die Hände ab. »Das ist wahrscheinlich das Beste, was Fliss je passieren konnte.«

Kit starrte sie an. »Wie das denn?«

»Sieh mal«, sagte Sin. »Man hat sich darauf geeinigt, dass Hal und Fliss niemals zusammen sein dürfen, richtig? Na ja, aber solange Hal nicht endgültig an eine andere vergeben ist, wird die arme alte Flissy die Hoffnung nicht aufgeben. Sie wird immer weiter darauf setzen, dass eines Tages ein Wunder geschieht und er ihr ist. Und das reicht, um sie davon abzuhalten, sich jemals auf einen anderen Mann einzulassen. Verstehst du?«

»So habe ich das noch gar nicht gesehen«, sagte Kit langsam.

»Dann sieh es jetzt mal so«, riet Sin ihr. »Besser ein Ende mit Schrecken und so weiter. Sie wird sich wahrscheinlich mit diesem Miles zusammentun. Hat die ein Glück. Weißt du noch, als sie bei unserer Party war und er sie abgeholt hat?« Sin gab einige bewundernde Geräusche von sich. »Echt cool. Ich verstehe gar nicht, warum sie so einen unreifen Jüngling wie Hal haben will, wenn Miles nur darauf wartet, sie vom Fleck weg zu heiraten.«

»Miles ist wirklich ziemlich attraktiv«, pflichtete Kit ihr nachdenklich bei. »Und man sieht ihm an, dass er verrückt nach Fliss ist. Meinst du wirklich, dass sie ... du weißt schon?«

»Warum nicht?« Sin zuckte mit den Schultern. »Als wäre sie geblendet worden. Lernt deinen großen Bruder kennen, als es ihr dreckig geht, und wächst mehr oder weniger mit ihm und ihrer Liebe zu ihm auf. Hat nur Augen für ihn. Man muss ihn nur aus ihrem Blickfeld entfernen, dann würde sie schon mal jemand anders sehen. Und Miles ist doch ganz offensichtlich hinter ihr her. Ich hatte mir extra meinen besten Fummel angezogen, als er sie wieder zurückgebracht hat, aber er hat mich nicht mal angeschaut. Na, jedenfalls höchstens zweimal.«

»Du bist unmöglich«, lachte Kit. »Vor dir ist wirklich kein

Mann sicher. Gott sei Dank, dass ich noch nie ernsthaft verliebt war. Aber sobald mir das passiert, ziehe ich aus. Ich werde dich nicht in seine Nähe lassen.«

»Bist du langweilig«, gähnte Sin. »Also, dann erzähl mir mal alles über deinen Bruder Hal und lass bitte nichts aus. Ich bin nicht ganz auf dem Laufenden ...«

Doch Kit hatte sich geirrt. Hal erzählte Fliss selbst von seiner Verlobung. Er rief sie am folgenden Freitagabend in ihrer kleinen Wohnung auf dem Gelände des Jungeninternats in Gloucestershire an, in dem sie ihre erste Anstellung als Lehrerin bekommen hatte. Zwar hatte sie die drei Jahre der Ausbildung genossen, aber sie wusste, dass das auch damit zu tun hatte, dass sie es nicht weit zu The Keep gehabt hatte. Insgesamt hatte sie schon fast zehn Jahre nicht mehr zu Hause gewohnt, und die Versuchung, sich wieder ihrer Familie zuzuwenden und auf The Keep einzuziehen, war enorm gewesen. Ihr Stolz hatte sie die Stelle in Gloucestershire annehmen lassen. Sie war fast schon erleichtert gewesen, dass in keiner der Grundschulen in der Nähe von The Keep eine Stelle frei gewesen war, und obwohl Freddy sie gern bei sich gehabt hätte, bis ein Posten frei würde, hatte Fliss den Drang, sich vollständig abzunabeln, nachgegeben.

Und ihre Entscheidung wurde von allen ohne Murren akzeptiert. Schließlich konnte sie weiterhin die Ferien bei ihnen verbringen. Kit war die Einzige, die ahnte, wie einsam Fliss sich fühlte und wie sehr sie die Familie vermisste. Aber Fliss blieb hartnäckig. Sie wollte sich selbst beweisen, dass sie allein zurechtkommen und ihre Liebe zu Hal überwinden konnte. Letzteres fiel ihr ungleich leichter, wenn sie ihn nicht sah oder hörte, wie die anderen über ihn redeten. Es war ihr besser gegangen, als er in Fernost war, aber jetzt, da er zurück war und in Portsmouth lebte, stiegen die alten Gefühle wieder in ihr hoch.

Fliss wusste nicht, was sie ohne die stete, unaufdringliche

Zuneigung, die Miles Harrington ihr entgegenbrachte, getan hätte. Sie war kein besonders geselliger Typ, konnte nicht einfach so mit Männern flirten, wie Kit das tat, oder sie gar von sich aus ansprechen. Sie war viel zu schüchtern, und selbst wenn sie sich einmal ernsthaft für einen Mann interessiert hätte, wäre sofort Hals Bild vor ihrem inneren Auge aufgetaucht und hätte die ganze Übung zwecklos gemacht. Und genau darum war es so wunderbar, Miles zu haben. Er gehörte fast schon zur Familie und war bereits zu Zeiten, als sie und Hal noch glücklich waren, ein Teil ihres Lebens geworden. Bei Miles fühlte sie sich so sicher und geborgen, wie sie sich bis dahin nur bei ihrem Vater und Jamie gefühlt hatte – und bei Hal natürlich ...

Als sie Hals Stimme am anderen Ende der Leitung hörte, empfand sie wieder genau so wie früher. Ihr Herz hämmerte so wild, dass sie fast keine Luft bekam, und sie ließ sich auf den Stuhl neben dem Telefon sinken. Er klang so angespannt und zerstreut, und als er endlich die Katze aus dem Sack ließ, schloss sie die Augen und spürte Übelkeit in sich aufsteigen.

»Ich wollte es dir selbst sagen. Ich ... Ich weiß nicht, was ich sonst noch sagen soll, Fliss.«

Ihr Stolz ließ keine Schwäche zu – er hielt sie davon ab, zu weinen und zu flehen, betäubte den stechenden Schmerz der Eifersucht in ihrem Herzen und besänftigte den rebellierenden Magen.

»Ich freue mich für dich«, log sie ihn tapfer an. »Wirklich.«

»Ach, Fliss. Du weißt, dass du immer etwas Besonderes für mich bleiben wirst, ja? Niemand wird je deinen Platz einnehmen können. Ich habe Maria schon so viel von dir erzählt, und sie will dich unbedingt kennen lernen.«

Sie biss die Zähne aufeinander und hasste ihn.

»Ich sie natürlich auch«, behauptete sie vermeintlich unbeschwert. »Gebt Bescheid, wenn ihr das nächste Mal auf The Keep seid. Wann ... wann soll der große Tag sein?«

»Bald«, antwortete er. Sie hörte, wie erleichtert er war. Hatte er erwartet, sie werde schreien und weinen? »Worauf sollen wir großartig warten? Maria hat sich immer gewünscht, im Juni zu heiraten. Ihre Eltern haben nichts dagegen. Susanna soll Brautjungfer werden. Ich nehme an, du ...?« Er zögerte.

»Nein«, beeilte sie sich zu sagen. »Danke, aber – nein, danke. Susanna macht das bestimmt gerne.«

»Ich dachte mir schon, dass du nicht wollen würdest, und Kit auch, aber Maria meinte, ich sollte dich trotzdem fragen.«

»Wie lieb von ihr«, sagte Fliss. Ungläubig schloss sie die Augen. Das konnte doch nicht sein, dass sie sich all diese Dinge tatsächlich sagten? »Sag ihr, dass ich sie auch gern möglichst bald kennen lernen möchte. Hör zu, ich bin gerade auf dem Sprung, ich bin verabredet. Wir sprechen uns demnächst wieder.«

»Oh. Okay.« Er klang überrascht, fast schon beleidigt. »Ist er nett?«

Sie ballte die Hand zur Faust und betrachtete sie einen Moment. »Sehr nett. Bis dann.« Sie legte auf und starrte die Wand an.

Fliss dachte: Ich bin sauer. Ich hasse ihn ... Aber was hätte er sonst tun sollen? Habe ich wirklich erwartet, dass er es sich eines Tages anders überlegen würde?

Das heulende Elend überkam sie. Sie würde es nie ertragen, diese Maria kennen zu lernen, dieses Mädchen, in das er sich verliebt hatte! Sie überlegte, Kit anzurufen, merkte dann aber, dass sie nicht in der Lage war, mit irgendjemandem aus der Familie zu sprechen. Aber sie konnte doch auch nicht allein hier sitzen bleiben und darüber verzweifeln, dass ihre letzte vage Hoffnung zerbrochen und ihr Leben zerstört war! Sie saß ganz still da, kämpfte gegen die Traurigkeit und weigerte sich, klein beizugeben. Vor ihr lag ein langes, einsames Wochenende. Fliss nahm den Hörer wieder in die Hand und rief bei Miles in Dartmouth an.

Noch Monate später brach Miles der kalte Schweiß aus, wenn er daran dachte, wie leicht er ihren Anruf hätte verpassen können. Nach einer anstrengenden Woche in Whitehall hatte er sich auf ein ruhiges Wochenende in dem kleinen Haus in Dartmouth gefreut, und er hatte die Hand schon auf der Türklinke gehabt, um im *The Vic* ein Bier trinken zu gehen.

»Fliss?« Er hatte seinen Ohren kaum getraut. »Wie geht es dir? Wo bist du?«

Sie klang merkwürdig, sprach ganz leise und atemlos. Er runzelte die Stirn, spielte mit dem Telefonkabel und versuchte, zwischen den Zeilen herauszuhören, was eigentlich los war. Sie hatte sich plötzlich so einsam gefühlt und Angst vor dem Wochenende bekommen, sie brauchte jemanden zum Reden ... Miles' Herz fing vor Aufregung und Freude an, heftig zu klopfen. Das war das erste Mal, dass sie bei ihm Zuflucht suchte, sich von sich aus an ihn wandte.

»Kleinen Moment mal«, sagte er. »Ich bin dieses Wochenende auch alleine. Was hältst du davon, wenn ich dich morgen besuche? Oder noch besser: Ich hole dich ab, und wir verbringen das Wochenende hier. Das Wetter ist herrlich. Wir könnten bei Blackpool Sands spazieren gehen, und ich lade dich zum Abendessen ins *The Cherub* ein. Könnte ich ein besseres Angebot machen?«

Er lachte und war darauf gefasst, eine Abfuhr zu erhalten, betete aber, dass sie Ja sagen würde. Sie erklärte etwas von einem Korbballspiel am Samstagnachmittag, bei dem sie Aufsicht führen sollte; dass sie aber möglicherweise mit jemandem tauschen könnte ...

»Bitte«, flehte er sie an. »Bitte versuch's, Fliss. Es wäre so schön, wenn du kommen könntest, ich würde dich so gerne sehen. Ich kann in zwei Stunden bei dir sein, und das Gästebett ist auch schon fertig.«

Er hielt es für klug, das auch noch zu erwähnen, damit sie nicht dachte, er hätte irgendwelche Hintergedanken – aber sie lachte schon über seine begeisterten Versuche, sie zu überreden, und ihre Stimme war etwas unsicher, als würde seine unverhohlene Sehnsucht nach ihr sie bewegen.

Miles dachte: Herrje, inzwischen müsste sie doch nun wirklich wissen, was ich für sie empfinde!

Eine innere Stimme sagte ihm, dass er noch einen entschiedenen Vorstoß wagen musste; dass dies seine große Chance war.

»Ein Nein akzeptiere ich ganz einfach nicht«, verkündete er mit fester Stimme. »Regele das mit der Aufsicht morgen Nachmittag. Ich bin um ...« – er musste kurz rechnen – »... zehn Uhr ungefähr da. Dann sind wir rechtzeitig zum Mittagessen wieder hier.«

Er legte auf, nachdem sie sich etwas verwirrt bedankt hatte, und war nicht minder verwirrt. Warum lachte ihm jetzt, nach über fünf Jahren, auf einmal das Glück? Miles schüttelte den Kopf und sah sich im Haus um, um zu überprüfen, ob es sich in einem akzeptablen Zustand befand. Das tat es natürlich, da einmal in der Woche jemand kam, um sauber zu machen. Dann überlegte er, ob er am nächsten Morgen Zeit genug haben würde, unterwegs einzukaufen, und ging im Geiste durch, was er im Kühlschrank hatte ... Er hätte die ganze Welt umarmen können vor Freude.

Miles dachte: Sie hat *mich* angerufen, nicht ihre Familie. Oh Gott, bitte lass mich nicht sterben, bevor ich nicht bei ihr bin.

Mit einer kleinen Reisetasche in der Hand wartete Fliss am Ende der Einfahrt auf ihn. Sie wirkte angespannt, bis sie seinen Wagen sah und er durch das breite Tor fuhr. Er sprang heraus, öffnete ihr die Tür, nahm ihr die Tasche ab und stellte sicher, dass sie bequem saß. Fliss hatte das seltsame Gefühl, etwas Unumkehrbares ausgelöst zu haben. In einem kurzen, lichten Moment hatte sie erkannt, dass sie nun, da sie sich Miles' Stärke überließ, ihre eigene Stärke gewissermaßen aufgab, ja, verleugnete. Verwirrt und unentschlossen sah sie ihn an, als er ins Auto stieg, und er wandte sich ihr zu, lächelte und zog die Augenbrauen hoch, als wolle er sie zu einer Aussage animieren. Er war ihr so vertraut. Die Nähe seiner breiten Schultern, seine mächtige körperliche Präsenz und sein von Natur aus dominantes Auftreten – all das war so entwaffnend. Die Versuchung war groß, sich gehen zu lassen und sich bei ihm anzulehnen.

»Danke, dass du gekommen bist«, sagte sie – und er beugte sich zu ihr und küsste sie kurz auf den Mund.

Das war eine sehr bewusste Geste von ihm gewesen, die sich von früheren Beweisen der Zuneigung unterschied, und sie schien das ernsten Blickes zu akzeptieren. Sie sahen einander lange an, als würden sie mental eine Botschaft austauschen, und dann startete er den Motor und fuhr zurück Richtung Devon. Sie schwieg die meiste Zeit, wehrte jeden Gedanken an ihre Traurigkeit und Verwirrung ab und ließ zu, dass Miles sie amüsant unterhielt und umsorgte. Seine Pläne gingen problemlos auf, und später schwärmte er, die beiden Tage seien einfach perfekt gewesen. Fliss war all seinen Vorschlägen gegenüber aufgeschlossen, sagte Ja zu allem, was er geplant hatte, und war ihm unendlich dankbar. Seine Bewunderung für sie war Balsam auf ihren Wunden, und seine Güte hatte geradezu aphrodisische Wirkung. Sie sehnte sich so sehr nach der Liebe eines Menschen außerhalb der Familie, der sie liebte, weil er das so wollte, und nicht, weil er sich durch Blutsbande dazu verpflichtet fühlte. Die unerschütterliche Treue dieses erfahrenen, reifen Mannes war eine große Ehre – das wurde ihr wie nie zuvor bewusst.

Rückblickend erkannte Miles, dass jede seiner Entscheidungen goldrichtig gewesen war – und selbst das Wetter hatte mitgespielt. Nach dem Mittagessen im *Royal Castle* waren sie nach Blackpool Sands gefahren, wo sie in der warmen Aprilsonne am Strand spazieren gegangen waren, beobachtet hatten, wie das schaumige Meer über den Sand kroch, und dem Kreischen der Möwen gelauscht hatten, die über den Kliffen ihre Flugkünste unter Beweis stellten. Später hatten sie sich im *Sea Breezes* bei Torcross einen *Cream Tea* gegönnt und waren dann über die schmalen Landstraßen nach Start Point hinausgefahren. Miles konnte spüren, wie die Spannung von ihr abfiel, als sie zum Leuchtturm gingen, während die Wellen sich an den unter ihnen liegenden Felsen brachen und sich der Himmel tiefblau über ihnen wölbte. Neben der unfassbaren Weite des Meeres, das sich wie kostbare blaue Seide ausbreitete, so weit das Auge reichte, schrumpften sämtliche Sorgen unweigerlich zusammen.

Nachdem sie sich frisch gemacht und umgezogen hatten, schlenderten sie am Hafendamm entlang und betrachteten die Boote. Der Fluss glühte und leuchtete wie flüssiges Feuer im flammenden Licht der untergehenden Sonne, und sie blieben kurz stehen, um den Anblick zu bewundern, bevor sie sich auf den Weg in die Innenstadt machten, wo sie im *The Cherub* zu Abend aßen. Fliss aß nur wenig. Miles hatte den Eindruck, dass sie versuchte, eine Entscheidung zu treffen – und er wusste auch genau, welche. Er beobachtete sie, während sie immer stiller und nachdenklicher wurde, und er bemerkte, dass sich eine schüchterne Spannung zwischen ihnen aufbaute. Seine Entschlossenheit wuchs, die letzten Reste ihrer Zweifel aus dem Weg zu räumen. Er schenkte ihr noch etwas Wein ein, und sie trank ihn gehorsam, geradezu geistesabwesend. Dann, nachdem er die Rechnung bezahlt hatte, half er ihr auf und ging mit ihr zurück zu seinem kleinen Haus, wobei er den Arm um sie legte und sie fest an sich drückte.

Als sie das Haus betraten, half er ihr aus dem Mantel, küsste sie und nahm sie mit nach oben. Vom Gästezimmer war keine Rede mehr. Sie begleitete ihn in sein Schlafzimmer, und er liebte sie und hielt sie bis zum Morgen in seinen Armen.

## 31

Es war Freddy, die Caroline von den neuesten Entwicklungen berichtete. Fliss' Brief hatte sie nicht allzu sehr überrascht. Nachdem sie von Hals Verlobung gehört hatte, hatte sie früher oder später eine Reaktion von Fliss erwartet. Sie las den Brief beim Frühstück und reichte ihn dann wortlos an Theo weiter. Er runzelte die Stirn bei der Lektüre und rührte ohne Unterlass seinen Kaffee um, bis Freddy ihn am liebsten angeschrien hätte.

»Und?«, fragte sie ungeduldig, als sie es nicht mehr länger aushielt. »Sie hat Miles also verboten, ganz formell um ihre Hand anzuhalten. Sie findet das altmodisch. Aber sie weiß ja auch nicht, dass er das schon getan hat.«

Theo sah sie mit noch immer gerunzelter Stirn an. »Er hat das schon getan?«, fragte er scharf nach.

»Er hat angerufen«, berichtete Freddy widerstrebend. Theos Reaktion hatte sie aus dem Konzept gebracht. »Er fand, dass sich das so gehörte. Sie ist noch sehr jung, und wir dürfen nicht vergessen, dass sie nichts davon weiß, dass er schon vor fünf Jahren an mich herangetreten ist. Er hat mir erzählt, dass er Fliss – wenn ich nichts dagegen hätte – bitten würde, seine Frau zu werden, und dass er sehr zuversichtlich sei. Fliss' Brief bestätigt das.«

Freddys Anspannung ließ etwas nach, als sie sich an das Gespräch mit Miles erinnerte. Er war völlig außer sich gewesen vor Freude, dass Fliss sich ihm endlich zugewandt und seine Liebe akzeptiert hatte.

»Fliss findet es altmodisch, den Vormund um Erlaubnis zu bitten«, hatte er gesagt, »aber ich würde mich deutlich besser fühlen, wenn ich Ihren Segen hätte, Mrs. Chadwick. Sie wissen, wie sehr ich Fliss liebe – heute noch viel mehr als vor fünf Jahren, und ich bin sicher, dass meine Liebe immer weiter wachsen wird ...« Er hatte hilflos gelacht. »Verzeihen Sie, dass ich mich wie ein Verrückter aufführe, aber wie würden *Sie* sich aufführen, wenn Ihre Träume plötzlich endlich wahr würden? Ich will mir ja nicht zu viel einbilden oder voreilige Schlüsse ziehen, aber ich *weiß* einfach, dass sie Ja sagen wird, und ich fühle mich dabei wie ein Fünfjähriger an Heiligabend!«

Freddy hatte in sein Lachen eingestimmt. Sie mochte Miles sehr und versprach ihm, Fliss nichts von seinem Anruf zu erzählen ...

Jetzt war ihr etwas mulmig, weil Theo sich in Schweigen hüllte. Sie bestrich ihren Toast mit Butter, legte ihn dann unangetastet auf den Teller und schob diesen beiseite. »Was ist denn bloß los, Theo? Bist du etwa *nicht* einverstanden?«

»Ich finde es bedenklich, dass das ausgerechnet jetzt passiert«, antwortete er. »Mir wäre viel wohler dabei, wenn dies nicht in direktem Zusammenhang mit Hals Verlobung gesehen werden müsste. Gewissermaßen als Reaktion darauf, meine ich.«

»Ja, sicher«, sagte sie leicht verärgert, denn auch ihr bereitete dieser Punkt Sorge. »Das wäre uns wohl allen lieber. Aber jetzt ist es nun mal passiert. Was sollen wir denn tun? Wir können Fliss wohl kaum darum bitten, ihre Gründe dafür zu hinterfragen, weshalb sie Miles auf einmal in einem anderen Licht sieht.«

Er musste ein wenig lächeln, da er hinter ihrem leicht gereizten Ton ihre eigene Besorgnis erkannte. Dann setzte er wieder einen ernsten Blick auf. »Warum nicht?«, fragte er.

Sie starrte ihn an. »Bist du *völlig* verrückt geworden?«, fragte sie zurück. »Willst du im Ernst vorschlagen, dass wir die alten Wunden wieder aufreißen? Dass wir Fliss fragen, ob sie Miles nur deshalb heiratet, weil Hal jetzt völlig unerreichbar ist für sie? Ob das alles nur eine Trotzreaktion ist? Was glaubst du denn, wie sie das fände?«

»Mir wäre es lieber, wenn sie eine Weile unglücklich ist, als dass sie sich an einen Mann bindet, den sie nicht wirklich liebt«, antwortete er ganz ruhig.

»Sehr schön«, sagte Freddy spitz. »Aber woher willst du wissen, dass sie ihn nicht wirklich liebt? Sie hat ihn in den letzten Jahren so oft gesehen. Es gibt andere aussichtsreiche Arten der Liebe neben dem, was man gemeinhin ›Liebe auf den ersten Blick‹ nennt. Er liebt sie und kann für sie sorgen. Fliss wird mit einem älteren Mann glücklicher sein.«

»Ach, ja?«

Freddy schloss die Augen und atmete tief durch die Nase ein, als bete sie um Geduld. »Hast du Anlass, daran zu zweifeln?

»Ich glaube«, sagte er langsam, »ich glaube, dass unser Bild von Fliss durch die Art und Weise, auf die sie Peter und Jamie verloren hat, mythisch verzerrt ist. Ihr fehlte der Einfluss ihres Vaters und ihres großen Bruders, sie brauchte jemanden, der älter und stärker ist als sie, und darum ist Hal so wichtig geworden für sie. Das war auch völlig natürlich, nur hat die erlittene Tragödie diese Entwicklung auf unnatürliche Weise verstärkt. Wenn Peter und Jamie noch am Leben gewesen wären, hätte Fliss' Bewunderung für Hal irgendwann sicher wieder nachgelassen. Sie wäre erwachsen geworden. Jetzt überträgt sie ihre Bedürfnisse auf Miles. Sie bedient sich seiner Stärke, um diese für sie schreckliche Zeit zu überstehen, und gibt sich so gewissermaßen selbst auf. Ich glaube, dass sie eigentlich stark genug ist, um mit all dem fertig zu werden, wenn man sie nur ließe. Ich mag Miles sehr gerne, aber ich vermute, dass er seine Chance gesehen und sie – natürlich – sofort ergriffen hat.«

Freddy beobachtete ihn neugierig. »Du meinst, sie wäre alleine glücklicher?«

Er schwieg einen Moment. »Frauen werden noch immer

dazu erzogen, zu glauben, dass Männer stärker und klüger seien, und zuzulassen, dass sie Entscheidungen für sie treffen und die Initiative ergreifen«, erklärte er schließlich. »Aber das entspricht nicht ganz den Tatsachen. Männer mögen körperlich stärker sein, und sie sind ganz einfach daran gewöhnt, zu arbeiten, wichtige Entscheidungen zu treffen und Verantwortung zu tragen. Frauen, die selbst zu all dem im Stande und auf emotionaler Ebene stark sind, könnten mit der Zeit einen Groll gegen die Männer entwickeln, die sie ihre potenziellen Fähigkeiten nicht entfalten lassen. Sie mögen sich zwar zeitweise verlocken lassen von der Macht, die Männer ausüben, und irgendein Instinkt mag sie dazu veranlassen, sich ihnen zu unterwerfen, aber irgendwann wird es zu einem äußerst gefährlichen Konflikt kommen.«

Schweigen.

»Deshalb bist du so lange weggeblieben«, sagte sie ruhig. »Du bist weggeblieben, weil du mich nicht beeinflussen wolltest.«

Theo zögerte. Das war zwar nicht die ganze Wahrheit, aber den Rest würde er ohnehin nicht eingestehen: dass er damals, als sie noch jung waren, womöglich nicht in der Lage gewesen wäre, seine Liebe zu ihr ausreichend zu verbergen.

»Das hört sich überheblich an«, räumte er ein. »Aber ja, genau das habe ich befürchtet.«

»Und was hat dich dann veranlasst, zu kommen? Dachtest du, deine Macht hätte sich reduziert?«

»Sagen wir«, antwortete er schnell, »dass deine Stärke inzwischen so gut entwickelt war, dass ich nicht mehr befürchten musste, dich zu beeinflussen.«

»Hast du aber trotzdem«, sagte sie. »Zum Beispiel bei der Sache mit Hal. Als ich ihn bestechen wollte. Da warst du sauer.«

»Ich habe dich um deine Integrität beneidet«, sagte er. »Es ... Du bedeutest mir sehr viel. Und ich wollte nicht, dass deine Integrität korrumpiert wurde ... Himmel noch mal«, unterbrach er sich selbst, »was bin ich doch für ein eingebildeter Blödmann! Wollen wir nicht lieber wieder über Fliss reden?«

»Ich weiß nicht recht, was ich sagen soll«, sagte sie. Sie war innerlich in Aufruhr, verstand endlich viele Dinge und fühlte sich gedemütigt und geehrt zugleich. »Willst du mit all dem sagen, dass Fliss allein zurechtkommen sollte?«

»Nein, gar nicht«, widersprach er. »Wenn ich wüsste, dass Fliss Miles liebt, aufrichtig und von Herzen liebt, dann wäre ich überglücklich, dass sie jemanden gefunden hat, mit dem sie Freud und Leid teilen kann. Ich befürchte aber, dass sie glaubt, seine Stärke zu brauchen, und dass sie sich als Gegenleistung dafür selbst aufgibt. Später ärgert sie sich vielleicht darüber, und dann werden sie beide darunter leiden. Ich mache Miles gar keinen Vorwurf. Er liebt sie, gar keine Frage, und er hat erkannt, dass sie ihn braucht. Es ist nur natürlich, dass er eine so günstige Gelegenheit beim Schopfe packt. Ich mache mir um sie beide Sorgen.«

»Was sollen wir also tun?«

»Was schlägst du vor?«

Sie lächelte, da sie durchschaute, dass er die Möglichkeit der Einflussnahme, die sie ihm anbot, nicht nutzen wollte. »Es ist nicht fair«, merkte sie an, »auf alle Nachteile hinzuweisen und sich dann elegant aus der Affäre zu ziehen.«

»Ich hatte nicht den Eindruck«, korrigierte er sie, »dass du von meiner Idee begeistert warst, Fliss vorzuschlagen, noch zu warten.«

Freddy runzelte die Stirn. »*Wie* denn?«, fragte sie. »Wie sollte ich jemals ihre Beweggründe in Frage stellen?«

Theo zuckte mit den Schultern und schwieg. Freddy funkelte ihn an, schob den Stuhl zurück und warf ihre Leinenserviette auf den Tisch.

»Ich muss jetzt erst mal mit Caroline reden«, sagte sie. »Ich möchte es ihr schonend beibringen.«

Sie ging hinaus – doch Theo blieb gedankenverloren am Tisch sitzen und rührte geistesabwesend in seinem längst erkalteten Kaffee.

Caroline mähte den Rasen im Hof und füllte die Schubkarre mit dem geschnittenen Gras. Freddy schnupperte kräftig, als sie sich näherte.

»Hm, frisch gemähtes Gras«, sagte sie. »Riecht nach Sommer.«

»Noch ein bisschen früh«, entgegnete Caroline nüchtern. »Es ist ja erst April. Obwohl es heute richtig schön warm ist, fast wie im Juni. Fox meint, das wird sich später rächen.«

»Wieder ein Grund mehr dafür, in der Gegenwart zu leben«, sagte Freddy. »Ich habe einen Brief von Fliss bekommen.«

»Ach, ja?« Caroline lehnte sich auf den Rasenmäher und sah sie an. Es war völlig normal, dass man sich über sämtliche Vorgänge in der Familie austauschte, aber Caroline witterte, dass dieses Mal mehr dahinter steckte. »Wie geht es ihr?«

»Sie und Miles Harrington werden sich verloben«, sagte Freddy so freundlich wie möglich. »Es tut mir Leid, Caroline. Aber früher oder später müssen Sie es ja doch erfahren.«

Caroline atmete tief durch. »Aha.«

Freddy beobachtete sie besorgt. »Ich hatte gehofft, dass es Ihnen nicht allzu viel ausmachen würde«, sagte sie vorsichtig.

»Tut es auch nicht«, versicherte Caroline ihr. »Nur ein kleines bisschen. Gibt mir noch einen letzten Stich ins Herz. Ich habe ihn sehr gern gemocht, aber ich bin gar nicht sicher, ob ich mich überhaupt zum Heiraten eigne. Ich bin gerne in einer Gruppe von Menschen, die immer in Bewegung ist, ein Kommen und Gehen. Und ich habe gern das Kommando. Das weiß ich jetzt. Das wäre alles kein Problem gewesen, so lange Miles auf See gewesen wäre, aber es hätte sicher Ärger gegeben, wenn er zu Hause gewesen wäre und versucht hätte, seinerseits das Kommando zu übernehmen.«

Freddy dachte an das Gespräch, das sie gerade erst mit Theo geführt hatte, und entschied für sich, dass Caroline eine dieser unabhängigen Frauen war, von denen er gesprochen hatte. War Fliss auch so eine?

»Glauben Sie, Fliss wird mit ihm glücklich werden?«, fragte sie daher einem Impuls folgend.

Caroline legte die Stirn leicht in Falten und strich sich das Haar aus dem Gesicht. Entsetzt bemerkte Freddy, dass sich silberne Fäden durch das Braun zogen. Sie hatte Caroline immer den Kindern zugeordnet, und es fiel ihr schwer, zu glauben, dass sie eine Frau mittleren Altes war – dabei näherte sie sich den vierzig.

»Schauen Sie nicht so beunruhigt«, sagte Caroline, die Freddys Gesichtsausdruck missverstand. »Sie kann mit Miles genau so glücklich werden wie mit jedem anderen auch. Und warum auch nicht? Er ist ein gütiger Mensch, und er liebt sie. Dass sie sich nicht sofort in ihn verliebt hat, hat doch gar nichts zu bedeuten. Sie hat genug Zeit gehabt, ihn kennen und schätzen zu lernen, und jetzt, wo Hal heiratet, hat es ihr wahrscheinlich einen inneren Ruck gegeben.«

Freddy sah sie durchdringend an. »Einen Ruck?«

Caroline zuckte mit den Schultern. »Sie war doch schon immer ein bisschen in ihn verliebt, oder? Sicher, nichts weiter als eine harmlose jugendliche Schwärmerei, aber sie hat sie nie ganz ablegen können, war mein Eindruck. Fliss ist nicht wie Kit, sie hält nicht viel von oberflächlich. Ich bin mir sicher, dass sie mit Miles glücklich werden wird. Sie wird eine Menge Kinder kriegen und sie alle hierher bringen, wenn Miles auf See ist. Sind Sie bereit für die nächste Generation, Mrs. Chadwick?«

»Für die letzte war ich nicht bereit.« Freddy musste lachen. »Sie können sich gar nicht vorstellen, wie mir zu Mute war, als ich die drei Kinder auf dem Bahnsteig in Staverton gesehen habe. Ich dachte, ich wäre zu alt, um mit ihnen fertig zu werden, und mir war schlecht vor Angst.«

»Na, jetzt haben Sie mich ja«, sagte Caroline entschlossen. »Machen Sie sich keine Sorgen wegen Miles. Das ist vorbei, wirklich. Ich bin bloß froh, dass er nie etwas davon erfahren hat. So konnte ich mir wenigstens meinen Stolz bewahren.«

»Mein liebes Kind«, sagte Freddy voller Wärme, »Ich bin aus purem Egoismus so froh, dass sich jetzt doch noch alles einzurenken scheint.«

Caroline sah ihr nach, als sie sich wieder entfernte, bewunderte sie dafür, dass sie mit ihren fünfundsiebzig Jahren noch immer ansprechend und elegant aussah, und seufzte. Dann heiratete Fliss also Miles. Caroline wandte sich wieder dem Rasenmähen zu und stellte sich selbst auf die Probe, indem sie bewusst an Miles dachte und daran, was sie für ihn empfunden hatte. Ein winziger Rest Zuneigung flackerte in ihr auf, es wurde ihr ein wenig warm ums Herz, und ein schwacher Widerhall ihrer Sehnsucht erklang. Sie hielt inne und sah zu The Keep hinauf, bewunderte die imposante, burgähnliche Steinfassade, die beiden leicht nach hinten versetzten Seitenflügel, die Stufen, die zur Haustür hinauf führten. Sie dachte an die Familie, die in diesem soliden Gemäuer ein und aus ging, und an die all dies umgebende Kontinuität, die weit in die Vergangenheit zurückreichte und die auch in Zukunft fortbestehen würde.

Sie dachte: Ich gehöre auch hierher. Das hier ist der Ort, an dem ich sein will, mein Zuhause. Ich bereue nichts.

Nach dem Mittagessen war Ellen in der Küche mit Backen beschäftigt, während Fox den Dichtungsring am Wasserhahn auswechselte. Es gab immer noch genug für ihn zu tun, obwohl Joshua ihm all die schwere Gartenarbeit abgenommen hatte. Mugwump, dessen Schnauze inzwischen ergraut und der um die Hüfte etwas füllig geworden war, hatte sich vor dem Herd ausgestreckt. Und im Korb ihrer Urgroßmutter hatte sich Polly Perkins – »Ach, so eine *putzige* Polly Perkins!«, hatte Kit gequietscht, als sie sie das erste Mal gesehen hatte –, die für gewöhnlich Perks gerufen wurde, zu einem rotbraunen Knäuel zusammengerollt.

»Soso«, sagte Ellen, während sie den mit Mehl bestäubten Teig ausrollte. »Soso. Zwei Hochzeiten. Und das alles innerhalb weniger Monate. Barmherziger Himmel! Zwei Hochzeiten. Wie sollen wir das denn bloß schaffen? Madam hat gesagt, dass Fliss eine ganz ruhige, bescheidene Feier möchte. Weil Commander Harrington doch Witwer ist und so. Aber Hal will so ein richtiges Tamtam. Großes Fest, mit Uniform und allem, was bei der Marine so dazugehört, jede Wette.«

»Na, darum wird sich ja die Familie der Braut kümmern«, sagte Fox, der mit seinem Schraubenschlüssel beschäftigt war. »Also kein Grund zur Sorge, junge Frau. Wird ja wohl nicht hier stattfinden, oder?«

Ellens Gesichtszüge entglitten ein wenig, aber sie hatte nicht vor, Fox die Genugtuung zu verschaffen, zu durchschauen, dass er vor ihr auf diesen Gedanken gekommen war.

»Es wird trotzdem eine Menge zu tun sein«, sagte sie. »Wart's nur ab. Ich finde ja, dass wir sie auch hätten kennen lernen sollen. Jetzt sind sie verlobt, und Madam hat sie noch nicht mal gesehen.«

»Hals Mutter ist immer noch Prue«, hielt er dagegen, obwohl er insgeheim ihrer Meinung war. Freddy war das Familienoberhaupt und sollte daher stets gefragt werden, bevor wichtige Entscheidungen getroffen wurden. »Wenn Prue mit ihr einverstanden ist, werden wir sie sicher auch mögen.«

Ellen zog beredt Luft durch die Nase ein, um anzudeuten, was sie von Prues Urteilsvermögen hielt. »Hoffentlich ist sie nicht wie diese Sin«, brummte sie finster. »Sin, also wirklich. Ach, die Mädchen. Ich wünschte, Fliss würde jemanden heiraten, der nicht so viel älter ist als sie. Ist doch ein Jammer, dass sie einen Witwer heiratet, der fast vierzig ist. So ein hübsches Mädchen. Würde so eine schöne Braut abgeben mit dem üblichen Schnickschnack.«

»Fertig.« Fox ließ vom Wasserhahn ab und sammelte sein Werkzeug zusammen. »Komisch, dass sie sich nie so recht für Jungs interessiert hat. Ganz anders als Kit. Die hat jedes Mal über einen anderen geredet. War mindestens zwei Mal die Woche verliebt.«

»Die gute Kit«, mahnte Ellen, »wird noch mal böse Ärger bekommen. Fliss ist viel ausgeglichener. Und ernster.«

Mit geübten Bewegungen schnitt sie den Teig und bedeckte damit die letzten Äpfel eigener Ernte, die sie für den Winter eingelagert hatten.

»Vielleicht ein bisschen *zu* ernst?« Dies war mehr eine Frage denn ein Vorwurf. »Jungs wollen doch gerne ein bisschen Spaß haben, oder nicht? Wollen Witze machen und lachen.«

»Fliss hat ja gar nichts gegen ein bisschen Spaß«, protestierte sie – aber er konnte sehen, dass sie darüber nachdachte. »Aber sie macht sich viel zu viele Sorgen um alles. Und fühlt sich wohl immer noch verantwortlich für die beiden Kleinen. Wie eine Mutter.« Ellen bestäubte den Teig mit Streuzucker, als ihr noch ein anderer Gedanke kam. »Wie Mole wohl darauf reagieren wird? Vermisst sie bestimmt. Ist ja dran gewöhnt, dass sie in den Ferien immer hier ist.«

Sie schob den Apfelkuchen in den Ofen und stellte den Wasserkessel auf den Herd. Fox, der eine außerplanmäßige Tasse Tee witterte, setzte sich an den Tisch.

»Er wird sie vermissen«, sagte er nachdenklich. »Natürlich. Aber jetzt dauert es nicht mehr lange, bis er selbst flügge wird. Vielleicht landen sie ja sogar am gleichen Stützpunkt. Und ab Herbst ist er in Dartmouth. Da hat er eh keine Zeit, irgendjemanden zu vermissen.«

»Vorausgesetzt«, gab Ellen zu bedenken, »dass er die Eignungsprüfung besteht.«

»Natürlich besteht er die«, entrüstete Fox sich. »Er ist durch und durch ein Chadwick. Natürlich besteht er.«

»Sie wird wahrscheinlich mit dem Unterrichten aufhören«, sinnierte Ellen und stellte Tassen, Untertassen und eine große Keksdose auf den Tisch, die ein Bild der jungen Queen Elizabeth schmückte. »Das ist ja wohl klar. Sie kann schließlich nicht in einer Schule festsitzen, während Commander Harrington mal hier und mal dort ist. Schade um ihre Ausbildung. Aber vielleicht nützt sie ihr ja später noch mal.«

»Sie will bestimmt Kinder haben«, sagte Fox und nahm gern ein Stück Shortbread an. Er begriff, dass das hier eine Art kleine Privatfeier für ihn und Ellen war. »Warte nur, bis sie mit dem ersten Baby herkommt.«

Ellens Miene heiterte sich ein wenig auf. »Dann kommt ja wieder mehr Leben ins Haus.«

»Und Hal dann auch«, sagte Fox und mampfte genüsslich weiter. »Meinst du, wir schaffen das?«

Ellen setzte sich. »*Seine* Kinder kriegen wir sowieso nicht oft zu Gesicht«, prophezeite sie. »Seine Frau wird mit den Babys lieber zu ihrer eigenen Mutter fahren. Ist doch immer so. Glaube kaum, dass sie oft hier sein werden.«

Fox runzelte die Stirn, als er sich Zucker in den Tee häufte. »Aber Hal ist doch der Erbe«, sagte er. »Eines Tages wird The Keep ihm gehören. Und dann müssen die Kinder das Haus doch kennen und sich hier wohl fühlen.«

Ellen sah ihn an. »Hast du schon mal darüber nachgedacht«, fragte sie so locker wie möglich, »was wohl passiert, wenn Madam ... stirbt?«

»Was dann *passiert*?«

»Hmhm.« Sie nickte und schürzte die Lippen. »Was passiert, wenn Hal hier einzieht und seine Frau uns nicht mag?«

Fox vergaß das köstliche Shortbread und starrte sie an. »Was meinst du denn damit?«

»Genau das, was ich gesagt habe.« Ellen wurde ungeduldig. »Wenn Madam mal nicht mehr ist und Hals Frau findet, dass wir alle ein bisschen zu alt sind, um mit den Babys und dem Garten und so fertig zu werden – was passiert dann?«

»Niemand darf uns hier rauswerfen«, sagte Fox langsam. »Das hat Madam uns doch gesagt, schon vergessen? Und überhaupt käme Hal nicht im Traum darauf.«

»*Hal* vielleicht nicht«, stimmte Ellen ihm in bedeutungsschwangerem Ton zu. »Aber man könnte uns das Leben schwer machen, wenn du verstehst, was ich meine. Kommt ganz darauf an, was für eine Sorte Mensch sie ist. Und an Mole und Susanna muss ja schließlich auch gedacht werden.«

»Ich kann mir nicht vorstellen, dass Hal etwas tun wird, das gegen den Willen seiner Großmutter wäre.« Fox schüttelte den Kopf. »Und ich kann mir auch nicht vorstellen, dass er so eine Frau heiraten würde. Du siehst zu viel fern, meine Liebe.«

»Kann schon sein.« Ellen sah, dass sie Fox ernsthaft beunruhigt hatte. »Ach, wahrscheinlich ist das alles ein bisschen zu viel für mich«, versuchte sie zu beschwichtigen. »Zwei Hochzeiten auf einmal. Was sich da alles ändern wird.«

»So viel wird sich gar nicht ändern«, tröstete er sie. »Hal ist doch sowieso selten hier, und wenn, dann nur ganz kurz auf der Durchreise, und Fliss kommt nur in den Ferien. Sie wird oft hier sein, wirst schon sehen. Wenn der Commander auf See ist, ist sie öfter hier als vorher. Mit Babys und allem. Und was Madam angeht und dass sie sterben könnte – dazu kann ich nur sagen, ich kenne niemanden, der besser aussieht als sie. Könnte ohne Probleme für sechzig durchgehen. Wenn hier jemand den Löffel abgibt, dann wohl eher ich. Ich oder Mr. Theo ...«

»Jetzt aber genug davon«, sagte Ellen ärgerlich, doch sie konnte ihre Angst nicht ganz verbergen, und ihre Hand zitterte ein wenig, als sie ihm neu einschenkte. »Wir sind vielleicht welche. Reden übers Sterben, wenn wir Hochzeit feiern sollen.«

»Na, dann. Auf Hal und Fliss.« Er hob die Tasse und lächelte sie an. »Und gacker nicht über ungelegte Eier. Wir lassen das alles in Ruhe auf uns zukommen.«

Sie stieß vorsichtig mit ihrer Tasse gegen seine und empfand einen gewissen Trost. Er hatte ja Recht – aber zur Ruhe kommen würde sie trotzdem erst, wenn sie diese Maria kennen gelernt und sich ein eigenes Bild von ihr gemacht hatte. Plötzlich wünschte sie, sie könnte die Zeit anhalten, sie gar zwanzig Jahre zurückdrehen, bis dahin, wo sie alle jünger und kräftiger gewesen waren und die Kinder noch sicher unter ihrer Obhut waren. Fox beobachtete voll Mitgefühl, wie sie schließlich tapfer das Kinn hob und innerlich über ihre albernen Ängste spottete.

»Auf Hal und Fliss«, sprach sie ihm nach. »Schade, dass die beiden sich nicht heiraten konnten. Das wäre genau das Richtige gewesen für alle Beteiligten. Reich mir doch mal bitte die Dose – das heißt, wenn noch etwas drin ist ...«

**32** Mole schloss seine Zimmertür hinter sich und blieb ganz still stehen. Das Mondlicht warf dunkle Schattenstreifen auf den Teppich und erfüllte das Zimmer mit gespenstischer Helligkeit. Mole rührte sich eine Weile nicht vom Fleck. Er betrachtete das magische Muster auf dem Boden und lauschte dem dumpfen Ruf der Eule, bevor er zum Fenster hinüberging und sich auf den Sitz davor kniete. Draußen berieselte eine weiße Pracht die lautlose Landschaft, Bäume und Hecken zeichneten sich schwarz gegen das geisterhafte Grau des Grases ab, und der Mond selbst prangte majestätisch am Nachthimmel und ließ die Sterne zu winzigen Lichtpunkten verblassen. Die Felder fügten sich zu einem fahlen Flickenteppich, der sich bis an den schwarzen Horizont ausbreitete, während unten im Tal Nebel aufstieg. Hauchzart und dünn wallte er herauf, wickelte sich um dunkle Baumstämme, schwebte über Hecken und schmiegte sich an die Hügel.

Die obere Hälfte des Fensters war ganz heruntergeschoben, und Mole legte die verschränkten Arme auf die Holzfensterbank, um die kalte Luft einzuatmen. Er hörte den Schrei eines Kaninchens, als eine Eule sich mit ausgebreiteten Schwingen auf es stürzte, und ihm lief ein leiser Schauer über den Rücken. Ein plötzlicher, unerwarteter Tod, mitten in der dunklen Nacht – oder auch am helllichten Tag ... Das war der Stoff, aus dem seine ganz persönlichen Albträume gemacht waren. Ein Hund bellte und verstummte wieder. Das Quietschen der Türklinke ging ihm durch Mark und Bein, und er erstarrte hilflos zur Salzsäule. Nein, er würde sich nicht umdrehen. Vor seinem geistigen Auge sah er das Gesicht seines Mörders, das mit geschlossenem Mund lächelte und dessen Augen weit aufgerissen, aber leer waren. Er *musste* sich umdrehen, er musste dem Entsetzen ins Gesicht sehen und sich seiner Angst stellen ...

Susannas Wispern ließ ihn fast zusammenbrechen vor Erleichterung – und Schmach.

»Ich hab dich auf Toilette gehen hören«, flüsterte sie. »Ich kann nicht schlafen. Du auch nicht?«

Er schluckte. »Ich bin von irgendetwas aufgewacht«, murmelte er. »Wahrscheinlich vom Mondlicht. Warum kannst du nicht schlafen?«

»Bin zu aufgeregt.« Sie kletterte neben ihn auf den Fenstersitz. »Ich freue mich so darauf, Maria morgen kennen zu lernen, du nicht auch? Sie will, dass ich erste Brautjungfer werde.«

Das hatte sie ihm schon mindestens zehn Mal erzählt. Er betrachtete ihr Profil, als sie ehrfürchtig die Szene jenseits des Fensters bestaunte. Sie war nicht auf die gleiche Weise hübsch wie Fliss, die von heller, zarter, zerbrechlicher Schönheit war. Susannas Schönheit war erdnäher, sie war reich an kräftigen Farben und scharfen Konturen. Sie trug das schwere Haar jetzt länger und hielt es mit Spangen zurück, sodass er die dichten, dunklen Brauen sehen konnte, die sich zu ihren Schläfen neigten; die Wölbung ihrer glühenden Wange; das feste, runde Kinn. Sie hatte eine kurze, fast schon stumpfe Nase und volle Lippen, die wie gemacht waren zum Lachen. Er wusste, dass sie sich ähnlich sahen, aber er konnte in diesem lebhaften Gesicht keinerlei Ähnlichkeit mit seinen eigenen Zügen entdecken. Und doch machten Außenstehende immer wieder Bemerkungen dazu.

Susanna zitterte, und Mole griff hinter sich, wo auf einem Stuhl sein Morgenmantel hing.

»Hier.« Er legte ihn ihr um die Schultern. »Sonst erkältest du dich noch. Ist ziemlich kalt heute Nacht.«

»Aber auch so schön ... Geht's dir gut?«

»Warum sollte es mir nicht gut gehen?« Er lehnte sich neben sie und starrte hinaus.

»Bloß weil ... du warst so still vorhin.« Sie wartete. Ruhig und verständnisvoll. Ihr warmer Arm schmiegte sich an seinen.

»Wird komisch. Wenn Fliss verheiratet ist.« Die Worte fielen ihm schwer, aber dennoch bemühte er sich, unbekümmert zu klingen.

»Hmmm.« Sie setzte sich anders hin. »Aber doch auch schön.«

»Wieso schön?«

»Na, weil jemand Neues kommt.«

»Wie?«

»Miles. Wenn man heiratet, bringt man neue Leute in die Familie ein, oder nicht? Ehemänner und Ehefrauen, so wie Miles und Maria. Und dann kommen Babys. Und die Familie wächst immer weiter. Ich finde das schön. Ich will mal ganz viele Kinder haben. Dann wirst du Onkel.«

Mole versuchte, sich Susanna mit Kindern vorzustellen, und musste an die damit verbundenen Risiken denken. Babys. Noch mehr Menschen, die man lieben konnte – und verlieren.

»Hast du ... keine Angst davor?«, fragte er schließlich.

»Ach, was.« Es war ihr so unglaublich gleichgültig, was dabei mit ihr passieren könnte, dass ihm fast die Luft wegblieb.

»Ich hätte Angst«, gestand er. »Ich bin ein Feigling.«

»Nein, bist du nicht«, beschwichtigte sie ihn. »Das liegt nur daran, dass du ein Mann bist. Dafür tun Männer andere mutige Sachen. Mich würden zum Beispiel keine zehn Pferde dazu bringen, mit einem U-Boot unterzutauchen. Dann würde ich lieber ein Dutzend Babys kriegen.«

Das tröstete ihn tatsächlich etwas, aber das andere belastete ihn noch immer.

»Aber Babys bedeuten doch eine ziemliche Verantwortung, oder nicht? Sie sind so ... hilflos. Und dann liebt man sie, und sie k-könnten doch ... Also, es könnte doch alles Mögliche passieren.«

Der Gedanke an den Verlust ließ Panik in ihm aufsteigen. Gerade wollte er sie anflehen, keine Kinder zu bekommen, nicht zu heiraten – als sie ihn schon wieder mit ihrem ganz eigenen gesunden Menschenverstand überraschte.

»Aber so gesehen ist doch alles gefährlich, oder nicht? Autofahren, fliegen, Krankheiten. Sogar Kochen kann gefährlich sein. Das heißt, letztendlich kann man gar nichts mehr machen. Dann kann man doch genauso gut tot sein. Stell dir doch mal vor, wie gefährlich es in einem U-Boot sein kann.«

»Das ist was anderes.«

»Warum?«, fragte sie ehrlich interessiert.

Er konnte ihr nicht erklären, dass er sich unbedingt selbst beweisen musste, dass er das tun wollte, was sein Vater schon vor ihm getan hatte und was Hal jetzt tat. Wenn er bei der Marine aufgenommen würde, würde das heißen, dass er ein völlig normaler Chadwick war. Er würde die Tradition fortsetzen und dadurch seine Angst in Schach halten.

»Darum«, murmelte er. »Und überhaupt, Hal hat gesagt, wenn es zum Atomkrieg kommt, ist man in einem U-Boot am allersichersten.« Er verdrängte den Gedanken an einen nuklearen Krieg und daran, dass sämtliche Familienmitglieder überall im Land verteilt sein würden und er nicht zu ihnen konnte, um sie zu retten. »Aber es wird nicht dazu kommen. Niemand ist so verrückt, einen anzufangen.«

»Hast du Angst vor der Eignungsprüfung?«, fragte sie.

»Ja, natürlich«, sagte er leicht irritiert. »Hal hat gut reden, dass das alles ein Kinderspiel sei. Ich bin nicht Hal.«

Ihre Hand kam unter dem Morgenmantel zum Vorschein und drückte seinen Arm. »Soll ich mit dir nach Gosport kommen? Ich könnte doch auf dich warten, und dann fahren wir zusammen nach London, Kit und Sin besuchen. Sie könnten Theaterkarten oder so besorgen. Wäre das nicht schön?«

Im Handumdrehen hatte sie den mit Grauen erwarteten Tag in einen netten Ausflug verwandelt und die Eignungsprüfung in etwas, um das man sich mal eben nebenbei kümmerte, bevor man sich den wirklich wichtigen Dingen des Lebens zuwandte – aber Mole war klar, dass sie wusste, von welch entscheidender Bedeutung jener Tag für ihn war.

»Du hast doch Schule«, sagte er – doch sie wusste, dass er sie verstanden hatte und ihre Liebe annahm. Seine Stimme klang jetzt wieder normal, alle Spannung war von ihm gewichen.

»Ich geh dann mal wieder ins Bett«, sagte sie und kletterte von dem Fenstersitz. »Morgen ist ein großer Tag. So ein Glück, dass wir frei haben. Und sogar Fliss kommt nach Hause.« An der Tür blieb sie noch einmal stehen. »Kannst du jetzt schlafen?«

»Klar. Geh schon. Leg dich ins Bett, bevor Caroline aufwacht. Du brauchst deinen Schönheitsschlaf, wenn du Brautjungfer sein sollst. *Erste* Brautjungfer.«

Sie schnitt eine Grimasse und verschwand dann lautlos. Er hob seinen Morgenmantel auf, warf einen letzten Blick hinaus in die Nacht und legte sich dann ins Bett. Doch er konnte noch immer nicht einschlafen, und erst, als der Mond schon fast hinter dem Horizont verschwunden war, fiel er endlich in einen tiefen, traumlosen Schlaf.

Fliss saß im Zug auf dem Weg nach Hause und war so nervös wie noch nie in ihrem Leben. Der Gedanke daran, Hal wieder zu sehen und Maria kennen zu lernen, ließ sie nicht zur Ruhe kommen. Wie würde er sich ihr gegenüber verhalten? Hatte er Maria wirklich alles erzählt? Die Vorstellung ließ ihr heiß werden vor Demütigung. Sie drehte ihre Hand so, dass sie Miles' Ring sehen konnte, und fühlte sich von dem hübschen Saphir und dem Diamanten getröstet. Miles hatte ihn selbst ausgesucht, als er in London war, und ihn ihr nach einem Abendessen *à deux* ganz feierlich angesteckt ...

Der Gedanke an Miles wärmte ihr Herz und machte ihr Mut. Eigentlich hätte sie ihn ja an diesem Wochenende auf The Keep gerne bei sich gehabt, aber eine innere Stimme sagte ihr, dass es wohl besser war, wenn nur die Familie da war. Nicht, dass Maria bereits zur Familie gehörte. Die Hochzeit sollte im Juni stattfinden. Fliss war enorm erleichtert, dass Marias Familie die Feierlichkeiten in die Hand nahm. Es wäre eine zu bittere Pille für sie gewesen, wenn The Keep für Maria in feierlichem Glanz erstrahlt wäre. Fliss schämte sich für diese Gefühle, verteidigte sie aber auch. Maria hatte Hal – und zwar mit der Zustimmung und dem Segen der ganzen Familie. Wenigstens würde ihre Hochzeit nicht Fliss' bescheidene Feier überschatten

Dann gestattete Fliss sich selbst, sich vorzustellen, ihre Mutter, ihr Vater und Jamie wären noch am Leben und würden mit ihr Hochzeit feiern. Sie schloss die Augen, um es besser sehen zu können: weiße Tüllwolken, kistenweise Sekt, Blumen, Gelächter, Angst, Aufregung. Ihr Vater, wie er groß und gut aussehend am Eingang zur Kirche wartete, ihr seinen Arm anbot und sie voll Stolz und Liebe ansah. Ihre Mutter – gerührt, aber gefasst –, die alles bis ins letzte Detail geplant hatte, damit alles perfekt war für ihre hübsche, geliebte Tochter. Jamie, von seinen Freunden umringt, der seine Schwester aufzog und doch in Schutz nahm ... Sie schluckte die Tränen hinunter und starrte unverwandt aus dem Fenster, damit die Mitreisenden nichts mitbekamen. Sie zwang sich, an Miles zu denken und an ihre Familie auf The Keep, die bereits ihren großen Tag plante und unbedingt wollte, dass alles genau so ablief, wie sie es sich vorstellte.

Fliss dachte: Aber was stelle ich mir denn vor? Was tue ich? Oh Gott, bitte mach, dass ich das Richtige tue. Ich liebe Miles. Wirklich. Er ist so gut und liebevoll. Ich kann ihn glücklich machen ...

Sie betrachtete den Ring und dachte an jene Nacht in dem Haus in Dartmouth zurück. Seine kategorische Autorität war genau das gewesen, was sie gebraucht hatte. Es wäre fatal gewesen, wenn er gezögert hätte, sie gefragt oder auf ein Zeichen gewartet hätte. Sein Selbstvertrauen und seine Erfahrung hatten sie überwältigt, und sie hatte sich auf seine Stärke verlassen und sich selbst für ihn aufgegeben. Es war eine solche Erleichterung gewesen, als hätte sie eine schwere Last abgelegt ... Aber warum beschlich sie dann dieses leise Gefühl der Reue und des Verlustes? Ungeduldig schüttelte sie den Kopf. Kurz vor der Hochzeit kriegte fast jeder kalte Füße, das war doch allgemein bekannt. Miles war wahrscheinlich in heller Panik. Der Gedanke entlockte ihr ein zaghaftes Lächeln. Er war so glücklich und aufgeregt, dass er nicht in der Lage war, seine Freude darüber zu bändigen, dass sie endlich sein war.

Fünf Jahre. Fünf Jahre liebte er sie schon. Und er war ihr anfangs fast gar nicht aufgefallen. Er war nur immer da gewesen, als ein Teil der Gruppe, als Hals Ausbilder.

Fliss dachte: Es stimmt, dass Liebe blind macht. Nicht nur für die Fehler und Schwächen der Geliebten, sondern auch für alles andere, was um einen herum vor sich geht. Ich habe immer nur Hal gesehen, klar und deutlich, während alles andere unscharf war. Ich habe nie bemerkt, dass Miles in mich verliebt war. Wenn überhaupt, dann hätte ich gedacht, dass er Caroline gern hatte. Denn sie mochte *ihn* ganz sicher ...

Sie stolperte über diesen Gedanken. Caroline und Miles. War Caroline in Miles verliebt gewesen? Fliss wühlte in ihrer Erinnerung auf der Suche nach Anzeichen dafür, dass Caroline tiefere Gefühle für Miles gehegt hatte. Sie konnte sich daran erinnern, dass Caroline sehr gerne mitgegangen war zu Partys und Bällen und in den Pub. Und dann war da ihr gemeinsamer Ausflug nach Exeter gewesen, auf dem sie das graue Kleid gekauft hatten ... Das grau-grüne Kleid war für ein Abendessen mit Miles und einigen Freunden gewesen; Fliss wusste noch genau, wie aufgeregt Caroline damals gewesen war. Unbeweglich saß Fliss da, zerbrach sich den Kopf und versuchte verzweifelt, sich zu erinnern. Das wäre ja schrecklich, wenn Caroline Miles liebte! Wie musste ihr dann jetzt zu Mute sein?

Fliss zwang sich, sich zu beruhigen. Schließlich war das alles schon fünf Jahre her, sagte sie sich, und seitdem hatten Caroline und Miles sich nur selten gesehen. Und in den letzten zwei Jahren gar nicht. Sie durchschaute, dass es gut sein konnte, dass sie auf Grund ihrer unveränderten Gefühle für Hal überempfindlich reagierte, wenn es um die Gefühle und die Loyalität anderer ging. Miles hatte Caroline nie erwähnt, und Caroline war nicht der Typ Frau, der sich nach einem Mann verzehrte, der kein Interesse an ihr zeigte.

Der Zug verließ den Bahnhof von Exeter, und Fliss hielt Ausschau nach all den geliebten und vertrauten Orientierungspunkten, die ihr verrieten, dass sie sich ihrem Zuhause näherte. Seit zehn Jahren fuhr sie nun schon diese Strecke – als Schulmädchen, als Studentin, als Erwachsene –, um nach Hause zu kommen. Sie sah hinaus auf das ruhige Mündungswasser bei Exmouth und dachte daran, wie sie freitags abends mit der Fähre nach Starcross übergesetzt und sich auf eines jener verzauberten Wochenenden gefreut hatte ... Fliss wandte sich abrupt ab und konzentrierte sich auf das Rotwild im Park von Powderham Castle und auf das Meer. Ihr Herz schlug immer schneller, je mehr sie sich ihrem Ziel näherte. Dawlish, Teignmouth, Newton Abbot. Dann verlangsamte der Zug seine Fahrt und fuhr in den Bahnhof von Totnes ein ...

Hämmernden Herzens nahm Fliss ihre Tasche und ging durch den schaukelnden Wagon. Als sie ausstieg, sah sie Caroline auf dem Bahnsteig stehen. Sie stand genau so da wie immer: die Füße ein wenig auseinander und die Locken zerzaust, beobachtete sie die Türen des Zuges. So hatte sie immer da gestanden, wenn Fliss in den Ferien nach Hause gekommen war und sie sie abgeholt hatte. Es war Caroline gewesen, die für Reiseproviant gesorgt hatte, mit der sie ihren ersten BH gekauft hatte, die Namensschilder in ihre Sachen genäht hatte. Es war Caroline gewesen, die für sie da gewesen war, wenn sie nicht schlafen konnte, die sie getröstet hatte, wenn sie krank war, und die ein Auge auf Mole und Susanna gehabt hatte, wenn sie, Fliss, nicht da war. Ein Leben ohne Caroline war absolut unvorstellbar, und Fliss würde es nicht ertragen können, ihr in irgendeiner Weise wehzutun. Niemand, nicht einmal Miles, war es das wert.

Tränenblind stürzte Fliss sich in Carolines Arme und wurde ganz fest gehalten. Es kam ihr vor, als würden sie sich nie mehr loslassen, und plötzlich bemerkte Fliss, dass sie innerlich betete und flehte, Caroline möge nicht verletzt sein. Als sie ihr endlich ins Gesicht sah, begegnete sie Carolines klarem, offenen, glücklichen Blick. Zärtlich wischte sie Fliss die Tränen von den Wangen und strich ihr das Haar aus dem Gesicht, als wenn sie noch ein Kind wäre.

»Willkommen zu Hause«, sagte sie – genauso wie immer. »Und alles, alles Gute, liebe Fliss. Wir freuen uns alle wahnsinnig. Weiß Miles überhaupt, was für ein Glückspilz er ist?«

Fliss' Angst löste sich auf wie Morgennebel in der Sonne, aber sie ließ Carolines Arm auf dem Weg zum Auto nicht los.

»Ich komme mir so blöd vor«, gab sie zu. »Mir wurde eben ganz anders, als ich dich so da habe stehen sehen – so, wie du immer da gestanden hast. Du wirst uns doch niemals verlassen, Caroline, oder?«

Caroline lächelte sie über das Wagendach hinweg an. Sie wirkte so stark und selbstsicher, dass Fliss sie fast schon um ihre Unabhängigkeit beneidete.

»Ich brauche euch doch auch alle«, sagte Caroline. »Beruht

alles auf Gegenseitigkeit. Was wäre ich denn ohne euch? Ihr seid meine Familie.«

Als Fliss ins Auto stieg, fühlte sie sich schon wieder besser und im Stande, sich dem Wochenende zu stellen.

»Und«, sagte sie, als sie losfuhren und sie wie üblich den Hals reckte, um einen Blick auf das Anwesen zu erhaschen, »sind Hal und Maria schon da?«

Mit welcher Leichtigkeit sie ihre Namen aussprach. Ihre eigene Unbekümmertheit beflügelte sie und baute ihr Selbstvertrauen etwas auf.

»Nein, noch nicht«, antwortete Caroline. »Sie wollen heute Nachmittag rechtzeitig zum Tee da sein. Kit hofft, es bis zum Mittagessen zu schaffen. Sie hat gestern lange arbeiten müssen, um heute Vormittag freizubekommen.«

»Die ganze Familie außer Tante Prue gleichzeitig zu Hause. Das haben wir nicht mehr so oft.«

»Na ja.« Caroline lachte. »Es passiert ja auch nicht so oft, dass innerhalb von zwei Wochen zwei Verlobungen ins Haus stehen. Scheint ansteckend zu sein. Und Kit ist die Nächste.«

Jetzt musste Fliss auch lachen. »Das glaubst aber auch nur du. Kit und Sin – das ist vielleicht ein Gespann. Treiben sich gegenseitig an mit den verschiedenen Männern in ihrem Leben. Ich wette, Susanna ist völlig aus dem Häuschen, weil sie Brautjungfer sein soll. Sie hat mir einen ewig langen Brief geschrieben deswegen – bestimmt zwanzig Seiten.«

»Sie steht völlig neben sich. Nicht nur, weil sie Brautjungfer sein soll. Sie freut sich genau so darauf, dein Blumenmädchen zu sein.«

»Ich tu doch das Richtige, oder, Caroline?«, fragte Fliss nach einer Weile. »Eine pompöse Hochzeit in Weiß wäre doch nicht angebracht, oder? Ich meine, weil Miles doch Witwer ist. Das wäre doch ...« – sie zuckte mit den Schultern – »na ja, eben nicht richtig.«

»Ich weiß, was du meinst«, pflichtete Caroline ihr bei. »Ich finde es vollkommen richtig, dass du dich für eine bescheidene Hochzeit entschieden hast. Und in die Kirche geht ihr ja trotzdem, und deine ganzen Freunde werden beim Empfang auf The Keep dabei sein. Es wird ein wunderschöner Tag, wirst schon sehen. Genau das Richtige für dich und Miles. Der Meinung sind wir alle.«

Fliss war dankbar und entspannte sich, während sie Ausschau hielt nach dem *Queen's Arms,* dem Wasserrad, der Schule ... »Wie geht es Mole?«, fragte sie dann.

»Mole geht es prima«, versicherte Caroline ihr. »Er braucht etwas länger, um die ganze Aufregung zu verdauen – du weißt ja, wie er ist –, aber er hat angefangen zu begreifen, dass sich gar nicht so viel ändern wird. Er verliert dich ja nicht völlig.«

»Vielleicht werden Miles und Hal ja in Devonport stationiert«, sagte Fliss leichthin, »und dann sind wir ständig zu Hause. Wir werden euch fürchterlich auf die Nerven gehen, und Mole am allermeisten.«

»Ich glaube, die Eignungsprüfung macht ihm zu schaffen«, sagte Caroline. »Aber das ist ja nur natürlich. Wir sind wohl alle erleichtert, wenn das überstanden ist.«

»Setzt einen bestimmt ganz schön unter Druck, wenn man der Familientradition folgt«, sagte Fliss nachdenklich. »Wenn man sich mit all den anderen messen muss. Der arme Mole. Ich bin sicher, dass er es schafft. Was meinst du?«

»Ich bin auch ziemlich zuversichtlich«, sagte Caroline. »Es besteht überhaupt kein Grund, weshalb er nicht bestehen sollte. Er ist in Form. Still wie immer, aber innerlich stärker, glaube ich. Er freut sich riesig, dich zu sehen. Er und Susanna wollten mit zum Bahnhof kommen, um dich abzuholen, aber Ellen hat gesagt, sie sollten sich lieber nützlich machen. Es gibt schließlich eine Menge zu tun, wenn alle auf einmal nach Hause kommen.«

»Die gute alte Ellen«, grinste Fliss. »Nicht mal zwei Hochzeiten können sie von ihrer Routine abbringen.«

»Ich fand es ja ein bisschen gemein«, gab Caroline zu, »aber ich würde es niemals wagen, mich einzumischen, wenn Ellen erst gesprochen hat.«

Sie lachten beide, als das Auto in den Hof fuhr, und Freddy, die voller Sorge auf sie gewartet hatte, atmete vor Erleichterung auf. Eine Klippe hatten sie schon umschifft – doch es lag noch ein ganzer Tag vor ihnen ...

»Mein Liebling«, sagte sie und streckte Fliss die Hände entgegen. »Willkommen zu Hause. Herzlichen Glückwunsch und alles, alles Gute. Mein liebes Kind, wir freuen uns alle so für dich.«

Fliss sah zu ihrer Großmutter auf und war überrascht, Tränen in ihren Augen zu sehen. Das und die bebenden Lippen passten so gar nicht zu ihrer aufrechten Haltung und dem wie üblich stolz erhobenen Kinn. Einem Instinkt folgend, nahm Fliss sie unvermittelt in den Arm und drückte ihre junge, glatte Wange gegen die weiche, faltige Haut ihrer Großmutter. Sie hielt sie ganz fest, und für einen Moment lang erwiderte Freddy die Umarmung. Doch noch bevor sie etwas sagen konnte, kamen schon Mole und Susanna – gefolgt von Theo – die Treppe heruntergelaufen, und Fliss machte sich daran, den Rest der Familie zu begrüßen.

**33** Hals Ankunft auf The Keep erinnerte ein wenig an die Rückkehr eines Prinzen in sein Königreich. Der rote Sportwagen fuhr schnittig zwischen den Pförtnerhäuschen hindurch. Da das Verdeck offen war, konnte man Maria sofort sehen: Sie trug eine Sonnenbrille und – um die Haare zu schützen – ein Kopftuch, dessen Enden sich unter dem Kinn kreuzten und im Nacken verknotet waren. Als Hal den Motor abschaltete und aus dem Wagen sprang, blieb sie noch sitzen und betrachtete mit großen Augen das Anwesen, während sie sich gleichzeitig das Tuch vom Kopf zog, die Haare schüttelte und die Sonnenbrille wie einen Haarreif aufsetzte. Über einem weißen Hemd, das sie in enge Jeans gesteckt hatte, trug sie eins von Hals Jacketts, und als auch sie sich aus dem Wagen schwang und sich anmutig neben Hal stellte, wirkte sie elegant und sexy zugleich. In dem viel zu großen Jackett sah sie zart und zerbrechlich aus, und als Freddy auf der Treppe erschien, ging sie auf sie zu, schob sich nervös die Ärmel hoch und lächelte sie hinreißend schüchtern an.

»Keine schlechte Show, was?«, brummte Kit Fliss ins Ohr. »War genau das Gleiche, als sie mich in London besucht haben. Sin meint, man hat das Gefühl, sie hätte ihren Manager direkt um die Ecke, der dafür sorgt, dass alles perfekt läuft.«

Fliss starrte von Kits Zimmerfenster aus in den Hof hinunter und schwieg. Sie beobachtete die Gestalten, wie sie sich einander vorstellten, gestikulierten und sich umarmten. Ihre Stimmen waren ganz deutlich zu vernehmen.

»Wie geht es dir, Großmutter? ... Ja, danke, die Fahrt war angenehm. Das ist Maria.«

»Ich freue mich ja so, Sie endlich kennen zu lernen, Mrs. Chadwick. Was für ein wunderschönes Haus Sie haben!«

»Guten Tag, meine Liebe. Ja, das finden wir natürlich auch.«

»Hal hat mir schon so viel davon erzählt.«

»Hat er etwa den ganzen langen Weg von Portsmouth hierher dieses furchtbare Verdeck aufgehabt? Also wirklich, Hal ...«

»Nun schimpfen Sie doch nicht mit ihm. Ich liebe die frische Luft. Ehrlich, mir ist kein bisschen kalt.«

»Und es ist ungewöhnlich warm heute, Großmutter. Fast wie im Sommer. Außerdem ist Maria robuster als sie aussieht, stimmt's nicht, Liebling? Das hier ist mein Onkel Theo ...«

»Schönen guten Tag, Maria. Und herzlichen Glückwunsch zur Verlobung. Dir natürlich auch, Hal.«

»Ach, wie nett von Ihnen. Ich habe schon so viel von Ihnen gehört, dass ich das Gefühl habe, Sie alle schon längst zu kennen.«

»... Und da kommen mein Cousin und meine Cousine. Das hier ist Mole ... natürlich ist das nur sein Spitzname hier in der Familie, eigentlich heißt er Sam.«

»Darf ich dich Mole nennen? Ich weiß, ich gehöre noch nicht *ganz* zur Familie ...«

»Und das kleine Monster hier ist Susanna.«

»Ah, meine erste Brautjungfer! Nein, bist du hübsch. Also, bei dem schönen dunklen Typ *musst* du natürlich Rosa tragen. Kein ungesundes, blasses Rosa, sondern einen richtig kräftigen Farbton ... Meinen Sie nicht auch, Mrs. Chadwick?«

»Oh ja, das sieht sicher bezaubernd aus ...«

»Darüber könnt ihr doch später reden, Schatz. Was wir jetzt brauchen, ist Tee, keine Fachsimpelei über Brautjungfernkleider. Außerdem musst du ja auch noch Ellen und Fox kennen lernen. Ich bin kurz vor dem Verdursten ... Sind Fliss und Kit auch da? Kit kennt Maria schon, aber ich wollte, dass sie auch Fliss kennen lernt ...«

»Ich glaube, Maria kann auch gut eine Tasse Tee vertragen. Möchten Sie sich erst die Hände waschen?«

»Vielen Dank, Mrs. Chadwick, Tee wäre jetzt genau das Richtige. Vielleicht könnte Susanna mir zeigen, wo ich mich frisch machen kann ...«

Sie verschwanden ins Haus, und ihre Stimmen verstummten.

»Ich kann das nicht«, jammerte Fliss. »Ich schaff das einfach nicht.«

»Du musst aber«, sagte Kit. »Komm schon, zwei Minuten, dann hast du's überstanden. Dann musst du es nie wieder tun.«

»Warum hast du mir nicht erzählt, wie schön sie ist?«

Kit schnitt eine Grimasse. »Na ja, sie ist ganz passabel, schätze ich.«

»*Passabel?*« Fliss drehte sich zu ihr um. »Sag mal, bist du blind, oder was?«

»Na ja, gut, sie ist hübsch«, räumte Kit ungeduldig ein. »Aber sie hat so was Gekünsteltes an sich. Und wenn man nicht gerade ein Mann ist oder so jung und unbedarft wie Susanna, lässt man sich von ihr nicht so leicht täuschen. Das ist alles.«

»Wie dumm, dass Hal ein Mann ist.«

»Jetzt hör mal zu, Süße«, redete Kit auf ihre Cousine ein. »Reiß dich zusammen. Sonst glaubt die noch, sie wäre irgendeine süße Prinzessin, die uns von oben herab behandeln kann. Die Genugtuung willst du ihr doch wohl nicht verschaffen, oder? *Du bist* hier die Prinzessin. The Keep ist *dein* Zuhause. Du bist unsere Flissy, Cousinchen. Na, gut, dann war sie eben in Lucy Claytons »Wie-bezaubere-ich-meine-Umwelt«-Kurs für höhere Töchter. Na, und? Sie ist hübsch, und sie ist bezaubernd, und sie kann ohne peinliche Zwischenfälle elegant aus einem Sportwagen aussteigen, und sie kann Tee trinken, ohne Lippenstiftspuren auf der Tasse zu hinterlassen – aber all das geht doch nicht tiefer als ihr Make-up. Ich bin davon überzeugt, dass sie süß ist und blablabla. Sie wird Hal wahrscheinlich eine tolle Frau sein. Na, super. Aber du bist mit Abstand schöner als sie. Du hast eine innere Schönheit, die richtig tief bis auf die Knochen geht. Und das strahlt nach außen. Okay? Hör zu. Hal konnte dich nicht heiraten. Er *konnte* nicht. Du weißt, warum. Also. Du hast Miles. Einen richtig attraktiven Mann, der sich seine Frau aussuchen konnte. Selbst Sin bekommt weiche Knie, wenn sie ihn sieht. Und er hat sich für *dich* entschieden. Mach dir das nicht kaputt, bloß weil du immer noch irgendwelchen romantischen Träumereien mit Hal nachhängst. Er wird jeden Moment hier sein, und wenn du ihm zeigst, dass du dich von Maria unterkriegen lässt, *bringe* ich dich um. Alles klar?«

Heftiges Klopfen an der Tür ließ sie zusammenzucken. Sie sahen einander an, und Kit umfasste Fliss' Arm so fest, dass diese sich auf die Lippe biss, um ihren Protest nicht herauszulassen.

»Kit?« Es war Hal. »Bist du da drin? Darf ich reinkommen?«

Kit nickte Fliss gebieterisch zu, drückte ihren Arm noch einmal und ließ ihn dann los. »Klar«, rief sie und schlenderte zum Fenster hinüber. »Komm rein.«

Die Tür ging auf, und Fliss straffte die Schultern und hob das Kinn. Als Kit das sah, hatte sie das unheimliche Gefühl, eine jüngere Ausgabe von Freddy vor sich zu haben – doch es blieb keine Zeit, weiter darüber nachzudenken. Hal kam herein und streckte die Hände nach Fliss aus, ohne seiner Schwester große Aufmerksamkeit zu schenken. Er nahm ihren Kopf zwischen beide Hände, sah sie geraume Zeit an und küsste sie dann mitten auf den Mund.

»Das war das letzte Mal, Fliss«, sagte er leise, als wären sie ganz allein. »Das verstehst du doch, oder? Du hast Miles, und ich habe Maria. Ich habe ihr gesagt, dass du der wichtigste Mensch in meinem Leben bist und das schönste Mädchen, das ich kenne. Sie ist furchtbar eifersüchtig und hat Angst davor, dich kennen zu lernen. Kommst du mit mir runter und versprichst mir, nett zu ihr zu sein?«

»Na, wenigstens hast du ihr nichts Falsches erzählt«, brummte Kit in das nun folgende Schweigen hinein. »Aber du hättest sie warnen sollen wegen der Jeans. Großmutter hat doch bestimmt einen Schock bekommen. Warte nur, bis Ellen und Fox sie sehen.«

Hal würdigte sie keines Blickes und reichte Fliss die Hand. »Bitte. Maria ist lange nicht so selbstsicher wie sie aussieht. Im Grunde ist sie nämlich sogar sehr unsicher. Sie hat solche Angst davor gehabt, heute die ganze Familie kennen zu lernen, auch wenn man es ihr nicht anmerkt. Ich hoffe, dass ihr Freundinnen sein könnt. Ich weiß, das ist ziemlich viel verlangt ...«

»Natürlich komme ich mit runter«, erwiderte Fliss ruhig. »Wir haben uns hier nur festgequatscht. Wir hätten natürlich auch unten sein sollen, um dich und Maria zu begrüßen.«

Sie sprach ihren Namen ohne zu stocken aus, und ihre Stimme klang gefasst und freundlich – doch sie betete, dass er nicht merken würde, dass ihre Hand eiskalt war und zitterte. Als sie gemeinsam hinausgingen, drehte sie sich noch einmal nach Kit um. Ihre Cousine hob die Hand, formte mit Daumen und Zeigefinger einen Kreis und zwinkerte ihr aufmunternd zu.

»Gut gemacht, Cousinchen«, murmelte sie. »Wirklich gut gemacht.« Und dann machte auch sie sich auf den Weg nach unten, um Tee zu trinken.

Freddy dachte: Sie benimmt sich tadellos. Ich bin stolz auf sie.

Sie sah zu Caroline, die mit einem Lächeln auf ihren Blick

antwortete, da sie ihre Gedanken erriet und ihr nur zustimmen konnte. Eine gefasste, gelassene Fliss war mit Hal in die Eingangshalle gekommen, hatte Maria warm und selbstsicher begrüßt und sich dann neben sie gesetzt. Maria war diejenige gewesen, die nervös mit dem Teelöffel gespielt hatte und der ein Scone heruntergefallen war; deren Stimme einen Tick zu hoch und deren Lachen ein bisschen zu schrill war. Freddy und Caroline, die sich beide Sorgen um Fliss machten, waren sich der Unterströmungen nicht bewusst; doch Kit, die direkt hinter ihrem Bruder den Raum betrat, beobachtete die ganze Szene mit großen Interesse. Sie sah, dass Marias Blick – dieser wachsame, nervöse Blick hinter dem flinken, reizenden Lächeln – ständig zu Hal hinüberglitt. Hal dagegen schien nur Augen für Fliss zu haben. Er bedachte sie mit einem zärtlichen Blick, den Maria offenbar missverstand. Immer wieder bemühte sie sich, seine Aufmerksamkeit wieder auf sie selbst zu lenken. »... Stimmt's nicht, Hal?« – »... oder, Hal?« – »... weißt du noch, Hal?« – aber sobald er geantwortet hatte, wandte er seine ganze Aufmerksamkeit wieder Fliss zu, die Caroline dabei half, die Familie mit Tee zu versorgen.

Theo und Mole unterhielten sich ausführlich darüber, wie es war, nachts auf See zu sein, Susanna bombardierte Maria mit Fragen zu ihrem Brautjungfernkleid, die Maria eher zerstreut beantwortete, und Freddy strahlte vor Stolz auf Fliss. Als Kit sah, wie Ellens köstlicher Biskuitkuchen zwischen Marias nervösen Fingern zerbröselte und ihr Lachen immer schriller wurde, tat sie sogar ihr Leid. Sie beschloss, einzugreifen.

»Ja, dann«, sagte sie, als die Gespräche etwas abebbten, »erzähl uns doch mal von der Hochzeit, Maria. Was du so alles geplant hast. Habt ihr überhaupt genug Platz für uns alle?«

»Ja, natürlich.« Maria sah sie überrascht an. »Wir wollen Hals gesamte Familie dabei haben, stimmt's nicht, Hal?«

Sie sah ihn an, entzückt, endlich seine ungeteilte Aufmerksamkeit zu haben, und schenkte ihm ein verschwörerisches Lächeln. Sie wollte, dass alle sehen konnten, wie sehr er sie liebte. Er erwiderte ihr Lächeln.

»Selbstverständlich. Deine Mutter war ja so nett, alle einzuladen, sogar Ellen und Fox.«

»Ja, natürlich«, erklärte Maria zuckersüß, »und Miles natürlich auch.«

Da sah Hal wieder zu Fliss. »Der gute alte Miles. Hat mir übrigens geschrieben. Freut sich wie ein Schneekönig. Hat auch allen Grund dazu, der alte Glückspilz ...«

»Darf ich auch jemanden mitbringen?«, fragte Kit sittsam und in der Hoffnung, Hal abzulenken, als sie Marias Gesicht sah.

»Wen denn?« Es funktionierte besser, als sie erwartet hatte. Hal lachte spöttisch. »Willst du mir etwa erzählen, dass du endlich einen gefunden hast, der es ernst meint?«

Kit hob die Augenbrauen. »*Alle* meine Freunde meinen es ernst mit mir«, klärte sie ihn tadelnd auf. »*Ich* bin diejenige, die es nie ernst meint. Aber leider kann ich sie nicht alle einladen, Bruderherz. Dann müssten wir ja Westminster Abbey anmieten, damit alle reinpassen. Nein, ich hatte eigentlich an Sin gedacht, das ist alles. Sie liebt Hochzeiten. Heult jedes Mal von Anfang bis Ende.«

Sie sah, dass Hal Maria einen kurzen Blick zuwarf, und sah auch Ärger in Marias Gesicht aufblitzen. Dann mochte Maria Sin also nicht. Kit amüsierte sich königlich, während sie Hals Dilemma beobachtete.

»Ich wüsste nicht, warum nicht, oder, Liebling?«, fragte er und lehnte sich über den Tisch in ihre Richtung. »Schließlich sind die Hochzeiten anderer Leute die einzigen, in deren Genuss die arme Sin jemals kommen wird.«

Obwohl Kit wusste, warum er das gesagt hatte, und obwohl er ihr in dieser Situation Leid tat, ärgerte sie sich über diese gehässige Bemerkung.

»Wie Recht du hast«, pflichtete sie ihm bei. »Nicht, dass sie nicht durchschnittlich einen Heiratsantrag pro Woche bekommen würde, aber der Punkt ist ganz einfach, dass sie unglücklich in Onkel Theo verliebt ist. Er hat ihr Leben ruiniert.«

Marias starrer Blick wanderte überrascht von Kit zu Theo. Freddy schüttelte den Kopf und amüsierte sich über die vorlaute Kit. Hal und Fliss lachten.

Theo setzte sein eigenartig unergründliches Lächeln auf. »Mein ganzes Leben habe ich ihr widerstanden«, sagte er. »Es tut mir wirklich Leid, aber jetzt bin ich zu alt, um mich noch zu ändern.«

Er sah zu Freddy, die ihn anlächelte. In ihren Blicken lag eine so innige Zuneigung, wie sie nur nach vielen gemeinsam verbrachten Jahren möglich ist. Kit registrierte diese bewundernswerte wortlose Verständigung, und mit einem Mal drohten ihr Tränen in die Augen zu steigen, und sie verspürte einen Kloß im Hals. Sie kam sich plötzlich so billig vor und stand unvermittelt auf.

»Ich sehe mal nach den Hunden«, sagte sie. »Bis später.«

»Und ich muss Miles anrufen.« Auch Fliss schickte sich an, die Teegesellschaft zu verlassen. »Ich habe versprochen, dass ich um fünf anrufe. Er macht sich Sorgen, wenn ich mich verspäte. Entschuldigt mich bitte.«

Sie stakste über Beine und Füße und verschwand schließlich durch die Tür am hinteren Ende der Eingangshalle. Einen Moment lang herrschte Schweigen.

»Noch etwas Tee, Maria?«, fragte Caroline dann.

»Ja«, sagte Maria erleichtert. Auf einmal empfand sie keine Bedrohung mehr. »Ja, bitte.«

Sie sah Hal bittend an, und er stand auf und setzte sich neben sie. »Ich bitte auch, Caroline«, sagte er. »Wenn noch genug da ist. Und, Mole? Läuft der Count-down? Wie geht es dir dabei?«

Die folgenden Gesprächsthemen waren weniger aufreibend. Als Nächstes entfernten Freddy und Theo sich gemeinsam; dann machten Mole und Susanna sich auf die Suche nach Fliss, um mit ihr über ihre Hochzeit zu reden; und Caroline räumte den Tisch ab und war so rücksichtsvoll, Hal und Maria allein zu lassen.

»Siehst du«, sagte er und lehnte sich zufrieden zurück. »War doch gar nicht so schlimm, oder?«

»Ach, Hal.« Froh, endlich wieder mit ihm allein zu sein, kuschelte sie sich an ihn und suchte Bestätigung. »Meinst du, sie mögen mich?«

»Was redest du denn da, du Dummerchen«, sagte er. »Sie lieben dich. Wie alle. Oder zumindest wie ich.«

Er nahm sie fest in den Arm und küsste sie. Caroline, die hereinkam, um die letzten Teller und die Teekanne zu holen, zog sich lautlos wieder zurück. Als sie die Küche betrat, saßen Fox und Ellen dort am Tisch und tranken Tee, während Kit sich in den Hundekorb zu Perks gelegt hatte.

»Sieht ja ganz so aus, als wenn der Kuchen Absatz gefunden hätte«, merkte Ellen an, nachdem sie mit einer gewissen Befriedigung den leeren Teller erspäht hatte.

»Es war köstlich, Ellen«, sagte Caroline. »Eine Bilderbuch-Teestunde, wirklich. Und was hältst du von Maria?«

»Hat sehr gute Manieren«, sagte Ellen, und Fox nickte zustimmend. »Höfliches Benehmen. Eine richtige kleine Lady. Nicht wie so manch andere, deren Namen ich jetzt nicht erwähnen möchte, die gerne in Hundekörben liegen und über und über mit Hundehaaren bedeckt sind.«

»Aber was sagt ihr denn zu ihrer Jeans?«, fragte Kit wie beiläufig, während sie Mugwump mit Perks' Schwanzende kitzelte. Sie wusste genau, dass Fox und Ellen sich gebauchpinselt fühlten, weil Maria noch vor dem Teetrinken so freundlich gewesen war, sie jeweils persönlich zur Hochzeit einzuladen. »Ihr wart nicht gerade freundlich zu Sin, als sie in ihren Levi's hierher kam. Was hat Maria denn, was Sin nicht hat?«

»Es kommt gar nicht so sehr darauf an, was man trägt«, begann Ellen zu erklären, »sondern vielmehr darauf, wie man sich benimmt, während man es trägt.«

»Du meinst, dass Sin ungleich sexyer ist als Maria«, sagte Kit. »Ja, da gebe ich dir sogar Recht. Entweder hat man dieses gewisse Etwas, oder man hat es eben nicht. Dann ist es auch ganz egal, was man anhat und wie viel Make-up man sich ins Gesicht schmiert ...«

»Maria war ganz bestimmt nicht geschminkt«, ließ Ellen sich gekränkt auf diese Provokation ein. »Sie hat eine makellose Haut. Ich finde, sie sieht wie eine Lady aus.«

Kit schnaubte. »Nur weil sie ihre Perlenkette anhatte ...«

»Ist aber ein schöner Name«, mischte Fox sich auf einmal ein. »Maria. Erinnert mich an irgendetwas ...«

*»West Side Story«*, sagte Kit prompt. »»Ma-ri-a!«, jodelte sie theatralisch, verdrehte die Augen und drückte sich die verstörte Perks an die Brust. »»Ma-ri-a!«

»Dieses Gör«, brummte Ellen vor sich hin, doch Caroline musste lachen. »Liegt da und singt. Steh jetzt auf und hilf uns beim Abwasch, wenn du ohnehin nichts Besseres zu tun hast, als in Hundekörben zu liegen ...«

»Mir dünkt, das habe ich schon einmal gehört«, sagte Kit, schwang sich aus dem Korb und strich sich über den Rock. »Komm, Caroline. Du spülst, ich trockne ab.«

»Maria ist hochgegangen, um zu baden«, sagte Hal, der plötzlich mit dem Rest des Teegeschirrs in der Küche stand. »Kann ich irgendetwas tun?«

»Ja«, sagte Kit sofort. »Du kannst Caroline beim Abwaschen helfen und gleichzeitig alles über deine bezaubernde Maria erzählen. Und natürlich über die Hochzeit. Sie ist nämlich eingeschlagen wie eine Bombe, musst du wissen.«

Sie drückte ihm das Handtuch in die Hand und wirbelte aus der Küche. Aus dem Flur hallte ihre Stimme noch gut hörbar wider: »»Ma-ri-a!«

»Du bist also glücklich?«, fragte Mole Fliss, während Susanna sich einen tiefrosa Schal anhielt und im Spiegel betrachtete. »Richtig glücklich?«

»Richtig glücklich«, bestätigte sie. Sie saßen gemeinsam auf seinem schmalen Bett. »Du magst Miles doch, oder, Mole?«

Er nickte. »Er ist schon in Ordnung, der alte Miles«, plapperte er Hal mit seiner neuen, tiefen Stimme nach. »Ich mag ihn. Ist er nicht ... ein bisschen alt?«

»Für mich nicht«, sagte Fliss schnell. »Ich mag ältere Männer. Man ... man kann sich auf sie verlassen, wenn du verstehst, was ich meine.«

Mole nickte. Das konnte er wohl verstehen. »Ich will ja nur, dass du glücklich wirst«, sagte er etwas unbeholfen.

Fliss schluckte und war dankbar, dass Susanna sich in genau diesem Moment umdrehte, »Steht Rosa mir *wirklich*?«, fragte und sich dann wieder dem Spiegel widmete.

»Natürlich«, versicherte Fliss ihr. »Maria hat völlig Recht. Wir müssen auch noch über dein Kleid für meine Hochzeit reden. Wir können uns ja erst mal ein paar Bilder angucken.«

Susanna strahlte sie an. »Soll ich Ellens Schnittmusterbuch holen?«, fragte sie. »Vielleicht finden wir da ja was. Soll ich?«

Und schon war sie verschwunden. Fliss sah den schweigend neben ihr sitzenden Mole an.

»Ich möchte dich um einen Gefallen bitten«, sagte sie. »Um einen ganz besonderen Gefallen. Ich wollte dir das nicht einfach so schreiben, wie ich Susanna das mit dem Blumenmädchen geschrieben habe. Es geht um etwas Wichtigeres.« Er sah sie an, und sie legte die Stirn in Falten. »Normalerweise ist es doch so, dass der Vater die Tochter an den Bräutigam übergibt, wenn sie heiratet. Weißt du, was ich meine? Das ist so, als wenn er die Verantwortung für sie abgibt und sie ihrem Ehemann anvertraut.« Sie hielt inne. Mole nickte. Das hatte er schon im Fernsehen gesehen. »Na ja«, sagte Fliss, »ich habe ja leider keinen Vater, der das für mich tun könnte, und deswegen wollte ich dich bitten, dass *du* das für mich tust, Mole. Würdest du das tun? Würdest du mich bei meiner Hochzeit an Miles übergeben?«

Er starrte sie völlig verblüfft an. »Ich? N-nicht Onkel Theo?«

»Nein«, sagte sie mit fester Stimme. »Er würde das natürlich tun, wenn ich ihn darum bäte, aber ich möchte, dass *du* das tust, Mole. Du bist mein Bruder und mein nächster Verwandter. Das wird wahrscheinlich der wichtigste Tag in meinem Leben. Ich will dich an meiner Seite haben. Ach, Mole, bitte sag Ja.«

»Natürlich sage ich Ja«, versicherte er ihr. »Natürlich. Ich bin stolz, dass du mich fragst. Eigentlich will ich dich ja gar nicht weggeben, aber ich schätze, mit Miles geht das in Ordnung.« Er hielt sie fest im Arm, während sie sich an seiner Schulter ausweinte – sie weinte um Peter und Alison, um Jamie und um Hal. Er schluckte seine eigenen Tränen tapfer hinunter und suchte fieberhaft nach etwas, das sie trösten könnte. »Dann teilen wir dich eben. Du musst immer herkommen, wenn der alte Miles auf See ist. Wer weiß, vielleicht landen wir am Ende ja alle am gleichen Ort ...«

»Ja«, schniefte sie, dann setzte sie sich auf und wischte sich mit dem Ärmel über das Gesicht. »Ja, warum nicht. Tut mir Leid, Mole. Es ist nur ... na ja, ist alles ein bisschen viel, weißt du. Tut mir Leid.«

»Muss dir doch nicht Leid tun«, sagte er unbekümmert. »Hochzeiten sind halt immer so tränenreiche Angelegenheiten. Willst du ...? Möchtest du etwas trinken? Ich schätze, das ist das, was Kit jetzt sagen würde, oder? ›Du brauchst einen Drink!‹«

»Und da hätte sie wahrscheinlich sogar Recht.« Zu seiner Erleichterung lächelte Fliss wieder. »Gute Idee. Ich glaube, wir können alle einen gebrauchen. Komm, wir holen Susanna und Kit und genehmigen uns zur Feier des Tages einen. Danke, Mole. Danke, dass du so ... bist, wie du bist.«

»Kein Problem«, sagte er mit Bedacht, als er ihr aus dem Zimmer folgte. »Ist doch gar nichts dabei. Du weißt ja, dass du dich immer auf mich verlassen kannst.«

## 34

Theo schlug die Augen auf. Je mehr die morgendlichen Geräusche dieses späten Frühlingstages in sein Bewusstsein vordrangen, desto mehr verblasste das eben noch empfundene Glücksgefühl. Wie üblich verspürte er eine gewisse Trostlosigkeit, als die friedliche, kontemplative Stille der lärmenden Realität der ihn umgebenden Welt wich. Doch die Begegnung mit seinem Gott hatte ihm Kraft gegeben, und das Wissen, dass er jederzeit dorthin zurückkehren konnte, tröstete ihn. »... *Aber die auf den Herrn harren, kriegen neue Kraft, dass sie auffahren mit Flügeln wie Adler, dass sie laufen und nicht matt werden, dass sie wandeln und nicht müde werden.*« Im Laufe der Jahre hatten diese Worte für ihn immer mehr an Bedeutung gewonnen. Er stand auf und ging zum offenen Fenster hinüber. Während seiner meditativen Versenkung war die Sonne aufgegangen und hatte die Landschaft in strahlend helles Licht getaucht. Unten im Wäldchen sprossen frische, lindgrüne Blätter und bildeten einen hohen, durchbrochenen Baldachin, der in der sanften Brise raschelte. Im Halbdunkel unter diesem zarten Dach würden schon bald blaue Teppiche aus unzähligen Glockenblumen leuchten. Die saftig grünen Felder im Tal waren übersät von weiß und gelb blühenden Primeln, und in den Hecken schützte die üppige Blüte des Schwarzdorns die eben flügge gewordenen jungen Vögel in ihren Nestern.

Das war Theos Lieblingsjahreszeit: Diese Zeit der Erneuerung, die mit dem Wunder der Auferstehung begann, war für ihn eine Zeit der nicht enden wollenden Freude. Er liebte das zarte Gelb und das tiefe Blau der Frühlingsblumen, das Azurblau des Himmels nach einem Regenguss, das kräftige, schleierartige Grün des jungen Getreides auf der satten, roten Erde. Die länger werdenden Tage, die zunehmende Kraft der Sonne, die Rückkehr der Schwalben: dass all dies sich Jahr für Jahr wiederholte, glich einem immer wieder aufs Neue gehaltenen Versprechen und erfüllte ihn mit dankbarer Freude.

Die nördlichen Mauern von The Keep waren über und über mit Efeu bedeckt, hinter dessen dichtem Laub sich Dutzende von Nestern verbargen. Theo lehnte sich aus dem Fenster, um die Spatzen zu beobachten, die sich geräuschvoll an dem Efeu unter dem Fenster zu schaffen machten. Ein sich näherndes Amselmännchen sah ihn und machte mit warnendem Zwitschern kehrt, während das alarmierte Weibchen im Schutz der glänzenden Blätter auf dem Gelege sitzen blieb. Zwei Zitronenfalter tanzten fröhlich im Sonnenschein, und im Wald jenseits des Tals lachte ein Grünspecht. An diesem Frühlingsmorgen war die gesamte Natur wie besessen von neuem Leben.

Theo dachte über Fliss nach. Hatte er wirklich Recht mit seiner Annahme, dass Hals unerwartete Leidenschaft für Maria der Grund dafür war, dass Fliss sich ebenso unerwartet mit Miles verlobt hatte? Warum sonst hätte sie nach all den Jahren, die sie ihn kannte, ausgerechnet zu dem Zeitpunkt festgestellt, dass sie ihn liebte? Theo hatte gehofft, dass Freddy bei Gelegenheit einmal mit ihr reden würde, aber Fliss strahlte eine solche Entschlossenheit aus, dass es einem schwer fiel, sich ihr zu nähern. Sie umgab sich mit einer Sprödheit und einer Fröhlichkeit, die auf unsichtbare, aber effektive Weise jedes vertrauliche Gespräch abblockten. Theo hatte es zwar versucht, jedoch mit mäßigem Erfolg.

»Bist du sicher, dass es das ist, was du willst?«, hatte er sie in einem der seltenen Momente gefragt, in denen er mit ihr allein war.

Sie waren zusammen im Hof, betrachteten die dicken

Knospen und die frischen grünen Blätter an den Sträuchern und freuten sich gemeinsam an den Wundern der Natur. Er sah, wie sie sich etwas versteifte, bevor sie ihm antwortete, und fürchtete, etwas Falsches gesagt zu haben.

»Mit ›es‹ meinst du heiraten?«, hatte sie höflich nachgefragt – und er vermutete, dass sie jeden Gleichaltrigen an dieser Stelle schroff abgefertigt hätte.

»Nimm es mir nicht übel, wenn ich das so sage, aber manchmal lassen wir uns von anderen Menschen zu sehr beeinflussen«, hatte er vorsichtig erklärt. »Das Heiraten ist so eine Sache, von der man sich ziemlich berauschen lassen kann – das ist wie mit den Sonderangeboten im Ausverkauf. Da kauft man schon mal Sachen, die man gar nicht haben will, geschweige denn braucht, aus Angst, jemand anderes könnte sie einem wegschnappen.«

Da hatte sie ihn angelächelt – es war ein warmes, ehrliches Lächeln gewesen –, und er war irgendwie dankbar und erleichtert gewesen, dass sie so nachsichtig mit ihm war.

»Was weißt *du* denn schon darüber, wie es beim Ausverkauf zugeht, Onkel Theo?«, hatte sie gefragt. »Ich bin mir sicher, dass du noch nie in deinem Leben etwas Unbesonnenes getan hast, und schon gar nicht bei einem Ausverkauf.«

»Ich habe mal einen Regenschirm erstanden, der im Sonderangebot war«, hatte er nachdenklich gesagt und sie damit ziemlich überrascht. »Der war grün, und ich war wirklich unentschlossen, ob ich ihn kaufen sollte – bis der Mann neben mir die Hand danach ausstreckte. Auf einmal schien mir nichts erstrebenswerter als dieser wunderbare grüne Regenschirm, und darum habe ich ihn mir geschnappt. Ich weiß noch genau, wie ich triumphiert habe – wie eine Trophäe habe ich ihn nach Hause getragen.«

Sie hatte gelacht, und er war in ihr Lachen eingefallen. »Willst du Miles etwa mit einem Regenschirm vergleichen?«, hatte sie amüsiert gefragt. »Aber wer will ihn denn außer mir? Und im Sonderangebot ist er auch nicht.«

»Na gut, das war ein schlechtes Gleichnis«, räumte er ein. »Verzeih. Wir machen es dir nur unnötig schwer mit unserer Liebe. Wir möchten so gern sicher sein, dass du glücklich wirst, dabei ist das völliger Unsinn. Selbst wenn wir das Glücklichsein definieren könnten – warum solltest ausgerechnet du zu den wenigen Menschen gehören, denen dieses Glück beschieden ist?«

Sein Realismus hatte sie verblüfft. »Ich – ich hoffe doch, dass ich glücklich werde«, hatte sie protestiert.

»Es gibt Wichtigeres im Leben«, hatte er sehr ernst gesagt. »Wusstest du, dass die Yurok Indianer nur ein einziges Gesetz haben? Ein ganz einfaches.« Er hatte einen Moment innegehalten, als wolle er sich an den genauen Wortlaut erinnern. »Sich selbst treu sein, bedeutet, sein Bestes zu geben, um jemandem zu helfen, der bedürftig ist«, hatte er zitiert.

»Und du glaubst, ich bin mir nicht treu?« Sie hob das Kinn wie Freddy, doch die Sorgenfalte auf der Stirn erinnerte an Alison. »Warum sollte ich das nicht sein?«

Theo hatte den Kopf geschüttelt. »Das kannst nur du beantworten«, hatte er gesagt.

Sie hatte den Blick von ihm abgewandt, doch er sah die roten Flecken auf ihrer Wange. »Ich liebe Miles«, hatte sie eisig gesagt.

»Na, dann ist ja alles gut«, hatte Theo ruhig entgegnet. »Das ist das Einzige, das zählt. Denn dass er *dich* liebt, das wissen wir.«

»Ich weiß, was ihr alle denkt«, hatte Fliss aufbegehrt. »Ihr glaubt, es ist wegen Hal. Ihr fragt euch alle, warum ich mich ausgerechnet jetzt dazu entschlossen habe, Miles zu heiraten, wo ich ihn doch schon so lange kenne. Das ist es doch, was du meinst, oder? Dass mir all das mit Hals Hochzeit zu Kopf gestiegen ist und ich nicht außen vor stehen will?«

»So was in der Art«, hatte Theo zugegeben. Er war froh, dass Fliss keine Ahnung hatte, dass die Familie wusste, wie sie tatsächlich für Hal empfand.

Er hatte gedacht: Hält sie uns eigentlich für blind oder für blöd? Aber andererseits sehen wir jetzt nur deshalb so klar, weil wir es *wissen*. Weil Caroline es Freddy gegenüber ganz nebenbei erwähnt hat. Und nicht einmal Caroline kannte damals die ganze Wahrheit.

»So ist es aber nicht«, hatte Fliss verärgert zurückgegeben. »Ich liebe Miles wirklich, aber ich habe eben etwas länger gebraucht, um das herauszufinden. Man gewöhnt sich eben leicht an andere Menschen. Dann nimmt man sie für selbstverständlich und dann, eines Tages, wird einem bewusst, wie schrecklich es wäre, sie zu verlieren. Und genau so ist es mir mit Miles ergangen.«

Theo wusste, dass er hätte weiterbohren sollen, dass er hätte fragen sollen, was denn der Grund dafür gewesen war, dass sie Miles in einem anderen Licht gesehen hatte. Er wusste, dass er sie hätte auffordern sollen, ihre Gefühle ganz ehrlich zu hinterfragen, um zu vermeiden, dass sie einen großen Fehler beging – aber da waren Caroline und Susanna aufgetaucht, und der geeignete Moment war ungenutzt vorübergegangen.

Jetzt, da er am Fenster stand, fragte Theo sich, ob es richtig gewesen war, den Moment so einfach verstreichen zu lassen, ob er nicht eine weitere Gelegenheit zum Gespräch hätte suchen sollen. Aber war Fliss denn stark und reif genug, um sich die richtigen Fragen selbst zu stellen und mit den ehrlichen Antworten umzugehen? Das könnte sehr schmerzhaft werden, und überhaupt: Wer war er denn, dass er sich anmaßte, ihr diese Selbstanalyse abzuverlangen? In Theo machte sich jene nagende, abstumpfende Verwirrung breit, die ihn schon sein ganzes Leben verfolgte, und er schüttelte den Kopf. Seine eigene Schwäche ärgerte ihn maßlos, und ihn plagte das Gefühl, versagt zu haben. Nur langsam drangen die Geräusche des Frühlingsmorgens wieder in seine düsteren Gedanken vor, zerrissen den Nebel seiner Sorgen und hoben seine Laune. Das dünne, klagende Blöken der neugeborenen Lämmchen hallte bis zu seinem Fenster wider, und von jenseits des Tals hörte er zum ersten Mal in diesem Jahr den Kuckuck rufen: einmal, zweimal, dreimal ... Theo atmete tief durch und spürte, wie er wieder zu Kräften kam. Die verheißungsvolle Auferstehung der Natur gab ihm neue Hoffnung.

Fox ging auf dem Hügel spazieren, als er von weiter unten den Kuckuck hörte. Er drehte sich nach ihm um und beobachtete seinen Flug. Obwohl Fox alle Jahreszeiten gern mochte, war der Frühling für ihn – wie für Theo – eine ganz besondere Zeit. Dem Herbst und dem Winter sah er neuerdings nicht mehr so freudig entgegen – vor allem dem nassen, kalten Winter nicht, der seine Gelenke immer nur noch steifer werden ließ. Er war inzwischen so alt, dass er das wärmere, mildere Klima vorzog, das die langen Tage mit sich brachten. Fox war vom Morgengesang der Vögel aufgewacht, vom freundlichen Zwitschern der Schwalben unter den Simsen seines kleines Cottages. Es freute ihn, sie wieder bei sich zu haben, zu sehen, wie sie ihre alten Nester inspizierten und Vorbereitungen trafen für die neue Brut. Je älter Fox wurde, desto schlechter schlief er, und daher war er immer froh, wenn endlich der Morgen graute, die ersten Vögel tirilierten und mit dem Aufgehen der Sonne, die die Welt von Osten her mit Wärme überflutete, der quinkelierende Chor immer lauter wurde. Heute war er nach einer langen, unruhigen und anstrengenden Nacht erst gegen Morgen tief eingeschlafen und darum später als üblich aufgewacht. Nur der Gedanke daran, dass Ellen in der Küche das Frühstück vorbereitete, hatte ihn letztendlich mit Mühe aufstehen lassen. Er hatte sich träge gefühlt, wie betäubt, und sein ganzer Körper hatte geschmerzt, doch jetzt, hier draußen in der Natur, zusammen mit den Hunden, fühlte er sich wieder unverwüstlich. Genüsslich streckte er sich in der Sonne und geriet fast außer sich vor

Freude, als er über das Tal hinweg den Ruf des Kuckucks vernahm.

Er sah sich nach den Hunden um. Mugwump war ihm ein Stückchen voraus. Für seine dreizehn Jahre war er noch ganz schön fidel, ein bisschen steif und rundlich zwar, aber er genoss die Ausflüge in die umliegende Landschaft wie eh und je. Fox wusste noch, wie klein er gewesen war, als die Kinder damals aus Kenia kamen – und musste an Mrs. Pooter denken.

»Altes Biest«, murmelte er. Er schluckte. »Das gute alte Biest.«

Ihre Urenkelin, die sich von einer interessanten Fährte hatte aufhalten lassen, holte mit wedelndem Schwanz auf, stupste Fox gegen das Bein und blieb stehen, damit er ihr die Ohren kraulen konnte. Sie hatte ein viel angenehmeres Temperament als ihre Vorfahrin, doch Fox liebte sie – wenn auch anders – genau so sehr wie seinerzeit Mrs. Pooter. Hunde waren eigentlich fast wie Menschen, fand Fox: Sie waren alle unterschiedlich und hatten alle etwas an sich, das versöhnlich stimmte. Perks sah, dass Mugwump eine neue Fährte aufgenommen hatte, und stob davon, um ihre Nase in die gleiche Angelegenheit zu stecken. Fox folgte ihnen in gemächlichem Tempo.

Auf The Keep war es ungewöhnlich ruhig nach dem geschäftigen Wochenende. Es waren einzig die regulären Bewohner übrig geblieben, die ihren Geschäften nachgingen, eine Menge zu besprechen und Pläne zu schmieden hatten. Zwei Hochzeiten so kurz hintereinander durchbrachen natürlich die übliche Routine des Alltags. Fox und Ellen waren sich hundertprozentig einig. Sie waren sowohl mit Maria als auch mit Miles einverstanden und fanden, dass Hal und Fliss jeweils eine sehr gute Wahl getroffen hatten. Ellen machte sich zwar immer noch ein wenig Sorgen wegen des Altersunterschiedes zwischen Miles und Fliss, aber Caroline hatte sie nun schon fast überzeugt, dass Miles nicht nur ein hingebungsvoller, liebender Ehemann, sondern noch dazu erfolgreich in seinem Beruf sein würde. Er war gerade als Stabseinsatzoffizier dem Admiral in Devonport unterstellt worden, was bedeutete, dass er und Fliss sich in der ersten Zeit ihrer Ehe nicht voneinander trennen mussten und sogar ganz in der Nähe blieben. Sie konnten in dem Haus in Dartmouth wohnen, und Fliss würde regelmäßig ihre Familie auf The Keep besuchen können. Darüber freuten sich alle – vor allem Miles.

Und was Maria betraf ... Fox pfiff anerkennend durch die Zähne. Da hatte Hal sich einen echten Hauptgewinn geangelt – selbst Ellen war restlos begeistert. Maria hatte es geschafft, im Laufe des Wochenendes sämtliche Herzen auf The Keep zu erobern. Sie war so hübsch und freundlich, und es war ihr offensichtlich unglaublich wichtig gewesen, von der Familie akzeptiert zu werden.

Fox dachte: Da brauchen wir uns keine Sorgen zu machen, dass sie uns jemals rauswerfen wird. Hal hat eine gute Wahl getroffen. Das süße kleine Mädchen würde keiner Fliege was zu Leide tun.

Es war so charmant von ihr gewesen, sie zu der Hochzeit in Wiltshire einzuladen. Ihre Eltern hatten angeboten, Hals gesamte Familie in einem Hotel im Ort unterzubringen, und es war völlig selbstverständlich gewesen, dass Ellen und Fox auch zu Hals Familie gehörten. Marias Einladung hatte nichts Herablassendes an sich gehabt, nichts, das Ellen auch nur im Entferntesten in ihrem Stolz verletzt oder das irgendwie beleidigend geklungen hätte. Jetzt drehte sich alles um die Vorbereitungen: wie sie nach Wiltshire reisen sollten, was sie anziehen sollten, was sie dem Brautpaar schenken sollten. Caroline und Freddy organisierten zwar alles, aber es machte trotzdem Spaß, die Einzelheiten durchzugehen und die Vorfreude auszukosten ...

Doch vor jenem großen Tag im Juni sollte erst Fliss' Hochzeit auf The Keep stattfinden. Die Familie war darin übereingekommen, dass Miles seine neue Stelle als verheirateter Mann antreten sollte, und darum wurde diese Hochzeit zwei Wochen früher anberaumt als die andere. Und obwohl alles in einem bescheidenen, ruhigen Rahmen gehalten werden sollte, gab es doch reichlich vorzubereiten. Die ganze Familie war wild entschlossen, Fliss' Hochzeitstag zum schönsten Tag zu machen, den The Keep je gesehen hatte – und nichts und niemand sollte ihn auch nur eine Sekunde lang stören.

Es war zwar warm und wunderschön an diesem Frühlingsmorgen, aber Fox sehnte sich nun doch nach der guten alten Küche, nach einer Tasse Tee und einem Teller Porridge und der Gesellschaft von Ellen und Caroline. Hin und wieder gestattete er sich die grausame Vorstellung, ganz allein zu sein, ohne Familie und Freunde, und wie er dann wohl zurechtkommen würde, wie er dann ums Überleben kämpfen müsste. Erst gestern hatte er mit Freddy über sein Gefühl der Unzulänglichkeit gesprochen und versucht, seiner Dankbarkeit darüber Ausdruck zu verleihen, dass er seinen Lebensabend bei ihr auf The Keep verbringen durfte, obschon er doch in Haus und Garten kaum noch helfen konnte. Sie hatte ihm nachdenklich zugehört und leicht die Stirn gerunzelt.

»Das muss schwer für dich sein«, hatte sie schließlich gesagt, nachdem er verstummt war. »Aber weißt du, du gehörst nun mal zu meiner Familie. Du musst jetzt über deinen Schatten springen und akzeptieren, dass wir in Zukunft für dich sorgen – so, wie wir akzeptiert haben, dass du uns all die Jahre beschützt hast und uns treu zu Diensten warst. Du hast es dir verdient, und abgesehen davon brauchen wir dich noch immer. Du warst von Anfang an bei mir, Fox, und wir bleiben bis zum Ende zusammen, wir beiden.«

Sie hatte ihm kurz die Hand auf die Schulter gelegt und war dann weggegangen – groß und aufrecht in ihrem alten Tweed, das Kinn erhoben, die Schultern straff. Auf einmal hatte Fox die junge Freddy von sich weggehen sehen, deren strohblondes Haar sich auf ihrem kleinen Kopf türmte und deren Hände in den Jackentaschen vergraben waren ... wie einer ihrer geliebten Cairn Terrier ihr um die Füße sprang und ihre beiden kleinen Jungen, Peter und John, fröhlich vorneweg liefen. Ihm waren Tränen in die Augen gestiegen, als er erkannte, dass all die Jahre wie im Flug vergangen waren und dass seine kostbare Zeit fast abgelaufen war. Er hatte unbändigen Stolz und überwältigende Liebe empfunden – und ein unschätzbares Gefühl der Zugehörigkeit ...

Er machte sich auf den Nachhauseweg, rief die Hunde und fragte sich, wie es wohl sein würde, wenn der oder die Erste von ihnen starb. Wie sollte er bloß ohne Freddy zurechtkommen, oder ohne Ellen ...?

»Was ist denn mit dir los?«, fuhr Ellen ihn wenig sensibel an, als er in die Küche kam. »Du siehst ja aus, als wäre dir die Butter vom Brot gefallen.«

Sehr zu ihrer Überraschung legte er ihr den Arm um die Schulter und drückte ihr einen Kuss auf die faltige Wange.

»Lass mich nicht allein, Ellen«, sagte er – und ging zum Herd hinüber, um die Teekanne zu holen.

Ellen war von dieser unerwarteten Geste derart gerührt, dass es ihr ausnahmsweise einmal nachhaltig die Sprache verschlug. Erst als Caroline die Küche betrat, sorgte diese dafür, dass die Spannung wieder nachließ.

»Was für ein herrlicher Morgen!«, rief sie. »Ein wunderschöner Tag. Genau das, was wir für Fliss' Hochzeit brauchen. Der Garten wird prächtig aussehen. Ich finde, wir sollten heute ein paar Reihen Stangenbohnen säen. Was meinst du, Fox? Josh kommt nachher auch. Gibt es etwas, das er für dich tun soll?«

Er wusste, dass sie ihn fragte, damit er sich nicht in seinem Stolz verletzt fühlte und damit er weiterhin das Gefühl hatte, gebraucht zu werden. Dankbar lächelte er sie an.

»Das macht ihr mal unter euch aus, Mädchen«, sagte er ganz ohne Groll. Freddy hatte ihn von dem Stachel befreit, der seinen zufriedenen Lebensabend zu vergiften drohte, und jetzt konnte er zur Ruhe kommen und alles mit ehrwürdiger Gelassenheit hinnehmen. »Ist doch nicht gut, wenn ein junger Mann immerzu nach der Pfeife eines alten tanzen muss. Er ist schon in Ordnung. Ihr beiden schafft das schon alles ohne mein Zutun.«

Die beiden Frauen tauschten einen schnellen Blick aus, als Fox sich dem Herd zuwandte, um die Teekanne wieder dort abzustellen. Caroline zog die Augenbrauen hoch, Ellen zuckte mit den Schultern.

»Na, dann«, sagte Caroline nach einer Weile. »Also ...«

»Frühstück«, sagte Ellen, nachdem sie ihre Fassung zurückgewonnen hatte. »Erst mal Frühstück. Um den Garten kümmern wir uns später.«

»Mole wird bestimmt langsam nervös«, sagte Caroline, um das Thema zu wechseln. »Am Donnerstag fährt er nach Gosport. Ich hole ihn Mittwoch nach Hause, damit er hier schlafen kann. Muss früh raus am nächsten Morgen.«

»Hal hat ihn gut vorbereitet«, berichtete Fox zuversichtlich, als er sich voll Genuss seinem Porridge zuwandte. »Hat ihm gesagt, wo er aufpassen muss. Wo die ganzen Tricks lauern. Das schafft unser Mole schon.«

»'türlich schafft er es«, sagte Ellen, die erleichtert war, dass Fox wieder fast der Alte war. »Mein Gott, wenn man an den kleinen Wurm denkt, der kein Wort sprechen konnte.« Sie schüttelte den Kopf. »Na, ich finde, wir haben ihn ganz gut hingekriegt, wenn ich das mal so sagen darf.«

»Das finde ich auch«, sagte Caroline, die außerdem fand, dass ein bisschen Selbstbeweihräucherung von Zeit zu Zeit gar nicht schaden konnte. »Weißt du noch, Fox, als er um das Wäldchen gerannt ist? Das war vielleicht ein Tag. Und du warst es, der ihn in Empfang genommen hat. Wie ein Äffchen hat er sich an dich geklammert, als ihr zurückgekommen seid, das weiß ich noch ganz genau. Mole hat geweint vor Freude.«

»Ich auch«, gestand Fox. »Weißt du noch, Ellen?«

»'türlich weiß ich das noch«, sagte sie schroff. »Hat eines Morgens plötzlich hier in der Küche gestanden, etwa um diese Zeit, hat gesagt ›Heute schaff ich's‹, und schwupps, war er weg. Fox hat nicht mal seinen Tee ausgetrunken. Ist direkt hinter ihm her.«

»Er hat dir vertraut«, sagte Caroline nachdenklich. »Er wusste ganz genau, dass du da sein und auf ihn warten würdest, wenn er das Wäldchen umrundet hatte. Er wusste, dass du ihn niemals im Stich lassen würdest. Und genau das hat er gebraucht.«

Schweigen. Fox putzte sich geräuschvoll die Nase. »Das haben wir ihm doch alle gegeben«, sagte er. »Wir waren immer alle für ihn da. Haben zusammengehalten. Wie es sich für eine richtige Familie gehört.« Er sah sie an und lächelte. »Also dann. Ich habe einen Bärenhunger nach der vielen frischen Luft. Kann ich wohl noch eine Scheibe Toast bekommen?«

## 35

Die milde Witterung nahm ein jähes Ende, als der Winter noch einmal mit von Westen heranpeitschendem Regen zurückschlug. Prue beeilte sich ins Haus zu kommen, zog schaudernd den triefenden Regenmantel aus und ging ins Wohnzimmer, um dort die Heizung anzuschalten. Der plötzliche Wetterumschwung konnte ihrer guten Laune nichts anhaben. Sie hatte das Gefühl, dass das Leben auf einmal wieder auf Touren kam, nachdem es jahrelang wie im Leerlauf ereignis- und ziellos verstrichen war. Prue musste lachen. Das hatte sie von Johnny übernommen: das Leben mit Motoren zu vergleichen. Er wäre so stolz auf Hal gewesen, und so angetan von Maria. Prue seufzte zufrieden und schenkte sich einen Drink ein. Hal war mit ihr nach Wiltshire gefahren, damit sie Marias Eltern kennen lernte, die in einem überraschend modernen und ausgesprochen ungewöhnlichen Haus in der Nähe von Salisbury lebten. Marias Vater war Architekt, und sein Architekturbüro hatte Zweigstellen in Salisbury und Winchester; ihre Mutter arbeitete halbtags in einem Antiquariat. Sie hatten Prue mit offenen Armen aufgenommen, sie von vorne bis hinten verwöhnt und deutlich zum Ausdruck gebracht, dass sie Hal nur zu gern als ihren Schwiegersohn annehmen würden. Maria war ihr einziges Kind, für das den Eltern im Grunde nichts gut genug war. Hal hatte die strenge Prüfung anscheinend glänzend bestanden.

Prue hatte ihn beobachtet und dabei immer wieder an Johnny denken müssen. Hal verfügte über den gleichen natürlichen Charme und die gleichen guten Manieren, die in

Kombination mit seinem Sinn für Humor und der grenzenlosen Begeisterungsfähigkeit dafür sorgten, dass er immer und überall Freunde fand. Er hatte eine Ehrlichkeit, eine Offenheit an sich, die Menschen jeden Alters ansprach, und Marias Eltern waren entzückt, ihre Tochter in die Obhut eines beliebten, erfolgreichen jungen Marineoffiziers zu entlassen. Bei sich zu Hause war Maria ungleich selbstsicherer gewesen als in Bristol. Jetzt, da sie offiziell verlobt waren, führte sie sich Hal gegenüber erfrischend besitzergreifend auf. Prue hoffte nur, dass diesen beiden das lange, glückliche gemeinsame Leben vergönnt sein würde, in dessen Genuss sie und Johnny nicht gekommen waren, und sie schmiedete bereits Pläne für ihre Enkelkinder.

»Wir wollen gleich richtig loslegen und Kinder kriegen, Ma«, hatte Hal ihr erzählt, als sie nach Bristol zurückgefahren waren. »Ich verdiene genug, und wir wollen gerne damit anfangen, solange wir noch jung sind und uns richtig an den Kindern freuen können. Im Herbst werde ich siebenundzwanzig. Kaum zu glauben, was?«

Prue hatte geschwiegen. Es war doch ganz und gar unmöglich, dass Johnny schon so lange tot war. Hal hatte ihr einen Seitenblick zugeworfen und dann kurz seine Hand auf ihre gelegt. Sie hatte ihn schnell angelächelt.

»Ach, Liebling, für meinen Geschmack könnt ihr gar nicht früh genug damit anfangen. Ich liebe Babys, das weißt du. Ich freue mich schon so darauf.«

»Sie ist ein tolles Mädchen, findest du nicht auch?«, hatte er gefragt. »Auf The Keep war sie so schrecklich schüchtern. Schade, dass du nicht dabei warst. Ich habe den Eindruck, dass sie sich in deiner Gegenwart sehr wohl fühlt.«

»Vielleicht hätte ich doch besser kommen sollen«, hatte Prue eingeräumt. »Aber ich wollte, dass deine Großmutter euch für sich hat. Das hört sich wahrscheinlich komisch an, weil an dem Wochenende so viele Leute da waren, aber du weißt, was ich meine. Sie war immer so gut zu dir, und ich wollte mich zurückhalten und ihr das Gefühl geben, dass es ganz ihr Tag war.«

»Na, die arme Maria war etwas erschlagen. Aber Fliss war wirklich lieb zu ihr.«

In dieser Äußerung hatte so etwas wie Trotz mitgeschwungen, aber Prue hatte Fliss' Großherzigkeit ganz ruhig und bereitwillig akzeptiert und dann das Gespräch auf Kit gelenkt – wenn sie doch nur auch endlich jemanden finden und mit ihm zur Ruhe kommen würde. Insgeheim war Prue nämlich entsetzt, dass Kit nun schon fast siebenundzwanzig war und immer noch keine Anstalten machte, sich zu binden. Nicht, dass es ihr an männlichen Begleitern mangelte – ganz im Gegenteil –, nein, es lag vielmehr an Kits Unfähigkeit, sich mit nur einem zufrieden zu geben. Während der kleine Sportwagen nach Bristol flitzte, gestand Prue Hal ihre Ängste. Sie befürchtete, dass Kit auf der Strecke bleiben würde.

»Wenn sie nicht aufpasst«, hatte sie gesagt, »ist sie eines Tages umringt von Witwern und geschiedenen Männern. Sie hat mir doch schon so sympathische junge Männer vorgestellt. Ach, Hal, warum kann sie sich denn nicht so richtig schön verlieben wie du und Maria?«

Sie sah ihn an: Sein blondes Haar war vom Wind zerzaust – er hatte sie überredet, offen zu fahren –, und die Hände umfassten lässig und doch sicher das Lenkrad. Er wirkte leicht überheblich und strahlte eine Selbstgefälligkeit aus, die es ihm schwer machte, sich um die Probleme anderer zu kümmern, während er vor Glück fast platzte. Prue hatte erwartet, dass er mit irgendwelchen Platitüden über ihre Sorgen hinweggehen würde: »Ach, sie wird schon noch jemandem finden« oder »Du machst dir zu viele Gedanken, Ma. Sie hat doch noch so viel Zeit ...« Aber stattdessen hatte er ernsthaft nachgedacht.

»Der Punkt ist«, hatte er schließlich erklärt, »dass Kit glücklich ist. Das darfst du nicht vergessen. Und sie liebt das Leben. Wenn sie ein Mann wäre, würdest du dir nicht solche Sorgen machen, oder? Nur weil sie eine Frau ist, meinst du, dass sie heiraten und Kinder kriegen sollte.«

»Aber findest du das denn nicht auch?«, hatte sie neugierig gefragt. Hal hatte so konventionelle Ansichten zur Rolle der Frau, dass sie seine Äußerung mehr als erstaunt hatte. Galten seine Ansichten etwa nicht für seine Schwester?

Jetzt, als Prue vor ihrem kleinen Ofen saß und an seine Antwort zurückdachte, empfand sie die gleiche Überraschung – fast konnte man es schon Schock nennen – wie seinerzeit.

»Kit ist anders als andere Frauen«, hatte er langsam gesagt, als müsse er das, was er sagte, aus den Tiefen seines Unterbewusstseins heben. »Das war sie schon immer. Sie ist eine merkwürdige Mischung. Sie liebt Männer, sie ist gern mit ihnen zusammen, ohne – wie manch andere Frauen – über ihre Schwächen und Fehler zu lamentieren, aber sie ist dennoch wahnsinnig unabhängig. Sie liebt ihren Job und ihre Freiheit. Ich glaube, Kit kann sehr gut sie selbst sein, ohne damit anzuecken. Vor zwanzig Jahren hätte man sie vielleicht als exzentrisch abgestempelt. Heute macht sie einfach ihr Ding. Jetzt ist das erlaubt. Und Sin ist genauso. Deswegen kommen die beiden so gut miteinander aus. Keine Ansprüche, kein Ärger.«

Seinen Ausführungen war ein kurzes Schweigen gefolgt.

»Ich finde es trotzdem seltsam«, hatte Prue sich schließlich noch einmal vorgewagt. »Du nicht auch? Ich bin nun mal schrecklich konventionell ...«

»Wie bitte?«, hatte er sie unterbrochen. »Bist du dir da ganz sicher? Du hast doch auch nicht wieder geheiratet, oder? Ja, ich weiß, da war Tony, aber das war doch eher ein Fehler als sonst irgendetwas. Und da waren wir schon dreizehn. Du hast es ja wohl auch nicht gerade eilig gehabt, dich wieder an einen Mann zu binden und ... na ja, wieder abhängig zu werden, oder?«

»Hätte ich aber gern«, hatte Prue gestanden. »Ich habe Johnny so vermisst-«

»Moment mal«, unterbrach er sie erneut. »Du hast versucht, einen Ersatz für unseren Vater zu finden, zumindest war das das, was du wolltest. Aber als du erkannt hast, dass das nicht geht, hast du auch aufgehört, es zu versuchen. Ich glaube, einer wirklich konventionellen Frau wäre irgendein Mann lieber als gar keiner.«

»Vielleicht«, räumte Prue offen ein, »wäre alles anders gelaufen, wenn ich nicht Freddy im Hintergrund gehabt hätte. Finanziell war ich immer abgesichert.«

»Aber du hast dich aufgerappelt und hast gearbeitet, als es nicht anders ging, oder etwa nicht?«, hatte er beharrt. »Du hast nicht dumm rumgesessen, geheult und darauf gewartet, dass dir jemand die Last abnahm.«

Prue saß vor ihrem kleinen Ofen, nippte an ihrem Sherry und wurde von einer angenehmen Wärme durchströmt, als sie an Hals Worte zurückdachte. Es war, als hätte er sie ihr eigenes Leben für einen kurzen Augenblick von einem anderen Blickwinkel aus betrachten lassen – und auf einmal erschien sie gar nicht mehr in einem so törichten Licht, wie sie immer gedacht hatte.

»Ich wollte wieder gutmachen, dass ich so dumm war, mich von Tony blenden zu lassen«, hatte sie Hal gegenüber zugegeben. »Ich war naiv ... ich war einsam ...«

»Das ist doch genau das, was ich meine«, hatte er ihr erklärt. »Du hättest jederzeit wieder heiraten können. Ich weiß noch, dass ständig irgendein Mann um dich herumgeschlichen ist. Dass wir ins Internat kamen, muss schrecklich gewesen sein für dich, und das war genau der Zeitpunkt, zu dem du geheiratet hast. Und seien wir doch ehrlich – mit Tony konnte man richtig Spaß haben.« Er hatte mit den Schultern gezuckt. »Gut, er war ein Fehler, aber immerhin dein einziger. Du hast dich nicht wieder auf so etwas eingelassen, obwohl du immer noch einsam warst und dein Job nicht gerade ein Zuckerschlecken. Was ich eigentlich sagen will, ist, dass wir vielleicht allesamt gar nicht so konventionell sind, wie wir selbst glauben. Was ich über unseren Vater höre, klingt nicht gerade besonders konventionell. Und dann Onkel Peter, der sich nach Afrika abgesetzt hat, weil er das Leben in Friedenszeiten langweilig fand. Und was ist mit Großmutter? Ist ganz allein auf The Keep geblieben und hat ihre beiden Jungs großgezogen damals.«

»Und du?«, hatte sie gewagt zu fragen. »Wie siehst du dich selbst?«

»Ich bin wahrscheinlich der Konventionellste von uns allen«, hatte er langsam gesagt. »Ich möchte eine Frau, die immer für mich da ist, für die ich und die Kinder an erster Stelle stehen. Aber ich will auch, dass sie unabhängig und selbstständig ist. Ich will keine Frau, die anfängt zu jammern, sobald es irgendwie schwierig wird. Ich brauche eine Frau, die mit Trennung und Problemen fertig werden kann. Es ist nicht leicht, mit einem Mann verheiratet zu sein, der bei der Marine ist.«

»Und du glaubst, dass Maria all das schafft?«, hatte Prue gefragt. »Sie ist noch sehr jung.«

»Ich glaube schon – solange sie ein entsprechendes Umfeld hat. Verstehst du, was ich meine? Andere Ehefrauen, das ganze Drumherum bei der Marine, damit sie weiß, dass sie nicht allein ist. Ich werde schon dafür sorgen, dass sie gut in den Kreis der anderen Frauen aufgenommen wird.«

»Und die Familie ist ja auch noch da«, hatte Prue gesagt. »Wir sind auch für sie da, wenn sie uns braucht.«

»Ja«, hatte Hal erwidert. »Die Familie ist auch noch da ...«

Selbst jetzt, eine Woche später, konnte Prue sich noch an den seltsamen Ton in seiner Stimme erinnern und daran, dass es sie einigen Mut gekostet hatte, die folgende wichtige Frage zu stellen. Sie hatte gewusst, dass die Frage gestellt werden musste, um die letzten Zweifel auszuräumen.

»Ist ... Versteht ihr euch noch, Fliss und du?« Sie bemühte

sich, unbeschwert zu klingen. »Ihr habt euch geliebt, nicht wahr? Es tut mir so Leid, Hal.«

Sie hatte gesehen, wie seine Gesichtszüge sich etwas verhärteten und er das Kinn leicht anhob. »Ja, wir haben uns geliebt. Fliss war nämlich all das, wovon ich gerade gesprochen habe. Für sie stand ich an erster Stelle, aber sie ist auch enorm stark. Die meisten Leute merken das nicht und sagen ›Ach, die arme Fliss‹, weil sie viel durchgemacht hat und weil sie so still ist und sich alles immer nur um die Kleinen dreht und Kit die Lacher auf ihrer Seite hat. Aber Fliss ist stark. Sie ist wie Großmutter. Ich liebe sie immer noch, falls es das das ist, was du wissen willst. Und ich werde sie immer lieben – aber bei ihr empfinde ich nicht das gleiche Kribbeln wie bei Maria. Am Anfang ja, als wir alle langsam erwachsen wurden, aber das lag wohl mehr an der Pubertät oder so. Jungs reagieren dann nun mal verstärkt auf die geringsten Reize. Später war es dann eher so, dass ich sie *zu* gut kannte ...«

Prue seufzte, als sie ihr Glas austrank, und hatte ein schlechtes Gewissen, weil sie ihn dazu gedrängt hatte, ihr seine Gefühle zu erklären. Andererseits hielt sie es nach wie vor für das Beste, offen darüber zu sprechen, damit sich keine Geheimniskrämerei entwickelte und Hal und Fliss sich womöglich weiterhin für ein von der Welt unverstandenes Liebespaar hielten. Marias Frohnatur, ihre Schönheit und ihre Bewunderung für Hal würden schon dafür sorgen, dass auch der letzte Zweifel ausgeräumt wurde – und wenn dann erst Kinder kamen ... Prue seufzte noch einmal – der bloße Gedanke an Hals Kinder beglückte sie maßlos – und schenkte sich noch ein Glas Sherry ein.

»Bist du dir sicher«, fragte Miles Fliss im gleichen Moment, »bist du dir sicher, dass du hier glücklich werden kannst? Wir könnten es auch verkaufen. Und uns was anderes suchen. Es muss ja nicht Dartmouth sein.«

»Also, wirklich.« Fliss lachte und legte die Arme um ihn. »Mach doch nicht so einen Aufstand. Ich liebe dieses Haus. Es macht mir überhaupt nichts aus, dass du es zusammen mit Belinda ausgesucht hast und ihr hier gemeinsam gewohnt habt. Warum sollte es denn?«

Er drückte sie fest an sich. Er wollte so gern, dass alles perfekt war, wusste aber auch, dass das nicht möglich war. »Ich liebe dich«, murmelte er in ihr Haar.

»Dann mach mir eine Tasse Tee«, verlangte sie fröhlich, »ich verdurste gleich. Ich mache die lange Reise hierher, und du bietest mir nicht einmal einen Tee an.«

Er küsste sie, sagte »Bin gleich zurück« und verschwand nach unten. Fliss legte ihre Jacke auf das Bett und stellte sich ans Fenster. Sie blickte über die nassen Dächer und über den Fluss bis nach Kingswear und fragte sich, warum es ihr nichts ausmachte, dass Miles hier mit einer anderen Frau gelebt hatte.

Fliss dachte: vielleicht, weil Tote auch in meinem Leben eine große Rolle spielen. Wir dürfen den Verstorbenen nicht verwehren, an unserer Gegenwart teilzuhaben. Wir dürfen sie nicht so schnell ad acta legen.

Ihr war aufgefallen – und sie hatte es bedauert –, dass die Fotos von Belinda nicht mehr da waren. Hier im Schlafzimmer hatten zwei auf der Kommode gestanden, eine Porträtaufnahme vom Fotografen und ein etwas kleineres Bild von Miles und Belinda am Strand, auf dem sie glücklich in die Kamera lachten. Fliss dachte an all die Fotos auf The Keep, die Teil *ihres* Lebens waren, Teil ihrer Vergangenheit. War es denn so wichtig, dass Belinda früher Miles' Frau war? Sollte sie, Fliss, eifersüchtig sein? Sie starrte weiter hinaus in den kalten, nassen Abend und ging alles ganz genau durch. Sie konnte sich nicht vorstellen, auf etwas eifersüchtig zu sein, dass vor so vielen Jahren passiert war, oder gar auf eine Frau, die sie nie kennen gelernt hat. Es gab ganz offensichtlich verschiedene Arten der Liebe. Ihre Liebe zu Miles war innig und stark, würde aber niemals wilde Leidenschaft, Eifersuchtsanfälle oder Verzweiflung hervorbringen. Sie dachte kurz an Hal und Maria und ihre Liebe zu Hal. Der Gedanke tat weh, doch sie wehrte den Schmerz ab, ließ ihn nicht zu. Mit nachdenklicher Miene starrte sie weiter hinaus in die Dunkelheit. Sie durfte keine Schwäche zeigen. Wenn sie und Hal ihre Liebe hätten zeigen und leben dürfen, wäre sie wahrscheinlich binnen weniger Monate verpufft. Die Heimlichtuerei war ja gerade das gewesen, was die Sache so aufregend gemacht hatte. Aber endgültig herausfinden würden sie das nie – jetzt waren sie keine Kinder mehr, und das Spiel war aus.

Fliss wusste, dass sie an einem Scheideweg stand. Sie konnte entweder an Miles' Seite in die Zukunft gehen und versuchen, nie wieder daran zu denken, was hätte sein können – oder sie konnte weiter in Selbstmitleid versinken und romantischen Tagträumen nachhängen. Sie straffte die Schultern und hob das Kinn. Was für eine Frage. Miles hatte so viel zu bieten, und sie hatte so viel zu geben. Warum sollte sie kostbare Lebenszeit damit verschwenden, mit ihrem Schicksal zu hadern?

»Der Tee ist fertig.« Miles war wieder da und beobachtete sie von der Tür aus. Er merkte, in welcher Stimmung sie war.

Sie drehte sich um und lächelte ihn an. Sie liebte es, von ihm so umsorgt zu werden und dass er versuchte, alles so einzurichten, wie sie es gern hatte.

»Ich liebe den Ausblick hier«, sagte sie, um irgendetwas zu sagen. »Aber warum hast du die Fotos weggeräumt?«

Er lief dunkelrot an, und sie fragte sich schon, ob es besser gewesen wäre, kein Wort darüber zu verlieren.

»Ich ... Ich war nicht sicher«, sagte er unbeholfen. »Ich dachte, es wäre nicht gut ...«

»Für mich oder für dich?«, fragte sie.

»Ach, verdammt, ich weiß es selbst nicht.« Er fuhr sich durch das dichte, dunkle Haar und zuckte mit den Schultern. »Mir ist es egal. Aber das hört sich auch gemein an, oder? Als ob es mich überhaupt nicht kümmern würde.«

»Miles.« Sie ging zu ihm und nahm seine Hände. »Mach dir doch nicht so viele Gedanken. Ich liebe dich. Es wird alles gut werden. Belinda war ein Teil deines Lebens. Sie hat dabei mitgeholfen, dich zu dem zu machen, was du heute bist. Du kannst sie doch nicht einfach so wegräumen und aus deinem Leben verbannen, als wenn sie nie existiert hätte. Das ist doch ... irgendwie grausam.«

»Ich wollte nicht, dass du denkst, dass ...« Er biss sich auf die Lippe und fing noch einmal von vorn an. »Das hier ist jetzt *dein* Zuhause. Und ich will nicht, dass du das Gefühl hast, dass ... dass du irgendein Gefühl hast«, schloss er lahm.

Sie fing an zu lachen und hielt seine Hände noch fester. »Also, wenn du nicht willst, dass ich *irgendein* Gefühl habe«, sagte sie, »dann gehen wir jetzt besser runter und trinken Tee. Wobei ich aber nicht versprechen kann, dass ich nicht doch *irgendein* Gefühl habe, wenn wir zusammen Tee trinken.«

»Kleines Biest«, sagte er und küsste sie. »Du weiß genau, was ich meine.

»Tee.« Sie wand sich aus seinen Armen und ging die schmale, steile Treppe hinunter in das große Zimmer, das gleichzeitig Küche und Esszimmer war. »Ich brauche jetzt dringend meinen Tee. Ach, das Haus ist so schön, Miles. Ich werde mich hier pudelwohl fühlen, wenn du auf See bist. So sicher und geborgen.«

Er machte den Mund auf, um zu erzählen, dass es Belinda ganz anders ergangen war – und schloss ihn wieder, weil er das Gefühl hatte, dass es unpassend gewesen wäre. Fliss stand mit der Tasse in der Hand an die Spüle gelehnt und beobachtete ihn mit fragend hochgezogenen Augenbrauen.

»Hör zu«, sagte er schließlich. »Ich weiß, was du denkst. Du denkst, dass ich dir etwas verschweige oder dass ich Angst habe, Belinda könnte sich zwischen uns schieben.

Aber das stimmt nicht. Wenn ich anfange zu jammern, dass wir nicht besonders glücklich waren und dass sie es nicht vertragen konnte, wenn ich auf See war, hört es sich an, als wollte ich Mitleid erregen. Aber jetzt mal ganz ehrlich: Nachdem die vier Jahre der Ausbildung vorbei waren und ich aus Dartmouth weg musste, war Belinda nicht mehr glücklich. Sie wollte keinen Mann, der ständig auf See war, und ich habe ich mich ihr gegenüber nicht besonders sensibel verhalten. Ich fand es unfair, dass sie sich darüber beklagte,dass ich einfach nur meinem Beruf als Seemann nachging. Trotzdem habe ich ständig ein schlechtes Gewissen gehabt, wenn du verstehst, was ich meine. Und als dann Krebs bei ihr diagnostiziert wurde, kam es mir fast vor, als würde sie das *freuen*. Ja, ich weiß, ich weiß.« Er hob abwehrend die Hände, als er ihr Gesicht sah. »Aber so war es *wirklich*. Als ob sie sagen wollte: ›Das hast du nun von deinem Egoismus‹. Ich weiß, es klingt verrückt, aber es war fast so, als würde sie sich darüber *freuen,* dass sie endlich etwas Handfestes hatte, worüber sie sich völlig gerechtfertigt beklagen konnte. Das kannst du mir jetzt glauben oder nicht.«

Er wandte sich von ihr ab und starrte mit zusammengepressten Lippen in den schmalen Garten zwischen den hohen Mauern. Es schloss sich ein längeres Schweigen an, dann hörte er das leise Klirren von Fliss' Teetasse, als sie diese abstellte. Sie näherte sich ihm von hinten, legte die Arme um ihn, schmiegte die Wange an seinen Rücken und kuschelte sich an seinen kratzigen Wollpullover.

»Es tut mir Leid, Miles.« Er konnte sie kaum hören. »Für euch beide. Das war sicher nicht einfach. Es ist nur so, dass ich nicht will, dass zwischen uns irgendetwas unausgesprochen bleibt. Sprich ruhig von Belinda, egal, ob gut oder schlecht, wenn dich etwas an sie erinnert oder was auch immer. Ich möchte nicht, dass du das Gefühl hast, dass du das nicht darfst, das ist alles. Und du sollst auch nicht denken, dass ich in irgendeiner Weise darüber urteile. Warum sollte ich? Belinda gibt es nicht mehr. Jetzt bin ich hier bei dir. Ich liebe dich.«

Abrupt drehte er sich um, riss sie an sich und drückte sie so fest, dass sie kaum noch Luft bekam. »Oh Fliss«, murmelte er. »Oh Fliss.«

»Also, dazu kann ich nur sagen«, murmelte sie zurück, »dass wenn du tatsächlich nicht möchtest, dass ich *irgendein* Gefühl habe, das eine ziemlich merkwürdige Art ist, mich davon abzuhalten – und das jetzt, wo ich endlich meinen Tee bekommen habe ...«

»Oh Gott, ich liebe dich so, Fliss«, sagte er. »Ich liebe dich wirklich.«

»Na, dann red keine Opern«, sagte sie, »sondern zeig es mir.«

## 36

Kit legte die Filmmusik von *Die Reifeprüfung* auf und streckte sich in voller Länge auf dem Sofa aus. Sie hatte es sich während des schönen Wetters angewöhnt, nach der Arbeit in der Galerie im Hyde Park spazieren zu gehen. Sie war durch Marlborough Gate hineingegangen und am Serpentinesee entlang geschlendert, hatte die frische Luft genossen und sich über die untrüglichen Zeichen des nahenden Sommers gefreut. In den letzten Tagen allerdings war es wieder kühl und feucht geworden, sodass sie auf ihren Spaziergang verzichten und direkt nach Hause gehen musste. Es war schön, so nah beim Park zu wohnen und Zutritt zu dem kleinen Gemeinschaftsgarten zu haben, wo sie an milden Sonntagnachmittagen sitzen und sich die Sonne ins Gesicht scheinen lassen konnte. Sie freute sich schon auf die langen Sommerabende.

An diesem besonders dunklen und regnerischen Abend, an dem sie mit geschlossenen Augen wie im Koma dalag und Simon and Garfunkels melancholischem *Scarborough Fair* lauschte, dachte sie an ihren bevorstehenden Urlaub, den sie auf The Keep verbringen würde, um dort bei den Vorbereitungen für Fliss' Hochzeit zu helfen. So zufrieden sie mit ihrem Leben in London auch war – es war immer wieder schön, auf The Keep zu sein. Dort konnte sie die Maske der Erwachsenen ablegen und wieder Kind sein. Sie fragte sich, wie es wohl sein würde, wenn niemand mehr da war, der sich an einen als Kind erinnerte; niemand, zu dem man sagen konnte: »Weißt du noch ...?« Sie wusste, dass sie großes Glück hatte, über zwei Orte – nämlich Bristol und

Devon – zu verfügen, an die sie sich zurückziehen konnte, und so viele unterschiedliche Beziehungen zu diversen Menschen zu haben. Ma zum Beispiel war fast wie ein guter Kumpel. Und obwohl sie immer ein Riesenaufheben machte, wenn Kit sie besuchte, fühlte diese sich auf gewisse Weise verantwortlich für ihre Mutter. Sie machte sich Sorgen um sie, gab ihr Ratschläge, lachte mit ihr.

Auf The Keep war alles ganz anders. Zwar war Fliss ihr wie eine Schwester, aber Mole und Susanna gehörten doch fast einer anderen Generation an – sie kamen Kit mehr wie Nichte und Neffe vor ... Kit dachte darüber nach. Es bestand ein nicht unbedeutender Altersunterschied. Mole war zehn Jahre jünger als sie, und der Unterschied zu Susanna war sogar noch größer. Zurzeit war das deutlich zu spüren. Aber wenn sie, Kit, erst einmal fünfzig und Mole vierzig war, würde man die Lücke zwischen ihnen bestimmt nicht mehr bemerken. Sie versuchte sich Mole mit vierzig vorzustellen – und sich selbst mit fünfzig.

Kit dachte: Das ist ja noch älter, als Ma jetzt ist. Verrückt, mir vorzustellen, ich sei älter als sie ...

Was Großmutter und Theo betraf, so hatten sie sich im Laufe von Kits Leben so gut wie gar nicht verändert. Es war nie ein Geheimnis darum gemacht worden, wie alt Großmutter war – und das wäre auch schwer möglich gewesen, da sie sich ja immer alle zu der großen Geburtstagsfeier im Herbst versammelt hatten. Dann und wann hatte im Laufe der Jahre immer eines der Kinder sie gerade dann, wenn sie den Kuchen anschnitt oder eines ihrer Geschenke auspackte, gefragt, wie alt sie denn sei, und sie hatte immer bereitwillig geantwortet. Die Kinder konnten damit ohnehin nicht viel anfangen. Diesen Herbst würde sie sechsundsiebzig werden. Kit rechnete nach. Das bedeutete, dass Großmutter schon fast fünfzig war, als sie und Hal geboren wurden – und doch kam es Kit vor, als hätte sie sich in den siebenundzwanzig Jahren überhaupt nicht verändert. Sechsundsiebzig ... Kit wurde angst und bange, als sie versuchte, sich The Keep ohne ihre Großmutter vorzustellen, ohne Onkel Theo, Ellen, Fox, Caroline ... Sie schnappte sich ein kleines Kissen und drückte es sich gegen die Brust, während sie die Augen fest zusammenkniff und sich dieses Horrorszenario ausmalte. Was würde passieren, wenn das sichere Gefüge aus Liebe und Unterstützung einmal wegfiel? Wer würde sie alle ersetzen?

Kit dachte: Wir nehmen viel zu viel für selbstverständlich.

Sie tröstete sich damit, dass es eher unwahrscheinlich war, dass sowohl ihre beiden betagten Verwandten als auch Ellen und Fox auf einen Schlag sterben würden – und Caroline würde ihr ohnehin noch lange erhalten bleiben –, aber es beschlich sie dennoch ein vages Gefühl der Unsicherheit. Wenn Hal und Maria auf The Keep lebten, würde es nicht mehr das Gleiche sein wie vorher. Wie sollte sie denn zum Beispiel glücklich und entspannt im Hundekorb liegen, während Maria in Ellens Küche zugange war und auf Ellens Herd kochte? Kit musste lachen. Was für eine merkwürdige Vorstellung. Maria würde das überhaupt nicht verstehen, sie würde Kits Benehmen bestimmt missbilligen. Fliss würde Kit natürlich verstehen, aber das auch nur, weil sie sie schon so lange kannte. Fliss würde sie noch ewig fragen können: »Weißt du noch ...?«

Kit dachte: Hätte Großmutter The Keep doch nur an Fliss vererbt. Sie ist diejenige, die es hätte haben sollen. Sie gehört dorthin. Wir alle brauchen sie – Mole, Sooz, Hal und ich.

Auf einmal wurde Kit bewusst, dass sie den Gedanken daran, dass Fliss etwas zustoßen könnte, nicht ertragen konnte. Sie lag ganz still da und starrte mit hämmerndem Herzen an die Decke. Fliss war die zentrale Stütze unter den »Kindern«. Niemand von ihnen würde zurechtkommen, wenn Fliss nicht immer im Hintergrund wäre ... Sie fuhr erschrocken zusammen, als die Tür zugeschlagen wurde. Sin kam herein, blieb neben dem Sofa stehen und blickte zu Kit hinunter.

»Darf ich aus deiner entspannten Haltung schließen«, fragte sie, »dass mein Abendessen fertig ist? Ente à l'orange, acht Uhr? Der Bollinger liegt im Kühlschrank?«

»Nein, verdammt«, zischte Kit. »Und überhaupt, diese Woche bist du dran mit Kochen.«

Sin setzte sich auf einen Sessel und beäugte Kit neugierig. Sie seufzte schwer, verdrehte die Augen und tat fürchterlich verzweifelt. »Das Leben ist einfach nicht mehr das, was es noch vor dem Krieg war«, stellte sie betrübt fest. »Überall sinkt das Niveau. Es ist so gut wie unmöglich, ordentliches Personal zu bekommen.«

Kit musste nun doch grinsen. »Ich bin depressiv«, klärte sie Sin auf. »Hab drüber nachgedacht, was ist, wenn bestimmte Leute sterben.«

Sin schürzte die Lippen und nickte. »Warum auch nicht? Wenn dich das anturnt«, sagte sie und zuckte mit den Schultern. »Darf ich mitspielen? Gibt es bestimmte Regeln? Müssen es alte Leute sein? Leute, die wir kennen? Leute, die wir nicht ausstehen können? Dann würde ich als Erstes für alle diejenigen plädieren, die heute mit mir in der Bahn gesessen haben. Na, wer bietet mehr? Wer die höchste Zahl hat, gewinnt. Und wer verliert, muss Abendessen machen.«

»Wir *haben* nichts fürs Abendessen«, klärte Kit sie verärgert auf. »Du wolltest einkaufen gehen. Schon vergessen?«

»Habe ich das gesagt?«, sinnierte Sin. »Bist du dir da ganz sicher? Hatten wir uns nicht darauf geeinigt, eine Diät zu machen?«

»Nein, haben wir nicht«, widersprach Kit. »Und ich sterbe vor Hunger.«

»Dann müssen wir wohl ins *Roma* gehen«, sagte Sin. »Zum Einkaufen ist es jetzt zu spät, die Geschäfte sind alle zu. Wir gehen rüber ins *Roma*, und ich lade dich zu einem Porterhousesteak ein. Mehr kann ich leider nicht für dich tun. Na, was sagst du dazu?«

»Ja sage ich dazu«, antwortete Kit, setzte sich auf und warf das Kissen beiseite. »Warum ist der Gedanke an Essen eigentlich immer so tröstlich?«

»*Ist* denn jemand gestorben?«, erkundigte Sin sich vorsichtig. »Oder war das nur so 'ne Art durchgeknallte spirituelle Übung? Ich frage einfach, weil ich es wissen will.«

»Ich habe über die Familie nachgedacht«, sagte Kit und runzelte die Stirn. Sie wollte nicht, dass sich jemand über ihre Gefühle lustig machte. »Und da ist mir auf einmal klar geworden, wie schrecklich es wäre, wenn Fliss etwas zustoßen würde.«

Sie funkelte Sin an, damit sie nicht auf den Gedanken kam, Witze zu machen, aber Sin beobachtete sie sehr ernst.

»Kann ich verstehen«, sagte sie. »Sie ist die Mutterfigur der nächsten Generation, nicht? Wenn man aus einer großen Familie kommt, gibt es da immer jemanden, der die Zügel in der Hand hält und für alle anderen da ist. Und die Position vererbt sich. Du hast wirklich ein unglaubliches Glück gehabt mit deiner Sippe in Devon. Du bist hoffnungslos verwöhnt und verzogen.«

»Ich weiß«, gestand Kit schuldbewusst. Sin und ihre Eltern hatten sich eigentlich ständig in den Haaren und sahen sich daher selten. »Ich weiß.«

»Ist ja nicht deine Schuld«, räumte Sin edelmütig ein. »Du konntest ja nichts dafür. Und wenigstens hast du nichts dagegen, sie mit anderen zu teilen. Aber sag mal, ich dachte, du würdest dieser Tage eher über Hochzeiten nachdenken als über Beerdigungen?«

»War nur so 'ne dumme Laune von mir«, gestand Kit. »Aber jetzt geht's mir wieder besser. Und ein Steak könnte ich auch vertragen. Komm, wir gehen essen.«

Während der zwei Tage, an denen Mole sich der Eignungs- und Verwendungsprüfung bei der Marine unterzog, herrschte auf The Keep nervöse Anspannung. Die gesamte Familie wusste genau, was ihn erwartete, da sie all das schon mit Peter und John und später mit Hal durchlebt hatten. Daher konnten sie sich auch immer gut vorstellen, was Mole gerade machte, und waren in Gedanken ganz nah bei ihm: »Jetzt ist er angekommen ... Jetzt sind die praktischen Prüfungen dran ...« und so weiter. Am Morgen des zweiten Tages hörten sie auf, sich ständig gegenseitig zu erzählen, dass schon alles gut gehen würde und er gut vorbereitet war, und flüchteten sich stattdessen in Schweigen. Fox tauchte regelmäßig in der Küche auf und lungerte besorgt dort herum, bis Ellen ein Teller herunterfiel und sie ihn deswegen anfuhr – ein Zeichen dafür, dass ihre Nerven bis zum Zerreißen gespannt waren. Nach dem gemeinsamen Mittagessen in spannungsgeladener Atmosphäre verschwand Caroline in das Gewächshaus, Fox ging mit den Hunden spazieren, und Ellen räumte die Küche auf eigenen Wunsch ganz allein auf.

Freddy und Theo erging es ein wenig besser, was nicht zuletzt daran lag, dass Theo gelassene Zuversicht ausstrahlte. Freddy fand das zwar unendlich beruhigend, wollte das ihm gegenüber aber nicht eingestehen. Theo weigerte sich strikt, sich von ihren gelegentlichen Angstattacken in Panik versetzen oder ärgern zu lassen, und hielt die ganze Zeit unerschütterlich an seiner Überzeugung fest, dass Mole bestehen würde.

»Aber *warum*?«, fragte sie ihn irgendwann, als er sich weigerte, an einem Gespräch darüber teilzunehmen, wie sie mit Mole umgehen sollten, falls er durchfiel. »*Warum* bist du dir so sicher?«

Theo versuchte, seine innere Gewissheit zu ergründen. »Ich habe das im Gefühl«, sagte er schließlich – und musste lachen, als er ihr frustriertes Gesicht sah. »Arme Freddy«, sagte er lächelnd. »Ich weiß ja, dass dir handfeste Zeichen und Auspizien lieber wären. Wie wäre es mit einem brennenden Busch? Vielleicht der Fünffingerstrauch, der so vor sich hin kränkelt? Oder lieber eine auf Steintafeln gemeißelte Garantie? Dafür würde sich doch die Platte vor der Treppe gut eignen. Ach, was soll's. Ich kann dir da leider nicht helfen. Das ist so einer der Augenblicke im Leben, in denen wir auf Paulus hören sollten: ›Denn wir wandeln im Glauben und nicht im Schauen‹. Der alte Knabe hat den Nagel wirklich immer wieder auf den Kopf getroffen.«

»Es gibt Augenblicke im Leben, Theo«, sagte sie und sprach jedes Wort ungewöhnlich klar und deutlich aus, »in denen du mir kolossal auf die Nerven gehst.« Und damit zog sie sich in den Salon zurück, um Klavier zu spielen. Theo blieb am Kamin sitzen und war sich nun endgültig sicher, dass es richtig gewesen war, seine Liebe zu Freddy für sich zu behalten. Allein die Tatsache, dass er sich ein solches Geständnis über Jahrzehnte versagt hatte, hatte ihre Beziehung vertieft, gestärkt und in höhere Sphären erhoben. Theo verspürte inneren Frieden, entspannte sich und nahm die Zeitung zur Hand.

Und während Theo so in der Eingangshalle saß, auf den Tee wartete und in der *Times* einen Artikel über die Absage der Südafrikareise des englischen Kricketteams las, klingelte das Telefon. Es war Mole. Die Prüfungen waren vorbei, aber er war noch zurückgeblieben, um auf The Keep anzurufen und Bescheid zu geben, wie es gelaufen war. Theo hörte bewegt und hocherfreut zu, als Mole ihm mit fester und doch aufgeregter Stimme versicherte, dass alles geklappt hatte. Er erzählte von ein paar komischen Vorfällen, über die Theo schallend lachte, und bat dann darum, mit seiner Großmutter sprechen zu dürfen. Theo gab den Hörer an Caroline weiter, die wie aus dem Nichts aufgetaucht war und Theo ängstlich hoffend angeschaut hatte, und eilte in den Salon.

Freddy spielte das dritte und melancholischste von Griegs Musikstücken, während sie über das Leben und ihre Liebe zu Theo nachdachte. Sie war froh, dass sie ihm ihre Gefühle nie gestanden hatte, da sie so eine viel innigere, viel beständigere und nicht zuletzt erfüllendere Freundschaft hatten entwickeln können. Ein kurzer, selbstvergessener Moment der Leidenschaft hätte all das zunichte machen können. Sie versank völlig in der Musik, drehte sich aber sofort mit in der Luft erstarrten Fingern um, als Theo hereinkam.

»Mole ist am Telefon«, sagte er lächelnd. »Er möchte mit dir sprechen. Es ist alles in Ordnung. Er ist ganz obenauf.«

Weiter kam er nicht, da Freddy bereits an ihm vorbei zum Telefon gestürzt war und der strahlenden Caroline den Hörer aus der Hand nahm, worauf diese in die Küche eilte, um Ellen und Fox die frohe Botschaft zu überbringen ...

Theo wartete in der Eingangshalle auf Freddy. Als sie kam – offensichtlich völlig überwältigt von ihren Gefühlen –, standen sie eine Weile schweigend beieinander, sahen sich an und fanden einfach nicht die richtigen Worte.

»So habe ich Mole noch nie gehört«, sagte sie schließlich und tastete sich am Sofa entlang, als wäre sie blind oder gehbehindert. »Er war so aufgeregt. So sicher. Ach, Theo ...«

»Ich weiß«, sagte er schnell, ging zu ihr und nahm ihre Hände in seine. »Ich weiß, dass die Ergebnisse erst in einer Woche bekannt gegeben werden, aber ich bin mir sicher, dass er bestanden hat. Und er auch. Nach allem, was er mir erzählt hat, hat er immer genau das Richtige getan. Ich bin sicher, dass er es geschafft hat, Freddy.«

Sie sah zu ihm auf. Tränen standen ihr in den Augen. »Jetzt bin ich mir auch sicher«, sagte sie. »Seltsam. Muss an seiner Stimme liegen. Ach, Theo. Wir haben es *überstanden*. Eben am Telefon hatte ich die ganze Zeit nur ein Bild vor Augen, nämlich das von den dreien, Mole, Fliss und Susanna, wie sie vor all den Jahren am Bahnhof von Staverton auf mich gewartet haben. Ich hatte solche Angst, dass ich ihnen nicht gewachsen sein würde.«

»Und jetzt wird Fliss heiraten, und Mole hat die Prüfungen bei der Marine bestanden.« Er drückte ihre Hände ganz fest. »Und Susanna ist ein glückliches, gesundes Kind. Ja. Sie haben es alle geschafft.«

»Aber nicht nur die Kinder«, sagte sie mit sanfter Stimme.

»Auch du und ich, Theo. Wir haben es auch geschafft. Aber was jetzt?«

»Jetzt machen wir weiter«, erklärte er ihr. »Es gibt keinen richtigen Anfang und kein richtiges Ende. Nur kleine Plateaus, auf denen wir uns eine Weile ausruhen und die Aussicht genießen dürfen, um Kraft zu sammeln für den nächsten Kampf.«

»Gott sei Dank«, atmete sie auf, »dass wir dabei alle zusammenhalten.«

Er gab ihr einen Kuss, und sie drückte ihn kurz ganz fest an sich, bis sie Caroline und Ellen mit dem Tablett für die Teestunde aus der Küche kommen hörten.

Mole verließ die *HMS Sultan* durch das Haupttor und blieb einen Moment in der Military Road stehen, während er den Griff seines Handkoffers fest umklammert hielt. Er hatte noch genug Zeit, bis sein Zug abfuhr – Zeit, in der er das machen konnte, was er sich vorgenommen hatte. Er ging zum Cocked Hat Kreisverkehr – so benannt nach dem Pub direkt daneben – und überlegte, ob er mit dem Bus zum Fähranleger fahren sollte. Auf einmal war er völlig erschöpft. Die Prüfungen waren viel besser gelaufen, als er erwartet hatte, aber seit seinem aufgekratzten Anruf auf The Keep fühlte er sich merkwürdig ausgelaugt und orientierungslos. Caroline hatte ihm angeboten, ihn nach Gosport zu fahren und selbst über Nacht zu bleiben, damit sie ihn am nächsten Tag wieder nach Hause fahren konnte, aber er hatte abgelehnt. Er wusste, dass er einen viel erwachseneren Eindruck machen würde, wenn er allein mit dem Zug anreiste. Jetzt wünschte er sich allerdings fast, er hätte das Angebot angenommen – aber nur fast. Alles war hervorragend gelaufen. Er hatte ein solches Glück gehabt, dass Hal ihn auf das gesamte Prozedere vorbereitet hatte, das mit der Fährfahrt von Portsmouth Harbour aus begann. Er und die anderen jungen Männer, die mit dem Zug angereist waren, waren auf der anderen Seite des Flusses in Gosport abgeholt worden, und von dem Moment an war alles ganz genau so abgelaufen, wie Hal es ihm erzählt hatte. Sie waren zur *Sultan* gefahren worden, hatten ihre Schlafräume gezeigt bekommen und waren gebeten worden, ihre Sportsachen anzuziehen, da die praktischen Prüfungen als erste auf dem Programm standen.

»Mach immer schön die Augen auf«, hatte sein Cousin ihm geraten, »und melde dich nicht als Erster. Sieh dir immer erst an, wie die anderen die Aufgaben angehen, vor allem bei den praktischen Prüfungen.«

Diese erwiesen sich in der Tat als recht schwierig. So musste man sein Team über eine Felsspalte in Form zweier gegenüberstehender Stuhlreihen führen, ohne dabei den Boden dazwischen zu berühren. Die einzigen Hilfsmittel waren mehrere Seile, die von der Decke hingen, und einige längliche Stücke Holz, die aber alle nicht lang genug waren. Hier hatte sich Hals Rat überraschend schnell bezahlt gemacht. Mole hatte sich umgesehen, nachgedacht und schließlich in einer Ecke einen äußerst praktischen Bootshaken entdeckt. Er war der einzige Kandidat gewesen, der sein Team sicher über die Felsspalte gebracht hatte, und im Nachhinein wurde ihm klar, dass er im vormilitärischen Unterricht in der Blundell School eine Menge gelernt hatte, dass er sich dort Reaktionsvermögen angeeignet hatte.

Hal hatte ihn gewarnt, dass die Sitzung mit dem Psychologen zermürbend sein könnte – dass man versuchen würde, Moles Selbstvertrauen zu erschüttern und ihn wütend zu machen. Doch nicht einmal die unsensiblen Anspielungen auf Moles Familie und die Tragödie in Kenia hatten es geschafft, Mole aus der Fassung zu bringen. Nun, er hatte ja auch jahrelange Erfahrung darin, seine Gefühle zu verbergen und sich stets zu kontrollieren ... Es folgte ein Test mit Wörtern und Zahlen und dann, am nächsten Tag, das Gruppengespräch sowie das Einzelgespräch vor der Kommission.

Jetzt musste er eine Woche warten, bis er das Ergebnis bekam. Wenn er bestanden hatte, würde man ihn zur ärztlichen Untersuchung im Empress State Building am Earls Court bitten.

Mole nahm den Koffer in die andere Hand und ging die Military Road hinunter. Die Rückreise nach Devon lag unendlich lang vor ihm – jetzt, da die ganze Veranstaltung vorbei war, hätte er gern jemanden dabei gehabt, dem er alles im Detail erzählen konnte, vor dem er sogar ein kleines bisschen hätte prahlen können ... Aber er war doch froh gewesen, all die anderen Prüflinge davoneilen zu sehen, und hatte keinen Versuch unternommen, irgendjemanden zurückzuhalten. Er hatte mit Onkel Theo und Großmutter sprechen und sich an ihrem Stolz freuen wollen. Doch kaum hatte er den Telefonhörer aufgelegt, hatte er sich seltsam abgeschnitten gefühlt, und die enorme Entfernung zwischen ihm und The Keep war ihm wieder bewusst geworden.

Mole dachte: Was man nach so etwas braucht, ist jemand, den man richtig gut kennt. Jemand, in dessen Gegenwart man sich entspannen kann ...

Sein Herz fing an, schneller zu schlagen, als sich ein Schatten von der Wand löste und sich ihm in den Weg stellte: Ein Mädchen im Minirock, dessen Haar zu einem flotten Bob geschnitten war, mit großen Augen und schönen Beinen. Verblüfft starrte er sie an und wollte eigentlich seinen Augen nicht trauen ... Es war Susanna.

»Was machst du denn hier?«, keuchte er. Er registrierte, *wie* kurz der Minirock war und dass sie völlig übertrieben geschminkt war. Er sah sich um und zog sie neben sich. »Wie bist du denn hierhergekommen?«

Sie grinste ihn an. »Ich habe heute Nachmittag frei«, sagte sie. »Ich habe gebettelt und gebettelt, bis sie Ja gesagt haben. War sowieso nur Tennis. Ich muss aber um sechs Uhr zurück sein. Ach, Mole. Wie war's?«

Er starrte sie weiterhin an. »Ich glaube das einfach nicht«, sagte er – und fing an zu lachen. »Also wirklich, Sooz. Wo hast du denn die Klamotten her? Und das Make-up?«

»Geliehen.« Sie wirbelte herum. »Gefällt's dir? Ich habe einer aus der Oberstufe mein Leid geklagt, und sie hat sich meiner erbarmt. Gut, dass sie eine Figur wie Twiggy hat. Und selbst so muss ich den Rock noch mit 'ner Sicherheitsnadel fixieren.«

»Jetzt sag mir nicht, dass du die Schule in diesem Aufzug verlassen hast.« Seine Laune besserte sich merklich, er wurde richtig aufgeregt. Sie fiel in sein Lachen ein.

»Hab mich auf der Damentoilette am Bahnhof von Southhampton umgezogen«, erzählte sie. »Ich habe gedacht, du hättest vielleicht ein paar von deinen Kumpels dabei, und da wollte ich ja nicht in meiner Schuluniform hier aufkreuzen. Ich habe schon gedacht, du kämst gar nicht mehr. Es sind schon mehrere Jungs vorbeigekommen, die aussahen, als wären sie auch bei den Tests gewesen, und die haben mich ziemlich merkwürdig angeguckt. Hab ich's mit dem Make-up etwa übertrieben?«

Er betrachtete ihre rosa Wangen, die durch Kajal vergrößerten Augen und die glänzenden Lippen.

»Eigentlich sieht du richtig klasse aus«, sagte er völlig im Ernst, und sie strahlte ihn mit zusammengepressten Lippen überglücklich an.

»Na, dann erzähl mal«, murmelte sie, als sie die Privett Road entlanggingen. »Wir können ja irgendwo einen Tee trinken. Ich habe zwar auf dem Weg vom Bahnhof hierher kein Café gesehen, aber das kommt bestimmt daher, dass ich Angst hatte, dich zu verpassen. Es gibt bestimmt irgendwo eins.«

»Wir nehmen die Fähre und gehen ins *Black Cat* auf der High Street in Portsmouth«, bestimmte er. »Aber erst will ich dir noch etwas zeigen.«

»Was denn?«, fragte sie, eingeschüchtert von seinem feierlichen Ton.

»Wirst schon sehen«, sagte er nur. »Ah, da kommt ein Bus. Los, schnell. Dann müssen wir nicht so weit laufen.«

Sie stiegen ein und setzten sich in die Mitte des Busses. Susanna sah Mole neugierig an.

»Und, meinst du, du hast bestanden?«, fragte sie. »War es wirklich so schwer? Wie waren die anderen Jungs?«

»Es ist gut gelaufen«, sagte er. »Ich weiß einfach, dass es geklappt hat. Ich war richtig gut. Ich habe Eindruck gemacht, das habe ich gemerkt. Gott sei Dank, dass Hal mich vorbereitet hat. Aber zwischendurch war's trotzdem ganz schön knifflig.«

Er erzählte diese und jene Episode, übertrieb ein wenig und brachte sie zum Staunen und zum Lachen. Er fühlte sich wunderbar. Seine Erschöpfung war wie weggeblasen, und er fühlte sich stark und war glücklich. Er war zuversichtlich, dass er bestanden hatte, und begeistert, dass er sein Hochgefühl mit seiner kleinen Schwester teilen konnte. Es war irgendwie perfekt, dass sie in diesem Augenblick bei ihm war – wenn auch in diesem lächerlichen Aufzug und mit dem Make-up. Sie sah ungefähr wie achtzehn aus ... Auf einmal packte ihn wieder die alte Angst: Angst davor, dass ihr etwas zustoßen könnte.

»Du ziehst dich doch um, bevor du zurückfährst, oder?«, fragte er besorgt – und sie sah ihn überrascht an.

»Natürlich«, antwortete sie. »Du glaubst doch nicht im Ernst, dass ich mich so in der Schule blicken lasse?«

»Wo ziehst du dich um?«, fragte er. »Vielleicht in Portsmouth?«

»Geht nicht«, sagte sie unbekümmert. »Hab die Uniform in einem Schließfach in Southhampton gelassen. Konnte sie ja schlecht mit mir rumschleppen, oder?«

»Na ja. Pass auf dich auf, ja? Sonst macht dich noch jemand an, so wie du aussiehst.«

»Meinst du?« Ihre Augen glänzten. »Im Ernst? Wie alt sehe ich aus?«

»Du siehst wie ein verkleidetes Kind aus«, sagte er verärgert. Es wurmte ihn, dass sie sich darüber freute, eventuell für eine Erwachsene gehalten zu werden. »Pass einfach auf, das ist alles. Es laufen komische Leute rum.«

»Ich pass auf.« Sie grinste ihn an, und er konnte es sich nicht verkneifen, zurückzugrinsen.

»Wie kriegst du denn die Schminke wieder ab?«, fragte er neugierig.

»Mit Wasser und Seife«, sagte sie. »Und Klopapier. Da ist die Fähre. Wir müssen aussteigen. Los, komm.«

Sie stiegen am Fähranleger aus und sahen sich um. Es lag gerade eine Fähre vor Anker und wartete auf Passagiere, aber Mole schüttelte den Kopf.

»Warte«, sagte er. »Ich will dir etwas zeigen. Wir haben noch genug Zeit. Wir können sie von hier aus sehen.«

Er führte sie am Wasser entlang von der Fähre weg, ein kleines Stück landeinwärts. Dann blieb er stehen und zeigte über das Wasser.

»Schau«, sagte er leise. »Siehst du sie? Hat Hal mir gezeigt, als ich ihn mal hier besucht habe. Schau mal, Sooz. Die *HMS Dolphin,* das Schulschiff für U-Boot-Anwärter. Und das da sind die U-Boote. Die Zukunft der modernen Marine. Und ich werde dabei sein, Sooz.«

Beeindruckt von seiner ernsten Stimme blickte sie über das Wasser und wusste, dass dies ein denkwürdiger Augenblick war. Zwei oder drei nebeneinander liegende, lange, schwarze Boote schaukelten unter den wachsamen Augen der Posten sanft an ihren Leinen. Die runden Schiffskörper wirkten trotz strahlenden Sonnenscheins düster und bedrohlich, geheimnisvoll, mächtig und gefährlich ... Da merkte Mole, dass er die Luft anhielt. Er sah zu Susanna hinunter, der die Ehrfurcht ins Gesicht geschrieben stand. Sie hakte sich bei ihm unter und drückte seinen Arm, als wollte sie ihm damit zeigen, dass sie an ihn glaubte, dass sie an seine Träume glaubte und stolz darauf war, an ihnen teilhaben zu dürfen.

»Ich weiß, dass du es schaffst«, sagte sie und lächelte ihn mit vor Rührung feuchten Augen an. »Das ist toll.« Sie schüttelte den Kopf und versuchte, all das zu begreifen, während sie dicht nebeneinander standen und sich die Zukunft ansahen. »Ach, Mole.« Sie sprach so leise, dass er sich ein wenig zu ihr hinunterbeugen musste, um sie zu verstehen. »Das hier ist so unglaublich weit weg von dem Wäldchen bei The Keep.«

**Spannend – und wunderbar romantisch**

Sommer 1939: Die siebzehnjährige Roslin verbringt die Ferien auf Orca, einer der Scilly-Inseln südlich von Lands End. Wie jedes Jahr besucht sie ihre einzigen verbliebenen Verwandten. In diesem Sommer ist jedoch alles anders. Sie und die gleichaltrige Cousine Abigail verlieben sich in “Pater Luke”. Er hat zusammen mit einigen Dominikanerbrüdern ein Haus auf der Insel gemietet. Bald wird klar, dass die angeblichen Mönche zum englischen Geheimdienst gehören. Als Luke schließlich Ros seine Liebe gesteht, kann sie ihr Glück kaum fassen. Aber Abigail steht zwischen ihnen ..

ISBN 3-404-14913-0

»Köstliches Lesefutter, das man in einem Schwung genießt.«
Cosmopolitan

Nach einem furchtbaren Streit mit ihrem Freund fährt Jenny nach Schottland, um für einen ihrer Klienten eine Spinnerei auf Vordermann zu bringen. Der Aufenthalt auf dem Lande entpuppt sich bald als unerwartet turbulent. Jenny wird nicht nur für tausenderlei Arbeiten eingespannt, sie fühlt sich zusätzlich verpflichtet, einen vom Untergang bedrohten Hamburgerstand zu retten. Jennys seltsame und alarmierend häufige Begegnungen mit Ross Grant, einem unfreundlichen Imbissbesucher, tragen zur weiteren Verwirrung bei. Noch mehr beunruhigt Jenny jedoch, dass sie sich immer mehr zu Ross hingezogen fühlt ...

3-404-15062-7